LA GINESTIÈRE

DU MÊME AUTEUR
CHEZ LE MÊME ÉDITEUR

« LES MOGLIANO » :

I. LA PORTE FAUSSE (1868-1890), *roman,* Paris 1986.
III. GIOTTA (1919-1945), *à paraître.*

ALFRED HART

LA GINESTIÈRE

Roman

LA PORTE FAUSSE **

MAREN SELL & CIE
41, rue Dauphine, 75006 Paris

A Matcha, ma tendresse et ma reconnaissance pour son goût de la vie.

Le seul intérêt à vivre est de croire à la vie, de l'aimer, et de mettre toutes les forces de son intelligence à la mieux connaître.

ÉMILE ZOLA
Le Docteur Pascal

PERSONNAGES PRINCIPAUX

Barba Pino	: Oncle d'Eligio.
Papa Carlo	: Père adoptif d'Agnès.
Tante Emma	: Sœur d'Agnès et femme de papa Carlo.
Agnès	: Née en 1857, femme d'Eligio Mogliano (mort en 1890) ; deux enfants : Catherine et François.
Pippa	: Amie d'Agnès, morte en 1889 (*La Porte fausse*).
Jean Wagner	: Directeur d'hôtel, né en 1840, mari de Judith, et compagnon d'Agnès depuis 1890.
Judith	: Femme de Jean Wagner, internée en 1890.
François Mogliano	: Né en 1883, fils d'Agnès et d'Eligio, Chirurgien-dentiste.
Catherine (Nina)	: Sœur de François, née en 1882.
Federico Gagliardini	: Né en 1870, violoncelliste, marié en Italie, compagnon de Nina.
Giotta Mogliano	: Fille de François et de Marceline, née en 1909.
Marceline Flink	: Née en 1889. Femme de François Mogliano, mère de Giotta.
Paul Flink	: Ingénieur, né en 1883, frère de Marceline.
Julia	: Jeune fille dracénoise, née en 1898.

PREMIÈRE PARTIE

L'Engadine

1

Mai 1890

A peine l'attelage avait-il franchi le col de la Maloja, qu'au milieu du cirque de montagnes enneigées, en contrebas, surgit soudain le palace-hôtel, étincelant comme un joyau au soleil.

Somptueusement emmitouflée dans sa pelisse de loutre, Agnès descendit du traîneau et s'immobilisa, sa main blottie dans celle de Jean : quel enchanteur avait donc fait apparaître ce palais au bord du lac mauve, au milieu des crêtes blanches et des aiguilles noires dressées contre le ciel d'un bleu d'immensité ?

Malgré sa sereine apparence, au moment de franchir le seuil du Kursaal, le palace des neiges, l'hôtel des grands de ce monde, Agnès, prise de vertige, dut s'appuyer plus fort contre le bras de Jean. Happé par la porte tournante, le couple se retrouva brusquement dans le hall, imposant, ruisselant de lumière. Pour elle, tout venait trop vite, à peine si elle avait eu le temps de réaliser, de goûter le romantique voyage avec Jean, la chaleur de sa présence... que soudain le traîneau s'arrêtait à l'ombre des mélèzes, dans un tintement de grelots. L'autre monde commençait donc là ? A cet instant de sa vie ?... Et anéantie encore de son récent veuvage, elle frissonna. La maladie et la mort de son Ligio, le douloureux départ de ses deux enfants confiés à Barba Pino, et, pour la première fois, la solitude qui l'avait étreinte tout au long de sa remontée vers l'appel de Jean... tout cela battait dans sa mémoire, étouffait toute joie de l'instant. Au pied du grand escalier, l'éclat des lustres et l'abondance des fleurs la firent tressaillir à nouveau. Sous ses pieds, même le tapis lui semblait trop épais, prêt à se dérober... En cet étrange univers feutré, choses et gens participaient de son éblouissement, ses oreilles bourdonnaient, l'air lui manquait... Mais le bras de Jean se fit plus présent encore, un bras vigilant qui lui évitait de trébucher. Il la conduisit jusqu'au grand comptoir de la réception où officiait Camille Bertone, l'homme aux clefs d'or. Dès qu'il les aperçut, il se précipita vers eux et s'inclina en un ample geste des bras qui se voulait une offrande de bienvenue.

— Madame, monsieur le Directeur ! Ah ! je suis si heureux de vous accueillir ! Avez-vous fait bon voyage ? L'appartement de Madame est prêt selon vos instructions, monsieur le Directeur, la suite du 127, au premier étage, contiguë au salon rose, sur le parc.

Et s'inclinant à nouveau après avoir rajusté ses besicles :

— Je fais immédiatement monter les bagages. Mes hommages, Madame, je vous souhaite un excellent séjour. L'été s'annonce précoce, déjà le lac est libre de glace. Le beau temps, j'espère, ne nous lâchera plus, beaucoup de nos hôtes sont déjà là. La saison s'annonce magnifique...

Jean Wagner approuva de la tête et se hâta de conduire Agnès, très pâle, vers son bureau. Il la sentait trop lourde à son bras, comme agrippée. Il referma la porte de son bureau, installa la jeune femme dans un fauteuil de cuir et lui délaça ses bottines avec des gestes tendres.

— Tu vas mieux, Schatzelé ?

Elle réussit à sourire, se lova et ramena ses jambes sous ses jupes. Dans la cheminée, les flammes crépitaient, et la chaleur libérait des odeurs de cuir et de miel qui montaient des boiseries rouges.

— Ça va mieux, le rassura-t-elle. C'est... si impressionnant, tout cela ! Heureusement que tu es là.

— Ici, nous serons tranquilles, c'est mon bureau, personne ne nous dérangera.

Des larmes glissaient maintenant sur les joues d'Agnès. Sans mot dire, Jean caressa les lourdes boucles soyeuses, baisa les pleurs, les mains. Et lui qui aurait voulu exprimer tant de choses à la femme aimée ne trouva que de banales paroles d'apaisement.

— N'aie plus peur, Schatzelé, désormais je veille sur toi, je serai toujours là.

On frappa à la porte. La frimousse d'un petit groom apparut dans l'entrebâillement.

— Excusez-moi, monsieur le Directeur, j'ai monté les bagages au 127, voici la clef. Dois-je accompagner Madame à l'ascenseur ?

Agnès s'accoutumait à la vie du palace, mais lentement, avec la continuelle impression d'y être de passage. Se laisser servir l'étonnait, ne rien faire la surprenait, la gênait, elle qui sans cesse avait travaillé pour les siens. Elle serait volontiers descendue au sous-sol pour préparer à son goût les rares déjeuners en tête à tête qu'elle parvenait à voler à Jean, mais on s'occupait de tout pour elle, tout était pensé, imaginé, résolu à sa place : son réveil, la robe à mettre, le menu du déjeuner à la table d'hôte, le but des promenades, le programme des concerts. L'ordre et la rigoureuse ordonnance suisses lissaient ses journées. « J'ai l'impression parfois de porter les vêtements d'une autre, disait-elle. Tout est si bien rangé dans l'armoire, repassé. Où est donc mon fouillis habituel ? La femme de chambre a l'œil à tout ! C'est tout juste si je m'y reconnais ! — Ah, riait Jean, ton petit chenis[1] te manque ? »

Le matin, le rituel débutait par l'ouverture des lourds rideaux de velours rose et l'annoncée du temps — au beau fixe heureusement — par Olympia, la femme de chambre. Défilait alors, pour la cérémonie du petit déjeuner, l'argenterie rutilante sur la petite table roulée jusqu'à la ruelle du lit par Alfonso, le valet de chambre, en gilet jaune. Olympia faisait ensuite couler le bain, tâtait l'eau, la dosait au thermomètre.

— Quel parfum de sel Madame désire-t-elle aujourd'hui ?

Après quoi, on aidait au cérémonial du corset avant la coiffure. Là, Agnès devait convenir qu'une solide poigne de

1. Chenis : désordre en parler genevois ou valaisan.

chambrière était quand même plus pratique que de s'attacher à l'espagnolette de la fenêtre !

Vers onze heures, après avoir parcouru, dans le hall, le journal de l'hôtel, le *Maloja Chronicle,* en français et en anglais, qui dépeignait la vie de l'hôtel, annonçait les arrivées, les réjouissances du jour, Agnès faisait son tour du parc sous les lorgnons admiratifs de ces messieurs, tout surpris de voir se promener, seule, une aussi jolie femme.

A midi, dans la petite salle à manger, s'activait l'envol des queues-de-pie des garçons italiens, tournoyant autour de la longue table d'hôte. Là encore, Agnès se laissait servir, se surprenant parfois à tendre son assiette et à garder son couvert, sous les regards offusqués de ses voisines de table, stupéfaites de « tant de vulgarité ». Malgré les merveilleux menus où la fine gastronomie française s'alliait pour elle à des mots nouveaux, sans signification précise, Agnès regrettait ses poêlons de terre de Vallauris, et les parfums piémontais et niçois de sa chère cuisine.

Les après-midi, au salon de musique, les dames se réunissaient et il était de bon ton, à grand renfort d'éventails et d'effets de voilettes, entre deux papotages, de boire élégamment de délicieux breuvages dans la porcelaine fine gravée aux armes du Kursaal : « Ah, ma chère, l'air de la montagne me creuse terriblement, comme je déteste devoir grignoter sans cesse ! Demain, heureusement, nous aurons de la grimpette jusqu'au glacier ! »

Agnès, elle, sortait très peu. Huit jours déjà et elle n'avait toujours pas rejoint les vacanciers lancés à l'assaut des glaciers, ni pris part aux goûters au bord du lac auxquels la conviaient les solides Bavaroises pendant que leurs maris, court-culottés, couraient la truite. Elle restait « dans ses appartements », comme disait Jean, pour rêver, s'y reposer. Elle avait tant de nuits de veille à rattraper.

Après l'heure de la promenade, avec nonchalance, on remontait aux chambres se mettre en frais pour le dîner. La soubrette, en tablier de dentelle, faisait la couverture, bassinait le lit, rafraîchissait l'eau de la carafe et déposait l'offrande du chocolat, souhait de bonne nuit, avant de s'esquiver. Puis on descendait dans la grande salle du restaurant.

L'immense parquet rutilait, sous les lustres de cristal, craquant à souhait de la valse incessante des brigades de commis qui montaient et descendaient des cuisines sous l'œil vigilant des chefs de rang et des maîtres d'hôtel. Pour Agnès, le grand apparat du dîner était un spectacle, un ballet autour des petites tables servies « à la fourchette » ou à la carte.

Elle s'émerveillait de l'élégance qui présidait à la présentation des plats et aux découpages savants. Elle guettait avec impatience l'approche des grands chariots d'argent qui s'ouvraient en éventail sur les pièces de viande, souvent trop peu cuites à son goût d'Italienne, « à la mode anglaise », ainsi que lui avait susurré un serveur niçois, maître saucier mais remplaçant au service de salle en ce soir de gala.

— Nous avons ce soir mille couverts, Madame, et quatre cent cinquante mètres carrés de parquet à parcourir ! Tout le monde est sur le pont, on se croirait un soir de redoute au casino municipal de Nice !

Après le dîner s'étirait la *passegiata* au concert, les lieder interminables qui faisaient bâiller très discrètement Agnès derrière son éventail.

Pourtant, elle se laissait faire. Son inactivité physique ajoutant à sa grande lassitude, elle se reposait. Cette opulence qui l'entourait la choyait. Elle savait, par Jean, que son séjour avait été préparé avec le plus grand soin. Souvent, elle remontait à sa chambre, retrouvait la quiétude, le luxe dans lequel elle se réfugiait. Elle disposait en effet du plus élégant appartement de l'hôtel : au premier étage, chambre, salon particulier et salle de bains, l'étage le plus demandé avec ses grandes tables admirablement fleuries au détour des couloirs. A chaque fenêtre, Jean avait fait poser de lourdes tentures de velours rose, garnies d'épaisses embrasses à pompons vert et rose, à la portugaise. De fines aquarelles représentant des ports italiens et des marines siciliennes garnissaient les murs, contrastant avec le mobilier néo-Renaissance un peu passe-partout du Kursaal. Des bouquets de fleurs chaque jour renouvelés ajoutaient leur note romantique. Une profusion de tapis et un épais couvre-lit de loutre noire réchauffaient la chambre d'une intimité qui tranchait sur les autres pièces de l'hôtel au luxe un peu guindé.

Mais c'est surtout la salle de bains, donnant directement sur la chambre, qui enchanta Agnès. Jamais elle n'avait imaginé un tel luxe, une telle beauté, un tel confort... Sur l'immense lavabo à deux vasques et la lourde baignoire anglaise en porcelaine blanche, des têtes de lion argentées crachaient eau chaude et froide à volonté. Près de la fenêtre trônait une coiffeuse en acajou à trois miroirs... Tout cela pour elle seule, sans aucun partage. Quelle merveilleuse surprise, habituée qu'elle était, à Nice, rue du Pont-Vieux, à manier le cruchon d'eau sur la cuvette et le rideau cache-misère de sa table de toilette sous lequel elle glissait le seau d'eau sale. Aujourd'hui, dans son bain de mousse, matin et soir, elle oubliait les luttes du passé, purifiée de toutes ses années de combat au sou à sou. Elle avait eu si peur de la misère, si souvent frôlé le dénuement.

Certains soirs, particulièrement alanguie par l'eau parfumée, elle laissait remonter le souvenir attendri de ses petits, et le beau sourire de son Ligio. Mais elle n'osait toujours pas toucher à son corps en sommeil, mal réveillé encore des souffrances dernières. A peine si sa main, fuyante, parvenait à savonner la rousseur cuivrée de sa toison, les courbes lourdes de ses seins. Pourtant elle se lavait, se relavait, se voulait nouvelle pour Jean et leurs lendemains. Leur mariage serait-il possible ? Cette idée la préoccupait tout entière. Elle était venue essentiellement pour cela. Jean avait fait naître cet espoir, cette consolidation définitive de sa vie, la sécurité pour préparer l'avenir de son petit François et de sa grande Catherine, merveilleux héritage laissé par Eligio.

Sa vie et celle de ses enfants, il lui fallait certes les édifier, mais dans le même temps, elle prenait conscience de ce qui la séparait encore, et peut-être pour toujours, de ce nouveau monde. Le visage de Pippa s'imposait alors à elle, sa chère amie piémontaise, morte du choléra en Grèce. Elle avait tellement envié ses belles manières, son aisance à vivre, à parler, à exister... Et Alfredo, ce bel amant trop cultivé, trop fortuné pour elle, qu'elle avait délaissé pour partir vers Nice avec Eligio. Saurait-elle cette fois, appuyée au bras de Jean, pénétrer ce monde si différent du sien et s'en faire accepter ? Ne continuerait-elle pas à attirer les regards désapprobateurs des grands, des riches, de celles qui ignoraient qu'on peut comprendre la fatigue d'un serveur et lui rapprocher l'assiette à débarrasser ?... Sa beauté, sa tendresse, son admiration, sa disponibilité suffiront-elles à faire oublier le reste, tout le reste ? Elle avait trois mois devant elle pour répondre à cela. Trois mois d'ici la fin de la saison, dont chaque instant comptait.

Dans son bain parfumé, les jambes tendues sous la mousse, Agnès prit la résolution de tout mettre en œuvre pour conquérir Jean, l'aimer comme il le méritait. Elle saurait y préparer son cœur et son corps.

2

Debout derrière l'une des fenêtres de son bureau, les yeux perdus vers le bois de mélèzes, Jean pensait intensément à Agnès, à son visage douloureux, à cette tristesse qu'il ne parvenait pas à distraire. Mais il savait que le temps était leur allié, que le velours de l'oubli parvenait toujours à museler les grandes douleurs. Il saurait attendre, la nature l'avait doté d'une immense patience. Il revoyait leur rencontre à Nice, au Cercle, la chevelure flamboyante de la jeune femme, alors qu'elle lui tendait son numéro de vestiaire. Elle lui était étrangère, alors. Aujourd'hui, il l'aimait bien davantage et elle était libre. Désormais, Agnès ne dépendait plus que de lui.

Il lui offrait l'aisance, certes, mais il aurait tant voulu pouvoir lui offrir davantage... une place à ses côtés, *sa place.* Tout se jouait en ce moment, il espérait simplement qu'elle aussi saurait attendre, sans plus d'explication, car ce qui restait un secret depuis des années ne pouvait se révéler du jour au lendemain, sans précautions.

Au palace, la saison menait joyeux train. Chaque jour, des arrivées par dizaines envahissaient l'hôtel et comblaient les quelques départs. Les plus grandes familles d'Europe affluaient, le Gotha, dans un déplacement d'équipages et de domesticité considérables. Les écuries étaient combles. Agnès assistait aux allées et venues, surprenait des bribes de conversations : « ... Ah, mon très cher baron, quel plaisir, ce confort dans un site aussi sauvage, cette chère exquise à mille huit cents mètres d'altitude, au pied des glaciers ! Savez-vous que la comtesse Rosinne von La Rosée est arrivée hier soir de

Manheim ? Elle était en grand deuil, dans un landau tiré par six chevaux blancs ! C'était d'un smart, d'un vlan inimitable... Est-il vrai que sa maison est entièrement tendue de violet ? »

Autour d'elle, la curiosité grandissait chaque jour davantage. Elle avait même surpris un : « Qui est donc cette si jolie femme... » Et prise de panique, elle avait couru s'enfermer dans sa chambre, effrayée à la seule pensée de commettre un impair dans ce monde si raffiné, si prompt à la répartie.

Heureusement, elle avait sympathisé avec Olympia, sa femme de chambre qui parlait l'italien et le bergamasque. Souvent, celle-ci lui rendait visite en dehors de son service, lui apportant le sourire de ses beaux yeux noirs et les potins de l'étage. Agnès s'en amusait et s'éduquait à la fois, dans l'attente des visites de Jean qui, tous les après-midi, quand la promenade ou la sieste vidaient les couloirs de l'immense hôtel avant la grande mise en scène des soirées mondaines, grattait à sa porte avec des ruses de Sioux. Ils partageaient alors de grands moments de tendresse qui, pourtant, ne se terminaient jamais, comme autrefois, dans l'intimité des corps, comme si une compréhension tacite les maintenait en pudeur.

Jean s'appliquait à satisfaire, à devancer même les moindres désirs de la jeune femme, mais toute passion contenue, comme si sa présence en ces lieux symbolisait un seuil qu'il leur faudrait franchir d'un même élan. Agnès n'était plus pour lui la maîtresse épisodique qu'elle avait été à Nice. Elle était libre, peut-être sa femme de demain, et il fallait que ce fût elle qui vînt à lui, pleine de cet amour qu'il attendait. Tout viendrait en son temps. C'était à elle et à elle seule de le choisir. Pourtant, un trouble profond s'emparait de lui chaque fois qu'il franchissait le seuil de cette chambre rose, au très présent parfum de féminité. Quelle lutte en lui pour ne pas céder ! Ce sacrifice lui donnait le sentiment de réussir son futur bonheur. Il s'allongeait tout habillé sur la fourrure noire et, les yeux mi-clos, imaginait ce qu'il connaissait déjà et qu'il se défendait d'atteindre. Il eût été si facile d'étendre la main, Agnès ne se serait pas dérobée, mais il se refusait encore à en déterminer l'instant et le lieu. Certainement pas dans cette chambre rose, l'hôtel contenait pour lui trop de souvenirs, mais dans un coin de montagne qu'eux seuls sauraient découvrir. Peut-être au plus profond de son Engadine. Un doute l'effleurait douloureusement : et si Agnès prenait sa réserve pour de l'indifférence ? Ne jouait-il pas un peu avec le feu ?

Mais, peu à peu, la jeune femme s'éveillait au jeu, donnait à son corps, à ses gestes, plus d'abandon dans le déshabillé de soie que Jean lui avait rapporté de Bellagio. Parfois encore, elle parlait de ce qui l'obsédait le plus, l'absence de ses enfants. Puis les réalités reprenaient corps, Jean se souciait de l'heure... La vie de l'hôtel retrouvait ses droits, chacun refermait sa boîte à ciel bleu, tout pénétré encore de la tendresse de l'autre. Sur la pointe des pieds, Jean s'esquivait, emportant le souvenir des grands yeux verts posés sur sa bouche, et la vision des courbes satinées de ce beau corps. Il vivait en quelque sorte les « chastes fiançailles de la Maloja ». Un jour, Agnès serait sienne. Le temps les rapprocherait.

10 juillet. L'été cerne le Kursaal, le soleil flamboie dans la forêt d'arolles, sur les névés, au bord du lac, et même sur les cimes escarpées, l'été et ses splendeurs...

L'hôtel bouillonne d'activité : les familles princières d'Oldenbourg, de Joinville, leurs altesses impériales de Bade, les barons L. W. Rothschild, von Schneider, les Petzoli, Russel, Stephenson, Hennessy, Napier, Lever, Steinlein, entre tant d'autres, avec leur cohorte de valets de pied, de cochers, de premières et secondes femmes de chambre, de domestiques en tout genre, rivalisent d'élégance et d'audace. On s'ingénie à organiser le troisième étage réservé aux domestiques, à peine deux cents chambres contre trois cents pour les maîtres. Il faut superposer des lits, emplir des granges de matelas, surtout s'en contenter. Mais finalement tout fonctionne à merveille : les immenses chaudières, puissantes comme des locomotives, la centrale électrique inexplosable Siemens poussée à vingt-cinq atmosphères, l'ascenseur hydraulique à parachute en cas de décrochage, la boulangerie à feu continu, le dépôt de glace, l'imprimerie des menus et du journal, la brigade des quarante cuisiniers, l'orchestre milanais en rupture de Scala, le télégraphe, la poste. Tout ronronne d'aise.

Le mercredi soir, dans la grande salle des fêtes aux tentures rouges festonnées d'or, étincelantes sous la lumière des lustres, tout ce beau monde polke et valse éperdument. Au salon rococo, dans la salle de billard, au tennis intérieur, dans les salons de lecture et les boudoirs, dans le grand hall où s'organisent, les après-midi d'orage, les jeux de société, partout se pressent les habitués. Des concours de croquet, de quilles, occupent les allées du parc. Le tir au pigeon lui-même est pris d'assaut, on y tiraille déjà de bon matin. Les salons de coiffure ne savent plus où donner du rasoir ou du fer à friser, passant des rouflaquettes militaires aux favoris de marine taillés jusqu'au menton.

Dès dix heures du matin, tout un gazouillis de femmes en toilettes claires, ombrelles et chapeaux de paille au vent, se précipite à l'assaut des promenades à dos de mulets, d'ânes empomponnés et sonnaillants.

Le reflux a lieu vers midi, envahissant la table d'hôte dans un cliquetis d'argenterie et de porcelaine fine.

Pendant ce temps, dans les étages, des centaines de paniers de linge fin s'acheminent vers les ateliers de repassage. La ruche du Kursaal est comble. On refuse les clients de passage au buffet rapide, à la limonade. Au débarcadère, on fait la queue pour obtenir une place sur les bateaux qui vont et viennent entre le Kursaal et le village de Sils Maria.

Des joutes de canots, des courses de voiliers se lancent dans la descente de l'Inn et des trois lacs menant successivement à Campfer.

Chaque matin, de sa fenêtre, Agnès s'amuse à contempler la horde des touristes, alpenstock en bataille, qui prennent d'assaut les troupes de mulets et s'arrachent les paniers de victuailles distribués par les mitrons enfarinés. Des conciliabules, parfois même des disputes, se déclenchent à la lecture des listes désignant les participants aux courses en montagne, aux escalades, aux randonnées vers les glaciers, aux séracs, aux grottes de glace. Le pic Margna, celui du Rossi, le Corvatch, le Monte Sissone, la passe du Muretto, le glacier de Fex, de Fedoz, le lac Lunghin, le Cavloccio, tous avaient leurs partisans. On parlait même de premières estivales, triomphantes, de bouquets d'edelweiss et de merveilleuses trouvailles dont du cristal de roche admirable. On championnait à qui mieux-mieux.

A la tombée de la nuit, les chasseurs les plus infatigables discutaient encore au bar de chasse à l'ours, ou de tir au stand au pistolet Flobert.

Sur les massifs, de longues coulées de foehn avaient réveillé complètement la nature : les anémones, les soldanelles. Bientôt, dans la vallée, les champs étroits seraient envahis de safran bleu, de primevères, de marguerites, de violettes, à la grande joie des nuées de papillons. De toutes parts, les insectes bruissaient. Jean, lui, exultait en entendant passer la diligence :

— C'est le cor de chasse de la poste suisse qui, chez nous, célèbre l'été, Agnès ! L'été de notre magnifique Engadine !

Jamais en retard pour la mode, Agnès s'était mise à « la sportive », comme ces dames anglaises : jupes plus courtes laissant voir la bottine, canotier et petite veste autrichienne garnie de brandebourgs.

Peu à peu, elle s'initiait timidement aux promenades, visitait le village et ses alentours, allait jusqu'à surprendre au lac le plus grand pêcheur de truites « nomarkooch », le grand, l'éternel Rudi Walther : à son simple appel, les énormes poissons remontaient des profondeurs.

13 juillet. Aujourd'hui se prépare la grande sortie en calèche. Agnès et Jean — exceptionnellement libre —, flanqués de leur cocher bergamasque, se réjouissent de visiter Sils Maria.

Dès le matin, Jean était apparu à Agnès sous un aspect très nouveau : fini le pantalon rayé, la redingote boutonnée à deux, le gilet brodé et la cravate grise nouée sous le col empesé... Elle suivait de la fenêtre de son salon le vol d'un oiseau curieusement jaune soufre qui sautillait de mélèze en sapin, quand elle avait aperçu un bel homme blond, dont la prestance et l'allure distinguée ressemblaient à celles de Jean, mais un Jean vêtu d'une veste de chasse, d'une culotte de peau sans guêtre de cuir, chaussé de gros brodequins et chapeauté d'un superbe feutre tyrolien virilement orné de plumes de faisan. Elle en était restée muette de surprise. Pourtant c'était bien lui, c'était bien Jean : il se dirigeait d'un pas dégagé vers un groupe de Bavarois qui, à ses côtés, semblaient endimanchés, et paraissait ainsi beaucoup plus jeune. Elle reconnut vite sa belle prestance de lord anglais et cette lenteur de mouvements qui le caractérisait. Elle ne put s'empêcher d'admirer la barbe blonde si bien soignée dont elle croyait sentir le familier parfum d'ambre. Il lui fit un petit signe, elle vit pointer de la poche poitrine les deux longs havanes qui faisaient tache brune sur le vert de la veste, et, curieusement, une bouffée d'orgueil la réchauffa à l'idée d'être aimée par un homme aussi parfait que celui-là.

La calèche attelée de deux chevaux noirs harnachés d'argent les attendait au perron du petit bâtiment servant d'annexe à l'hôtel.

— Peut-être pousserons-nous jusqu'au Val de Fex, dit Jean en aidant sa compagne à grimper en voiture. Je te montrerai la maison Durich. Elle a été habitée plusieurs années de suite par mon ami Friedrich Nietzsche, le philosophe. Malheureusement, il n'a pas reparu à la Maloja depuis deux ans. Nous verrons également le cerisier en fleur, unique au monde à cette altitude, c'est justement la saison.

Le cocher lâcha les guides, et ce fut Jean qui enleva et mena l'attelage avec son autorité nonchalante. Agnès avait enfermé sa chevelure ardente dans une grosse résille noire très en harmonie avec son cabriolet[1] de feutre fauve. Elle était heureuse de s'affirmer ainsi, victoire de femme aimée. Mais un souvenir douloureux vint la visiter fugitivement sous les traits d'un cocher plus jeune et plus fragile qui, par une belle nuit d'été, l'avait menée, sous la lune, vers les hauts de Mondovi, là où l'avait attendu son premier lit d'épouse, sa première nuit de femme comblée. Et elle essuya une larme.

Durant le trajet jusqu'à Sils Maria, Jean lui raconta comment il avait si souvent rencontré Friedrich Nietzsche au bord du lac, près de la célèbre pierre, et particulièrement lors de son dernier séjour si funeste en cette année 1888.

1. Chapeau de femme de forme élevée.

— Déjà deux ans, est-ce possible...

— Un philosophe, sourcilla Agnès, que veux-tu dire par là ?

— Oh, Puppelé, c'est difficile à expliquer. Un philosophe, en général, c'est un homme qui écrit et qui parle beaucoup pour ne rien dire, mais pour qui le fait de discourir est essentiel, même s'il n'arrive à aucune conclusion. Nietzsche, lui, était différent. C'était un ami de la Sagesse. Il essayait d'expliquer le comment, sinon le pourquoi des mystères de la vie, d'où nous venons, où nous allons, qu'est-ce que l'origine du monde, en un mot, un homme qui essayait d'appréhender la vérité et le destin des hommes.

Agnès ne semblait pas comprendre davantage. Elle retint néanmoins qu'un philosophe était un homme comme les autres puisque ce Friedrich avait été un ami de Jean.

— J'avais fait sa connaissance à la Maloja, poursuivit Jean, lorsqu'il était venu, avec mon ami le professeur Kaftan, à un concert donné en son honneur par une de ses admiratrices, la comtesse Meta von Salis [1].

Agnès avait peine à suivre. Jean semblait perdu dans ses souvenirs.

— Ce jour-là, Schatzelé, j'avais remarqué sa préférence pour Bizet et sa répulsion pour la musique de Wagner et de Brahms. A lui, l'Allemand, je trouvais des goûts méditerranéens. 1888 a été son dernier été à Sils. L'année tragique. Les montagnards disaient que le diable chevauchait dans la montagne pour débusquer les âmes des morts qui, sans sépulture chrétienne, s'abritent la nuit dans les crevasses des glaciers.

Agnès remarqua l'émotion de Jean. L'évocation du diable et de la folie le bouleversait. Elle se surprit à se signer mentalement, pour conjurer le mauvais sort. Jean mit les chevaux au pas. On arrivait près du lac.

— C'était un homme remarquable, ce Nietzsche, si simple, un grand cerveau sensible au magnétisme des grands espaces. Il se plaisait ici. Cette année-là, nous avons eu des tempêtes

1. Authentique. Figure dans les archives du Kursaal.

de neige soudaines, en plein mois de juillet. Les bergers voyaient des loups et des ours parcourir les alpages. Tu imagines le sombre été... D'ailleurs, cet été-là, beaucoup de gens ont perdu la raison. Je t'expliquerai...

L'attelage arrivait à Sils, devant la maison Durich, malheureusement fermée. Jean parla de la petite Adrienne, cette blonde enfant si chère à Nietzsche. Puis ils déjeunèrent en amoureux, à deux pas, à l'hôtel Alpen Rose.

Au cours du repas, Jean, poursuivant son idée, ne put s'empêcher de raconter :

— Un jour, je lui ai apporté ici même un colis de jambon tout à fait spécial que sa mère lui envoyait fidèlement de Westphalie et qui, par erreur, avait atterri à la poste du Kursaal. C'était moi aussi qui avais proposé de lui acheter des plumes métalliques, les célèbres Roeder n° 15, quand j'allais à Coire, car il n'aimait écrire qu'en ronde.

Agnès n'écoutait plus, subjuguée tout à coup par la broderie ajourée de la nappe...

— Je vois que tout cela ne te dit rien... Pourtant, il fallait bien une écriture comme la sienne et des plumes d'acier pour écrire la volonté de puissance... Ah ! *Zarathoustra !...* J'apprendrai tout cela à ton petit François quand il sera grand. Je vais te raconter une autre histoire qui, elle, va t'intéresser, ajouta-t-il alors qu'on leur apportait la tarte aux myrtilles. Un jour, Friedrich Nietzsche est venu à l'hôtel pour boire un chocolat. Nous n'avions que du chocolat suisse, de l'excellent Sprüngli. Il l'a refusé car il n'aimait qu'un chocolat hollandais qu'il disait être le meilleur du monde, du Van Houten. J'en ai fait venir alors spécialement pour lui. En contrepartie, il m'a offert une herbe à thé en infusion que sa sœur lui avait envoyée du Paraguay. C'est un pays de forêts, au cœur de l'Amérique du Sud... Une herbe extraordinaire, le maté, m'a-t-il dit, la yerba des gauchos, des avaleurs d'espace et de liberté comme lui. Plus personne ne parle de lui. Qu'est-il devenu ? On le dit très malade, une crise qu'il aurait eue à Turin.

Agnès se laissait bercer par tous ces mots nouveaux, bien que le sens des phrases lui échappât. Les yeux fermés, elle voyait des Indiens sauvages et des fuites éperdues.

Une fois de plus, Jean s'en aperçut.

— Mais je t'endors avec toutes mes histoires d'hommes, il faut me mettre à l'amende d'un baiser... Me permets-tu d'allumer un cigare ? Le tabac ne t'incommode pas ?

— Non, Jean, au contraire, il me rappelle ta présence. Le parfum de tes cigares, c'est toi. Et puis je suis si heureuse aujourd'hui. C'est comme un premier jour de bonheur.

Elle posa délicatement sa bouche sur ses lèvres, et le sentit qui frémissait.

Le lendemain, avec le petit jour, se leva le même temps de pureté, d'étonnante transparence sans le moindre voile de vapeur, qui donnait au ciel une profondeur presque mauve. Très vite, le soleil brûla à ne pas oublier son ombrelle.

— Ah, madame Mogliano, dit Camillo à Agnès, les sous-bois resplendissent de rhododendrons en fleur ! Savez-vous qu'ici, la végétation monte jusqu'à plus de deux mille mètres ? Des bois d'arolles et de mélèzes ! C'est exceptionnel dans les Alpes ! La nature explose, l'été est court mais intense et superbe... Une vraie merveille !

Agnès souriait de tant de lyrisme, à la fois touchée et impressionnée par la démesure de ce paysage, sa débauche de beauté et d'épanouissement sauvage... D'ailleurs, depuis quelques jours, elle se sentait particulièrement heureuse.

Ce soir-là, quand Jean l'incita à visiter les marmites glaciaires, sa voix fut douce à son bonheur, à sa quiétude.

— Une belle promenade à faire à pied, en remontant vers le col. Vas-y demain, tu seras en bonne compagnie, c'est le jour du guide italien. Ces marmites glaciaires, j'en ai découvert une moi-même, la plus grande. Du reste, elle porte mon nom. Tu verras, à l'intérieur, il y a encore le boulet de pierre dure qui tourne sous la force de l'eau, surtout au moment de la fonte des neiges. Il a mis des siècles à creuser. On les appelle aussi les « barattes du diable ».

Agnès sourit. Le matin, elle avait reçu une lettre de Catherine et un dessin du petit François, déjà très habile : *Le chat de Barba Pino courant après une souris*. Le passé douloureux reculait. A mesure qu'elle se sensibilisait au présent, Agnès renouait avec la sérénité.

Ce matin-là, Olympia chantonnait en ouvrant les rideaux.

Visiblement, elle rayonnait, Armando lui avait écrit et elle brûlait de raconter à Agnès son colosse roux, tout en servant le petit déjeuner, en confiturant, beurrant les tartines, les délicieux *zwieback*[1]. Bien calée dans ses oreillers, inondée de la grande clarté du soleil, Agnès hochait la tête et écoutait, compréhensive.

— Ah, si vous connaissiez mon petit pays, perché au flanc de la vallée de la Seriana, en pays bergamasque... Mon père était maître berger, c'est lui qui conduisait chaque année le grand troupeau de la transhumance qui venait de Lombardie et de la plaine du Piémont, par le col de la Maloja. C'est lui qui m'a trouvé cette place au Kursaal, du temps de monsieur le comte de Renesse, un sacré bâtisseur, celui-là ! Le fondateur de cet hôtel. Il y a déjà six ans, eh oui ! Vous savez comment j'ai connu mon Armando (elle eut un rire de gorge) ? A un bal de Stampa ! La saison avait été un vrai désastre malgré des débuts très prometteurs ! fallait voir comme monsieur le comte était heureux à l'inauguration ! Si vous aviez vu toutes ces fêtes, Madame ! Et puis en juillet, d'un seul coup, le désastre ! On a commencé à parler de choléra qui remontait d'Italie par les vallées. On s'est tous mis à paniquer, le personnel et les clients ! A la frontière, on arrosait à la chaux toutes les rues et le bas des maisons. Le directeur a dû fermer l'hôtel, tout neuf ! un vrai désastre ! En octobre, la frontière fermée ! La quarantaine, qu'il disait. Impossible de retourner au pays. Pour les carabiniers, ça y allait, la chasse aux contrebandiers ! C'est à ce moment-là que j'ai connu mon Armando, à un bal du dimanche, à Stampa. On est restés bloqués tous les deux, on s'est aimés et mariés tout à la fois. Y avait rien d'autre à faire qu'à attendre. Il était maître saucier à cette époque, un artiste !

Agnès bâilla discrètement en songeant à la toilette qu'elle choisirait...

— Ah, maître saucier, releva-t-elle gentiment.

Olympia hocha la tête d'un air grave.

— Oui, c'est la base de la cuisine, Madame. D'ailleurs, il

1. Tranche de pain brioché grillé.

connaissait bien monsieur Jean Wagner, l'actuel directeur, monsieur Jean comme vous l'appelez. C'est lui qui l'avait engagé à ses débuts, à la plonge de l'hôtel des Bains, à Tarasp Scuol. Un très bel hôtel, monsieur Wagner le dirigeait avec sa dame, madame Judith, ils avaient une clientèle de premier ordre.

Agnès, interloquée, dressa l'oreille : *sa dame ? madame Judith ?...* Un frisson la parcourut, elle sentit son cœur la lâcher à en fermer les yeux.

— Ah ?... vous dites, Olympia ? madame Judith, la femme de monsieur Jean ?

Olympia servait le café, beurrait une brioche.

— Oui, sa femme. Armando les a retrouvés tous les deux ici, au Kursaal, après le départ de monsieur le Comte, quand monsieur Wagner est devenu le nouveau directeur. C'est lui qui nous a engagés, et moi je suis devenue la femme de chambre de madame Judith. Elle était très gentille, très active, une vraie grande dame qui connaissait tout le monde ! Fallait voir comment elle aidait son mari ! Et pour les réceptions, elle était formidable, quelle autorité, quelle classe !

Agnès se sentait défaillir.

— Oh, des fois, elle avait bien des sautes d'humeur, je m'en rendais compte, j'étais toujours dans sa chambre. Elle était un peu vive, mais c'était sans méchanceté, juste un peu bizarre. Ça lui venait surtout quand le vent du sud se levait, là-haut sur les crêtes. On disait que ces jours-là, la neige tourbillonnait très fort au pic de la Diavolezza, et ça faisait des bruits terribles qui résonnaient dans la montagne... Ah, Madame, des parois de glace tout entières qui se détachaient et dégringolaient des pentes. Et puis, petit à petit, c'est vrai, madame Judith a changé, elle n'était plus la même. Après une grande agitation, elle restait comme ça, abattue, sur son lit. Pas moyen de la faire lever. Elle a commencé à dire qu'elle ressentait comme des passes magnétiques dans tous ses membres, comme une persécution qui la tourmentait. Un jour, à la fin de l'été 1888, j'ai vu une scène affreuse, une crise terrible dans le bureau de monsieur Hans. Ah, Madame, surtout n'en parlez à personne, c'est entre nous... mais je sais que vous ne direz rien. Ce n'est pas que monsieur Hans me chasserait, mais j'ai jamais rien dit à personne, je sais même pas pourquoi je vous raconte tout ça.

Bien que sous le choc, Agnès buvait ses paroles, elle l'encouragea d'un sourire.

— C'est promis, je ne le dirai jamais...

— Eh bien, madame Judith était allongée par terre et elle se roulait sur le tapis en arrachant sa robe ! Pas joli à voir, une si belle femme, aussi brune que vous êtes rousse. Le docteur de l'hôtel est venu tout de suite, monsieur Hans était comme fou de douleur. On l'a montée dans sa chambre, dans leur appartement du deuxième étage. Le lendemain matin, c'est moi qui l'ai retrouvée évanouie dans son cabinet de toilette, avec du sang partout. J'ai appelé Monsieur et j'ai tout lavé C'était une tentative de suicide, Madame !

Olympia baissa la voix.

— Le docteur a parlé de dépression, mais je crois bien que ça venait du foehn, elle y était tellement sensible ! Après ça, on ne l'a plus revue à l'hôtel. On dit qu'elle vit dans sa famille, les Muller, les gros confiseurs de Saint-Moritz. Ça fait deux ans qu'on n'en entend plus parler. Des fois, un client m'interroge, je sais pas quoi dire. Monsieur Jean est un grand monsieur, gentil, travailleur, et tout et tout. C'est un bien grand malheur, Madame. Bah, je vais faire couler votre bain. Lavande, aujourd'hui ?

Agnès approuva distraitement de la tête. Maintenant, elle savait, et tout lui revenait en mémoire : la conversation de la veille, l'émotion de Jean... Le temps de la folie ne concernait donc pas seulement le philosophe, mais également Judith. Qu'était-elle donc devenue ? Etait-elle encore en vie ? Et pourquoi lui cachait-il tout cela ? Son besoin de savoir, de comprendre, devint une véritable urgence... Pourquoi ne tentait-il pas de partager avec elle ce lourd secret ?

S'installa alors en elle une période d'attente trouble, proche de la souffrance, qui lui fit poser un regard absent sur les choses.

La promenade aux marmites glaciaires, vers le château du Belvédère, se révéla merveilleusement étrange, parmi les arbustes tordus, recroquevillés par le vent et les frimas. Quelle étrangeté, cette nature tourmentée...

Agnès fut frappée par le contraste entre les arolles rabougris, luttant pour survivre, et l'étendue immense, ouverte, de la chaîne de la Bernina, impassible dans la pureté des nues. Tout autour, à ses pieds, ce n'était qu'explosions de touffes de verdure, de corolles par milliers, offertes au frémissement du soleil. Sur les pierres chaudes, l'eau vive sinuait, la vie éclaboussait les pentes de tâches multicolores. Au loin, contre l'immobilité bleue, ce n'était que blancheurs arides, pics échevelés, aiguilles noires se détachant sur le froissis bleuâtre des glaciers. Tout un monde solitaire, inconnu, et qui peut-être attendait quelque nuit sans lune pour se mettre en marche, descendre et envahir les vallées.

Jean lui avait raconté la vie cachée de ces étendues lunaires : les bouquetins, les chamois, les cerfs, les marmottes et les grands aigles... La vie cachée... Pourquoi Jean ne lui avait-il rien dit ? Jamais parlé de cette Judith ? Pourquoi lui avait-il caché tout cela ? « J'aurais tout compris », se répétait-elle.

A cet instant, le guide lui désigna un aigle, très loin, fantastique voilier planant au-dessus du Piz Margna.

— Le roi des nuées, madame. Voyez comme il est immense.

Agnès frissonna. La caravane avançait lentement, les montagnes se dressaient comme à portée de main, biscornues, de formes étranges, en dents de scie avec, plus haut, des aiguilles de glace accumulées, succession de roches noires torturées comme par la main d'un géant, effondrements à pic... Agnès se sentit au bord du malaise, elle ne put s'empêcher de murmurer :

— C'est grandiose, mais si inhumain...

En vérité, une autre voix ne l'avait pas quittée de la journée, qui répétait les mots d'Olympia. A plusieurs reprises, elle avait fermé les yeux, imaginé les bourrasques de neige diaboliques soulevées par le vent qui rendait fou. Et pourquoi n'avait-elle trouvé nulle part trace de Judith, autour de Jean, en lui ? Pourquoi la cachait-il comme une maladie honteuse ? Que lui avait-il confié exactement de sa vie ? Rien, sinon qu'en dehors de son appartement réservé à l'hôtel, la suite 127, il possédait un appartement à Saint-Moritz, fermé depuis sa séparation. Rien de plus. Jamais un mot concernant sa femme. Agnès se souvenait qu'à Nice, alors qu'elle venait de démissionner du vestiaire du Cercle de la Méditerranée, Jean lui avait confié son espoir d'être bientôt libre, qu'elle devrait l'attendre. Elle était alors mariée à Eligio, et n'y avait pas attaché d'importance. Aujourd'hui, elle avait besoin de savoir.

En redescendant vers l'hôtel, elle se remémora leur commencement, la générosité de Jean, l'installation de l'appartement de la rue de France, le glissement insensible vers la tendresse, avant l'atroce cheminement vers la mort de son mari.

Depuis lors, il lui fallait bien se l'avouer, sa vie avait tourné autour de deux amours : ses enfants et Jean. Et cet amour, à ce stade de sa vie, exigeait que tout soit clair, sans douteuse pénombre. Elle ne se sentait plus à l'âge où l'on subit l'événement, mais à celui où on le provoque. « J'adore Jean, il dit m'aimer, il me le prouvera. Il est à moi, je l'aurai. Et puis, je ne veux plus vivre séparée de mes enfants. Pour nous, le temps presse. Notre vie doit se faire avec Jean, non pas ici, au milieu de ces montagnes diaboliques, mais chez moi à Nice. Il est mon amant, il faut qu'il devienne mon mari, le nouveau père de mes enfants. Je saurai combattre pour ça. »

3

Chaque année, vers le 25 juillet, pour couronner la saison, la direction du Kursaal organisait un grand bal d'été, souvent transformé en bal de bienfaisance, très attendu par la clientèle de l'hôtel, et dont la réputation s'étendait bien au-delà de la limite du canton des Grisons.

En cette année 1890, le gala serait donné au profit de la reconstruction d'un village très connu dans la région, Tiefencastel, ravagé aux trois quarts, le 11 mai de cette même année, par un très grave incendie. Situé au croisement des routes de la Julierpass et de l'Albulapass, menant à Coire, la capitale des Grisons, Tiefencastel était le point de passage obligé des équipages et des diligences en route vers la haute Engadine, et plus particulièrement vers la Maloja. Entièrement brûlées, maisons et église n'offraient plus que le désolant spectacle des pierres calcinées, du clocher effondré, dont les trois cloches gisaient encore, à demi fondues, au milieu des décombres.

Le Kursaal allait aider au miracle.

— Mais comment une telle chose peut-elle arriver? demanda Agnès à Camillo.

— Ah, madame Mogliano, chaque année des villages entiers brûlent dans cette région ! On dit que c'est à cause des bergers qui allument des feux partout pour détruire les bois et agrandir leurs pâturages pour la grande transhumance… Les pâturages se louent cher, savez-vous, et il faut nourrir plus de quarante mille moutons. On dit aussi que c'est pour éloigner les ours affamés qui sentent la chair fraîche des brebis et descendent de leurs montagnes. Parce que au matin, souvent, on trouve des dizaines de brebis égorgées. Dame, ça fait du dégât. Alors on brûle les arbres. Sans arbres, ils s'y risquent moins. Mais de temps en temps, un coup de vent, et les flammèches se promènent de grange en grange. Ça va vite, avec le foin sec ! Souvent l'eau manque à cause du gel, et alors le village flambe comme une torche !

Agnès sentit ses poings se crisper. Le feu la terrorisait. Comme les diaboliques bourrasques de neige.

Le programme des réjouissances de la grande fête venait d'être publié dans le *Maloja Chronicle.* Outre le classement des danses les plus demandées, on y donnait le thème des déguisements du bal masqué, et jeunes gens et jeunes filles organisaient déjà de grands projets. Au grand orchestre milanais de la Scala, engagé pour la saison, viendraient s'ajouter les yodleurs de Lucerne et le célèbre Tegeinser Bauerntheater, pour le côté folklorique. Quant au gala de musique de chambre qui serait donné la veille, respect des coutumes oblige, on chuchotait qu'un célèbre violoncelliste, Arturo Toscanini, l'honorerait de son génie.

L'effervescence régnait, le Kursaal moussait de fébrilité, de voix, de propos : « Savez-vous, chère baronne, que cette année le bal sera ouvert par deux altesses impériales, et que plusieurs suites princières sont annoncées ? Ah, mon Dieu, ai-je vraiment apporté tous mes bijoux ? On me dit que le coffre de l'hôtel est sûr, mais il est déjà si plein ! »

Au salon bleu, réservé aux dames de première noblesse, on s'informait, l'éventail palpitant : « J'apprends que Son Altesse Royale la duchesse douairière de Gênes ne sera pas de la fête ! C'est sa dame de palais, la comtesse di Canale, qui me l'a confié hier soir. Surtout n'en soufflez mot à personne ! Le comte Gazzeli di Rossana, son *cavaliere d'onore,* est déjà là pour l'aménagement des appartements. Elle n'arrivera qu'après la fête. »

Au fumoir, entre deux bouffées bleues, ces messieurs ne sont pas en reste : « Ah, j'oubliais de vous dire, Florimond, *His Highness* le sultan de Jiapore est arrivé hier soir de Berlin avec une voiture de malles et une armée de serviteurs enturbannés. On ne sait où les mettre, peut-être dans la chaufferie ! Au moins, en voilà un qui n'aura pas besoin de déguisement ni de fausses émeraudes. Il en porte une au doigt qui ressemble à un œuf de pigeon ! Buvons aux seigneurs de ce monde, messieurs ! A nos femmes et à nos maîtresses ! »

Olympia elle-même confiait à Agnès en riant :

— Les chambres des domestiques sont pleines à craquer, madame ! trois femmes de chambre dans le même lit ! Ça jase, surtout que les maris sont à l'annexe ! Ça va drôlement rigoler dans les granges ! Il paraît qu'on va y aménager des nids d'amoureux, mais seulement pour les couples mariés !

Agnès rit de bon cœur, puis tendit un carton à Olympia :

— Regarde un peu ce qui désespère en ce moment ces dames !

Olympia prit le carton, le déchiffra à haute voix : « Menu du 12 juillet 1890 : Potage parmentier. Truite du lac meunière. Gigot de mouton braisé. Volaille au riz sauce suprême. Epinards au jus. Perdreau rôti sur croûtons. Salade. Pêches à la Bourdaloue. Chausson de Saint-Denis avec un chambertin 1878. » Elle leva un nez interrogateur vers Agnès.

— C'est un menu, Madame, c'est tout...

— Oh non, Olympia ! Ce n'est pas seulement un menu, c'est un drame ! Et tu sais comment ces dames l'appellent ? Le drame du corset ! Parce qu'elles dévorent tellement, toutes, qu'elles grossissent à vue d'œil. Ce matin j'en entendais une qui pleurnichait : « Oh, ma pauvre Jenny, c'est affreux, nous mangeons beaucoup trop, beaucoup trop ! C'est la faute de ces promenades aux glaciers ! Nous rentrons affamées ! Savez-vous que j'ai au moins deux doigts de lacet à perdre pour rentrer dans ma robe de bal ! Que vais-je faire, mon Dieu, que vais-je faire ? » Tu vois, Olympia, un souvenir m'est revenu, la voix de mon Ligio, juste avant qu'il ne tombe malade : il me répétait sans arrêt que toutes ces femmes étaient des dindes et des mijaurées qui vivaient sur le dos des pauvres, de ceux qui crevaient de faim. Parfois je me demande...

— Faut pas, Madame ! Y a toujours eu des riches et des pauvres, et y en aura toujours ! Moi je dis qu'un bon maître vaut mieux qu'une mauvaise liberté !

Agnès hochait la tête, songeuse. Elle regarda Olympia sortir de la chambre, retoucha sa toilette, et gagna à son tour le long corridor.

Dans le hall, sur un sofa, une dame d'un âge certain, très entourée, commentait d'une voix pointue : « Ce glacier m'a é-rein-tée ! Et dire que nous dînons ce soir à la table de George Bancroft. Vous aviez donc oublié, ma chère ? Il y aura lady Mabel Fitzgerald. C'est à ne pas manquer, assurément. Elle amènera le botaniste Thomas Henry Huxley, vous savez, l'émule de ce Darwin, celui qui prétend que l'homme descend du singe, et nous des guenons. Pour penser de la sorte, le pauvre homme doit avoir une femme bien laide ! Qui sait, peut-être la verrons-nous ? »

Agnès avait ralenti le pas, s'attirant les regards appuyés des mâles désœuvrés.

« J'ai trouvé une corolle de gentiane comme robe de bal, ma chère, continuait la femme, juste un peu de madapolam et un coupon de soie, le marquis sera jaloux à souhait ! Je la ferai très courte et mes seins sortiront du pistil comme Vénus de sa coquille... »

Ce glanage, ces bribes de la vie des autres, Agnès les prenait très au sérieux. C'était son école à elle, son apprentissage d'un milieu dont elle ignorait tout, et qui chaque jour la terrorisait davantage. Elle aurait dû se familiariser, s'imprégner des manières, du style de vie. Au lieu de cela, comme si quelque chose en elle se cabrait, elle le rejetait, tentait de le connaître pour mieux s'en préserver. Seules la ravissaient les bribes de conversations qui touchaient à Jean, à l'estime profonde que ce monde paraissait nourrir à son égard. Et surtout, tout ce qui concernait le souvenir de Judith, son obsession, cette femme qui nichait au fond de son bonheur comme une blessure. « Hans Wagner... Quel bel homme, charmant, cultivé, il parle et écrit couramment six langues... C'est d'ailleurs la coqueluche de nos ladies. J'ai connu sa femme, une brune superbe. Elle a disparu, semble-t-il, on ne la voit plus. On dit qu'elle vit à Nice. Dommage, elle savait si bien recevoir... Ah, ces Suisses, les meilleurs hôteliers du monde, ils battent maintenant les Anglais. C'est tout dire ! »

Mais Agnès n'entendait pas ce que les hommes chuchotaient d'elle, de sa beauté. Elle ignorait à quel point elle avait fait sensation, à quel point, dans son sillage, se levaient les regards et les murmures : « Un morceau de roi... quelle peau... une veuve, paraît-il, d'un industriel de Turin... Elle est toujours seule, et ma foi assez farouche... Qui sait, mon cher, elle attend peut-être un maharadjah... »

Ce qui, bien entendu, ne manqua pas de lui attirer les amertumes féminines. Ainsi, chaque fois qu'elle prenait place à la table d'hôte, les conversations s'arrêtaient, un certain silence mettait en relief le cliquetis des couverts. Le visage des femmes se fermait. La légende de la lady rousse prenait corps.

Agnès, elle, se sentait devenir de glace. Ce qu'elle avait voulu préserver se retournait contre elle, tournait à la provocation. Ces gens n'avaient rien d'autre à faire qu'à s'exciter autour du moindre mystère, elle aurait dû le prévoir... Elle s'asseyait alors avec des gestes lents, point de mire de cette tablée de princes.

Elle décida d'en parler à Jean. Peut-être devrait-elle désormais moins jouer les énigmatiques, et se mêler à eux, de manière à ce qu'ils apprivoisent sa présence, à ce qu'en fait ils l'oublient.

C'est alors qu'elle pensa au prochain bal : il ne serait peut-être pas maladroit qu'elle y participât... Lorsqu'elle en parla à Jean, il applaudit des deux mains.

— Voilà qui me fait retrouver mon Agnès ! Tu vas mieux, enfin ! Ce sera magnifique, tu verras ! Tu souperas à ma table, et la première valse sera pour nous, tu me réapprendras les figures du quadrille. Oh, Agnès, je veux que tu sois la plus belle, la parure de cette soirée !

Il la serra contre lui et l'émotion gagna la jeune femme. Elle se lova contre ce grand corps puissant et tendre, à l'abri de toutes les misères du monde.

— Et la robe ? glissa-t-elle soudain.

Jean éclata de rire.

— Beauté oblige, Schatzelé, nous trouverons de vrais artistes !

Et ils tombèrent d'accord pour éviter les deux couturières de l'hôtel.

— Elles ont peut-être du goût pour faire des rideaux avec des brandebourgs, des pompons et des fanfreluches partout, dit Agnès en riant, mais pour une robe de bal... Nous sommes déjà le 19, et le bal a lieu le 28, il faut faire vite !

Camille Bertone, le conseiller de ces dames, les tira bientôt d'embarras, heureux d'être utile à « madame Mogliano ».

— J'ai mon amie Stéphanie, à Saint-Moritz, qui ne connaît que ça ! Je vais lui envoyer le voiturier pour la prévenir immédiatement. Madame Mogliano n'aura qu'à s'installer à Saint-Moritz, trois ou quatre jours, au Curhaus, et elle aura, je vous l'assure, la plus belle robe de la soirée. Je vais télégraphier au Curhaus tout de suite pour retenir l'appartement.

Dès le lendemain, folle de joie, Agnès, merveilleusement installée, par la protection du directeur du Kursaal, dans une superbe suite du Curhaus, à deux pas de l'établissement de bains, s'apprêtait à se lancer à la recherche de la plus belle des robes et des accessoires dignes de l'accompagner.

A son réveil, à neuf heures, le parc résonnait déjà des flonflons de l'orchestre : une polka de Metra. Elle imaginait le kiosque à musique, au milieu du va-et-vient des chapeaux de paille et des canotiers des touristes.

Elle se vêtit à la hâte et descendit dans le hall. Là, une foule bizarre faisait la queue, verre à la main, dans l'attente d'une eau ferrugineuse que distribuait parcimonieusement un gros jeune homme en habit noir. D'austères « Herr Professor », lunettes d'or et barbe en éventail, en redingote et tuyau de poêle, notaient, au milligramme près, les doses octroyées à chacun.

Agnès n'avait plus qu'une idée : grimper au village pour y rencontrer madame Stéphanie, la préposée au miracle qui devait lui indiquer la couturière, la seule idoine, et d'autres boutiques à chapeaux, bottines, gants, bas, jupons, corsets...

Elle se faufila habilement à travers les files d'équipages qui se croisaient comme à la parade.

Dans le parc, vivement traversé, elle remarqua ce monde curieux, anachronique, qui marchait lentement, notant dans des carnets le nombre de pas réellement faits, le visage caché sous de grands chapeaux noirs à larges bords. De jeunes Anglaises, grandes dents et nattes au vent, ombrelles déployées, cheminaient à l'indienne comme des canetons allant à l'eau. Plus loin, de jeunes hommes en béret et complet de flanelle grise tiraient, presque en cadence, des bouffées bleues de leurs pipes en porcelaine. Elle vit même, assis sur un banc, un curé en soutane, botté, qui lisait son bréviaire.

Madame Stéphanie l'attendait et, empressée, lui donna l'adresse de Rosa Stillheim.

— C'est une fameuse couturière, chère madame ! L'ancienne première de chez May, le couturier de la rue de la Paix, à Paris. Elle saura, en quatre jours au plus, vous habiller de la meilleure manière.

Elle ajouta en souriant :

— De toute façon, avec votre tournure, ça ne lui sera pas bien difficile, n'est-ce pas ? Mais surtout convenez des prix avant tout essayage, et ne dépassez pas quarante louis pour une robe en satin duchesse. Il y a dix pour cent pour moi, *Achtung !* Vous lui plairez, elle adore les jolies femmes. C'est une artiste. Le flou, elle vous fignole ça, faut voir comme ! Un vrai plaisir. D'ailleurs elle habille la clientèle étrangère la plus riche, mais à chacune sa robe, n'ayez aucune crainte ! comme Paganini, *non replica.* C'est une futée. Parlez-lui de monsieur Wagner, elle le connaît bien. Elle habillait sa femme, une Muller, vous savez, la famille qui tient le salon de thé le plus chic en ville, le roi du chocolat. Des gens importants, de la fortune, et les femmes ! Des maîtresses femmes, ces Muller, des Grisonnes[1], c'est tout dire ! Moi, je suis viennoise, *gemutlich,* pour vous servir...

« Plus bavarde qu'une pie, cette Stéphanie », s'impatienta Agnès. Son cœur s'était serré. Décidément, elle remettait ses pas dans ceux de Judith, inéluctablement.

Elle resta quatre jours au Curhaus, et Rosa fut parfaite. La robe vert émeraude, évidemment, en satin broché argent, s'assortissait d'un petit tailleur du matin très pratique pour la course aux glaciers, un peu saute-torrent à truites, et d'un manteau du soir, avec cape soulignée d'un rien, d'un soupçon de petit-gris, manchon assorti.

Les deux femmes s'entendirent fort bien. Fine mouche, la

1. Descendantes des matrones romaines, elles ont une réputation de femmes à poigne.

couturière devina la liaison d'Agnès qui, peut-être par orgueil, ne fit rien pour la détromper, suivant d'un œil distrait les mains habiles, à peine caressantes, qui la frôlaient, la faisaient tourner sur elle-même.

— Quels seins vous avez, madame, murmura-t-elle.

Puis madame Rosa encaissa l'argent, en précisant que les dix pour cent de Stéphanie ne concernaient que la robe.

Les deux femmes se saluèrent et, au moment où Agnès allait passer la porte, madame Rosa lui glissa :

— Monsieur Wagner est très connu ici. Il a beaucoup d'admiratrices, un bien bel homme avec ses yeux bleus, sa barbe blonde. Une vraie prestance de duc, n'est-ce pas, chère madame ? Mais sa femme, que devient-elle ? On ne la voit plus du tout chez les Muller... on la dit bien malade, c'est donc vrai ?

Agnès se dégagea et se hâta vers l'ombre de la ruelle, le souffle oppressé, poursuivie par le fantôme de Judith.

Mais chez le bottier, brusquement, elle prit le parti d'affronter, et auprès de la bottière, mine de rien, elle s'informa de son « amie » Judith.

— ... Pour le bal, il n'y a que du sur-mesure, ma belle dame ! les souliers fins, c'est pas comme les bottines, ça doit ganter... mon mari les fait à merveille ! Judith Muller ? La femme de monsieur Wagner ? Ils vivent séparés depuis deux ans maintenant. Eux qu'on ne voyait qu'ensemble, quel malheur ! Posez votre pied là-dessus... C'est vrai, Judith était parfois bizarre, elle avait un petit quelque chose qui a dû s'aggraver. La saison dernière, je l'ai aperçue deux ou trois fois chez ses parents, les Muller, mais toujours accompagnée. Elle a beaucoup changé, elle qui était si élégante, je l'ai vue tout habillée de noir, la mine tirée, et suivie d'une sorte de chaperon... une infirmière, peut-être. Ah, ça faisait peine à voir, elle avait l'air si loin, si seule ! C'était une femme remarquable, vous savez, du meilleur monde. Et quel couple ils faisaient tous les deux ! Pauvre monsieur Wagner, parce qu'il est encore jeune, ma pauvre dame. La vie a de ces retournements... Je vais vous montrer, je viens tout juste de recevoir de jolies chaussures de marche, elles vous iront à merveille, elles font un joli pied.

— Je suis allée prendre un chocolat battu chez Muller, dit Agnès, j'ai essayé de savoir…

— Et on ne vous a rien dit ? Ça ne m'étonne pas ! Je sais, je connais une des serveuses. C'est le silence complet. Comme si elle était la honte du clan. Un oncle de Judith a déjà été interné. La fortune, ça fait pas toujours le bonheur, madame… Je vous emballe aussi les bottines ?

Agnès retrouva la lumière de la rue, un peu douloureuse, en proie à une foule de questions sans réponse, si ce n'est que Judith était malade. Et brusquement, elle eut envie de serrer Jean dans ses bras, de le faire parler, cependant qu'autre chose naissait en elle, une curieuse sensation, désagréable, qui ressemblait fort à de la jalousie… Jean « la coqueluche des ladies », hein ? Eh bien on allait voir ce qu'on allait voir… Elle était là, elle, et prête à défendre ce qui lui appartenait. A ce mot, elle s'immobilisa, éblouie par l'évidence qu'elle ne possédait rien encore, ni personne. Personne hors ses enfants, ces petits êtres qui devaient l'attendre de jour en jour chez Barba Pino, en guettant le bout du chemin. Et comme chaque fois qu'elle pensait à eux, ses yeux se noyèrent de larmes, sa gorge se noua. Pourtant il lui fallait rester, leur donner le père qu'ils aimeraient, elle en était certaine. Car Jean serait son mari. Des lettres devaient d'ailleurs l'attendre à la Maloja. Quelle solitude à Saint-Moritz, quelle angoisse, surtout la nuit, dans cette grande chambre vide, sans même une Olympia.

Pour tuer le temps, elle avait accepté de suivre une mini-cure, des bains et des massages, excellents pour le maintien de la taille, lui avait-on assuré. Les baignoires en bois rouge et à couvercle avaient créé sa surprise : seule la tête dépassait, et un gargouillis gazeux d'eau chaude se déclenchait, une infinité de petites bulles qui venaient jouer au plus secret d'elle-même, courant le long de son corps comme s'il était plongé dans une coupe de champagne. C'était bon, jusqu'à devenir troublant. Suivait le vigoureux massage, à la fois viril et doux, qui lui redonnait le tour de taille de ses vingt ans.

L'eau qu'elle buvait ici, aux bains, lui paraissait plus minéralisée qu'à la buvette. Elle l'aspirait à l'aide d'un petit tube de verre, comme lui avait appris une gironde Bavaroise qui avait peur de se gâter les dents, mais qui adorait faire masser ses magnifiques fesses au gant de crin après sa baignade quotidienne : « Ch'est si pon, *ich liebe* », ronronnait-elle, et Agnès riait de cette rude franchise.

Elle prenait, comme les autres, l'eau à la buvette, en s'attardant aussi autour du kiosque à musique, la promenade de santé. Autour d'elle, les messieurs affûtaient alors leurs moustaches, et, sans même essayer de comprendre leur langage, Agnès s'enfuyait et rejoignait les rives du lac de Champfer. Elle en aimait la sérénité, l'écho clair du battoir des lavandières en jupes rouges et corsages noirs qui, tout en bavardant, frappaient des montagnes de beau linge. Elle fermait les yeux, et ce bruit lui rappelait Nice, le Paillon, ses flâneries sur le pont vieux, lorsqu'elle rapportait au bord du quai les corbeilles de langes de sa petite Catherine, « la mia pichouna », avec l'aide de Françoise, jusqu'à la ruelle Segurane. Un passé qui ne cesserait jamais de l'habiter. Et une fois de plus sa tristesse déferla. Depuis quelque temps, tout devenait prétexte à se languir de ses enfants, à se culpabiliser de les avoir confiés pour un temps au brave Barba Pino... Elle avait besoin d'eux, charnellement. « Pourtant, se disait-elle, c'est aussi pour eux que je suis là. Si j'étais seule, tout me serait plus facile. Avec eux, je n'ai aucun droit à l'échec. »

Elle sentit qu'il était grand temps pour elle de rentrer à la Maloja, les derniers cartons lui seraient livrés le soir. Ensuite, le plus difficile resterait à accomplir. Dès à présent, il lui fallait retrouver sa force, sa foi en elle, son audace à vivre... oublier les cauchemars qui depuis quelques jours visitaient ses nuits solitaires du Curhaus, et dont elle émergeait en sueur, terrorisée de questions sans réponse : « Et si Jean m'abandonnait ? Que faire, à mon âge, avec mes enfants, sans foyer à leur offrir, sans même de quoi les nourrir ? Car Jean a une femme, et depuis mon arrivée chez lui, je vis de sa générosité et je ne suis même plus sa maîtresse ! »

Et la peur la prenait au ventre : se pouvait-il vraiment qu'il acceptât cette abstinence ? Un homme comme lui ? Ou bien quoi, encore Judith ? Je m'endors dans la facilité, je reste là à choisir des robes, des bottines... alors que c'est à moi de faire le premier pas. Il a raison, la nuit du bal sera la nôtre. Je vais l'aimer, l'aimer de tout mon corps. »

Et d'image en image, de désir en frisson, son corps se remit à palpiter, à attendre. Elle revit, une dernière fois avant son départ, l'impudique Bavaroise qui lui confia des recettes d'amour « à déguster » en se frottant de neige : « Rien te del bour lefer la queue des bédits oiseaux entormis... c'est un jôli Vranzais qui me l'a abris... »

Agnès, elle, réapprenait à rire, à vibrer. Des voix du passé résonnaient à ses oreilles, et surtout celle d'Hélène, son initiatrice niçoise, pour qui la vie des sens n'avait plus de secret : « Tu me fais rire avec tes simagrées ! Bouscule-toi un peu, que diable ! Les hommes aiment ça ! Ton monsieur Jean si distingué, il est comme les autres ! Ne va pas lui faire l'amour en chemise, malheureuse ! Ça n'avilit pas, l'amour, ça sanctifie ! Invente, que diable ! N'attends pas que ça vienne tout seul, prends les devants, fais-lui ce que tu aimerais qu'il te fasse ! Alors seulement tu seras sa femme et il sera ton homme... »

Ce soir-là, pour sa dernière nuit au Curhaus de Saint-Moritz, Agnès se dévêtit lentement, régla l'éclairage ocré de la lampe, et se campa devant son miroir. Le front barré d'un pli soucieux, elle s'examina sans complaisance. Au creux de ses cuisses, sa toison fauve accrochait les mêmes jeux d'ombre que ses cheveux défaits, accentuant la blancheur de sa peau. Eligio lui avait tiré du plaisir, c'est vrai, et Alfredo, son bel amant piémontais, lui avait révélé son corps tout entier. Mais qu'en avait-elle fait ? Rien. Elle n'avait pas su vibrer, pas compris que le temps passait et que bientôt elle serait vieille. Elle scruta ses cuisses, ses hanches, sa taille, palpa son ventre, ses seins, et seulement alors se concéda un sourire. Elle était encore belle. L'heure était venue d'aimer.

4

Le temps se voulait résolument exceptionnel, tendu de bleu profond, sans le moindre moutonnement. Les vieux bergers, le nez en l'air, racontaient qu'ils n'avaient pas vu cela depuis bien longtemps. Une brise légère traversait la vallée, et Agnès décida de rentrer à la Maloja, mais par le chemin des écoliers. Elle remonta successivement, en bateau à voile, les trois lacs qui se donnent la main le long de l'Inn : Champfer, Silvaplana, Sils Maria. Un changement de bateau chaque fois, de ces grosses barques à arceaux — tendues de toile par temps de pluie — servant au transport des moutons. Elle traversa ainsi les vastes étendues bleutées, assise dans la brise odorante. Quand le débarcadère de la Maloja apparut au loin, Agnès se leva, elle venait d'apercevoir la haute silhouette de Jean qui l'attendait, et une bouffée d'émotion la saisit, immédiatement suivie d'un pincement au cœur à la vue d'un essaim de jeunes femmes à qui il distribuait force baisemains.

On tardait à accoster, Agnès s'impatientait, une saute de vent obligea le bateau à tirer à nouveau un bord pour reprendre l'erre et mieux se présenter. Les yeux fixés sur Jean, si bien entouré, Agnès se répétait nerveusement qu'il était dans la force de l'âge et qu'il devait bien avoir quelque part de jolis « épanchoirs ». Pourquoi avait-elle si longtemps joué l'esseulée ? D'un coup, une scène de l'Osteria Vecchia lui revint en mémoire : un soir, en apportant un pichet de bière, la pulpeuse kellerine avait fait mine de glisser, et Jean l'avait rattrapée par la taille, le plus naturellement du monde et sans s'excuser, cependant que la fille esquissait un mouvement du buste très suggestif...

Plus décidée que jamais, en faisant un signe à Jean, elle se jura que deux jours après le bal, il dormirait dans ses bras, définitivement.

Le bateau affala sa voile. Agnès sauta vivement sur le quai et, devant le bataillon d'élégantes voilées de bleu pour se protéger du soleil, elle reçut de Jean un magnifique bouquet d'edelweiss et un long baisemain plein de ferveur. Lorsqu'il se redressa, ses yeux cherchèrent ceux d'Agnès, intensément. Elle prit son bras et, en devisant, ils regagnèrent l'hôtel à petits pas.

Dès l'entrée, Agnès remarqua de grands changements, tout le monde s'agitait, la décoration florale était déjà en place, roses blanches et œillets roses. Agnès se mit à rire joyeusement. Jean l'enveloppa de son regard tendre, et elle lui chuchota que la robe de bal était somptueuse... Les salons de coiffure embaumaient les parfums de Paris, l'atelier de peinture était transformé en ouvroir, et le tennis couvert en réfectoire. La table d'hôte gisait, démantelée, au milieu de monceaux de nappes blanches. Des corbeilles pleines d'argenterie remontaient des entrailles du Kursaal. Dans les étages, les lingères entamaient un vrai marathon. Au salon de musique, des jeunes filles s'essayaient à des figures de danse devant le piano à queue Bechstein, grand ouvert pour la circonstance. Au fumoir, transformé en pavillon suisse, on agitait les drapeaux des cantons au son des clarines, cependant que retentissait la marche de la Maloja, de Gnager, écrite jadis pour l'inauguration de l'hôtel.

Le lendemain, 28 juillet, à vingt heures, heure du dîner, Agnès fit son apparition dans la majestueuse salle de restaurant. Unanimes, les têtes se tournèrent vers elle, et un certain silence salua sa beauté. Admirablement coiffée, parée de ses lourdes boucles fauves et des plus belles épaules de la soirée, le teint illuminé par le satin émeraude de sa robe, ses yeux verts rehaussés de crayon, Agnès se dirigea sans hâte vers la table d'apparat du directeur.

Au petit déjeuner, Jean avait lui-même glissé un rang de perles à son décolleté pour célébrer la soirée. Les invités se pressaient vers la table, et Hans Wagner, très grand prince dans son habit noir, fit des présentations très protocolaires :

madame Mogliano, de Turin. Soutenue par le regard amoureux de Jean, Agnès évolua avec beaucoup d'aisance et de simplicité. Elle se retrouva assise à la droite d'un brillant major en grand uniforme des carabiniers, Alberto Della Rispa, et à la gauche du marquis Berlinghiere, de Florence, tous deux italiens, pour la commodité du langage.

A vingt et une heures, après les desserts et les pièces montées, les invités gagnèrent la salle de bal par les doubles portes grandes ouvertes. Les hommes en habit et les femmes en toilettes somptueuses, robes à traîne repliée sur le bras, bijoux éclatant, à chaque entrée en lumière, de précieux feux d'arc-en-ciel.

Le bal débuta par la distribution de cotillons vendus au profit du village de Tiefencastel dont les armes enluminaient le menu. Quant à Sa Hauteur le maharadjah, elle arborait, avec son aisance coutumière, la fameuse émeraude en œuf de pigeon, piquée au creux de son turban de soie.

Agnès accorda sa première danse, une valse, au major carabinier de Sa Majesté, la seconde, une polka piquée, au marquis, la troisième étant formellement réservée au très entouré directeur du Kursaal. Le programme annonçait la célèbre valse de la forêt viennoise.

Un instant avant le départ de la polka, Agnès avait aperçu Jean qui se faufilait vers la table de la blonde et vaporeuse duchesse de Leinster. Raccompagnée à sa table par le marquis, Agnès chercha Jean du regard, la valse s'annonçait déjà, les premières mesures de l'ouverture emportaient les danseurs. Mais il ne réapparaissait pas. Croyant à une absence obligée, elle finit par se diriger vers le bureau où Camillo Bertone l'accueillit en grand désarroi.

— Ah, Madame, vous voilà enfin ! Je vous ai fait chercher de tout côté. Monsieur Wagner a été appelé d'urgence à Saint-Moritz. Une voiture et un commissaire sont venus spécialement le chercher, une grave affaire de famille, je le crains. Malheureusement, je n'en sais pas plus. Ils sont repartis immédiatement, mais il a laissé ce petit mot pour vous. Il était bouleversé, vous savez... J'ai juste eu le temps de lui apporter son macfarlane.

Agnès n'entendait plus rien. Elle saisit l'enveloppe, fit

sauter le cachet de cire et lut trop vite, s'y reprenant à plusieurs fois : *Agnès chérie, on vient me chercher pour une grave affaire de famille, je dois partir sur l'heure pour Saint-Moritz. Pardonne-moi pour notre valse, mais ce n'est que partie remise. Tu étais la plus belle ce soir, j'aurais aimé te le dire. Bertone te tiendra au courant. Je reviens au plus vite. Ton Jean.*

Elle réprima un mouvement de rage, un violent sanglot de dépit l'étreignit. Ce soir ! Précisément cette nuit qui aurait dû les réunir, leur permettre de s'aimer… !

A cet instant, comme pour ponctuer sa révolte, une énorme explosion, suivie d'une cascade de verre brisée, lui arracha un cri de terreur :

— Qu'est-ce que c'est ? balbutia Agnès, l'orage ?

Bertone secoua la tête.

— Non, Madame, certainement un vol d'oiseaux de passage qui a heurté la grande verrière. Nous avons l'habitude, la clarté du hall monte jusqu'à la coupole et les éblouit. C'est du verre blanc, ça porte bonheur.

En quelques instants, la panique s'était emparée des danseurs, les femmes criaient, s'évanouissaient. Il fallut toute le persuasion de Bertone pour rétablir le calme. Effectivement, un vol d'oiseaux venait de briser la grande verrière.

— Probablement des outardes égarées par l'orage, expliquait-il.

Très pâle, Agnès glissa la lettre dans son corsage.

— Merci, monsieur Bertone, à demain.

Le cœur en deuil, elle s'efforça de sourire, une dernière fois, en rejoignant la table où était resté son châle. Au loin, leur valse pleurait ses derniers accents. Mais le major venait de l'apercevoir. Il se hâta vers elle, et tout en s'inclinant l'enveloppait de son accent romain :

— Ah, madame, vous aviez disparu ! Tous nos invités vous attendent pour le quadrille. Acceptez mon bras, ne partez pas, je vous en conjure, le danser avec vous sera la plus grande joie de ma vie.

La gorge d'Agnès se serra : son Jean était sur la route, sa soirée n'avait plus de raison d'être, alors pourquoi refuser ? Rien n'avait plus d'importance. Elle accepta d'un sourire distrait.

— Vite, la présentation commence, murmura le major en l'entraînant.

Agnès dansa parfaitement toutes les figures. Alberto Della Rispa était un danseur d'un charme exceptionnel. Elle lui promit une nouvelle valse, et rêva qu'elle la dansait avec Jean. Les yeux fermés, elle laissait le monde tourner autour d'elle, vertige voluptueux dans lequel elle se perdait, dans lequel passait et repassait le visage de Jean.

A la table, elle accepta un doigt de champagne, puis la flûte. Elle ne sut jamais combien de temps s'était écoulé avant qu'elle se retrouvât au bord du grand sofa, dans le salon rococo, seule avec les baisers d'Alberto qui déjà couraient sur ses doigts. L'homme lui plaisait, mais elle sut l'arrêter à temps, dégrisée tout à coup. Elle s'enfuit, courut presque dans les corridors, rejoignit sa chambre et s'enferma en pleurant, de dépit et d'amertume. Où se trouvait donc Jean, précisément ce soir, *leur* soir ! Elle ne voulait pas y voir un signe du destin, mais une angoisse diffuse se mêlait à sa frustration. Et cependant qu'elle se dévêtait rageusement, que la robe émeraude s'affaissait sur le tapis en plis chatoyants, que les souliers atterrissaient dans les coins comme des boulets de canon, un soupçon traversa Agnès, avant de la chavirer tout entière : « Mais alors, pour Jean, il existe quelqu'un, quelque chose de plus important que moi ? » et elle s'effondra dans ses oreillers, étouffée de sanglots.

Ayant jeté sur le papier quelques mots destinés à Agnès, Jean avait rejoint l'inspecteur Herr Steiner qui l'attendait dans le coupé devant le Kursaal. Immédiatement, la voiture s'était ébranlée et, tournant à droite, élancée sur la route de Saint-Moritz.

Au-dessus des escarpements, des éclairs zébraient le ciel tourmenté. La lune haute avait disparu, les mélèzes du parc se tordaient sous les rafales de vent qui rabattaient des nuages de poussière. L'orage ne tarderait plus à se déchaîner. Déjà de grosses gouttes s'écrasaient sur la capote.

— Alors, inspecteur Steiner, dit Jean après un silence, j'ai droit à la vérité. Nous avons au moins trois heures de route devant nous, je veux tout savoir, ne me cachez rien. Comment les choses se sont-elles passées ?

— Horrible, monsieur. Pour vous dire vrai, madame votre femme a failli tuer son infirmière aujourd'hui, à cinq heures de l'après-midi. C'est en entendant des cris, et surtout un hurlement, que la bonne de madame Muller, votre belle-mère, s'est précipitée vers l'appartement de votre femme. Elle l'a trouvée près de la porte, certainement prête à s'enfuir, et l'infirmière à terre, évanouie, perdant son sang par une profonde blessure à la base du cou. Votre femme sanglotait, hagarde, ensanglantée. On a retrouvé les ciseaux pleins de sang dans la ruelle du lit. A ce moment, votre femme est à nouveau devenue une furie. Le cocher est vite monté et, non sans mal, a réussi à l'envelopper dans une couverture, puis il a appelé le médecin Herr Sturm, et prévenu la police. Je suis arrivé immédiatement.

Jean l'interrompit de la main, comme si l'image lui était insupportable.

— Mon Dieu, quelle horreur. Comment est-ce possible ? Le docteur pensait qu'elle allait mieux, les crises s'espaçaient.

L'orage maintenant se déchaînait sur les noires solitudes, les arbres s'échevelaient furieusement au bord des fossés. De temps à autre, dans la lueur des éclairs, les feuilles luisaient de pluie. Une forte odeur de terre mouillée montait, des éboulements succédaient au fracas du tonnerre, allumés par des passages de feu au-dessus des crêtes, des pierres dévalaient les pentes.

Le coupé longeait le lac de Sils qui semblait monter jusqu'aux fossés assaillis de torrents bourbeux.

— Nous espérions tellement en ce nouveau médecin, soupira Jean.

— Mon cher monsieur, la chose n'est plus possible. Je connais la théorie des Muller, mais cette fois, il faut se rendre à l'évidence.

— Que voulez-vous dire, Herr Steiner ? Vous pensez à l'internement ?

— Bien sûr, monsieur Wagner. Tout a un terme, qu'on le veuille ou non. Maintenant il faut agir, il est temps. Ou bien vous reconnaissez que votre femme est normale, et il y a alors tentative d'homicide sur une personne de service, avec préméditation car les ciseaux proviennent d'une boîte à ouvrage du rez-de-chaussée, ou bien nous reconnaissons qu'elle est démente, n'ayons pas peur du mot, et dans ce cas elle n'est pas responsable, la démence effaçant la criminalité. Mais elle doit alors être internée dans une maison de santé. Vous savez, il y en a de très confortables. C'est au médecin et à vous de décider. De toute manière, je dois prendre mes précautions. Mon rapport est prêt. Je n'attendais plus que votre décision, d'où ma hâte à venir vous chercher. *Dura lex, sed lex*. Que voulez-vous...

— Oui, je comprends, rétorqua Jean. Merci d'être venu si vite. Puis, comme subitement accablé, il ajouta : Mais en arriver là... Judith, si vous saviez, si vous l'aviez connue, monsieur, une belle intelligence, une femme de cœur. Finir comme cela... Et comme s'il se réveillait tout à coup : Et l'infirmière ? Sa blessure est-elle grave ?

— Non, rassurez-vous. Heureusement, les ciseaux sont passés tout à côté de la carotide. Un peu plus et nous avions un meurtre sur les bras. Elle a perdu beaucoup de sang, mais le cou, c'est comme le visage, ça saigne beaucoup. En tout cas, elle est hors de danger. Sturm a été formidable. Votre femme a juste une entaille au poignet. Elle n'a pas eu un éclair de lucidité. Il a fallu lui passer la camisole de force, elle se débattait furieusement. Vous verrez le procès-verbal. Il faut que vous évitiez le dépôt de plainte et signiez la demande d'internement, monsieur Wagner, je vous le conseille.

La route maintenant quittait le lac de Sils. Déjà, les lumières du village trouaient les ténèbres. L'orage s'éloignait, la lune apparaissait, bordant les nuages d'argent sombre.

Le commissaire bourra une pipe en bois à couvercle de cuivre retenu par une chaînette. Tout en suçotant le tuyau de corne, il se décida à murmurer :

— Je tiens à vous dire, monsieur Wagner, que personne n'est au courant. Vous pouvez encore étouffer tout cela, éviter le scandale pour la famille. Vous obtiendrez le silence de l'infirmière. Elle est de Celerina. Un petit dédommagement et elle n'y pensera plus. C'est une femme très sérieuse, elle a l'habitude des malades. Aucun problème, nous fermerons les yeux. Mais la démence ne peut plus être niée. N'oubliez pas qu'elle seule efface la criminalité.

Jean baissa la vitre. L'odeur de la pipe l'incommodait. Il alluma un de ses cigares.

S'enfuyait déjà le croisement menant à la Julierpass. Le lac de Silvaplana finissait là, bientôt apparaîtrait le Champfer, la route s'élargissait. Six kilomètres encore et ce serait la maison Muller.

Dès son arrivée à la maison de santé, Jean dut se résigner à parapher la requête de décision d'internement. Au pavillon des dangereux, et malgré l'interdiction des visites, il put apercevoir Judith, et son cœur se brisa. Elle était méconnaissable, livide. Dans ses yeux tournés vers un ailleurs inconnu, il lut qu'elle avait sombré, qu'elle n'appartenait plus à ce monde. « Etat de démence active », portait le certificat d'internement.

A l'issue d'une douloureuse réunion avec la famille Muller, Jean fut nommé curateur pour l'exercice des droits civils de la malade. Divorce et remariage étaient impossibles, sauf si Judith recouvrait la raison ou, bien sûr, si elle mourait. C'est la nouvelle que Jean devrait désormais annoncer à Agnès : il ne pouvait pas l'épouser. Du moins, avant longtemps.

Nue, nerveusement entortillée dans son drap, Agnès passait une très mauvaise nuit entrecoupée de cauchemars. Brusquement, un coup formidable la fit sursauter. Dehors l'orage grondait, la foudre semblait s'être abattue au pied du lit, un déluge de pluie et de bourrasques écartelait les arbres du parc. Elle pensa immédiatement à Jean, à son départ précipité, à sa voiture qui devait dévaler la route lugubre des lacs, et elle frissonna. Glissant dans cet état second qui favorise les rêves, elle vit un coupé jaune basculer au ralenti dans un précipice, les chevaux s'écraser dans le torrent boueux, cependant qu'au loin, des appels de cor lui parvenaient. Alors elle se vit quittant le Kursaal, habillée en bohémienne, puis subitement dans les rues de Turin, vêtue de sa robe de bal, errante, ses marmots à la main, entrant dans une cour et cherchant des escaliers. Les escaliers si particuliers de sa maison de Turin...

— Madame, il est dix heures.

Au pied du lit, Olympia portait un immense bouquet de roses rouges parsemé d'étoiles blanches minuscules.

— Regardez, ce sont des gypsophiles, Madame, le bouquet vient d'arriver, mais l'envoi est daté d'hier, là, sur l'enveloppe.

Agnès s'empara de l'enveloppe blanche et vérifia la date. C'était bien celle de la veille. Elle l'ouvrit fébrilement et lut : *Pour notre nuit, ton Jean.* Même les fleurs avaient raté leur rendez-vous. Elle se mordit les lèvres pour ne pas éclater en sanglots.

La journée se traîna, morne, insupportable. Agnès ne parut pas à la table d'hôte, peu disposée à subir le regard de reproche du major éconduit. A tout instant, elle passait à la réception pour interroger le bureau du télégraphe. Rien. Aucune nouvelle de Jean. Bertone lui-même ne pouvait cacher son inquiétude. Elle remonta dans sa chambre et sonna Olympia qui lui offrit de lui tirer les cartes. Agnès hocha la tête, oppressée au souvenir de son cauchemar.

— J'utiliserai les tarots piémontais, Madame, je les connais bien, nous ne prendrons que les vingt-quatre figures de la cinquième série, et vous recouvrirez la dernière figure tirée, en utilisant les dames, valets et rois, en excluant les cavaliers. C'est comme ça qu'on fait chez nous, à la recouverte, vous ne tirerez que cinq cartes.

Olympia versa alors deux petits verres de caluso [1] selon le désir d'Agnès qui voulait renouer avec les habitudes et le souvenir de sa chère Pippa quand Rina, sa gouvernante, tirait les cartes rue Bava.

Elles étaient bonnes. Agnès tourna le dix-neuf, le Soleil.

— Peut-être vos enfants, dit Olympia.

Le seize : la Maison de Dieu, le bonheur tranquille.

Elle les recouvrit avec le dix :

— La Fortune, donc l'argent.

1. Liqueur piémontaise, fabriquée à partir de raisins secs.

Puis le six :

— L'Amour...

Et le sept.

— Le Chariot, peut-être un voyage... Mieux vaut s'arrêter, dit Olympia, cinq cartes, c'est le maximum.

Mais Agnès, curieuse, réclama le jeu tout entier. Elle tira la dame de coupe et le roi d'épée. Olympia l'arrêta tout net.

— C'est assez, Madame. Bien difficile à interpréter, mais les cartes sont très bonnes, avec un mystère là-dessous. L'espérance, il faut la respecter, sinon elle pourrait se fâcher. Ne vous en faites pas, je sens que tout s'arrange. Ayez confiance...

A sept heures du soir, toujours aucune nouvelle de Jean. Agnès s'apprêtait à descendre pour faire un tour de parc avant le dîner, marcher jusqu'à l'énorme mélèze foudroyé la nuit précédente, ouvert de la cime aux racines comme sous la lame d'un immense couperet, lorsqu'on frappa à sa porte. C'était un groom :

— Madame Mogliano, un monsieur vous demande à la réception, voici sa carte. Monsieur Bertone demande ce qu'il doit faire.

Agnès lut : Henri de Gastaldi.

— Faites monter, dit-elle aussitôt. Je le recevrai au salon rose.

Gastaldi était devant elle, toujours égal à lui-même, comme à Nice dans son bureau, en pantalon rayé et redingote grise, monocle vissé à l'œil droit et petit chapeau à la main.

— Vous ici, comme cela me fait plaisir, mon cher banquier ! s'écria Agnès. Elle ironisait, mais connaissait bien le péché mignon du fondé de pouvoir de Jean : *banquier,* le rêve de sa vie, cela lui mettait toujours une petite joie au cœur.

— Je suis venu pour affaire à Lucerne et à Coire, madame. Je ne pensais pas venir jusqu'ici, mais j'ai rencontré monsieur Wagner ce matin à Saint-Moritz et...

— Jean ! sursauta Agnès. Comment va-t-il ? Je suis si inquiète, nous n'avons aucune nouvelle...

— Il va bien, madame. Il rentrera demain après-midi. J'allais reprendre la diligence postale pour rejoindre Andermatt, mais il m'a demandé de monter jusqu'ici pour vous voir et tout vous expliquer.

Agnès sentit ses jambes se dérober sous elle.

— Venez, murmura-t-elle. Asseyons-nous.

La mission était délicate, mais Gastaldi s'en tira avec son doigté habituel. « Fin comme l'ambre », disait-on très justement de lui. Il raconta Judith, le drame, l'internement. Mais le plus difficile restait à expliquer, c'est-à-dire le divorce impossible, certes, mais également la nécessité de conforter la position d'Agnès. Pour cela, Jean proposait de préparer financièrement leur remariage et donc d'avancer à sa future femme une partie de la communauté à venir. En quelque sorte, il lui constituait une corbeille de mariage.

— Puis-je me permettre, madame, insista Gastaldi, de vous conseiller d'accepter cette position d'attente qui vous donnera toute satisfaction. Une simple garantie pécuniaire pour que vous ayez l'esprit libre, et puissiez ainsi attendre le mariage en toute tranquillité.

Mais Agnès était atterrée. Jean ne pouvait divorcer, elle n'avait entendu que cela, n'entendait que cela. Et jusqu'à quand ? Combien d'éternité ?

— De toute manière, continuait Gastaldi de sa voix unie, vous devez vous-même respecter votre deuil, un délai de viduité de neuf mois, disons un an, ce qui nous reporte à juillet de l'année prochaine. D'ici là, beaucoup de choses peuvent arriver, madame. La santé de madame Judith est bien compromise. Le docteur Sturm lui-même n'ose se prononcer. En attendant, monsieur Wagner vous propose une rente de quatre cent mille francs placée à trois et demi pour cent. Il voudrait que vous vous installiez confortablement à Nice. Il fera tout pour cela et je vous y aiderai. Il faut préparer le contrat de mariage dès maintenant.

Ainsi présentées, les choses parurent moins noires à Agnès. Une corbeille de mariage de quatre cent mille francs... la tête lui tourna un peu, elle n'avait pas l'habitude. Mais ce qui lui importait le plus, c'était Jean.

— Excusez, chère madame, ces assommantes considérations d'ordre juridique et financier, mais il faut bien en parler, nous sommes tous mortels. Monsieur Wagner ne sera libre que si sa femme se rétablit, il pourra alors divorcer. Ou, hélas ! si elle succombe à la démence. C'est d'ailleurs à la seconde solution que nous devons nous attendre. Préparons donc déjà financièrement ce mariage, la régularisation viendra d'elle-même.

Un peu figée, gênée par le sujet, Agnès se taisait, les mains croisées sur ses genoux.

— ... Il faut de toute façon que vous soyez tranquille, reprit Gastaldi, un peu dérouté par le silence de la jeune femme. Vos enfants ont besoin d'un foyer, et monsieur Wagner peut déjà s'occuper sérieusement de leur avenir. Il me le disait encore hier en me parlant des sentiments très... chaleureux que vous lui inspirez... Que pensez-vous de cette proposition ?

Agnès ne comprenait pas grand-chose à tout cela, délai de viduité, modus vivendi, contrat de mariage, rente... sinon que Jean tenait à elle, maintenant elle en était sûre. Il avait compris ses angoisses, donc il l'aimait, les enfants aussi l'aimeraient. Une joie soudaine déferla en elle, un flot d'émotion amoureuse pour cet homme qui savait transformer un drame en leçon de délicatesse.

— Voilà, madame. En résumé, je suggère que monsieur Wagner vous fasse délivrer un titre de rente nominale d'une valeur de quatre cent mille francs, dont les intérêts vous permettront de faire face à vos besoins et à ceux de votre famille. Ce titre, avec un placement bien surveillé, vous donnera un revenu à peu près égal à vingt mille francs l'an. Nous pourrons également trouver des arrangements pour faire fructifier votre capital. Monsieur Wagner s'occupera en outre de votre installation à Nice, tout cela étant versé par anticipation sur votre corbeille de mariage. Le contrat lui-même n'interviendra qu'au moment de la cérémonie.

Il se leva, déplia sa longue et mince silhouette.

— Réfléchissez, madame. Nous pourrions nous voir demain matin avant le déjeuner, qu'en pensez-vous ? Monsieur Wagner ne rentrera qu'avec l'omnibus de quatre heures. (Il sourit en la regardant dans les yeux.) Je crois que mon conseil est bon. Monsieur Wagner me disait hier : « Mon seul contrat avec Agnès, c'est l'amour », eh bien, précisément, ce que je propose ne peut que le conforter.

Les yeux d'Agnès s'étaient noyés de larmes. En curieuse conclusion à cette nuit ratée, à cette tragédie, Gastaldi lui apportait une déclaration d'amour officielle. Elle sourit en se demandant si elle n'eût pas préféré l'entendre de la bouche même de Jean. Elle se leva à son tour.

— Je vous remercie, monsieur de Gastaldi. Bien sûr que je saurai attendre Jean. Ce que vous ferez sera bien fait. Et j'ai une confiance aveugle en Jean.

Elle ajouta, avec un sourire ému :

— ... en vous également, mon cher banquier...

5

Les deux jours passés à Saint-Moritz se révélèrent pour Jean Wagner un véritable calvaire.

Revenu de la maison de santé, après l'internement définitif, il passa la soirée et une partie de la nuit à la maison Muller, au premier étage de leur appartement de Saint-Moritz qu'il voulait fermer définitivement. Ils y avaient, du reste, Judith et lui, très peu vécu. Les pièces, le mobilier, rien ici ne lui laissait de souvenir. Il n'emporta que quelques photos, une grosse liasse de lettres ficelées, et surtout un volumineux album de cuir fauve à fermeture de cuivre, dans lequel Judith avait retracé avec grand soin les principales étapes de leur vie sentimentale et professionnelle. Cela débutait par le jardin enchanté de Stratford-on-Avon, au bord du canal, puis Londres, les séjours à Paris, Vienne, les vacances à Zoug, et surtout les débuts prometteurs de l'hôtel des Bains à Tarasp Scuol ainsi que la très ambitieuse entreprise du Kursaal. A chaque page, il reconnaissait la méthode et le souci de l'ordre, l'organisation de sa femme. Tout était soigneusement classé : les photos, les documents annexes, les articles de journaux, les en-têtes de lettres, les faire-part, les menus, les invitations, etc. Un parcours de douze ans, *leur* parcours. La dernière page s'arrêtait curieusement en mai 1887, le jour de leur douzième anniversaire de mariage. La dernière photo.

Il retrouva aussi la lettre que Judith lui avait adressée de Stratford, après leur première rencontre du 14 février 1875, à la réception donnée par le consulat suisse de Londres pour célébrer la fête nationale du canton des Grisons. Cette missive, fascinante quant à la forme et au fond, avait excité sa curiosité et son intérêt pour cette belle jeune fille brune, si sage, qui lui avait accordé une demi-heure de conversation. C'est grâce à cette lettre écrite en français qu'il était venu à Stratford et qu'il l'avait épousée si vite, au début de l'été, le 20 mai 1875. La lettre dormait là, sous son enveloppe timbrée. Un joli timbre rose à un penny à l'effigie de la jeune reine Victoria. Il la relut et, une fois de plus, en resta impressionné :

Dear Franz, Vous m'absorbez depuis notre rencontre. Le but a été réussi en ce sens qu'à me distraire de votre présence, l'acuité de ma curiosité s'étend, et plutôt que de me rallier à la folle raison de vous voir encore, je me résous à vous écrire cette lettre qui s'étire au fur et à mesure de votre lecture, prétexte à l'embuscade de laquelle j'évalue au plus haut point l'étendue d'une joute où vous seriez présent. Vous n'avez rien interrompu en moi. A peine dois-je me résoudre à vous voir occuper maintenant tant de place…

Il y en avait ainsi quatre pages, et cela se terminait brusquement par cette chute : *J'ai l'impression maintenant que ce n'est pas moi mais mon lit qui dort en rond. Baisers. Judith.*

Franz, puisque c'est ainsi qu'elle l'avait toujours appelé, se souvenait de son voyage, de la rencontre dans le cottage très campagnard du révérend Jonathan Wamwright, l'oncle de Judith, de leur promenade le long du canal étroit menant à l'Avon. Il retrouvait le souvenir de la maison fleurie de Shakespeare, le jardin enchanté au bord de la rivière, la simplicité pleine de charme de la jeune fille, le thé rituellement servi avec les *scones* fourrés au beurre fameux de Cambridge. C'est ainsi que le besoin de se revoir avait surgi à Londres, dans la maison de sir Burton, présentement consul de Sa Gracieuse Majesté à Trieste, et dont la fille était l'amie inséparable de Judith.

Page après page, il revécut leur mariage à Londres, le voyage de noces dans l'Oberland, les folles courses à la Jungfrau, le retour en Angleterre, le stage si profitable au Savoy, leur petit appartement d'Hanover Square, les promenades à Hyde Park, au bord de la Serpentine, et surtout Kew Garden. Rien ne manquait. Judith était alors folle de botanique. C'était le temps anglais de leurs amours, quand Judith lui apprenait la science de se faire des relations mondaines, de les conserver et de les étendre. Elle possédait en effet un véritable réseau de connaissances et d'amitiés qu'elle devait en grande partie à son oncle. Celui-ci, ancien professeur de théologie au collège Gonville et Caius de Cambridge, entretenait d'excellents rapports avec la gentry, l'aristocratie de nom et d'argent, attachée à l'admirable université [1].

Jean se souvenait du jour où il était resté deux heures dans la bibliothèque, à subir un examen de passage en règle avant d'épouser Judith qui, cachée dans l'antichambre, lui envoyait de furtifs baisers. La grande discussion avait porté sur la Carta Magna et l'utilisation faite par le peuple suisse de ce que le révérend appelait la république républicaine, l'opposant ainsi à la république autocratique. L'institution de la Landsgemeinde et du Landrath.

Cela avait beaucoup joué dans l'acceptation du futur époux de sa *nièce.* C'était la Suisse, réelle démocratie, qui épousait l'Angleterre. Rien de moins. L'instruction civique de Hans avait trouvé là sa raison d'être.

Deux albums pour douze années de bonheur. Une nuit pour en feuilleter le résumé...

Judith l'avait conquis d'emblée. Elle était le geste et la parole précises, l'économie des mouvements inutiles. Toujours élégante, mais avec sobriété, elle avait le sens du juste nécessaire. Le superflu, elle le réservait à ses hôtes. Tout de suite après son mariage, elle avait tout entrepris pour aider son mari. Rien ne lui échappait, mais son action respectait toujours les décisions de Franz. L'organisation doit suppléer à la mémoire, disait-elle. Inutile de la surcharger.

Hans-Franz ne se souvenait pas de longues nuits d'amour passées avec Judith, mais de longues soirées de travail, prolongées tard dans la nuit. Soirées consacrées au dépouillement du courrier qu'elle semblait appeler à elle comme le

1. Université fondée par Sigebert, roi d'East Anglia, en 631. Comprend dix-sept collèges, entre autres Peter House Trinity College, Clare Hall, Pembroke, Caius, etc., où vivent toujours les souvenirs de Newton — sa pyramide à la main — Oliver Cromwell, Bentley, etc.

moulin la farine. Elle triait, analysait, remplissait des fiches sur lesquelles rien ne manquait : le nom du client d'hier, d'aujourd'hui, peut-être de demain, consignant les goûts, les affinités, les relations, le nom des membres de la famille, les manies, les travers, le coin de restaurant préféré, le numéro de la chambre élue, le cigare et les fleurs préférés, quelquefois même le nom du chien. Il feuilleta ce fichier unique qui avait fait la renommée, la fortune de leur premier hôtel à Tarasp Scuol. Elle lui laissait tous les problèmes d'équipement, de ravitaillement, de contrôle impérieux des cuisines, la confection des menus, l'ordonnance de la cave, la comptabilité et le choix du personnel. Il la revoyait, belle, attentive, accueillant la clientèle, s'occupant de son confort, toujours prête à satisfaire ses moindres désirs avant même qu'ils soient formulés, disposant avec amour les bouquets de lupins bleus à l'entrée de l'escalier. Il l'entendait encore lui murmurer : « Je soigne les yeux et la joie du cœur de nos clients, ils doivent rester des amis. »

Malgré toutes ses occupations, Judith ne manquait jamais un office au temple. Il se souvenait de la cérémonie d'août 1885, lorsqu'avait eu lieu la dédicace du temple pour le culte anglican à la Maloja. Elle était si heureuse d'y accueillir l'*earl* et la comtesse de Jersey, lord Villiers et son épouse lady Mary Fitzwilliam, Mr. Page Darly et de nombreux révérends venus de Suisse et d'Angleterre. Les noms étaient là, notés sous la photo jaunie. Cinq ans seulement. Judith rayonnait alors de bonheur et d'anglicité. Avec un serrement de cœur, Jean songea qu'elle n'avait malheureusement pu assister à l'achèvement de la nouvelle église dédiée à Zwingli, sur le petit plateau, le long de la route cantonale, qu'il avait fait construire en 1888. C'est en 1887, lui semblait-il, que le caractère de Judith avait commencé à s'aigrir, à se métamorphoser. Il est vrai que la saison avait été très dure, l'hiver des plus rigoureux, véritable record de tourmentes de neige.

Aujourd'hui, il restait seul pour continuer l'œuvre si bien commencée.

Il se redressa, mit de l'ordre dans les tiroirs, brûla les lettres inutiles, choix douloureux. Il ramassa quelques bijoux, compléta les malles et les valises, tout ce qu'il voulait remettre à la famille Muller. Car il était bien décidé à ne rien conserver qui puisse l'écraser sous le poids du passé.

Hilde, la servante aux épaisses tresses blondes qui avait découvert la tragédie, vida les armoires, les commodes de « la pauvre Madame ».

— Vous ferez déposer la lingerie à la maison de santé, dit Jean. Vous y joindrez un bouquet de roses blanches, celles qu'elle adorait.

Il avait un goût de cendre dans la bouche.

La savoir à la fois vivante et morte à la vie lui était insupportable.

Il embrassa une dernière fois la photo de Judith, celle de leur mariage, et referma la porte sur son passé. Pour la marche vers l'avenir. Agnès l'attendait.

Après s'être arrêté à Silvaplana pour déjeuner, Jean attrapa la diligence qui partait pour Chiavenna et la Maloja. Il aurait voulu recouvrer une partie de son insouciance de jadis, de sa joie de vivre. A quarante-cinq ans, sa situation était faite, sa fortune déjà confortable. Il vendrait l'hôtel familial de Zoug et s'installerait, durant la saison d'hiver, à Nice, auprès d'Agnès. Peut-être accepterait-il la direction d'un nouvel hôtel à Cimiez, où il aurait encore une dizaine de bonnes années à accomplir. Avec la venue du XXe siècle, peut-être s'arrêterait-il, Agnès à ses côtés. Il espérait de toute son âme que Gastaldi s'était bien tiré de sa mission et qu'à cette heure, Agnès était tranquillisée, rassurée sur ses sentiments et ses intentions. Il s'occuperait lui-même de l'éducation de François, un fils à lui, enfin !

Pour la première fois depuis des heures, une forme de joie le réchauffa. Il avait retrouvé chez Agnès ce très spontané, ce pulpeux goût de la vie qu'il avait frôlé à vingt ans, avant son départ pour Londres, avec Greta, sa blonde et rustique maîtresse qu'il avait dû abandonner sur les injonctions de son père.

Et sur cette route cahoteuse qui menait à la Maloja, cette route de plein soleil, il se souvint de sa dernière nuit dans la chambre de Greta, le dénoué rituel des tresses, l'empressement de cette féminité tremblante de désir. Puis l'ultime caresse, au matin, l'adieu au satiné des cuisses, à l'odeur musquée laissée sur la couette. Le goût du bol de lait crémeux lui revenait en bouche, et il réentendait les jappements du chien courant derrière la carriole qui l'emportait. Depuis cela, le sérieux et l'assujettissement avaient présidé à sa vie. C'est avec ce passé qu'il avait voulu renouer, dès qu'il avait aperçu Agnès à Nice.

Désormais, il lui restait à vivre pour lui. Ce n'est pas d'une épouse qu'il rêvait, c'était d'une femme. Une femme frémissante qui ne tiendrait pas ses comptes, mais qui fondrait de volupté. Il sourit en pensant au corps superbe d'Agnès, son espoir et son refuge. Oui, elle n'était pas du même milieu, oui, elle aurait des difficultés d'adaptation, non, elle ne saurait pas l'aider dans sa profession, mais il ne se sentait plus concerné par cette échelle de valeurs. Il en avait d'autres. Aimer et être aimé n'était pas déchoir. Pour Agnès, il savait faire table rase des préjugés. Pour elle, il oublierait une partie de ce qu'on lui avait enseigné. Il désapprendrait. Et désapprendre auprès d'elle, cela signifiait revivre.

De nouveau, la diligence stoppa. Le relais. Tra-tra, le postillon sonna de sa corne pour prévenir de son approche et faire préparer cinq forts chevaux irlandais. De nouveaux voyageurs attendaient : un groupe de jeunes filles autrichiennes en costume national rose et bleu, certainement de Linz.

Et à nouveau le départ. Jean se laissait aller aux cahots de la mauvaise route, empli de l'image rousse d'Agnès, de son regard vert. « Je l'aime… », pensait-il, et il se délectait de la sensation qui montait en lui : « Elle est pour moi le bonheur. S'il le faut, j'irai vivre chez elle, à Nice, du moins l'hiver. Elle n'est vraiment elle-même que là-bas. Je prendrai le risque de l'éloignement. »

La voiture s'arrêta enfin devant le Kursaal. Une nuée de grooms se précipita au-devant de Jean.

A ce moment, il aperçut Gastaldi qui faisait charger ses valises. En hâte, il vint aux nouvelles.

— C'est oui, monsieur Wagner, lui dit-il avec un sourire. Madame Agnès accepte, tout est en règle. Pour l'appartement, j'ai même quelque chose en vue rue Saint-François-de-Paule, un bel appartement dans une maison bourgeoise, en face de l'Opéra...

— Je ne vous remercierai jamais assez, Gastaldi. Je ne peux vous dire combien je suis heureux. Bon voyage.

A trente-trois ans, par amour et à quelques mois seulement de son veuvage, Agnès devenait rentière. Elle entrait en bourgeoisie.

6

Anxieux, Jean s'empressa de gratter au 127, avec le besoin de serrer Agnès contre lui. Elle ouvrit la porte, surprise, et se jeta dans ses bras. Jean la couvrit de baisers. Les roses rouges trônaient sur la commode.

— Ne dis rien. Je sais tout, mon Jean. Gastaldi m'a tout expliqué. J'ai souffert avec toi. J'accepte ce que tu as proposé. Notre vraie vie commence maintenant. Essaie d'oublier, il faut réussir à vivre libres et heureux.

Jean la serra plus fort.

— Nous allons nous sauver trois jours à Pontresina, au Steinbock, chez les sœurs Stegher, Julia et Carlotta, des Valaisanes, chuchota-t-il à son oreille. C'est au pied des glaciers, dans un hôtel de poupée, exprès pour toi... Nous y serons complètement ignorés de tous... Ça va te changer du Kursaal, je te préviens !

Elle éclata de rire.

— Et pour moi, donc ! renchérit-il. Un vrai retour aux sources ! Tu vas être obligée de tresser tes jolies boucles, et je t'emmènerai jusqu'au pied des glaciers. Tu verras, on ne peut cesser d'admirer ces gradins, ils grimpent vers les cimes dans la lumière bleue de la glace qui étincelle au soleil ! C'est inoubliable, Agnès, un paysage unique. Echappons-nous avant les nouvelles arrivées.

Et ils s'échappèrent. En grand secret. A sept heures du matin, pour plus de sécurité, ils rejoignirent la diligence fédérale au ventre jaune, à l'hôtel Kulm, pour éviter toute indiscrétion. Du reste, le couple était méconnaissable. Agnès portait une robe de laine écourtée, couleur puce, qui laissait voir d'épais bas blancs au-dessus de bottines fourrées à revers. Un chapeau cabriolet en paille orné d'un large ruban bleu, vite transformable en voilette en cas de surprise, emprisonnait sa chevelure torsadée en gros chignon, masquée par une écharpe de soie blanche. L'anonymat complet.

Jean, lui, avait pris l'apparence d'un touriste bavarois : veste de drap vert, culotte de peau grise, gilet de laine jaune rebrodé et feutre vert orné d'un superbe blaireau. Seule l'habitude du cigare rompait la belle ordonnance montagnarde.

La diligence pour Coire les mènerait jusqu'à Samaden où ils déjeuneraient et reprendraient la correspondance pour Pontresina. La même voiture remontait jusqu'au col de la Bernina et redescendait en Italie vers la Valteline.

— Tu vas voir, Schatzelé, le Steinbock, à l'intérieur du village, fait face à la grande solitude du glacier qui descend en amphithéâtre bleuté jusqu'à un pré de neige immense, étendu au soleil. On dirait une draperie étincelante.

Ils grimpèrent sur l'impériale, à l'arrière de la grosse patache. Et là-haut, ignorés de tous, cachés par la grande capote noire baissée, et avec pour tout vis-à-vis les grosses malles bâchées qui les protégeaient du vent, ils se sentirent seuls au monde, amoureux et libres... « Mademoiselle et monsieur, c'est le coin des amoureux », avait plaisanté le postillon en empochant le beau pourboire avant de donner le départ dans une envolée de sonnailles.

Jean était heureux. Heureux de sentir contre lui le corps chaud d'Agnès, de respirer la brise qui roulait toutes les senteurs de l'été, heureux de lui faire goûter les splendeurs de son Engadine.

La voiture dévala la route, trois heures durant, longeant tour à tour lacs et forêts dominés par les murailles noires et blanches des massifs, franchissant une infinité de torrents en crue, bouillonnants et écumants. Agnès remarqua surtout les vieilles pierres grises des murs, veloutées de mousse et de lichen. Comme son Piémont, c'était un bon vieux pays dur, hostile à première vue, mais qui devait cacher, derrière ses solides maisons de pierre, la douceur de vivre, l'infini plaisir de s'aimer plus près de Dieu.

On toucha à Samaden, un peu avant le déjeuner, et à l'hôtel Bernina, à l'ombre du dôme doré de l'église. Ils eurent le temps de parcourir le vieux village aux maisons-forteresses écrasées au sol, presque sans fenêtres, ouvertes par de simples lucarnes défiant le froid et les avalanches.

Une foule tapageuse de touristes, quittant le tramway des neiges, prenait d'assaut les salles des auberges. Agnès et Jean trouvèrent deux places face à face, et le vin de la Valteline fit chanter leur repas, rustique mais consistant.

A quatre heures, enfin, le couple grimpa dans la guimbarde pour Pontresina. Sur la route, à la sortie du village, ils croisèrent les grands chars de foin odorant menés par des Tyroliens vêtus de peau de chèvre. Des femmes en capeline chantaient en se tenant aux ridelles. Un des voyageurs expliqua :

— Ce sont des faucheurs. Chaque année, durant deux mois, ils remontent du Tyrol pour aider les femmes laissées seules à rentrer les foins pour l'hiver. Leurs hommes les abandonnent pour la saison. Ils travaillent dans les hôtels jusqu'en Italie, ou en France. Elles sont très fidèles et même pas jalouses ! Elles acceptent bien volontiers de voir leurs maris partir. Mieux vaut beaucoup d'argent et payer les Tyroliens trois ou quatre francs par jour ! Mais leur revanche, croyez-moi, elles l'auront cet hiver, quand elles resteront bien au chaud sous leurs couettes ! Ce sont de bien vaillantes femmes, des descendantes des Romaines.

— Des Etrusques, monsieur, répliqua Jean. Notre parler romanche en est une preuve : *Ni talians, ni tudois, rumantschs vulains rester*[1].

La patache traversa de grands espaces frangés de bois d'arolles et de noirs mélèzes. Au-dessus, les écharpes vertes des pâturages s'étageaient, coupées de rochers et montant jusqu'à la limite des neiges. A chaque rétrécissement de la vallée, fermée par des moraines, la voiture

1. En parler romanche : ni italiens ni français, romanches nous voulons rester.

traversait des rideaux d'arbres masquant de petits lacs envahis de roseaux, et d'où s'échappaient des vols de canards.

Lorsqu'ils arrivèrent à Pontresina, le village était déjà endormi. Agnès et Jean gagnèrent à pied le Steinbock, d'où la vue était admirable. Au bas de la langue glaciaire, les séracs et les stalactites brillaient aux derniers rayons du couchant, se teintaient de mauve. Tout là-haut, juste avant la nuit, le massif neigeux de la Bernina s'incendiait.

L'intérieur de l'auberge plut immédiatement à Agnès. Enfin ici tout était à sa mesure, sentait la cire, avec en plus une odeur de canelle qui venait de la cuisine. Les murs recouverts de bois, les rideaux à carreaux rouges et blancs, tout respirait le rustique. Elle se sentit bien, délivrée enfin de tant de luxe, de lumières et d'artifices. Elle comprit à cet instant combien, dans ce décor, ils pourraient s'appartenir et se confondre.

Frau Carlotta les précéda au premier étage, jusqu'à la chambre.

— La plus jolie, madame. Nous laissons le feu allumé nuit et jour dans la cheminée, ça met de la gaieté. Dès que le soleil disparaît ici, le froid retombe. Et puis si vous avez trop chaud, on peut se découvrir, pas vrai ? Le lit clos est en haut de l'échelle. Je vous ai mis couettes et oreillers. Pour l'eau chaude, je vous monterai les brocs à la demande et après le dîner. La table d'hôte est à sept heures. Peut-être en attendant voulez-vous du chocolat et des brioches ? Elles sont encore toutes chaudes, et c'est du beurre de nos vaches ! Je me sauve, faut finir la traite.

La porte se referma et ils se retrouvèrent seuls dans la chambre. Ici, pas de grande baignoire blanche, mais une cruche et une cuvette, un paravent pour cacher tout ce que Agnès était bien décidée à faire découvrir à Jean, généreusement.

Ils se regardèrent, et leur désir passa, en silence. Elle s'approcha, prit ses lèvres et, longtemps, ils s'embrassèrent. Elle ne pouvait se détacher de lui, le désir de Jean contre son ventre. Le besoin d'amour courait le long de ses jambes, elle se sentait fléchir, son sang battait plus fort. Doucement, elle se dégagea. Mieux valait attendre la nuit. Comme lui avait dit Hélène, sous la couette, elle oserait.

Jean se dirigea vers la croisée, l'ouvrit, et Agnès le rejoignit. L'air froid les cingla. Au loin, les cimes flamboyaient de traînées d'or qui s'effilochaient au vent. Doucement, le manteau de la nuit remontait du torrent, envahissait les pentes. C'était l'heure rouge, noire et or. La magie des montagnes au soleil couchant.

Puis Agnès, bien sagement, vint ouvrir la mallette qu'un garçon rougeaud, pomme d'api, venait d'apporter avec un gros vase de fleurs des champs.

— De la part de madame Julia, dit-il.

Agnès reconnut le velours incarnat des trèfles de son jardin de Mondovi. Elle sourit au présage de bonheur. Elle jeta sur la table un tapis de dentelle qu'elle avait acheté à Samaden et sortit la robe qu'elle voulait passer pour le dîner.

— Je vais te laisser t'habiller, murmura Jean.

— Non ! sursauta-t-elle, plus jamais ! Nous ne nous quittons plus. Je veux que tu me regardes. Je vais me déshabiller devant toi. Eteins la lampe et rajoute une bûche.

Elle se dévêtit vivement derrière le paravent, et revint nue, seulement vêtue de ses bas noirs. Alors, elle tourna sur elle-même, pirouetta comme une danseuse, offrit son ventre taché de flamme à la lueur du feu. Jean n'eut pas le temps de réagir, déjà elle se glissait dans sa robe, sans corset ni jupon.

— Tu vois, dit-elle en souriant, je suis prête maintenant, nous pouvons descendre.

Dans la salle commune, trois couples étaient déjà attablés.

— Des Autrichiens, murmura Jean qui avait reconnu les jolies vestes de chasse brodées de cuir et les costumes à tablier des femmes.

Au-dessus de leur table, en bonne place, le tableau patriotique du serment de Grütli, et sur le mur, tout autour, des massacres de daims, de cerfs, un magnifique dix-cors...

Maintenant en tablier blanc, Carlotta annonça :

— Ce soir, viande sèche des Grisons, civet de chamois et knödele, tarte aux framboises et aux myrtilles ; au pur beurre de marmotte, termina-t-elle en riant. Et si vous voulez du vin d'Enfer, j'en ai encore quelques channes, ajouta-t-elle en déposant les pichets d'étain sur chaque table

— Du vin d'Enfer ? s'étonna Agnès.

— Oui, madame, nous sommes, ma sœur et moi, valaisannes, pour vous servir. C'est un vin du haut Valais, là où les vignes poussent aux endroits les plus chauds, c'est la pierre qui redonne la chaleur prise au soleil.

Bien que très simple, le repas fut parfait, servi dans des écuelles en bois. Agnès ne cessait de s'extasier sur la joie simple qui se dégageait de cette salle.

— Jean, c'est le plus beau dîner de ma vie : seule avec toi, comme au bout du monde, et sans corset ! Tout m'apparaît si facile, si naturel. Ici, au moins, je peux manger avec mes doigts et les sucer. Comme c'est bon, cette crème fraîche et ces myrtilles ! quel délice !

Elle était assise près de lui, à sa droite, et laissait peser sa tête sur son épaule. Jean se sentait si étrangement comblé qu'il osa, lui si prude, caresser le corps d'Agnès pour sentir la chaleur de sa peau fine frémir sous ses doigts.

Brusquement, des villageois entrèrent pour boire du vin, et quelques minutes plus tard, la chaleur et l'accueil aidant, l'un d'eux, Basile, un charretier chasseur de marmottes, s'offrit à les mener le lendemain en char à banc jusqu'au lac Blanc, au col de la Bernina.

— Je vous les montrerai, ces fameuses marmottes, madame ! C'est toujours une vieille marmotte qui fait le guet. Quand elle vous a reniflé dans le vent, elle se met à siffler pour prévenir les autres et elles disparaissent. Je connais un coin d'où on peut voir tous ces petits museaux à grosses moustaches en train de faire la cabriole. Trois francs pour vous deux, ça ira ? Aller et retour, bien sûr ! Madame Carlotta vous préparera un panier, elle fait ça très bien ! Et puis là-haut, vous ne trouverez pas de casse-croûte ! En partant à sept heures, on reviendrait pour midi. Vous êtes d'accord ?

Marché fut conclu, mais seulement pour l'après-demain.

Lorsqu'ils remontèrent, la chambre était chaude, le feu rechargé, et les brocs fumants attendaient sur la cuvette.

Sans plus attendre, Agnès retira ses peignes et sa lourde chevelure croula sur ses reins. A nouveau nue devant le feu, les seins à demi cachés par ses longues boucles fauves, c'est elle qui aida Jean à se déshabiller. Surpris, pour la première fois de sa vie, il se défendit un peu puis se laissa faire. A la seule lueur du feu, ils montèrent au lit clos, elle le fit s'étendre sur la couche, se glissa près de lui et, un peu gênée, lui demanda de fermer les yeux. De grandes ombres dansaient sur la peau de Jean, sur son torse, sur son ventre... Agnès avait décidé d'oser. Jean, les yeux clos, semblait attendre avec ferveur quelque déesse de l'amour. Alors, avec lenteur, s'aidant délicatement de la main, elle le prit entre ses lèvres, heureuse de constater combien il réagissait à ses caresses. Il haletait doucement, les mains enfoncées dans les boucles fauves, tendu vers le va-et-vient soyeux dont il dirigeait le rythme. Et quand tous deux parvinrent ensemble à l'extrême borne du désir, Agnès se laissa glisser sur lui, en gémissant, et ils trouvèrent la merveilleuse cadence, le chorus qui conduit au final, à l'apothéose.

Avant de s'endormir, Jean cueillit tant de baisers sur le corps d'Agnès que le sommeil la surprit. Désormais, les deux amants ne redouteraient ni les gestes ni les mots. Ils s'appartenaient.

Le lendemain, Agnès s'éveilla la première. Il devait être cinq heures, et déjà la fenêtre pâlissait. Elle laissa Jean dormir profondément, enfin vaincu par ses ardeurs de la nuit, et s'attarda à contempler ses cuisses puissantes, viriles, ce sexe d'homme, maintenant si paisible, qui lui avait donné tant de plaisir. Elle avait osé, elle avait gagné ! Il lui suffirait encore de vouloir, de désirer, et le miracle renaîtrait... Un bonheur immense l'envahissait, leur avenir était certain, la porte définitivement franchie.

Elle le recouvrit en se défendant de l'embrasser. Elle avait besoin de se rafraîchir de toute cette sève, de calmer cette brûlure nouvelle. Il y avait si longtemps...

Nue, elle se laissa glisser du lit clos, descendit déposer une bûche sur les braises et raviva la flamme. Dans la glace de l'armoire, elle aperçut ses yeux cernés et, avec inquiétude, examina le grain de peau ; ça allait. Elle tapota ses joues, vérifia la petite patte d'oie naissante au coin des paupières, creusa son ventre et remarqua la trace bleutée d'un suçon juste au-dessus de sa fourrure, la marque de son Jean. Puis elle se peigna avec ses doigts, souleva ses seins. L'opulence de son corps contrastait avec la simplicité de la chambre. Et elle se trouva belle.

Elle enfila la grosse veste de Jean qui, curieusement, lui arrivait au ras de la toison. Son *nouveau mari* — c'était la première fois qu'elle pensait ce mot — dormait là-haut. Elle se sentait heureuse et sereine, comme lorsqu'on a rentré la moisson.

Elle entendit les coqs se répondre, des piétinements de troupeaux sur la route. Elle s'approcha de la fenêtre pour voir se lever le jour de son triomphe, celui qu'elle voulait marquer à jamais dans sa mémoire.

Là-haut, le glacier du Roseg surgissait lentement des ténèbres, le ciel pâlissait. Une à une, les étoiles de leur nuit s'éteignaient et, frissonnante dans la fraîcheur du matin, Agnès attendait que meure la dernière, évanouie dans le ciel blanc.

Cette venue de Gastaldi, providentielle, avait tout déclenché. La vie, le bonheur, tenaient à peu de choses. En quelques heures, que de revirements ! Leur fruit mûr, ils l'avaient cueilli ensemble, savoureux à l'extrême. Les événements avaient tourné comme ils le voulaient tous deux.

Elle remonta alors pour s'étendre contre Jean et, à nouveau paisible, suivant en pensée dans le ciel rose l'épanouissement de leur nouvelle vie, elle s'endormit.

De tout le jour, personne n'osa les déranger. Ils déjeunèrent et dînèrent dans leur chambre, blottis dans leur tendresse, enivrés des prouesses de leurs corps, les yeux lumineux de s'être enfin retrouvés, de faire reculer les années de solitude, les années perdues.

Le lendemain matin, à sept heures, Basile attendait devant la porte de l'auberge. C'est Jean qui l'aperçut de la fenêtre de la salle commune. Il l'interpella :

— Quel temps merveilleux nous avons, n'est-ce pas ? Ma femme ne sera prête que dans une demi-heure...

Les trois couples d'Autrichiens étaient aussi de la partie, déjà prêts, installés dans la voiture, sacs au dos.

Agnès les rejoignit en hâte et la carriole s'arracha en

brinquebalant sous les rires des Autrichiens, valeureux montagnards, qui désiraient s'arrêter à Morterasch pour grimper à pied vers le lac de la Diavolezza. Une longue montée dans la neige fraîche que la frileuse Agnès ne voulait nullement partager.

— On vous prendra au retour, promit-elle en riant. La randonnée, pour elle, se bornait à la découverte des marmottes. La route gravissait les pentes, très durement coincée entre le Languard et la Bernina, splendide d'isolement à plus de quatre mille mètres.

— Exactement quatre mille quarante-neuf mètres, indiqua Basile. Là commence l'Italie vers la Valteline, mais le massif est infranchissable. Nous sommes obligés de rejoindre par Poschiavo, la route y est vraiment terrible.

Il faisait frais malgré le ciel limpide, et Agnès se serrait contre Jean.

La voiture s'arrêta à la hauteur du lac Bianco où Basile avait son terrain de chasse préféré. Ce qu'il appelait sa réserve à marmottes.

— Voilà, c'est ici, dit-il en indiquant un terrain couvert de végétation. Elles vivent en famille, à plus d'une dizaine, et obéissent à la plus vieille femelle. C'est la plus maligne, elle peut distinguer tout ce qui n'est pas normal. Elle a l'œil perçant, elle peut voir à plusieurs kilomètres de distance. Mais c'est surtout son odorat qui est extraordinaire. Il faut l'approcher en dehors du vent. J'ai construit pour ça une espèce de mur avec de grosses pierres, maintenant elles y sont habituées, il fait partie de leur paysage, mais faut s'approcher avec beaucoup de précaution, sans bruit, et savoir attendre. Alors vous les voyez sortir, le museau d'abord, les moustaches dressées. Elles apportent du foin par paquets, comme ça, entre les dents, à la queue leu-leu. C'est leur approvisionnement pour l'hiver. Ça vaut le coup d'œil, vous savez !

A cet instant, on entendit un sifflement.

— Ah, trop tard ! Nous sommes repérés, quelle guigne ! jura Basile. Mais je connais un autre coin. C'est plus loin mais vous avez de bons yeux.

L'écho de la montagne aidant, Agnès avait vraiment

l'impression que des hommes sifflaient et se répondaient. Jean avait vu détaler quelque chose, peut-être un lièvre.

— Oh, vous savez, monsieur, il suffit de si peu de choses, un coup de vent, pour qu'elles nous repèrent ! Mais je connais les sentes où elles passent et je pose mes pièges. Un rien les détourne, c'est une lutte constante, au plus malin. Ça vous apprend à vivre, dit-il en clignant de l'œil.

Jean sourit, la main d'Agnès blottie dans la sienne.

— Le mieux est de venir à l'aube, conseilla Basile à mi-voix. C'est le moment où je les chasse, elles sont encore tout engourdies. A cette heure, le soleil est trop haut, elles dorment déjà, mais les sentinelles veillent. C'est déjà formidable de les avoir entendues, pas vrai, madame ?

— C'est drôle, dit Agnès, on dirait des montagnards qui s'appellent...

La carriole se hissa jusqu'aux maisons du col. Un paysage en noir et blanc, triste et désolé, avec, au-dessus, une immensité de neige infinie, spectacle polaire, innocence du monde et solitude sidérale, éblouissante sous le soleil.

Le lendemain, ils visitèrent le glacier du Roseg, promenade plus vivante, en compagnie d'Anglais dont une jeune fille, Mary, qui parlait couramment l'italien. Cinq heures aller retour, en suivant le cours du torrent ombragé de sapins tronc à tronc, serrés comme une muraille. Ils croisèrent un grand troupeau de moutons bêlant et martelant la roche, harcelés par de gros chiens dont les aboiements se répercutaient à l'infini.

— Peut-être des brebis piémontaises, rêva Agnès, qui venait d'apercevoir la haute silhouette du berger, immobile, appuyé sur son immense bâton, et qui semblait se cacher sous son large chapeau noir à calotte en pain de sucre. Un des célèbres bergers bergamasques dont lui avait parlé Olympia.

Il désigna soudain au guide un immense nuage de poussière blanche qui se détachait de la percée de la montagne.

— C'est une avalanche... Mais n'ayez pas peur, ce n'est pas grave, une avalanche de fonte, ça ne va pas plus loin, de la neige molle qui passe toujours dans les mêmes couloirs. En hiver, c'est autre chose ! les avalanches de poudreuse sont tellement violentes qu'elles arrachent des forêts et entraînent des villages entiers. On appelle ça la trombe blanche...

En face, la grosse molaire de la Bernina flamboyait dans le soleil. Le glacier, grandiose, s'étageait en vagues de glace bleutées, puis en gradins taillés par quelque géant descendu de l'olympe des neiges. Un torrent s'échappait de ses flancs, par une grotte en arceau qu'un Anglais audacieux voulait visiter.

La troupe déjeuna au petit chalet restaurant, de fromage fondu, dans lequel ils trempèrent du pain rassis, et de mouton grillé sur la braise. Agnès exultait. Le temps, la chaude présence de Jean, la beauté du site, tout la soulevait d'un bonheur qui la laissait sans pensée, sans autre désir que celui de goûter à l'extrême de trop fugitives secondes. Alors elle confia à Mary leur récent mariage, et aussi qu'ils étaient en voyage de noces à Pontresina. Elle anticipait sur sa vie et cela la confortait encore... Madame Wagner, cela lui allait bien.

Au retour, le guide raconta des histoires de chasseurs d'ours et des légendes des glaciers, assura qu'ils devenaient le refuge des âmes désemparées, condamnées à errer pour expier quelque crime. Et l'ombre de Dante hantait ses histoires.

— On peut les voir errer la nuit, ces malheureux, et surtout les soirs de lune. Ce sont des formes blanches, souvent des femmes nues qui sautent de crevasse en crevasse, poursuivies par le remords. Des fois, ils viennent ensemble, et on dirait de vraies processions avec des cierges. Et tout d'un coup, plus rien, ils s'évanouissent dans la tourmente... On n'entend plus que leurs gémissements, les âmes qui pleurent dans le silence de la nuit. Mais les jours de grand vent, ils viennent rôder jusque dans le village (sa voix s'était faite plus rauque), et ils cherchent à se glisser dans les cheminées. Alors il faut mettre une croix, ça les éloigne. Parfois, ils se réfugient dans les clochers et on entend sonner le tocsin... C'est pas drôle ces jours-là...

Les histoires de chasseurs d'ours étaient nettement moins tristes. Et Jean parla de Jacob Küng, le plus célèbre d'entre eux, qui, à seize ans, écrasa un ours énorme en faisant rouler sur lui un rocher.

— En cinquante ans, il a tué quinze ours, mille cinq cents chamois, cinq cerfs et neuf aigles !

Un des Anglais précisa qu'en Engadine, il y avait d'ailleurs trois espèces d'ours, le noir et le gris, tous deux immenses, et le petit ours brun.

— On a même tué un ours argenté qui pesait plus de cent kilos, paraît-il.

En rentrant au Steinbock, Jean trouva la voiture de l'hôtel qui l'attendait, avec son brave Joseph, porteur d'une lettre de Bertone. Il lui fallait vite rentrer, la duchesse de Gênes arrivait le lendemain midi.

Avant de quitter la chambre, Agnès en baisa la porte. Jamais elle n'oublierait ce qu'elle avait vécu ici.

7

Agnès reprit possession de son appartement au Kursaal avec une certaine nostalgie mêlée d'une joie évidente.

Olympia l'attendait, fidèle. Agnès l'avait quittée inquiète et lui revenait triomphante, décidée à ne rien lui cacher. En effet, Jean lui avait promis de ne plus la quitter la nuit, et ils avaient besoin de son dévouement et de sa discrétion. Seule Olympia s'occupait de l'appartement de monsieur le Directeur, situé au deuxième étage, où Jean laisserait seulement ses effets personnels.

Olympia remarqua immédiatement le changement chez Agnès. Une lueur de certitude, d'affirmation d'elle-même, de réussite peut-être, brillait enfin au fond de ses yeux verts. Elle l'avait même entendu chanter en piémontais : *Que bel nasin, que bel boquin,* et en avait souri. Lorsqu'elle l'aida à défaire ses bagages, elle trouva une cravate de chasse et un mouchoir d'homme, mêlés à la lingerie d'Agnès, et elle osa lui dire avec ferveur :

— Madame est enfin heureuse, je suis si contente pour elle...

Madame, elle, se plongeait à nouveau avec délice dans la baignoire immaculée, en murmurant à Jean :

— C'est moins romantique que le broc et la cuvette de Pontresina, mais c'est tellement plus agréable... Viens près de moi, Jean, viens m'essuyer. J'adore...

Toutes ses nuits, Jean les vivait désormais avec Agnès. Un matin, en aidant sa belle maîtresse à sortir du bain parfumé, Olympia avait noté la marque bleuâtre où, rituellement, Jean aimait s'attarder. Et la futée Bergamasque, avec beaucoup d'habileté, sut recueillir les confidences. Agnès, d'ailleurs, comme toute femme amoureuse, avait envie, besoin de parler de son Jean, tout en multipliant les précautions d'usage.

— Attention, Olympia, je te dis tout cela, mais surtout que Monsieur n'en sache jamais rien !

Olympia souriait.

— N'ayez crainte, Madame, je sais tenir ma langue, et sérieusement, je vous assure. Je suis si heureuse pour vous et monsieur Jean. Mais j'avais déjà lu tout ça dans les tarots, je n'osais pas vous le dire. En plus, Judith, c'est aussi le nom de la dame à la coupe. Maintenant, j'en suis bien sûre.

Et toutes deux entraient chaque jour davantage dans les confidences, chaque fois plus intimes, tant de la part d'Agnès que de la part d'Olympia qui, par la parole, semblait vouloir remédier à l'absence de son maître saucier de mari.

Le Kursaal vivait ses plus grands moments de l'été, le « gratin » du Gotha mondial était arrivé.

Déjà, les jours s'écourtaient. Avec la présence de la duchesse douairière, Agnès entendait maintenant converser plus en italien qu'en anglais. On se livrait moins aux randonnées, aux courses en montagne. Les circuits se raccourcissaient. Seules les promenades au lac étaient encore très prisées, les enfants y cherchaient de faux oursins[1] qu'ils rapportaient, triomphants.

L'après-midi, le ciel se couvrait souvent de gros nuages d'orage. Dans le hall, les jeux de société battaient leur plein : jacquet, jeu de dames, échecs, osselets, dés, cartes, réussite, etc. On disait même que pour tuer le temps une demoiselle française lisait dans les lignes de la main et qu'un groupe de dames bavaroises s'ingéniait à faire tourner un guéridon.

Un matin, on se réveilla avec de la neige, vite disparue.

Agnès, elle, ne s'intéressait qu'au loto, l'après-midi au boudoir des dames, et aux tarots d'Olympia que celle-ci lui

1. Pelote formée d'aiguilles de conifères entremêlées et qui, roulée par les eaux, avait l'aspect d'oursin.

tirait en privé dans son salon. Agnès finissait toujours par neutraliser la dame à la coupe, par triompher...

Camillo expliquait que quelques troupeaux redescendaient déjà des hauts alpages et que l'on avait vu les premiers moutons traverser le lac en barque pour gagner les prés inaccessibles par voie de terre. Tout devait être brouté ou rentré, mis à l'abri ou consommé sur place avant l'automne, le moindre brin d'herbe devenait précieux.

Il n'était pas rare, dans les jumelles, d'apercevoir quelques bouquetins ou chamois s'enhardir. Bientôt, la montagne allait leur appartenir. Sur les pentes du Languard, ils grattaient déjà la neige. Dans les taillis souriaient les dernières azalées, mêlant leur pourpre à l'ultime parfum de vanille des timides orchies.

Les charrettes de foin attendaient plus longtemps aux portes des granges. On entassait le bois, au milieu des jaillissements d'étincelles des meules qui affûtaient haches et cognées.

— Ce foin est extraordinaire, disait Jean à Agnès. Sens ce parfum, c'est ce que nous appelons du foin sauvage, bien différent de celui que l'on fauche dans les prés. Ce sont les Tyroliens qui vont le chercher au plus haut de la montagne, sur des pentes inaccessibles pour nos femmes. Ils en descendent une partie à dos d'hommes, dans des filets, mais ils laissent sur place de grosses meules qu'ils recouvrent de pierres. Et quand l'hiver arrive, nos hommes vont le chercher avec des luges. Souvent, je les suis à la lorgnette. C'est surprenant de voir ces petits points noirs descendre du plus haut de la montagne et glisser en zigzaguant, grandir à vue d'œil sur les pentes. Ces foins sont plus fibreux que les autres, très riches en fleurs. Grâce à eux, on obtient un lait très nourrissant dont on se sert exclusivement pour engraisser les veaux à l'étable. Après le passage de tous ces touristes, notre montagne retrouvera enfin sa virginité. Elle se reposera tout l'hiver pour préparer son printemps et nous l'offrir. La nature est bien faite, ma chérie, Dieu y a veillé.

Et il serrait Agnès très fort contre lui. Elle s'émouvait de ce qu'elle sentait chez lui d'amour pour son pays. Malheureusement, il savait aussi combien le choix d'Agnès était irrévocable. Au col de la Maloja, les eaux de l'Europe se divisaient et se dirigeaient ou bien vers le Pô et la Méditerranée, ou bien vers le Rhin et l'Océan, ou bien encore avec l'Inn vers le Danube et la mer Noire. A la croisée du chemin des eaux, Agnès avait choisi : le pays de Jean était trop dur pour elle. La vie ensemble ne serait possible qu'à Nice. Jean avait en vain essayé de la faire participer à son amour de la montagne.

Le 15 août était passé. Il y avait eu une semaine de très beau temps, puis une luminosité nouvelle, plus douce, avait apporté une senteur de feuilles mortes.

Déjà, la nuit, il fallait pousser les chaudières. Olympia apporta une couette plus épaisse. La chambre était chaude, mais Agnès avait pris l'habitude de dormir nue, glissée entre deux enveloppes de plumes, « ta volupté du sommeil », lui susurrait Jean avant d'embrasser son coin à lui, lorsqu'il la découvrait endormie, en remontant bien tard après ses écrasantes journées.

Pour la première fois, en effet, l'hôtel fermerait pour la saison d'hiver. Ainsi en avait décidé la Direction générale des grands hôtels qui venait d'acquérir des hôtels à Cannes, au Caire, à Constantinople, et bientôt à Nice. Le compte d'exploitation, les inventaires, le bilan, tout devait être bouclé au début d'octobre. Et il fallait préparer le long hivernage de l'hôtel. Sur ces hauteurs superbes où s'abattait parfois un froid sibérien, tout devait être mis sous cocon, plomberie purgée. Certaines installations restaient en service, ce qui supposait un très sérieux gardiennage sous peine de détérioration irréparable.

Bien qu'une grande partie du personnel partît dès la fin août, Jean essaierait, si le temps le permettait, de conserver au moins un étage en service jusqu'au 20 septembre.

L'heure était aux comptes : la recette avait été bonne, plus de dix-huit mille nuitées pour les trois cent cinquante chambres et appartements, depuis le début de juin. En plus des chambres et des pensions attenantes, s'ajoutait un excellent rendement de la cave, du bar, de la limonade et des restaurants. Les fêtes, nombreuses, avaient généré une animation extraordinaire : en plus des deux mille cinq cents clients attitrés de l'hôtel, plus de douze mille voyageurs s'étaient arrêtés à la buvette, à la laiterie ou au restaurant.

Le dernier concert avec cotillon eut lieu le dimanche 24 août. Le 26, la comtesse von La Rosée donna sa réception de clôture de la saison, et invita Agnès qui eut ainsi le rare privilège de visiter la célèbre villa de la veuve inconsolable. Ainsi, c'était vrai, tout était vrai : les meubles en ébène, le salon et la chambre à coucher éternellement drapés de tulle violet... C'était donc vrai, ce long deuil de l'âme qui durait depuis toujours...

L'automne approchait à pas de loup. Un soir, à la grande surprise d'Agnès, Jean brandit un télégramme de Milan : une offre de deux cent cinquante francs-or pour la magnifique peau d'un ours tué seulement la veille !

— Décidément, ici, tout se sait très vite ! s'écria Agnès. Une peau d'ours... Jean, ils descendent déjà des montagnes, l'automne est là, ce sera bientôt l'hiver ! Mon Dieu, il est temps que je retrouve mes enfants, j'ai l'impression d'être partie depuis un siècle !

Dès le lendemain, dans une sorte de fièvre, elle prépara son départ pour Nice, via Turin. Elle y prendrait ses petits que Barba Pino amènerait de Moncucco. Le 5 septembre, décida-t-elle. Jean promit de l'accompagner à Chiavenna où ils passeraient leur dernière nuit avant leurs retrouvailles à Nice, dans leur nouvelle maison.

Il fallut donc préparer les malles. Elle qui était venue au Kursaal avec un carton à chapeaux et une mallette, repartait avec trois malles et une malle surprise, cadeau de Jean, à n'ouvrir qu'à Nice, après son arrivée, aux environs du 15 octobre.

Quelques jours avant son départ, à la grande joie d'Agnès, une lettre de Gastaldi leur parvint. Il confirmait l'attendre à Nice pour visiter un appartement rue Saint-François-de-Paule, au deuxième étage d'un immeuble donnant sur la mer, avec vue sur les terrasses et sur le marché aux fleurs. La maison où avait logé Bonaparte avant la campagne d'Italie.

Tout était donc prêt. Gastaldi précisait même que la rente était à quatre-vingt-treize francs soixante-dix.

Et comme un bonheur ne vient jamais seul, arriva la

dernière lettre de Barba Pino avant les retrouvailles : Catherine et François attendraient leur mère à Turin — « Je ne peux plus les tenir ! »

Les larmes montèrent aux yeux d'Agnès : « Ces petits bandits ont dû profiter de mon absence pour changer, grandir... »

Olympia aussi était heureuse, monsieur Jean appuierait sa demande pour la saison d'hiver à Nice.

Le 7 septembre à quinze heures, la voiture d'Agnès était avancée. En toque et manchon de petit-gris, manteau-cape de voyage, la jeune femme se préparait à quitter le Kursaal, portes grandes ouvertes. L'orchestre du restaurant jouait la *Tritsch-Tratsch Polka,* le grand hall en fête. Au moment d'en franchir le seuil, Agnès serra au creux de sa main le vrenelli[1] de Jean qui lui avait tellement porté chance.

A quatre heures, les deux chevaux vigoureux arrachèrent la calèche vers le col. Agnès, frappée d'un pressentiment soudain, demanda à Jean de ralentir, elle voulait contempler une dernière fois ce paysage étrange où s'était accompli sa destinée, et remercier, au moins du regard, ce panorama d'un autre monde, ce vaste cirque creusé par quelque gigantesque érosion au milieu des draperies neigeuses, ridées de glaciers, hérissées de pics noirs et fourchus. Reviendrait-elle ? Elle désirait caresser encore des yeux la grande verrière du dôme, flamboyant au soleil, au-dessus de la fourrure verte des mélèzes, et admirer une dernière fois la longue façade blanche du Kursaal barrant la vallée qui mourait au lac. Elle tenait à dire adieu à tout cela, à ce paysage grandiose qui, comme dans une légende de géant, serait bientôt enseveli par le terrible hiver. Pourquoi soudain était-elle persuadée qu'elle ne reviendrait jamais ici, au milieu de cet univers envoûtant, magique, où elle avait accédé au bonheur, où tout semblait tenir du sortilège ?

Parvenus au col, ils aperçurent l'immense échappée ouverte

1. Pièce d'or de vingt francs suisses (voir *la Porte fausse*).

sur le ciel bleu, vers la riante Italie : « C'est là-bas que je vivrai avec mon Jean, et non ici », se rassura Agnès. Elle se tenait à la charnière de deux mondes, sur la ligne de partage des eaux. En face d'elle, le Pô ; à l'opposé, le Danube. Elle avait définitivement choisi : la Méditerranée, le doux velours de ses prairies sous les oliviers argentés, le chant des cigales.

DEUXIÈME PARTIE
Nice et Monte-Carlo

1

Du col de la Maloja, ce fut la longue mais très raide descente de la calèche sur Casaccia, au bas de l'escarpement. Une dénivellation de plus de mille mètres à pic sur la vallée.

Les chevaux avançaient au pas. Jean menait et prévoyait habilement les retours en épingle à cheveux, la forte pente, jouant des rênes, soulageant du frein le poids de la voiture. Agnès reconnut au flanc de l'éperon les ruines de l'église incendiée de Saint-Gaudens. Les huguenots, la châsse éventrée, les ossements jetés dans le ravin..., en se souvenant du récit, elle renouait avec son arrivée, trois mois plus tôt, presque jour pour jour[1].

Ils dépassèrent les premières maisons basses qui, toits écrasés sous d'énormes pierres, se groupaient autour du clocher, comme apeurées, implorant sa protection contre quelque effondrement imminent de la montagne. Colère divine ! Vengeance du diable ! Tout restait possible dans ce lieu maudit par les guerres de religion.

— Casaccia ! claironna Jean. Tu vois, Schatzelé, le prochain village sera Castelmur. A droite, tu aperçois déjà les deux tours. Tu te souviens, amour, du château de la comtesse, à mon arrivée, après notre dernière neige de printemps... Comme nous étions alors incertains de notre bonheur, n'est-ce pas ?

— Oui, oui, répondit la jeune femme sans vouloir en parler davantage. Elle s'était promis d'enfouir cette vieille angoisse

1. Voir *la Porte fausse*.

au plus profond de ses souvenirs. Maintenant, il lui semblait vivre en pleine lumière, ne lui manquait plus que la présence de ses enfants.

La voiture entrait dans la riante vallée de la Mera. Les châtaigniers succédaient insensiblement aux sapins, apparaissaient les champs de maïs, les saules curieusement penchés au bord des ponts, et même une charmille entrevue dans un jardin à travers les haies piquées de roses. Les approches de son monde à elle, plus sensuel. Ici, l'été s'attardait encore, les pommes rougissaient, et Agnès s'exclama, ravie :

— Bientôt ce sera la frontière, Castasegna, la chaîne qui barre simplement la route, et enfin mon Italie !

A Chiavenna, elle reconnut l'hôtel blanc aux volets verts où pleurait toujours le jet d'eau, maigrelet sur les géraniums qui maintenant débordaient de la vasque. Le maître d'hôtel n'avait pas changé : calotte noire et rouflaquettes, celui qui lui avait remis la lettre de Jean à sa sortie de la gare. Aujourd'hui, Jean se tenait à ses côtés.

Le gros homme les accompagna au bas de l'escalier à fresques.

— C'est au premier, l'appartement 12, madame et monsieur Wagner. Voici la clef. Excusez-moi, je vous laisse monter, le train de Milan arrive !

— Tiens, le 12, la même chambre. Mon Jean, comme il fait bon ici, avec toi. Nous n'avons besoin que de nous.

Il se tut et la serra dans ses bras, longtemps, comme si la peur de la perdre le visitait.

Plus tard, Jean la quitta pour surveiller l'expédition des malles à Nice et Agnès n'eut plus qu'une idée : profiter du jardin fleuri de l'hôtel, y descendre pour goûter la mourance de l'été. Elle revêtit une robe de soie légère, diaphane, assortie à la douceur du soir.

Elle rencontra Jean devant le jet d'eau.

— J'ai fait expédier les malles, dit-il, trois autres en plus des deux tiennes, elles ont fait des petits ! Des choses que j'avais à Saint-Moritz : des tapis, des bibelots, de l'argenterie. Tout cela nous sera utile à Nice. En voici les clefs pour la douane française. Je les ai cachetées. De toute matière, Gastaldi s'en occupera. Maintenant, tout est en ordre.

Le soleil déclinait, le jardin embaumait le chèvrefeuille et les baisers volés. Dernière soirée.

— Où serons-nous demain à cette heure ? murmura Jean.

— Je ne sais pas, chuchota Agnès, sa main chaude dans la sienne.

Il caressait le bras nu et frais, et le désir d'embrasser sa peau lui montait aux lèvres. « Oh, tout à l'heure, comme je m'enchaînerai à sa rousseur », pensa-t-il avec ferveur.

— Demain, je serai seul au Kursaal. Tout seul, se surprit-il à dire. Je te suivrai heure par heure, tout au long de ton voyage. La nuit, je chercherai ton parfum dans les draps. J'ai demandé à Olympia de ne pas les changer. Je dormirai chez toi.

Autour d'eux, l'odeur de terre s'alourdissait des effluves du soir qui montaient des massifs en fleurs, les belles de nuit s'entrouvraient, exhalant leur parfum musqué.

Agnès pensait à la lettre qu'elle avait trouvée le matin sur l'oreiller, et qu'elle avait glissée sur son cœur, entre la batiste et la peau :

Mein Liebe Frau, mon Agnès adorée, mon amour de toi...

Demain, dans le train, elle l'apprendrait tout entière :

Demain, tu auras quitté la Maloja, à nouveau j'y serai seul. J'aurais aimé, la nuit dernière, me dissoudre en toi et resurgir à Nice pour te rendre heureuse bien davantage encore. Attends-moi comme je t'attends, avec une surprise renouvelée à chaque instant. J'aimerais tant arrêter ce temps qui va s'écouler loin de toi pour le revivre à tes côtés. Sois confiante. Je veillerai sur toi jusqu'à mon dernier jour. Tes enfants seront les miens, je veux leur servir de père. Agnès, mon amour, ma joie, ne sois jamais triste. Pense à moi, à ce bonheur qui est le nôtre. Vivre toujours l'un pour l'autre, je ne demande que cela à Dieu. Je te serre fort dans mes bras. Ton Jean.

La brise s'était levée, une fraîcheur subite, une brume légère montaient de la rivière, la rosée du soir embuait déjà l'ardoise du muret. Il fallait rentrer.

— Tu vois, Agnès, l'automne nous a rejoints...

Sous la tonnelle, des servantes s'affairaient. La cloche de l'hôtel annonçait le repas. Dans les globes, les bougies s'allumèrent et déjà flottait un parfum de cuisine italienne.

— Tu sens cette odeur d'herbe ? sourit Agnès, de l'origan ! Peut-être une bolognaise aux foies de volaille. Je l'ai lu sur le menu, oui, c'est ça ! Enfin des vraies pâtes de chez nous, pas des nouilles ! Viens, trésor. Je meurs de faim, emmène-moi dîner, le bonheur me creuse. Il faut que nous reprenions des forces. La chambre 12 nous attend.

... Dans le petit matin, la grosse locomotive chuintait. On l'attelait au train qui, portes béantes, s'emplissait peu à peu.

— L'express pour Milan ! annonçait le porte-voix.

Agnès n'avait pas voulu que Jean l'accompagnât sur le quai. Elle avait déjà tant pleuré depuis son réveil. Heureusement que sa voilette cachait tout cela.

Autour d'elle, sur le quai, ce n'était que brouhaha, remue-ménage coloré de la foule où dominait la marche lente, toujours deux par deux, des bicornes des carabiniers. Femmes, enfants, bourgeois, ouvriers, paysans, chacun courait, grimpait aux wagons, en redescendait. Et puis on s'embrassait, on s'interpellait.

— *Mi raccommando per piacere...*

Les troisièmes aux sièges en bois, les secondes revêtues de cuir, les premières de velours, s'emplissaient de sanglots et de rires, de silences écrasés, de joie retenue...

Fumée noire, fumée blanche, les portes claquèrent une à une, jusqu'au coup de sifflet final. Et, lentement, le convoi s'ébranla, laissant un grand vide tout bordé de foule.

Agnès s'était enfin assise. Elle imaginait Jean, qui devait s'apprêter à remonter vers le col. Et elle se sentit aussi seule que lui, serra son mouchoir pour contenir ses larmes, mais en vain. « Mon Dieu, pensa-t-elle, je dois être affreuse, heureusement la voilette... Comme c'est étrange, la vie, la destinée ne tient qu'à un fil, une seconde et ça suffit pour tout changer, tout rater ou tout recevoir ! »

Le train prenait son allure de voyage. Elle pensait à leur rencontre au Cercle de la Méditerranée, au petit mot de Jean dans la boîte de cigares, aux conseils d'Hélène, à la scène du vestiaire, et puis à son Ligio, sa maladie affreuse, ses petits. Elle sentit alors, à travers la poche intérieure de son manteau, un objet lourd contre sa cuisse... le rouleau de pièces d'or que

Jean lui avait glissé au seuil de la chambre. « Pour tes petits », lui avait-il murmuré. Et les larmes lui revinrent. « Cet homme désintéressé, cet homme merveilleux, c'est le mien... »

Le train dévalait maintenant la vallée avec de longs sifflements. Dans le compartiment, une famille anglaise s'était installée, un couple et deux enfants, qui encombrait l'espace avec un sans-gêne remarquable : les chaussures du moustachu s'essuyaient sur le velours de la banquette, cependant que la femme blonde, ses longues nattes encadrant un fin visage aux yeux bleus délavés, s'essayait à lire, un enfant lové contre chacun de ses flancs.

A Colico, le train ralentit. Il suivait alors la rive gauche du lac. Agnès se souvenait du voyage dans l'autre sens. Ce serait bientôt les tunnels et, à leur sortie, dans la lumière d'or, les villas roses envahies de fleurs, la végétation luxuriante et les grands bateaux blancs à roues brassant l'écume au départ des débarcadères : le lac de Côme.

Elle se sentit l'esprit libre, soudain en fête ! Finie l'anxiété, l'inquiétude qui l'avait étreinte à l'aller, tout au long de ce même trajet. Ses enfants l'attendaient et elle n'avait plus aucun souci ! Par superstition elle se prit à toucher le bois de la fenêtre. Il faudra que j'aille à la Consolata pour remercier la Madone *per la gracia ricevuta,* songea-t-elle. « C'est elle qui nous protège », lui disait Ligio.

Combien ce voyage lui semblait interminable avec ces arrêts à Dervio, Bellano, Varenna, Lierna, Mandello. Enfin Lecco apparut, et son charivari habituel. Milan approchait. Agnès avait remis la même robe et la même toque de velours qu'à l'aller, sa toilette de deuil. « Quelle tête je dois avoir, je dois être affreuse, je devrais me repoudrer... Et cet Anglais qui ne cesse de me détailler... Ouf, il est sorti dans le couloir... entre femmes, je vais pouvoir m'arranger. » Elle chercha son petit nécessaire, vérifia rapidement sa mise, et à nouveau se sentit sûre d'elle.

En gare de Milan, il fallait attendre trois heures la correspondance pour le Novarra-Torino. Agnès héla un fiacre et se fit conduire place du Dôme pour admirer la Madonnina dont lui avait tant parlé Alfredo, son bel amant de jadis. Il avait été le premier à lui ouvrir les yeux sur ce monde qui maintenant lui était si proche, avec qui il lui faudrait vivre. Elle visita la grande Galerie et grignota un peu chez Bisio. Elle se sentait belle, bien dans sa peau, avec sa jolie tournure, et le souvenir de Jean niché au plus profond d'elle-même. « Cela doit se voir », pensa-t-elle. Elle remarquait les regards admiratifs de ces messieurs, et ceux plus incisifs des élégantes.

A Turin, elle descendit à l'hôtel di Roma, place Carlo Felice où devait l'attendre Barba Pino avec les deux enfants, à deux pas de la gare. A peine arrivée dans le hall de l'hôtel, ce fut Catherine qui l'aperçut la première.

— Maman ! Maman ! hurla-t-elle en se précipitant dans ses bras, immédiatement suivie par François. Agnès les reçut brutalement contre elle et les étreignit de toutes ses forces, les couvrit de baisers étouffés de sanglots, en oubliant Barba Pino qui, entre deux pleurs, essayait timidement de placer un mot.

— Il était temps, hein ! Je ne les tenais plus depuis deux heures !

Agnès retrouvait les chers visages tout barbouillés de larmes, les petits s'agrippaient à ses jupes comme si elle devait leur échapper encore. Le regard de Catherine avait attrapé un je ne sais quoi de plus mûr, de plus appliqué, la coiffure de son garçon avait changé, sa raie était plus haute, ses joues plus rouges aussi, une allure plus campagnarde, deux gosses de village endimanchés. Les vêtements rétrécis, délavés, trahissaient les fortes lessives de tante Elisa... Mais les gosses étaient superbes, forts et sains, tels qu'Eligio aurait aimé les voir...

Barba Pino attendait, les yeux mouillés. Il serra Agnès contre lui et elle le contempla avec tendresse : il n'avait pas changé, toujours le même dans son costume noir réservé aux cérémonies de famille, avec sa couperose, sa barbiche à l'impériale dont il était si fier et ses beaux cheveux bouclés, très blancs. Il expliqua que tout allait bien à Moncucco, que les gosses avaient illuminé leur été, et que tante Elisa avait été très triste de s'en séparer.

— La vigne est belle, tu sais ! Ça a juste manqué d'un peu d'eau. Diable, la barbera n'en sera que meilleure, des degrés en plus, ça lui fera pas de mal. Ta tante est toujours aussi ronchonneuse, j'en ai, des recommandations à te transmettre ! Mais c'est pas la peine, tu sais tout ça, tu connais bien tes gosses. Tu leur as manqué, tu sais... Beaucoup...

Personne ne parla d'Eligio, mais il était présent, à chaque instant, dans chaque regard, dans chaque mot. Barba Pino avait tout de suite remarqué la robe de deuil, l'élégance de sa nièce, son port, comme la reine Marguerite, une vraie dame... Elle avait bien fait de ne pas monter à Moncucco, cela aurait fait des racontars et des jalousies. Avec toutes ces mauvaises langues, à la veillée, ça dégoisait tant que ça pouvait sans en avoir l'air !

Il remarqua aussi qu'elle parlait toujours piémontais, mais qu'elle y glissait de l'italien et quelques mots de niçois, avec Catherine surtout.

Le brave homme voulut repartir tout de suite.

— Elisa m'attend, j'ai juste le temps d'attraper l'omnibus de Chieri, et j'ai toute une liste de choses à acheter ! Pour une fois que je viens à Turin, j'en profite !

On le força à rester, et il finit par céder, ravi :

— Bon, d'accord, Elisa se doutera bien de la chose, mais dormir ici c'est trop cher ! Je connais une auberge, chez Giuseppina, une payse...

Une chambre contiguë à celle d'Agnès fut vite retenue. Tout heureuse, Catherine s'écria :

— Barba, ce soir, tu dormiras tout seul ! Si t'as peur tu laisseras ta porte ouverte, mais nous on dort dans le lit de maman ! On viendra t'embrasser pour dire ensemble la prière comme d'habitude, pour que papa nous protège.

Le mot était lâché, personne ne releva.

Les enfants voulurent dîner à l'hôtel, excités de tout, de la nouveauté des lieux, de la tendre présence d'Agnès, de sa belle robe :

— Maman, t'es la plus jolie ! chantonnait François.

Le lendemain matin, à neuf heures, après une vraie nuit de retrouvailles, la famille au complet sautait dans un fiacre à la station de Porta Nuova.

— Cocher, via della Consolata ! lança Agnès. Et sous la voûte des platanes, corso del Re, le passé la rejoignit. La via

Nuova, avec le café de la Bourse, piazza San Carlo, le café Torino... que de souvenirs, les portiques, la Galeria Natta, la piazza Castello...

Catherine demanda à faire le tour de la place, Barba Pino lui avait parlé des soldats du Palais royal. Agnès se retenait très fort pour ne pas éclater en sanglots. Sa gorge lui faisait mal, elle ferma les yeux et revécut sa dernière promenade avec Ligio, avant leur départ pour le col de Tende. Il aurait tant aimé conduire ainsi sa petite famille dans son « bel » Turin.

Par respect pour tant de souvenirs autant que par dévotion, Agnès fit mener la calèche directement à la basilique avant la visite aux magasins. En descendant Dora Grossa, elle retrouva les églises qu'elle parcourait avec Pippa au moment du carême, la Sainte-Trinité, jadis Sainte-Agnès sa patronne, les Saints-Martyrs, l'église des Jésuites dont le marbre et l'or l'avaient tant impressionnée le mercredi de son arrivée. Le décor de pierre était immuable, seuls la pièce et les acteurs avaient changé.

Barba Pino, orgueilleux de cette ville qu'il considérait toujours comme la capitale de l'Italie, raconta aux enfants que cette rue avait été la première au monde à connaître l'usage des trottoirs.

Catherine et François, eux, se virent habillés de neuf, de pied en cap, ce qui s'harmonisait enfin avec la stricte élégance et la voilette de leur mère. Catherine voulut conserver ses souliers.

— Aux moins, ceux-là ne me feront pas mal !

Elle refusa le chapeau de feutre qui lui parut ridicule :

— *Un estoufa castagna, mama, mi plas plus lo mio capeu de pahia*[1], lui dit-elle en niçois pour ne pas blesser la vendeuse si gentille. Comme ça aussi tu garderas tes sous, c'est qu'on va en avoir besoin pour la rentrée à l'école !

Elisa avait bien déteint, à la grande satisfaction de Barba Pino.

Puis vint l'heure de la séparation. Le vieil homme embrassa son petit monde avec une émotion sans illusion.

— Je ne vous reverrai peut-être pas, petite. Toi et les

1. Un étouffe-châtaignes, maman. Je préfère mon chapeau de paille.

enfants, veillez sur vous. Vous êtes tout seuls dans la vie, maintenant.

Il s'essuya les yeux furtivement et Agnès pensa qu'il ressemblait à sa vigne, noueux et beau. Elle ne pouvait même pas le rassurer, lui dire qu'un père prenait le relais d'Eligio, elle ne pouvait pas encore. Et tous trois, avec de grands signes, restèrent à saluer le départ de l'omnibus, le départ du vieil homme.

⁂

— Nissa la Bella ! Terminus ! Tout le monde descend !

L'Aigle d'or, place Saint-François... Non, cette fois, pour sa deuxième arrivée à Nice, Agnès ne descendrait pas d'une diligence mais d'un train, sous l'immense verrière de la gare, envahie du chuintement des vapeurs blanches.

Malgré la cohue, monsieur de Gastaldi repéra vite la jeune femme à la flamboyante chevelure qui interpellait un porteur.

— Quelle joie de vous retrouver, chère madame, avec votre petite famille ! Que vous avez de beaux enfants ! Un fiacre vous attend dans la cour de la gare, le n° 27, monsieur Chichois. Allez-y, je m'occupe des bagages. Voici les clefs de la rue de France, j'y ai fait placer deux petits lits dans l'entrée pour les enfants. Demain matin, nous irons visiter l'appartement de la rue Saint-François-de-Paule, à neuf heures précises. J'ai de bonnes nouvelles pour vous. Tout est en ordre, ma chère rentière, aucun souci. N'oubliez pas, le porteur n° 9, la voiture n° 27, trois fois neuf. Cela vous portera bonheur !

Après l'étranglement du couloir de la sortie, la petite famille dut s'ouvrir un passage en plein soleil au milieu de la bousculade battant le trottoir. Les retrouvailles encombraient les abords de la gare, au milieu des cris des porteurs et de l'aboiement des garçons d'hôtel.

Agnès reconnut tout de suite Chichois, l'ami de travail d'Eligio, le compagnon des longues attentes de nuit, rue Gioffredo, devant les arcades. Lui aussi la reconnut immédiatement.

— Comment ! C'est vous, madame Mogliano ! Et vos petits ! Au train de Vintimille ! Quel heureux hasard ! (et puis, gêné) : Où c'est-y que je dois vous mener ?

— Rue de France, à la hauteur de la Croix de Marbre, juste en face du palais Christine.

François, sans attendre, grimpa prestement à côté de l'ami de son père, comme il en avait eu si souvent l'habitude.

— On va prendre par l'avenue de la Gare, ce sera mieux. Rue Grimaldi et rue Cotta, c'est plein de travaux. Ah, cette voirie, avec ce bitumage, où sont donc nos bons pavés d'avant ? On attrapera la rue Masséna après le café de la Victoire, comme ça vous verrez la ville. Ça se remue déjà pour la saison. Beaucoup d'hôtels ont rouvert, et on est tous revenus de Savoie. Les étrangers arrivent, surtout les verigoudboumbaille[1].

Agnès retrouva tout de suite l'odeur de sa chère ville, ce mélange de senteurs de soleil sous les platanes de l'avenue, et, place Masséna, d'effluves marins mêlés aux parfums du jardin public, tout cela si différent des lourdes émanations de la vieille ville. Elle remarqua avec plaisir que beaucoup de magasins avaient retiré leurs barricades de bois. Le café de Lyon était repeint et la Maison dorée avait changé ses troènes. Elle reconnaissait même, au coin de la rue Masséna, la haute stature du gérant du café de la Victoire, distribuant des sourires à la cantonade.

Les vitrines de Caressa, le traiteur, lui rappelaient qu'elle avait faim. Les enfants, le nez au vent, commentaient ce qu'ils voyaient, ce dont ils se souvenaient, interpellant leur mère pour la mêler à leur bonheur. Ils exultaient. Du château, le canon sonna le midi niçois. Agnès imaginait l'heure du picotin, place Masséna. Eligio aurait déjà fait boire son cheval.

Vite descendue rue de France, elle s'empressa de courir aux comestibles afin de, plus vite encore, se mettre en cuisine. Il y avait si longtemps... l'huile d'olive, les gnocchis vite roulés sous la fourchette, le coulis de tomate, basilic et parmesan...

1. Nom donné aux Anglais par les Niçois de l'époque.

Enfin chez soi... Elle comprit alors à quel point tout cela lui avait manqué.

Dans l'après-midi, elle dépêcha le fils du concierge vers Françoise, avec un mot pour Hélène et les Quaglia, pour Carlina surtout. Un simple mot : « Je suis là ! » Elle ressentait le besoin pressant de reformer son cercle de vie, de se réenraciner au plus vite. Et puis elle avait tant de choses à raconter ! Pas tout, d'ailleurs, ce serait selon...

Françoise fut la première à sonner à sa porte, de la joie plein les yeux, qui s'épancha en embrassades, compliments, en larmes aussi. Agnès lui conta son voyage, le palace des neiges, Jean, l'attente du mariage, la prochaine installation rue Saint-François-de-Paule, au 2. Mais rien à propos des arrangements financiers. Les gens n'ont pas besoin de tout savoir.

— *Es un beau pantaï aprouvita, Agnès ! Lou bouonour es gaïre coustumié, tu as trouvat la fava, mefi*[1] *!* raisonna Françoise. J'en suis bien heureuse pour toi et les enfants, l'argent n'a jamais détruit l'amour. Souviens-toi, c'est seulement quand il n'y a pas de foin au ratelier que les chevaux se battent. Tu as raison, fais-toi installer dans un bel appartement. Tu vois, la maison de la rue Saint-François-de-Paule, elle est au coin du cours et de la rue de la Terrasse, un des plus beaux immeubles de Nice. Je connais la gouvernante des Bonfils, ils habitent au quatrième. La vue y est superbe, imprenable. Elle m'a dit que les beaux jours d'hiver, au lever du soleil, ils aperçoivent la Corse tout entière qui sort lentement de l'eau comme un gros poisson ! Avec le ciel tout rose, il paraît que c'est superbe. Tu le connais, c'est l'immeuble du café Américain, il y a même une entrée qui donne sur les terrasses. Ma chère, ton Jean ne se moque pas de toi. Justement, on vient de terminer l'escalier sur la Promenade du Midi. Et tu seras juste en face de l'entrée de l'Opéra. Les enfants pourront suivre le va-et-vient des barques de pêcheurs, c'est splendide !

1. C'est un beau rêve, profites-en, Agnès ! Le bonheur ne passe pas deux fois, tu as trouvé la fève, mais méfie-toi !

Maintenant Agnès se souvenait.

— Oui, je vois, il y a la bibliothèque et le musée où allait Eligio pour apprendre le français, et en face la librairie Visconti. Pour le Carnaval, c'était le meilleur emplacement !

— Voilà ! mais le loyer doit être bien cher, Agnès. Autre chose que la rue du Pont-vieux. Ce Jean est donc bien riche ? tant mieux pour toi...

— Peut-être n'est-ce pas raisonnable, alors... risqua Agnès.

— Comment raisonnable ? Mais si ton futur mari te l'offre, *baveca*[1], ne fais pas la bête, prends-le ! Un bail de trois ans et tu pourras voir venir. Une fois mariée, le mieux sera d'en acheter un. En attendant, installe-toi et profites-en.

Hélène, elle, dut attendre la fermeture de son magasin pour passer la voir. Après les longues effusions, elle s'aperçut qu'elles seraient voisines :

— Alors, tu vas t'installer à deux pas de mon magasin ! Presque en face ! Je te l'ai toujours dit, du premier coup j'ai vu tout ça ! Ton Jean, c'est du sérieux. Je suis contente pour toi. Moi aussi, j'en ai attrapé un bon. Evidemment, pas la très grosse légume, un soyeux lyonnais, marié avec une pimbêche, tu vois le genre, tout dans la poche, rien dans le corset. Il est gentil, de tout repos, avec moi il a tout ce que sa femme lui refuse : l'amour et bien becqueter ! Il se rattrape. Ce qu'il me fait, c'est incroyable ! Je te raconterai. Tu sais, c'est comme ça qu'on les tient, faut surtout pas faire comme leurs « épouses », il faut savoir s'occuper d'eux sans manières, les caresser, les flatter. Mon Jules, je lui dis qu'au lit c'est le meilleur ! Du coup, il m'a acheté le magasin ! Il m'aide même pour mes échéances. C'est un brave type, Jules, j'aimerais bien l'épouser. J'ai pas dit mon dernier mot...

Le lendemain, au réveil, Agnès se sentit toute brumeuse, en proie à l'étrange impression de se retrouver dans *sa* ville, comme en vacances, avec ses petits auprès d'elle. La sensation de s'être réfugiée dans cet appartement qui n'était pour eux

1. Un peu bêta. La baveca est un petit poisson qui a toujours la bouche ouverte.

qu'un abri de passage, comme jadis entre deux mensonges. Sa robe d'opéra était encore dans l'armoire. Françoise avait raison, il lui fallait s'installer au plus vite. « Mais que fait-elle ! déjà huit heures ! »

Françoise sonna, tout essoufflée.

— J'ai dû attendre la fougasse et les croissants chez le boulanger rue du Collet, ils sont tout chauds. Il m'a demandé des nouvelles de toi.

Beurre, confiture d'orange, elle avait tout apporté. Un fameux petit déjeuner, fenêtre grande ouverte sur la mer, au loin, à travers les jardins des villas de la Promenade. Les enfants se jetèrent sur la fougasse, et Agnès beurra les tartines.

— C'est drôle, dit-elle à Françoise. Ce matin, j'émerge. J'ai l'impression de sortir d'un rêve. Les hautes montagnes s'évanouissent dans la brume. C'était si fantastique que ce sera difficile de tout te raconter. Je me sens comme toute nouvelle. Je vais construire une autre vie. Ici je retrouve mes racines, mes enfants, et te revoir ainsi, c'est formidable... Tu te souviens Ruelle Segurane ? le premier lit que nous avons fait ensemble ? Tout de suite on s'est plu.

Catherine s'était installée sur les genoux de Françoise, comme si elle ne l'avait jamais quittée.

A neuf heures, les deux femmes se hâtèrent vers la rue Saint-François-de-Paule. Devant le nº 2, la redingote grise de Gastaldi attendait déjà. Une large entrée vitrée, dallée de damier noir et blanc, ardoise et marbre, donnait sur une gigantesque cage d'escalier soutenue par des colonnes de pierre s'étageant vertigineusement, encadrant la rampe qui serpentait jusqu'au plus haut de l'immeuble. Les murs et les voûtes, recouverts de peintures à fresque du plus saisissant effet, fleurs, feuillages, accompagnaient ainsi la douce inclinaison des marches qu'Agnès et Françoise gravissaient lentement.

— Le plus bel escalier de Nice, fit remarquer Gastaldi. C'est du reste tout là-haut que vécut Bonaparte...

Françoise, en maîtresse d'école accomplie, voyait déjà le petit Corse décharné monter quatre à quatre cet impressionnant déroulé de marches, pour aller contempler la Corse de Paoli surgissant de l'onde.

Au deuxième étage, l'appartement de droite révéla sa

beauté majestueuse, avec ses pièces immenses, ses cheminées de marbre blanc, ses plafonds à cinq mètres cinquante du sol. Surmontant les hautes portes, de superbes trumeaux illustraient des ports et des scènes de marine du XVIIIe siècle. Chacun des plafonds était peint diversement : cieux traversés de guirlandes de fleurs, motifs en grisaille, crépuscules d'Olympie se succédaient dans une fraîcheur incomparable. Salon, bibliothèque, bureau, salle à manger, quatre chambres de maître, salles de bains, office, immense cuisine, resserre, escalier de service, rien n'y manquait. La salle à manger était curieusement divisée à mi-hauteur, là où une loggia abritait un appartement réservé au personnel, et donnait directement sur l'escalier de service.

— Une splendeur, murmura Françoise. Tu vois, Agnès, j'avais raison...

La vue au sud y était admirable. Toute la baie des Anges s'offrait : depuis l'azur foncé de la pointe rocheuse de Villefranche jusqu'aux alluvions jaunâtres du Var. On distinguait même, au loin, à l'est, la pointe de Bordighera, et à l'ouest, la langue verdâtre de la Garoupe avec, au-dessus, les rouges massifs de l'Esterel. Au nord, les balcons récemment construits donnaient sur la rue Saint-François-de-Paule et, en enfilade sur le cours dominé par la masse feuillue du château, la trouée de la grande cascade scintillante au soleil. Un curieux balcon en rotonde, à l'angle de la rue Saint-François-de-Paule, prolongé d'un bow-window, permettait d'apercevoir l'entrée de l'Opéra jusqu'aux jardins de l'hôtel des Etrangers, au bas du boulevard qui longeait le Paillon.

— Le soir, madame, si vous le voulez, vous serez inondée de musique et de chant durant la saison d'opéra. Votre cuisine donne juste en face de la salle de répétition de l'orchestre.

Devant un tel luxe, Agnès ne put réprimer son étonnement.

— Mais c'est immense, monsieur Gastaldi. Comment meubler tout cela ? Les tentures, les meubles, les rideaux, les tapis...

— Aucun problème, madame, j'y pourvoirai, j'ai des ordres pour cela. La maison Guimard et les frères Morel arrangeront tout à votre goût. Un bail de trois ans, tout est à votre nom, et l'acte de location avalisé par monsieur Wagner.

Gastaldi prit soudain Agnès à part.

— Aucun souci à vous faire, tout est en règle, aucuns frais pour vous. Je pense que tous les travaux peuvent être terminés sous un mois, mais il sera possible d'emménager avant, en donnant une priorité à quelques pièces. L'appartement est si vaste que cela ne vous gênera pas.

Agnès se laissa convaincre.

— Si c'est ainsi... quand pourrai-je choisir les meubles et l'arrangement des pièces !

— La décoration, voulez-vous dire, mais dès cet après-midi si vous le voulez. J'ai procuration pour signer le bail chez maître Sagetto. Nous pouvons y aller tout de suite. Il faut vous habituer à votre nouvel état, madame, sourit-il. Cet appartement vous permettra de recevoir dignement.

En redescendant le grand escalier, Agnès dut se tenir à la rampe. C'en était trop, la tête lui tournait. Tout cela la dépassait, lui donnait le vertige. Elle n'aurait pas dû accepter.

Françoise s'en aperçut, lui prit le bras, et toutes deux s'arrêtèrent au palier du premier.

— Françoise, je crois que nous allons un peu vite. J'apprends chaque jour que l'argent ne fait pas tout, il faut vraiment savoir s'en servir. Tu me vois, moi, tenir un appartement pareil ? Il va me falloir du personnel ! Et tu sais combien j'aime faire ma cuisine moi-même ! Et pour tout ce linge de maison, il va me falloir une femme de chambre, au moins avec une femme de journée !

— Ne t'inquiète pas, ma belle, prends ce qu'on t'offre. Tu me dis que Jean gère des palaces, il a l'habitude. Quand il viendra, il arrangera tout, tu n'auras plus qu'à suivre ! Il ne faut pas t'en faire un monde. Le plus difficile, c'est l'installation. Ce Gastaldi m'a l'air capable, non ?

« C'est vrai, Jean sait ce qu'il fait », songea Agnès.

— Je vais écrire à Olympia, décida-t-elle, elle voulait venir ici en saison, elle sera mieux chez moi. Et puis il y a cette brave « Lou mi pihi [1] » pour les gros travaux.

— Tu vois, dit Françoise en riant, tu deviens raisonnable !

1. Surnom qui signifie « Je me le prends », personnage de *la Porte fausse*.

Evidemment, personne n'a besoin d'un tel appartement pour être heureux. On dit qu'une chaumière peut suffire à tenir le cœur au chaud, mais il y a le reste ! Il est plus facile de vivre riche que de le devenir, alors ne te plains pas ! La misère, elle, ne s'apprend jamais. Elle s'impose.

2

Mardi 29 octobre, neuf heures du matin. Du fond de la cuisine, Agnès, qui vient d'entendre la sonnette d'entrée, s'écrie :

— Catherine ! Va ouvrir, chérie, c'est certainement Olympia !

— Non, maman, c'est un télégramme, regarde !

La fillette tendait un papier bleu qu'Agnès décacheta aussitôt, le regard anxieux. Mais à mesure qu'elle lisait, son visage s'éclairait, son sourire devenait radieux : *Arriverai Nice samedi 2 novembre. Stop. Gare PLM par Méditerranée Express. Stop. Londres via Calais. Stop. 11 heures, tendrement. Stop. Jean. Expéditeur Hans Wagner, Savoy Hotel, Londres.*

— Jean arrive ! éclata Agnès. Il arrive !

Elle souleva sa fille dans ses bras et la fit valser avec de grands rires.

— Qui c'est, Jean, maman ? C'est le monsieur que tu m'as dit ? Celui de la montagne ?

— C'est lui, ma Catherine ! Il est très gentil, tu verras. Il va bien s'occuper de nous.

A midi, elle apprenait la nouvelle à Françoise :

— Mon Jean arrive enfin ! Plus que quatre jours à attendre ! Nous aurons le temps d'aller fleurir la tombe d'Eligio avant son arrivée. Dans sa dernière lettre, Jean me disait qu'il resterait tout l'hiver à Nice, jusqu'au 15 février, sauf trois voyages à Genève entre-temps. Il tient parole, il arrive !

Depuis la Saint-Michel, jour des déménagements, personne n'avait chômé, l'appartement était fin prêt, sauf le bureau, la bibliothèque et le grand salon qui attendaient Jean pour le choix des meubles. C'était trop important, lui seul savait. Peinture ou papier peint, il déciderait.

Une grande discussion avait eu lieu pour la salle à manger, assez basse de plafond, seulement deux mètres vingt, et qui donnait au nord sur la rue Saint-François-de-Paule. La maîtresse de maison la voulait la plus gaie possible.

— Si vous devez garder les boiseries si foncées, monsieur Guimard, je veux absolument éclaircir la pièce avec un papier peint qui pourrait représenter un paysage gai, avec des arbres ou, tenez, une marine avec des Turcs au milieu, par exemple. Ou mieux encore, j'ai vu à Saint-Moritz une magnifique scène de chasse à courre au renard avec un mouvement de chevaux superbe.

La maison Guimard retourna tous ses cartons, interrogea ses fournisseurs, et finit par proposer une composition orientale avec des felouques descendant un Nil bleuissant, quelques palmiers, un fond de ruines romaines et des Turcs enturbannés accompagnant des tas de chiffons d'où sortaient des visages de femmes. Une turquerie, en somme, qui jurait avec les meubles de la salle à manger Henri II.

— Si vous le désirez, madame, c'est fort possible, mais comme décoration j'aurais choisi plus classique. Je ne mettrais pas de rideaux en reps, mais des voilages plus légers, vos volets intérieurs en bois suffisent pour vous isoler le soir. Ici, il faut un peu de lumière. Du reste, si cela ne plaît pas à votre mari, un papier peint, c'est vite recouvert.

La chambre d'Agnès, elle, s'ouvrait sur la mer. Tout y était bleu et gris trianon avec une pointe de jaune pour rappeler les passementeries du couvre-lit et des fauteuils.

Catherine, elle, s'était décidée pour du rose, et François s'était vu imposer du gris lavande que l'on jugeait moins salissant.

Les travaux terminés, Gastaldi fit livrer les « trois malles surprises », le « trésor de Saint-Moritz », comme disait Agnès. La première débordait de linge de maison, une pleine armoire, du linge damassé, brodé, orné de dentelles, draps, nappes, serviettes, etc. Les deux autres, bourrées de cristaux et d'argenterie anglaise admirablement emballée, de porcelaine allemande, et on lisait partout sur les cartons : Mappin and Webb, London.

— Un vrai trésor, c'est vrai, commenta Carlina un peu envieuse. Ton Suisse de mari fait bien les choses ! Mais je te plains, que de travail, cette argenterie à astiquer ! Crois-moi, n'utilise pas de casseroles en cuivre, toujours à rétamer, le mieux ça sera toujours nos poêlons en terre. Et tu te vois, dans cette grande maison, avec tous ces placards et toujours les clefs à la main ? *Aproufita, ma bella, aqui es la maioun dou bouon Dieu. Fa bouen bala quoura la fortuna juèga dou tambou*[1], mais le coulage, ça se voit seulement quand c'est trop tard.

Carlina remarqua immédiatement que l'on voyait, juste en face de la fenêtre de la salle à manger, l'entrée en rotonde de l'Opéra.

— Formidable, Agnès ! D'ici on pourra suivre toutes les allées et venues et admirer les toilettes. Surtout, invite-moi les soirs de gala ! Tu imagines les nuits de veglione, on pourra voir tous les déguisements !

En fait de personnel, tout était arrangé. Agnès avait réussi très facilement à arracher Olympia, avec une simple lettre, à son Armando de mari. Et le 15 octobre, plus fraîche et plus pimpante que jamais, elle arrivait avec une malle digne d'un officier des Indes et un surprenant panier à couvercle contenant tout le nécessaire pour tenir la lingerie d'une bonne maison.

— Mon trousseau, Madame, et le linge de ma mère avant que tout disparaisse de chez moi. Je vous expliquerai.

Rapidement, elle prit la haute main sur l'organisation des armoires, l'entretien des chambres et la confection des lits.

— Mais ici, attention, lui dit Agnès, nous mettons des draps et non des couettes. Pas comme à la Maloja !

— Comme chez nous, Madame, en pays bergamasque.

Elle s'offrit même pour le service de table, la préparation des petits déjeuners et le goûter de quatre heures. La cuisine

1. Profites-en, ma belle, ici c'est la maison du bon Dieu, il faut bien danser quand résonne le tambour !

resterait toujours le domaine d'Agnès et de Catherine, de plus en plus experte.

Olympia contrôlait le suivi de la lessive confiée à une « bugadiere » du pont des Anges, le gros seulement.

— Le fin ne doit jamais sortir de la maison, Madame.

Elle obtint, pour l'aider aux gros travaux, « Lou mi pihi », si attachée aux enfants, dévouée à l'extrême, et qui reprit très vite ses habitudes de quémandage : « Je me le prends puisque ça vous sert plus… » Elle s'occupait des gros travaux de nettoyage : les vitres, la vaisselle, le parterre, la paille de fer, le brossage, l'encaustiquage, le battage des tapis…

— Ne vous en faites pas, disait Olympia, je vous la formerai, on en fera une perle. On s'entend bien, elle manque de finesse, mais ça viendra.

Agnès gardait toute son autorité sur le ravitaillement, à part l'épicerie. Seule Olympia l'accompagnait au marché. « Madame » avait ses habitudes et sa porteuse attitrée, Mado. Olympia, ravie de connaître Nice, ne pensait offrir ses services que durant la saison.

— J'attends monsieur Jean, il m'aura vite trouvé une place bien payée dans un hôtel de grand luxe comme première femme de chambre, lingère d'étage, économe ou gouvernante, il y a le choix. Mon mari est de plus en plus attaché à sa ferme, et à autre chose ! Moi, je préfère l'odeur du beau linge à celle de son étable. Il a une bonne vachère pour ça.

Agnès avait été très surprise de la promptitude et de l'empressement avec lesquels Olympia était accourue vers elle. Elle se souvenait encore des confidences de la soubrette à propos de l'ardent mari, l'amour partagé si intimement, la tristesse de l'éloignement… Que s'était-il donc passé ? Quelques jours lui suffirent pour découvrir la vérité : à son retour de la Maloja, Olympia avait surpris son mari faisant la bête à deux dos avec sa jolie servante.

— A seize ans, vous imaginez ! Oui, Madame ! Un matin je reçois votre lettre, c'est bien rare, le facteur, chez nous au village. J'ai cherché l'Armando partout pour la lui montrer, et j'ai entendu des bruits, je vous dis que ça. Je me suis cachée dans les foins et je les ai vus, ils étaient là tous les deux dans la grange, la fille, le cul tout nu, qui lui faisait des cochonneries.

J'aurais jamais pensé ça d'une cousine ! Ma voisine m'a dit que ça avait commencé aussitôt après mon départ pour la saison. Ils se gênaient même pas ! Au moins, s'ils s'étaient cachés, mais non ! La fable du village, qu'ils sont devenus ! Pendant que moi, je me morfondais au Kursaal, eux, ils se payaient du bon temps ! Le divorce, ça n'existe pas chez nous, alors j'ai sauté sur l'occasion et j'ai pris toutes mes affaires. A vingt-cinq ans, je peux bien refaire ma vie, mais je vous laisserai jamais tomber, Madame, tant que vous aurez besoin de moi. Je vais bien apprendre le français. Dans l'hôtellerie, c'est indispensable.

Pour l'arrivée de Jean, la maison fut briquée de fond en comble. Mais Agnès nourrissait une certaine inquiétude : voudrait-il loger chez elle ? A tout hasard, elle avait fait aménager la chambre d'ami, face à la sienne. Préférerait-il éviter les cancans, les bavardages ? « Mon veuvage est si récent, et puis il y a les enfants... » Elle en avait tant entendu, de ces pastrouilles [1], rue du Pont-Vieux. Jean pourrait-il vivre ici, en famille, sans que cela lui porte préjudice, et sans devoir conserver, au moins pour le qu'en-dira-t-on, son appartement rue de France ? Elle avait laissé un peu de lingerie dans la garçonnière. Elle y disposerait quelques fleurs... « De toute manière, se dit-elle, il avisera, il doit bien savoir, lui. »

La nuit précédant son arrivée, Agnès ne put trouver le sommeil. Trop de questions tournaient dans sa tête. D'abord Judith : comment sa femme se portait-elle ? Dans une lettre adressée à Gastaldi et destinée à un règlement de facture qui la concernait directement, elle avait lu incidemment une phrase qui laissait supposer l'inertie totale au sujet de leur mariage : « Si ce n'était sa démence, Judith serait en parfaite santé. »

Durant leur séparation, Jean lui avait écrit une moyenne de quatre lettres par semaine, en italien, en français, un torrent de pages auquel Agnès se reprochait de ne pas avoir répondu assez longuement. Le paquet, lié avec une faveur rose, trônait

1. Cancans, en niçois.

sur sa table de nuit, à portée de main. Elle s'assit contre ses oreillers et, une fois de plus, les délia, les relut, soulignant au crayon des phrases entières qu'elle ne comprenait toujours pas. Beaucoup de mots, nouveaux pour elle, dont le sens lui échappait totalement, mais bien trop intimes pour qu'elle pût demander à Françoise de les lui traduire :

Pour moi, tu es l'unique, mon Agnès, ombre et clarté à la fois... Douce et profonde, toute différente du réglé, de l'habituel... Tes excès m'enivrent... Tu brises en moi la ressemblance des jours... Toujours tu me surprends, mon inattendue... Tu éblouis mes sens... Tu m'amuses et me captives chaque jour et chaque nuit davantage... Auprès de toi je me brûle et j'aime ça... Ah, je me remémore sans cesse notre communion du Steinbock... Tu es le sel de ma vie... me perdre en toi. Tu es mon nirvana... « C'est donc ça, l'amour de Jean quand il est loin, cette immense nécessité de m'écrire. Pour moi, c'est si simple : j'ai besoin de lui. C'est tout. Quand il est absent, tout me manque sauf mes enfants. Que puis-je lui écrire de plus ? Je ne peux quand même pas aller chez l'écrivain public ! »

Tard dans la nuit, elle réfléchissait encore...

Ce qui la préoccupait surtout, c'était l'impact de la première seconde de leur rencontre, elle craignait le premier regard de Jean posé sur elle après deux mois. Surtout ne pas le décevoir : « Que vais-je mettre ? Ici je suis obligée de porter le deuil, avec toutes ces pipelettes, mais alors, où le rencontrer ? Sur le quai ? A la sortie ? Je vais m'habiller comme le jour de mon départ de Chiavenna, oui, c'est ça, avec ma toque noire. Ici, ça fera un peu bizarre avec le soleil ! pourvu qu'il pleuve, ça nous portera bonheur. Je baisserai mon chignon, Olympia le fait à merveille, et puis, trois épingles et tout dégringole ! Jean adore le défaire lui-même. Il m'emmènera certainement rue de France. A moins que Françoise ne s'occupe des enfants. Deux mois, c'est si long. Je mettrai mon joli pantalon de batiste, celui qu'il m'a rapporté de Londres, mais il n'est pas fendu. Je préfère l'autre, mon " moulin rouge ", il est plus coquin, on voit mon polisson... Le mieux serait peut-être que je l'attende ici. Il pourrait dormir dans la chambre d'ami et moi aussi. Mais alors attention au matin. Catherine vient toujours m'embrasser au lit, et elle remarque tout. Et puis me lever pour me recoucher, je n'aime pas ça, mais comment faire ? Catherine n'acceptera pas tout de suite un autre homme dans la maison. Le mieux serait de nous voir rue de France, mais je déteste cette situation ! S'aimer à la sauvette, comme des coupables ! » Elle sourit en pensant à ce que lui avait dit François la veille : « Dis, maman, ce monsieur qui dirige cette grande maison dans la montagne comme tu m'as dit, il doit savoir beaucoup de choses, et des histoires d'ours, non ? » Il y avait de la Françoise là-dessous.

Puis, de nouveau, la réalité revenait la frapper d'angoisse : Judith...

La nuit, ainsi pointillée de longues veilles, s'en était allée. Agnès se leva enfin, ouvrit grande la fenêtre sur le silence du petit matin et le clapotis des vagues. L'aube grignotait le gris de la mer, au ras de l'horizon, en une fine raie d'argent. Des nuées de mouettes tournoyaient en silence au-dessus des barques vides, éparses sur les galets. Progressivement, le ciel s'empourprait au-delà de la pointe de Bordighera qui, déjà, émergeait de l'ombre. Des lambeaux de brume dérivaient au large.

Elle s'étira, puis se recoucha, avec le désir présent, insistant, de Jean. Le sentir contre elle, s'apaiser et s'endormir dans sa chaleur...

A huit heures, un coup de sonnette impérieux résonna dans la maison endormie, alors que les enfants venaient à peine de partir pour l'école. Olympia ouvrit la porte.

Jean se tenait sur le seuil, rayonnant.

— Monsieur est déjà là ? s'écria la soubrette. Puis pour Agnès :

— Madame ! Monsieur est là !

Agnès était encore en chemise de nuit. Un grand calme déferla soudain en elle : il était là... Elle enfila un déshabillé et courut vers lui. Il la reçut contre sa poitrine, la serra à l'étouffer.

— Tu es enfin là, Schatzelé :

Puis il la maintint à bout de bras pour la regarder, la contempler au matin, avec encore dans le visage, sur la peau, l'intimité de la nuit, sa chevelure de feu croulant sur ses épaules.

— Tu es encore plus belle que dans mon souvenir…

Il l'embrassa longuement, le nez enfoui dans sa crinière.

— Tu es en avance, quelle chance ! soupira-t-elle. Profitons-en avant que les petits ne rentrent.

Puis elle l'entraîna à la découverte de l'appartement, leur domaine.

Jean reconnut l'effort de Guimard, disant peu de choses du meublant :

— C'est difficile de faire du neuf partout, l'ambiance n'est pas celle d'un appartement de famille, mais ça viendra vite.

Il estima très méritoire le jeu des couleurs, l'accord des murs et des plafonds. Mais la vue surtout l'enthousiasma, avec ces balcons ouverts sur l'infini…

— En bas de l'escalier, c'est l'animation la plus chaleureuse de la ville, avec le marché aux fleurs, et ici, au balcon, l'immensité de la mer en plein soleil, le splendide isolement !

Gastaldi, qui venait juste d'arriver, reçut le compliment en plein visage.

— Ah, votre choix a été admirable, mon cher, lui dit-il. Cette vue me console d'avoir laissé mes montagnes. L'immensité est toujours présente, je ne m'en lasse jamais, tout y est mouvance.

Puis il régla rapidement le problème du grand salon et de la bibliothèque, le premier en Louis XV, le second en Regency.

— J'ai commandé les meubles à Londres, ils arrivent.

Il regretta que la salle à manger n'ait pas été choisie Chippendale plutôt qu'Henri II, ce qui, selon lui, eût été plus cossu.

— L'acajou, il n'y a rien de tel pour réchauffer une pièce…

Puis il qualifia la turquerie de « distrayante ».

— Cela introduit de la fantaisie méditerranéenne, dit-il à Gastaldi. Ici, on n'en a pas trop besoin, mais le rêve s'envole vers les échelles levantines, une touche de Lecomte de Lisle, Coppée, Heredia.

Il recommanda que l'on posât davantage de tentures dans le vestibule et le couloir, pour mieux isoler les chambres, des doubles portières, et peut-être davantage de sellettes avec des plantes vertes.

A midi, les enfants rentrèrent de « l'école ». En vérité,

Françoise les avait emmenés en promenade, afin de les préparer à la venue de Jean. Catherine surtout, dont les réactions étaient imprévisibles. C'est elle qu'Agnès redoutait le plus. Elle guettait leur arrivée.

Et soudain, les deux petits visages apparurent dans l'entrebâillement de la porte, surpris de voir, à l'heure du déjeuner, des messieurs si sérieux en conversation avec leur maman.

— Entrez, les enfants, appela Agnès. Venez dire bonjour.

Puis elle se tourna vers Jean.

— Voici Catherine et François... Elle n'eut pas le temps de se lever que déjà François était sur ses genoux.

Catherine, plus prudente, vint lentement près d'elle, l'embrassa, et posa tour à tour son regard sur monsieur de Gastaldi et sur Jean.

Le premier, elle le connaissait déjà, mais l'autre, avec sa belle barbe blonde, c'était sûrement lui le monsieur de la montagne ! Son visage si doux, ses yeux, la bonté qui se dégageait de tout son être lui plurent tout de suite.

Timidement elle s'approcha. Au pied du fauteuil, elle esquissa un mouvement du genou et allait faire une petite révérence comme le lui avait enseigné Françoise, quand, sans attendre, Jean ouvrit les bras tout grands.

Surprise, l'enfant se laissa attirer. Jean lui caressa les cheveux, embrassa la petite main réticente. Leurs regards se croisèrent, et Catherine approcha sa joue de la barbe blonde. C'était doux, ça sentait si bon. Elle le laissa embrasser des deux côtés, susurrant un « bonjour monsieur » bien timide que Jean, seul, put entendre. Elle laissa un instant sa menotte froide dans la grande main, puis, doucement, posa ses lèvres sur la pommette de Jean, comme lorsqu'elle embrassait la photo de son père.

Agnès sourit de bonheur, et laissa échapper François qui sauta sur les genoux de Jean, se laissa embrasser et s'intéressa tout de suite à la chaîne de montre, admirant le petit ours qui y brillait en pendeloque.

— Dis, monsieur, tu me raconteras des histoires ? Maman m'a dit que tu sais tellement de choses, et puis toutes ces bêtes, tu sais, j'aimerais bien les dessiner !

— Madame est servie ! claironna Olympia.

Vite, on passa à la salle à manger, et ce fut Jean qui noua, pour la première fois, la grande serviette blanche au cou des enfants.

Jean consacra sa première semaine à l'installation complète de l'appartement. Il prit l'initiative de transformer la chambre d'ami en bureau.

Bien vite, il acheta un piano crapaud pour le salon, et fit poser un miroir de Venise au-dessus de la cheminée. Il accrocha lui-même un autoportrait de Rembrandt qui lui venait de son père, et, en pendant, deux scènes de bataille de Seghers.

— C'est peu pour animer ces grands murs, dit-il à Agnès. Je t'enverrai une dizaine de tableaux que j'ai à Zoug dans notre maison familiale, et aussi les marines italiennes que j'avais fait mettre dans ta chambre au Kursaal. Ce sera un bon commencement.

Il recommanda aussi d'utiliser la thibaude pour donner du corps et plus d'épaisseur aux rideaux de soie.

— J'en ai fait l'expérience, cela donne du tombant et obscurcira mieux les pièces avec ce grand soleil. Ici, c'est le plein midi, peu de chose y résiste, les couleurs sont mangées très rapidement.

Agnès était heureuse et fière.

— Tu vois, disait-elle à Françoise, quel bonheur d'avoir un homme instruit et capable à la maison ! Il a décidé de vivre avec nous.

— Oui, mais même l'homme, avec toutes ses qualités, ça ne suffit pas. Ton Jean, lui, il est « doré en poche ». Pour cela tu es gâtée, *a touplen de blea*[1]. Au fait, y a-t-il du nouveau pour le mariage ? J'aimerais bien être ton témoin.

— Non, rien de nouveau. C'est trop tôt, je n'ai pas encore le droit de me remarier. Jean ne me cache rien. Je te l'ai dit, sa femme est de plus en plus irrécupérable. Il

1. En niçois : il a beaucoup d'argent.

faut savoir attendre. Il est là avec moi, nous nous adorons, n'est-ce pas l'essentiel ?

— Et les enfants ? interrogea Françoise.

— Ça se passe très bien. Catherine le recherche, elle joue à la bataille avec lui, il la laisse gagner chaque fois. Tu vois si elle est heureuse ! François, lui, pourvu que Jean lui raconte des histoires d'ours ou de loups, il est toujours perché sur ses genoux !

Françoise hocha la tête :

— Oui, j'ai vu, c'est un homme qui avait besoin d'enfants...

Novembre, décembre, bientôt les fêtes. Agnès appréhendait le prochain Noël pour les enfants, le souvenir de leur père, du si triste jour de l'An de l'année écoulée, à leur retour du théâtre.

Mais, une fois de plus, l'intelligence, la générosité de Jean-l'enchanteur firent miracle. La veille de Noël, à pas de loup, il entra dans la chambre des enfants et réveilla Catherine d'un baiser sur le front.

— Ne fais pas de bruit, lui chuchota-t-il un doigt sur les lèvres. Il ne faut pas réveiller ton frère, j'ai besoin de ton aide, c'est un secret entre toi et moi.

La petite fille s'assit sur son lit, l'œil allumé.

— Un secret ?

— Oui, je dois aller acheter les cadeaux de Noël, j'ai besoin que tu m'accompagnes. Tu veux bien ?

Catherine hocha vigoureusement la tête et sauta à bas de son lit. Il l'aida à se vêtir, mais déjà, c'était elle qui menait les opérations.

— Faut laisser un mot à maman, elle va s'inquiéter.

— Tu as raison, je m'en occupe.

Après avoir marché dans le noir, ils refermèrent doucement la porte de l'appartement. Très vite, la fraîcheur de la rue les saisit. Dans le ciel pur, des mouettes jouaient à se laisser porter par des courants qu'elles seules pouvaient suivre.

— Mon papa aussi m'emmenait avec lui, dit soudain la fillette d'une voix enjouée, c'est quoi le secret ?

Jean serra plus fort la petite main.

— Nous allons d'abord aller boire un chocolat, puis nous achèterons les cadeaux pour François et pour ta maman. C'est ça le secret. Il ne faut rien dire à personne.

— D'accord, approuva Catherine très sérieusement. Faut pas le dire à François, il est trop petit, il répète tout.

Quand Agnès trouva le petit mot sur son oreiller : « Catherine et moi sommes de sortie, ne t'inquiète pas, nous reviendrons pour le déjeuner », l'allégresse lui rosit les joues.

A treize heures, lorsqu'elle courut elle-même ouvrir la porte, une petite et une grande montagne de paquets attendaient sur le seuil. Agnès les débarrassa en s'esclaffant.

Catherine ne se contenait plus de joie.

— Tout ça c'est des secrets, maman ! Des secrets pour tout le monde !

Jean jubilait dans sa barbe, sans mot dire. Agnès l'embrassa avec infiniment de tendresse.

Dans l'après-midi, alors que Françoise faisait goûter les enfants, on sonna à la porte. Olympia alla ouvrir.

— Monsieur, je crois que c'est un arbre.

— Un arbre ? s'exclamèrent ensemble Agnès et Françoise.

Jean se leva sans répondre.

On vit alors entrer la cime, puis les rameaux, puis le pied d'un superbe sapin. Un « Oh ! » médusé accompagna l'arrivée majestueuse du roi des forêts, porté par deux hommes.

— Suivez-moi, disait Jean.

Dans le salon, avec délicatesse, les hommes couchèrent l'arbre sur le tapis. Catherine traînait François par la main.

— Mais oui, n'aie pas peur, je te dis que c'est un cadeau de Patchou !

Agnès et Jean avaient entendu. *Patchou !* Une lueur mouillée passa dans les yeux de Jean.

— Oui, murmura Agnès très émue. C'est un cadeau de Patchou.

Et devant le sapin enfin dressé, planté dans son énorme pot, Jean, cérémonieux, annonça à l'assistance :

— C'est un sapin, et il vient de Saint-Martin-Vésubie. C'est une coutume allemande, importée en Angleterre par le prince Albert, le mari de la reine Victoria.

— Ah ! s'exclama Françoise, c'est une vraie splendeur !

— Et maintenant, nous allons le décorer tous ensemble, j'ai apporté ce qu'il faut.

En moins de temps qu'il n'en faut pour le dire, la nouvelle fit le tour du quartier : « les Mogliano ont un sapin dans leur salon ! Un arbre que l'on habille comme un roi, avec des boules, des bougies et des guirlandes !

Ce soir-là, on dut porter François et Catherine dans leur lit. Ils avaient refusé d'aller se coucher et s'étaient endormis assis, terrassés par l'émotion et la fatigue.

Agnès et Jean en profitèrent pour dresser une crèche près de la cheminée, en papier marron chiffonné, une grotte garnie de mousse et de paille. Joseph, Marie, le bœuf et l'âne... seul Jésus manquait.

Au petit matin, ce furent les exclamations de Catherine qui réveillèrent d'abord François, puis Agnès et Jean. Ils trouvèrent les deux enfants agenouillés devant la crèche, les yeux remplis d'émerveillement. Agnès plaça l'enfant-Dieu dans la mangeoire.

Au loin, sur la mer étale, l'aube du 25 décembre pâlissait déjà. Le Christ était né.

Agnès et Jean vivaient leur vraie lune de miel. Jean goûtait pleinement la joie de vivre en famille, aux côtés de cette femme splendide qui lui apportait la saveur de la vie simple, sans considération intellectuelle. Il aimait la surprendre dans la cuisine, au retour du marché, au milieu des odeurs d'herbe, des fruits débordant des corbeilles. Elle y riait et plaisantait sans cesse, faisant ainsi monter jusque chez elle toute la gouaille du marché. Sa constante bonne humeur enthousiasmait Jean, il aimait se plonger dans ce bain de sensualité vivante qui l'entourait. Il en oubliait le reste du monde, ne pensait plus qu'à vivre charnellement.

— Avec toi, je retrouve mes vingt ans, lui disait-il. J'ai le goût de toi, toujours plus profondément.

Il aimait la regarder vivre, défaire sa lourde chevelure sur ses reins. Il s'évertuait à épier sans cesse le détail pour lui encore neuf : la fossette soudain plus rieuse, la boucle flamboyante qui révélait la coquille de l'oreille, l'harmonie de ses traits, le gracieux de sa lèvre prête à mordre dans une figue toute craquelée de miel.

— C'est la grande saison de nos amours, souriait Agnès, tu m'as appris à aimer, nous savons tout de nos corps, et pourtant chaque fois je découvre.

Il aimait aussi la mère, l'autre image d'elle, débordante d'inquiétude, de dévouement. De suite, il avait saisi la lueur particulière qui éclairait son visage à la vue et au contact de ses enfants. Seul avec elle, jamais il n'avait saisi cet éclat qui l'adoucissait. Il comprit alors que le chemin de son cœur passait nécessairement par François et Catherine. Il communiait dans cette immense tendresse partagée. Si Agnès vivait si intensément son présent de mère, lui pensait déjà aux lendemains. A l'inverse d'Agnès, il avait des idées bien arrêtées sur le sujet.

— L'avenir d'un garçon, carina, cela se prépare très tôt. Il faut que François acquière dès maintenant des bases solides de calcul, d'orthographe et de lecture, que nous soyons très attentifs à ses dispositions naturelles. Je l'ai bien observé, il s'intéresse au dessin. La précision, l'habileté de ses gestes et de ses doigts m'étonnent. A sept ans, on ne peut évidemment rien dire, mais cette adresse manuelle est surprenante. Il possède un doigté élégant que j'ai rarement rencontré chez un enfant. Nous en ferons un artiste, un grand sculpteur, ou peut-être un grand chirurgien. Une profession où la tête a besoin des mains, de cela je suis sûr. Nous avons le temps, mais il faut rester vigilant, l'observer et le diriger vers ce qui lui plaira le mieux, en rapport avec ses dispositions naturelles.

Ce qui l'enchantait, chez ce petit garçon, c'était, déjà, son sérieux, la justesse et la simplicité de son raisonnement, et surtout sa volonté têtue de savoir le pourquoi des choses. Pas de rêves ni trop d'imagination, à l'inverse de Catherine, déjà romantique et passionnée.

— François a le sens du concret, du rationnel, de la recherche de la cause à l'effet. Et il a de l'oreille, je l'ai entendu l'autre jour au salon tapoter au piano une mélodie, une simple chanson. Il est doué, ce petit.

Pour Catherine, les choses se présentaient différemment.

Elle regrettait de ne pouvoir suivre son frère à l'école de la rue Saint-François-de-Paule, là où Françoise disait, dans son enfance, avoir connu l'ancienne manufacture des tabacs.

— Je dois le défendre si les grands veulent l'attaquer! disait-elle.

Elle l'accompagnait du reste chaque matin et revenait le chercher midi et soir, prête à l'offensive. Son plus grand intérêt, à part les leçons de Françoise devenue « son institutrice », se portait sur la cuisine où, de plus en plus, elle s'efforçait de remplacer sa mère avec intelligence et efficacité. La propreté à la cuisine devenait son grand souci, et elle surveillait de très près « Lou mi pihi », un peu négligente pour rincer deux fois la vaisselle. Quant à ses études, qui débutaient à la maison, Françoise insistait surtout sur les cours d'orthographe et de grammaire, l'analyse grammaticale et l'analyse logique. Elle lui faisait partager son goût pour la poésie, les belles légendes romantiques, les ouvrages de la comtesse de Ségur, *le Général Dourakine, Pauvre Blaise, les Mémoires de Cadichon, les Petites Filles modèles,* et surtout *Un bon petit diable,* avec la mère Macmish. Tout cela la captivait. Elle sortait de ses lectures toute rouge d'excitation. Et puis elle s'intéressait aussi à la toilette de sa mère, donnait souvent son avis, exprimait son bon goût des couleurs. La mine attentive, la petite fille ne ratait aucun essayage de la couturière, préférait les robes vaporeuses, les coloris pastel, tout ce qui ne se remarquait pas trop. Sa préférence allait encore aux dentelles et à la garniture des chapeaux.

— Je serai modiste, maman, c'est le plus beau métier...

Les rubans, les plumes, les voilettes la captivaient. La blonde Catherine s'annonçait belle, élancée sur des jambes déjà galbées. Dans son fin visage, doté du nez droit de son père, l'intelligence du regard surprenait. Elle avait une manière à elle, impatientée, de lever les yeux au ciel pour marquer sa désapprobation devant la bêtise qui, déjà, l'exaspérait. Son caractère autoritaire s'affirmait de jour en jour, mêlé à un grand sens de la famille, un amour forcené pour son petit frère, sa mère, et son déjà Patchou. Jean était séduit par sa personnalité, par son côté rêveur et sentimental. A huit ans, elle en paraissait onze.

Pour ses étrennes, Olympia, elle, avait reçu un double louis pour la dédommager de sa saison et la remercier de ses très bons services.

Elle eut la joie d'embrasser toute la famille, y compris « monsieur Jean », ce qui la fit violemment rougir. Elle avait reçu une seule lettre d'Armando, assez distante, qui ne lui parlait que du résultat de l'étable et de la mort de la Noiraude, qui avait quand même eu son veau. Rien de la cousine.

— Maintenant je m'en moque, Madame ! Je me suis fait un amoureux. L'amour ça me manquait, ça commençait à bien faire, mon veuvage ! Mario, lui, c'est un vrai Niçois. Il travaille dans un café où on vend beaucoup de vin, en face du Pont neuf à ce qu'il m'a dit. J'aimerais bien lui céder, mais j'ai un peu peur. Vous imaginez si j'étais enceinte ? Armando, ç'a été le seul. Il y a des nuits où ça me travaille, j'ai des cauchemars, j'entends des bruits comme quelqu'un qui frappe à ma fenêtre, une bête qui veut entrer, et j'ai entendu la même chose de la fenêtre du salon. C'est peut-être bien une âme en peine, comme sur nos glaciers. Faudra que je me fasse tirer les cartes. Ça me travaille, tout ça.

Agnès s'empressa de faire les cornes sous son tablier, avec le pouce et le petit doigt, comme font les Italiens pour conjurer le mauvais sort. On ne sait jamais.

Quant à Hélène, son commerce marchait bien.

— J'ai obtenu le contrat pour la décoration florale de la jetée-promenade, dit-elle à Agnès, pour son inauguration officielle le 10 janvier. Avec simplement la grande salle, je gagne ma saison. Du côté de Jules, il commence à être crampon. J'attends les fêtes du Carnaval pour le larguer. Je ne veux pas d'histoire avec sa femme, ça se gâte, je veux pas de scandale au magasin !

Agnès avait également revu et reçu les Pistone, émerveillés par l'installation.

— Quelle splendeur, cet appartement ! Nous aussi nous comptons déménager sur les collines, à Saint-Roman-de-Bellet, un jardin, des oliviers, des orangers, c'est notre rêve.

Les deux petites attendaient sagement de trouver un

fiancé. A dix-sept ans, elles avaient encore le temps. En attendant, elles faisaient de la tapisserie.

Carlina, elle, espaçait de plus en plus ses visites, prétextant les études des garçons, les voyages à Paris.

— Mon mari a pris une charge de mandataire aux Halles, une grosse affaire.

Olympia la disait jalouse.

— Quand je vous ai tiré les cartes, après son départ, je l'ai vue, vous vous souvenez ? Dix de pique, as de trèfle renversé et dame de pique ! Une mauvaise langue ! Les trois cartes se trouvaient dans votre jeu. Heureusement que vous avez recouvert le dix de pique avec le neuf de cœur, le sort est conjuré. C'est le bonheur en amour. Mais méfiez-vous d'elle !

Jean avait pris l'habitude de faire découvrir à « sa femme » la ville nouvelle où il avait ses fournisseurs, ses relations, quelques amitiés. Ils dînaient souvent en ville, Agnès toujours suprêmement élégante, quittant peu à peu ses habits de deuil, pour aller au café Français, au London House, à la grande taverne Steinhof qu'ils affectionnaient. Là, dans le grand jardin ombragé de la rue de Russie, Jean retrouvait avec joie la bière de Munich en chope fraîche et mousseuse, avec faux cols. Leurs soupers, après le spectacle, avaient lieu de préférence à la Maison dorée, sur l'avenue. De son côté, Agnès fréquentait de plus en plus la rue Paradis, le quai Masséna, de robes en manteaux et de chapeaux en fourrures.

La mode, cet hiver, voyait naître de débordantes manches à gigot, ce qui obligeait Agnès à demander l'aide des dames du vestiaire pour rentrer ces immensités avec beaucoup de difficultés dans les emmanchures des manteaux sans les froisser. Un travail de spécialiste qui faisait rire Jean, encore abonné à la redingote, mais qui déjà s'efforçait à être smart et à tâter un peu de la jaquette avec pantalons rayés, qu'il agrémentait à ravir, les après-midi, de jolis gilets soyeux brodés ou pelucheux.

A Nice, on ne portait que le chapeau, et c'était avec soulagement qu'il avait abandonné le tuyau de poêle, réservé à Londres, Paris et Genève, l'hiver surtout. La fantaisie de son bottier n'allait pas au-delà de la demi-botte cirée pour le soir, et de la bottine pour sortir le matin, à la mode anglaise, le soulier bas étant exclusivement réservé à l'appartement. Chaque fois qu'ils sortaient ensemble, comme mari et femme, Jean sentait avec plaisir l'intensité des regards qui suivaient la jolie femme qu'il tenait à son bras.

Les matinées d'Agnès étaient réservées, dès huit heures, à la descente au marché et au rituel de la cuisine. Dès qu'elle sortait de l'immeuble, Mado la porteuse la suivait avec, sur la tête, ses deux immenses corbeilles qu'elle portait superposées et reposant sur la célèbre « touorca[1] ». Mais devant l'ampleur des achats, elle se faisait aider de sa commère, la Vittourina, avec qui elle travaillait pour la belle clientèle. Elles montaient ensuite les corbeilles jusqu'au deuxième étage où les attendait le traditionnel verre de vin, accompagné d'une gâterie, souvent un farci dont elles raffolaient. Mado empochait alors la pièce de deux francs à partager avec Vittourina, en grognant son sempiternel :

— Mais madame Mogliano, c'était pas la peine ! C'est vraiment trop !

Jean, habitué aux plus célèbres restaurants du monde, trouvait à la cuisine d'Agnès une saveur extraordinaire, du jamais goûté. Les farcis, les raviolis, les rougets à la niçoise, anchois farcis, le lapin fourré à la sariette, la soupe de poissons, trois fois passée, entre autres délices, l'avaient définitivement conquis. Il s'habituait aussi à la cuisine à l'huile d'olive, première coulée à froid, si fraîche, et qui provenait du moulin de Sainte-Thècle. Dès son arrivée, après son tour du matin, en général à midi sonnant, il essayait de deviner, au parfum particulier, les plats préparés avec tant de soin et de bonne humeur. Agnès était même arrivée à le convertir à la Stocaficada[2], malgré l'odeur de cuisson de la première heure qu'il ne pouvait supporter. La préparation achevée, des plus succulentes, il était un des premiers à s'en régaler. « La meilleure jamais mangée, je t'assure, disait-il, chaque fois plus extraordinaire ! C'est pas peu dire ! » Et c'était bien la

1. Rouleau de tissu servant à tenir la corbeille sur la tête.
2. Plat niçois à base de stockfisch de très haute valeur culinaire, dont la préparation est réservée à des cuisinières de grande lignée niçoise.

plus grande victoire de la cuisinière : un Suisse converti au stockfisch !

Il vivait, disait-il, comme un sybarite, pétri de joie de vivre et de douceur d'aimer, un vrai coq en pâte. Il avait vu, d'ailleurs, quelque peu s'arrondir son tour de taille.

Le 19 février, n'ayant que la rue à traverser pour aller à l'Opéra, ils assistèrent à l'immense succès de Verdi lors de la création d'*Othello* en France, dans la salle du théâtre municipal. Les décors avaient été brossés d'après les maquettes originales de la Scala de Milan. La loge du couple touchait à celle du duc et de la duchesse de Pomas, pas très loin de celle du préfet et de madame Henry, en présence du grand-duc Pierre de Russie et de la grande-duchesse. Soirée inoubliable, salle splendide, debout, ovationnant Tamagno, le baryton Maurel et mademoiselle Musioni. Jamais Agnès n'avait entendu une voix d'une telle puissance. Le lendemain, *l'Eclaireur* écrivait : *Tamagno a dû bisser l'adieu du deuxième acte et la Desdemona a été merveilleuse d'émotion !* Nice avait dépassé Paris pour la première fois.

— Agnès, disait Françoise, a vécu une soirée de reine avec le prince Jean à ses côtés. Le *Como sei palida e stanca e bella,* par Tamagno, l'avait réellement remuée, à en essuyer des larmes.

Vint peu à peu l'allongement des jours. Le séjour de Jean toucherait bientôt à sa fin.

Il confia à Agnès son espoir, dans quelques années, de diriger l'hiver un palace à Nice.

— Je préfère cela au Caire ou à Constantinople, où nous avons trois hôtels. La société immobilière est en cours de constitution. Le gros problème a été de réunir les terrains, un nom est déjà dans l'air, et d'autres projets se préparent. Nice est appelée à un formidable développement hôtelier. Il est temps d'y acheter du terrain, ça va vite grimper si la spéculation s'installe. Le Crédit lyonnais s'intéresse à tout cela. Et surtout, ma chérie, j'habiterais totalement ici, avec toi, je ne monterais à la Maloja que pour la saison d'été. Tu sais, ici, à partir d'avril, c'est la grande fuite. Ce beau soleil, si recherché l'hiver, devient le pire ennemi l'été.

Après Pâques, ce fut le dernier voyage pour Genève, avec la réunion du conseil d'administration. La Maloja attendait.

Pour la première fois de sa vie, il n'avait vu passer ni automne, ni hiver.

Puis vint l'heure du grand déchirement. Le 15 avril, Jean partit pour l'Engadine, où il demeurerait jusqu'à fin septembre. La grande épreuve commençait.

3

25 avril 1891. Un an déjà. Journée de souvenir et de grand deuil pour Agnès. Même ciel superbe, quand la fête populaire, républicaine, pleine de flonflons, voyait se tourner la dernière page, s'écrire la dernière ligne, le dernier mot du livre de son Ligio. Un an déjà que le père, le mari, les avait quittés. Douloureuse journée où, se cachant des enfants, Agnès avait dû supporter la longue messe anniversaire à Sainte-Reparate, et serrer toutes les mains amies du clan Eligio à la sacristie. Au retour, Catherine remarqua vite les yeux rougis de sa mère en grand deuil, en longue voilette noire, et surtout le vase fleuri près de la photo de son père, sortie du tiroir. Même la robe violette, inhabituelle, de Françoise ne passa pas inaperçue pour la fillette qui, sans rien dire à son frère, vint se blottir dans les bras de sa mère.

— Tu sais, faut pas être triste, il est heureux maintenant, mon petit papa, c'est Zia Emma qui me l'a dit. Il est au ciel et nous protège. Avec François, le soir, on embrasse sa photo avant de se coucher. Et Patchou, il revient quand ? La maison est vide depuis qu'il est parti. Dis, quand est-ce qu'il va revenir ?

Agnès embrassa très fort sa fille. C'était vrai, ce grand appartement semblait vide sans Jean, sans sa présence calme et aimante.

Parfois la solitude lui apparaissait trop lourde, elle se réfugiait dans sa chambre, porte-fenêtre grande ouverte, ne désirant voir, du fond de son lit, que mourir doucement le jour sur les flots tournant au gris. Elle aimait ainsi, dans la pénombre, entendre s'apaiser les derniers cris aigus des mouettes mêlés aux lointaines comptines des enfants qui jouaient en bas, sur les terrasses : les derniers ébats du soir. Elle distinguait même la voix plus forte de Catherine régentant la troupe, jouant à la marelle, ou sautant à la corde. Elle restait là, lovée dans son besoin de paresse, à attendre que le silence enveloppe la ville et que se lève enfin le doux ressac sur la grève.

Le monde des enfants endormi, Olympia passait une dernière fois la saluer, avant d'enfermer le sommeil de la nuit derrière les portes closes. Agnès, alors, pouvait s'enrouler dans le pli des songes qui souvent l'emportaient vers l'au-delà.

Un matin, elle reçut une lettre de Barba Pino qui, curieusement, lui contait la récente visite « d'une dame de Turin, une bouchère, qui cherchait une famille Mogliano originaire du village de Moncucco Torinese. On me l'a immédiatement envoyée. Elle m'a expliqué qu'elle vous connaissait bien, toi et Ligio. Tu étais une grande amie de son ex-patronne morte en Grèce, une certaine Pippa. Elle s'appelle Rina Gambino et habite à Turin, via Nappione. Par prudence, je ne lui ai pas donné ton adresse, on ne sait jamais, mais je lui ai dit que je te ferai prévenir. C'est curieux, elle est montée au village en remarquant, sur la route de Chieri, le panneau qui indique : Moncucco Torinese, 6 km. Ça a tout déclenché, elle avait deux beaux garçons avec elle ».

Rina ! La surprise et l'émotion avaient été grandes pour Agnès. Et bien sûr elle avait pensé tout de suite à Pippa. Mais pas à leurs souvenirs, à leur amitié, non, à Pippa morte, à Pippa cherchant à la joindre par-delà la mort, et qui lui aurait envoyé ce message. « Elle me cherche, s'était-elle dit. » Et elle s'était endormie avec ce prénom sur les lèvres, dans le cœur : « Ma Pippa, ah, si je pouvais la voir, lui parler comme avant ! Tout lui raconter de ma vie, elle saurait m'aider, elle... »

C'est ainsi qu'elle fit un rêve dont l'étrangeté l'imprégna longtemps après son réveil : la fenêtre était restée entrouverte. Dans son demi-sommeil, elle distingua une vapeur blanchâtre, lumineuse qui, peu à peu, envahit la chambre. Deux violons rouges s'approchèrent, voletant au-dessus du lit qui se recouvrit d'herbes hautes, mêlées à des algues brunes.

Une douce musique plaintive, entrecoupée de pleurs étouffés, naquit sous les archets effleurant les cordes. Mais aucun musicien, la mélopée s'élevait au battement des ailes veloutées des instruments, dans une odeur de marée chaude et de terre mouillée, l'odeur même des feuilles mortes que l'on rencontre en novembre dans les cimetières. Une forme blanche se détacha alors du rideau de dentelle, hésita à s'approcher, puis Agnès ressentit autour d'elle, sur sa peau, comme de furtives caresses, très aériennes, qui s'insinuèrent jusque dans sa chevelure. Elle frissonna. Les formes du visage, féminin, se précisèrent, et apparut lentement une beauté de traits qui lui rappelait Pippa... oui, c'était elle, mais une Pippa sans âge. Agnès reconnaissait le bel ourlet de la bouche, la courbe allongée des sourcils, les mêmes yeux, mais d'un brun délavé, un regard vide, comme fatigué de tant d'errance. Pippa ! C'est toi ! cria Agnès en se dressant sur son lit.

Le visage se brouilla, revint à peine et s'estompa, dissous dans le pli des rideaux.

Elle ne s'était pas trompée, elle en était sûre ! C'était bien un spectre qu'elle avait vu, et bien celui de Pippa ! Pippa qui essayait de l'atteindre, mais pourquoi ? Quel message voulait-elle lui transmettre ? Ou peut-être son esprit n'avait-il pu vaincre les limites terrestres auxquelles elle restait enchaînée !

Agnès se réveilla complètement, les violons rouges s'étaient dissipés, mais elle sentait toujours comme un veloutement battre autour d'elle. De nouveau, les rideaux s'agitèrent. C'était seulement la brise, chargée au loin de bruits de grelots et de quelques notes de piano, l'air préféré de Pippa : la *Chaconne* de Bach.

Agnès alluma la veilleuse. Dans la chambre, tout était calme, chaque chose à sa place, mais une odeur très particulière traînait encore, comme de l'urine de chat, oui, la senteur des asphodèles. La fenêtre battait doucement, grande ouverte. Au-dehors, des chauves-souris tournaient à petits coups d'ailes, la mer dormait. Au loin, le piano égrenait toujours l'air de Pippa.

Agnès n'avait pas peur. Et même, un curieux calme s'installait en elle, fait de confiance aveugle. Elle se rendormit comme une enfant que l'on vient de border.

A dix heures, elle dormait encore. Ce fut Françoise qui la réveilla et recueillit, tout émue, le songe de la nuit.

— Ce rêve ne m'étonne pas. A mon avis, l'esprit de Pippa cherche à entrer en contact avec toi, à te parler. Il va falloir l'appeler. Je t'expliquerai. Et surtout, n'aie pas peur.

— Appeler l'esprit de Pippa ? Mais c'est seulement un rêve ! s'écria Agnès qui avait tant espéré de la froide logique de Françoise. Tu ne crois pas ?

— Non, Agnès. Une fois la mort venue, notre corps se décompose mais notre esprit, notre âme se libère et peut fort bien, depuis l'au-delà, entrer en communication, par sympathie profonde, avec un autre esprit. Seul le corps est matière et retourne à la terre. Mais l'âme, mieux, l'esprit, lui, va rejoindre la spiritualité universelle dont il n'est qu'une infime partie. Certains disent que l'esprit va retrouver un nouveau corps, d'autres un arbre, une fleur, ou peut-être un animal. Ça s'appelle la réincarnation. Il y en a même qui pensent que les esprits, puisqu'ils ont le pouvoir d'être invisibles, peuvent revenir visiter les lieux qu'ils ont aimés, pour protéger leurs amours ou leurs amitiés terrestres.

— Pour protéger ? On m'a toujours dit que c'était pour faire du mal !

— C'est vrai. En cas de malheur, ils reviennent hanter leurs anciennes demeures. Qui peut certifier le contraire ? Peut-être qu'un jour la science expliquera tout ça. Avoue qu'il y a quand même des phénomènes extraordinaires, inexplicables. Par exemple, la transmission de pensée, la prémonition, les esprits parleurs. Nous ne les voyons pas, mais peut-être que nos sens sont imparfaits.

— C'est vrai que les animaux, eux, sentent des choses. Regarde les chiens, tout ce qu'ils devinent !

— Oui, les esprits, nous ne les voyons pas, mais peut-être qu'ils nous entourent, Agnès, qu'ils vivent avec nous. Nous avons des pressentiments, rien de plus, mais il y a des gens qui, eux, peuvent prendre conscience de leur présence et entrer en communication avec eux, grâce à leurs facultés particulières. J'en connais une, une femme extraordinaire, ça s'appelle un médium, une extralucide, d'une force spirituelle fantastique. Si tu veux, je lui en parlerai. Elle peut converser avec les esprits par l'intermédiaire d'un guéridon[1].

— Un guéridon ? Comment ça ?

— Je t'expliquerai... Elle pourrait t'aider. En ce qui me concerne, j'ai la conviction que l'esprit de Pippa veut communiquer avec toi, peut-être pour te dire quelque chose d'important. Et puis la visite de ton amie Rina, c'est certainement une tentative, sans qu'elle-même s'en soit rendu compte. Je vais aller la voir, cette Mietta, la *giboua*[2], elle habite place des boulete[3], là où on achète les champignons. Elle pourra peut-être « se communiquer », comme elle dit. Si tu lui es sympathique, elle t'invitera à participer à des séances de spiritisme.

Agnès la regardait, suffoquée. Mais quoi, c'était Françoise qui prêchait cela, elle si catholique, pratiquante, et si instruite ! Alors il devait vraiment exister quelque chose de ce qu'elle disait, de ce monde inconnu...

— Surtout, Agnès, n'ébruite rien, n'en parle à personne, même pas à Olympia, ni à Hélène, je les connais ! L'esprit aurait peur de la moquerie. C'est un secret qui doit rester entre toi et moi. Promis ?

— Promis ! Je te fais la croix dans le creux de la main.

— Bon, continua Françoise en baissant la voix, maintenant je vais t'en dire davantage : Mietta, quand elle est en communication, peut écrire sous la dictée. C'est très difficile mais elle y arrive. Mais surtout, il faut que tu crois à son pouvoir, sinon la chaîne des esprits se casse. Je te prêterai le livre d'un grand savant qui est mort il y a une vingtaine d'années : Allan Kardec. Il est enterré au Père-Lachaise, c'est un grand cimetière de Paris. Selon lui, chaque esprit dégage un fluide plus ou moins fort, que ce soit un esprit dans un corps vivant, ou qu'il sorte du corps après la mort. Il dit que « l'esprit est la cause, et le fluide est l'instrument », et que l'esprit universel possède le fluide universel dans lequel, à la mort, vient s'intégrer le fluide de chacune des âmes.

1. Une société de spiritisme, réunissant de nombreux adeptes d'Allan Kardec, venait de s'installer boulevard Carabacel.

2. La bossue.

3. Actuellement, place Vieille.

— Alors le fluide de Pippa existe, et il est monté au ciel ?

— Oui, et Mietta peut t'aider à entrer en communication avec lui ! Elle a un fluide très fort qui dégage de la chaleur et qui permet d'entrer en contact avec le fluide de l'esprit qui n'est pas incarné. Tu comprends mieux ? C'est très simple, le médium combine en fait son fluide avec celui de l'esprit pour animer la matière inerte. Le guéridon, par exemple, dont la forme est étudiée pour. Certains médiums, pour faire écrire l'esprit à travers eux, se servent d'une petite planchette avec un alphabet dessus, et l'esprit désigne les lettres qui forment des mots.

— Ça semble impossible, s'étonna Agnès.

— En résumé, écoute bien : Mietta, comme médium, appelle l'esprit, et le seconde avec son fluide humain, très puissant, pour faire démarrer l'action. Un peu comme le vent fait naître l'avalanche, on t'a expliqué ça à la Maloja, tu me l'as dit toi-même.

Agnès hochait la tête. Elle ne savait plus très bien quoi penser, la science cachée de Françoise la laissait abasourdie.

— Evidemment, admit-elle, si je vois la table tourner, frapper des pieds, je suis bien forcée de le croire, mais comment l'expliquer...

— Justement ! Si tu constates un phénomène, tu n'as plus le droit de le nier. Même si tu ne peux pas l'expliquer. L'essentiel c'est de s'en servir, non ? C'est la volonté de l'esprit appelé, aidé par la puissance du fluide de Mietta qui provoque le mouvement de la table. Tu verras comme c'est épuisant pour elle. Après quelques heures, quand elle se donne à fond, elle est morte de fatigue. Mais ne crois pas les méchantes langues qui disent que c'est *una masca*[1]. Tu verras, malgré sa bosse, elle a un visage très beau, très noble, avec des yeux extraordinaires, pleins de bonté. Jamais elle n'a jeté le mauvais sort, ni piqué des poupées avec des épingles. Et puis avec elle, pas question d'argent. Si tout va bien, tu lui feras un cadeau pour l'aider, rien de plus. Mais surtout, motus, n'en parle pas.

1. Masca : sorcière qui peut envoûter.

C'est ainsi que, quelques jours plus tard, le lundi de la Pentecôte, eut lieu le premier rendez-vous chez Mietta, au quatrième étage d'une maison donnant sur la place des Champignons. La maison de Rosalinde Raucher, l'écrivain niçois, auteur de la *Nemaïda.* Le prétexte avancé par Françoise était d'établir un simple contact, afin qu'Agnès sympathisât avec le médium. Rien de plus.

Tout de suite, Agnès fut conquise par la physionomie agréable de Mietta, son regard très intense, très pénétrant. Elle scruta Agnès au plus profond d'elle, et la jeune femme ne se déroba pas. Une confiance mutuelle s'établit immédiatement. Cinq minutes avaient suffi à les rapprocher. Et plus vite encore, Agnès fut subjuguée par le don de voyance de Mietta qui lui révéla sa date de naissance : le jour, le mois, l'année. Françoise elle-même l'avait oubliée. Fait plus surprenant encore, Mietta et Agnès étaient nées le même jour, à quelques kilomètres de distance l'une de l'autre. Agnès à Mondovi, Mietta à Carru, peut-être à la même heure, en tout cas le même soir.

— Dès que je vous ai vue entrer, madame, dit-elle à Agnès, j'ai lu clairement en moi, et sans concertation aucune. C'est très rare. C'est un excellent début. Nous avons exactement le même thème astral. Je pense communiquer facilement avec votre amie Pippa.

Agnès en resta bouleversée d'espoir.

Mietta lui fit raconter toute son amitié avec Pippa, l'étrangeté de leur rencontre, le collier de perles, leur complicité affectueuse, le voyage en Grèce et la disparition de la jeune femme, sa tombe à Mykonos au milieu des asphodèles[1]. Elle lui raconta également la visite de Rina à Moncucco, et surtout son rêve aux violons rouges.

— C'est bien, dit-elle tout à coup. J'en sais assez pour converser avec l'esprit. Mais apportez-moi une photo de Pippa, et peut-être aussi une pièce de vêtement qu'elle aura portée. Ça m'aidera. je vais essayer toute seule d'entrer en

1. Voir *la Porte fausse,* chapitre 29.

communication avec elle. Après-demain soir, à vingt et une heures précises, concentrez-vous pour m'aider. Forcez-vous à revoir ce visage qui vous est si cher. Prononcez son nom et le mien. Je dirai le sien et le vôtre. Je travaillerai seule à ma table, avec la photo et mon pendule.

— D'accord, madame Mietta, murmura Agnès. Je vous le promets.

— Je passerai par mon esprit habituel. Lui me mettra peut-être en communication. Mais il ne faut aucune turbulence. Patience et douceur, surtout avec votre amie Pippa qui a l'air très angoissée. Sa spiritualité est comme égarée. Faites comme moi, madame, vivez ces phénomènes sans essayer de les expliquer. Ils existent, c'est tout. Mais surtout, n'en parlez à personne pour éviter les interférences.

Sur le chemin du retour, Agnès confia à Françoise combien elle était heureuse de ce premier pas.

— Tu imagines ? Elle a découvert tout de suite ma date de naissance, et nous sommes nées le même jour, presque au même endroit ! Après-demain, à vingt et une heures, pense, toi aussi, intensément à moi, ça nous aidera ! Je t'ai déjà expliqué que c'est comme ça que mon Ligio m'a redécouverte à Mondovi, avant nos fiançailles. Il prononçait mon nom tout haut, en y pensant très fort.

— D'accord, chérie, allons nous remettre de nos émotions rue Droite, chez Broggi. Il a reçu un nouveau chocolat un peu amer, juste comme tu l'aimes, ça nous remettra en forme.

Les travaux d'aménagement de la place Saint-Dominique empêchèrent Agnès de rentrer directement chez elle. La construction du nouveau palais de justice touchait à sa fin. Pour éviter le marché, par le passage de la Préfecture, elle s'engagea vers la poissonnerie et remonta la rue des Ponchettes pour se retrouver seule, face à la mer. Elle pensait à Mietta, à ce qui émanait d'elle d'étrange, de fascinant. « Oh, Pippa… J'aimerais tant que tu me révèles quelque chose de mon avenir avec Jean, de notre futur mariage… » Mais fallait-il seulement y croire ? Existait-il seulement, ce monde des esprits ?

Par la Promenade du Midi, elle chemina jusqu'aux escaliers de la rue de la Terrasse, et là l'émotion l'étreignit, intacte :

« C'est ici que mon Eligio m'a embrassée à Nice pour la première fois. » Et tout lui revint en mémoire : ses rentrées la nuit en fiacre, après son travail au vestiaire du Cercle de la Méditerranée, là où elle avait connu Jean. Où était donc Judith à cette époque ?

Elle parvenait devant chez elle lorsque le facteur la héla :

— Une lettre de Suisse, madame Mogliano ! Gardez-moi les timbres !

Ce rendez-vous du surlendemain, à neuf heures du soir, elle l'attendit et le redouta tout à la fois. Nerveuse, elle coucha les enfants un peu plus tôt que de coutume et, dès huit heures, se mit à épier l'interminable marche des aiguilles.

Lorsque neuf heures résonnèrent au clocher de Saint-François-de-Paule, elle recréa avec application, avec toute la ferveur dont elle était capable, le beau visage de Pippa, trait par trait, en une grande bouffée d'amour qui abolissait la mort et le temps. Son front se couvrit d'une rosée de fièvre, mais elle tint bon, jusqu'à ce que le chagrin, les nerfs et la peur aient raison de son courage. Alors, les larmes qu'elle retenait depuis de longues minutes, elle les laissa s'échapper, ruisseler sur ses joues brûlantes.

Il était neuf heures et quart.

Une journée plus tard, Mietta vint elle-même lui apporter le résultat de son investigation dans l'au-delà. Agnès, très tendue, la fit entrer dans le salon où Olympia servit du sirop d'orgeat. Elles s'assirent toutes deux face à face, les yeux d'Agnès cherchant le regard intense de Mietta qui semblait pâle, fatiguée.

— La nuit a été très pénible, dit-elle après un silence, épuisante à vrai dire, et ça malgré l'aide de mes amies qui ont l'habitude de travailler avec moi. Je n'ai pas vraiment réussi à entrer en conversation directe avec l'esprit de votre Pippa, mais l'esprit que j'interroge habituellement, celui du commandatore Adolfo, a pu me servir d'intermédiaire. Il m'a dit que Pippa lui avait parlé et il a répondu à mes questions : Avez-vous contacté l'esprit de Pippa ? Il a frappé oui, très distinctement. Veut-elle communiquer avec son amie Agnès ? Là, le pied du guéridon a frappé si fort le sol qu'il a failli se renverser. C'est donc sans appel. Pippa réclame votre présence à la table.

Suffoquée, Agnès resta sans voix.

— Venez jeudi soir à huit heures, ajouta Mietta, je vous présenterai mes deux amies, surtout Ninochka, c'est la dame de compagnie d'une comtesse russe, de la très haute société. Elle fait partie d'un cercle de spiritisme très savant de Saint-Pétersbourg, je l'ai connue à notre cercle. A la table, elle renforce mon fluide, elle a des mains extraordinaires. Et pourtant elle n'est pas médium. Elle a travaillé avec l'impératrice de Russie grâce à cette comtesse. Je vous préviendrai dès que nous pourrons la voir. Ninochka peut travailler en trois langues, le français, l'anglais et le russe, mais elle connaît très mal l'italien.

Lorsqu'elle se retira, Agnès tremblait, comme si un curieux froid la pénétrait.

Dès la première rencontre, Agnès comprit en voyant Ninochka combien elle avait affaire à une femme hors du commun, à tel point qu'elle ne put s'en expliquer vraiment auprès de Françoise.

— Tout ça me perturbe beaucoup. Cette Ninochka m'a raccompagnée en fiacre. Elle est très gentille, exubérante, très expansive. Elle devrait me rassurer et pourtant elle me fait peur.

— Quel âge a-t-elle ?

— Oh, la quarantaine. Elle a dû être très jolie, mince, encore très brune avec de grands yeux noirs. Et pas mal habillée. C'est une Roumaine, la dame de compagnie d'une comtesse russe, une amie de l'impératrice. Elle m'a expliqué qu'elles vont souvent au casino de Monte-Carlo avec toute une petite cour. Elle a beaucoup d'admiration pour Mietta, elle dit que c'est un très bon médium. On va bientôt organiser la grande soirée.

Françoise, le sourcil froncé, écoutait attentivement.

— Mietta m'a dit qu'elle était riche, elle fait tout ça

seulement pour s'amuser. Ce qui me choque, c'est qu'elle m'embrasse sans arrêt !

— Oh, intervint Françoise, tu sais, les Slaves sont très « baisers sur la bouche », même les hommes. De plus c'est la coutume chez eux le jour de Pâques, on embrasse de cette manière tous les gens qu'on rencontre ce jour-là !

Elles éclatèrent de rire. Le présent chassait momentanément les fantômes.

Puis, un matin, enfin, Mietta envoya un jeune garçon porter un message à Agnès :

Venez chez moi ce vendredi 13 à 9 heures du soir, ça nous portera bonheur. Nous appellerons Pippa, tout est prêt. J'ai bien travaillé. On fera la dînette, apportez donc de vos magnifiques farcis. Madame Tutalesco, Ninochka, sera évidemment là. Prévenez Françoise. Je vous embrasse. Mietta.

— On m'a dit qu'il y aurait une réponse, dit le jeune garçon.

Agnès exultait.

— C'est oui ! C'est oui ! Dis à Mietta que je viendrai !

Les jours qui suivirent, les deux longs jours qui la séparaient de ce fameux vendredi, Agnès les vécut dans une sorte de transe latente, un trouble mi-frayeur mi-joie, qui la gardait frémissante et distraite.

Et la grande nuit arriva. Françoise passa la prendre et l'aida à la préparation du grand panier aux farcis.

Chez Mietta, les présentations furent vite expédiées : Agnès, Françoise, Mietta, et deux dames françaises à l'accent pointu, certainement des Lyonnaises, madame Adèle et mademoiselle Zoé, toutes deux ferventes adeptes du cercle Allan Kardec. Ninochka n'était pas encore arrivée.

Mietta avait revêtu une longue lévite noire brodée d'argent, un peu rembourrée pour cacher son infirmité.

L'appartement était plongé dans une semi-obscurité où brûlaient quelques chandelles à la lueur jaunâtre, propice à la venue des esprits.

— Il ne faut pas les effrayer, murmura-t-elle. Ils aiment la pénombre. Il faut les mettre en confiance. J'ai tiré tous les rideaux, sauf ceux du salon où nous irons tout à l'heure. Je leur ai laissé une fenêtre entrouverte.

Avant toute chose, Mietta tint à montrer à Agnès « l'instrument à interroger l'au-delà » : un modeste guéridon en bois de merisier, à trois pieds munis de roulettes.

— Les roulettes facilitent les mouvements. De plus, j'ai fait installer un plancher au milieu des tommettes, pour entendre le moindre frappement, la plus légère manifestation. Ce soir, c'est vous la consultante, Agnès, et à ce titre vous êtes admise dans la chaîne constituée exclusivement de Ninochka et de moi. Elle doit apporter un alphabet, car nous allons travailler non seulement avec les coups frappés, mais aussi avec ce que nous appelons « la typologie alphabétique ». Les coups, eux, sont obtenus par la bascule du guéridon contre le plancher : un coup pour oui, deux coups pour non, en tenant compte de la violence ou de la légèreté du coup pour les nuances de l'interprétation.

Agnès, les mains posées sur les genoux comme une fillette bien sage, n'osait bouger.

— Avec l'alphabet, continua Mietta, Ninochka va nous apporter une nouveauté, un procédé jamais utilisé : un dessus de guéridon[1] tournant, sur lequel l'esprit invité, grâce à une aiguille, va nous indiquer les lettres de l'alphabet, les chiffres et les oui et non. A travers ma main, c'est donc l'esprit qui agira. J'espère que celui du Commandatore ne sera pas effrayé par cette nouveauté, ajouta-t-elle à mi-voix. Vous verrez, Agnès, au début, ma main ne bouge pas, ensuite c'est l'esprit qui va faire déplacer la planchette. La table parlante est plus longue, mais plus simple. Nous verrons quel procédé utiliser au cours de la séance. Ninochka a l'habitude. Tiens, la voilà...

On venait d'entendre sonner à la porte. Bientôt Ninochka apparut comme à l'habitude, exubérante et animée. Puis, comme par miracle, elle s'apaisa, se tut, et son visage s'empreignit de gravité. Après avoir retiré son manteau, elle s'enveloppa dans une immense cape de soie vert émeraude, et se chapeauta d'un superbe turban violet, surmonté d'une aigrette.

1. La planchette de Girardin : instrument très utilisé dans la lecture alphabétique, dessus de guéridon tournant autour d'un axe.

Mietta, Ninochka et Agnès prirent place en silence autour du guéridon. Françoise et les deux dames françaises n'étaient là qu'à titre de spectatrice, mais prête à renforcer, si cela devenait nécessaire, le fluide circulant autour de la table. On souffla les chandeliers, sauf une bougie, un peu à l'écart, qui éclairait vaguement.

Au bout de longues minutes, malgré l'intense recueillement des participantes, quelque chose semblait gêner le message psychique, une hostilité qui dérangeait. Mietta paraissait souffrir énormément, Ninochka dut demander aux invitées de quitter le salon. Peu à peu, à force de concentration, le miracle s'opéra.

Selon les conseils de Ninochka, Agnès fermait les yeux et appelait intérieurement Pippa de toute son âme. Elle sentait la main brûlante de sa voisine lui communiquer le fluide venant de Mietta.

Tout à coup, la table eut un tressaillement, puis elle se souleva en oscillant légèrement. Les mains de la chaîne se soulevèrent à leur tour, le guéridon suivit, quitta totalement le sol et entra en balancement continu.

D'une voix rauque, Mietta demanda :

— Esprit, es-tu là ? Si oui, frappe un coup.

Le guéridon frappa un coup.

— Esprit de Pippa, es-tu là ? Si oui, frappe un coup.

Le coup retentit, sonore.

Le visage de Mietta tourna à l'extase.

— Parlez maintenant avec douceur, dit-elle à Agnès.

La voix d'Agnès, tremblante, s'éleva dans la pénombre :

— Pippa, me reconnais-tu ?

Un coup sourd vibra dans la table.

— Es-tu heureuse de me savoir ici ?

Le pied frappa très fort. Une fois.

La sueur ruisselait sur le visage blême de Mietta, ses yeux étaient comme révulsés, ses mains se raidissaient, atteintes de crampes. La tension devenait si douloureuse pour elle qu'elle était au bord de l'évanouissement. Ninochka elle-même se sentait faiblir. Aux tempes d'Agnès, le sang battait, et brusquement le passage du fluide lui causa une telle brûlure dans les doigts qu'elle se dressa sur ses pieds, brisant la chaîne. La table retomba brutalement. Il fallut aux trois femmes de longues secondes pour retrouver la conscience de leur corps. « Pippa s'est manifestée ! » pensa Agnès avec ferveur, bouleversée par cet inconnu qui lui était soudain révélé.

— Il faut reprendre la séance, murmura-t-elle pour elle-même.

— Tout d'abord, conseilla Ninochka, allons nous restaurer, il faut retrouver des forces pour recharger nos fluides. Madame Agnès a apporté des fleurs de courges farcies et des beignets d'aubergines avec du café fort. Cela nous remettra d'aplomb.

Elle réclama un chandelier, et Mietta apparut alors si blême, les yeux cernés de si étrange façon qu'Agnès sursauta.

— N'ayez pas peur, dit-elle en titubant mais la mine ravie, c'est normal. Quant à vous, la partie est gagnée, l'esprit est venu une fois, il reviendra ! Il est en confiance !

Ninochka, elle, paraissait la plus en forme.

— J'ai apporté de la vodka, claironna-t-elle. Rien de tel pour vous remettre sur pied ! Chez nous, elle n'est pas réservée aux messieurs, vous savez ! Quand mes amies et moi avons une séance de ce genre, ça nous aide bien !

Françoise, prétextant l'heure tardive, donna l'exemple du départ, et les invitées se retirèrent, laissant les trois femmes à leurs étranges activités.

La seconde partie de la séance se révéla moins pénible. Mietta sentit tout de suite que son fluide passait mieux, que les conditions étaient plus favorables.

Toutes trois serrées autour du guéridon, on utilisa la méthode alphabétique[1], et l'esprit ne tarda pas à se manifester. Agnès s'exprimait en italien, la langue de Pippa. Vint alors le grand moment, l'heure, pour Agnès, de formuler sa question secrète.

— Pensez-la très fort, murmura Mietta, et posez-la mentalement, très lentement. Nous n'avons pas besoin de la connaître.

1. La table de Girardin.

Agnès, très pâle, posa la question à Pippa, de toute son âme.

L'esprit répondit immédiatement, l'aiguille de la planchette désigna une à une les lettres sur l'alphabet. Fascinée, Agnès regardait la planchette se déplacer toute seule, sans pression d'aucune sorte. Regroupées, les lettres donnèrent une suite de mot en italien sans ponctuation. Ninochka traduisit en français : « Pourra être mais ne sera pas. » Il restait un « noscord » que Mietta interpréta par « no scordare », ne pas oublier, suivi de quatre chiffres et de deux J : 1912 JJ. Un vrai mystère.

— La lettre J n'existe pas en italien, dit Agnès.

— L'esprit semble avoir été dérangé, dit Mietta.

Agnès n'ajouta mot, et glissa dans son décolleté le papier sur lequel Mietta avait noté : « Pourra être mais ne sera pas, n'oublie pas, 1.9.1.2. J.J. » Elle seule connaissait la question et donc la portée dramatique de la réponse. Elle se sentit soudain exténuée, au bord des larmes.

A une heure et demie du matin, le portier de Mietta se fit un devoir d'aller chercher un fiacre, place Garibaldi, pour raccompagner ces dames.

A peine Agnès gagna-t-elle son lit que le chagrin et la fatigue la firent sombrer dans un sommeil fiévreux et agité.

Très tôt le lendemain, Françoise vint aux nouvelles. Les deux femmes s'enfermèrent dans la chambre d'Agnès, et celle-ci, malgré l'interdiction formelle de Mietta, révéla à son amie la question posée à l'esprit.

— Tu seras seule au courant, Françoise. J'ai demandé à Pippa si oui ou non, et quand, je me marierai avec Jean. Je n'y comprends rien. Elle a répondu : « Pourra être mais ne sera pas, n'oublie pas, 1.9.1.2. J.J. » C'est une vraie devinette !

Françoise prit un air perplexe.

— Cela signifie peut-être que tu pourras te marier, mais que tu ne le feras pas. Quant aux chiffres, je ne sais quoi te dire. Les deux J, c'est peut-être Jean et Judith. Et peut-être le 19 décembre.

En réalité, Françoise n'était pas convaincue et croyait bien plus à une supercherie qu'à la venue de l'esprit. Décidément, cette Ninochka ne lui disait rien qui vaille, beaucoup trop d'esbroufe. Mietta, elle, était une sincère.

— Je ne sais pas quoi penser de tout ça, soupira Agnès. En tout cas, ç'a été une expérience extraordinaire ! La table se levait bien toute seule et frappait vraiment, ça j'en suis sûre. La phrase est là. Mais, en ce qui me concerne, j'aurais davantage confiance dans les cartes.

— Qu'à cela ne tienne ! sourit Françoise. On m'a indiqué une voyante extralucide qui lit l'avenir dans une boule de cristal et dans du blanc d'œuf. Pour le blanc d'œuf, il paraît qu'une fois versé dans un verre sur du sel, il ne faut plus y toucher, attendre jusqu'au lendemain. Au petit matin du deuxième jour, on voit apparaître des signes, quelquefois de véritables scènes que la voyante doit interpréter. Ça t'intéresse ? Je peux me renseigner si tu veux.

— Je t'assure, je préfère les cartes. J'ai vu des choses extraordinaires avec les cartes. Renseigne-toi. J'ai besoin de savoir pour mon mariage. Ça devient très important pour moi. Il me faut absolument retrouver ma tranquillité d'esprit.

— D'accord, je vais m'en occuper. Mais n'oublie pas d'envoyer un petit cadeau à Mietta. Elle a vraiment fait tout ce qu'elle pouvait pour toi. Surtout, ne lui dis pas que tu m'as tout raconté.

Mais Françoise avait déjà son idée : entraîner Agnès chez une voyante réputée, madame de Ninive. Celle-là lui lirait les cartes à merveille ! A en croire sa renommée, elle accomplissait des miracles !

4

Madame de Ninive, la célèbre voyante extralucide, plus prosaïquement nommée Delfina Cantalupo, dite Fina la Masca, était née en vieille ville, dans le quartier du Babazouk[1], rue de la Loge, à deux pas de l'échoppe de Gino, son sabatié[2] de mari. Sa fulgurante réussite avait commencé par quelques timides prédictions, conseils et manipulations de volontés masculines, qu'elle avait d'abord distribués gratuitement et par jeu, à ses voisines. Puis, devant les résultats exceptionnels de ses interventions, ses dons de voyance s'affinant, ses conseils et ses cartes étaient devenus payants, mais à peine de quoi faire bouillir un peu mieux la marmite. C'est alors qu'intervint un événement qui devait asseoir définitivement son renom : le mariage réussi de Marise, la fille d'un rempailleur du Mascoïnat, avec une « huile » de la rue Cassini. Car si Fina savait merveilleusement lire dans les cartes, elle s'entendait encore mieux à conseiller efficacement les donzelles en mal de mari : « Fais ceci et cela, ma belle, et tu vas voir, tu remporteras la victoire ! » Et Marise l'avait remportée, elle l'avait eu, son mari ! A dater de ce jour, la réputation de son célèbre jeu de vingt et une cartes, droites et renversées, avait franchi la rue Droite, et, de proche en proche, avait atteint rapidement les commerces de la rue Païrolière, et surtout les si bavardes revendeuses de légumes

1. De l'arabe Bab el-Souk, la Porte du Marché, nom donné à un quartier de la vieille ville, alors malodorant et malfamé. Misère et petite délinquance s'y côtoyaient.
2. En niçois, cordonnier, réparateur de savates.

du marché, qui bientôt constituèrent le fonds le plus assidu de sa clientèle. La boutique du mari se révéla vite trop étroite, et trop encombré l'escalier qui conduisait au logis du quatrième étage. L'air y manquait, mais c'est là qu'un bouche à oreille farouche consacra définitivement le désormais célèbre : « Et ainsi ma belle vous triompherez ! » qui terminait invariablement les consultations pour mariage. Mais les trompettes de la renommée ne connaissant pas de frontières, elles passèrent un jour le Paillon, firent tache d'huile dans la ville nouvelle, sur les boulevards, abordèrent la place Masséna et, grâce au réseau des concierges d'hôtels, se répandirent jusqu'aux belles étrangères en mal de riches maris.

Déjà, on disait que la grande devineresse, la Pythonisse niçoise, avait hérité son don de clairvoyance d'une longue lignée issue de l'Arabie assyrienne *(sic)*.

Sa naissance au Babazouk niçois, la petite échoppe de son mari, tout cela était oublié, balayé, à jamais étouffé sous les ailes toutes neuves de ce nouveau et superbe papillon : « Madame de Ninive... »

C'est ainsi que Françoise la retrouva, somptueusement installée à l'orientale dans un appartement du 27, rue Gioffredo. Quand le portier, vêtu en grande tenue, lui ouvrit la porte de l'antichambre, elle ne la reconnut pas tout de suite, puis réprima un sursaut : c'était Gino, le sabatié ! Ils avaient même tourné ensemble le Mai [1], place Galibardi [2] !

— Gino ! Mais qu'est-ce que tu fiches dans cet accoutrement ?

Il posa un doigt sur ses lèvres, ravi de la reconnaître.

— Ah ! Françoise ! Mais voyons, la clientèle est très huppée, ici ! Triée sur le volet ! Faut bien leur en donner pour leur argent ! A toi, on te fera un prix, ajouta-t-il en riant, parce qu'on ne reçoit pas n'importe qui. D'ailleurs, il faut passer par la secrétaire, la Fernande. C'est elle qui filtre, qui établit les fiches. Le premier rendez-vous sert à ça, surtout

1. Mai : à Nice, fête de quartier organisée au mois de mai, où l'on dansait autour d'un mât de cocagne. On « tournait le Mai ».

2. Garibaldi prononcé par les Niçois de la vieille ville.

pour les affaires importantes, pour la grande voyance... Mais ça fatigue tellement Fina !

— Quand même ! Quel destin ! Vous faites toujours dans le mariage ?

— On reste les spécialistes, mais on a toute une nouvelle clientèle... les hommes d'affaires, des gens de la haute, et aussi de riches héritières en rupture de mari, elles viennent de partout, toutes les nationalités. On a même dû se mettre à parler l'anglais.

Il riait, mais Françoise remarqua combien la leçon était bien récitée, combien le cordonnier avait fait de chemin sans même aller à l'école.

Elle apprit aussi que si les cartes étaient restées la grande spécialité de Fina, tout un nouveau choix de supports de voyance s'offrait maintenant à la clientèle.

— La classique boule de cristal, dit Gino, et quelque chose de tout à fait nouveau : la pierre éthiopienne. C'est un dépôt de vapeurs de soufre qui se dégagent d'une corne chauffée par les mains de la Fina. Et puis tu connais le blanc d'œuf, mais ça c'est en dernier ressort, les filaments de blanc d'œuf sont travaillés au salpêtre avec un soupçon de poudre, mais ça, c'est notre secret !

Françoise obtint un rendez-vous pour le mardi en quinze, rendez-vous exceptionnellement sans acompte et uniquement destiné à étudier l'affaire.

Gino expliqua qu'avant de pouvoir lire dans les cartes, madame de Ninive avait en effet besoin de connaître les tenants et les aboutissants de l'affaire. Commençait ensuite pour elle un important travail de concentration, dans le silence le plus absolu, enfermée, comme elle disait, « dans une tente en plein désert ».

— Evidemment, le prix d'une grande consultation de ce genre est différent de la consultation ordinaire, à peu près une centaine de francs. A moins de complications. Ça peut arriver, dans ce cas, ça retarde l'étude. Mais c'est le grand jeu, quoi ! Madame Fernande recueille toutes les informations nécessaires. Elle est diplômée de l'Institut de tarotologie. Souvent elle s'aide d'un pendule, faut pas s'en étonner !

Ce soir-là, Françoise fit part de son projet à Agnès, lui

brossa un portrait de la réputation de la voyante. Agnès ne demandait pas mieux que de se laisser convaincre.

Au jour dit, elle fut donc exacte, prête à apporter à madame Fernande tous les éléments de sa vie, prête à percer le mystère de son futur. Elle raconta Jean, sa personnalité, celle de Judith, sa maladie, cet amour qu'ils ne pouvaient officialiser, son veuvage, ses enfants. Si elle se garda bien de parler de sa récente incursion dans l'au-delà par l'intermédiaire des tables tournantes, elle n'en posa pas moins la grande question qui la tourmentait.

— Le simple grand jeu des vingt et une cartes devrait suffire, affirma madame Fernande. Toutefois, il vaut mieux s'appuyer sur une analyse de votre thème astral, ainsi que de celui de votre compagnon. Avec ça, on devrait pouvoir fournir des dates précises. Mais je ne vous cache pas qu'une confiance absolue est indispensable de votre part pour obtenir de bons résultats. Et puis, si ça devient nécessaire, en dernier ressort, on travaillera avec un jeu de piquet de trente-deux cartes, qui présente la particularité de n'avoir des figures qu'à une tête : le roi, le valet, etc. Ce qui donne un sens à la carte. Lorsqu'on la retourne, elle se présente droite ou renversée.... Etant donné qu'il s'agira du mariage possible d'une veuve avec un homme déjà marié, la dame de pique vous représentera dans le jeu, et votre candidat époux sera le roi de cœur.

En la quittant, Agnès, très impressionnée par la complexité des explications et les méticuleux préparatifs, songea que décidément, madame de Ninive, c'était bien autre chose que les tarots d'Olympia !

Mais la vraie consultation eut lieu trois jours plus tard, à cinq heures de l'après-midi.

A peine Agnès s'était-elle assise dans le salon d'attente que la porte du cabinet de consultation s'ouvrait toute seule, comme sous une mystérieuse impulsion, et qu'une voix grave, un peu voilée, l'invitait à entrer :

— Madame Mogliano !

Agnès se leva, pénétra dans la pièce, et entendit la porte se refermer derrière elle, aussi mystérieusement qu'elle s'était ouverte. Madame de Ninive trônait derrière une vaste table recouverte de velours noir, à peine éclairée par la lueur fuyante d'une bougie. Tout le reste, les murs, le sol, les sièges, était recouvert de soie mauve, un mauve apaisant, envoûtant, dont le chatoiement jouait dans le velours vert de la robe de la femme qui la regardait, attentive, son turban violet très droit et surmonté d'une aigrette verte. Sur sa poitrine opulente, de longs colliers de jais, à chacun de ses doigts courts et gras, de multiples bagues de jais, d'un noir profond, qui se noyait dans le velours de la table.

— Approchez, chère madame, dit la voix grave. Asseyez-vous, nous allons commencer.

Le visage aux traits lourds restait impassible, et un petit frisson parcourut Agnès.

— J'isole la dame de pique qui vous représente, et le roi de cœur qui est votre prétendant. Je mélange le jeu. Maintenant, coupez-le de la main gauche, tête bêche. Cinq fois.

A chacune des trois premières coupes, Agnès sortit trois cartes, puis cinq aux deux dernières. A ces dix-neuf cartes s'ajoutèrent les deux cartes maîtresses. Puis madame de Ninive les battit. Agnès remarqua l'habileté des mains potelées piquetées de fossettes, les doigts aux ongles très longs. Vingt et une cartes se retrouvèrent dos en l'air, alignées sur deux rangées, onze en haut, dix en bas.

D'un air inspiré, madame de Ninive posa l'index sur chaque carte avant de la retourner et Agnès put lire sur son visage poupin une intense concentration.

Elle découvrit successivement dans la rangée du bas :

— Huit de carreau : une maison à la campagne… (elle marquait une pause entre chaque carte) ; roi de carreau renversé : je vois une difficulté… As de pique : ah, je vois un retard, des malveillances, oh, à côté du valet de pique… Je vois un remariage contrarié, des empêchements… Et la dame de pique, c'est vous ! La veuve à côté du remariage. L'as de carreau : ah, là, je vois une lettre… Le huit de pique, c'est une mauvaise nouvelle, peut-être bien un deuil. Le roi de trèfle, c'est mieux, une amie vous veut du bien… Le huit de trèfle : la fortune, la richesse, un homme augmentera votre fortune.

Elle découvrit ensuite la rangée du haut :

— Voilà l'as de trèfle, c'est de l'argent, la prospérité... L'as de cœur renversé : je sens là de graves obstacles, un bouleversement profond qui retardera votre destinée...

Agnès retint sa respiration.

— Dame de trèfle renversée : ah, c'est une femme brune qui vous nuit, attention, elle intrigue contre vous... Le dix de cœur : l'aisance, le bonheur, vous l'obtiendrez malgré elle... Le dix de trèfle : la prospérité encore, vous êtes à l'abri, vous ne craignez rien. Le dix de carreau : encore la fortune, acquise par un voyage ! Et les trois dix dehors ensemble annoncent un grand changement.

— Favorable ? murmura Agnès.

— Voyons, voyons... Sept de pique : mais c'est le triomphe ! Vous vaincrez tous les obstacles ! Le sept de cœur, c'est le bonheur calme auprès de quelqu'un de sincère... Le roi de cœur : c'est lui, c'est votre ami, un bel homme blond, aimant et protecteur... Le huit de cœur renversé : une bonne nouvelle vous parviendra bientôt... Le deux de trèfle : ah, là, je vois une gêne financière qui pourrait contrarier vos projets de cœur... En résumé, vous avez de très bonnes cartes, avec cependant des éléments d'empêchement et de retard certains. En gros, à votre question : « Quand me marierai-je ? » je pense pouvoir vous assurer la réussite, mais avec un certain retard. Sans aucun doute, celui que vous aimez, malgré l'existence d'une femme — peut-être la sienne — sera libre plus tard. Il est riche et disposé à vous épouser.

— Mais d'où vient ce retard, cette difficulté ? demanda Agnès sans illusion, mais se raccrochant à un quelconque miracle.

— Pour vous répondre précisément, il nous faudra retravailler tout cela, thème par thème. Le mariage doit se faire, mais quand ? Une femme vous en empêche, c'est certain, mais la victoire est sûre. Vous vivrez près de votre amour après un éloignement momentané. Vous vous rejoindrez. Le sept de pique renversé vous donne l'espérance, et le sept de cœur, la victoire certaine.

Dans la salle d'attente, Françoise attendait impatiemment. Dès qu'Agnès apparut dans l'entrebâillement de la porte, elle détecta sur son visage un certain calme, un air de « oui, ça va » exprimé dans le cillement des yeux, mais sans joie extrême.

Il fallut revoir madame Fernande pour payer cette fois deux cents francs. La grande voyante s'était prononcée clairement, sans doute possible. Le mariage serait, mais avec retard. Agnès était réconfortée, mais pas plus avancée qu'avec Mietta. Tout semblait dépendre vraiment de l'état de santé de Judith. Jean était bien à elle. En fait, n'était-ce pas plus important que le mariage lui-même ?

Agnès se promit d'en rester là. Définitivement. « Advienne que pourra, j'ai confiance en ma destinée. Je m'en remets à Jean. »

5

A Nice, la canicule battait déjà son plein.

Pour Agnès, les prédictions de madame de Ninive coïncidant heureusement avec l'oracle de la table tournante, le temps passait, plus paisible. Depuis qu'elle savait qu'elle épouserait Jean, elle se sentait capable d'apprivoiser l'attente.

De sa Maloja lointaine, Jean, quotidiennement, lui envoyait missive sur missive. Elles arrivaient, messages d'amour au timbre identique, Helvetia, parfois liées en paquets avec une ficelle rouge.

Agnès y répondait de loin en loin. Jean savait qu'elle n'aimait pas écrire, et ne lui en tenait aucune rigueur. De temps à autre, elle lui adressait un simple télégramme : « Tout va bien. Baisers. Agnès. Nice.. » Ce dernier mot leur servait de code. Il signifiait « Jean, je t'adore ». Les deux points, extrêmement importants, signifiaient : « Tu me manques. Reviens vite. »

Nice, ce Nice suivi de deux points, avait revêtu son ensommeillement de l'été : hôtels, magasins de luxe, grands restaurants, tout fermait, se mettait au repos jusqu'en octobre. Même la longue caravane des cochers avait disparu, fuyant vers la fraîcheur des villes d'eau alpines. Plus d'étrangers. Sous le grand eucalyptus du coin du quai, les rares promeneurs, les rentiers, reprenaient leurs droits, goûtant les ombrages du jardin, au bord des travaux du Paillon, avant de se risquer à traverser la place Masséna, écrasée de chaleur. Mieux valait s'abriter sous les arcades pour en faire le tour. Vers le Pont vieux, le lit du Paillon, vide de ses laveuses, regrettait son filet d'eau hivernal.

Dans les rues, pas même un chat après l'heure du canon, réfugiés qu'ils étaient dans la fraîcheur des caves et des dessous d'escaliers. Midi tonnant ne provoquait plus aucune hâte. La Potinière, en face de l'hôtel des Anglais, si jacassante, se voyait déserte, tout autant que la Promenade du Midi. Même le cours se mourait d'ennui. L'air torride ratissait la terrasse de la librairie Visconti que ses habitués avaient fuie. Nice ne lisait plus, elle faisait la sieste. Un unique et même souci occupait la ville tout entière : se protéger du soleil, de ce fléau qu'était l'été niçois, de ces passées de mistral qui le rendaient plus brûlant encore. La mer devenait alors d'un bleu cobalt, profond, irisé de blanches vaguelettes.

Fenêtres, portes, visages, tout se barricadait à l'envi. La ville ralentissait son pouls, s'économisait jusqu'à la tombée du soir. Sur les galets brûlants de la grève somnolait le ventre des barques rêvassant à la fraîcheur des profondeurs marines.

Le matin, de très bonne heure, Agnès apercevait quelques fous nordiques, toujours les mêmes, qui s'élançaient à l'eau depuis les rochers des Ponchettes, couverts de longs maillots de laine jaune à rayures noires. « Les bagnards sont déjà là », disait-elle.

La mer restait désespérément vide, pas la moindre tartane, aucun souffle, aucune voile. Inondée de sueur, Agnès se félicitait d'avoir envoyé les enfants au vert, à Moncucco. Olympia elle-même ne chantonnait plus. A ne rien faire, la fatigue était intense. Les jours dormaient, s'étiraient, envahis de torpeur. Agnès s'ennuyait à mourir. Pour tuer le temps, le matin elle traînait à sa toilette. Longuement, elle s'examinait dans son miroir à main, se surprenait à suivre du doigt la moindre ridule au coin des yeux, à la commissure des lèvres. C'était l'instant de vérité de l'été, après les imprudences de l'hiver, après surtout les morsures du soleil printanier. Elle s'attardait au souvenir de ses vingt ans, interrogeant sans la moindre indulgence, en face d'elle seule, l'élasticité et le velouté de ses joues, le profil du menton. Le temps de la réflexion s'installait en elle. « Je devrais revenir au lait d'amande, songeait-elle, éviter la poudre, faire travailler davantage les muscles du visage... »

Puis elle passait à ses mains, si révélatrices de l'âge, aux bras, aux jambes. Elle se réconciliait toujours sur ses cuisses, charnues et fermes, faisait jouer ses muscles, et ils répondaient à merveille. Puis venait l'examen le plus sérieux : celui des seins. Elle les soupesait l'un après l'autre, lentement, en levant un peu les bras, c'était parfait. Son ventre, à peine rebondi, elle le trouvait beau, soyeux, ombré d'un léger filet qui descendait à sa fourrure cuivrée toujours aussi épaisse. Elle avait bien découvert quelques petites lignes blanches, nacrées, insidieuses, fuyant de l'aine vers le nombril : les marques du petit François, « les ineffaçables », aurait dit Pippa.

« J'ai dû prendre un peu de poids quand même, songeait-elle en fronçant le nez, je grossis parce que je m'ennuie, ou je m'ennuie parce que je grossis... Il faut que je me secoue, que je me force à faire de l'exercice, à moins dormir... Pas facile avec cette chaleur... Mais c'est Jean qui me manque. Je vais aller aux bains Georges, il y a, paraît-il, une masseuse suédoise formidable. Il faut que je demande à Olympia si j'ai vraiment grossi. »

Consultée dès le lendemain, Olympia s'était montrée évasive :

— Bah, j'ai bien desserré un peu le corset, Madame, peut-être de deux centimètres, mais l'été c'est normal, on serre un peu moins. Et puis on fait comme les marmottes, on engraisse pour l'hiver. Mais on les perd vite. Vous êtes si belle !

— Tu ne trouves pas que j'ai de la peau d'orange, ici, au creux des fesses ?

— Je l'ai déjà vu en vous essuyant, mais tout ça c'est joliment rond, ça vous fait deux fossettes. Toutes les belles filles ont ça ! Chez nous on dit que c'est la marque des belles pouliches !

Mais elle soupçonnait Olympia de vouloir la rassurer, aussi s'empressa-t-elle de demander l'avis de Françoise devant qui elle ne se gênait pas, notamment pour s'enduire les seins de crème au citron.

— Mais qu'est-ce que tu racontes ! s'écria-t-elle. Tu es belle, plus attrayante que jamais ! Je te jure bien qu'il y a beaucoup de jeunesses qui voudraient être comme toi ! Mais tu es toujours là, à t'inspecter, tu te fais des idées parce que tu te regardes trop. Tu t'ennuies, Jean te manque, les enfants davantage encore, voilà toute la raison du mal ! Remue-toi un peu, pense à autre chose. Tiens, viens m'aider à faire les confitures et les conserves de tomates ! C'est justement le moment, au marché elles valent six sous la corbeille ! Et si tu y vas vers les onze heures et demie, on te les tire dessus ! Il n'y a plus personne sur les boulevards, à dix heures la place Saint-François est déserte. Le poisson, avec cette chaleur, ça n'attend pas !

Agnès se promit donc de faire un effort et de sortir tous les jours, en fin d'après-midi, pour faire une grande promenade « hygiénique et salutaire ».

C'est ainsi que le lendemain, en robe d'organdi blanc, canotier fleuri et ombrelle en bataille, elle rencontra Ninochka qui furetait au bazard Cochois, à la recherche d'un récipient indispensable à la rituelle préparation des yoghourts.

— Une habitude, ma chère. Je suis obligée de les faire moi-même, ici on ne connaît que le lait caillé ! mon *tchaï* et mes yoghourts, je ne peux m'en passer. J'ai toujours avec moi ma provision de ferments bulgares, mon thé vert et mon samovar à alcool. C'est la même chose que vous avec votre huile d'olive et vos macaronis, mais c'est plus difficile à trouver !

Elles se mirent à rire, et Agnès lui conta son ennui de l'été.

— Vous avez raison. Nous ne sommes qu'à la mi-juin et déjà tout le monde s'est sauvé. Mietta elle-même est montée à Saint-Martin dans sa famille. Le spiritisme, l'été, ça ne marche pas trop. Les jours sont trop longs, même les esprits doivent se reposer... Mais faites donc comme moi, venez passer vos après-midi à Monte-Carlo. Rien de mieux pour vous distraire. J'y accompagne presque tous les jours ma comtesse. Ce sont ses derniers jours avant Vichy. Après, c'est le grand voyage de retour en Russie. Nous y allons justement demain, à Monte-Carlo, venez donc ! Le train partira à midi et demi, toutes nos amies russes seront là, nous serons seulement entre femmes, le rêve ! Cela vous distraira. Je vous emmènerai au café du Divan, ma chère, maintenant le nouveau café de Paris, juste en face de l'hôtel de Paris. Ils ont un chocolat extraordinaire. Nous irons ensuite au casino.

Vous verrez, ce sera pour vous une journée inoubliable ! Je dois me sauver, mon laitier ferme à six heures. Mais n'oubliez pas d'apporter un rouleau de louis ! Je vous présenterai à la comtesse Katia Pavlovna. Elle connaît tout le monde. Je vous retrouve donc jeudi sur le quai, à onze heures et demie. La deuxième voiture de première. Je vous attendrai. Au revoir !

Elle était déjà loin quand Agnès voulut répondre.

Monte-Carlo... le casino... elle ne connaissait pas, Jean avait horreur du jeu. L'hôtel de Paris, certes, elle connaissait, Jean l'y avait amenée pour déjeuner et saluer longuement monsieur Dureteste, un collègue directeur de palace qui venait tout juste de prendre la direction de l'hôtel agrandi, modernisé, un des meilleurs hôtels de la côte. Ils s'étaient connus à Paris où monsieur Dureteste avait longtemps dirigé le Grand Hôtel du boulevard des Capucines, près de l'Opéra. Des plus aimables, il avait longtemps complimenté Agnès sur sa beauté et sa chevelure. « Cela ne m'étonne pas de lui, avait dit Jean un peu agacé, il adore la compagnie des jolies femmes. Il pense qu'il n'y a pas mieux pour le standing d'un palace. »

Avant de remonter chez elle, elle passa chez Hélène prendre de ses nouvelles, et lui conta sa dernière rencontre avec Ninochka.

— Méfie-toi, chérie, lui dit-elle en faisant la moue. D'après ce que tu m'as dit, cette Roumaine à moitié russe doit être une intrigante. A ta place, je me méfierai. Et puis le casino de Monte-Carlo, à Nice, il a très mauvaise réputation, c'est la ruine du commerce. Du reste, l'accès aux tables est interdit aux Niçois. C'est un drôle de milieu, fais attention, une espèce d'engrenage. Si tu savais ce que les gens racontent, il paraît que si par bonheur un joueur gagne un gros paquet, il est immédiatement pris en filature, abordé, racolé par une jolie femme tolérée par l'établissement. Des « rameneuses », qu'on les appelle. T'as compris pourquoi ? Elles passent la nuit avec le nouveau richard, c'est le grand frisson, et le lendemain elles le ramènent au casino recracher ses jaunets. Toi, tu risques pas ça, heureusement que tu n'y vas pas seule. A Monte-Carlo, les femmes et le jeu ça marche ensemble. Méfie-toi quand même, ton Jean n'aimerait pas te savoir là-bas, tu sais bien. Je dis pas, comme ça, par curiosité... Il faut avoir vu ça, on dit que le bruit des pièces d'or qu'on jette et que les croupiers ramènent avec les râteaux, ça ne s'oublie pas. C'est le seul endroit où on joue à la roulette. Mais si c'est défendu ici, c'est pas pour rien ! Tu te souviens du Cercle de la Méditerranée, ces messieurs ne jouaient qu'avec des cartes. Là-bas aussi, mais l'attraction, c'est leur roulette de malheur...

Agnès avait écouté avec attention. Ce serait donc vrai, tout ce qui se disait sur ce casino. Ça valait la peine d'y aller voir par soi-même. Et sa décision fut prise.

— Toute en organdi blanc, comme ça, ma chère, t'es drôlement élégante, complimenta Hélène. Toujours superbe ! Mais fais attention à ta taille, la taille de guêpe, c'est la grande mode. (Elle eut une grimace désabusée.) Chez moi, ma belle, ça fout le camp lentement mais sûrement. C'est le magasin, j'ai plus le temps à rien, même pas à me surveiller. Regarde un peu.

Elle resserra machinalement son tablier, rentra son ventre et fit quelques pas dans le magasin en serrant sa taille des deux mains.

— Tu as vu ? J'ai beau me priver, la moindre chose, ça se porte sur les hanches. Qu'est-ce que tu en penses ?

Mais sans attendre la réponse, elle enchaînait déjà :

— Mon soyeux de Lyonnais, il aime ça. Ça le change de sa femme, il paraît que c'est un vrai passe-lacet ! Il me disait encore hier soir : « Ah, toi, t'as un cul superbe, tout pommé et dur, quand tu le remues on dirait un chou de Milan ! » Tu parles d'un compliment !

Agnès éclata de rire. La santé d'Hélène la ravissait toujours.

— Tu es incorrigible, tu as toujours de ces histoires...

— Bah, il faut bien rire un peu, paraît que ça fait maigrir.

Ce soir-là, Agnès rentra chez elle emplie d'une énergie nouvelle : « Je vais y aller faire un tour en douce, à ce casino. Ninochka et ses dames russes, ça me fera une distraction. Ça vaut tout de même la peine de le voir et de pouvoir en parler. »

Et déjà l'escalier semblait plus facile à monter. Olympia lui ouvrit la porte, ses lourdes nattes défaites.

— J'avais si chaud, Madame, je me suis lavé les cheveux, je vous attendais. C'est-y que vous pouvez m'aider à les tresser ? Ça me rendrait bien service...

Le lendemain, dès son arrivée sur le quai, Agnès repéra, en grand tra-la-la de dentelle couleur prune, une Ninochka très animée, en conversation au milieu d'un groupe de femmes élégantes, violemment chapeautées et aigretées à la dernière mode. Elles prenaient d'assaut les deux wagons de première classe, portes béantes, dont on apercevait les banquettes capitonnées de velours incarnat. Agnès rejoignit Ninochka, et les deux femmes s'embrassèrent avec effusion à la slave :

— Ah, Agnès ! Quel plaisir de vous voir ! Vous m'avez obéi, n'est-ce pas ? A la bonne heure, je vais vous présenter mes amies. La comtesse Katia Pavlovna est déjà là, elle va vous adorer. Nous sommes toutes excitées parce que hier soir, un petit Anglais a fait sauter la banque ! Il a empoché trois cent mille francs ! Une veine insensée ! Venez, on va vous raconter tout cela.

Elle l'entraîna vers le compartiment où ses amies s'installaient déjà. Le chef de gare claquait les portières une à une, et au coup de sifflet, le train démarra lentement, lâchant de gros hoquets de fumée blanche, comme pour un très long voyage.

A l'intérieur du compartiment, Agnès devint l'attraction, déchaînant un vrai concert de perruches dans cette langue russe si douce. Ninochka la présenta à la ronde : une Italienne, femme d'un directeur de palace suisse... Saint-Moritz, l'Engadine, on connaissait. De grands sourires. La comtesse l'embrassa, l'accapara.

— Venez près de moi, je vous adore, chérie. Ninochka m'a tant parlé de vous ! Quel teint extraordinaire vous avez ! Jamais je n'aurais cru que vous étiez italienne, vos cheveux, la taille, superbe ! Ah, pourquoi pas russe ! Nous avons des comme ça, très jolies, merveilleux, vous ressemblez à ma cousine Gali...

Peu à peu, le compartiment se transformait en salon de la meilleure société, bien que les immenses chapeaux gênassent un peu. D'une mallette d'osier, l'une des dames sortit deux, trois coussins de velours à poser sur les genoux, ainsi que des serviettes et tout un attirail de pique-nique. De quoi faire la dînette.

— Le meilleur moment du voyage, affirma Ninochka.

Agnès reconnut des cartons de chez Vogade et Caressa. On

ne pouvait pas mieux acheter. Les banquettes disparaissaient sous le flot des soieries. Au milieu de tout ce babillage se mêlaient tous les effluves de l'Orient. Seules Ninochka et la comtesse parlaient français, très peu l'italien. De temps à autre, la dame aux coussins, que l'on appelait Mademoiselle, traduisait, entre deux petits fours et une tasse de thé.

Ainsi Agnès apprit tous les détails de la fameuse soirée, le coup du petit Anglais ventripotent qui avait nom Mr. Wells, entré en fanfare, comme la belle Otero, dans les annales du casino.

Ninochka hochait la tête :

— Elle, c'est plus ancien, c'était au printemps, et puis deux cent mille francs seulement, une distraction ! Tandis que l'Anglais, c'est plus intéressant. Dès qu'il est arrivé, il s'est mis à jouer à deux tables à la fois. Il allait de l'une à l'autre avec une veine insensée, chances simples au départ, indifféremment rouge ou noir et pair ou impair. Trois, quatre coups de suite, les gains s'accumulaient. Brusquement, il les a reportés sur un numéro plein. Et à chaque fois, il sortait ! Les choses vont très vite à trente-cinq fois la mise ! Un des directeurs des jeux est venu mettre la table en deuil.

— La table en deuil ? demanda Agnès, qu'est-ce que ça signifie ?

— Qu'on ferme la table et qu'on la recouvre d'un grand voile noir. Ça veut dire qu'elle a sauté. Le baron Hockert a eu moins de chance. Le pauvre homme y a laissé trente mille francs !

Les commentaires jaillissaient, passionnés, le ton montait. La comtesse ajouta, sentencieuse :

— Ça console bien. Aujourd'hui on va attendre l'Anglais et on va jouer très gros jeu. Ça va être formidable ! On va s'amuser comme des folles !

Brusquement, des ténèbres enfumées prirent d'assaut le compartiment. On se rua aux fenêtres pour relever les vitres, mais le train sortait déjà du tunnel, soufflant et hoquetant.

— Villefranche-sur-Mer ! annonça le porte-voix.

Agnès aperçut la rade tout encombrée de gros navires de guerre gris fer, entre un va-et-vient inhabituel de bateaux à rames et de voiliers.

Un cri de joie fusa alors dans le compartiment. La jolie blonde assise près de la fenêtre, la baronne Anna Stefanovna, s'écriait :

— Katia ! regardez notre escadre ! La marine impériale, là, le pavillon blanc croisé de bleu ! Ce gros croiseur qui jette l'ancre, ça doit être le navire amiral de mon cousin Skriabine. C'est lui qui commande en Méditerranée. Mon mari me l'avait écrit. Il doit y avoir une grande fête à bord, ils hissent le grand pavois. Chic, ils vont bientôt organiser un grand bal ! Ninochka, il va falloir préparer les cartons d'invitation. Ils sont en avance, on ne les attendait que pour après-demain...

Déjà, le train repartait, amorçant sa grande courbe au milieu de la végétation.

— Pour une fois, insista la comtesse qui poursuivait son idée de casino, les Blanc n'ont pas gagné, à la bonne heure !

— Les blancs ? reprit Agnès, je ne connais que le rouge et le noir à la roulette, il y a donc une autre couleur spéciale à Monte-Carlo ?

— Mais non ! s'esclaffa Ninochka, les Blanc c'est la famille Blanc, les propriétaires des jeux à Monte-Carlo.

Et Ninochka se lança dans un récit bien compliqué dont Agnès retint l'essentiel : une histoire extraordinaire que celle des Blanc, elle s'empresserait de la raconter le lendemain à Hélène : la famille Blanc, propriétaire du casino de Monte-Carlo, prenait ses origines avec François Blanc, « le grand sorcier » multimillionnaire du casino de Baden Hombourg, en Allemagne, qui s'enticha de la fille d'un cordonnier, une merveilleuse et très rustique fille de seize ans, Maria Henzel, qui était supérieurement intelligente. Avant de lui passer la bague au doigt, François Blanc la fit éduquer et instruire le mieux du monde dans une institution religieuse parisienne fréquentée par la haute société. Rapidement, elle assimila dans le détail, grâce à ses dons d'observation et d'adaptation, tout ce qui lui permit de tenir remarquablement sa place dans son nouveau milieu : l'aristocratie de nom et d'argent. Les jeux étant supprimés par décret impérial à Homburg, François Blanc se rapprocha et devint l'ami de Charles III, le prince régnant, qui lui confia l'autorisation d'exploiter les jeux dans sa principauté de Monaco. Charles Garnier, le célèbre architecte de l'Opéra de Paris, construisit sur la colline des Spélugues le casino actuel, et l'on donna à la colline le nom du prince qui devint ainsi, à l'italienne, le Monte Carlo, et qui bien vite se développa...

Le train ralentissait. Tout au récit de Ninochka, Agnès n'avait rien vu du paysage du bord de mer.

Quand le convoi stoppa en gare de Monte-Carlo, toutes les voitures se vidèrent d'un coup. Ninochka saisit Agnès par le bras :

— Nous avons le temps, dit-elle, nous prendrons un fiacre à deux chevaux. Ici, à Monte-Carlo, on ne fait que monter et descendre. Vous allez voir la ruée des joueurs vers les ascenseurs, ne dirait-on pas qu'ils montent tous à l'assaut de la fortune ? Il y aura ce soir peu d'élus ! Quand ils redescendront et reprendront le train, ils seront moins fiers !

Au café de Paris, Agnès eut le temps de se faire expliquer les rudiments du jeu de la roulette. Pas question de mettre au point une martingale ou un système, l'essentiel était de connaître la façon de miser en s'en tenant aux grandes lignes.

— ... En résumé, lui expliqua Mademoiselle, amusez-vous à jouer les chances simples, par exemple les couleurs, le rouge ou le noir. Peut-être, de temps en temps, risquez-vous sur une colonne de douzaine, mais ne jouez un numéro plein qu'exceptionnellement, s'il n'est pas sorti depuis longtemps ! Pour cela, il faudra bien suivre les numéros. Mais méfiez-vous du zéro, il fausse souvent le jeu. Pour aujourd'hui, cela suffira. En jouant vous apprendrez vite... vous verrez, ça vient tout seul. Pour l'instant, pas la peine de vous préoccuper du mixage et de la limite des mises à la table, mais qui sait, cela deviendra peut-être nécessaire un de ces jours... Ne dit-on pas « aux innocents les mains pleines » ? Nous verrons ce soir si le dicton est juste.

A l'entrée du casino, Ninochka réalisa qu'Agnès devait se présenter au bureau des commissaires, simple formalité pour obtenir une carte d'entrée. Le mieux était d'en prendre une pour un mois. Agnès eut peur d'être refoulée, Hélène lui avait dit que l'entrée était interdite aux Niçois. Heureusement, monsieur Gandolfi, un des commissaires préposés, était justement un ami des Quaglia, rencontré au baptême de son fils. La carte d'entrée fut vite établie au nom de madame Mogliano, domiciliée à Turin. Monsieur Gandolfi était physionomiste, c'est-à-dire chargé de dépister les joueurs interdits ou ayant déjà eu des incidents avec les casinos. Même plusieurs années après, il reconnaissait infailliblement les visages et en retrouvait trace au fichier. Rien ni personne ne lui échappait. Il étudiait la forme du visage, le nez surtout, faisant abstraction des cheveux, barbes et moustaches, faciles à changer.

Ninochka était ravie.

— Vous voyez, Agnès, la chance vous accompagne. Profitez-en, vous allez m'attendre à la seconde table. Je cherche un ami au salon de thé et je reviens. Préparez vos louis, j'arrive.

D'emblée, Agnès fut émerveillée par la magnificence de la salle, captivée par l'ambiance feutrée, par le tintement des pièces d'or. Un lieu fascinant. Quelle étrange moisson que celle des rateaux des croupiers !

Elle caressa du regard le lourd mobilier d'ébène incrusté de bois précieux, la lumière tamisée qui éclairait les tapis de feutre vert ; le cylindre au doux ronronnement, le lancement sec de la boule en sens inverse.

Sur les physionomies, elle lisait l'attente suspendue aux tressautements de la bille d'ivoire :

— Les jeux sont faits... Rien ne va plus !

... A l'ultime tressaillement, et enfin à l'annonce du croupier :

— Le 6. Noir, pair et manque !

Et à nouveau le bruit magique du cliquetis de l'or.

Ninochka n'arrivait toujours pas.

A la table, on payait. Les rateaux fouaillaient un tas d'or que l'on édifiait en rouleaux, en petites colonnes devant le chef payeur qui évaluait le gain chaque fois.

Des joueurs dépités quittèrent la table. Agnès se rapprocha. Deux messieurs, galamment, s'effacèrent pour la laisser passer. Une chaise se libéra mais elle n'osa s'asseoir. Des faces-à-main déjà se posaient sur elle. Elle sentit le regard effronté d'un blondin qui suivait des yeux le dessin de sa bouche. « Ah, s'impatienta-t-elle, cette Ninochka, quand même, me laisser seule comme ça... »

Elle perdait un peu contenance, pour se reprendre très vite au jeu, négligemment, comme le faisait en face d'elle un beau moustachu. Elle imita son geste et jeta un louis comme on le fait d'un palet, au petit bonheur. Il s'arrêta juste sur la ligne de partage, entre le 11 et le 12.

— Un louis à cheval, d'accord, madame ? s'empressa un croupier. Et du bout de son rateau, il ajusta parfaitement la pièce.

— Les jeux sont faits, rien ne va plus...

Une émotion étrange, jamais ressentie, étreignit Agnès. Pas la crainte du risque, non, un louis c'est peu de chose, ni la peur de perdre ni le plaisir de gagner, mais un émoi physique qui la saisissait aux genoux, montait à ses cuisses et s'insinuait profondément en elle. Elle se sentit un peu rougir et ferma les yeux, l'attente... Son cœur battit plus fort. Elle flottait, oubliait tout le reste. Elle entendit la bille d'ivoire sauter, hésiter, s'arrêter pour repartir de plus belle. Elle aurait voulu que la fièvre dure encore.

La voix neutre du croupier vint rompre le charme.

— Le 12. Rouge, pair et manque ! Un cheval à la table !

De nouveau le ratissage, le cliquetis de l'or. On la paya dix-sept louis qu'elle ramassa comme elle l'avait vu faire, lentement et avec négligence. Puis elle glissa les pièces dans sa bourse de taffetas.

Ninochka arrivait à cet instant, elle n'avait rien vu. Agnès pensait : « J'ai joué le 12 sans le vouloir, c'est formidable, je vais jouer le 19, les deux numéros de Pippa. »

— Venez, ma chère, disait Ninochka en lui prenant la main. Carlotta désire vous connaître. Elle nous attend au bar. Notre Anglais d'hier est arrivé. Tout le monde est sur le qui-vive. Je parie que le spectacle va commencer ! On ne peut déjà plus approcher !

A la table, la tension était grande, une rumeur montait.

Agnès passa une partie de l'après-midi avec Carlotta Barzoletti au salon de thé. Ninochka s'était à nouveau éclipsée. Le fin visage de l'Italienne disparaissait sous les bords d'une large capeline garnie d'un fouillis de satin rose.

— Vous venez de Turin, dit-elle, moi de Milan.

Bavarde et rieuse, elle semblait connaître tout le monde, ne cessait de saluer discrètement, en clignant les paupières, les allées et venues incessantes des joueurs, ajoutant à voix basse quelques commentaires.

A la table proche, un homme, très dignement sanglé, à la mode ancienne, dans une redingote grise, besicle sur le nez, s'évertuait à faire osciller un pendule au-dessus d'un petit mouchoir reproduisant le célèbre tapis vert.

— C'est le baron Turckeim, murmura Carlotta. Il choisit ses numéros avant de jouer, un vrai maniaque. Voyez la patte de lapin qui dépasse de son gilet. Il la caresse chaque fois avant de ponter. Moi, je viens ici pour m'amuser à regarder jouer. Les manies des gens, c'est intéressant au possible à observer ! J'ai trop perdu et mon mari voulait me faire interdire. J'ai promis de ne plus jouer et je tiens ma promesse, mais je ne peux me passer du spectacle. Regardez celui-ci, qui entre avec ses petites bottines vernies, son pantalon trop court et sa barbe rousse. C'est un Vénitien d'une grande famille. Un vrai toqué. Son fétiche, c'est un morceau de corde de pendu, une vraie, recueillie dans son village natal. D'ailleurs, il y a un vendeur spécialisé qui les propose, avec certificat d'authenticité, à ce qu'il raconte. Il se tient toujours à la sortie des ascenseurs. Je connaissais également un Anglais qui faisait confiance à une araignée nourrie avec des mouches, et qu'il tenait enfermée dans une petite boîte à pilules. Avant de jouer, il agitait sa boîte et jouait le numéro de la case où l'araignée se trouvait. En matière de jeu, l'imagination est débordante, vous savez ! La superstition se loge partout !

Ninochka les rejoignit à point nommé pour ajouter :

— Une amie de la comtesse joue les numéros qu'elle tire, en fermant les yeux, d'un petit sac en peau de serpent. Une autre le fait avec des dominos dont elle combine savamment les numéros !

Agnès découvrait là tout un monde qui la laissait muette. Néanmoins, elle se promit de ne jouer qu'avec son intuition, et surtout les chiffres 12 et 19. Peut-être alors trouverait-elle un sens aux chiffres de Pippa.

Ninochka indiqua véhémentement que le meilleur des sytèmes pour elle consistait à jouer les chances simples. Mais il vous faut chaque fois suivre et tripler la mise, afin de pouvoir se rattraper.

— Ma douzaine préférée, disait Carlotta, c'est la troisième. C'est la mieux placée, la plus équilibrée ! Elle comporte la meilleure répartition des numéros sur le cylindre : 3, 6, 9 ; 12, 15, 18 ; et encore 21, 24, 17 ; 30, 33, 36, le maximum de chances. Evidemment, le rapport n'est pas très grand, deux fois la mise, mais en jouant deux fois de suite tous les trois coups, le système est bon. Mais maintenant que je ne joue plus que mentalement, ajouta-t-elle en riant je suis sûre de gagner à tous les coups ! On joue toujours trop vite, la chance n'est pas pressée, elle. Il faut la laisser venir. Malheureusement, elle vient parfois trop tard, quand les munitions manquent.

Au-dehors, le soir baissait, les hautes fenêtres s'assombrissaient, et les garçons de salle tiraient les tentures. Une nouvelle vague de joueurs envahissait les salons maintenant illuminés.

— Déjà le train des boyards ! sursauta Carlotta. Le rapide de Vienne ! Je dois me sauver, mon cocher doit m'attendre. Au revoir, à bientôt.

Et elle disparut. Agnès flâna encore autour des tables, pour observer les joueurs, la diversité des robes, l'extravagance des chapeaux et surtout le manège de certains messieurs tournant autour de jolies femmes à l'allure un rien lascive. « Tiens, peut-être les rameneuses dont m'a parlé Hélène, pensa-t-elle. » L'une d'elles avait distraitement laissé tomber un gant qu'un homme s'empressa de ramasser. Elle saisit la complicité dans le regard qui invitait à poursuivre. « Facile et élégant pour nouer conversation », pensa-t-elle.

Quittant la salle de « la joueuse au pipeau », elle pénétra dans celle dite « des sports », désireuse de mettre à l'épreuve les conseils de Carlotta à propos de la troisième douzaine. Patiemment, elle attendit quatre tours sans jouer, nota les sorties : une fois la première douzaine, puis le zéro, et deux fois la deuxième douzaine. Il était temps. Elle misa quatre louis. Effectivement la troisième douzaine sortit. Elle gagna huit louis qu'elle misa à nouveau. Les douze en gagnèrent vingt-quatre. Elle s'arrêta. Elle avait empoché trente-deux louis en déduisant sa mise. Heureusement qu'elle s'était arrêtée, la première douzaine sortait. Agnès pensa qu'elle avait gagné en quelques minutes, et par un simple geste, six cent quarante francs, ce qu'un ouvrier ne parvenait pas à obtenir en un mois, loin de là ! Que de nuits elle avait passé elle-même au vestiaire du Cercle de la Méditerranée pour réunir une telle somme ! C'était fantastique, inespéré. Ce casino lui plaisait décidément beaucoup. Bien sûr qu'elle reviendrait.

Un brouhaha admiratif, des éclats de voix l'arrachèrent soudain à sa rêverie. Cela provenait de la première table. Immédiatement, Ninochka partit aux nouvelles et revint triomphante.

— C'est le baron balte, l'ami de la comtesse ! Il vient de ramasser plus de cent mille francs ! Exactement cinq cent soixante-six louis ! Ah, je dois aller le complimenter !

Toute la salle fut en émoi. La rage du jeu, exacerbée, reprit de plus belle et, peu à peu, s'étendit à toutes les tables, gagna jusqu'à la Cuisine[1].

Avant de descendre à la gare, Agnès s'attarda un peu dans les jardins, au-delà du kiosque, sur la terrasse surplombant la mer.

L'heure ici était si calme, emplie des senteurs de fleurs qu'apportait la brise dans l'enchantement du soir. Frappant contraste avec l'activité fiévreuse des salles.

A droite, la masse noire du château Grimaldi se découpait sur le ciel virant au cramoisi.

A gauche, Bordighera sombrait dans la mer violette. Agnès entendit en bas un train ahaner son attente. Il fallait descendre. Elle contempla une dernière fois le dôme flamboyant de lumière, imaginant l'essaim des joueurs en train de butiner l'or répandu sur les tables, et pensa à un autre dôme,

1. Première salle de jeux, à l'entrée du salon, où se mêlent surtout les curieux et les voyageurs.

d'amour celui-là, perdu au milieu des montagnes suisses.

Pour la première fois depuis longtemps, Agnès venait de vivre intensément. A en oublier sa solitude. Lorsqu'elle s'achemina vers la gare, une conviction naissait en elle : « Je reviendrai vite. Je comprendrai plus vite encore. »

6

Agnès s'éveilla le cœur en fête. Que de bonnes nouvelles : les enfants au mieux à Moncucco, une lettre de Jean, pleine d'espoir et de tendresse, et le souvenir de sa merveilleuse journée de la veille ! Que de choses à raconter à Hélène ! Elle n'eut plus qu'une idée : courir à son magasin et, gentiment, lui river son clou. « Elle m'en a tellement dit, avec tous ces racontars de journaux sur le casino de Monte-Carlo, le temple des turpitudes, le bosquet des suicidés, la ruine du commerce niçois, la gruerie cosmopolite… Ah ! je l'entends encore ! Et moi qui ne sais même pas jouer, sans beaucoup risquer, j'ai facilement gagné et appris tant de choses ! Une journée extraordinaire… »

Une violente et courte pluie, rare en ce mois de juin, débarbouillait les toits et lavait la poussière de la rue. Même la nature exultait.

Olympia, elle aussi, était en verve. Agnès l'entendait chanter dans sa cuisine. Elle devait couler la lessive avec l'aide de la bonne du quatrième, eh oui, le premier lundi du mois.

Au magasin, Hélène arrosait les plantes vertes. Agnès l'embrassa et lui conta sa journée. Tout y passa : le comportement des dames russes, la dînette improvisée, l'histoire des Blanc, l'entrée au casino, la rencontre inespérée de Gandolfi, l'apprentissage du jeu, Carlotta Barzoletti et la troisième douzaine, les salles somptueuses, les toilettes, les chapeaux… et à quel point elle avait été conquise par l'ambiance qui régnait autour des tables, par le cliquetis inoubliable des monceaux d'or remués par les croupiers, et surtout par son gain facile.

— Ah ! c'est vraiment fascinant, Hélène ! Et puis rien de guindé, tu sais ! Autre chose que l'atmosphère du Club de la Méditerranée ! Là-bas on se sent libre, tout le monde se côtoie, se parle sans réserve aucune, mais avec la plus grande gentillesse. J'ai passé une journée formidable !

Hélène ne parut pas très surprise.

— L'embêtant, c'est que tu aies gagné. Je te connais, tu vas y retourner avec tes grandes dames russes si distinguées ! Tout ça c'est pas de notre monde, Agnès ! Ici, on n'a pas de moujiks. Nous, quand on perd, on y laisse sa peau ! Pense à ton mariage, à tes gosses. Maintenant que tu es tranquille, remets pas tout en question ! Et puis, c'est pas des fréquentations pour toi, ton Jean n'aimerait pas ça, j'en suis sûre ! Tu seras vite entraînée. L'argent, c'est difficile à avoir mais c'est encore plus compliqué à garder. Il faut en avoir l'habitude... Si tu t'ennuies, viens au magasin. L'été sera vite passé, on se fera de fameuses fourres de rire, comme avant ! Tu te souviens ?

Justement non, tout ce passé, Agnès était bien décidée à l'oublier. Une vie nouvelle, voilà ce qu'elle attendait, et sans mesquineries, sans ridicules histoires de magasin et de plantes à arroser ! « Il faut que j'apprenne à profiter de la vie, que je m'habitue au monde, Jean sera surpris, pensait-elle. Hélène, elle, ne peut pas comprendre. Elle aime les sous pour les avoir, moi je les aime pour les dépenser. »

Ninochka, plus pimpante que jamais, ne sonna que le surlendemain, venant aux nouvelles.

— Alors, Agnès, cette journée ? Ma comtesse n'est-elle pas formidable ? En tout cas, vous avez fait sa conquête. Elle vous adore et veut l'adresse de votre modiste. Votre canotier avec ses nœuds de dentelle et ses roses blanches, elle en raffole ! Et l'ambiance du casino, c'est grisant n'est-ce pas ? Qu'en pensez-vous ? Et encore, vous n'avez rien vu... Je vous ferai connaître l'établissement de bains à l'heure du porto, les toilettes dès le matin, la promenade le long des lauriers-roses, les jardins suspendus, même l'été c'est merveilleux... Et en plus vous avez gagné ! Je vous l'avais dit, il faut seulement un peu de méthode. Le tout est de ne pas s'emballer. Alors, à demain ? Je vous attendrai au train. N'oubliez pas d'apporter vos rouleaux de louis. On va essayer une bonne martingale... tout le monde vous attend !

Et c'est ainsi que, définitivement conquise, Agnès prit, trois fois la semaine, à midi, le rapide des perruches russes pour ne rentrer qu'à la nuit par le dernier express, le train des décavés, qui quittait la gare dix minutes précisément après la fermeture des salons du casino.

C'était d'ailleurs un exploit de l'attraper, une course éperdue pour les joueurs qui, comme Agnès, restaient à la table jusqu'à la dernière lancée pour tenter, les soirs de déveine, de se refaire. Parfois on le ratait. Ne restait plus alors, pour les retardataires ou les romantiques, que l'ultime ressource du break : deux heures et demie pour couvrir le même trajet, au trot, le long du bord de mer jusqu'à Beaulieu, pour ensuite grimper vers la route de Nice au-dessus de Villefranche. Le changement de chevaux s'effectuait au relais du tabac, à l'embranchement de la route du cap Ferrat, au milieu d'une véritable forêt d'oliviers que la légende disait plantée par les légions de César, lors de la conquête des Gaules.

Agnès se souvenait de son premier voyage, un soir de clair de lune, sous une extraordinaire pluie d'étoiles filantes retombant sur la mer : les larmes de saint Laurent [1]. Des chouettes voletaient dans les orangeraies au bord des flots, et, du haut de Villefranche, elle avait contemplé, scintillant dans la rade, les mille feux de l'escadre russe en fête.

Les habitudes étaient prises. Agnès jouait à présent avec aisance. Ce n'était plus de la curiosité, mais une véritable passion.

— Ah, ah, la mouche vous a piquée, lui glissait Carlotta Barzoletti en riant, mais faites attention. Il vaut mieux faire comme Ninochka, jouer avec l'argent des autres, au moins, on est sûr de ne pas perdre !

A la table, les heures devenaient des minutes. La nuit s'écoulait à une vitesse folle sans qu'elle s'en aperçoive.

1. Nom donné à Nice aux étoiles filantes. Saint Laurent est fêté le 12 août.

— Vous avez vraiment attrapé le démon, ironisait la comtesse.

En effet, comme les habitués, Agnès avait maintenant sa place marquée, réservée à la table numéro 2, dans la salle des Sports. Les premiers jours, timidement, elle avait risqué quelques louis, puis les rouleaux avaient suivi, de plus en plus rapidement. Chaque petit gain ne comblant plus les pertes. A la fin de la première semaine, toutes ses économies de l'hiver avaient fondu. Plus de vingt mille francs en quinze jours. Elle essaya désespérément de se rattraper, eut d'abord un peu de chance, puis de nouveau sombra dans le gouffre.

— Vous jouez trop peu à la fois et trop souvent, lui disait la comtesse. Il faut savoir attendre la bonne passe, n'attaquer fortement qu'au moment favorable. Sinon, vous vous épuisez. Croyez-moi, ajoutait-elle en riant, il vaut mieux un bon amant que plusieurs, mais il faut savoir en profiter.

Elle suivit ses conseils, se refit un peu, s'enhardit et perdit cent fois plus. Un soir, particulièrement, elle se piqua au jeu d'une connaissance de table qui gagnait éperdument. Agnès dût emprunter, et même lourdement, en laissant ses bijoux en gage. Il lui fallait maintenant rembourser.

Le troisième lundi, acculée, elle dut se rendre chez monsieur de Gastaldi, prétextant une note à régler, un achat important à faire. Elle lui demanda une avance sur les coupons de rente à venir.

— Trente mille francs ! Mais c'est une somme, chère madame, un lundi matin, nous commençons bien mal la semaine.

Mais c'était pour rire. Il devint vite plus rassurant :

— Oui, je vois, madame Mogliano, nous pouvons vous faire une avance sur titre, aucun problème. Je fais le virement immédiatement à votre compte du Crédit lyonnais. D'accord, cela restera entre nous, strictement, et puis c'est votre argent. Vous êtes bien libre.

Ouf ! ça allait mieux. Agnès se revoyait encore, ce dernier vendredi, en train de racler le fond de sa bourse pour payer le train, le fiacre. Miraculeusement, elle avait retrouvé une pièce de cinq francs dans sa doublure... Un bel avertissement... elle n'avait même pas pu donner à Olympia le louis qu'elle avait coutume de changer chez le boulanger, à chaque début de semaine, pour les dépenses du ménage. C'est la bonne qui avait avancé la pièce.

Requinquée, Agnès reprit force et courage. Bien entendu, elle voulut absolument se refaire et la valse des jaunets recommença. En début de journée, avec grand calme et prudence, elle attendait la passe favorable, puis jouait alors ses numéros fétiches, le 12 et le 19 en plein avec, entre deux coups, les deux transversales 10, 11, 12 et 19, 20, 21. Mais pour se rattraper, elle devait respecter « ce sacré mixage »... 1, 3, 7, 15, 32, qui lui faisait par exemple ponter trente-deux louis si, au quatrième coup, rien n'était sorti pour elle. Ça allait à toute vitesse, le maximum jouable était vite atteint, se rattraper devenait impossible, et l'écart se creusait encore. La spirale des pertes l'entraînait, l'obligeait à jouer de plus en plus.

Le commissaire au jeu Gandolfi, qui maintenant la connaissait bien, la dissuadait de vouloir se rattraper.

— Madame Mogliano, vous devez bien imaginer que le casino a pensé à tout. Le maximum imposé à la table est la certitude mathématique qu'en vous acharnant, vous ne pouvez que perdre.

Agnès ne le croyait pas, s'en remettait à sa bonne étoile de joueuse. Du reste, tous les jours, elle avait des exemples de gains faramineux. Sa grande chance à elle viendrait un jour, mais pour cela il fallait jouer et risquer. Pourtant, devant ses « culottes », elle perdait son sang-froid, abandonnait tout système. Ses nerfs la lâchaient, elle perdait la raison et arrosait les numéros voisins, pensant comme tant d'autres à la table, que le croupier lançait la bille en gardant la même main. Le moindre gain lui redonnait espoir et, à nouveau, le cycle infernal se réamorçait.

Bien souvent, Ninochka venait la tirer par la manche.

— Agnès, reposez-vous, quittez un moment la table.

La comtesse aussi essayait de la raisonner.

— Il faut savoir attendre. Vous jouez trop vite, Agnès. Souvenez-vous, il faut augmenter les mises dans les gains et les diminuer dans les pertes. Vous êtes trop emportée !

De tout cela, Agnès sortait le soir comme avilie, diminuée,

se cachant ses pertes. Mais elle avait beau se mentir à elle-même, les comptes étaient là.

Bientôt, perdre devint une habitude. Elle se fixa un maximum quotidien à ne jamais dépasser... rançon consentie à la merveilleuse émotion qui montait en elle à chaque sursaut de la bille dans le cylindre. Elle entrait alors presque en pamoison, son regard s'absentait, une intense jouissance montait en elle. Sachant qu'elle ne pourrait se limiter, elle s'était interdite d'emprunter à nouveau. Elle avait eu trop de mal à récupérer ses bijoux. Chaque jour, elle passait prendre deux rouleaux de vingt-cinq louis à l'agence du Crédit lyonnais de l'avenue de la Gare, avant de prendre son train. Plus tard, elle jugea plus commode de se faire ouvrir un deuxième compte à Monte-Carlo, à quelques pas du casino, à l'agence de l'avenue des Beaux-Arts.

Mais vers la fin du mois, elle dut à nouveau solliciter son banquier, prétextant cette fois qu'une amie très chère voulait acheter un magasin « quarante mille francs ».

— D'accord. Je vais vous rédiger un billet sur gage de titre, une sorte de nantissement. Il n'y a rien de plus facile avec un intérêt minimal à court terme, puisque votre amie dit vous rembourser très prochainement.

— Un intérêt, pourquoi, monsieur Gastaldi ? Il n'y a qu'à vendre, ce sera aussi facile à racheter.

— D'accord. Nous vendons alors, coupons attachés.

En effet, Agnès nourrissait une foi aveugle. Elle gagnerait ! Et bien au-delà de ses pertes ! Cela avait déjà failli lui arriver le 27 juin. Le souffle de la chance l'avait effleurée en laissant un gain de vingt-cinq mille francs... Il était déjà cinq heures, et elle s'inquiétait de ne pas voir ses amies comme à l'habitude. Elle voulut quitter la table un instant, tout en conservant sa chaise, et misa un louis sur le noir, demandant à un charmant voisin de lui surveiller ses affaires.

— Je laisse mon châle, je viens de miser ce louis sur le noir.

Le louis fut probablement déplacé par un joueur peu délicat, et se retrouva à cheval sur la transversale du 25. Le voisin s'en aperçut et voulut rectifier. Trop tard. L'inéluctable « Rien ne va plus, les jeux sont faits » tomba, interdisant toute modification. La roulette s'arrêta.

— 26, noir, pair et passe !

On paya à la table.

— A qui la transversale ?

— A madame qui va revenir, répondit le voisin.

Mais Agnès ne réapparaissait pas. Le jeu reprit. Le voisin n'avait rien modifié : treize louis pontés sur la transversale.

La roulette s'arrêta à nouveau.

— 25, rouge, impair et passe.

Agnès apparut à cet instant. On lui paya douze fois la mise, plus de cent cinquante louis. Eberluée, elle tarda à rejouer.

— Rien ne va plus !

— Le 12 en plein ! s'écria-t-elle, mais il était trop tard. Le 12 sortit. On lui aurait payé mille deux cents louis... Dépitée, elle s'abstint de jouer... Grand murmure à la table : le 12 sortait à nouveau.

Ses louis ramassés, elle les reperdit le lendemain. Heureusement, elle en garda un souvenir, un petit rubis qu'elle avait acheté à un malchanceux dans le train du retour. Elle le fit monter en épingle à cravate pour Jean qui jamais n'en connut l'origine.

Au casino, la beauté d'Agnès lui apportait de très féminines satisfactions. On l'admirait à l'envi. Elle s'attachait à son élégance, s'efforçait toujours de paraître dans ses plus beaux atours, avec le sentiment de se voir enfin admise dans le meilleur monde. Les vieux beaux, les bellâtres, les coureurs de jupons ne l'importunaient plus. Gandolfi lui rapportait les bruits qui couraient sur elle.

— Vous devenez, madame, un sujet de conversation... Ces dames commentent vos robes, vos chapeaux, mais on s'étonne de vous voir sans soupirant. On vous dit veuve, vous aiguisez la curiosité...

Complice, Ninochka, pour s'amuser, lança un ballon d'essai.

— C'est une très riche veuve italienne qui vient ici pour noyer son chagrin.

Immédiatement, les plus malins se souvinrent l'avoir aperçue aux eaux, à Baden, au Lido, pourquoi pas au bal de la cour à Vienne, au bras d'un archiduc ? Tout le personnel du casino s'inclinait devant elle. On était aux petits soins, cela lui plaisait, la flattait, la dédommageait de ses pertes qui allaient en augmentant. Le valet de pied de la salle n'avait de cesse de s'enquérir de ses désirs, brossant devant elle le tapis vert où elle disposait pièces d'or, plaques et éventail. Elle était comblée de se sentir ainsi regardée, jalousée par tant de faces-à-main scrutant son élégance et sa beauté.

La comtesse, elle, se montrait de plus en plus affectueuse. Malheureusement, elle lui annonça son prochain départ pour le 15 juillet. Elle emmènerait Ninochka, d'abord à Vichy, avant de réaliser le grand voyage.

— Je dois traverser toute l'Europe, ma chérie, jusqu'à l'Oural, d'abord en chemin de fer jusqu'à Moscou, et ensuite ce sera la grande affaire ! Je pars en sleeping et j'arrive en troïka. Jusqu'à Moscou, c'est assez facile, ensuite, de Moscou à Kazan, viennent les routes, les pistes défoncées et la poussière, l'attente pour la traversée en bac de la Volga ! Et après, à nous Orenbourg, les immensités salées, les bords de l'Illek au milieu des villages... Ce sont les déportés qui exploitent les mines de sel ! Heureusement que mon mari, le général-comte, m'envoie une solide escorte de cosaques ! Avec toutes nos malles, quelle équipée ! Tout l'hiver à passer ! Il est vrai que le château est confortable ! Mais quelle idée d'avoir accepté le gouvernement de Troïsk ! Il est vrai que les mines d'or, de fer, de cuivre, y sont si riches... Un jour, je suis arrivée là-bas sur un chameau, comme une princesse kirghize ! Ah, ça vaut bien le déplacement, mais on s'y ennuie tellement ! Comme je vais regretter Monte-Carlo, cette terre des dieux, et vous, ma chérie !

En attendant la grande réception qui fêterait le départ de la comtesse, le 15 juillet, Agnès faisait ses comptes. En quelques semaines, elle avait perdu soixante-deux mille francs, qu'il lui fallait absolument rattraper. Carlotta Barzoletti avait déjà regagné Milan. Sur qui pourrait-elle compter pour l'accompagner désormais au casino ? En aucun cas une femme bien ne pouvait s'y rendre seule... Mais ce n'était pas la seule raison. Depuis quelque temps, Agnès comprenait à quel point une présence féminine lui était indispensable, une amie, une vraie, à qui elle pourrait tout raconter, tout avouer : le jeu, l'amour et le reste… Une femme qui, par ses manières, peut-être sa naissance, en tout cas son milieu, puisse l'aider à poursuivre son ascension, parachever sa personnalité… Une autre Pippa ?

7

Le thé d'adieu — sorte de buffet à la russe — et le dîner donné par la comtesse en l'honneur de son cousin, l'amiral Skriabine, étaient prévus pour le lendemain, à l'hôtel de Paris. Le dîner serait suivi d'un grand bal et d'une réception officielle à bord du vaisseau amiral ancré en rade de Villefranche.

Agnès avait déjà reçu les bristols armoriés de la comtesse, rue Saint-François-de-Paule. Tout avait été organisé précisément par Ninochka et monsieur Dureteste, le directeur de l'hôtel de Paris et excellent ami et collègue de Jean Wagner. Agnès l'avait rencontré l'hiver passé à la Saint-Albert, le jour de l'anniversaire du prince de Monaco, qui avait vu l'inauguration des nouvelles installations de l'hôtel de Paris avec son stupéfiant pavillon en rotonde. Jean et Agnès avaient même passé une nuit dans les nouveaux appartements, face à la mer. C'était un homme très attentionné, qui n'avait pu s'empêcher de complimenter Agnès sur sa beauté en la comparant à celle de Nana, l'héroïne de Zola, décédée dans des conditions tragiques, précisément au Grand Hôtel, face à l'Opéra de Paris. Rapprochement un peu maladroit, aux dires de Jean. Agnès, elle, ignorait ; Nana ou Hortense : du pareil au même.

La comtesse tenait beaucoup à la présence d'Agnès, surtout au dîner. Sa beauté devait rehausser l'éclat qu'elle comptait donner à la réception. Le cavalier choisi serait le colonel-baron Zougaroff, un sien cousin aide de camp du grand-duc Michel. L'état-major de l'amiral serait présent, et la merveilleuse chevelure rousse, l'éclat des yeux verts d'Agnès attireraient bien des regards. Celle-ci avait très bien préparé sa toilette. Pour la réception de l'après-midi, une robe d'organdi rose, surétoffée de jupons, manches gigot de taffetas, le tout garni de valenciennes, avec une grande capeline de paille à larges bords, intérieurement garnie de soie rose et ornée, sur le dessus, d'un énorme bouquet de camélias blancs. Pour le dîner, elle porterait une robe très simple, style Empire, satin duchesse vert amande, à décolleté carré et manches ballon, l'ampleur de la jupe ramenée en gros chou sur les reins. Aucun bijou, si ce n'est ses deux rangs de perles de la Maloja. Il était prévu qu'à la fin du dîner, des vedettes de la marine impériale russe feraient la navette entre Monaco et la rade de Villefranche pour amener directement les invités à bord du navire amiral où aurait lieu le grand bal. La comtesse avait déjà préparé la somptueuse cape de zibeline qu'elle prêterait à Agnès.

— Vous savez, chérie, la fête durera certainement jusqu'à l'aube. Il faut se méfier de la fraîcheur en mer.

Agnès, cependant, se sentait pleine d'appréhension. Son cavalier ne parlait que l'anglais et le russe, un peu d'allemand, mais malheureusement, ni le français ni l'italien.

— Encore moins votre joli niçois, mais c'est un excellent danseur et votre beauté suffira. C'est un seigneur, ma chérie. Vous verrez, le bal avec tous ces uniformes chamarrés, les fantastiques bijoux de nos ancêtres et la nuit étoilée, la rade merveilleuse, scintillante autour des navires illuminés, ce sera inoubliable !

Ninochka elle-même renchérissait :

— Une des mille et une nuits ! Savez-vous que la comtesse Katia vous a même retenu une jolie chambre à l'hôtel de Paris ? Elle vous sera très utile pour vous changer avant le dîner. Une vraie loge d'artiste, ma chère, comme à l'Opéra de Saint-Pétersbourg.

A midi, Olympia était à l'hôtel, submergée de mallettes et de cartons à chapeaux... un océan de repassage en vue ! Les sœurs Mazoyer avaient bien fait les choses : Agnès serait certainement la plus belle de la réception.

La cérémonie d'adieu débuta à quatre heures dans les salons de l'hôtel de Paris, mais la fête ne trouva son rythme qu'avec la venue de l'orchestre tzigane-cosaque prêté par la marine impériale, et l'ouverture des portes du salon où trônait majestueusement le buffet.

Agnès, pourtant habituée au luxe de la Maloja, n'avait jamais vu pareil spectacle. Les grandes tables croulaient sous les plats d'argent et de vermeil, débordant de spécialités russes : caviars, blinis, pirojsky, pojarski de saumon, anguille fumée de la mer Noire, carpes à la Souvaroff, poissons, viandes de toutes sortes et sauces de toutes couleurs, gâteaux étonnants reposant sur un océan de friandises. Des valets à la française versaient des flots de vodka, sabraient des magnums de champagne « Pommery american style »... et la fête russe ne faisait que commencer. Au milieu du chant des violons et des balalaïkas, Agnès se sentait seule, un peu perdue et bousculée par la cohue envahissante, au milieu d'un gazouillis incessant ! Sous les immenses chapeaux fusaient déjà les rires en cascade des femmes. Ninochka lui présentait sans arrêt de nouveaux visages... Elle en avait le tournis...

Pourquoi son cœur était-il si triste au milieu de cette fête ? Tout lui était étranger... Comme Jean lui manquait, ce bras solide et viril sur lequel elle aimait tant s'appuyer. Que faisait-il à cette heure, peut-être avait-il lui aussi une réception, au Kursaal, loin, toujours loin d'elle.

Elle se sauva de la fête. Olympia l'attendait avec le coiffeur de l'hôtel qui devait réaliser le savant échaffaudage de boucles pour paraître au dîner. Celui-ci, au demeurant fort digne et austère, réunissait des convives bien différents. L'amiral et ses officiers se faisaient attendre, l'animation ne venait que lentement, on jouait des valses, les couples circulaient autour des tables.

Agnès se tenait près de la comtesse lorsque soudain monsieur Dureteste l'avisa. Ils se reconnurent immédiatement, inclination, baisemain.

— Quelle coïncidence, madame Wagner, j'ai eu ce matin des nouvelles de la Maloja et un petit mot de votre... mari. Il m'adressait un plein compartiment de touristes américains perdus en Engadine. Vous êtes donc parmi nous ? Pourquoi ne pas m'avoir averti ? Je vous ai aperçue l'autre jour au casino, je n'ai pas osé vous déranger. Vous étiez si occupée à votre table... un jeu d'enfer, m'a-t-il semblé.

Agnès répondit avec son merveilleux sourire.

— Oui, je viens de temps en temps avec la comtesse Missoulof. Ce dîner d'adieu, quelle tristesse ! Mon amie s'en va.

Mais le coup avait porté. Agnès ne put cesser d'y penser. Cette histoire de casino l'obséda. Comme le monde est petit ! Heureusement que j'ai prévenu Jean de cette fête. *Un jeu d'enfer*... qu'est-ce qu'il a voulu dire ?

Avec l'arrivée de l'orchestre cosaque, le dîner se déroula dans une ambiance plus chaleureuse. Il fallut lier connaissance avec ses voisins. Agnès, éblouissante, attirait tous les regards, les faces-à-main la fusillaient. L'amiral lui-même questionnait. Ne pas comprendre le russe, s'enfermer dans l'italien et les sourires, c'était facile. Le colonel-baron exerçait « son petit franzozich » sans beaucoup de succès. Le service fut très long, le menu interminable. On remplaçait les vins entre chaque plat. Crème Sévigné, croustade à la périgourdine, barbue à la lutécienne, poulardes à la Moscowa (rien de bien russe pourtant), vasque de jambon à la Vendôme, sorbets Montmorency, et encore ortolans sur canapés, salade Minka, asperges de Valencia sauce Chantilly, et toujours, et enfin, biscuit glacé, succès, gâteau historié... Tous les desserts, une pluie de friandises et de petits fours. Puis se portèrent les toasts, entre deux discours en russe, interminables. Agnès se prît à bâiller derrière son éventail. Avec le café, commença la danse. Elle accorda trois valses, en refusa trente. Ces messieurs descendirent visiter la cave [1] de l'hôtel, « inoubliable ».

— Madame, lui glissa un sommelier italien, nous avons un foudre de cognac de deux mille litres, année 1818, trois cent mille bouteilles, et des plus illustres ! Toute la cave est éclairée à l'électricité...

Mais Agnès n'accrochait pas. Elle se sentit soudain lasse, triste, inutile dans ce décor inhabituel, avec tous ces étrangers. Ninochka absente, personne à qui se rattraper, la comtesse ? disparue... Ce Dureteste m'a tout gâché !

1. Très grande attraction, disait-on. Les meilleures caves du monde pour leur organisation et la sélection des vins et alcools.

Au loin, un coup de canon rappelait l'escadre, le bal... Elle ne se décidait pas à y aller.

On avertissait : les calèches au bas de l'hôtel piaffaient déjà pour descendre au port. Des sifflets se rapprochaient. Ah, si Jean était là, quelle joie se serait ! Profitant d'un moment d'inattention de son cavalier, elle s'éclipsa, traversa le hall en ébullition, monta dans sa chambre. Olympia ne l'avait pas attendue. Elle avait dû repartir pour Nice par le dernier train. Elle pensa : « C'est ma faute. Je ne lui avais rien dit. » Soudain très lasse, elle ouvrit la fenêtre, contempla la mer scintillante. La nuit était douce, sereine. Ainsi, seule dans ce décor de rêve, elle se rappela sa chambre de Nice, face à la mer. La main douce de Jean lui manquait. Comme elle se sentait seule...

Elle n'eut plus le courage de redescendre. La zibeline resta au vestiaire de la chambre.

Rentrée tard, le samedi midi, Agnès n'eut plus qu'une idée en tête : écrire vite à Jean pour lui raconter son amitié avec la comtesse Missoulov et sa nuit russe passée seule à l'hôtel de Paris, avant que monsieur Dureteste, bien que très diplomate, ne commette un impair, sait-on jamais :

Jean chéri, pour deux fois que je vais à Monte-Carlo, comme un fait exprès, je tombe toujours sur ton ami. Il est vrai qu'à l'hôtel de Paris, c'est plutôt naturel. Il a été charmant, ce monsieur Dureteste...

Mieux valait prendre les devants.

Mais la préoccupaient aussi, de plus en plus, ses pertes sans cesse grandissantes, ce besoin de se rattraper.

Elle en était à cent mille francs. Gastaldi avait promis de ne rien dire, mais Agnès avait hâte de rembourser ses avances sur titres. Et Ninochka et la comtesse qui s'en allaient ! Heureusement qu'avant son départ, celle-ci lui avait recommandé une excellente personne avec qui elle pourrait s'afficher au casino.

— Je vous comprends, Agnès, vous êtes condamnée à jouer pour vous rattraper, mais une femme comme vous, seule au casino de Monte-Carlo, c'est impossible, on jaserait vite. Mon amie Sophie Belbastre vous y attendra dans le salon de lecture, vous voyez, en bas de l'escalier à droite, merdredi à quatre heures, en robe jaune et capeline noire. Vous verrez, c'est une très belle femme brune, impossible de vous tromper. Elle m'a promis d'être là. Son mari était l'agent immobilier de l'archiduc Dimitri à Monaco. Il nous a sortis d'un pas bien dangereux. Elle est veuve comme vous, possède une villa superbe et un jardin tropical de rêve à Monaco. Vous vous entendrez bien, j'en suis sûre. Surtout n'oubliez pas votre canotier avec vos roses blanches, c'est le signe de ralliement.

La capeline noire, c'est bien ce qu'Agnès aperçut tout de suite en pénétrant dans le salon de lecture. Ça ne pouvait être que cette Sophie. Elle n'apercevait pas son visage, mais uniquement la masse torsadée des cheveux de jais, ramenée en chignon sur la nuque. Défait, ce devait être un croulement d'ondulations superbes.

Elle s'approcha.

— Madame Sophie Belbastre, je suis...

— Oui, enchantée, le canotier aux roses blanches ! Vous êtes l'amie de la comtesse Katia, Agnès !

En parlant, les deux femmes s'étudiaient. En une seconde, elles s'étaient jaugées, encore debout, face à face : Agnès et son teint de lis, ses lourdes boucles de cuivre autour de son profil de médaille, dans tout l'éclat vert de son regard. Sophie, brune, le teint mat, les yeux comme une porcelaine pervenche, curieusement soulignés de longs cils noirs ; un regard velouté et une bouche pulpeuse délicatement dessinée, « la plus belle bouche du monde, lui avait dit Katia, et un sourire divin, des perles nacrées, admirables... »

Les deux femmes, si diversement séduisantes, éclatèrent de rire en se tenant encore par la main.

— Formidable ! si brune...

— Et vous ! la comtesse m'avait bien dit, mais je ne m'attendais pas à cela ! Asseyons-nous, je vous en prie.

Avec ces deux jolies femmes côte à côte, en contraste sur le décor austère, passa un grand moment de féminité : deux gravures de mode, échappées d'une revue très parisienne, conversaient.

— Je viens de rentrer de Paris. J'ai vu la comtesse à la sauvette, juste avant son départ, pour m'excuser de ne pas être rentrée à temps pour sa soirée. Elle était triste de partir si loin, mais son mari l'attend, le devoir oblige…

Agnès, distraite, écoutait sans entendre, ne cessait d'interroger le beau visage. Oui, elle était vraiment très belle. « Elle doit avoir un truc à elle pour son maquillage des yeux, parfait, peut-être un peu trop de poudre, elle a certainement cinq ou six ans de plus que moi. Elle a une jolie main, de beaux ongles très soignés, habituée certainement à ne rien faire… »

Mais il fallait répondre. Après le voyage de la comtesse, on parla de choses sérieuses.

— Katia m'a confié vos pertes au jeu, votre désir de vous refaire. Il va falloir étudier un système et vous apprendre, d'après ce qu'elle m'a dit, à vous contrôler. Moi je joue très peu, par simple distraction, mais je suis curieuse. J'aime voir jouer les autres, c'est distrayant au possible. Je vous tiendrai compagnie. Surtout, il faut vous détendre. A Monaco, il n'y a pas que le casino. L'établissement de bains est formidable, la plage délicieuse, et le porto de l'hôtel des Bains le meilleur du monde. Je vais vous montrer tout cela. Le bon moral, il n'y a que cela de vrai, cela vous aidera à rattraper vos louis…

Elles se retrouvèrent le lendemain au salon de conversation, pour se rendre à la salle mauresque.

— Croyez-moi, laissez tomber votre salle Garnier, elle vous porte la poisse. Il faut en changer.

Agnès était bien décidée à se laisser conduire. C'était vrai, l'autre salle lui parut plus apaisante avec son magnifique plafond. En traversant l'atrium, Sophie l'avait bien fait rire en lui parlant au passage des habitués qui circulaient autour des tables, surtout dans la salle Renaissance et dans la salle mauresque.

— Ici, il faut de tout pour faire le monde des casinos. Tenez, regardez cette jolie blonde, là-bas, avec la croupe un peu basse, quelle santé ! Voyez comme elle s'affaire un peu trop à la table. C'est une chercheuse d'or, ma chère. Elle vient aguicher le gros portefeuille. Pas intéressante pour le casino, gênante et trop vulgaire. Vous allez voir, on va rapidement la chasser, une égarée de « ces dames au salon », comme dit ici un commissaire des jeux. Vous voyez, ils sont très vigilants… Et cette autre là-bas, pas mal, c'est plus fin, plus distingué.

Regardez-la papillonner, faire semblant de jouer. Tout cela m'amuse, c'est un merveilleux spectacle. Un joli morceau, pas vrai ? Des femmes comme il en faut à ces messieurs. Les commissaires doivent la tolérer. Je suis sûre qu'avec son air de ne pas y toucher c'est une rameneuse.

Et c'est ainsi que, non sans créer remous et admiration dans leur sillage, les deux femmes prirent place à la première table, juste devant le gracieux tableau de la fameuse joueuse de pipeau.

Justement deux chaises se libéraient, et l'équipe de croupiers passait le relais. Le jeu débuta très lentement, on attendait, à la table, de voir un peu la main du lanceur : douce ? vigoureuse ? régulière ? Les habitués estimaient la façon de lancer avant de risquer trop gros. Puis les passes devinrent plus rapides et, peu à peu, le jeu s'anima.

Sophie notait chaque fois consciencieusement sur un petit carton le résultat de chaque partie. On bâillait à nouveau à table, rien d'intéressant, du petit jeu. Agnès, imperturbable, pontait sur sa troisième douzaine de temps en temps, mais sans beaucoup de résultats. Sophie eut soudain une intuition.

— Agnès, vingt-quatre jeux déjà et votre 12 n'est pas encore sorti. Jouez-le.

Elle ne se le fit pas dire deux fois, et glissa un louis en plein sur le 12.

— Rien ne va plus !

La roulette s'immobilisa.

— 7, rouge, impair et manque !

Agnès rejoua, misa cinq louis sur le 12. Elle se prenait au jeu, l'émoi renaissait en elle, déjà le frisson montait.

— Le 12, rouge, pair et manque !

Rougissante, elle était aux anges. On la paya : cent soixante-quinze louis. Sophie lui chuchota :

— Agnès, venez, on s'en va ! Déduisez vos pertes. Vous gagnez trois mille francs, c'est formidable. Partons avant que vous ne les reperdiez. C'est assez pour aujourd'hui, allons-nous-en.

— Pourquoi, Sophie ? Ça commence si bien, tenta Agnès, déconcertée, la chance est avec nous, il faut en profiter !

— Non, soyez sage ! Il faut vous refaire patiemment. Vos

cent mille francs ne se rattraperont pas en un jour. Au jeu, *chi va piano, va sano,* vous connaissez la suite.

Obéissante, Agnès abandonna à regret sa chaise dorée, et les deux femmes quittèrent lentement la salle. Agnès était cependant très heureuse, elle se sentait plus forte grâce à Sophie, il y aurait moyen de s'en sortir. Elle reprenait confiance.

Elles traversèrent la Cuisine, l'atrium, et contemplèrent un instant la merveilleuse peinture, si reposante, de la cueillette des olives au cap Martin, se frayant difficilement un chemin au milieu d'une soudaine et importante arrivée de joueurs.

— Tiens, le train de neuf heures, remarqua Sophie. Comme le temps a vite passé !

Les deux amies descendirent à la terrasse vers les jardins étagés en boulingrins[1]. Au loin, la mer roulait déjà des étincellements. Il fallut se séparer.

— Vite, ne ratez pas votre train.

Pour une fois, ce n'était pas le dernier, celui des décavés. Elles s'embrassèrent.

— A demain, Agnès. Je vous attendrai à onze heures, à la terrasse de l'hôtel des Bains. Les cochers connaissent bien, nous y déjeunerons. Descendez à la gare de Monaco, c'est plus pratique.

En rentrant chez elle, ce soir-là, Agnès trouva une lettre de Barba Pino : pour les enfants, tout allait pour le mieux. Petit François ne pleurait plus après sa maman et Catherine faisait bien la cuisine :

... Je te conseille de ne pas venir les voir comme nous l'avions projeté. Cela ferait plus de mal que de bien. Ils profitent de leurs vacances tous les deux. Je te les amènerai moi-même le 15 septembre. Ils sont si heureux ici, peut-être une des dernières grandes joies pour Elisa et moi. Crois-moi, laisse-nous encore ce bonheur.

Barba Pino avait certainement raison, mais comme ce serait long, encore deux mois sans eux.

1. Parterre de gazon, orné d'arbres aux angles.

Beaucoup de monde ce matin-là à l'établissement de bains de Monaco. Une atmosphère de familles anglaises, avec une nuée d'enfants que surveillaient des nounous en uniforme.

— Oui, tout l'été, raconta Sophie, nous avons des arrivages d'Anglais très entreprenants, très sportifs. Regardez comme ils vont loin, il y a même deux femmes des plus intrépides.

Agnès et Sophie s'étaient retrouvées, comme deux fois la semaine, à la terrasse des Thermes Valentia. Agnès arrivait par le train à la gare de Monaco, et une calèche la conduisait boulevard de la Condamine. Elle aimait ce boulevard, en bord de mer, ombragé de ficus ; elle flânait au jardin de la Borderie et s'attardait le long de la plage tout ourlée de lauriers-roses. Sophie arrivait toujours en retard, jamais pressée. Elles s'attablaient à la terrasse et, devant elles, la mer brillait au soleil, cobalt foncé. A droite, un va-et-vient de barques desservait les grands voiliers.

— Regardez, Agnès, là c'est *l'Hirondelle,* le yacht du prince Albert, et plus loin *l'Eros,* l'appel au voyage, les échelles levantines, la Grèce...

Sophie rêvait. Agnès pensait à Pippa, au récit d'Alfredo, à l'endormie à jamais sous les asphodèles. Le porto était délicieux. Agnès retrouvait la douceur de ne rien attendre et de ne rien faire. Sa brune amie lui révélait peu à peu la douceur de vivre, même l'été, surtout l'été, disait-elle, dans la principauté. Souvent, elles déjeunaient à l'établissement de bains ou, abritées par les arbres de l'esplanade Sainte-Barbe, au restaurant l'Univers, près de la place du Palais, ou encore sur la terrasse du Riviera Palace, dominant ainsi l'amas de vallons envahis d'oliviers, d'orangers, d'arbres odorants de toutes sortes et tachetés çà et là de villas blanches égarées dans la verdure.

Le jeu ne s'ouvrait que l'après-midi. On écourtait même le plus possible par de longs intervalles prolongeant l'heure du thé. Agnès devenait-elle plus raisonnable ? Sophie n'arrêtait pas de lui faire la leçon, mais à sa moindre absence, elle se laissait à nouveau entraîner. Il lui était maintenant impossible de se rattraper, à moins d'un coup de chance extraordinaire qu'elle croyait toujours possible. Elle en était à plus de cent vingt mille francs [1].

Avec le soleil au zénith, les allées et venues devenaient exténuantes pour Agnès.

— Le mieux ne serait-il pas de vous installer quelques semaines à Monaco en vacances ? Ma villa vous attend.

La jeune femme, qui tenait trop à son indépendance, accepta cependant l'idée de louer un pied-à-terre dans une pension de famille pour dames seules. Rentrer seulement les fins de semaine à Nice serait suffisant. D'ailleurs la fidèle Olympia veillait à tout.

Interrogé, Jean approuva chaleureusement : *Exellente idée, Agnès, loue quelque chose jusqu'à la fin août. Nice est intenable en ce moment, je suis bien d'accord. Demande conseil à l'ami Dureteste, il doit certainement connaître une excellente pension de famille, tu y seras mieux qu'à l'hôtel. Repose-toi. Tu vois, tu aurais dû venir à la Maloja. Combien tu me manques. Bravo pour les enfants, ils sont si bien, au vert Piémont, mais c'est encore pour toi un grand sacrifice. On parle ici de prolonger un peu la saison, peut-être jusqu'au 15 octobre, beaucoup de réservations arrivent.*

1. Pour obtenir des francs 1987, il faut multiplier par 25. La pièce-or de vingt francs vaut actuellement cinq cents francs environ.

8

Ce matin 1er août, Agnès préparait sa malle pour Monte-Carlo. Elle s'était décidée, sur les conseils de son amie Boubouche — c'est ainsi que ses amies intimes appelaient Sophie — pour un petit pied-à-terre à Monaco, rue Florentine, à deux pas de la villa. Elle comptait y rester jusqu'au 15 septembre, du mardi au vendredi soir, peut-être même le samedi matin, réservant ses fins de semaine à Nice, afin de se reprendre dans le silence de sa chambre, dormir tout le jour et ne pas rater l'arrivée fidèle du courrier de Moncucco le lundi matin. Olympia, seule, garderait l'appartement. C'était Jean qui, de la Maloja, lui avait trouvé une pension de famille pour dames seules « de toute première catégorie », à deux pas de la gare de Monaco, dans le nouveau quartier de la Condamine. L'hôtesse, des plus charmantes, lui avait présenté la plupart de ces dames, des clientes souvent titrées et, curieusement, presque toutes d'origine milanaise.

— Elles viennent ici passer l'été, madame, suivre une cure à l'établissement de bains, et aller un peu au casino. Ce sont en général des veuves, mais quelques-unes aussi en rupture provisoire de mari, des femmes de diplomates, seulement en vacances.

Bien vite installée, Agnès y ronronna d'aise. Si ce n'avait été le tourment du casino, qui la reprenait chaque après-midi, elle eût été parfaitement heureuse.

Pour la première fois de sa vie, un sentiment un peu trouble l'envahissait, de se complaire ainsi dans sa solitude. Elle gardait bien enfouie en elle sa vie intérieure, son Jean, ses enfants, mais elle prenait le temps de partager davantage la vie des autres. « C'est peut-être cela, se sentir en vacances, vivre tournée vers l'extérieur... »

Le matin, comme à Nice, elle aimait traîner au lit et ne se lever que vers dix heures pour prendre son petit déjeuner sous les platanes du jardin, au milieu du papotage de ces dames. On n'y parlait jamais de casino, mais de toilettes, de chiffons, du temps toujours beau, d'un projet de villégiature, d'une course au village de Gorbio, à Garavan, d'emplettes à faire...

La mode de l'été y était très commentée. En effet, à la différence de Nice, de jolies boutiques restaient encore ouvertes durant la belle saison, froufroutantes de nouveautés très parisiennes, avec, en vedette, la grande folie de l'année, le plumetis.

La fin de la matinée se passait alors à courir ensemble les boutiques. Boubouche lui avait conseillé un magasin de lingerie merveilleux, galerie Charles III, et une couturière en étage.

— Elle est sublime, carina, et spécialisée dans le vaporeux. C'est une ancienne habilleuse de la grande Hortense Schneider, devenue première chez Paquin. Tu la trouveras villa Migranne, boulevard des Moulins. Elle a des mains de fée...

Agnès soignait de très près son élégance. La garde-robe constituée à la Maloja ne convenait plus du tout, à la fois démodée et inadaptée. Même la jolie robe de bal de Saint-Moritz devenait importable. Comme la vie d'une robe est courte ! Ici, les femmes étaient autrement dans le coup, très « smart », et la robe portée deux ou trois fois faisait déjà tache. Bien vite, ses armoires débordèrent : cache-corset de dentelles, casaquins d'organdi, corsages de linon brodé, jupons de fine batiste, jupes de mousseline de soie, légers costumes de zéphyr, rien n'y manquait. Le prix représentait si peu de chose comparé aux rouleaux de louis qui lui filaient si facilement entre les doigts à la roulette, et quelle satisfaction de se sentir admirée, sans reproche possible. Cette mode d'été aux couleurs très pastel lui allait à ravir, soulignant son teint de rousse, si délicat, qu'elle protégeait soigneusement le jour, à grand renfort d'ombrelle, et la nuit avec une couche de crème « Neige de narcisse » que lui avait recommandée Katia. Elle s'obligeait, pour ne pas être en reste, à varier chaque jour ses toilettes. Elle assortissait au mieux chapeaux, gants, voilettes et bottines, et, chic suprême nouvellement à la mode, les petites bourses de taffetas de toutes couleurs. C'était moins encombrant et plus pratique que les poches ou les manchons pour y fourrer les louis si vite dépensés. Après être passée au Crédit lyonnais retirer les munitions du jour, elle manquait rarement, ultime touche de féminité, de s'offrir, en faisant un détour chez Crovetto, avenue des Beaux-Arts, une fleur qu'elle épinglait à son corsage... des roses thé à peine ouvertes qui, elle en était persuadée, embaumaient jusqu'au soir les jours de veine. La joie de voir gagner les faisait survivre.

Et c'est ainsi que chaque après-midi, au moment où elle pénétrait seule pour retrouver son amie à leur table, traversant tour à tour l'atrium, la salle Garnier et le salon mauresque où elles avaient leurs habitudes, se recréait dans son sillage la même petite sensation. Elle aimait entendre les murmures, les chuchotements émerveillés qui la suivaient. « Vous avez, lui disait Boubouche nullement jalouse, des éclairs de riche beauté, une lumière intérieure qui vous transfigure. »

C'était l'instant où, avant de commencer la partie, Agnès prenait sa revanche sur le petit monde besogneux des croupiers. Ils s'arrêtaient un moment pour l'admirer, avant de replonger dans le lumineux ratissage des pièces d'or. Elle se glissait alors vers la lourde table d'acajou, au bord du tapis vert où Boubouche l'attendait.

Le valet de table, en culottes courtes et bas de soie, habit à la française, avançait respectueusement la chaise de velours, et la partie commençait, débutait fort simplement, toujours de la même manière. Boubouche avait déjà noté les quelques sorties précédentes. Agnès appliquait le système choisi d'un commun accord, jouant la troisième douzaine, en surveillant ses numéros fétiches, le 12 et le 19, pour ponter en plein.

Avec Bouchouche, elle s'était fixée des limites à ne pas dépasser : à cent louis de perte, on s'arrête ; à deux cents louis de gain, on s'en va. Cela avait marché un temps, mais Agnès avait vite oublié la consigne. Le démon du jeu l'habitait, lui procurait des moments extraordinaires : sueurs soudaines, respiration contenue, coup de tenaille au ventre... Dans ces moments-là, elle perdait totalement la notion de la valeur de l'argent. Le jeu n'était plus que le moyen d'atteindre aux sensations d'angoisse et de joie brutale qui, tour à tour, s'emparaient d'elle. Toujours, de ses pertes ou de ses gains, renaissait l'espoir de rester le point de mire de la table.

Les jours de guigne, elle ne prenait conscience de son esclavage que lorsqu'elle rentrait très tard rue Florentine. En effet, elle luttait jusqu'au dernier tour de table, jusqu'à la fermeture du casino, à onze heures. Son fiacre descendait alors le boulevard de Monte-Carlo jusqu'à la Condamine, et pendant ce court trajet, elle faisait ses comptes, voyait avec terreur le gouffre s'agrandir. Seul l'espoir d'un lendemain de chance la remettait à flot. *Demain,* c'est elle qui triompherait.

Les jours de veine, en revanche, c'était la fête. Elle sortait en général plus tôt, et, ces soirs-là, au bras d'une Boubouche qui, elle, ne restait jamais au casino au-delà de sept heures.

Elles s'attardaient un instant dans les somptueux jardins, sur l'immense terrasse dominant la mer, heure calme, parfumée. Les jours de vent, elles écoutaient le ressac se briser en bas, en saccades. Les créneaux du château Grimaldi se découpaient, noirs sur le ciel orange, au-dessus de la langue vert sombre du cap Martin.

Un de ces soirs-là, Boubouche commenta :

— Quel merveilleux spectacle... mon mari disait toujours « le plus beau pays du monde ». A cette heure si douce, les fils de notre vie renouent avec le créateur. Viens, descendons à pied. La Condamine est juste en bas, nous prendrons à droite, vers la Costa, je t'invite chez moi. Je ferai atteler après le dîner, nous irons à Beaulieu, j'adore la promenade la nuit, au bord de la mer. Se faire venter au calme, c'est comme une récompense.

Agnès, ces jours-là, aurait voulu s'attarder davantage. Il faisait si doux. A gauche, la vue s'étendait jusqu'à la pointe de Bordighera qui déjà sombrait dans la mer d'encre. En bas, un train s'époumonnait, des murmures emplissaient les escaliers, les bosquets.

— Tiens, remarqua Boubouche, le train de sept heures, la marée des jaunets ! Ah, ces richards ! Allemands, Autrichiens, Hongrois, boyards cousus d'or, ils n'en auront pas pour longtemps ! J'adore les voir jouer, ils perdent avec le sourire, mais ça ne dure pas longtemps, au bout de deux ou trois jours, la tête a changé et on ne les voit plus !

Tout en descendant vers la ville, Boubouche expliquait qu'il y avait plus de soixante trains par jour, qui amenaient leur fournée de joueurs, de six heures dix du matin à onze heures du soir. Les deux jeunes femmes ralentirent.

— Tiens, nous sommes arrivées avenue de la Costa. Tu as faim ? Je vais te faire une macaronade.

Elles se trouvaient devant une superbe villa, blanche sous la lune, une villa italienne sortie d'un décor de Toscane.

— Comme à Fiesole, vois-tu.

Agnès devinait un épais jardin tout autour. En ouvrant le portail, les deux jeunes femmes furent assaillies par de lourds parfums de tubéreuse.

— C'est ici comme jadis aux Spélugues, là où ils ont construit le casino. Mon mari me disait qu'il avait bien connu la colline envahie d'orangers, de citronniers, d'oliviers et de cystes odorants. C'était un poète. Ici, il a fallu tout planter, la majorité des arbres sont arrivés du Brésil.

Agnès avait une faim de loup et se sentit très curieuse de connaître les qualités culinaires de son amie. « Des macaronis ? Quelle curieuse invitation. Heureusement que j'adore ça ! »

Ils furent on ne peut meilleurs, elle n'aurait pas fait mieux. Il fallait dire aussi que le cadre était superbe, la table mise sous une véranda comme envahie par le jardin donnant sur une rotonde où crépitait un jet d'eau, dans une vasque de marbre.

— Je les ai préparés moi-même, à la napolitaine, tomates, beurre, basilic et parmesan, sans plus. J'adore bien manger. C'est un cuisinier de Mantoue qui m'a appris à les faire. Il était resté longtemps à Naples, dans une trattoria de la strada Toledo, là où mon mari l'a découvert. Tu veux que je te donne le secret ? Il faut les faire cuire dans un bouillon de bœuf et tu attends seulement que la pâte fléchisse sous les doigts. Ma cuisinière est pourtant excellente, mais elle les fait toujours trop cuire. En revanche, elle fait un pesto extraordinaire[1].

Agnès écoutait sans rien dire, comme un pur-sang écoute la course racontée par un âne. « Pauvre Boubouche, pensait-elle, elle ne me connaît pas aux fourneaux. »

— La prochaine fois, je te les ferai en timbales, avec des couches successives de parmesan et de ricotta, le tout gratiné au four, ce n'est pas mal non plus.

Agnès découvrait là une femme différente de ce qu'elle avait imaginé. Simple, et se préoccupant du contenu des casseroles, ce qui ne l'empêchait pas de rester une femme du monde.

Dix heures sonnèrent. L'attelage était prêt pour la promenade à Beaulieu.

Promenade par la route du bord de mer, avec en sourdine le floc des vaguelettes en contrebas. Après le gros rocher dominant le cap d'Ail s'étendaient des conques d'oliviers, de palmiers, de figuiers, que l'on distinguait comme en plein jour sous la lune.

— Les gens d'ici appellent cela la Petite Afrique, un des coins qui rappelaient un peu le Brésil à mon mari. Ecoute ce silence, seulement le claquement des sabots du cheval quand il se met au petit trot.

Les deux femmes écoutaient leur solitude, cette vie étrange, sans homme. La nostalgie avait saisi Boubouche.

— Je suis née dans une famille bien simple, des paysans d'un petit village, à Mauzé-le-Mignon, au bord d'un canal, à l'orée du Marais poitevin, un pays de terre et d'eau. J'ai été élevée par ma tante, mon oncle s'occupait du commerce du sel, près de l'Océan. C'est un pays où les ânes portent des pantalons pour se défendre contre la morsure du sel.

— Des ânes avec des pantalons ? sourit Agnès.

— Oui, on les appelle des ânes sauniers. J'ai grandi bien sagement. J'en ai tressé, des paniers ! Nous allions les vendre au marché de la ville. Je me souviens encore comment on

1. Pistou en niçois : assaisonnement fait avec de l'huile d'olive, du basilic, de l'ail et quelquefois du parmesan, pour accompagner soupe ou rôti.

traversait les champs par les chemins creux, on m'y racontait des histoires de chouans. La guerre de Vendée, on en parlait encore drôlement dans nos chaumières. Après ça, ma tante m'a placée à La Rochelle. C'est là que j'ai connu mon mari, Achille Belbastre. J'avais seize ans et toutes mes illusions, lui quarante et la fortune. Un beau soir de mai, nous nous sommes croisés sur la promenade du Palais. Il est tombé amoureux de moi, simplement en me voyant, un vrai coup de foudre, il s'est amouraché du dessin de ma bouche. C'est drôle... c'est un rêve qu'il avait fait, et il l'a retrouvé sur mes lèvres. Depuis ce jour, il m'a appelée Belbouche et c'est devenu Boubouche. Ça ne m'a plus jamais quittée.

Il venait du Brésil, de Belem do Para, près du delta de l'Amazone, où il y avait des Indiens et surtout des multitudes d'arbres à caoutchouc. Il disait qu'il avait beaucoup de sous. Cela m'a beaucoup impressionnée. Il m'a donné un rendez-vous pour le lendemain. J'y suis allée avec mon tablier encore sous mon manteau, mais ma patronne ne m'a plus jamais revue... Il me disait que je lui plaisais à la folie. Lui aussi était beau, beaucoup plus âgé, mais ça me plaisait. Un homme de quarante ans, avec les tempes blanches et qui savait tant de choses !

Ici, la voix de Boubouche s'étrangla, elle essuya une larme.

— On s'est aimés tout de suite, Agnès. Je ne savais rien, il m'a tout appris. Je le sens encore, toujours à me caresser, à m'embrasser de la tête aux pieds. J'adorais ça et j'étais heureuse de tout mon corps, moi aussi j'aimais son odeur, sa bouche. Je ne pouvais plus le quitter. Il était d'accord, Achille. Je suis partie avec lui le soir même, et plus jamais rentrée à Mauzé. Il m'avait acheté tout plein de choses, des robes, des jupons, un chapeau rose, des bottines vernies, et il m'a enlevée. Nous sommes partis à Paris, dans un bel appartement qu'il possédait avenue d'Eylau. J'avais tellement peur qu'on me recherche que je n'en suis pas sortie pendant trois mois.

Je n'avais jamais imaginé qu'une vie si belle soit possible. Un quartier chic, une bonne pour moi toute seule, la vie à grandes guides. Rapidement, j'ai fait d'immenses progrès, je lisais beaucoup et j'ai peu à peu pris confiance en moi, j'acceptais de sortir, d'aller au théâtre, à l'Opéra, dans des dîners.

Le cocher serra le frein de la voiture devant la pension de la rue Florentine.

Les deux femmes s'embrassèrent. Agnès sentit combien son amie aurait voulu lui en dire davantage, une autre fois peut-être...

Ce soir-là, Agnès se sentit heureuse. Le jardin, le repas, la promenade, elle avait tout aimé. Mais le récit de Boubouche la faisait réfléchir. Elle non plus ne pouvait supporter sa solitude. Ne pouvait souffrir toutes ces absences de Jean. Cette vie, si courte, et qui pouvait s'interrompre à chaque instant. Il lui faudrait réfléchir. A nouveau, elle s'endormit en pensant à ses enfants, au jeu, et elle eut honte, elle compromettait leur avenir en jouant ainsi. Mais ne devait-elle pas se refaire ? Après, c'était juré, elle ne jouerait plus jamais.

9

Ce jeudi après-midi de début septembre, on jouait et perdait gros à la table n° 4 de la salle Garnier. L'ambiance tendue, très chaude, accaparait les joueurs. De grosses pontes se succédaient, vite raflées par le rateau des croupiers qui payaient très peu. Les rouleaux de louis s'entassaient dans les petits coffres rouges, contrôlés par le chef de table et vite évacués vers la recette centrale du casino.

Brusquement, excédée par ses pertes, Agnès quitta la table. Déjà deux cents louis d'envolés pour s'être acharnée stupidement sur le 12 qui ne voulait pas sortir. Elle était seule, Boubouche retenue chez elle par une amie de passage. La troisième douzaine, d'habitude assez généreuse, n'était elle-même sortie que trois fois sur plus de trente lancées ! Un vrai désastre ! Déjà quatre mille francs de perte, et deux mille francs pour hier, avancés par Sophie. Agnès pensa avec effroi à la nouvelle séance chez Gastaldi, pour obtenir une nouvelle avance sur son titre de rente. Déjà deux cent onze mille francs d'empruntés ! L'argent lui appartenait, certes, mais lassé par tant de promesses jamais tenues, le fondé de pouvoir de Jean pouvait mettre un terme à son silence. Encore un mois et Jean serait là, exigerait peut-être des comptes. Elle en eut des sueurs froides.

Agacée, elle se dirigea vers le salon de thé. Un chocolat lui ferait le plus grand bien. Elle se souvint tout à coup d'avoir oublié à la table son très bel éventail d'ivoire chinois, offert par Pippa, le seul qu'elle ne laissait jamais pour marquer sa place.

« Zut, pensa-t-elle, je retourne le chercher. »

Elle allait faire demi-tour lorsqu'un homme l'aborda, s'inclinant très cérémonieusement. Surprise, Agnès le toisa un peu sévèrement : un bel homme brun, dans la quarantaine, les cheveux frisés, de belle prestance et le regard direct. Dans sa main, l'éventail oublié.

— Je me présente, madame, dit-il en italien, Adolfo Ruffini, pour vous servir. Je vous rapporte votre éventail, je l'ai sauvé de justesse, déjà une dame... Le chef de table qui vous connaît bien, vous voyant vous diriger vers le salon de thé, m'a demandé de vous le remettre en main propre.

Remise de sa surprise première, Agnès le remercia de son plus gracieux sourire. L'homme lui parut sympathique, elle remarqua la clarté des yeux, l'élégance du maintien, la haute stature, la moustache admirablement soignée, les dents très blanches. Il y avait quelque chose de timide et d'audacieux à la fois dans sa façon de se présenter. De suite, elle nota l'accent piémontais, mais avec une certaine préciosité qui lui rappelait, lui rappelait... c'était ça, l'élégance d'Alfredo, la même délicatesse, mais plus d'assurance. Adolfo, naturellement, s'imposait.

Le garçon de café s'approchait avec le panier de brioches chaudes.

— Madame, Monsieur, désirent...

Adolfo s'empressa, tira une chaise galamment.

— Madame, vous permettez ?

Agnès accepta.

— Merci pour mon éventail, j'y tiens beaucoup...

Puis, un peu décontenancée par tant de présence affirmée :

— C'est si gentil à vous de me l'avoir rapporté. C'est un souvenir de Turin. Il m'est très cher. Vous avez certainement deviné, oui, je suis turinoise.

— M'autorisez-vous à vous inviter ? demanda-t-il.

Elle acquiesça et s'enhardit soudain, en piémontais :

— J'ai besoin de me restaurer ! vous avez dû voir à la table, deux cents louis, une vraie secouée !

La franchise d'Agnès, son accueil chaleureux firent mouche sur le bel Italien. Il avait saisi au vol la mimique amusante ourlant la bouche, l'éclat un peu gavroche des grands yeux verts, mais aussi le léger trouble de la jeune femme, vite surmonté.

Cette jolie Piémontaise ne savait pas cacher sa spontanéité. « Une vraie Totta [1] de chez nous. Son côté un peu peuple me plaît, pensa-t-il. Si belle, si élégante, et sachant rester naturelle en plus. » Déjà, il imaginait des choses. Il retrouvait la fraîcheur des femmes de son Turin natal, distinguées, certes, mais un rien villageoises. Décidément, cette femme l'attirait très fort.

On apportait le chocolat et le couple fit plus ample connaissance, soulevant prudemment le voile de l'incognito.

Agnès ne s'était pas trompée sur l'accent du bel Adolfo, elle avait bien fait de lui parler piémontais. La glace était rompue, et un peu plus, ils se seraient retrouvés cousins. Cependant sur ses gardes, fine mouche, la jeune femme n'avait dit que son nom, parlant surtout de Turin, de la ville, de Porto Palazzo.

L'homme était plus bavard. Turinois devenu argentin, il était même né rue Lagrange. Là où il y avait une ligne de tramway à chevaux... Puis il raconta, son père, un gros importateur de quincaillerie et de fers en tout genre, à Buenos Aires.

— Il a fait d'excellentes affaires en vendant des armes, comme ami du général Rocca, pendant la guerre civile... Je suis en Europe pour discuter de contrats de matériel ferroviaire avec des compagnies belges et anglaises, pour l'établissement de lignes de chemin de fer.

Agnès écoutait, distraite, étrangement fascinée par la présence de ce bel homme à ses côtés, un trouble bizarre, fait d'attirance et de défiance à la fois.

— Je suis arrivé à Monte-Carlo hier soir, à l'hôtel Métropole. Je pense rester quelques jours ici, avant de repartir pour Gênes...

Un vapeur l'attendait, le *Valparaiso,* sous pavillon argentin. Il parlait toujours, revenait à la guerre civile, Buenos Aires, la capitale fédérale.

1. Jeune et jolie femme de Turin.

— Mon père s'occupe de la création de la nouvelle capitale de la province, la ville de La Plata. C'est lui qui a eu l'idée de la construire à l'américaine, à angles droits, avec des avenues et des rues numérotées...

Voulait-il lui jeter de la poudre aux yeux ? ou peut-être était-ce la contenance d'un homme cachant sa timidité sous une abondance de discours.

Elle suivait à peine, mais sentait de plus en plus que, par-delà les paroles, un contact, une connivence, le plus naturellement du monde, se glissait entre eux.

Elle dut faire effort pour ne pas le dévisager. Son regard était attiré par sa belle main forte et soignée qu'il tenait ouverte sur la nappe, cette main qu'elle devinait chaude et douce, prête à caresser...

Elle s'efforça de cacher son trouble, de ne pas trop lui sourire, le charme d'Adolfo l'envahissait tout entière.

Etait-ce la fatigue ? Sa solitude exacerbée par la tension nerveuse ? Elle ne savait pas, mais comme un gouffre s'ouvrant devant elle, l'engourdissement la submergeait, et le charme de la voix de cet homme, son timbre, sa douceur. Sans même chercher à comprendre les mots, elle se laissait bercer, avec l'envie de fermer les yeux. Elle repensa à Alfredo, retrouva cette même façon de discourir en levant un peu le regard. Lorsqu'elle parlait, il regardait ses lèvres...

Il lui reversa du chocolat. Elle se brûla et brusquement pensa à Jean. L'effroi la saisit, qu'allait-on penser d'elle en la voyant ainsi chuchoter dans ce salon avec cet inconnu ? Cette conversation n'avait que trop duré, il lui fallait partir immédiatement... Elle sursauta.

— J'avais oublié, il est tard, monsieur, je dois m'en aller, des amis m'attendent. Où avais-je la tête ?

— Comme je regrette...

Déjà elle lui tendait sa main dégantée pour le baisemain, comme le faisait quelquefois subitement la comtesse.

Adolfo la regarda bien en face, au fond des yeux. Il embrassa sa main avec lenteur, la pressant sous ses lèvres chaudes. Elle la retira vivement, mais une chaleur l'envahissait déjà.

— Moi aussi, madame, je dois vous quitter, mais avec quel

regret. Je désire vous revoir. En toute franchise, dites-moi, est-ce possible ?

Son regard velouté se faisait insistant, suspendu à sa réponse.

— Je dois me sauver demain à Londres. Mais je serai bientôt de retour. Accordez-moi l'espoir de vous revoir, disons, ici même, à la même heure, jeudi prochain ?

Sous l'audace, Agnès se sentit rougir. La tentation était forte mais la peur d'être entraînée la saisit. Elle s'éloigna en souriant, sans répondre.

De retour à la table, en ouvrant le dernier rouleau de jaunets qu'elle sortit de sa bourse, elle aperçut encore la silhouette du bel Italien. Comme c'est étrange, pensa-t-elle, cette rencontre, cette émotion autour de l'éventail de Pippa. Et cet Adolfo, un Turinois. Bizarre, comme un signe de l'au-delà. Le mieux était de laisser faire, rien pour, rien contre. La destinée ferait le reste.

Redevenue maîtresse d'elle-même, Agnès reprit confiance. Elle joua plus lentement, espaçant ses mises, comme un chasseur à l'affût du gros gibier. Elle joua la troisième douzaine, puis le 14 en plein, trente-cinq fois ses trois louis, rattrapant cent douze louis sur ses pertes de l'après-midi. « Cet Adolfo m'a porté chance... »

Elle décida brusquement de rentrer le soir même à Nice. Elle avait besoin de se retrouver chez elle, entourée du souvenir de ses enfants.

Pendant sa descente vers les ascenseurs, elle s'attarda sur la terrasse et contempla la mer balayée par la brise. « *Valparaiso,* a-t-il dit, le nom de son bateau, c'est joli, il y a là-dedans comme des odeurs de vanille. »

Elle se prit alors à chantonner la *Lettre à Elise,* l'air que le pianiste jouait pendant qu'ils buvaient leur chocolat.

10

Le mercredi matin, en gare de Nice, en voulant monter à la hâte dans le rapide de Vintimille qui, déjà, s'ébranlait, une femme très élégante laissa tomber sur le quai un gant de dentelle.

— Madame ! madame !

Mais déjà le train s'éloignait avec une Agnès encore tout émue et rougissante, enfin assise dans le compartiment des premières. Elle se remettait à peine de l'entretien pénible qu'elle venait d'avoir avec monsieur de Gastaldi. Que lui importait le gant perdu à côté des soucis qui maintenant la torturaient ! Gastaldi, comme à l'ordinaire très courtois, avait consenti à lui accorder une nouvelle avance sur titres de vingt mille francs, l'avertissant toutefois qu'il serait obligé, pour toute nouvelle avance, d'en référer à la Maloja.

— Nous en sommes, madame, à deux cent cinquante mille francs avancés sur votre titre de rente. C'est beaucoup. Ma responsabilité est maintenant très engagée. Vous deviez toujours rembourser, et pour l'instant nous n'avons reçu aucun versement de votre part. Simple précaution. Monsieur Wagner est un client trop important pour la banque. Il vaut mieux, même pour vous, qu'il soit avisé. Une simple formalité, peut-être. Je le connais bien, il pourrait nous reprocher notre silence. Je suis obligé de tirer la sonnette d'alarme. Si vous avez des difficultés à vous faire rembourser, nous pouvons vous aider. Je suis bien placé pour savoir combien l'argent prêté est difficile à récupérer. Je doute qu'il soit perdu, mais vous devez tout mettre en œuvre pour forcer vos amies à vous rembourser. Les intérêts courent et ils deviennent importants.

Puis, avec un grand sourire, il avait ajouté en prenant l'air innocent :

— Désirez-vous que le virement des vingt mille francs soit fait directement à votre compte du Crédit lyonnais de Monte-Carlo ?

Agnès avait parfaitement compris l'allusion. Tout se savait donc… Ces derniers vingt mille francs constituaient toutes ses chances de se rattraper. Il lui faudrait maintenant jouer très serré, et surtout éviter que Jean soit averti de ses pertes au jeu. Comment prendrait-il ce que Gastaldi appelait déjà ses imprudences à Monte-Carlo, s'il les apprenait par un tiers ? Elle seule pouvait lui expliquer la spirale de ses pertes et son désarroi. L'aimait-il assez pour lui pardonner ?

A ces énormes soucis s'ajoutait la tristesse de voir s'éloigner le retour de ses enfants. Barba Pino s'était fait suppliant, dans sa dernière lettre, pour garder encore François et Catherine pour les vendanges. « Ils seront fous de joie, une telle fête au village. Je te les ramènerai moi-même vers la fin octobre. Crois-moi, à leur âge, l'école peut attendre quelques jours. »

De Jean, elle avait reçu la veille une de ses fidèles lettres, pleines d'amour et de tendresse. Mais il repoussait encore son arrivée au mois de novembre, à cause d'un important conseil d'administration avec ces messieurs de la Compagnie des grands hôtels à Genève.

Attendre… Toujours *attendre.* La solitude lui pesait de plus en plus. « Heureusement, pensait-elle, que Boubouche, elle, ne m'abandonne pas ! Elle va m'aider à régler ce problème du casino. Elle m'a promis de ne plus me laisser seule. Avec de la méthode, je suis sûre que je pourrais, du moins en partie, me refaire. »

Décidément la journée virait au gris sombre.

En arrivant rue Florentine, Agnès trouva une lettre de Boubouche. Elle avait dû partir pour Paris en catastrophe, la sœur de son mari était à la dernière extrémité.

C'en était trop. Agnès sentit ses nerfs lâcher de désespoir. La porte de sa chambre à peine refermée, elle se jeta sur son lit en sanglotant. Elle était à bout. La solitude l'étouffait. Elle pleura longtemps, puis finit par s'endormir.

Le lendemain après-midi, elle était cependant à la table du casino. Et brusquement elle se souvint que c'était jeudi. « Peut-être que cet Adolfo m'attend au salon de thé. » Elle quitta sa place, avec le doute et l'espoir de le rencontrer. Pile il est là, face il n'y est pas. Pile. Il y était. Toujours aussi élégant, à la même table que le jeudi précédant, un peu comme un collégien.

Dès qu'il la vit, il s'illumina de joie et se précipita vers elle.

Agnès feignit la surprise.

— Le rendez-vous ? Ah oui, c'est vrai... Je n'y avais plus pensé. Comme à l'habitude, je venais boire mon chocolat.

— Et moi qui vous attendais avec tant d'impatience ! Vous savez, j'ai tout fait pour être ici, j'ai même annulé un voyage à Anvers où je devais surveiller l'expédition de mes locomotives. Je vous avais promis, je suis là.

Il laissait éclater sa joie, et Agnès essayait vainement de dissimuler son plaisir.

— Voyez si j'ai pensé à vous, dit-il, je vous ai rapporté ce châle de Londres, il ira si bien avec vos yeux. Je l'ai choisi pour vous à Regent's Street.

Le châle était superbe, un vieux madras. C'était donc bien vrai, cet Adolfo ne l'avait pas oubliée. Il raconta son voyage, son contrat signé, un télégramme qu'il avait reçu de Gênes.

— Mon voyage pour l'Argentine est retardé, le *Valparaiso* est bloqué à Gênes par une avarie aux machines. Peut-être une dizaine de jours. Je suis descendu à l'hôtel de Paris...

C'était l'heure où ces dames cherchaient une table pour le five-o'clock. Déjà des faces-à-main s'ajustaient sur le couple. Il fallait partir.

— Pouvons-nous déjeuner ensemble demain, où vous voudrez ?

Agnès minauda et finit par accepter. A dix heures, au café de Paris.

— Je louerai une voiture. On m'a parlé d'un bon restaurant à Gorbio, nous pourrions y aller.

Devant tant d'insistance, Agnès se laissa convaincre. Cette promenade la changerait, et cet homme, assurément, lui plaisait.

— Entendu, à dix heures. L'heure est un peu matinale,

mais c'est promis, j'y serai. J'adore la campagne, je ne connais pas Gorbio, ce sera une surprise.

Déjà elle regrettait, mais trop tard pour se reprendre. Pourquoi avait-elle si vite accepté ? « Au fond, rien de grave, cela va me distraire et j'en ai besoin. » Et elle regagna sa table, plus légère.

Ce soir-là, elle ne perdit pas ses cent louis habituels. *Lui* portait-il vraiment chance ?

Arrivée à Carnolès, après avoir dépassé le cap Martin, la voiture franchit un pont et remonta la fraîche et verte vallée du Gorbio. La route suivait les rails d'un tramway à chevaux qui menait près du village.

Adolfo, tout vêtu de blanc, panama sur la tête, trônait sur la banquette, heureux, à côté d'Agnès, délicate en robe de mousseline de soie beige, ornée de gros nœuds de velours noirs, rappelés sur sa capeline, le fla-fla[1] rituel. « Un bien joli couple », pensa le cocher qui s'efforçait à chaque détour de vanter les nouveautés du paysage.

La route montait insensiblement, passa devant des moulins à huile, des allées de palmiers, monta plus rude à travers les bois d'oliviers, et atteignit un village haut perché qui dominait majestueusement, face à un cirque de montagnes.

— Voilà Gorbio, dit le cocher, avec les ruines du château des comtes de Malausséna. En face de la fontaine, sur la place, il y a une très bonne auberge et une écurie bien fraîche pour y dételer mes chevaux. Vous verrez sur la terrasse, M'sieur-Dame, la vue est superbe, elle porte au loin sur la mer et sur les Alpes, peut-être déjà coiffées de neige…

A sept heures, Agnès rentrait à Monaco, heureuse de sa merveilleuse journée. Adolfo avait été aux petits soins, agréable, attentionné, prévenant, amusant, racontant une foule d'histoires sur son Argentine… Elle le sentait attentif à son visage, au moindre mouvement de sa bouche, amoureux peut-être, et cela l'amusait. Elle connaissait maintenant Gorbio, les ânes pour monter à Sainte-Agnès, le restaurant du

1. Genre de capeline à large bord, un peu souple.

Righi d'hiver où les brioches étaient excellentes. Elle avait visité la chapelle de Notre-Dame-des-Neiges, et surtout appris plus de choses sur Adolfo et la vie des gauchos en Argentine.

Elle s'endormit bien vite, ce soir-là, rompue par les secousses du chemin muletier. Elle avait oublié ses pertes au jeu, les menaces gantées de velours de Gastaldi, et goûté de converser avec un homme qui disait trouver tant de plaisir à sa seule présence.

Elle se réveilla tard le lendemain matin, encore tout embrumée d'un rêve où elle s'était vue chevaucher dans les grands espaces de la Pampa, avec Catherine et François, montant à cru des poneys à peine plus grands que les herbes hautes d'où s'envolaient des nuées d'oiseaux. Un guide indien, à demi nu, au loin, surveillait curieusement. Jean n'était pas là. Comme elle aurait aimé raconté tout cela à Fina la Masca, histoire d'entendre ce qu'elle aurait pu en déduire.

Adolfo, de son côté, savait à quoi s'en tenir. Agnès lui plaisait de plus en plus. Plus il la connaissait, plus il la désirait. Son flair d'homme ne pouvait lui mentir : ils étaient de la même race, avaient les mêmes affinités. Il l'avait observée, et devinait dans son regard, dans ses gestes, sa façon de mordre dans un fruit, la même attente de sensualité. Tout lui plaisait en elle. Il avait enfin rencontré son idéal féminin. Un vrai coup de foudre. Malgré ses nombreuses aventures, jamais une femme ne l'avait tant attiré... Pourtant il ne savait encore rien d'elle. Ce qu'il fallait avant tout, c'était la mettre en confiance. Elle n'était pas femme à se laisser berner.

Oui, demain, il lui parlerait. C'était à lui de proposer. Elle devait être sienne.

Ainsi les déjeuners, les dîners, les promenades se succédèrent.

Agnès désertait le casino. Elle se laissait aller à un bonheur facile, entourée de prévenance et de sollicitude. C'était bon de se savoir désirée.

Un après-midi, ils visitèrent ensemble le jardin Saint-Martin, après avoir déjeuné et s'être promenés dans la vieille ville du Rocher. Adolfo se fit plus pressant, vola un baiser. Leurs mains et leurs lèvres se joignirent.

Le soir, après le dîner à l'hôtel de Paris, ils n'eurent pas la force de se quitter. Agnès se laissa conduire par la main jusqu'à la chambre. Elle y passa la nuit, une nuit merveilleuse, où elle oublia passé et futur, dans un magnifique présent fait de caresses et de divin plaisir. Pas une minute, elle n'avait réfléchi.

Des jours durant, elle connut une fièvre de rentrées précipitées vers la chambre, de nuits brûlantes, consumées par une frénésie d'amour sans déshabillage, à même le parquet, une fureur de plaisir, jamais connue, dans l'odeur musquée de l'amant, sans cesse plus admiré dans son agonie prolongée.

La veille de son départ pour aller s'embarquer à Gênes sur le *Valparaiso,* Adolfo demanda à Agnès de bien vouloir l'attendre. Il lui promit qu'il reviendrait la chercher, elle et ses enfants, pour les emmener définitivement en Argentine. Une vie nouvelle s'ouvrirait à eux.

Devant tant d'amour, elle ne voulut pas le heurter de front, cependant elle aimait Jean, et sa vie ne pouvait être ailleurs. Elle se refusa le droit de choisir, laissant cependant subsister l'espoir au cœur d'Adolfo. Elle réfléchirait, lui écrirait sa détermination, il lui fallait arranger ses affaires. Son François et sa Catherine commanderaient sa décision.

Sa dernière nuit avec Adolfo serait sa dernière nuit d'amour fou et de liberté. Physiquement, elle aimait cet homme, mais elle adorait Jean, et son cœur n'était plus à prendre.

Au matin, elle laissa partir un Adolfo confiant et plein d'espoir. A travers lui, elle embrassait une dernière fois sa jeunesse qui s'en allait. Désormais, elle ne serait que tendresse, reconnaissance et devoir. D'ailleurs, comment Jean lui pardonnerait-il cet été de folie dû à sa solitude ?

Le 29 septembre, de nuit, le *Valparaiso* franchissait la passe de Gênes, la Lanterne, saluée par les hourras de l'équipage.

Sur le pont, Adolfo, regardait mourir au loin la terre où dormait celle à qui l'attachait tant d'espoir.

11

A son retour de Paris, Boubouche retrouva une Agnès qui l'attendait, tout embrumée de tristesse, d'appréhension, et très impatiente de retourner à l'esclavage du casino.

— Tu sais, je vais essayer, non de rattraper toutes mes pertes, mais de limiter les dégâts. Je dois apaiser les scrupules de mon banquier, monsieur de Gastaldi. Avec un remboursement partiel, je pense obtenir qu'il n'avertisse pas mon mari.

Le temps pressait, et Agnès ne pouvait prolonger son séjour à Monte-Carlo au-delà de la fin octobre. Encore trois ou quatre semaines à peine. Barba Pino annonçait son arrivée avec les enfants vers le 28, et Jean confirmait être à Nice pour le 10 novembre, après sa si importante réunion à Genève. Elle avait perdu à jamais l'espoir, à moins d'une chance exceptionnelle, de récupérer les deux cent cinquante mille francs perdus sur le tapis vert. Elle désirait seulement gagner du temps, et se préparait aux reproches ou à l'absolution de ses fautes.

Les deux amies décidèrent d'appliquer un nouveau système, plus prudent, n'intéressant que les chances simples, après étude minutieuse du résultat des lancées, avec, de temps en temps, une mise sur une douzaine.

— L'essentiel, Agnès, sera de se retirer du jeu dès qu'un certain gain sera atteint, disons cent louis, et quelle que soit l'atmosphère à la table. Promis ?

Agnès semblait avoir acheté une conduite. Elle jouait plus posément, avec moins de passion, respectant scrupuleusement les consignes. Coïncidence, hasard, chance, toujours est-il qu'en quatre jours, huit mille francs furent rattrapés.

Elle les versa à sa banque, pour transfert chez Gastaldi, premier versement destiné à regagner sa confiance.

En attendant, les bonnes habitudes furent reprises : promenades et déjeuners en ville à midi, séances au casino, si possible seulement de trois à six heures, et sage dînette, à la villa de Boubouche, le soir. Celle-ci avait décidé de faire apprendre la cuisine niçoise, tant vantée par son amie, à sa cuisinière normande. Agnès, enchantée, servait de professeur.

Les premières pluies arrosaient enfin le jardin, et les toilettes de demi-saison remplaçaient peu à peu les robes vaporeuses de l'été. En ce début d'automne, les jupes perdaient de leur ampleur, et, grande nouveauté, apparaissaient les collets, petites capes qui venaient sur les corsages, avec beaucoup de bonheur, recouvrir les épaules jusqu'aux coudes. Boubouche en avait rapporté un très joli modèle de Paris que la couturière de la villa Migranne s'était fait un plaisir de recopier pour Agnès, moyennant la promesse solennelle de ne le porter qu'à Nice. L'élégance, pas plus que la bonne chère, ne perdait ses droits.

La cuisinière, habituée à sa crémeuse cuisine, n'obtenait pas de résultats spectaculaires, et ce fut Boubouche elle-même qui la remplaça aux fourneaux, ne lui laissant que le soin de transcrire les recettes. Le tour de main pour faire les pâtes, le don de goûter les herbes semblaient décidément manquer à la brave Normande. Agnès, en revanche, était enchantée des dispositions de son amie qui possédait déjà la qualité essentielle : « Tu es gourmande et tu aimes faire plaisir à table. »

La première grande leçon eut lieu avec la préparation si délicate de la soupe au pistou qui, malgré son apparente facilité, est bien difficile à réussir.

— Il ne s'agit pas d'une vulgaire soupe aux légumes, mais d'un véritable plat, digne des meilleures tables, et qui nécessite un savoir, une intuition difficiles à rencontrer. Avant toute chose, il faut choisir des légumes de qualité, et en respecter la juste proportion que seule l'habitude pourra t'indiquer, ni trop de l'un, ni trop peu de l'autre. Je les coupe en cubes d'une taille un peu supérieure à celle de la julienne, et cela pour les carottes, les pommes de terre et les navets.

Les feuilles de blette, elles, seront seulement arrachées à la main, détachées des côtes. Ensuite vient le lent blanchissement des oignons et du blanc de poireau, au préalable finement hachés et revenus à l'huile d'olive. Cela avant d'y joindre les légumes et l'eau de cuisson, justement salée et aromatisée d'un brin de thym et de deux feuilles de laurier. N'oublie surtout pas d'éplucher la moitié des haricots chinés de rouge et fraîchement écossés, ce qui leur permettra de fondre, et donnera du velouté au potage. Prévois aussi la bonne grosseur des vermicelles. Pour l'huile d'olive, surtout n'utilise pas la verte, la fruitée, plutôt destinée à la salade, mais essentiellement l'extra-vierge, pressée à froid, la tête de pression. Tout a de l'importance. Les tomates, par exemple, tu dois les éplucher, les épépiner, et ne les joindre qu'à mi-cuisson pour en conserver tout l'arôme. Pour la préparation du pistou lui-même, il faut, au dernier moment, dans le mortier de marbre — regarde comme je fais —, broyer successivement l'ail, le basilic, et y ajouter le parmesan écrasé à la fourchette, jamais du râpé, surtout, et tu ajoutes l'huile d'olive lentement, pour faire une bonne pâte bien souple. Surtout attention ! le pistou doit être mis dans la soupe hors du feu, juste avant de servir. Une soupe au pistou ne se réchauffe jamais et n'attend pas les convives, c'est au dernier instant qu'on la prépare. Et surtout, méfie-toi des imitations, de ces soupes qui se triturent au-delà du Var et où certains mécréants, m'a-t-on dit, ajoutent un morceau de lard. Sacrilège ! nous ne faisons pas de la soupe aux choux ! Autre chose que j'allais oublier : pour le parmesan, achète une pointe fraîchement détachée de la meule, il doit être onctueux, brisable sur l'ongle en grosses miettes que tu écraseras soigneusement. Le mieux est du parmesan de trois ans d'âge [1].

Boubouche restait béate d'admiration devant la sensualité agissante d'Agnès.

— Mais tu es un vrai cordon-bleu !

1. Dans la soupe au pistou d'été, on joint également un peu de haricots verts, il en est de deux sortes, un plat et un autre bosselé, tous les deux faciles à trouver sur le marché de Nice : le lagramua et le rousson, mais jamais de daurin, le haricot jaune.

— Boubouche, la cuisine niçoise est une vraie splendeur et demande les mêmes soins délicats que notre beauté. Pas de produits très rares, mais du savoir-faire.

Au casino, la chance continuait. L'application méthodique du système imaginé par Boubouche permit de rattraper trente mille francs vite versés au Crédit lyonnais de Monte-Carlo pour transfert au compte-titre chez Gastaldi. Celui-ci, remis en confiance par le sérieux si scrupuleusement démontré, promit d'attendre et de ne rien dire à monsieur Wagner, « à moins, chère madame, d'y être forcé par les événements ».

Les vacances étaient finies. Les deux amies firent un dernier tour de jardin, et Boubouche ferma sa villa.

Meurtrie en secret, Agnès faisait tout pour conserver sa verve et son sourire. Le prochain retour de ses enfants lui permettrait de ne plus penser à Adolfo, à ce qu'elle savait déjà être un renoncement. De cet immense flamboiement qui avait incendié son corps, elle ne regrettait rien. Mais elle avait choisi : préféré la raison à l'aventure, l'amour-tendresse à l'amour-passion. Ce renoncement, elle l'offrirait à l'adoration de Jean. Elle y puiserait la force d'oublier Adolfo, de l'enfouir au plus profond d'elle-même. Une dernière porte se refermait pour elle. Ainsi, elle mériterait mieux Jean. Mais pourrait-il lui pardonner sa folie du jeu ? Cette affreuse perte ?

La maison de la rue Saint-François-de-Paule présentait maintenant un air de fête : rutilante de propreté, plantes vertes sur les sellettes, volets grands ouverts, des fleurs envoyées par Hélène dans chaque vase. Le grand nettoyage de l'automne était passé par là, emportant toute la poussière accumulée durant le terrible été. La vraie vie de famille allait reprendre. Olympia avait bien fait les choses.

Quelle joie de retrouver ses enfants et de les serrer contre elle ! Ils avaient admirablement profité de leurs vacances à Moncucco. François, à dix ans, robuste, râblé, rappelait fortement son père : le même haut de visage, le nez droit des Mogliano, mais surtout les mêmes yeux noisettes au regard direct, doux et bon, le même épi rebelle qui faisait retomber les boucles blondes sur son front. Malgré son fin visage de fille, sa douceur, on sentait percer chez lui l'héritage de la solide race des vignerons du Montferrat, toujours à remonter la terre à dos d'homme, à travers les vignes. Barba Pino ne tarissait pas d'éloges sur son petit-neveu.

— Ah ! Agnès, il fallait le voir à l'ouvrage, ton petit, pendant les vendanges ! Si sérieux, bien de chez nous, c'est lui qui s'est occupé avec moi du pressoir, du va-et-vient des hottes, des paniers, ça y allait ! Un vrai petit homme ! et comme il dessine... toujours le crayon à la main, il ne reste jamais sans rien faire. Quelle habileté à son âge... un véritable artiste !

De fait, le gamin avait un coup de crayon extraordinaire pour saisir sur le vif l'attitude d'un chien, le saut d'un cabri ou le glissement d'une barque de braconnier à la tombée de la nuit sur l'étang d'Arignano. Il apportait à sa mère tout un cahier de dessins :

— C'est rien que pour toi, maman, pour que tu connaisses toutes les promenades qu'on a faites ! C'étaient de belles vacances, tu sais, mais sans toi...

Et il embrassait les mains de sa mère, agenouillé au bord de son fauteuil.

Catherine avait elle aussi une mine magnifique, le regard vif, pétillant d'à-propos et d'intelligence. Elle s'était surtout allongée, avait embelli. Son visage, d'une grande finesse, rappelait toujours le profil de son père mais la bouche, la délicatesse du teint, la mobilité des expressions, l'acuité du regard rappelaient Agnès à son âge, sans, malheureusement, la lourde chevelure de cuivre ni l'émeraude des yeux. Elle était blonde comme son frère, avec des yeux noisette et des cheveux fins, difficiles à coiffer, son désespoir de fillette déjà coquette. Elle ne reprenait ses allures garçonnières que lorsqu'il s'agissait de défendre son petit frère.

A nouveau, la joie régnait dans la maison, la cuisine y répandait de doux effluves. François était impatient de retrouver son école. De nouveaux livres, de plus gros cahiers, un plumier en bois à deux étages, tout neuf, offert par Barba Pino, emplissaient déjà son cartable. Son absence serait vite rattrapée.

Catherine, elle, avait beaucoup lu pendant les vacances. Elle allait reprendre ses cours particuliers, cette fois avec mademoiselle Dessanges, en français, littérature, histoire et calcul.

Françoise, enfin revenue de Peira Cava, servirait seulement de répétitrice.

Toute la maisonnée attendait impatiemment l'arrivée de Jean et Agnès, bien que sa conversation avec Gastaldi ait calmé un peu ses angoisses, s'efforçait de cacher son inquiétude. Il ne dirait rien sans être interrogé : « Mais vous savez, madame, que monsieur Wagner est un homme d'ordre qui vérifie régulièrement et de très près ses comptes. Le vôtre, madame, est un simple compte de dépôt de titres, bien à part et normalement sans mouvements, à part le versement des coupons. Mais il est vrai que votre compte courant du Crédit lyonnais n'y apparaît pas. Pourquoi le vérifierait-il ? »

Jean arriva de Genève avec un jour d'avance sur son télégramme. Impatient, libéré plus tôt qu'il ne le pensait, il était passé par Lyon pour attraper le pullman de jour venant de Paris. Heureuse surprise, une demi-journée de gagnée. Papa-gâteau, mari aimant et généreux, il rapportait tout plein de choses pour la famille, des livres, des jeux de société pour les enfants, pour chacun sa montre suisse, et un immense coucou valaisan pour animer la cuisine. Petit François fut chargé d'en remonter les poids chaque jour, au matin et au coucher, sous peine de voir s'abîmer le mécanisme.

La montre-sautoir d'Agnès, une grande nouveauté, superbement ornée de brillants, représentait une hirondelle ailes déployées tenant dans son bec un cœur en rubis qui battait avec le mouvement du balancier.

— Tu vois, Schatzelé, c'est le mien. Quand je serai absent, tu l'entendras battre pour toi, chérie, pour toi toute seule.

Jean, en excellente forme, peut-être un peu forci, lui apparut plus raffiné que jamais, avec ses tempes qui commençaient à blanchir sérieusement et qui lui donnaient un air de lord anglais comme elle les imaginait.

— Agnès, je t'annonce une grande nouvelle qu'il ne faut surtout pas ébruiter. Notre société suisse s'intéresse à la construction d'un grand palace à Cimiez, le premier qui, grâce à ses installations, sa vue admirable, ses immenses jardins, va révolutionner toute l'hôtellerie de la ville. La société chargée d'acheter les terrains est déjà constituée, les travaux devraient commencer au printemps. J'ai écarté leur proposition de me voir diriger notre palace du Caire. Je compte bien abandonner définitivement la direction du Kursaal pour me consacrer exclusivement au Riviera Palace. Ce sera le nom de l'hôtel de Nice. Nous ne nous quitterons plus ! Tu vois, beaucoup de grands projets se dessinent. Cimiez va devenir le nouveau centre des palaces de la Côte. De grands travaux de voirie sont décidés pour ouvrir la colline et créer de nombreuses rues adjacentes, reliées au boulevard de Cimiez qui va être prolongé jusqu'à Gairaud. Tu imagines ? L'architecte, « Sa Majesté Biasini », est sur les rangs, et le Crédit lyonnais entre en lice. Beaucoup d'agitation... l'hôtellerie suisse est sur les dents.

Mais Agnès n'écoutait déjà plus, pleine d'admiration et de tendresse pour son grand homme. Le bras solide de Jean l'avait reconquise. Autour de lui, dès qu'il apparaissait, tout devenait solide, clair, valable, prévu, en ordre. A peine arrivé, déjà son parfum de tabac blond et d'eau de Cologne Jean-Marie Farina emplissaient le salon et s'insinuaient dans sa chambre...

Agnès appréhendait très fort sa première nuit de retrouvailles. Son cœur avait définitivement effacé Adolfo, mais son corps, lui, saurait-il l'oublier ? L'ardeur de la brune passion, la fougue de leurs chevauchées sauvages n'étaient-elles pas fichées au plus profond d'elle-même ? Cependant, la douceur, les longs et savants attouchements, le parfum de tabac blond, ramenèrent vite les tendres enlacements de l'hôtel du Steinbock. Malgré tout, Agnès dut fermer les yeux au moment de la lente et forte pénétration. Elle dut, la première fois, renverser Jean sous elle, cacher son visage sous le ruissellement de sa chevelure et à sa cadence propre, vaincre son fantasme dans l'extase partagée. Son amour pour Jean, sauvé, lui revint alors tout entier. De nouveau, elle fut totalement sienne. Le miracle de leurs corps s'était renoué.

Elle aurait voulu lui avouer sa faiblesse au casino, pour libérer son inquiétude, mais n'en eut pas le courage.

Jean, cependant, lui parla du patrimoine de Judith.

— Le tribunal est saisi de la séparation de biens, le jugement interviendra certainement d'ici au printemps.

Qui disait séparation de patrimoine disait estimation des biens, et donc contrôle et reddition des comptes. L'abcès était là, il faudrait le percer. L'angoisse ne quitta plus Agnès.

Nice avait bien changé. Une des premières préoccupations de François, après l'arrangement de son cartable, fut de courir à la calèche de Chichois pour faire avec lui le tour de la ville. Deux grandes attractions l'attendaient : la statue de Garibaldi fraîchement érigée sur la place du même nom, et l'escalier blanc, flambant neuf, du nouveau palais de justice. Chichois lui avait montré la nouvelle avenue Masséna, remplaçant les anciens quais du Paillon, et détruisant ainsi une partie des beaux arbres du vieux jardin public.

— Heureusement, tu vois, ils ont quand même respecté notre vieil eucalyptus, ils n'ont pas osé le jeter bas !

Le marché aussi avait regagné ses pénates d'hiver.

Agnès retrouva sa porteuse et reprit ses visites journalières au magasin d'Hélène ; avec tous les hivernants, la fleur marchait bien.

En face de la maison, la Société philharmonique répétait son programme d'hiver, obligeant Olympia à fermer les fenêtres de la salle à manger. La bibliothèque Visconti voyait à nouveau sa terrasse envahie.

L'Eclaireur annonça que l'Opéra retapissait ses fauteuils. Peut-être suite au départ de son directeur Raoul Gunzbourg qui dirigeait maintenant le théâtre de Monte-Carlo où il mijotait en douce une révolution de l'art lyrique. De mauvaises langues le disaient vexé de l'échec de ses entrechats dans le ballet *Carnaval,* où il avait singé la Zucchi dans un rôle de pantomime bien controversé.

Monte-Carlo ! Ce simple mot prononcé par Jean qui se promettait d'aller y saluer son ami Dureteste, à l'hôtel de Paris, rejeta Agnès dans ses affres un peu oubliées. Heureusement, les fêtes arrivèrent. Noël, le jour de l'An, l'Epiphanie, la fête pour les enfants.

Le 10 février, Olympia revenait du marché. Elle déposa une enveloppe bleue sur le coin de la table de la salle à manger.

— Une lettre pour Madame !

— Une lettre pour moi ?

— Oui, Madame, et ça vient de Paris, d'après le cachet de la poste.

— De Paris ? Pour moi ?

— Oui, Madame, y a un nom d'expéditeur.

— Lis-le-moi.

— Madame Belbastre, avenue Victor-Hugo.

« Une lettre de Boubouche ! pensa Agnès. Elle qui n'écrit jamais... Ce doit être grave ! »

Vite, elle décacheta l'enveloppe. Une coupure de presse était jointe à la lettre, avec un nom se détachant en gros titre : LE VALPARAISO PERDU CORPS ET BIEN.

Soudainement atterrée, titubante, Agnès tira une chaise et dut s'asseoir pour parcourir l'article. C'était un communiqué laconique de la Lloyd de Londres, avec un commentaire d'un correspondant de Lisbonne, daté du 28 octobre :

Le Valparaiso, *parti de Gênes le 6 octobre via Buenos Aires, après avoir relâché à Lisbonne pour avarie de machine, a sombré au large de Madère, probablement à la suite de l'explosion d'une machine. On a retrouvé dans les parages un canot de sauvetage à demi calciné, portant le nom du navire. Aucun survivant n'a été retrouvé malgré les recherches.*

Le bateau d'Adolfo ! Il devait être à bord, les dates coïncidaient... Etait-ce possible ? Vite, elle lut la lettre de Boubouche : celle-ci expliquait que, par un hasard extraordinaire, comme un appel de l'au-delà, ses yeux avaient été attirés par le nom Valparaiso, dans un journal oublié dans son salon par un de ses amis, capitaine au long cours. C'était un journal du Havre, déjà vieux d'un mois.

Agnès, en larmes, se sauva dans sa chambre et s'enferma, étouffant ses sanglots dans son oreiller. Elle imaginait Adolfo pris dans l'incendie, peut-être tiré de son sommeil par l'explosion. Et tous ses souvenirs d'amour resurgirent alors...

Le 13 février, coup de tonnerre dans la vieille ville : « Plus de boulettes de plâtre pendant le Corso, mais des confetti de papier dits " parisien " ! » Rue Mascoïnat, la colère monta. Dépassés, le maire et le comité des fêtes cédèrent à la pression populaire. Un jour du Corso serait réservé à la « journée des plâtres ». L'honneur était sauf, la tradition respectée[1].

Sur la Promenade des Anglais, jamais la foule des hivernants n'avait été aussi dense. « Un raz de marée, ma belle », commentait Hélène tout à la décoration des voitures, des batailles de fleurs.

Nice en fête se précipita à l'ouverture de l'Eldorado niçois, rue du Temple, les anciens Concerts du palmier rachetés par le grand Paulus, revenu d'Amérique les poches gonflées de banknotes.

Même l'Opéra de Nice voulait reprendre de la hauteur. Jean y entraîna Agnès pour assister à la création en France de *Cavaleria Rusticana,* et saluer le compositeur Mascagni qu'il avait invité jadis au Kursaal avec le « petit orchestre » de la Scala de Milan.

Le festin des Reproches du 25 mars, la fête des Cougourdons de Cimiez, approchait. Dans sa candeur amoureuse, Agnès avait projeté de saisir cette occasion pour avouer sa faute, et se faire ainsi, pensait-elle, plus facilement pardonner[2].

Début mars, Gastaldi l'avait heureusement informée que, grâce à un échange de titres intervenu en bourse, il avait pu récupérer dix-huit mille francs dont il avait crédité son compte-titres. Cela, ajouté au détachement des coupons,

1. Les confetti de papier ont été inventés par un ingénieur savoyard de Modane qui voyait là un moyen d'utiliser les cartons qui avaient servi à l'élevage des vers à soie. son fils était alors directeur du casino de Paris où, pour la première fois, les confetti de papier furent utilisés. Confetti signifie dragées, bonbons, en italien, d'où le nom donné aux petites boulettes de plâtre et, par extension, aux confetti actuels.

2. A Cimiez, chaque année, le 25 mars, au cours de la fête des Cougourdons, dit festin des Reproches, il est de coutume, pour les couples qui y montent, de se reprocher mutuellement ses fautes et de se les pardonner. On s'offre alors un cougourdon (courge séchée), en se promettant de ne plus jamais se les reprocher.

donnait près de vingt-neuf mille francs, réduisant d'autant le déficit initial. Agnès reprenait confiance.

Hélas, le 22 mars, à trois jours du festin, un télégramme arriva de Suisse. Le tribunal avait accordé la séparation de biens tant attendue par Jean, et il fallait procéder d'urgence à l'évaluation des patrimoines. Un juge commissaire était nommé à cet effet, pour engager la procédure d'estimation des biens mobiliers et immobiliers du couple, Judith ayant été jugée médicalement irrécupérable.

— Un grand pas de fait, Agnès ! Au moins du point de vue matériel, nous avançons. Je vais avoir la libre disposition des biens mobiliers bloqués, et en profiter pour mettre de l'ordre en concentrant mes comptes et prendre de nouvelles dispositions testamentaires. Ce qui est à moi sera à toi, et inversement. Notre petite famille ne sera pas oubliée. Je vais voir cela avec Gastaldi.

Agnès, atterrée, resta sans voix. Désormais elle ne pouvait s'en remettre qu'à la Providence et à l'amour de Jean : sept mois étaient passés... une faute déjà ancienne... la solitude... l'éloignement. Elle ressassait ses arguments. Mais devait-elle vraiment se défendre ? Jean était bon, il l'adorait, pourrait-il comprendre ?

Chez Gastaldi, tout aurait dû aller pour le mieux, le compte de titres d'Agnès n'ayant rien à voir avec le patrimoine de Jean. Mais celui-ci, scrupuleux, en vérifiant son compte-titres, remarqua dans la liasse des bordereaux un avis de virement créditant à tort son compte, mais repris quelques jours plus tard par une note manuscrite : « Concerne le compte de Mme Mogliano. » Le crédit venait de l'agence du Crédit lyonnais de Monte-Carlo, pour trente mille francs, une somme importante. Jean demanda une explication. Le comptable, troublé, appela Gastaldi qui dut confesser les emprunts successifs d'Agnès, les avances sur titre, le déficit...

— Et ce bordereau, il concerne un remboursement créditant le compte ?

— Oui, monsieur Wagner. Les choses sont ainsi, plus de retrait depuis la fin du mois d'août, mais il reste un découvert à valoir sur les titres déposés de deux cent vingt-quatre mille cinq cent dix-huit francs.

Jean en resta abasourdi. Tant d'argent dépensé par Agnès, et pourquoi faire ? Un chantage, peut-être, en juillet, en août ? Le virement provenait de Monte-Carlo ! Le casino ! Le jeu sûrement !

Gastaldi, avec beaucoup d'habileté, sut plaider pour elle.

— Certainement Madame a-t-elle dû prêter de l'argent à une amie qui, sans aucun doute, l'a entraînée au casino.

Il se souvenait bien :

— Madame Mogliano m'a parlé d'amies russes qu'elle fréquentait. Ça va très vite, vous savez, avec ces flambeurs ! Un fondé de pouvoir du Crédit lyonnais m'a téléphoné un jour, au sujet d'un billet signé Mogliano, à l'ordre d'une comtesse, et présenté par la caisse du Cercle des Etrangers dépendant du casino. Cela m'a mis la puce à l'oreille. Fin août, j'ai dû parler de la « grosse dent », me sentant obligé de vous avertir. Madame m'a supplié, en larmes, de n'en rien faire et a commencé à rembourser. Six mois déjà, et nous en sommes là. A vous de juger, les comptes sont en ordre. Une aussi jolie femme est vite victime de sa beauté, de son innocence en affaires. Ce serait moi, mon cher, je ne l'aurais pas laissée seule si longtemps. Ne vaut-elle pas tout l'or du monde, et plus encore !

Tout en descendant l'avenue de la Gare, Jean réfléchissait, la tête en feu. Ses pensées se bousculaient. « Un trou de deux cent vingt-cinq mille francs dans le patrimoine d'Agnès ! Et moi qui ai tout fait pour assurer sa tranquillité financière ! Ah, je vois ! les amies russes, la fête, le casino, ce séjour préparé par Camillo, et à ma demande ! J'aurais dû donner des ordres à Gastaldi ! J'ai été stupide ! »

Il passait devant Notre-Dame, la terrasse du café de Lyon.

« Comment cela a-t-il pu arriver ? Agnès n'est pas une enfant, que je sache ! Quelle erreur de l'avoir laissée seule, livrée à elle-même, avec Catherine et François à Moncucco !

Il passait devant *l'Eclaireur*.

« Elle a encore ses bijoux... elle portait son rang de perles à l'Opéra. Encore une veine... »

Brusquement, il se retrouva sous les arcades, avenue de la Gare, devant le traiteur Caressa. Il avait besoin de se reprendre, de réfléchir avant d'affronter Agnès. Devant le café de la Victoire, il s'engouffra, monta au premier et commanda une chope.

Il se souvint que c'était là, justement, peut-être à cette même table, que leur idylle avait commencé. Quelle coïncidence...

Oui... Il se souvenait de la jeune femme d'alors qui, sur ses conseils, avait quitté le vestiaire du Cercle de la Méditerranée. Il la revoyait encore, auréolée de sa beauté, si confiante, si désemparée, acceptant tout ce qu'il lui proposait. Cela lui avait été si facile, elle semblait si fragile. Ce besoin qu'il avait eu de la protéger ! Il se sentit responsable. Il aurait dû insister pour ne pas la laisser seule. Moncucco lui aurait été plus salutaire. Et son séjour à la Maloja, le drame de Judith... Tout lui revenait en mémoire. Comme ce secret avait dû être lourd pour elle... Mais je dois quand même lui dire que je sais, la gronder un peu, ne serait-ce que pour la libérer de son angoisse. C'est, il est vrai, beaucoup d'argent... Elle a dû vouloir se refaire, et puis la fréquentation des joueurs, ces femmes russes l'ont entraînée... Quand même, deux cents vingt-cinq mille francs, un bien mauvais coup de bourse ! Je lui ai dit que j'allais chez Gastaldi, pourvu qu'elle n'ait pas fait de bêtises. Vite, je dois rentrer... »

Sa décision était prise. Il lui dirait tout de suite ce qu'il savait, pas besoin d'aveu ni de pardon. Leur amour seul comptait, il fallait tout préserver : Agnès, les enfants, sa seule famille.

En rentrant rue Saint-François-de-Paule, tout de suite il lut sur le visage d'Agnès l'angoisse, la détresse. Elle restait suspendue à son regard.

— Je reviens de chez Gastaldi...

Il la sentait prête à éclater en sanglots, alors il la prit dans ses bras, la laissa pleurer en caressant sa lourde chevelure, en serrant son corps contre le sien.

— Oui, ma chérie, je sais. Gastaldi m'a tout raconté, tes amies russes, tes imprudences, le casino. C'est vrai, tout ça nous coûte cher. Pourquoi ne m'as-tu rien dit ? Je serai même venu, tu sais. Mais maintenant c'est fini. Plus jamais nous n'en reparlerons. Je ne te laisserai plus jamais livrée à toi-même.

Elle lui donna ses lèvres mouillées de larmes. Elle était

toute sa vie. Il la garda longtemps palpitante dans ses bras, sans rien dire.

Jamais plus de reproches... La famille monta en calèche à Cimiez. Agnès voulut quand même, par superstition, acheter un cougourdon et l'offrir à son Jean.

TROISIÈME PARTIE

Paris et Genève

1

Ainsi passaient les jours, les mois, les années.

Quatre ans déjà s'étaient écoulés. Au grand regret d'Agnès, Jean était toujours à cheval sur deux saisons : l'été au Kursaal de la Maloja et, heureusement, tout l'hiver à Nice, de septembre au 15 mai, où il dirigeait le Riviera Palace de Cimiez. Un hôtel de grand luxe, au milieu des parterres de fleurs et d'un superbe parc où pins parasol, cyprès, cèdres bleus, orangers, citronniers, ficus des Indes, phœnix, washingtonia, palmiers en tout genre, arbres de Chine, du Brésil, d'Afrique, rivalisaient de frondaisons et de parfums.

La famille avait quitté le palais Sauvaigo de la rue Saint-François-de-Paule, trop représentatif, trop coûteux, et dans le fond, inutile pour Agnès. Elle avait en effet décidé de vivre plus sagement et, en principe, seulement du produit de sa rente, dont Jean avait reconstitué le capital bien au-delà de son montant initial. Gastaldi s'étonnait toujours de l'avoir entendue dire un jour à son comptable : « Un sou est un sou, et c'est avec des gouttes d'eau que l'on fait des rivières. » « Madame Mogliano a heureusement bien changé, avait-il dit. Les bonnes qualités d'ordre suisse ont déteint. »

En réalité, elle économisait d'un côté pour mieux dépenser de l'autre. Le nouvel appartement du 37, rue Masséna, beaucoup plus modeste, lui suffisait largement pour élever ses enfants. Quand Jean s'installerait définitivement à Nice, on aviserait. Pour l'heure, la Majola ne voulait pas le lâcher, et ses finances s'en portaient très bien.

Le nouveau quartier d'Agnès, carrefour Halévy-Masséna-rue de France, lui plaisait, à la fois actif et tranquille, partagé entre le va-et-vient des hivernants et la quiétude des petits commerces du très ancien faubourg Croix-de-Marbre. Un vieux quartier éloigné des grands hôtels, où la tradition niçoise restait bien vivante, mais où la bourgeoisie moyenne et le petit peuple d'artisans et d'employés vivaient aisément à l'ombre du tourisme.

Ce genre de vie ne différait pas beaucoup de celui des autres vieux quartiers. On y parlait encore le niçois dans les boutiques, l'accent seul changeait, moins lent, moins écrasé que dans la vieille ville, au port, peut-être plus élégant, souvent mêlé de mots français et de gallicismes.

1896 avait vu un très fort épanouissement de la saison touristique. De nombreux trains de plaisir déversaient une clientèle bourgeoise, mais jamais on n'avait vu tant de têtes couronnées.

Début mars, le président Félix Faure avait ouvert les arrivées : dès le 3 mars, comme à l'accoutumée, la reine Victoria, puis l'empereur François-Joseph et l'impératrice Sissi, la reine du Portugal, l'impératrice douairière de toutes les Russies, le roi Léopold II, sa femme et la princesse Clémentine, l'ex-impératrice Eugénie, au cap Martin, le roi Oscar de Suède, tous s'y rencontraient. Un vrai printemps de rois accompagnés de leurs suites, les plus grands noms du Gotha, environnés des artistes les plus célèbres. Comme disait l'astucieuse Hélène : « Il faut que l'argent circule pour qu'il nous en reste ; les grands de ce monde, heureusement qu'ils servent au moins à ça ! A Nice, ils nous sont vraiment utiles ! »

Dans son nouveau quartier, plus près des commerces de luxe et aidée déjà de Catherine, Agnès suivait de plus près encore la mode. Dans les magasins naissaient sans cesse des nouveautés : l'apparition de la lingerie aux couleurs pastel, les corsets noirs, si diaboliques, ou avec des fleurs, la si pratique jarretelle cousue au corset, le vaporisateur, les parfums nouveaux : l'héliotrope blanc, l'opoponax capiteux. Rien ne leur échappait, même pas la houppette à poudre, écrasée contre le miroir de poche.

Catherine venait d'avoir seize ans. Très belle jeune fille, elle s'intéressait de plus en plus aux chapeaux et parlait de devenir modiste. Sa grande distraction, la lecture, occupait toujours une partie de son temps, la plus grande part étant réservée à son grand amour de la cuisine, qu'elle ne cessait d'affiner, de poétiser même, selon son Patchou admiratif, subjugué par son talent.

— A cet âge, c'est extraordinaire ! Comme dans une symphonie, juste ce qu'il faut de chaque ingrédient, jusqu'au chant des violons. Du grand art, et pourtant j'en ai vu passer, des maîtres coqs !

François, lui, très studieux, appliqué, suivait son bonhomme de chemin, donnant totale satisfaction à ses professeurs. Il dessinait beaucoup, s'intéressait à la mécanique, au travail du bois, à la marqueterie niçoise, si recherchée.

Avec le Carnaval, cette année-là sa majesté roi des toréadors, Catherine connut sa première redoute blanche au Municipal, chaperonnée par son frère. Marquise de Pompadour accompagnée de son chérubin : une apothéose !

Pour sa réussite au certificat d'études, François fut récompensé par une superbe bicyclette avec pompe, lanterne et poire d'avertisseur, trousse de réparation et sacoche à l'arrière de la selle, coût : trois cents francs. Il eut ainsi le privilège de fréquenter ces demoiselles en culottes bouffantes, canotiers et voilettes bleutées, destinées à protéger leurs yeux délicats de la conjonctivite provoquée par la vitesse et l'horrible poussière.

En janvier 1898, renouveau de l'affaire Dreyfus, après l'acquittement d'Esterhazy. Les esprits s'échauffent, Zola publie une lettre ouverte à Félix Faure : *J'accuse !*

Chez les Mogliano, peu de retombées, si ce n'est chez François qui, déjà, s'intéressait à la politique. Mais c'était surtout le doute religieux, sa crise de conscience, qui le tourmentait. Il avait perdu la foi, rejetait l'hypocrisie de s'y soumettre, comme tant de ses amis.

Jean ne lui avait jamais rien dit qui puisse le détourner de l'Eglise. Franc-maçon, déiste, tolérant avant tout, il respectait toutes les croyances. Mais François s'était ouvert à lui de son refus du rituel, du dogme, de l'arbitraire imposé par la coutume. Il lisait beaucoup. A quinze ans, il connaissait les œuvres de Dumas, Balzac, Mérimée, mais Jean se demandait s'il était assez mûr pour comprendre les romans sociaux de Zola. Certainement pas encore Renan, cependant un excellent guide qui aurait répondu à son inquiétude. Il pensait qu'il était temps de parler avec lui de toutes ces choses...

Rien ne valant une promenade pour philosopher, ouvrir son esprit et poser des questions, il essaierait de sonder et de provoquer, peu à peu, sa curiosité intellectuelle.

Son intention était de refaire avec le jeune garçon, devenu en quelque sorte son disciple, la même promenade qu'avait faite Nietzsche en montant à pied de la gare d'Eze jusqu'au nid d'aigle du village. Oui, son merveilleux poème sur le mistral dont il avait voulu faire un poème symphonique :

Vent mistral, chasseur de nuages,
Tueur de tristesse, balai du ciel,
Vent mugissant, comme je t'aime.

Jean se remémorait alors la pensée du philosophe, l'union du rêve du ciel à la réalité du soleil, le ciel alcyonien, là où brille Alcyon, la plus brillante des pléiades, pour y retrouver le souvenir mythologique du neveu d'Hercule changé en hirondelle de mer.

— Oui, François, comme Nietzsche, nous gravirons tous les deux la montagne où règne la blonde et idéale Ariana, la Sagesse, qui dispute à Dieu le trône des nues, le jamais atteint, le toujours convoité. Nous irons, en montant vers la cime du village, nous nourrir, comme il me disait à Sils Maria, du pain des Anges. Et il ajoutait : « L'Evangile est mort sur la croix, le royaume des cieux est un état du cœur. » Il rejoignait là la *Prière sur l'Acropole* de Renan ; Athénée, Ariana se confondaient, la beauté éternelle et le créateur.

Jean et François arrivèrent au sommet du village d'Eze, et comme Nietzsche en ce même lieu, ils eurent la révélation du divin, en contemplant le panorama. Ici, l'homme, par la beauté sublime, touchait à Dieu, sans culte ni prêtresse. Renan avait raison, Jean ajouta :

— « La foi qu'on a eue ne doit jamais être une chaîne. On est quitte envers elle quand on l'a soigneusement roulée dans le linceul de pourpre où dorment les dieux morts[1]. » Oui, François, le but du monde est le développement de l'esprit, sa liberté.

En redescendant d'Eze, François ne regrettait pas d'avoir perdu la foi. Jésus, pour lui, n'était plus qu'amour.

⁂

Dernier Noël du siècle. La foire de Nice s'époumonait entre le Pont vieux et le pont Barla, avec la dernière nouveauté du théâtre mécanique et celui des puces écuyères, tout près des manèges où les gosses, montés sur les chevaux de bois, achetaient deux sous de vertige.

Jean, avec l'orchestre du Riviera Palace, préparait le programme du dernier concert de la Saint-Sylvestre. Les valses y seraient à l'honneur. On terminerait le dernier minuit du siècle avec *Princesse Dollar* et on le débuterait avec *l'Or et l'argent,* comme à l'Opéra de Vienne, cette même nuit[2]. On suggéra un bal masqué et une redoute or et argent dont le thème serait : « Personnages célèbres et inventions retentissantes du XIXᵉ siècle. » L'idée fut vite adoptée : le Consulat, les deux empires, les trois républiques défileraient... Une fête de plus ! Et ce soir-là le Mail Coach du Palace aurait fort à faire. Il faudrait lancer une dizaine de calèches pour assurer la montée et le retour des invités. « Et le champagne sera offert gracieusement ! Il est rare de vivre le passage d'un siècle à un autre ! » conclut la direction de l'hôtel.

Déjà, Nice préparait la fête. Le grand cirque pavoisait avec *Michel Strogoff.* L'Opéra faisait salle comble avec *Faust* en matinée, et *la Favorite* de Donizetti et le ballet d'*Hamlet* en soirée. *Le Grand Mogol* déployait ses fastes orientaux au casino, et la revue « Nice fin de siècle » de Verquière et

1. Dernière phrase de la *Prière sur l'Acropole,* des *Souvenirs d'enfance et de jeunesse* d'Ernest Renan, devenus un des livres de chevet de François, avec la *Vie de Jésus.*
2. Le chef d'orchestre du Riviera avait eu connaissance de la partition de la valse créée cette nuit-là pour la première fois à l'Opéra de Vienne.

Altéry aux Folies-Bergère de la rue Saint-Michel jouait à guichets fermés.

Jean imagina de décorer le grand hall du Riviera Palace avec un immense sablier d'argent empli de sable doré que l'on renverserait à la seconde précise où le siècle basculerait dans l'Histoire.

Dès huit heures, dans les jardins du palace, illuminés de torches et de feux de bengale, apparurent les premiers déguisements qui, peu à peu, envahirent la salle des fêtes. L'imagination la plus enfiévrée créa les situations les plus cocasses : l'impératrice Joséphine au bras d'un monsieur Télégraphe-Chappe distribuant ses dépêches ; un Louis-Philippe, plus poire que jamais, s'inclinant devant la fée Electricité ; Victor Hugo faisant virevolter une George Sand en crinoline ; les deux Napoléon trinquant au milieu des maréchaux d'Empire, le grand et le petit confondus dans un même toast adressé à Sa Majesté l'Automobile.

A minuit, après les embrassades, au milieu du déluge de cotillons, chacun mit sa montre à l'heure du siècle naissant.

Agnès pensa qu'elle avait déjà quarante-trois ans, Catherine dix-huit et François dix-sept. Leur avenir tiendrait-il ses promesses ?

2

Le voyage avait été préparé de longue date par toute la famille, et décidé formellement dès la première heure du lundi 1er janvier, premier jour du siècle. Du vingtième.

1900 serait l'année du voyage à l'Exposition universelle de Paris. Catherine allait avoir dix-huit ans, l'avènement ! C'était principalement pour elle que ce voyage avait été organisé... Un seuil à franchir. Il lui fallait entrer dans un monde neuf, et pour cela obligatoirement connaître Paris, l'exposition qui consacrait la marche du progrès et de l'électricité. Pour elle, pas de passé à jeter aux orties, seulement la jeunesse et l'espoir en un avenir où tout serait possible.

Pour François, il était également nécessaire d'apporter un tremplin à ses rêves de garçon. Ce voyage devait lui permettre de prendre contact, à Paris, avec sa future école dentaire, et lui ouvrir des perspectives de choix et d'orientations dans un monde qui allait de plus en plus vite.

Agnès, elle aussi, voyait dans ce voyage comme une nouvelle étape dans sa vie de mère et de compagne. Il marquerait la sortie de l'enfance de ses petits, et lui donnerait la possibilité de vivre en dehors de son monde habituel. Un grand moment de femme, au bras de son Jean à qui l'on refusait, du moins en douce, à Nice, le titre de mari.

Hélène ne lui avait-elle pas glissé : « Mais oui, ma belle, à Paris, tu seras enfin madame Wagner... »

Agnès et sa fille avaient donc préparé malles, cartons et cantines avec le plus grand soin, malgré les observations de Françoise qui, toujours pratique, s'étonnait que l'on emportât autant de chapeaux et de robes à Paris, patrie de la mode :

— C'est comme si vous apportiez votre bière à Munich ! Tu verras, tu vivras dans un autre monde, avec de nouvelles idées. La mode là-haut, on dit que ça transpire de partout ! Sachez en profiter !

La robe d'Agnès, qui devait marquer pour elle les grandes heures du voyage, était réellement ravissante. Le dernier air de Paris, précisément ! En mousseline bleue, elle se portait sur un transparent de taffetas moiré de même couleur. Vaporeuse, légère, la jupe s'inscrustait de dentelle blanche, montée sur un corsage de voile bleu à manches courtes, légèrement gigot. Elle s'agrémentait obligatoirement d'un fichu à la Louis XVI, en mousseline de soie noire, bordé d'un gros ruché. Cela permettait d'être « moins en peau » et de sortir en taille. Le chapeau de soie blé, garni de soie blanche, rappelait la dentelle de la jupe.

Catherine avait elle-même imaginé sa robe de grande sortie, au premier abord plus simple, mais à y mieux regarder, un merveilleux ouvrage de couture, raffiné, aux points imperceptibles. En foulard liberty turquoise, la jupe s'ornait d'entrelacs de broderies blanches faites à la main. Le corsage, aux manches longues en satin, très près du corps, se cuirassait de mousseline de soie également turquoise, tendue à tout petits plis sur un empiècement brodé ton sur ton, terminé par un col officier de guipure blanche. Le chapeau, lui, une simple capeline en paille d'Italie, s'ornait de gros choux de mousseline de soie ivoire et d'un ruban turquoise.

— Toilettes des plus légères, avait commenté Jean. Vous feriez bien de prévoir aussi quelques costumes de lainage pour trotter sous les parapluies, avec de solides bottines. Prévoyez aussi d'épaisses voilettes, il se pourrait bien que la pluie se venge, l'été a été atroce à cette exposition, canicule et poussière, paraît-il.

Arrivé dès le 10 septembre de la Maloja, il tenait à tout mettre en ordre pour le début de la saison, ne prévoyant leur retour que pour le premier octobre. Il avait tout organisé minutieusement, avec Camillo Bertone qui, aidé de ses correspondants de la Maloja, avait retenu dès février, et reconfirmé en juillet, sleepings et chambres à l'hôtel d'Albe, avec vue sur les Champs-Elysées. Paris serait, disait-on, plein à craquer. Depuis le 15 mai, aucune place dans les hôtels pour les négligents. L'Expo de Paris devenait le centre de l'univers. De plus, dès le 22 septembre, viendraient s'ajouter à cette foule plus de vingt mille maires invités par monsieur Loubet à un banquet monstre, à la gloire de la République et du siècle nouveau, dans les jardins des Tuileries.

Le Méditerranée express, premier train exclusivement wagons-lits et restaurant, parti de Nice à 13 h 20, de Marseille à 17 h 42, de Lyon à 23 h 12, entra en gare de Lyon à 7 h 5 précises à la montre suisse de Jean. Table et sommeil avaient été parfaits, petit déjeuner et croissants chauds servis par le conducteur après l'arrêt à La Roche-Migennes.

François, fin prêt, attendait dans le couloir depuis Fontainebleau. Quand le train s'arrêta enfin, tous quatre se sentaient frais comme des gardons.

Devant la gare de Lyon, un automne splendide illuminait la place. Déjà, une calèche découverte attendait, envoyée par l'hôtel. Les bagages suivraient. Le contact avec Paris fut immédiat, amoureux. Jean voulait montrer à sa petite famille la colonne de la Bastille, la rue Saint-Antoine, la rue de Rivoli, avec ses embouteillages du matin et l'encombrement si pittoresque du carreau des halles, les invraisemblables pyramides de légumes.

— A cette heure il y a encore du monde, mais je vous y emmènerai la nuit, c'est extraordinaire, et on y mange merveilleusement !

François se souvenait de ses lectures, Zola, *le Ventre de Paris*...

Lorsqu'ils dépassèrent le Palais-Royal, Agnès retrouva les portiques de Turin.

— On dirait une ville italienne ! s'exclama-t-elle.

— Tu as raison, Schatzelé, sourit Jean, un regret du Piémont que la France doit aux Bonaparte, mais tu vas voir, c'est bientôt fini.

En effet, en débouchant sur la place de la Concorde, Agnès fut éblouie de l'ordonnance classique qui régnait : les jets d'eau, les statues des villes de France, la façade de la

Madeleine entrevue au croisement de la rue Royale, les grands hôtels à colonnes, la frondaison des Tuileries, les chevaux de Marly. Tout l'émerveilla, le calme des Champs-Elysées, à cette heure du matin, la tranquille promenade des beaux équipages clinquant d'argenture, le piétement ruisselant sur le pavé d'un escadron de la garde républicaine : bais, noir et or remontant l'avenue avec, au loin, dans une poussière dorée, l'arche monumentale de l'Etoile. Le moindre détail se grava à jamais dans sa mémoire.

— Jean, comme tu avais raison, murmura-t-elle. C'est certainement la plus belle ville du monde...

L'hôtel aussi avait été bien choisi, juste à l'angle des Champs-Elysées et de l'avenue de l'Alma qui menait directement à l'une des trente-deux portes ouvertes sur l'Exposition.

Il fallut consacrer la matinée au rangement des bagages, des vêtements, avec l'aide des gracieuses chambrières.

François ne quittait plus le balcon d'où il pouvait contempler les frondaisons de l'avenue, en enfilade de l'Etoile à la Concorde. Le trottoir lui échappait, mais il s'extasiait à la vue des omnibus à impériale et à escaliers tourniquants, couverts de chapeaux haut de forme à huit reflets et fleuris d'ombrelles multicolores. C'était donc ça les célèbres omnibus de la Compagnie générale dont lui parlait son ami Bernard, en lui chantant avec son accent parigot :

Elle était jeune et belle
Port' Saint-Martin. Grenelle
Elle avait l'œil mutin
Grenelle. Port' Saint-Martin...

Les chevaux étaient gras et bien nourris, autre chose que les efflanqués qui grimpaient le col de Villefranche ! Le fascinait aussi le va-et-vient des coupés et des fiacres avec leurs cochers souverainement installés sur les sièges, fouet en main. Il distinguait bien les fiacres jaunes à cocher blanc, et les verts à cocher noir, avec leurs chapeaux aux ailes relevées, comme les lui avait décrits Chichois, l'ami de son père. Ce qui lui manquait encore, c'était de distinguer la couleur des lanternes qui indiquait le nom du quartier où les cochers « relayaient ». A Nice, rien de tout cela !

Ce midi, il fallut penser à déjeuner.

— Je vous emmène chez Marguery, boulevard Bonne-Nouvelle, annonça Jean. C'est devant le théâtre du Gymnase. Vous verrez l'activité des grands boulevards : la Madeleine, l'Opéra, et nous serons boulevard des Italiens. Ils ont une spécialité de sole qui est divine, garnie de queues d'écrevisses, et arrosée d'une sauce veloutée au vin blanc, un vrai régal. Ce soir, si vous êtes sages, je vous emmènerai voir mon ami Braquessac, chez Voisin, rue Cambon. C'est toujours des plus parfaits et la cave y est excellente. Il faudra goûter la béarnaise tomatée, une spécialité du chef Boutan, un as. Et chaque jour, ce sera différent, je vous ferai découvrir toutes les saveurs de Paris ! Ce ne sera pas aussi bon qu'à la maison, bien sûr, sourit-il en regardant Agnès, mais nous sommes à Paris, il faut en profiter !

Elle sourit à son tour, mais n'en pensa pas moins : il allait falloir tenir quinze jours sans sa cuisine, sans celle de Catherine...

— Heureusement que Gastaldi m'a donné l'adresse d'un restaurant italien où l'on change de menu tous les jours : Da Zucco, passage des Panoramas.

L'après-midi se passa dans le métropolitain qui venait d'être inauguré le 19 juillet, la ligne n° 1, Porte Maillot-Porte de Vincennes, dix kilomètres six cents, et dix-huit stations. Ils montèrent à l'Alma, juste en face de l'hôtel, pour 0,25 franc par personne en première, là où des préposés obséquieux en gants blancs, ouvraient et fermaient les portes du wagon.

Agnès et Catherine furent très impressionnées de voyager ainsi sous terre, surtout dans les galeries faiblement éclairées par des lampes électriques à lueur rougeâtre. Agnès était oppressée, en proie à une sensation d'étouffement, heureusement envolée à la station Bastille où jaillissait à nouveau le soleil. Les stations claires, avec leurs céramiques blanches, les conquirent. Pour les gens pressés, et vu la modicité du coût, c'était certainement valable. En une demi-heure on traversait tout Paris d'est en ouest : 0,20 franc aller et retour en seconde.

— C'est une véritable révolution dans les transports urbains ! sanctionna Jean, définitivement convaincu.

François, lui, fut très impressionné par la station Concorde : on lui avait expliqué que le métropolitain passait dans un caisson immergé dans la Seine… Il griffonna une comptine que chantonnait un voyageur :

li li mé, mé, mé li, mé métro
tro po li, mé tro li, mé tro train
V'là le métropolitain !

La conversation s'engagea entre les voyageurs.

— Métropolitain, vous dites, certains disent *nécropolitain,* mon cher monsieur, alors qu'il n'y a pas encore eu d'accident, pas comme à l'Exposition ! Vous vous souvenez du désastre du 29 avril ? Lorsque la passerelle de l'avenue de Suffren s'est écroulée ? Neuf morts qu'elle a faits ! Et quinze jours après l'ouverture, avec ce tablier en ciment *armé,* comme ils disent ! Encore une idée des Autrichiens ! C'est pas étonnant ! Et ce trottoir roulant, ça ne me dit rien qui vaille…

Jean ne répondit pas, il pensait que c'était bien vrai que le siècle avait mal commencé : le 8 mars, l'incendie du Théâtre-Français et la mort de la comédienne Jeanne Henriot brûlée vive, en juin la révolte des Boxers à Pékin contre les concessions internationales, le 29 juillet, l'assassinat à Monza du roi Umberto : trois balles en plein cœur tirées par un tisserand italien venu de New York, et le 25 août, la mort de Nietzsche.

La soirée, après l'excellent dîner chez Voisin, se poursuivit par la visite de la porte monumentale de l'Exposition, à l'entrée du cours la Reine, surmontée par l'immense statue de la Parisienne, représentée à la dernière mode et illuminée par trois mille deux cents lampes à incandescence et quarante lampes à arc : une féerie de lumière à couper le souffle.

— Mais tout ça c'est rien, de la roupie de sansonnet ! criait un bonimenteur. Z'avez encore rien vu, m'sieurs dames ! C' qui faut voir, c'est l' dimanche soir d'vant le palais de l'électricité ! L'illumination du bouquet de fleurs ! Des trucs comme ça, ça se voit une fois par siècle et seulement à Paname ! Par ici le guide !

On l'entourait en riant. On le suivait. Quatre jours étaient prévus pour la visite de l'Exposition. Dès le lendemain matin, un conseil de famille fut décidé : convocation à huit heures dans la chambre d'Agnès encore au lit, le plan de l'Exposition étalé sur ses pieds.

Doctoral, Jean, toujours méthodique et organisé, commença par un bref exposé de la situation, mêlant à la fois tactique et stratégie.

— Nous avons beaucoup à faire. Beaucoup à regarder. Il faut en voir le plus possible, satisfaire les goûts de chacun, avec le moins de fatigue pour le maximum de plaisir. De la méthode, mes enfants, soyons rationnels et efficaces.

François riait déjà, enchanté des prémices. Catherine, plus rêveuse, était un peu surprise. Quant à Agnès, sommeillant encore, elle pensait à son jupon qu'il lui fallait recoudre.

— Je pense, continua Jean, imperturbable, que notre premier jour devrait être réservé à la visite de l'ensemble de l'Exposition. Deux possibilités : emprunter ou bien le trottoir roulant, le chemin qui marche avec ses trois pistes : l'immobile, la petite et la grande vitesse à neuf kilomètres à l'heure — ça nous permettrait de dominer la foule et de parcourir, sans fatigue, toute la rive droite sur plus de trois kilomètres —, ou bien le petit train électrique, plus prosaïque, mais qui nous emmène au milieu de la foule et dans la poussière... Vous imaginez, quarante mille personnes à l'heure, surtout depuis qu'on a doublé les guichets ! Et par cette belle journée, attention aux pickpockets, aux coupeurs de bourses !

Il se tourna vers Agnès.

— Et surtout pas de bijoux ! Ces messieurs sont venus tout spécialement de Londres, ils seront à l'affût... Ensuite je vous propose, après le déjeuner, la visite au palais de l'électricité et la fameuse promenade sur la Seine. Regardez, là, sur la carte. A droite : de l'esplanade des Invalides jusqu'au Champ-de-Mars, le dôme, la tour Eiffel. A gauche : la montée au Trocadéro, le zouave du pont de l'Alma, les Champs-Elysées, les superbes palais de l'avenue

Nicolas-II, le petit et le grand, le cours la Reine, les jardins, l'exposition d'horticulture. Ah, vraiment la plus belle ville du monde !

La discussion s'anima, Agnès, réveillée pour le coup, opta pour la visite détaillée des pavillons, ce qu'il ne fallait absolument pas rater, ce dont tout le monde parlerait au retour à Nice :

— Mon cher, minauda Jean avec un rire dans les yeux, vous avez vu cette carte de France en or massif offerte par le tsar, avec toutes les villes indiquées par des diamants et des pierres précieuses ? Et Miss Fuller et Saddo Yaco, la dame aux camélias japonaise ! Et avez-vous payé, comme moi, six sous pour voir Succi enfermé dans sa boîte de verre, jeûnant pendant sept semaines, sans rien manger ni boire, au profit de la « Bouchée de pain[1] » ? Et le village suisse ? Avez-vous trait les vaches au pied de la tour Eiffel devant les Alpes bernoises ? Ah, mais alors vous n'avez rien vu !

Catherine et François éclatèrent de rire et Agnès les regarda tous les trois, heureuse.

La discussion devint plus vive lorsqu'on entra dans les préférences de chacun : Agnès et Catherine, d'accord, voulaient absolument voir, au salon des lumières, celui des couturiers. A les entendre, elles n'étaient même venues que pour cela. Pour apercevoir monsieur Redfern, consacré le couturier des têtes couronnées, et pour voir ce qui se faisait en matière de décoration de la maison, d'art de la table, de cuisine, de tissus, de bijoux, et surtout le fameux baldaquin tissé en soie d'araignée.

— Et le pavillon italien ? lança Agnès. Je veux goûter aux vins, à la charcuterie, aux fromages...

François, lui, penchait pour des choses nettement plus sérieuses : l'électricité, la mécanique, la dentisterie américaine.

— J'aimerais aussi me documenter sur le cinématographe, savoir comment s'édite un grand dictionnaire, la

1. Œuvre de bienfaisance.

reproduction de la musique et de la voix humaine, le téléphone, les moteurs électriques…

Jean, lui, sans rien dire, se réservait une journée entière pour étudier, au pavillon anglais, le progrès du sanitaire, chauffage des hôtels, équipement des cuisines. Chez les Allemands, l'industrie de l'acier, les brasseries et la dégustation de la bière. Et surtout au pavillon suisse. Il verrait de près l'amélioration des transmissions des dépêches, des communications ferroviaire à travers les Alpes.

— Au pavillon français, dit-il, il ne faudra pas négliger les vins et la tenue des caves. Eh bien, tout cela me paraît bien difficile à accomplir en trois jours ! Il nous faudrait un mois, et encore !

A midi, la petite famille se retrouva au restaurant du Transsibérien, au pavillon russe. Ils commencèrent leur repas à la gare de Moscou, avec des blinis servis par des garçons bottés, vêtus de blouses brodées, et le terminèrent à la gare de Pékin, devant des letchees présentés par des fils du Ciel en robe de soie émeraude, merveille du Cinéorama.

Et tous étaient conscients, fébriles, de la rareté de l'événement : le monde entier, avec ses trésors, ses mystères, ses multiples civilisations, rassemblé en un point qui s'appelait Paris, et qu'il suffisait de quelques jours pour admirer, goûter, toucher et entendre. Le grand périple commençait.

Aux Champs-Elysées, la porte monumentale, les Grand et Petit Palais aux corniches chevauchées de sculptures, le sublime pont Alexandre-III menant à l'esplanade des Invalides, vers le palais des industries françaises et étrangères, toute la diversité des nations. Sur la rive gauche de la Seine, les vingt-quatre palais venus des cinq continents : l'armée, la marine, les canons Krupp, le pavillon du Creusot, etc.

Au Champ-de-Mars, le palais de l'électricité, la fée nue sur son char, l'étoile d'or aux trente-six rayons, la cascade illuminée de fleurs multicolores, le château d'eau. Et encore, avec la tour Eiffel, la grande roue, le chalet suisse, le club alpin, le palais de la Femme, le cinématographe des frères Lumière, le Maréorama et ses poissons, les alcools russes, le château tyrolien. Au Trocadéro, l'Andalousie au temps des Maures, la vie sous terre, le vieux Paris, l'horticulture. Au cours la Reine, la maison à l'envers, le grand guignol, la maison du rire avec ses glaces déformantes, les tableaux vivants, le jardin de la chanson, la roulotte des bohémiens, les orchestres bavarois, le tam-tam nègre, le french-cancan, et surtout *Frou-Frou, Frou-Frou,* que tout le monde fredonnait.

Quatre jours inoubliables, qui marquent une vie, et que l'on se transmet d'une génération l'autre. Visites, cela va sans dire, entrecoupées de soupers fins, tant Jean était heureux de faire connaître ses amis, chefs et patrons de restaurants, à sa petite famille. Ainsi, chez Maire, boulevard Saint-Denis, fêtèrent-ils le homard Thermidor ; chez Paillard, Chaussée d'Antin, le canard farci ; et, concoctée par le grand Gémon lui-même, au Ritz, au cours d'un dîner en musique, la bécasse au fumet Vendôme ; chez Prunier, rue Duphot, les huîtres ; et chez Durand, la suprême succulence de la brouillade aux truffes, sans oublier la poularde étuvée au porto, chez Lucas, juste en face.

Le dernier soir, pour couronner la ronde, l'autre poularde, la jamais égalée, celle du Café de Paris, fourrée au foie gras, mouillée au madère et nappée d'une sauce chaud-froid montée à la crème et décorée de truffes. Agnès elle-même vint féliciter le chef en compagnie de Léopold Mourier, le patron, connu jadis du temps du Foyot. La mère et la fille, cependant, s'étaient empressées d'aller déguster les charcuteries italiennes chez Ferrari, rue Halévy, les pâtes de chez Lesage, rue Montorgueil, les babas et savarins de chez Storher, dans la même rue, les brioches de chez Bourbonneux, place du Havre, et les petits fours de chez Rebattet, pour le goûter. En deux semaines, il fallut sérieusement relâcher d'un bon centimètre, de deux, disait même Catherine, les lacets roses des corsets.

François, lui, s'initia et fit ses classes dans les bordeaux, et plus encore dans les bourgognes : romanée-conti, pommard, grand chambertin et clos de Vougeot recueillirent ses préférences. Il connut aussi les vins blancs de la Gironde, le château-yquem, le château-perraguay, la tour blanche, le clos-saint-robert, et goûta aux célèbres sud-italiens : les lacryma christi, capri, falerne et vieux syracuse qu'il ignorait totalement… « Pas assez de fin bouquet, un peu médiévaux, lui avait susurré le sommelier du café Anglais, mais une chute possible pour finir un repas. » Jean roucoulait d'aise devant cette initiation bien amorcée.

Mais Paris, pour eux, se devait d'exister aussi en dehors de l'Exposition et des restaurants.

Aussi employèrent-ils la seconde semaine à tenter de pénétrer la ville profonde, son temple et ses réalités. François se proposait d'ailleurs de la découvrir à loisir lorsqu'il viendrait s'y installer pour ses études.

La calèche atteignit le bois de Boulogne par l'avenue du Bois, le carrefour et les allées de Longchamp, et l'avenue des Acacias que Catherine désirait tant parcourir. Elle eut la joie d'y voir sa première amazone montant à califourchon, et les attelages débordant de toilettes superbes, mais souvent tapageuses. François identifiait les attelages au passage : « En voici un à la Daumont, là-bas, avec les deux postillons vêtus de gris perle et les quatre chevaux attelés sous volées. L'autre, c'est un demi-Daumont, il n'y a que deux chevaux. »

— Ici, dit Jean, la bourgeoisie tranquille se mêle au demi-monde. On ne se parle pas, mais l'on se reconnaît. Regardez ! C'est la belle Otéro, là-bas, sous l'ombrelle blanche, avec la capeline noire et la plume d'autruche. Nous irons la voir demain soir à la revue de l'Olympia. C'est un spectacle magnifique, vous verrez. Il y aura aussi Liane de Pougy et Emilienne d'Alençon. C'est « Paris qui chante », le titre est prometteur, non ?

A l'entrée du Pré Catelan, les cavaliers s'empressaient auprès du montoir où les élégantes amazones montaient et descendaient de cheval, exhibant leurs chevilles jusqu'à l'impossible[1].

Route des Erables, ne passaient que des cyclistes, l'allée leur était réservée. Agnès découvrit là un monde extraordinaire sur deux roues, où les femmes, curieusement, portaient des culottes bouffantes et des canotiers enrubannés.

1. Expression de l'époque.

— *En culotte, on est bien mieux à bicyclette,* chantonnait François.

On déjeuna au restaurant de la Grande Cascade, entre les deux lacs.

— Bien, mais sans plus, conclut Agnès, cependant médusée par l'excellence du service et le montant de l'addition. Ils ne s'ennuient pas !

A une table, Catherine crut reconnaître le célèbre Willy, l'auteur de *Claudine à l'école* qu'elle venait juste de dévorer, le livre que tout le monde s'arrachait.

— Cette jeune femme aux cheveux courts et au visage pointu, avec lui, c'est peut-être sa femme, Colette, celle qui aurait écrit le livre ?

— C'est exact, confirma Jean. Ce sont eux. Avec sa moustache et sa barbe en pointe, sa rondeur, on ne peut pas le confondre ! D'ailleurs on le voit partout, on l'appelle monsieur Réclamier. Il ne risque pas de passer inaperçu.

A table, la discussion porta sur les femmes, que les mauvaises langues classaient en six catégories.

— A Paris, expliquait Jean à François, ça marche avec le loyer de leur appartement : d'abord les demi-mondaines, celles que nous avons vues passer aux Acacias, l'hôtel particulier et le loyer annuel de six à dix mille francs. Ensuite la cocote, l'appartement variant de trois à cinq mille. En troisième zone se bousculent les cocodettes, bourgeoisement installées, souvent des théâtreuses, dont le loyer tourne autour de mille à quinze cents francs. Là, c'est le bon niveau, elles peuvent encore se marier ou s'embourgeoiser. C'est la fin de la première catégorie. Ensuite vient la deuxième : dans l'ordre, les marcheuses, les retapeuses et les gatons. Crois-moi, je dis cela sans mépris, cela va des meublés à trois, quatre louis jusqu'à la belle étoile dans la zone des fortifs. Il y a beaucoup de malheureuses. Il leur faut un grand acharnement pour survivre. Jeunes, belles et dégourdies, elles peuvent gravir les échelons, connaître un coup de chance peut-être, mais en général elles retombent assez vite sous la coupe d'un souteneur. C'est ça la vie à Paris. Il faut que tu en sois informé. Il omit intentionnellement, afin de ne pas heurter les prudes oreilles de Catherine, le « blond gras », le « brun maigre » et les jésus frisés[1] des maisons de passe et des boxons, les « jardinettes » faisant le raccroc au parc Monceau ou au jardin des Tuileries, la nuit, réfugiées dans les coins sombres depuis que les bourgeoises de la rue de Rivoli y avaient obtenu l'éclairage à l'électricité.

Tous quatre rentrèrent lentement en bateau-omnibus, de l'escale de Suresnes jusqu'au quai des Tuileries, après avoir goûté à la vacherie-laiterie du Pré Catelan. Jean y avait admiré le magnifique chêne rouge, une splendeur à laquelle il ne parvenait pas à s'arracher. Catherine, elle, rêvait à la glissade des bateaux, sous les voûtes de verdure, aux rives des îles, promenade d'amoureux à quarante sous l'heure, sans batelier. C'était le plus beau souvenir qu'elle emporterait du bois de Boulogne.

Mais la visite-promenade qu'elle souhaitait au contraire oublier, c'était celle des Catacombes où François, curieux, qui voulait tout savoir, l'avait entraînée. Elle avait été atterrée par les sombres galeries, souvent barrées de chaînes, et conduisant à l'immense ossuaire.

— Ici sont empilés plus de trois millions de squelettes, hommes, femmes, enfants, expliqua le guide. Voyez, ces murs sont faits de leurs ossements, remarquez les rangées de têtes, tous ces crânes, ces yeux vides, ces machoires qui dessinent des gradins dans le mur et forment, là-haut, cette superbe corniche…

— Quelle architecture ! Cinquante centimes la bougie, c'est peu, disait Catherine, pour descendre si rapidement au royaume des morts !

Elle avait retrouvé avec joie le soleil qui jouait sur le mufle du Lion de Belfort.

En quelques jours, la plupart des musées y passèrent, avec en priorité, le Louvre, le trop austère Panthéon, la Conciergerie, et ensuite le Jardin des Plantes et sa collection de vélins à la bibliothèque que, sur recommandation très spéciale, François put feuilleter.

Mais la soirée à l'Olympia déchaîna, elle, l'enthousiasme.

1. Prostituées jouant les ingénues, vêtues en petite fille, sucette à la main.

« Paris qui chante » ne peut se voir et s'entendre que sur le Boulevard. Au milieu des effluves de poudre de riz, d'un décor de harem, de jardins fleuris sur des toiles peintes ou de ruines en carton, les trois demi-mondaines annoncées rivalisèrent de chapeaux à plumes, de froufrous et aussi de danses en maillots, dites lascives, émaillées d'œillades assassines et de gestes troublants... La salle fantasmait. Catherine, toujours très critique, trouvait cela avilissant. Elle aurait préféré une soirée du mardi au Français, pour y vibrer à la voix et aux accents sublimes du grand Mounet-Sully, bien loin de ce pompeux cabotinage. François, lui, comme sa mère, adorait la gaieté de la revue, le chatoiement des lumières, l'entrain des danseuses. Il n'avait qu'un espoir, aller au cirque, y respirer l'odeur du crottin, admirer les belles écuyères et rire aux éclats des blagues de Footit et Chocolat[1].

Mais ni Agnès ni Jean n'oubliaient les choses sérieuses. On était surtout venus à Paris pour préparer l'avenir de François, et documenter Catherine sur le monde des maisons de couture. Elle désirait en visiter quelques-unes, par protection, et si c'était possible un atelier et un magasin de modiste. Savoir comment cela marchait l'intéressait au plus haut point ; la préparation des modèles, le choix des tissus, des accessoires. Comprendre comment travaillaient les premières, les petites mains, les arpètes. La réception de la clientèle, les essayages, tout cela la captivait.

Pour François, la chose était importante : son avenir en dépendait. Encore un an, et fin septembre 1901, son stage chez Cabridens, dans l'atelier de prothèse, prendrait fin. Il lui faudrait donc commencer ses études médicales et préparer son diplôme de chirurgien-dentiste à la faculté de médecine, à travers une école dentaire de Paris. Le diplôme était plus apprécié. Trois ans d'études et deux écoles possibles : rue de La Tour-d'Auvergne ou rue Garancière. Il fallait donc se documenter et bien choisir. François possédait d'ailleurs une lettre d'introduction de monsieur Cabridens auprès du professeur Charles Godon, directeur de l'école de la rue de La Tour-

1. Célèbres clowns de l'époque.

d'Auvergne. Jean l'accompagna pour s'enquérir lui-même de la préparation matérielle du séjour, et pour obtenir des détails précis sur le programme. François répondait strictement aux conditions d'entrée à l'école dentaire, il avait obtenu le certificat d'études primaires normalement, à seize ans, et avait effectué deux ans d'apprentissage chez un dentiste, monsieur Cabridens, stage qui serait terminé pour sa rentrée à dix-huit ans, en octobre 1901. C'était parfait. Charles Godon expliqua :

— La première année est réservée à la théorie, à la partie scientifique : mécanique, physique, métallurgique, chimie appliquée, anatomie descriptive, physiologie... En plus des travaux pratiques concernant la chirurgie dentaire et la dentisterie opératoire — nettoyage, ciment et amalgame. Pour les deuxième et troisième années, n'ayez aucun souci, vous ne manquerez pas de travail : anatomie et physiologie de la bouche, pathologie interne et externe de la face, thérapeutique, bactériologie, anesthésie, et j'en passe... Les travaux pratiques se font au laboratoire de l'école, et nous possédons un dispensaire où les élèves opèrent sur le vif. Les clients ne manquent pas : extraction, obturation, opération même. La dissection, l'histologie, la bactériologie s'étudient dans les amphithéâtres d'anatomie des hôpitaux, à Boucicaut ou à l'hôpital Saint-Antoine, également dans une clinique de stomatologie.

On tomba donc d'accord, pas besoin d'aller rue Garancière. Charles Godon les avait convaincus.

François était aux anges. Il lui fallait donc terminer son stage chez Cabridens, la reconstitution souvent si difficile des empreintes, le travail de l'or, l'odeur de la vulcanisation. Puis vite la rue de La Tour-d'Auvergne et l'installation, peut-être à Montmartre, si proche. Dans un an, il serait étudiant à Paris !

Pour Catherine, en revanche, les démarches se révélèrent plus délicates. Jean, grâce à ses relations au Ritz, put obtenir des recommandations très spéciales. Et c'est ainsi que la jeune fille, chaperonnée par Agnès, connut les étages et les escaliers en colimaçons de chez Paquin, ses robes somptueuses, les tables de coupe et d'épinglage de chez Revillon, où se préparaient des capes en renard blanc et des petits manteaux d'hermine. Chez Jeanne Lanvin, avec joie, elle participa en coulisses à la présentation de quelques robes. Elle en essaya même plusieurs, dont une en brocart et lamé argent qu'elle revêtit et présenta, encouragée par la première, madame Suzanne, à une cliente américaine.

— Grâce à vous, Mademoiselle, je l'ai vendue. Hélas, cette dame n'a pas vos heureuses proportions, vous avez de l'allure. La couture devrait vous réussir.

Catherine ne put s'empêcher de rougir sous le compliment. L'élégance raffinée de la rue de la Paix conquit définitivement la mère et la fille. Stationnaient là jusqu'à trois rangées de voitures-chevaux, postillons en uniforme, valets en livrée, qui attendaient aux portes des bijouteries, des magasins de luxe, au milieu des parfum divins déplacés par d'admirables toilettes. A côté de cela, la vitrine du quai Masséna, la rue Paradis leur parurent bien mesquines.

— Mais nous avons le soleil, maman, dit Catherine, et surtout moins de misère autour. Ici, le ciel est souvent gris... Il y a certainement beaucoup à faire à Nice, mais la clientèle sera bien différente.

Lorsqu'elles rentrèrent, Catherine fit part de sa visite à Jean avec gravité.

— Tu vois, Patchou, dit-elle, ce qui m'a le plus remué, ce sont les regards des femmes de l'atelier de chez Lanvin, même chez les cousettes, lorsque la première leur a montré les robes finies. J'ai lu à la fois l'émerveillement et la fierté dans leurs yeux, la joie d'avoir créé de leurs mains de telles splendeurs. Vraiment des mains de fées.

Chez la modiste de la rue Royale, elles avaient essayé tous les chapeaux mais appris très peu de chose. Il n'y avait là aucun travail d'équipe, à chacune son chapeau.

— Des chapeaux comme les nôtres, mademoiselle, ça a trop de personnalité, lui avait-on expliqué. Jamais le même, comme un tableau, c'est toujours unique, comme Paganini, *non replica*. On ne répète pas. Mais il faut cependant être deux, moi qui imagine, qui crée, et ma cliente, qui sait comment elle doit le porter.

Au jour du départ, Jean parcourut *le Matin* et lut à Agnès le détail du festin offert par le gouvernement aux vingt mille maires de France venus à l'Exposition universelle.

— Imagine d'abord le décor, Schatzelé, deux tentes de cinq cents mètres de long au jardin des Tuileries, quatre-vingt-quinze mille verres, soixante-six mille couverts, deux cent cinquante mille assiettes, huit kilomètres de nappe, vingt-trois mille menus. Tout cela organisé par Potel et Chabot ! Je n'ai jamais vu ça, foi de directeur d'hôtel ! On a préparé et cuit deux mille cinq cents poulets de Bresse, deux mille canards, deux mille quatre cents faisans, deux mille kilos de saumon, deux mille quatre cents filets de bœuf, deux mille cinq cents livres de flageolets, onze mille pêches, mille kilos de raisin, et battu mille deux cent litre de mayonnaise, en employant plus de mille deux cents personnes, à la table et aux cuisines.

La visite d'adieu de ces deux merveilleuses semaines passa par la grande roue d'où l'on put admirer, pour la dernière fois, un Paris qui flamboyait toujours au soleil. Un temps de roi.

Des frontières avaient reculé. L'idée que François et Catherine se faisaient de la vie, de leur vie, ne serait désormais plus la même.

3

Le retour vers Nice, aussi confortable qu'à l'aller, s'effectua avec aisance et rapidité, mais de jour cette fois. La traversée du Morvan, de la Bourgogne encuivrée auprès des canaux paisibles apparut même trop rapide.

Au buffet de Dijon, Agnès en profita pour acheter de la moutarde, du pain d'épice et des nonnettes pour Françoise.

Et tous retrouvèrent Nice avec une joie extrême, l'odeur des platanes de l'avenue de la Gare... Agnès était ravie d'avoir connu Paris, mais comme elle se sentait bien chez elle, au calme, à retrouver le beau parler niçois au cœur de la vieille ville.

Sa porteuse, qu'Olympia avait avertie, la guignait à l'entrée du marché. Les étals regorgaient encore de tomates, de courgettes, de poivrons, d'aubergines, et même, en cherchant bien, de fleurs de courges. La ratatouille et les farcis étaient encore possibles.

Commençait le temps des vendanges, les corbeilles de muscat attiraient les guêpes, mais déjà le basilic se faisait rare, ses tiges vertes s'embrunissaient, la fleur blanche s'égrapillait, prête à monter en graines. L'automne s'annonçait, avec les cèpes, les sanguins, les perdreaux rouges de Puget-Théniers et les grives engraissées d'olives.

— Cela nous permettra d'attendre la première stocaficada de la Toussaint, dit Catherine qui avait repris sa place aux poêlons, près de la table enfarinée.

La cuisine embaumait à nouveau le coulis de tomates et l'agneau au romarin. L'après-midi restait réservé à ses chères lectures : Mallarmé, Verlaine, Baudelaire, Rimbaud,

Moréas, parnassiens et symbolistes, et à l'étude d'un magnifique livre offert par Jean pour ses dix-huit ans : *le Costume historique* de Racinet, illustré de planches en couleurs héliogravées, bourré d'idées pour dessiner des robes à faire rêver. L'Orient devenait à la mode.

Agnès, elle, recevait ses amies, pleines de curiosité.

— La cuisine parisienne est très bonne, dit-elle à Hélène, très fine, mais très chère, avec tout ce beurre, cette crème ; leurs fonds de sauce si compliqués, le cognac, et tous ces trucs flambés, ça fatigue. Maintenant, nous allons nous désintoxiquer. Mais ça valait la peine d'être connu. Oui, l'Exposition était magnifique, mais j'en ai trop vu, avec ce va-et-vient constant. Catherine t'expliquera. Moi, j'ai vraiment besoin de me reposer. Tu as vu ma taille ? J'ai acheté un nouveau corset, un semis de fleurs Pompadour...

François, avec une vigueur nouvelle, reprenait son stage de prothèse dentaire et accédait enfin au cabinet, en redingote, s'il vous plaît, afin de prendre les empreintes dans la bouche des clients. Cela devenait sérieux. Sa visite et sa conversation avec le professeur Godon — son futur directeur de l'école dentaire de Paris — l'avait enthousiasmé. Le plan de ses études et du même coup son avenir étaient tracés. Après la fin de son stage, en juillet, son diplôme de chirurgien dentaire en poche, ses dix mois de service militaire accomplis, il ouvrirait son cabinet. Déjà, il étudiait l'anatomie et la physiologie dentaire, son premier livre de médecine acheté place de l'Odéon.

Jean, lui, avait repris ses lourdes charges au Riviera Palace. En son absence, les réservations avaient afflué, on affichait complet du 15 décembre à — pratiquement — fin avril. Déjà, le mail-coach avait repris ses allées et venues, et la longue trompette d'argent appelait les hivernants, place Masséna, pour remonter à Cimiez. On envisageait de surélever le deuxième étage et de remplacer les mansardes par de nouvelles chambres de maître. Un tiers de nuitées en plus améliorerait la rentabilité de l'hôtel. Tout était donc en place pour affronter la saison.

Après les fêtes de fin d'année, les touristes affluèrent, il en venait de partout. Les trains de plaisir succédaient aux trains spéciaux des « très-grands » de ce monde, dont le premier arrivé, début janvier, fut Léopold II de Belgique, descendu à l'hôtel Régina. Venait-il accroître encore son domaine de la Léopolda où s'abritaient ses amours ? Au Municipal, il assista, bien vite reconnu à sa barbe immense, à la mort de la divine Sarah dans son « petit uniforme blanc », aiglon un peu titubant, mais à la voix toujours extraordinaire.

Mais cette année-là, très vite les têtes couronnées disparurent, appelées à Londres : *l'Eclaireur* annonça le décès de la reine Victoria à l'île de Wight. Nice prit le deuil. On ne la verrait plus conduire sa voiture à âne, inaugurer les ponts et monter au café de la Lanterne, à Fabron. Monsieur Gimello, son propriétaire, débaptisa l'établissement qui devint *Le Thé de la Reine,* en hommage à l'affable souveraine qui en avait fait la fortune.

Un mois plus tard, le 27 février, nouvelle tragédie : la mort de Giuseppe Verdi, à Milan. L'Italie perdait son divin maître, qui dormirait désormais sous une couronne de bronze. Agnès se souvenait de la première d'*Othello,* à Nice, à l'Opéra avec Jean. Tout défila dans sa mémoire, ses doutes, sa perte au jeu, l'absence de Jean toujours à la Maloja, sa rencontre avec Adolfo, la tentation, la fougueuse passion, les nuits de Monte-Carlo, son hésitation, et pour finir le naufrage... Jean avait été admirable. Dix ans déjà qu'elle l'aimait. Quelle sublime vengeance que l'amour.

« L'esprit de Pippa avait vu juste : *Sara ma non sara,* ce sera possible mais ce ne sera pas. J'ai déjà quarante-quatre ans, et au mieux les deux tiers de ma vie derrière moi. Si Dieu nous regarde, il voit la tendresse qui nous unit très fort, et c'est le meilleur des sacrements. »

Le 9 avril, visite du président Loubet pour qui l'on édifia un arc de triomphe à l'entrée de la place Masséna, avenue de la Gare. Les cuirasses étincelantes de la garde, les timbaliers, les sonneries de trompette plongèrent à nouveau Agnès dans la tristesse. Elle confia à Françoise :

— Je ne fais qu'ouvrir les tiroirs à souvenirs. La venue de

Moussu Carnote[1], tu te souviens? Le même ciel bleu, pendant que mon Ligio agonisait. C'est toi qui lui as fermé les yeux. Je ne suis plus jamais retournée dans ce petit appartement de la rue du Pont-Vieux.

Françoise essuya les larmes d'Agnès sans rien dire. Elle seule savait. Depuis le premier jour, depuis la petite maison de la ruelle de la République, elle avait tout suivi. Dix-neuf ans d'amitié.

Catherine, elle, exultait. Sully Prudhomme, un de ses poètes préférés, venait de recevoir le prix Nobel, et les vers des *Solitudes* revenaient sur ses lèvres :

Sans bruit sur le miroir des lacs profonds et calmes
Le cygne chasse l'onde avec ses larges palmes
Et glisse, le duvet de ses flancs est pareil
A des neiges d'avril qui croulent au soleil...

et ceux de *la Vie intérieure* :

Bleus ou noirs tous aimés tous beaux
Ouverts à quelque immense aurore
De l'autre côté des tombeaux
Les yeux qu'on ferme voient encore.

chantaient à son cœur.

François aussi se réjouissait, monsieur Cabridens lui avait établi un magnifique certificat de stage. L'école dentaire de Paris lui était maintenant grande ouverte.

Pour le récompenser, Jean l'attendait à la Maloja du 15 juillet au 15 août, ou plus s'il le voulait. Depuis le 15 mai, il avait rejoint le Kursaal, et reviendrait à Nice avant le départ de François pour Paris, fixé à la fin octobre.

A travers ses études, ses lectures et surtout l'influence de son Patchou, François s'était lentement formé. Sur son certificat de stage, on pouvait lire : « Esprit réfléchi, sachant

1. Eligio était mort le jour de la visite du président Carnot (voir *la Porte fausse*).

écouter. Très habile de ses mains, il a suivi son stage avec une application et une conscience extrêmes. Fera un excellent praticien. »

A dix-huit ans, il était de taille moyenne, « harmonieusement construit », comme disait Jean en riant. Avec son visage fin, ses cheveux blonds ondulés, coiffés en toupet, ses yeux noisettes au regard doux mais attentif, il ressemblait à un berger florentin, aux belles mains fines.

D'instinct, il allait aux vérités essentielles, aux lignes nettes et pures. Tolérant, il n'admettait cependant, pour lui-même, que ce qu'il comprenait parfaitement. Le reste, sans le nier, il le reléguait dans le domaine du possible. Il avait confiance en la science, et dans le développement de l'esprit humain. « Le phénomène de la vie, lui disait Jean, ne peut encore s'expliquer, il est plus difficile de chercher que de croire aveuglément à un dogme, la science ne progresse que par hypothèses, c'est le sel de l'esprit, elle mène au savoir. Tout est raison, rien ne doit être croyance imposée, un esprit ne peut être forcé. »

Pour François, la conviction devait être intime. Trop jeune encore pour prendre parti lors de l'affaire Dreyfus, il avait cependant applaudi au souci de justice. Le respect de l'individu, de toute vie en général, était pour lui une condition première.

A l'inverse de sa mère, il adorait la montagne où il retrouvait la nature sans menteries, sans artifices. Là, le ciel rose de l'aurore était toujours égal à lui-même, dans son éternel recommencement.

Heureusement, ses vacances en Engadine approchaient.

Dans le train qui le menait à Chiavenna, il se faisait une joie, fort de l'aide de son Patchou, de pouvoir parcourir sac au dos le massif de la Bernina. La vie simple et rude des montagnards l'enchantait. « Je suis plus romanche que niçois à ces altitudes. Ah, un mois de liberté comme les chamois, à grimper de pics en promontoires ! » Il n'avait pas peur des glaciers, les légendes racontées par sa mère ne l'impressionnaient pas.

En arrivant au Kursaal, agréable surprise : Jean, connaissant ses goûts pour la simplicité, lui avait réservé une chambre dans l'annexe de l'hôtel, où il serait libre de ses allées et venues.

— Tu pourras déjeuner, dîner à l'auberge, au Kursaal, où tu l'entends, dit-il après l'avoir embrassé. Aucune obligation d'horaire, ni table d'hôte ni dîners ennuyeux. Je m'arrangerai pour te réserver une journée de temps en temps, j'ai tant de choses à te dire, à te montrer ! Ah, fiston, je me retrouve tellement en toi ! A ton âge, j'avais le même virus d'humanisme, et aussi le même amour de la montagne.

Et c'est bien ainsi qu'il passa ses vacances, le plus loin possible du luxe et des fastes du Kursaal.

Pour la grimpée, son grand souvenir resterait sa montée au Piz Languard, jusqu'au sommet, trois mille deux cent soixante-six mètres. Deux jours inoubliables. Son Patchou lui avait conseillé : « Tu verras, c'est un des points les plus extraordinaires de l'Engadine, le sommet le plus haut du massif après la Bernina. Tu domineras toutes les Alpes. Par temps clair, la vue porte jusqu'au mont Blanc, tu imagines la distance ! Le mieux serait de partir au matin de Pontresina. Au pied du glacier il y a un hôtel, le Steinbock, que ta maman et moi connaissons bien, les levers de soleil vus de là-haut sont inoubliables : la création du monde intact sortant de la gangue de la nuit comme un papillon de sa chrysalide ! Le grand repos de l'âme et la joie du corps gravissant vers l'infini. Aucune limite... »

Mais le Steinbock était plein. François logea à côté de la petite église, dans une maison voisine tenue par une jolie hôtesse, la signora Carlotta, souple et gracieuse brune aux yeux pailletés d'or. François remarqua tout de suite l'ampleur de la jupe bleu vif avec un pan ramené dans la ceinture qui laissait voir le jupon blanc. Une vraie gravure florentine, pensa-t-il, une scène d'auberge du Quattrocento. Qu'il aurait aimé la surprendre dans son carnet de croquis ! De plus, à son grand regret, il dut décliner l'offre du dîner.

— Je ne savais pas, j'ai déjà retenu au Steinbock, mais je déjeunerai ici demain midi, après ma descente du Languard. C'est promis.

— Dommage, dit Carlotta un peu dépitée. Mais un civet de chevreuil, ça peut attendre. Je vous le garderai au chaud.

Surtout prenez votre temps. Je vous ferai aussi des crêpes aux girolles, une de mes spécialités. Un guide monte justement à votre montagne demain matin, avec un petit groupe d'Anglais du Steinbock. Départ à cinq heures : quatre heures de montée et une seulement de descente. Ça vaut la peine, la vue est superbe.

— Et pour le réveil ?

— Si vous voulez, je frapperai à la cloison. Vous avez la une, et ici n'y a que deux chambres. La deux, c'est moi qui l'occupe. Pas de clef, c'est pas la peine, nous serons seuls. Je vous entendrai rentrer, j'ai le sommeil léger. Je vais vous montrer la chambre. Pour la pension, c'est 3,50 francs. Je vous préparerai un en-cas pour la matinée. Grimper, ça creuse.

Au Steinbock, au cours du dîner, François se renseigna. Les sœurs vaudoises, toujours elles, lui parlèrent autour d'une cruche de leur célèbre vin du haut Valais, le vin d'Enfer. Il apprit que sa logeuse était veuve, un accident de montagne avait tué son mari.

— Ça fait déjà deux ans. C'est un grand malheur, on n'a jamais retrouvé le corps. Elle a du bien, des pâturages, un troupeau dans la montagne. Elle loue des Tyroliens pour faire ses foins. C'est une femme courageuse et de plus une excellente cuisinière.

Au petit matin, la main douce de Carlotta réveilla François.

— J'ai bien heurté à la porte, mais vous n'avez rien entendu. Vous dormiez profondément, alors je suis entrée. Cinq heures vont sonner.

L'ange blond fut surpris par tant de gentillesse. Une chaude complicité flottait autour du lit, avec des odeurs de foin coupé, de grange. Il remarqua qu'aujourd'hui la robe était rouge sur le jupon blanc.

La nuit était encore bien noire lorsque le petit groupe se mit en marche à travers le sous-bois d'où s'exhalait l'odeur des vieux âges, le parfum des résineux, des mélèzes et des sapins noirs, mêlé à l'humidité naissante de la rosée. Le chemin montait, roide, à travers les éboulis et les décombres, les escarpements abrupts, les rochers descendus de la montagne, les pierres qui dégringolaient encore sous la course de quelque animal surpris.

Là-haut, le ciel s'éclaircissait déjà, dégageant les nuées rosâtres qui auréolaient les cimes. La vapeur de l'aube emplissait le fond des vallées dominées par des précipices vertigineux.

On devinait la nature encore endormie. L'humain était dans l'ombre. Ici, l'alignement des pics et des dômes surprenait, éclatant déjà de blancheur dans la lumière dorée du soleil levant. On s'arrêta à mi-hauteur, au bord de la terrasse d'un chalet que des groupes de paysans tyroliens quittaient, hotte au dos, faucille encore gainée à la ceinture.

Les deux couples d'Anglais suivaient de très près le guide, soucieux de ne rien perdre de ses explications.

— Ils vont faucher les pentes abruptes, celles des foins, dit le guide, les meilleurs, tout parfumés de sucs de fleurs.

Trois heures de marche ! La borne des deux mille cinq cents mètres était atteinte. L'étendue offerte, admirable. Tout autour, la solitude, et au-dessus, l'infini. Rien qui puisse rappeler les villes, le dur labeur des humains. Parmi le granit rouge, le guide cueillit des edelweiss qu'il offrit aux deux jeunes femmes surprises de bonheur.

A gauche se distinguait, déjà brillant sous le soleil, Saint-Moritz écrasé au bord de son lac. Le guide fit découvrir même la pointe et le bulbe du clocher de Samaden. La lente marche reprit.

— Encore une heure et nous y serons. C'est le plus dur maintenant.

Le chemin devenait sentier, le sentier gradins étroits, avec la neige entrecoupée de bosses de basalte dont la glace fondait au soleil, croupes luisantes, noires, carapaces de coléoptères géants. C'était sauvagement merveilleux. A perte de vue, le chaos des glaciers emplissait les cuvettes, et de grands chapeaux de neige arrondissaient les dômes. Le sommet atteint, seule la Bernina, orgueilleuse, dépassait de ses quatre pointes la muraille neigeuse.

— Au sud, le Piz Carral, le Cambrena, expliqua le guide, et là, en face de vous, c'est le mur crénelé qui mène au Piz Polü. A droite, le Munt Pers qui domine le glacier de Monterash.

A François, peu importait les noms. Il voyait le spectacle le plus grandiose qu'il ait jamais vu, jamais imaginé. Face à lui, et tout autour, sous ses pieds, vivait la montagne patiente, la gardienne du temps. « Ici, pensa-t-il, les siècles s'écoulent, identiques, loin de la tragédie des hommes. » Aucun bruit, seule la rumeur du vent coulant sur la neige, caressant les cimes. La montagne secrète s'emplissait du grand silence de la neige, ensevelissant toute velléité de lutte. Le sens de l'éternité menait à Dieu, bien au-delà de la fragilité humaine, l'ivresse de la beauté...

Pour la première fois, il était pleinement heureux. Il touchait au règne sublime de l'Idéal.

— A l'ouest, le Piz Uertoch, continuait le guide, le Töedi, plus à gauche le Cresta Mora et encore le clocher pointu du Piz Folü.

Et soudain, tout au fond, dans un halo rosé, se découvrit le géant majestueux, au-dessus du déroulement de la chaîne : le roi mont Blanc.

La descente fut très rapide. Le guide connaissait les grands espaces à glisser. Les manteaux pliés sous les fesses en guise de luge, on arriva vite à la lisière des bois. Le soleil suspendait ses étincelles aux gouttes de rosée qui perlaient aux aiguilles des sapins.

A la petite maison, Carlotta attendait un François radieux, brûlé de soleil. Après déjeuner, il passa son après-midi à faire la sieste, rompu de fatigue.

A huit heures, il descendit dîner. Déjà le soleil n'éclairait plus la vallée. Dans la salle assombrie, Carlotta disposait des lampes à esprit de vin. Elle se tourna vers lui, ils se sourirent, et la même chaleur que le matin, au bord du lit, se glissa entre eux. Dans la chaude maison, le feu crépitait, des ombres dansaient au plafond, et François remarqua les deux jolies fossettes qui riaient sur les joues de la jeune femme.

— Je les tiens de famille, fit-elle. Ma mère disait que c'était des nids à baisers.

— Oui ? Puis-je essayer ?

— Pourquoi pas ?

Il s'approcha, mais sans oser vraiment. Elle se fit tendre, lui apprit à l'embrasser. Puis ils s'aimèrent toute la nuit. Au matin, ils s'éveillèrent ensemble, lovés l'un contre l'autre.

C'est ainsi, par une chaude soirée, que Carlotta renoua avec l'amour. Pour François, c'était la première fois.

Au Kursaal, la saison déroulait ses fastes. On attendait le grand-duc Alexis et sa suite princière, un groupe important d'industriels allemands initiés par la famille Krupp aux charmes de l'Engadine. Métallurgie, chimie, tout se mêlait à la politique et à l'armée qui ne perdent jamais leurs droits, même en vacances. Les Américains aussi, amenés par la gentry anglaise, découvraient le luxe de la haute montagne. Cependant, le 25 août, anniversaire de la mort de Nietzsche, François eut droit à l'errance et au pèlerinage de Jean autour du lac de Sils, qu'il compléta bien vite par la lecture des livres qu'il lui prêta. *Humain trop humain* et *le Gai Savoir,* seuls présents sur les rayons de la bibliothèque du Kursaal. Il l'emmena visiter le célèbre rocher au bord des rives du lac de Silvaplana.

Ils parlèrent surtout de la foi du philosophe en l'avenir de l'homme, et de la plus haute possibilité d'être et de devenir, en laissant loin derrière soi toute animalité. François s'initia à la connaissance de l'homme qui aimait à la fois le mont Boron et le Val Fex, le « premier cognac » goûté avec Lou Salomé et le « vermouth di Torino » découvert avec Resa von Schirnhofer, la si disgracieuse[1] dans le sens bâlois du terme. « Nice, Sils Maria, Turin, les trois villes du philosophe si curieusement liées, elles aussi, à l'histoire de ma famille. Quelle coïncidence », pensa François.

Un matin, alors que Jean avait pu enfin se libérer de ses obligations, ils entreprirent tous deux l'ascension du Piz Margna. Chemin faisant, leur conversation porta sur le choix d'un art de vivre.

Jean revivait ainsi son initiation maçonnique, son école de l'éveil. Il revoyait son émoi d'adolescent lors de la révélation de la table d'Emeraude : « Ce qui est en bas est comme ce qui est en haut, et ce qui est en haut est comme ce qui est en bas : l'homme est une partie du monde et sa pensée une part de la

1. Nietzsche la qualifie ainsi.

pensée du monde. Le visible et l'invisible sont associés. Le progrès consiste à joindre ce qui est épars. Le désir profond de l'unité de pensée doit motiver la connaissance grâce à une remise en cause constante par la réflexion et la méthode expérimentale... » Le « Maître » en profita pour remettre à son « jeune disciple » un petit carnet bleu où étaient consignés quelques thèmes de réflexion.

— J'avais préparé cela pour illustrer nos promenades. Hélas, j'ai eu peu de temps à te consacrer, mon garçon. Mais lis-les, penses-y, note tes suggestions, nous en reparlerons à Nice, avant ton départ pour Paris.

Rentré dans sa chambre, François s'empressa d'étudier attentivement les quelques pages dont le titre était : « Thèmes de réflexion à proposer à François durant nos promenades philosophiques à la Maloja » :

— La Sagesse invente, la Force exécute, la Beauté orne. Il faut donc respecter Sagesse, Force et Beauté.

— Le soleil est la raison, agis le jour, la lune est l'imagination, réfléchis la nuit, mais mélange dans l'action raison et imagination.

— Le ciseau est le symbole de la pensée abstraite, le maillet celui de la volonté qui exécute.

— Il faut aimer les autres pour découvrir la vérité.

— N'impose pas ta pensée, fais-la partager doucement, et souviens-toi qu'il y a du vrai dans toutes les opinions, respecte-les.

— Il n'y a d'erreur absolue ni de vérité parfaite.

— Mets-toi toujours à la hauteur de ton interlocuteur, plus en bas ou plus en haut. Ce dernier niveau est hélas toujours plus facile.

— Apprends donc à juger sans parti pris.

— Cherche la vérité mais tais-toi devant les profanes.

— Cherche la justice, aime tes frères, soumets-toi aux lois de la majorité, mais astreins-toi à écouter la minorité. Rien n'est immuable.

Depuis de longues heures, Carlotta n'entendait plus aucun bruit dans la chambre de François. Inquiète, avec le prétexte de remettre une bûche, elle gratta à la porte, mais personne ne lui répondit. Elle insista longtemps avant de se décider à se glisser dans la pièce. François, tout habillé sur le lit, dormait comme un enfant, le nez enfoui dans l'oreiller. Une bouffée de tendresse submergea la jeune femme. Sans bruit elle s'approcha. Dans la pénombre, la nuque blonde bouclée prenait un reflet doré. Avec précaution, Carlotta posa sa bouche au creux des boucles, là où se réfugie l'odeur chaude du sommeil.

Ils ne se quittèrent pas de la nuit, attentifs à nourrir ces dernières heures de caresses, à cueillir de pleines brassées de souvenirs.

Le lendemain, Jean accompagna François à l'hôtel Kulm, pour rattraper la diligence de Chiavenna. Là, François prit le train pour Nice en passant par Turin, et sur les conseils de Patchou, se fit un devoir d'aller voir, au premier étage de la galerie Natta, l'endroit où habitait Nietzsche avant son effondrement mental. Il ignorait que c'était là, au café de la Galerie, que sa mère prenait le chocolat avec son amie Pippa, là où elles avaient ramassé ensemble les perles éparpillées du collier.

Il marcha jusqu'à la place Carignano pour voir le lieu où le philosophe avait embrassé, par pitié, le cheval du fiacre, juste avant sa crise. Il en profita pour visiter la Mole Antonelliana, si chère à l'auteur d'*Ainsi parlait Zarathoustra*.

A son retour, il fit un récit enthousiasmé à sa mère de son séjour, de ses courses en montagne. Mais il lui cacha son aventure avec Carlotta.

Agnès ne sut jamais combien ses amours et celles de François s'étaient rejointes à Pontresina.

Comme promis, Jean revint à Nice quelques jours avant le départ du jeune homme pour Paris.

François, avec ses amis, fêta ses adieux au café de la Victoire, le nouveau Monnot, au son de l'orchestre féminin qui faisait courir tout Nice.

Au matin du 22 octobre 1901, après une séparation déchirante avec sa mère et sa sœur, François, accompagné de Jean, prit le chemin de la gare.

Il était fermement décidé à réussir.

4

Paris... Dès son arrivée, François s'installa rue Cujas à l'hôtel du Grand-Saint-Michel, à deux pas de la Sorbonne, suivant en cela les précieux conseils du Dr Godon dont il n'avait pas oublié la recommandation de vivre dans le quartier des écoles, et surtout d'y éviter, le soir, la vie des cafés si préjudiciable aux études.

Il lui fallait maintenant dénicher une pension de famille qui ne grèverait pas trop son budget mensuel de cinq cents francs : « Ça me suffira très amplement, avait-il dit à Jean, et me permettra même de faire des économies ! » Son Patchou avait souri, lui qui connaissait bien les besoins et les tentations d'un étudiant lâché dans la capitale.

— L'essentiel est que tu aies l'esprit libre pour que tes études n'en souffrent pas. Tes livres, tes instruments de chirurgie, tes inscriptions te coûteront cher, et rien de tout cela ne peut entrer dans ton budget d'entretien !

Il lui avait donc fait ouvrir un compte courant au Crédit lyonnais du boulevard des Italiens, avec une lettre de recommandation adressée à un fondé de pouvoir, ami de Gastaldi.

— On ne sait jamais. Surtout n'ai aucune inquiétude, je suis là. Je te demande seulement d'avoir toujours trente francs sur toi et un billet de cent francs en réserve dans ta chambre. Pour la banque, j'y pourvoirai. Et rappelle-toi qu'en cas de coup dur, le téléphone existe et que je réponds toujours aux télégrammes.

Et François revoyait avec émotion l'expression tendre de Jean.

Trois jours plus tard, chez Vachette, boulevard Saint-

Michel, il rencontrait un étudiant prolongé, un Canadien que l'on surnommait « La Parlure » et qui lui permit de décrocher le gros lot : une chambre dans une excellente pension de famille, chez madame Blondeau, au 33 de la rue Gay-Lussac, à deux pas du Luxembourg. Une chambre sur rue, très claire, au troisième étage, avec alcôve, lavabo à eau courante derrière un paravent, et meublée d'un grand bureau, le tout confortable. Petit déjeuner et table d'hôte le soir : douze francs par jour, soit trois cent soixante francs par mois, plus quinze francs de pourboire.

Madame Blondeau l'accueillit plutôt froidement :

— Pour les visites, je suis très stricte, le salon du rez-de-chaussée existe pour cela, mais aucune montée n'est autorisée dans les chambres, vous voyez ce que je veux dire, monsieur ! Le service de la table d'hôte est à sept heures.

Agnès, informée par son fils, envoya un panier d'œillets de Nice à la logeuse, avec un petit mot : « Merci de soigner mon petit, avec toute ma reconnaissance. Signé : madame Mogliano. »

A dater de ce jour, madame Blondeau s'adoucit, prenant François sous son aile. La Parlure avait raison : la cuisine bourgeoise était abondante et, pour une pension de famille, saine et bonne. L'excellence n'était-elle pas réservée à une certaine table niçoise ? Tous les lundis matin, la femme de chambre s'occupait du linge qu'elle ramassait, proprement serré dans un grand sac de toile bleu, et l'étudiant le retrouvait, le mercredi soir, étalé sur le lit, impeccablement repassé, col et manchettes amidonnés. François, débarrassé des contingences matérielles, put ainsi se consacrer à ses études.

L'école dentaire de Paris avait été fondée en 1880 dans le but de décerner un diplôme de chirurgien-dentiste. Mais depuis la nouvelle loi établissant le diplôme d'Etat délivré par la faculté de médecine de Paris, le plan d'études avait dû être complètement révisé. Sous la direction du professeur Charles Godon, et le patronage de praticiens émérites, elle se proposait de préparer les étudiants au diplôme d'Etat, en leur donnant non seulement une très solide formation médicale dans le domaine de la pathologie et de la thérapeutique dentaire, mais encore en les formant au contact des patients en matière de soins, de prothèse et d'orthopédie dentaire. Les nouvelles méthodes américaines révolutionnaires en matière de technique dentaire y étaient enseignées par d'éminents praticiens venus de New York et de Pennsylvanie, en particulier les professeurs Levette et Ingham, de très grand renom.

François, déjà spécialisé en prothèse, avait été très impressionné par l'importance donnée aux laboratoires de mécanique, physique, chimie, et surtout métallurgie-fonderie et traitement des métaux, qui venaient compléter les travaux exécutés dans les amphithéâtres déjà classiques d'histologie, de bactériologie, d'anatomie et de physiologie humaine et comparée. La dentisterie opératoire et la prothèse dentaire appliquée y tenait une très grande place grâce au dispensaire ouvert au public et tenu par les étudiants sous le contrôle permanent des professeurs. C'était une salle immense, de plus de cent fauteuils, qu'alimentait une salle d'attente toujours bondée. Une clinique de stomatologie venait renforcer ce dispositif enclavé dans le quadrilatère de la rue Milton.

François apprit du concierge de l'école que Victor Hugo avait habité rue de La Tour-d'Auvergne, en face de l'école, au 39, d'où il avait évité l'arrestation, la nuit du coup d'Etat : « J'ai même assisté à la vente aux enchères de ses meubles, monsieur ! »

Pour se rendre à l'école, François avait une longue course : du boulevard Saint-Michel, il prenait l'omnibus à impériale qui, après une correspondance, le menait au bas de la rue des Martyrs. Là, il assistait à l'attelage du cheval de renfort imposé par la S.P.A. pour monter la rude pente jusqu'à Pigalle. Il descendait juste avant, à la hauteur de la devanture bariolée du marchand de couleurs, après avoir tiré sur la corde reliée à la cuisse du conducteur qui arrêtait alors l'omnibus. Quarante minutes lui étaient nécessaires. Parfois, le soir, il redescendait par Notre-Dame-de-Lorette à pied, où il croisait les jolies gosses si chères à Gavarni. Il les voyait courir à la pêche au jaunet, et raccoler aux rutilantes terrasses des cafés des Grands Boulevards. Même dans une mansarde, avec une cage à serin, il leur fallait survivre...

Petit à petit, le jeune homme s'installait dans son quartier qu'il avait délimité, un peu grandement, c'est-à-dire le quadrilatère boulevards Saint-Michel et Montparnasse, rue de Rennes et les quais, dont il se défendait de sortir, hormis pour ses études. Combien ce Paris se révélait différent de celui entrevu lors de l'Exposition ! Désormais, il vivait la vie du Parisien attaché à son quartier, à sa rue, à son boulanger, à son bistrot. Ses points de chute quotidiens étaient les cafés d'étudiants où il avait déjà des connaissances de banquette : au Cluny, chez Vachette, au d'Harcourt, chez Mathieu, à la taverne du Panthéon.

Les jours de grande expédition, surtout le samedi soir et le dimanche, il étendait sa curiosité jusqu'au boulevard du Montparnasse, après son habituelle promenade au Luxembourg. Il aimait ce boulevard orgueilleux de ses acacias, coupé de rues transversales qui menaient à des maisons de plâtre, murant des jardins de maraîchers à odeurs provinciales. Vers la barrière d'Enfer se tenait le marché aux oiseaux. De bonne heure, le dimanche, il rencontrait le troupeau d'ânes et de chèvres qui descendait vers le Luxembourg, et les chevaux au pas, fatigués de la nuit, qui rentraient leur maître à la remise des petites voitures, au coin de la rue Campagne-Première. Au carrefour de l'Observatoire, il aimait se rendre au bal Bullier, un franc pour les cavaliers, gratuit pour les dames, où valse, polka et récemment le cake-walk rivalisaient d'entrain.

Déjà, au carrefour Vavin, des cafés s'animaient, au contact des ateliers d'artistes tout proches, des grandes blanchisseries de la rue Delambre, tout cela au milieu des chansons de Delmet.

François, dès qu'il le pouvait, après les examens trimestriels, fréquentait l'académie de peinture Colarossi, rue de la Grande-Chaumière. Là, il s'essayait à dessiner, et quelques sanguines de son cru représentaient des jeunes filles calabraises, celles-là mêmes qui venaient pudiquement poser nues pour quelques francs. On y « boldinisait » aussi des portraits de femmes, car la manière de Boldini était des plus prisées sur les Grands Boulevards.

Parfois, les soirs de spleen, il s'échappait de la pension de famille et venait au coin de la rue du Départ, chez Lavenue, s'offrir un bon déjeuner en compagnie d'une âme sensible, ou de La Parlure qui lui contait son histoire, son départ de sa chère vallée de La Chaudière, au milieu de la Beauce québécoise, puis sa venue à Paris, ses études, sans oublier sa rentrée au pays, dont il parlait beaucoup et qu'il remettait d'année en année, au grand désespoir de son père qui, déjà, lui avait choisi sa femme. Il faut dire que son amie parisienne, Sidonie, le retenait chaudement.

— Avec elle je suis aux petits oiseaux, François ! Je ne cours plus la galipote, elle est bien greyée, tout un gréement ! C'est une belle grande jaune bien viandée !

François fronçait les sourcils, mais ne renonçait pas à le comprendre. Après tout, le Canadien parlait une bien belle langue, celle de Rabelais. Son pittoresque, d'ailleurs, ne s'arrêtait pas là. Il fit connaître à son ami « Françoué » un autre curieux personnage, Paul Seyton, gynécologue, qui préparait son internat et était l'auteur d'une thèse déjà célèbre sur la callipédie, ou « art de créer de beaux enfants ». Originaire de Carpentras, Paul comptait bien ouvrir un cabinet de gynécologie à Paris et aider ainsi à régénérer la famille française. Très affecté par le rétablissement du divorce, en 1884, il avait applaudi à la publication de *la Bible des jeunes époux,* des docteurs Thomas Caraman et Coriveaud. François était donc devenu le confident de Galipette (c'est ainsi qu'on le surnommait chez Vachette) qui lui confia les divers éléments de sa thèse. Par exemple, l'« exposé des motifs » traitait de l'importance de la nuit de noces, du rut sauvage qui en était souvent la triste conclusion, et de la peur du viol conjugal qui s'ensuivait[1]. La première partie traitait des préceptes callipédiques :

« Jamais de jouissance féminine, rejet de la " position du missionnaire " trop excitante pour la femme, position couchée sur le flanc, obligatoire pour recevoir la semence, et défense de redoubler l'acte. Conclusion, mon cher, ce qui nuit à la callipédie, c'est le raffinement de la volupté. »

La deuxième partie de la thèse, plus pratique, traitait de la physiologie du coït et de la gestion du spasme.

1. Travaux du docteur de Baillerie en 1884.

— Tu ne sais pas, François, disait Galipette d'un air inspiré, que la malformation des enfants vient de l'abus de la fornication ? Trente grammes de sperme gâché équivalent à mille deux cents grammes de sang perdu ! Galène, Aristote et Hippocrate nous avaient déjà éclairés là-dessus !

En annexe se trouvait toute une étude sur les pessaires très en usage à Paris. Un orthopédiste de la rue Blondel, qui les fabriquait, en annonçait au moins trois cent mille en service.

— Des pessaires ? Qu'est-ce que c'est ? avait demandé François en ouvrant de grands yeux.

— Ah, ça évite beaucoup de voyages à Bruxelles dans la bonne société ! rigolait Galipette. C'est un simple anneau de caoutchouc ou de métal qui enserre le col de l'utérus. Les femmes s'en servent soi-disant pour remédier à une déviation. En fait, il empêche de tomber enceinte. Ce qui explique, mon cher, que l'on rencontre tant de corsets et de culottes « à crevés » oubliés dans les fiacres, roulés dans du papier journal !

Quand Simone, la maîtresse pleine de bon sens de Galipette, écoutait ces sornettes, elle se tordait de rire en vantant les mérites de la simple éponge.

— Oh ! l'horrible, la nocive, la dangereuse ! s'exclamait alors Galipette. La femme n'est et ne doit rester qu'un ventre !

— Oh, l'affreux ! Le pas beau ! L'hypocrite ! rétorquait Simone. Qu'est-ce que tu crois ? Que vous êtes les seuls à aimer ça ?

— Ah, mon cher François, les femmes ne peuvent pas comprendre ! Il faut de l'expérience pour étudier la callipédie, je dois m'y adonner à fond, et l'art est difficile !

De Nice, Catherine écrivait régulièrement à son frère, et elle lui racontait la vie en ville, les histoires de la maison, du quartier, les allées et venues de leur Patchou : *Je sors tous les après-midi avec maman, nous allons souvent à la Maison dorée où il y a un orchestre italien excellent, avec un violoncelliste sublime, beau comme un dieu. A l'entendre, mon cœur se gonfle de bonheur. Je ferme les yeux, j'imagine la joie et l'amour à travers sa musique. Maman préfère les valses, mais moi les symphonies de Schumann m'enchantent. Du côté couture, j'attends la décision de monsieur Sert qui compte s'associer pour donner un nouveau départ à ses salons du quai Masséna. L'apprentissage me rebute, c'est la vente qui m'attire, composer les robes avec les clientes ! J'envie souvent ta chance, toutes les possibilités que tu as à Paris de te mêler à la vie littéraire. Dis-moi, as-tu aperçu Willy et sa femme Colette ? A ce que je crois ici, tout le monde en parle. Achète-moi le nouveau* Claudine à Paris *et le dernier recueil de Jean Moréas, les* Stances. *J'ai déjà lu* les Syrtes *et les* Cantilènes, *ne te trompe pas. J'aimerais aussi recevoir Albert Samain, mon amie Eugénie m'en a beaucoup parlé, surtout son recueil sur l'infante. Je l'ai recopié et appris par cœur pour le réciter dimanche, à notre après-midi poétique. Dis-moi si tu aimes :*

Mon âme est une infante en robe de parade
Dont l'exil se reflète, éternel et royal...
L'eau vaine des jets d'eau, là-bas tombe en cascade
Et pâle à la croisée, une tulipe aux doigts,
Elle est là, reflétée aux miroirs d'autrefois
Ainsi qu'une galère oubliée en la rade.

Tu vois, c'est moi, j'attends l'espéré. Quand viendra-t-il? J'aimerais tant rendre un homme heureux...

J'ai imaginé une recette exquise, un secret que je te réserve. C'est si doux, tu sais, de penser à toi, mon petit frère.

Oui je rêve. Nous n'avons qu'une vie. Je ne crois pas à la réincarnation. Il faut vivre à fond son idéal. Bravo pour tes examens. Maman est si contente qu'elle le dit à tout le monde, et ton Patchou est très fier. Moi je t'admire... Ici, il y a beaucoup d'agitation dans le milieu catholique, les curés ça bouge, le petit père Combes fait des siennes. On parle de fermer des couvents, des écoles religieuses. Françoise est très malheureuse, on va fermer son ancienne école. De si braves gens. La tolérance, d'un côté comme de l'autre, c'est ce qui manque le plus...

François, méticuleux, habile, obtenait d'excellents résultats dans le domaine de la prothèse, grâce, pour une grande part, à monsieur Cabridens qui l'avait mis à rude épreuve. Son premier modèle réalisé à l'école, sur maquette de gencive, un bridge pour molaire inférieure, avait été remarqué et gardé exceptionnellement, à titre d'exemple, au musée de l'école. Mais c'était l'anesthésie qui lui semblait la pierre de touche de la profession. Elle seule permettrait de progresser dans la sécurité, pour la tranquillité du patient. Ce qui, il faut bien le dire, était loin d'être le cas pour l'heure. Les patients du dispensaire arrivaient terrorisés, blancs de peur ou agités à l'extrême, ce qui augmentait d'autant leur réaction à la douleur. La terreur des étudiants... les bouches grandes ouvertes n'attendaient qu'une maladresse pour se mettre à hurler.

Son professeur d'anesthésie était excellent. A vrai dire, c'était là une grande nouveauté dans la profession. L'introduction de l'éther sulfurique par le dentiste américain Morton, en 1846, avait secoué l'indifférence des arracheurs de dents. On pouvait enfin soigner et sauver les dents. L'esthétisme devenait possible. L'orthopédie, la reconstitution de la denture, l'hygiène de la bouche, la stomatologie allaient faire un grand pas. Enfin, les travaux de Flourens sur le chloroforme, l'introduction de la cocaïne, la découverte du chlorure d'éthyle et du protoxyde d'azote ouvraient des perspectives nouvelles.

A l'école, le protoxyde d'azote donnait une tranquillité théorique d'intervention de quarante à cinquante secondes, et le chlorure d'éthyle de une à deux minutes, le temps de bien faire.

François avait vite remarqué que la cocaïne procurait l'analgésie mais ne supprimait pas la douleur au contact de l'enfoncement du davier, au serrage des mors sur la racine lors de l'extraction, et à la rupture des ligaments alvéolaires en zone profonde. La vitesse d'exécution restait essentielle. Il pensait trouver là un des sujets de sa future thèse. « Avec une bonne étude clinique, je m'en sortirai bien, pensait-il. Ici, les exemples ne manquent pas[1]. »

Paris s'enverdissait. Certaines femmes, déjà très en peau, découvraient leurs bras, et même leurs épaules, cachées par un fichu, jusqu'à la naissance des seins.

Malheureusement pour François, madame Blondeau prenait ses dispositions pour passer la main à un successeur.

Le 1er mai, il décida de changer de crèche et transporta ses pénates, toujours dans le même quartier, rue des Feuillantines, dont le nom plaisait tant à Catherine qui le menaçait de lui envoyer deux lettres par jour pour le plaisir d'en écrire l'adresse. Il y loua une chambre indépendante, le rêve de tout étudiant. Aucun compte à rendre à personne, la clef dans sa poche. Il trouva vite une petite Bretonne venue de Guérande qui lui ferait son ménage trois fois la semaine. Libre enfin de prendre ses repas où bon lui semblait, et surtout de recevoir l'âme sœur à qui il pourrait désormais ouvrir son lit, faire goûter la douceur endormante des soirées que l'on prolonge.

1. Chaque fauteuil du dispensaire voyait, au cours de la journée, défiler une vingtaine de clients pour extraction, et cela multiplié par plus de cent fauteuils. Deux mille dents par jour... un immense collier de souffrance.

5

Sidonie, l'amie de La Parlure, la belle jaune bien viandée, vendait maintenant pour son compte des brioches de Paris, rue de la Lune, au coin du boulevard Bonne-Nouvelle. Elle présenta à François son amie Mado, une fille assagie qui adorait fréquenter les étudiants, les rigolots, rapins et carabins.

— Tu verras, c'est une chic môme, avait annoncé Sidonie, une fille formidable, une payse à toi. Elle nous a assez cassé la tête avec son Nice par-ci, son village par-là, ça lui fera plaisir de te connaître ! Avec ta jeunesse et tes cheveux blonds, t'es vraiment son genre ! Elle est drôlement roulée, je te dis que ça, et pas besoin de corset ! J'en suis jalouse ! Comme dit La Parlure, elle a des biberons superbes !

Mado, effectivement, une jolie brune de vingt-cinq ans, avait la taille bien prise et le teint mat. Son cou de gazelle mettait en valeur la finesse du visage et le regard profond de ses grands yeux noirs, sous la frange gonflante. Ses seins ronds donnaient l'impression de vouloir toujours jaillir du corsage.

Dès leur première rencontre chez Vachette, François la trouva fort à son goût dans sa robe de mousseline pêche. Tout de suite ils parlèrent niçois, se dévorèrent des yeux, échangeant des sourires pleins de promesses.

Lorsqu'ils se retrouvèrent pour la deuxième fois, sur les banquettes de la taverne du Panthéon, un beau soir d'avril, Mado suivit François rue des Feuillantines, et la nuit s'emplit de tendresse et de confidences : Mado faisait des chapeaux qu'elle livrait à des théâtreuses et à des demi-mondaines, une clientèle de haut luxe, pas regardante sur les prix, mais toujours à la recherche de « la merveille », la nouveauté pour parader au Bois ou au Café de Paris, au bras de leur protecteur officiel. Ça payait bien.

— Mon vrai prénom c'est Antoinette, Toinon Faraut, si tu préfères. Je suis de Lantosque, mais je suis née à Utelle. Madeleine, c'est le nom de ma pauvre mère. Elle est morte quand j'avais treize ans, le lendemain de ma communion. Tu connais Lantosque ? (François approuva de la tête). J'y ai vécu jusqu'à seize ans, ma grand-mère aidait ma tante à l'épicerie, à côté de l'hôtel Passeron. Mon père travaillait l'hiver à Nice, à l'hôtel des Etrangers, comme garçon d'étage. Il m'y a emmenée quand j'avais seize ans. Comme j'entrais à la lingerie, je suis tombée amoureuse d'un client, un riche Anglais qui m'a amenée à Paris. Puis il m'a quittée brusquement pour une histoire de famille. En tout cas je ne l'ai jamais revu, il m'avait laissé un polichinelle dans le tiroir, mon petit Philippe. A dix-huit ans, tu parles si j'en ai bavé ! Je l'ai mis en nourrice chez une brave femme, la Germaine, à Appoigny, dans l'Yonne, près d'Auxerre, un coin très chouette, plein de maraîchers. Je ne regrette rien. Je l'aime, mon petit. Il a déjà huit ans. Mais pas question de retourner au pays fille mère, tu vois ça d'ici ! Ç'a été très dur, j'en ai fait avant de me dépatouiller avec mes chapeaux. Ça t'intéresse ?

— Oui, raconte-moi...

— J'ai jamais voulu faire la corbeille à la terrasse des cafés des Grands Boulevards, mais j'ai dû accepter de travailler dans les brasseries de femmes de la rue Monsieur-le-Prince. Je les ai faites toutes les trois : la Lyonnaise, le Cygne, le Cancan, et même le Grand-Duc, rue de Vaugirard. J'avais un drôle de succès à servir mes trois tables. Mes tétons, mes fesses, ça m'a bien servi, et ma taille serrée avec ma petite sacoche. Ils voulaient tous tripoter. Alors fallait leur dire « pas touche », mais en rigolant, histoire de pas heurter la clientèle ! La Vénus, qu'on m'appelait. J'ai fait aussi un petit stage comme serveuse à la brasserie Mollard, à Saint-Lazare. Là, j'étais plus tranquille, c'était bien munitionné en femmes. On y courait pour trouver du jupon, une vraie bicherie... C'est là que j'ai rencontré Sidonie ! Qu'est-ce qu'on s'est poilées toutes les deux ! Une marrante... Mais je cause, je cause et j'ai faim, l'amour ça me creuse ! J'ai apporté de quoi nous faire une *troucha*[1] de chez nous, avec un verre de rouquin, du bon que j'ai vu dans la cuisine !

La troucha fut succulente, François revivait.

Elle se leva, nue, pour ouvrir la fenêtre et tirer le rideau. François remarqua combien son impudeur devenait chaste dans la calme simplicité de sa nudité. Elle revint au lit.

— Quand Sidonie m'a parlé de toi, un carabin de Nice, ça m'a fait quelque chose. Tout mon passé est remonté, ça m'a fichu le cafard, fallait que je te vois, j'ai eu envie de te connaître. Je t'ai trouvé bien jeune, mais c'est ton air sérieux qui m'a plu. Et puis voilà, on est là à s'aimer. C'est formidable ! Je vais t'en apprendre, des choses, du raffiné, tout un tas de trucs. T'es vigoureux, ça me plaît. J'aimerais que tu me fasses l'amour en niçois, apprends-moi chéri, je t'apprendrai tout le reste. Je vais t'aimer très fort.

Malgré ses apparences de jeune femme garçonnière, capable de faire face à l'adversité, Mado était une sentimentale. François notait que souvent, sans raison apparente, elle passait de la gaieté à la tristesse, au bord des larmes en des moments de grande fragilité. Il avait l'impression que sa vraie nature, douce, se cachait derrière cette exubérance, qu'elle devait être très différente des airs de bravade qu'elle affichait.

Rue des Feuillantines, elle apportait des emplettes, des victuailles que, gourmande, elle adorait acheter rue Mouffetard, veillant toutefois à ne jamais surgir à l'improviste. François devait même insister pour qu'elle restât la nuit.

— Je ne veux pas te déranger, tu dois travailler, disait-elle d'un air sérieux.

Elle montrait un grand respect pour les livres, la culture, et admirait le travail intellectuel. Elle répétait à François combien leur amour ne pouvait être qu'un béguin, une passade d'étudiant, une simple confluence, car leur vie devrait nécessairement se séparer.

François avait souvent l'impression que Mado venait chez lui pour noyer ses soucis, se détacher de sa gangue parisienne

1. Omelette sèche à base de blettes.

et recouvrer sa jeunesse. Une des premières choses qu'elle faisait toujours en arrivant, c'était de se laver au tub avant de lui offrir son corps. « Je suis pure maintenant, lui disait-elle. Avec toi je peux rentrer mes griffes, je fais patte de velours... J'oublie tout le mauvais. »

Après l'amour, apaisée, elle reprenait son visage d'enfant, jouait à cache-cache sous les draps, ou se nichait entre les bras de François.

François lui aussi avait changé. Il se sentait responsable d'un nouveau bonheur. Une authentique étape de sa vie était franchie. Il ne sortait plus à l'aventure, pour mieux chérir la femme qu'il possédait.

A l'école dentaire, les cours s'espaçaient, l'époque des révisions s'installait, bientôt le dernier examen. Seuls quelques travaux pratiques, de-ci, de-là, émaillaient ses matinées. Mai approchait. Le jeune homme passait le plus clair de son temps à travailler : les après-midi et les soirées le voyaient à sa table, devant la fenêtre. Inlassablement, il révisait. Sa seule distraction : les visites de Mado.

Le deuxième examen, celui du printemps, s'annonçait impitoyablement sélectif. Ses matinées de grand soleil, libres de cours, il les réservait à ce qu'il appelait le travail en plein air, à l'ombre des marronniers, au pied de Marguerite de Valois, sur la terrasse ouest du Luxembourg dominant les immenses massifs de fleurs. Il y emportait son précis d'anatomie qu'il se devait de savoir par cœur : muscles, nerfs, tendons, le moindre petit os...

Il se présentait aux grilles du Luxembourg, côté Saint-Michel, à l'heure où, dans les allées sablées et désertes, s'abattait encore le vol lourd des ramiers et se chamaillaient les merles tapageurs.

Avant de s'asseoir à sa place préférée où ses amis savaient le joindre, il faisait le tour de la partie du jardin réservée à l'amusement et à la gourmandise des enfants. Il aimait à suivre les préparatifs des petits métiers annonçant la fête, notant dans sa mémoire tel geste précis, l'autre répétitif, habituel, qui tous présidaient à l'ouverture des kiosques, à l'arrangement et à la mise en place des éventaires : la marchande de gaufre vanillait sa pâte ; le forain découvrait ses chevaux de bois des voiles de leur nuit et essayait son limonaire ; les jardiniers nettoyaient les géraniums de leurs fleurs d'hier. Rien n'échappait à François. La fontaine à coco remplissait ses bocaux ; le grand cylindre à tourniquet entassait ses oublies [1]. La caissière du guignol dépliait et ordonnait ses chaises, le musicien préposé accordait sa harpe ou tendait son tambour. Ici on réparait la crinière d'un cheval à bascule, là on graissait la gondole d'une balançoire.

Bientôt viendraient l'invasion des nounous, l'inévitable loueuses de chaises, la parade des dragons en permission, fatigués des bordels de Grenelle et embarrassés de leur sabre, lissant leurs moustaches et cherchant fortune. On maudirait la course folle des enfants, les réprimandes des mères, les cris de joie, les genoux abîmés, les pleurs, la poussière...

Il était l'heure pour François de fermer son livre, de s'en aller et d'acheter en passant, à la petite bouquetière adossée à la grille du boulevard, le bouquet de violettes à un sou. Il rêvait à Nice, à la maison... Là-bas, le canon avait tonné, la table était mise. Catherine, certainement, s'apprêtait à apporter, qui sait, peut-être les divins gnocchis. En fermant les yeux, il devinait le parfum de la daube qui emplissait la salle à manger. Et brusquement, il avait faim, cherchait dans sa mémoire un lieu où bien déjeuner. « Je suis pressé aujourd'hui, alors au Bouillon Duval, dans le fond ce ne sera pas plus mal qu'ailleurs et ça me fera faire des économies ».

L'examen du 5 mai se déroula sans surprise. Une journée très rude pour François, avec cette appréhension de l'épreuve d'anatomie. La veille au soir, Mado lui avait apporté un trèfle à quatre feuilles et une terrible nouvelle : la destruction de Saint-Pierre de la Martinique. La montagne Pelée, brusquement réveillée, avait englouti la ville dans un énorme souffle de cendre et de feu. Même les navires en rade avaient été consumés. Déjà, on parlait de dizaines de milliers de morts.

1. Pâtisserie fort mince.

Les élections du 11 mai donnèrent la victoire au bloc des gauches. On jubilait dans les faubourgs, mais au Bois, les splendides équipages n'en étaient pas moins nombreux.

Et vint le résultat de l'examen, que Mado et François fêtèrent aux Bouffes-Parisiens, aux accents du célèbre « tha ma ra boum dié », la coqueluche des étudiants. Ils y applaudirent Polaire dans *Claudine à Paris* et l'admirèrent aussi au palais de Glace, « en jupe de gambilleuse, la taille prise dans un faux col de quarante-deux centimètres, en chaussettes et bottines à boutons, les yeux clignotant de nacre comme des huîtres froides[1] ». Elle chantait *Max, ah ce que t'es rigolo...*, la rengaine qui faisait fureur.

Quelques jours plus tard : orage dans le ciel bleu de Mado. L'amie Ginette tentait de lui souffler François. On se l'arrachait... Mais celui-ci restait imperturbable. La fille était superbe, elle aussi, mais le hucher était bien garni. Pourquoi tromper Mado ? A quoi bon se compliquer la vie, rendre malheureuse celle qui vous aime ?

Bientôt Paris entra en transe. Le petit père Combes faisait voter sa loi sur la fermeture des écoles confessionnelles et fixer la durée légale du travail journalier à dix heures, six jours par semaine. Branle-bas de combat général, la rébellion religieuse renaissait alors que Santos-Dumont tournait en dirigeable autour de la tour Eiffel.

Pour François, l'examen final de première année, l'écrit, porta sur les quatre matières essentielles : physique, chimie, métallurgie et anatomie, dont il se tira fort bien. L'oral, lui, comporta trois épreuves, toutes brillamment réussies : clinique de dentisterie opératoire, examen d'un malade et extraction d'une sérieuse molaire, préparation et obturation par ciment et amalgame, et une épreuve de prothèse. Moyenne obtenue : 15,25 sur 20. Dans l'heure qui suivit, un télégramme porta sa joie vers Nice.

Il avait décidé de rester à Paris, tandis que Jean était à la Maloja, et Agnès et Catherine en villégiature à Aix-les-Bains.

1. Extrait d'un article paru dans la presse de l'époque : *le Gaulois*.

Il profiterait de cet été sur place pour faire un stage payant dans le laboratoire « le plus innovateur » d'un dentiste américain, professeur à son école.

Mado, elle, ne pensait plus aux chapeaux, sa clientèle fuyait vers les villes d'eaux. Elle loua donc une petite maison sur la Marne, à Nogent, sur l'île d'amour, où François, en fin de semaine, viendrait canoter, peut-être taquiner le goujon, et surtout l'aimer. Elle avait emmené son petit Philippe. Toute la bande de copains débarquerait, impatiente de rire, guincher, manger la galette et boire du petit vin blanc. Sidonie et La Parlure, Simone et Galipette, toute une escouade des Beaux-Arts enfin sortie des loges.

— Pourvu que le temps s' beurre pas ! s'écriait La Parlure. Enfin, on pourra se décapoter et mettre son brayet !

Même Ginette, réconciliée avec Mado, avait promis de venir. « Allons, Mado, on se fâche pas avec une amie qui a partagé la même bohème ! »

Le soir, à la grande table mise au jardin, c'étaient des rires, des chansons, des conciliabules interminables. Un soir de verve, François appris ainsi les dessous de la carrière de Ginette et de Mado, au caf'conc', et de la vie de bohème qui les liait si fort.

— Oui, avait commencé Mado, Ginette et moi, on a voulu faire de la danse. On croyait que ça nous mènerait à la grande vie. Tu parles ! On croyait que c'était facile, un sacré turbin qu'il fallait faire en plus de notre travail dans une académie place Pigalle. La barre, les copains, vous savez ce que c'est ?

— Eh oui, rétorqua Ginette, un fichu truc. Tu te souviens, Mado, on en a fait des balancés, des enveloppés, des jetés, des relevés sur la pointe, comme ils disaient !

— Moi, j'ai vite compris, plus vite que toi, j'ai abandonné le classique et j'ai fait de la moderne, je t'ai entraînée, tu te souviens, on s'est fourvoyées dans un groupe pour le caf'conc'.

— ... Là, y fallait de l'ensemble. C'était encore plus fatigant : le grand écart, la jambe levée bien haut, la façon de se recevoir quand on s'écroulait. On aimait ça, hein Ginette ! Oh, moi, le Moulin rouge, ça me bottait. Mon premier engagement, ça s'est passé au café du Globe, vingt sous par soir. Tu te souviens, Ginette, tu m'as rejointe avec deux copines. En attendant le quadrille réaliste qui arrivait en omnibus de la place Blanche à onze heures du soir, on faisait le lever de torchon, à vrai dire, de la gambille...

— Tu parles, l'interrompit Mado, et tu te souviens de l'inspecteur des mœurs habilité à la préfecture, qui venait tâter sous nos jupons avant le spectacle pour voir si la fente de nos « indispensables » était bien cousue ? Vous voyez ça d'ici ! Si la bamboche avait pu zieuter dans l'entrebâillement pendant qu'on levait la patte pour voir ce que vous pensez, vous parlez d'un crime !

Toute la tablée se mit à rire.

— Oui, reprit Mado, et à la Scala, fallait voir. On se trémoussait, on faisait la cabriole, on retombait, et ça y allait dans la salle. La fumée, l'odeur de vinasse, le parfum de mandarine des femmes, très propres vous savez, mais en sueur. Ça gueulait : « Ote ton pantalon, montre plus haut, fais-la voir ! » Le chahut du cancan, quoi !

— Eh oui, soupira Ginette, ça rigolait. On rentrait en coulisses crevées, toutes mouillées, les jambes en feu, les reins en compote, et tout ça, mes princes, pour vingt ronds !

Mado ajouta :

— Tu oublies de dire qu'on avait des compensations. Surtout le vendredi, quand on se sauvait à la fête à Neu-Neu pour monter sur les manèges ! Le plus marrant, c'était celui des gros lapins de bois qui montaient et descendaient. Ah ! y avait du beau linge. On en a connu des types bien. Tu peux rigoler, La Parlure ! Autre chose que toi, des types en habit, huit reflets, canne à pommeau en or, gants beurre frais, et tout et tout ! fallait voir !

La joie montait. Un peu plus, Ginette aurait grimpé sur la table pour étaler son « savoir ».

François faisait déjà les gros yeux à Mado qui, vite, apporta la galette et du cidre bouché.

— Eh oui, les amis, se consola Ginette, avec Sidonie ici présente, Mado a voulu se mettre à la pantomime, monter un numéro un peu polisson. Elle a préparé des costumes, des chapeaux, les a bien vendus, et du coup, elle est devenue modiste ! Le caf'conc', ça mène à tout. Moi, je me suis lancée dans les Beaux-Arts. Je posais à poil dans les ateliers d'académie. C'était le bon temps !

D'Aix-les-Bains, les nouvelles n'étaient pas très bonnes. Catherine se plaignait de plus en plus de son genou gauche, de fortes douleurs articulaires. La cure et le traitement n'avaient pas servi à grand-chose. Agnès était très inquiète.

Quant à Jean, il attendait son François à Nice, fin septembre. En un an, celui-ci avait considérablement progressé. Parti tout jeune homme, il lui reviendrait mûri, bien armé pour affronter sa deuxième année et assumer son futur rôle de chef de famille.

Son stage, effectué au laboratoire de prothèse du Dr Levett, le célèbre dentiste américain, lui apporta beaucoup, notamment sur le plan des techniques. Au plan des contacts humains, l'expérience ne fut pas moins passionnante. Elle permit à François de côtoyer une clientèle oisive et fortunée, extrêmement différente de celle du dispensaire de l'école, composée principalement de petites gens. Il se mit à réfléchir sur la situation politique et sociale issue des dernières élections du mois de mai. Les partis radical et socialiste avaient le vent en poupe. Le terme de « justice sociale » commençait à apparaître, timidement mais sûrement, dans la presse. François avait déjà eu à ce propos des discussions interminables avec ses camarades étudiants, et il avait grande hâte de s'en entretenir avec Patchou qui, sans aucun doute, saurait utilement l'instruire et le conseiller. D'autre part, il était très intéressé par la révolution laïque prônée par le nouveau ministère Combes, quoique chagriné par les écarts d'intolérance et les remous d'opinion qui dressaient les Français les uns contre les autres. Que d'exactions et de brutalités ! Sa crise de conscience religieuse avait éclaté dès ses treize ans. Depuis sa montée à Eze, vers le ciel alcyonien, il avait perdu sa foi, ne croyait plus au dogme imposé par l'Eglise, au respect du culte et des sacrements non issus des seuls Evangiles, mais il croyait encore à l'existence d'un Dieu ou d'un Etre suprême, créateur et ordonnateur d'un monde à la fois matériel et spirituel. Les arcanes tenant à l'origine et à la finalité de la vie restaient pour lui toujours inexpliqués. La science arriverait-elle à combler ces lacunes ? Il savait que Jean, membre influent de la franc-maçonnerie écossaise, spiritualiste, croyait en un Dieu, mais pas forcément en celui prôné par les catholiques, et rejetait tout ce qui n'était pas admis par sa raison. « Dieu, lui avait-il dit à la Maloja, n'a pas besoin d'intermédiaire. » La morale laïque basée sur le respect de l'homme, et non sur la crainte de Dieu, sur le châtiment, lui apparaissait infiniment supérieure sur le plan de l'éthique. Dieu n'avait besoin ni de glaive ni de prêtre. François avait lu avec beaucoup d'intérêt le petit carnet de réflexion qu'il lui avait remis lors de leur pèlerinage à Sils Maria, et il se faisait une fête d'en débattre avec lui lors de ses prochaines vacances.

Vint enfin le moment de son arrivée à Nice, et ce beau jour d'automne le combla de joie, d'embrassades sans fin, de compliments mêlés de fierté. Déjà toute la parenté et les amis, même les commerçants de la rue Masséna, du marché, de la vieille ville, le félicitèrent et l'assurèrent de leur prochaine clientèle.

— Un bon dentiste, attentif à ne pas faire souffrir, c'est si rare ! tous des arracheurs de dents ! Installez-vous, on vous attendra, monsieur Mogliano, mais dépêchez-vous quand même ! Encore deux ans, nous a dit votre maman, c'est bien long !

La maisonnée du 37 était en joie. François s'empressa d'accomplir son pèlerinage rituel pour replanter ses racines au profond du terroir : promenade au château quai du Midi, cours Saleya, au marché surtout, pour y retrouver le parfum de sa ville. Rien, à vrai dire, n'avait changé. Cependant, il était frappé par le rythme, la lenteur de vie. Ici, chacun prenait son temps, les minutes lui semblaient plus longues, merveilleusement. Il alla même jusqu'à faire les courses, rue Païrolière, chez Dalmasso, le charcutier de la rue Droite. Ils y parlèrent niçois, et François risqua un peu de piémontais. Toutes ses habitudes revenaient en foule. Il se fit un devoir de monter chez Cabridens, s'asseoir à son ancienne place à l'atelier. Tout y était identique, sauf un nouveau four à vulcaniser.

Agnès trouva son fils un peu amaigri, mais plus robuste. Son regard surtout avait changé. Plus volontaire, plus assuré, qui supportait mieux celui des femmes. Catherine s'efforçait chaque jour de renouveler les menus, mais son genou inquiétait François. On parlait de rhumatisme articulaire, d'arthrose. Il se promit de se renseigner. Pour l'heure, on conseillait à la jeune fille le repos, la chaise longue. Mais avec Catherine, si dynamique, c'était impossible.

Le 23 septembre, on annonça la mort d'Emile Zola. Il avait seulement soixante-deux ans et ce fut tout juste si la maison ne prit pas le deuil.

François monta voir Jean au Riviera Palace pour commenter la nouvelle. Il le trouva triste et pensif dans son bureau. Bien vite la conversation s'orienta sur l'œuvre du grand disparu, son *J'accuse !* et son amour de la fraternité. François confia alors son amertume, ses doutes et ses espoirs quant au relèvement de la condition des humbles, et la lutte entreprise par les organisations ouvrières, l'action de Jaurès...

Jean s'en tint à des explications philosophiques en dehors de toute contingence politique ou religieuse. Il ne voulut pas prendre parti quant aux faits, mais seulement discuter des principes de vie en société et du choix d'un art de vivre en accord avec le moi intérieur.

— C'est le cheminement, François. Tu dois faire évoluer ton moi sans cesse, en tenant compte du savoir et de ta nécessité d'être. Tu dois parvenir à structurer ta personnalité avec le même soin qu'apporte le tailleur de pierre pour obtenir, d'un morceau de marbre brut, une pierre lisse. En t'améliorant ainsi, en gravissant les degrés, tu parviendras à parfaire, par ton exemple, la vie de nos frères qui n'ont pas reçu cette initiation.

François écoutait attentivement.

— Tu apprendras ainsi chaque jour, mon petit, à mieux te servir du fil à plomb, de l'équerre, du maillet, de la truelle, comme jadis nos compagnons bâtissant les cathédrales. Le passage de la pierre brute à la pierre taillée, de la connaissance à l'action pratique, est le premier pas à franchir, crois-moi, c'est l'essentiel. De la lecture on passe facilement à la pensée créatrice. Il te faudra ensuite laisser l'équerre pour l'usage du compas en te dégageant de la matière, la troisième dimension, afin de t'élever vers les plus hautes sphères où règne l'Esprit dans l'entrelacement de la chaîne d'union qui mène à la vraie fraternité. Oui, tout cela est symbole et sert à soutenir le cheminement de la pensée. Tu te forgeras toi-même pour tenir ta place dans la société, et aider ainsi au progrès matériel et social. Dans ton cas, ce sera pour alléger la souffrance des autres. Chacun a sa tâche. Il faut que tu te joignes à l'effort commun de tous nos frères pour entrevoir l'ensemble et bâtir le temple où doit régner un jour l'harmonie et le bonheur parfait en célébrant la gloire du Créateur. Tu ne le verras peut-être pas, mais il faut inlassablement y contribuer et en forcer l'espérance. Confiance, l'humanité y parviendra. Malgré la souffrance du monde, je veux espérer en des lendemains plus justes et plus heureusement partagés, sans condition de naissance, de sexe, de race ou de religion. C'est l'idéal de nous autres franc-maçons d'aider à l'entente et au bonheur des hommes. Tous ont droit à notre respect et à notre fraternité.

Le lendemain, en montant au jardin du monastère de Cimiez, Jean lui confia quelques autres réflexions plus philosophiques sur l'analogie de la pensée.

— Comme je te le disais hier, la truelle sert à réunir ce qui est épars, c'est la finalité même de la science. Ce qui importe, c'est de trouver l'erreur qui se cache dans toute vérité et la défigure. Rien n'est infaillible. Seul le pontife croit savoir et a foi en son infaillibilité. Le dogme conduit à la mort de l'esprit, il fige le progrès, c'est le poison de l'humanité.

Le père et le fils spirituel tombèrent alors d'accord, unis en une même intensité de réflexion.

Puis il fallut revenir sur terre. Les jours de vacances s'envolaient, trop rapides. Bientôt le 15 octobre, le retour à Paris.

Avant son départ, François reçut une lettre postée de Londres, écrite sur un superbe vélin, timbrée d'armoiries en relief et portant l'écriture de Mado. A vrai dire, c'était une bonne nouvelle. L'ami anglais, l'oublieux titré, si riche, était venu réclamer son fils, et la mère avec. Ses affaires de famille étaient réglées. Son père, décédé, ne pouvait plus s'opposer à son mariage. Mado devenait ainsi comtesse, dans un beau château d'Ecosse, et François ne la reverrait plus. Elle disait le garder au fond de son cœur, lui qui avait su lui rendre, avec sa jeunesse, le goût du bonheur et de la vie. Elle le priait de garder précieusement son talisman, le trèfle à quatre feuilles.

Arrivé à Paris, « le veuf » comme l'appela de suite Galipette plus que jamais « ventré avec Sidonie », dut se décider à déménager de la rue des Feuillantines. Peut-être le souvenir de Mado y traînait-il trop, mais surtout il voulait gagner du temps, ou ne plus en perdre entre le Luxembourg et le square Trudaine, avec les tramways, les omnibus et les interminables correspondances. Car la deuxième année s'annonçait moins livresque, presque essentiellement médicale, exigeant plus de trois cents heures de présence rue de La Tour-d'Auvergne, partagées entre le laboratoire de stomatologie et les divers stages hospitaliers.

Ginette, intégrée à nouveau dans la bande de chez Vachette, s'offrit pour lui trouver un logis confortable, à prix très abordable, dans le quartier de l'école dentaire, l'ex-Nouvelle Athènes. Elle découvrit une petite rue privée, bordée de villas toutes entourées de jardins, calme et tranquille, donnant derrière une forte grille sur la place Pigalle, l'avenue Frochot. Lautrec y avait eu son atelier, un coin unique. La province à Paris, à deux pas des boulevards.

— Tu te croirais à Fontainebleau ! s'extasiait Ginette qui se vantait de connaître le quartier. Je viens justement de m'associer avec une marchande à la toilette, une boutique au coin des rues Milton et Lamartine, où je vais vendre mes cosmétiques. De bonnes affaires en perspective avec toutes ces dames en maisons chic qui traînent par là. J'en ai eu l'idée en passant devant l'*Aimoir* de la rue Rodier, ça sentait la poudre de riz jusque sur le trottoir !

François visita la maison : vraiment très confortable, bien meublée, avec eau et gaz, tout à l'égout, et un joli jardin privé, à l'ombre d'un grand tilleul qui abritait une gazelle de marbre à l'oreille cassée.

— Au moins, commenta Ginette, t'auras pas tous les mois

la corvée de la pompe à merde!... Confort et tranquillité absolue pour travailler et s'aimer!

François faisait un peu la moue devant le genre un peu cocotte de l'appartement, avec ses tentures, passementeries et rideaux de soie. Même un lit Récamier qui vous invitait à paresser avec langueur. Une vraie cheminée, grande, apportait en revanche sa note virile. Un salon, deux chambres, un cabinet de toilette et même une cuisine en sous-sol, tout cela pour deux cents francs par mois. C'était donné, sans compter l'usage privé du jardin. Le premier étage resterait fermé car la propriétaire vivait au Caire la plus grande partie de l'année. Elle n'escomptait pas une affaire, mais simplement faire vivre sa maison, lutter contre l'abandon et l'humidité.

Le déménagement eut donc lieu le jour des morts. La bande d'amis organisa le « transfert » du tub et de la malle de François, avec une charrette à bras empruntée à un atelier de l'Ecole des beaux-arts, une de celles qui servaient au transport des œuvres pour préparer l'exposition annuelle. Tirée à bretelles par des rapins en blouse blanche et chapeau haut de forme, elle traversa tout Paris avec un squelette habillé en femme étalé sur la malle. Sur les Grands Boulevards, La Parlure, en larmes, faisait la quête pour l'enterrement, en brandissant un pot de fesse [1], à la grande colère des sergents de ville, sabre au côté, bâton blanc en bataille, qui ne savaient plus où donner de leur tunique à godets. Ils s'époumonaient bien à siffler, mais le convoi passait, imperturbable. Partis à six, ils arrivèrent deux cents. Ginette fit les honneurs de la maison après un sérieux filtrage. Ce fut une nuit mémorable.

François se plut tout de suite dans le quartier. L'avenue Frochot était vraiment un havre de paix absolue, avec l'activité, les commerçants et les plaisirs de Paris derrière la grille qui menait au boulevard. Tous les avantages sans aucun inconvénient. Il y apprit de la concierge, madame Gertrude, préposée à ouvrir les grilles pour laisser pénétrer les voitures privées, que le compositeur Victor Massé y était

1. Pot de fesse : pot de chambre dans le langage de La Parlure.

mort, et que nombre de peintres, de sculpteurs, de musiciens y demeuraient encore.

— Le comte Alphonse de Toulouse-Lautrec est venu lui-même fermer l'atelier de son fils, en 1901. Vingt ans que je suis là, monsieur ! J'allais moi-même lui porter son courrier au boxon de la rue des Moulins ! J'ai vu détruire la poste aux chevaux de la rue Pigalle, et l'inauguration du casino des concierges en 93 ! Oui, monsieur ! Mon mari est resté portier plus de dix ans au Divan japonais, du temps de monsieur Sarrazin. Allez-y donc y voir maintenant, on dit qu'il y a une mariée qui se déshabille sur scène avant de se mettre au lit ! « Le coucher de la mariée », que ça s'appelle ! J'aimerais bien voir ça, peut-être que vous pourrez m'emmener un de ces soirs, s' pas ?

6

François se sentait de plus en plus conquis par la tournure pratique, délibérément concrète, que prenait sa deuxième année d'études. A sa grande joie, il abandonnait le domaine théorique pour se consacrer à l'expérimentation médicale, à la pratique pure : consultations, diagnostics et interventions que réclamait la clinique de stomatologie de l'école. Il appréciait les longues journées passées dans les hôpitaux, à Boucicaut, Saint-Antoine ou Bicêtre, à l'amphithéâtre de dissection de Clamart...

De plus, grâce à un aménagement de ses horaires, il suivait, les lundi et vendredi après-midi, et avec beaucoup d'intérêt, les séances d'anatomie descriptive enseignée à l'Ecole des beaux-arts du quai Malaquais, touchant à l'académie de médecine. Là, son amour du dessin rejoignait sa passion du corps humain. Son grand bonheur, malgré la très forte affluence, était d'y obtenir l'une des meilleures places, à côté de la longue table où les appariteurs, en grande pompe, sous les applaudissements des étudiants, venaient déposer le cadavre à forte odeur de formol, encore identifié avec, à son poignet, nom, prénom et date de remise à la morgue.

Non seulement François s'intéressait, lors de la présentation des pièces d'anatomie, à la prise de croquis des muscles ou des os du mort statufié, mais également à la pose des modèles vivants installés sur le plateau tournant et qui servaient à étudier la contraction des muscles, les expressions « physionomiques » : le masque de l'extase, de la souffrance, ou la tension des muscles sous l'effort.

Ces jours-là, il troquait sa cravate à trois tours de carabin contre la lavallière des rapins, sans changer sa veste longue boutonnée très haut comme à l'école dentaire, mais cachée sous sa blouse blanche.

Il aimait se mêler à ce milieu si différent de la médecine, allant même jusqu'à déjeuner chez Brignon en face des Beaux-Arts ou goûter à la saucisse de la gargote des Logistes tenue par le père Valentin à qui il achetait son papier, ses fusains et son blanc de céruse. Il revenait flâner au quartier latin pour se rendre aux Concerts Rouge, au 6 de la rue de Tournon. Là, dans la fumée des pipes et le fracas des omnibus descendant vers la rue de Seine, il s'exaltait en écoutant, dans la salle basse, la tendresse ruisseler du violon de son ami, François Taude.

La bande de chez Vachette s'était dissoute. La Parlure habitait maintenant Auteuil, très bourgeoisement, décidé qu'il était à s'installer à Paris comme médecin, envisageant même, au grand désappointement de son père, d'épouser enfin Sidonie. Galipette s'était séparé de Simone, lassée il est vrai par tant d'infidélité. Le « c'est toi seule que j'aime » ne suffisait plus. Sa thèse sur la callipédie était en rade. En revanche, il s'intéressait de plus en plus au genre « petite fille suçant son pouce et remontant ses chaussettes ».

Il confia en grand secret à François qu'il préparait un roman très confidentiel.

— Du jamais écrit, François ! Je compte l'appeler *la Conscience du spermato* ou un truc comme ça. J'en ai déjà établi le plan, l'introduction et les développements, suivant une idée nouvelle : la conscience préfœtale des individus. Une révolution sur l'origine du subconscient, si cher à la nouvelle école autrichienne. Ce sera à peu près ça : la vie de mon héros, Spermato, dans les bourses du futur père, en compagnie de ses frères innombrables, dans une atmosphère glandulaire ô combien mouvementée, la sortie périlleuse un soir de copulation, le divin voyage, la rencontre unique et ô combien inespérée avec sa dulcinée Ovula. Et après avoir évité tant de traquenards, le voyage de noces dans les gorges trompiennes de la maternité. Et je terminerai en évoquant un retour encore jamais exprimé aux sources, aux balbutiements de la mémoire, la prise de conscience préfœtale, le monde encore inexploré. J'aimerais ainsi sortir de la physiologie purement descriptive, et investiguer dans le présubconscient du fœtus. Qu'en penses-tu ?

François se retint pour ne pas éclater de rire.

— C'est fantastique ! parvint-il à articuler.

Galipette hocha la tête, parfaitement d'accord.

— Ce qui me manque, vois-tu, continua-t-il, c'est de rencontrer une femme qui puisse me renseigner sur le comportement psychologique d'Ovula et sur sa vie préutérine. Les femmes ne sont pas assez réfléchies pour faire remonter leur mémoire jusqu'à la trompe de Fallope. C'est cependant essentiel pour expliquer le comportement glouton d'Ovula.

Ginette, de son côté, toujours adroite et fière du service rendu à François, revenait timidement avenue Frochot. Au cours d'une soirée de vague à l'âme passée au coin du feu, François avait succombé à son charme velouté et insistant. Déjà, la persévérante jeune femme, avec beaucoup de doigté, poussait son pion. Elle avait obtenu un tiroir de la commode de la salle de bains pour y déposer des cosmétiques à essayer, et tout un attirail de précautions que François, bon carabin, appelait son « baise en ville », destiné à éviter les désagréments « spermato-ovulaires » du langage callipédien.

Le souvenir de Mado, lentement, s'effaçait. François n'en parlait plus. Personne, d'ailleurs, n'avait de nouvelles. Le commerce de Ginette, rue Lafayette, allait bon train. La façade repeinte affichait « Au plaisir de Vénus ». Excellente commerçante, elle avait obtenu des « spécialités exclusives, recommandées par le célèbre chimiste Berthelot, membre de l'Institut », et faisait accourir toutes ces dames, si travailleuses, soucieuses du maintien de leur beauté. Ginette avait même démarché les tenancières des maisons les plus sérieuses du quartier, celles de la rue de Laval, devenue rue Rodin, rue Breda — la Breda street si chère à monsieur Homais, l'apothicaire de *Madame Bovary*. Le « Plaisir de Vénus » offrait ainsi « L'eau de fée » et la « Rosée du harem », deux merveilleuses lotions crémeuses antirides, la sève sourcillière, contre le désagrément de la frisure des sourcils, évitant ainsi le geste lassant du doigt mouillé de salive. L'eau neigeuse, elle, effaçait au matin les fatigues des couchers à deux louis. La pâte des prélats, inventée par Dom Del Giorno, un camériste du pape, pouvait gommer les taches de rouille sur les mains les plus âgées et souvent les plus baladeuses. Elle blanchissait les seins tout pareillement.

Ginette, à l'instar de Mado, et pour ne pas être en reste, avait raconté toute sa vie à François. Elle était née rue de Birague, au 11, là où était née madame de Sévigné, à deux pas de la place des Vosges.

— Ma mère était femme de chambre et mon père lampiste à l'Urbaine, il prenait soin des lanternes des sapins et de la récupération d'objets trouvés, le matin, à la rentrée des fiacres. Nous n'avons jamais manqué de parapluies à la maison, ni de beau linge intime, culottes de femmes, corsets à profusion que mon père rapportait avant de les déposer aux objets perdus.

Après l'école communale, Ginette était entrée chez une plumassière comme arpète, saute-ruisseau, et livrait ses plumes chez un grossiste du boulevard Sébastopol qui la faisait grimper à l'échelle pour ranger soigneusement la marchandise dans des cartonniers.

— Lorgnons sur le nez, il me tenait l'échelle ! Il en pinçait pour mes mollets, je te prie de croire ! Les boîtes à plumes, elles étaient toujours plus haut ! Tu vois ça d'ici ! Ça m'a permis, à seize ans, de quitter le quartier Saint-Paul et de me mettre en chambre boulevard Saint-Michel.

Là, elle avait travaillé dans la belle fripe, achat et revente, avec une clientèle de demi-mondaines, peu soigneuses et vite fatiguées de leurs toilettes, de leurs chapeaux, de leurs bottines et de leurs amants trop vite ruinés, à les entendre.

— J'ai économisé sagement mes sous, et puis je me suis lancée dans les cosmétiques, grâce à un boutiquier de la rue Vieille-du-Temple, moins voyeur et plus audacieux, qui appréciait, comme dit la chanson « ma taille fine et mes deux pigeons ». Je tiens ça de famille, j'ai de qui tenir. Tu te souviens, François, de notre ballade autour de l'Opéra...

François n'avait pas oublié. Un soir, tous deux flânaient sur le boulevard des Capucines. Ginette était très en beauté, avec ses cheveux noirs ramenés en casque à l'aide d'un grand peigne d'écaille, ses yeux gris-vert et sa peau blanche. Elle l'avait entraîné derrière l'Opéra, rue Halévy, pour lui faire admirer les superbes filles de bronze porteuses de torchères qui montaient la garde à demi nues autour du monument.

— Regarde, François, lui avait-elle dit, je te présente ma mère et ma tante. Elles ont posé l'une et l'autre pour les deux statues que tu vois là, reproduites à des dizaines d'exemplaires. Ma mère, c'est la plus timide, ma tante la moins voilée. Deux louis qu'elles ont touchés chacune pour poser pour le sculpteur, deux napoléons comme on disait alors, du temps du baron Haussmann. Tu vois, ça sert quand même à quelque chose d'être belle à dix-huit ans ! On immortalise tes seins dans le bronze ! Et dire que je les ai tétés, ces beaux nichons, heureusement que j'ai les mêmes !

C'était vrai, Ginette ressemblait à la statue.

Déjà, le printemps se glissait au jardin, le parterre sous le tilleul verdissait. La Seine, à peine entrevue en courant du Pont-au-Change vers l'Hôtel-Dieu, roulait de gros bouillons boueux, les marronniers éclataient en bourgeons. L'hiver venteux, pluvieux, cette année sans froid excessif, s'en était allé sans bruit, sans que François s'en aperçût. Bientôt, les examens s'annonceraient, précédés des longues révisions.

Durant le semestre, il avait dévoré tous ses jours de semaine, du matin jusqu'au soir, de huit heures à vingt heures, en grande hâte : cours, amphis, labos, visites, consultations, recherches, lectures sans répit s'étaient succédé, y compris les interminables déplacements hors des barrières, à Clamart, à Bicêtre. Toutefois, le dimanche, dans la maison confortable et chaude, à l'écart de l'agitation, le feu de bois éclairant le salon, il grapillait quelques heures, plus lentes à vivre, éloignées des pendules. La bonne Gertrude se chargeait du déjeuner, préparant souvent une viande en sauce, facile à réchauffer au bain-marie. Des notes d'amphi à mettre à jour, des croquis à compléter, un chapitre à finir, l'occupaient, ainsi que le beau corps de Ginette. François aimait rester chez lui. Deux fois seulement, son amie réussit à l'entraîner rire des clowns qu'elle adorait.

— C'est juste à deux pas. Tu pourrais venir en chaussons.

Mon ami Boum-Boum vient de reprendre Médrano. Tu aimeras, ils sont tous italiens.

Et exceptionnellement, la veille de Noël, comme promis, avec Gertrude sur son trente et un, il les avait emmenées au Divan japonais pour assister enfin au « Coucher de la mariée ».

— Scandaleux ? Non pas ! Même pas de quoi fouetter un chat ! A côté de ce que racontait mon mari ! C'est plus ce qu'on imagine que ce qu'on voit !

Gertrude était déçue. François était devenu bien parisien, toujours affairé, laissant aux provinciaux le soin de courir le quartier aux si nombreux plaisirs. Il attendait, disait-il en riant avec un air sous-entendu, le temps des canotiers pour monter au Moulin de la Galette, au bas du Blute-fin [1] dont Ginette lui rebattait les oreilles.

— J'aimerais tant y aller avec toi ! Je vais être obligée d'y aller avec un autre.

En réalité, François, un soir d'averse, avait abrité sous son parapluie une jolie jeune fille blonde, de seize ans peut-être, qui lui avait confié vendre des pipes dans un magasin du boulevard Saint-Michel, et prendre des cours de chant à la Schola Cantorum, rue Saint-Jacques. Souvent, ils s'étaient croisés, salués, souri, toujours pressés dans les mêmes encombrements. Un jour d'attente plus longue, à la correspondance du Châtelet, ils avaient enfin parlé de choses et d'autres, peu des études de dentiste, beaucoup plus des pipes, les célèbres Gambiers, et échangé leurs noms et adresses. Elle s'appelait Geneviève Perrochon.

— Je connais l'avenue Frochot, dit-elle, une rue élégante, une avenue privée. Moi, c'est rue du Calvaire, à Montmartre, en plein village. Mon grand-père vit au milieu des poules, des canards et des vaches. On a même des prunes et du lilas. Il faut y venir. Mais attendez pour ça que les lilas soient fleuris. Mon père est cocher-livreur chez Dufayel, et le dimanche, il donne un coup de main à notre voisin Giglio, un cuisinier italien. On mange bien chez lui. Je vous ferai signe, d'accord ?

1. Blute-fin : nom du dernier moulin de Montmartre.

Et depuis ce jour, patiemment, François attendait que les lilas refleurissent.

Un soir, en rentrant, il trouva l'invitation avec une branche de lilas. On l'attendait le dimanche 31 mai au 6, rue du Calvaire, chez Giglio. Signé Geneviève.

En canotier au ruban flambant neuf, François se hâta d'y monter en passant par la place Saint-Pierre — deux cent trente-cinq marches, dûment comptées — jusqu'au parvis du Sacré-Cœur, toujours en construction. La Savoyarde y sonnait à toute volée à midi et assourdissait une cohorte de pèlerins en costume breton, rubans et coiffe au vent. Du parvis, la vue qui s'offrait à François portait au loin sur un panorama admirable. Une immense ville dorée, brillant au soleil de toutes ses coupoles, de tous ses clochers ! « Vous aurez Paris à vos pieds, lui avait dit Geneviève. » Elle n'avait pas exagéré. Un guide, ayant attendu patiemment la fin de la prière de bronze, expliqua :

— Depuis la colonne de Juillet, là-bas à gauche, m'sieurs dames, située exactement à quatre mille deux cents mètres, jusqu'à la Trinité, ici, tout près à droite, quarante-deux monuments émergent au soleil ! Vous contemplez Paris, je vais vous les nommer...

Geneviève attendait déjà devant le restaurant, en robe blanche ceinturée de rouge et chapeau de paille, comme on va à la grand-messe le dimanche à la campagne. Les jeunes gens s'embrassèrent quatre fois sur les joues.

— Venez vite, un poète est là qui vend ses livres !

François le reconnut vite, bien amaigri depuis qu'il avait entendu ses *Soliloques du pauvre,* au Mirliton, un an déjà. C'était Jehan Rictus, l'ami des humbles, qui lui fit une merveilleuse dédicace pour son Patchou : « En hommage à la vraie fraternité, pas encore, malheureusement, celle de la " Troisième " si bourgeoise. » Le repas fut excellent, préparé par Giglio, piémontais de surcroît et fils de vitrier.

— Nous sommes originaires du même village et nos familles vivent à Paris dans la même rue, devenue pour ça la rue des Vitriers.

L'après-midi se passa en promenade à travers le bourg, à commencer par la vacherie du grand-père, près de la rue des

Saules, et de l'abreuvoir où les femmes faisaient la queue dans l'attente de la traite de trois heures. François découvrit, c'était vrai, un paysage agreste, des petites maisons au toit de tuile, d'ardoise, de chaume, au milieu des jardinets coupés de haies de lilas, de bouquets de chèvrefeuille, de tonnelles, de charmilles, d'où fusaient des rires, et le claquement sec des palets de fer sur les mufles des grenouilles de bronze. Tout cet aspect champêtre, à quelques centaines de mètres des boulevards, avec même une auberge et un âne mangeant son foin, le ravissait.

— C'est Lolo, l'âne du père Frédé, nous le connaissons tous, avant il nous apportait à domicile le poisson des Halles, tout frais de la marée de la veille !

François remarqua l'absence de magasins, seulement quelques bistrots espacés sur de petites places au bas des pentes.

— Oui, ici, tout est en pente, on appelle les rues des casse-pattes, et plus bas il n'y a que des escaliers.

Geneviève l'entraîna vers le Moulin de la Galette, au-dessous des ailes immobiles du Blute-fin où ronflaient les flonflons d'un orchestre dominé par la trille d'un piston. Des jeunes femmes chapeautées et endimanchées se pressaient à l'entrée, accompagnées de jeunes gens en canotier et d'hommes plus âgés en casquette à trois ponts. C'était écrit, on y dansait pour quatre sous, sans consommation, évidemment.

— Les dimanches de grand soleil, c'est toujours la cohue, mais on y danse aussi en semaine. Je n'ai pas le droit d'y aller. Je n'ai que dix-sept ans, vous savez, mais c'est pas l'envie qui m'en manque ! C'est plus calme la semaine. On raconte tant de choses, des mauvaises femmes qui y viennent avec des voyous des barrières. Ici, cependant, on se connaît tous, c'est bien tranquille.

Pour finir la balade, les deux jeunes gens allèrent goûter place du Tertre, dans les jardins de la mère Catherine, avec du chocolat et de la galette toute chaude, fourrée de frangipane. Tout se termina par un baiser sonore devant l'église Saint-Pierre où Geneviève faisait partie de la chorale. Le salut était à six heures.

François, les bras chargés de lilas, redescendit vers la rue des Abbesses, heureux de sa journée auréolée de jeunesse, de ce printemps parfumé de jeune fille. Un bain de pureté dont il garderait jalousement le souvenir au fond de son cœur.

Les examens de deuxième année coïncidèrent avec le départ du premier Tour de France : deux mille cinq cents kilomètres à parcourir sur des bécanes pesant plus de seize kilos, en réparant soi-même et en faisant face tout seul aux adversités de la route. Une délégation d'étudiants, dont François, se rendit à Villeneuve-Saint-Georges applaudir au départ des géants de la route.

Pour François, réussite totale aux examens. La troisième année lui était grande ouverte. La petite bande fêta joyeusement les résultats en allant, en break de location, à la fête à Neu-Neu, voir le beau linge grimper sur les manèges à cochons.

Succéda la sacro-sainte virée auprès de ces dames, dans le quartier de la rue des Petits-Champs et, pour les plus rupins, rue des Moulins[1], et au Chabanais y faire la visite au président du Sénat[2], y rire, y boire et y applaudir aux scènes mimées, les tableaux vivants des amours à Lesbos, délices saphiques et autres pantomimes invitant à consommer dans les étages...

Dès leur entrée, les étudiants furent frappés par le luxe présidant à la décoration somptueuse de l'hôtel, certainement le plus réputé de Paris pour ses femmes superbes et le décorum adapté aux « spécialités » : la chambre japonaise, la mauresque, la Louis XVI, le somptueux salon pompéien avec sa baignoire de cuivre rouge, où ces dames prenaient des bains de champagne en contemplant les médaillons de Toulouse-Lautrec, ou encore la chambre du prince de Galles au curieux siège d'amour à deux étages spécialement construit pour un royal usage. Le bar américain en acajou massif, en

1. En souvenir des moulins qui se trouvaient là sur une butte qui fut arasée pour la construction du quartier.
2. Visite au président du Sénat : c'est ainsi que le chef du protocole de la IIIe République intitulait, dans les programmes officiels de visite des hôtes, la visite rituelle au Chabanais.

entrant à gauche, s'illustrait du célèbre écriteau : « House of all Nations ». Au pied de l'escalier fleuri, François remarqua la grotte au plaisir où officiaient les seins superbes de l'hôtesse de service. Au premier étage s'ouvrait la salle du choix, où s'offraient à l'envi des femmes somptueusement vêtues ou pouvant paraître nues dans le cabinet particulier, réservé au client délicat et sensible (cent francs la « consommation »).

L'art était partout dans ce palais des convoitises[1].

La grande représentation des déguisements, souvent adaptés à la spécialité des diverses chambres, s'effectuait alors dans un immense panier recouvert de velours sombre où les femmes s'offraient comme de succulents fruits à savourer.

Ce soir-là, y défilèrent le travesti d'un page florentin rappelant l'amour pervers, la soubrette attentionnée au seul tablier de dentelle, la nonne nue sous sa robe de bure montrant l'éclat de ses longues cuisses blanches, l'odalisque brune dévoilant sans pudeur ses charmes épilés...

La saison de Paris touchait à sa fin. François, enfin plus libre, se distrayait au canotage à la Grenouillère, près de l'écluse de Chatou, en culotte blanche et maillot rayé, béret penché sur l'oreille. Au Bois, au milieu du cliquetis des gourmettes et des fleurs au frontal des chevaux, dans les landaus, calèches, phaétons et victorias, on ne parlait que de fuite en villégiature ou de départ vers les terres, les châteaux, les séjours à la campagne.

L'étudiant faisait ses préparatifs pour ses vacances à Nice. L'avenue Frochot resterait fermée jusqu'en novembre.

Avant de partir, Ginette avait dû vider son tiroir. Décidément, François ne voulait rien savoir, pas de mariage possible. Il lui faudrait lancer son grappin ailleurs.

1. Voir *les Maisons closes*, de Romy, Ed. Michèle Trinckvel, T. II.

7

La troisième année d'études de François à Paris se déroula dans des conditions d'horaire et de travail très différentes de celles des années antérieures. Le calendrier de ses activités à l'école, moins rigide, permettait de les adapter aux nécessités pratiques résultant du choix de la thèse à soutenir à la fin de l'année universitaire pour l'obtention de son diplôme. Il hésita longtemps entre un sujet très novateur portant sur l'anesthésie, et un sujet plus classique et essentiellement médical, ayant trait à la pathologie dentaire. Il se décida finalement pour le traitement de la pyorrhée alvéolaire, thérapeutique et pathologie, ayant pu choisir de nombreux cas cliniques bien spécifiques qu'il avait traités personnellement à la clinique de stomatologie de l'école. Ce choix lui laissait du temps libre qu'il comptait utiliser à mieux connaître la capitale et participer plus activement à sa vie culturelle : théâtres, musées, expositions, concerts.

La fin de son séjour d'étudiant approchait, il fallait en profiter et mettre les bouchées doubles. Choisir et sélectionner lui paraissait le plus difficile. Le 13 octobre, il avait entendu à l'Opéra *Tosca* dirigée par Messager. Séduit, il se promettait d'y aller fidèlement le lundi soir, réservant le mardi à la Comédie-Française et le mercredi au cirque, comme tout bon Parisien mondain.

Pendant ce temps, à Nice, rue Masséna, les nouvelles n'étaient pas bonnes. François recevait des lettres bien tristes, pleines des préoccupations de Catherine. Sa jambe n'allait pas, son genou gauche la faisait toujours souffrir. Nous étions en février. L'hiver, sur la Côte, avait été exceptionnellement froid et humide. Le Carnaval se déroulait sous des trombes d'eau. François, inquiet, avait interrogé, à l'hôpital Saint-Antoine, un de ses professeurs sur le cas de sa sœur : « Certainement une crise d'arthrite ou de rhumatismes particulièrement aiguë, douloureux mais sans gravité. A surveiller de très près cependant, attention à l'ankylose. » Le docteur Drumond, plusieurs fois appelé en consultation par Agnès, faisait le même diagnostic : rhumatisme articulaire. « C'est très douloureux. Il faut garder le repos absolu, de la chaleur, et surtout ne sortir sous aucun prétexte avec cette humidité. » Il avait supprimé le café et recommandé une médication énergique, des enveloppements de toutes sortes, des pommades, des emplâtres de farine de lin, un système de bandages croisés, des cachets contre l'inflammation, des calmants et même des compresses de laudanum. Rien n'y fit. La station debout devenait intolérable. La jambe gauche ne supportait plus le poids du corps, le genou se dérobait.

Catherine abandonna son activité de l'après-midi, chez Sert et Migno sur le quai Masséna. Combien cette ambiance de couture allait lui manquer ! A tourner ainsi dans l'appartement, d'un fauteuil à l'autre, son caractère s'aigrissait. Elle ne chantonnait plus. Agnès remarquait combien sa fille devenait soucieuse, se raccrochait cependant à la promesse des beaux jours, à l'idée de la crise passagère peut-être due à l'humidité exceptionnelle. La jeune fille avait même délaissé sa chère cuisine. La station debout lui devenait si pénible qu'elle devait se contenter de préparer seulement les légumes, assise à la table.

Il lui fallait occuper ses pensées, et souvent elle se prenait à imaginer son beau violoncelliste de la Régence. Déjà plus d'un mois qu'elle ne l'avait aperçu, écouté avec ferveur. Comme elle aurait aimé, de sa place coutumière, faire porter à l'orchestre le billet avec la mélodie qu'elle aurait choisie. Ah, la *Rêverie* de Schumann, elle l'entendait encore. Elle imaginait, rêvait, mais sa jambe la rappelait à la dure et douloureuse réalité. Elle se sentait alors retirée du monde, mise à la retraite d'un bonheur possible. Parfois, pour oublier sa maladie, elle se reprenait en lisant les nombreux recueils de poésie que son frère ne cessait de lui envoyer. Elle lisait maintenant Goethe et surtout Schiller, les romantiques allemands que lui avait recommandés, au début de l'hiver, son Patchou, dans une traduction qu'il disait acceptable. Catherine écrivait à François que ces lectures s'accordaient à son état d'âme. « A-t-on idée ? s'insurgeait-il, pas d'un optimisme excessif ! Ce ne sont pas des lectures pour une malade ! Faust et Marguerite, ce n'est pas tout à fait ce qu'il te faut ! »

De leur côté, Agnès et Françoise s'enfermaient souvent au salon pour échanger leurs inquiétudes.

— Aucun mieux, à vingt-deux ans ! Elle ne peut même plus descendre les escaliers, elle refuse même de se servir des béquilles, elle se replie sur elle-même, c'est ça le plus mauvais !

Jean, décidément très inquiet, fit appel à un docteur américain de passage au Riviera Palace. Lui aussi conseilla la chaleur et un anti-inflammatoire, mais pas le repos.

— C'est une crise d'arthrite aiguë. Ce qui est à craindre, avec le repos alité, c'est l'immobilisation du genou, l'ankylose de la jambe. L'articulation est si fragile. Votre fille est jeune, à vingt-deux ans, il faut réagir, avoir confiance et surtout s'efforcer d'entretenir le mouvement du genou.

Mise en confiance, Catherine essaya, mais la douleur fut trop grande. On en revint au repos total. Un matin, saisie d'un accès de fièvre, elle s'alita. Le repos absolu lui procurait le plus grand bien — sa jambe, bien bandée, ne lui faisait plus mal. Puis, à nouveau, un faux mouvement et la souffrance renaissait. Quelquefois, le simple fait de heurter le bois du lit, de marcher même dans la chambre, déclenchait une douleur insupportable. Catherine reperdait alors confiance, ne supportait plus autour d'elle que ses familiers.

Malgré la consigne de ne laisser entrer personne, Françoise lui amena une connaissance de sa boulangère, la mère Vittourina, une brave femme infirmière, rebouteuse, qui jouissait dans le quartier du port de la solide réputation de guérir les foulures et les entorses, de remettre en place, en un tour de main, les épaules démises.

— C'est une femme très estimée des débardeurs du port, dit Françoise. Elle a, paraît-il, accompli de vrais miracles.

Françoise, à vrai dire, pour ne pas impressionner Catherine, lui cacha que la mère Vittourina était également connue pour ses pouvoirs antimaléfiques.

— Oui, avait-elle confié à Agnès, sait-on jamais, peut-être que ta fille est emmasquée. Vittourina le verra tout de suite. Sais-tu qu'elle a arrêté les saignements de nez en écrivant simplement sur le front, avec le sang coulant des narines, Orfelus, et qu'elle peut guérir de la morsure d'une vipère, instantanément, en pressant la plaie et en traçant trois croix dessus ? C'est la boulangère qui m'a raconté tout ça. Qu'est-ce que nous risquons ? Pourquoi ne pas essayer ?

En examinant la jambe de Catherine, Vittourina nota un fort amaigrissement des muscles de la jambe, dû à son long alitement. Elle conseilla de retirer tous les bandages. Le genou, bien moins douloureux, apparut normal, mais elle s'aperçut en voulant le « travailler » que Catherine n'en avait plus le contrôle. Elle ne pouvait plus plier la jambe.

Le docteur Drumond, appelé à la hâte, ne put que constater le fait. Il pensa d'abord à une ankylose passagère, mais toute la jambe restait normalement sensible, les réactions à l'épingle positives. Catherine gardait le contrôle absolu de tous ses muscles, des tendons, des orteils, son pied était normal. Aucune atteinte de paralysie, les nerfs moteurs réagissaient parfaitement à sa volonté. Mais tragiquement, il fallut se rendre à l'évidence : l'articulation était soudée. Un cal s'était formé entraînant l'immobilisation de la jambe et rendant toute flexion impossible. Catherine avait la jambe raide pour la vie. Un chirurgien, consulté, déclara qu'aucune intervention ne serait valable, c'était prendre beaucoup de risques pour peu de chances de réussite, et peut-être même des séquelles plus graves encore. La nature, malheureusement, s'était jouée de la médecine.

A vingt-deux ans, la jambe raide, Catherine se sentit profondément diminuée, physiquement et moralement très atteinte. Elle, si orgueilleuse, si fière de son port et de sa démarche, elle que l'on faisait tournoyer, pirouetter pour admirer les robes qu'elle présentait et vendait dans les salons Régence du quai Masséna...

Toute une rééducation fut nécessaire. D'abord marcher avec aisance. Puis apprendre à descendre les escaliers sans se servir de béquilles. Durant des heures, sans cesse, dans sa chambre dont elle avait retiré les tapis, elle s'exerçait, fortifiait ses muscles. Elle n'acceptait de descendre dans la rue que sans aide, tant elle redoutait la fausse compassion des gens, et surtout le regard un peu moqueur des femmes, dans lequel elle lisait comme une satisfaction.

Elle ne comprit pas tout de suite que désormais elle devrait dire adieu à certains gestes habituels : rattraper un enfant, saisir les chats, courir après un chien. Petit à petit, elle appris à orner sa démarche. Marcher plus lentement lui donnait un certain port, une légère affectation qui lui allait bien. Elle apprit à se servir de ses hanches, à les garder immobiles, à donner un léger tournant à sa jambe. Sous ses jupes longues, son infirmité était difficile à percevoir. Au bras de sa mère, cela se voyait à peine.

— Belle comme tu es, toi qui portes toujours de somptueux chapeaux, personne ne songera à regarder tes pieds, ma Catherine. Et surtout pas les hommes. Crois-moi, cela te rendra à leurs yeux encore plus intéressante.

Jean aussi le lui avait dit :

— Il faut que tu fasses de ta particularité comme un ornement, ta maman a raison, sois encore plus élégante. Ce petit quelque chose renforcera ta distinction.

Catherine, en effet, changeait d'allure, se voulait plus calme, plus affirmée. Sa souffrance l'avait mûrie.

Souvent, elle pensait aux retrouvailles de la saison d'hiver, quand elle paraîtrait ainsi dans les salons de la Régence. Que penserait son beau violoncelliste, la remarquerait-il seulement ? Elle avait tant pensé à lui durant sa douloureuse retraite. Elle se surprenait à lui parler, à imaginer leur première rencontre, leurs premiers mots. Elle connaissait seulement son prénom : Federico. Lui n'avait même pas dû la remarquer. Federico, son beau visage penché sur son violoncelle, illuminé par sa merveilleuse musique, avait été son refuge, son seul monde que la souffrance physique n'était pas parvenue à atteindre. Elle avait senti l'âme du musicien se glisser sous les doigts qui tenaient l'archet. Le souvenir de cette communion à travers ces sonorités sublimes lui avait donné la force de supporter son calvaire. Elle l'aimait, elle allait le lui dire. Elle lui offrirait sa vie. Impatiemment, elle attendait octobre.

François apprit par Catherine elle-même la mauvaise nouvelle, vite ramenée par lui à des proportions raisonnables. Son professeur ne s'était pas trompé, sans aucun doute, avec le genou ainsi immobilisé, une ossification s'était produite. Peut-être était-ce un bien ? En tout cas la souffrance avait disparu, le genou s'en trouvait consolidé, n'était-ce pas le principal ?

Il écrivit à Nice une lettre pleine d'optimisme et de réconfort. Ses études marchaient bien. Grâce à son sérieux et à sa ponctualité habituels, sa thèse, déjà fin prête, fut reproduite en plusieurs exemplaires. Son directeur de thèse l'avait chaudement complimenté : « Un travail clair, concis, bien construit. Il y a une bonne présentation des cas cliniques observés, un équilibre excellent entre diagnostic, pathologie et thérapeutique, et de remarquables dessins illustrant le développement. Vous méritez certainement les félicitations du jury. Vous êtes rationnel et efficient. »

Durant ses recherches et lectures à la grande bibliothèque de la faculté, bordant le boulevard Saint-Germain, François s'était lié d'amitié avec un médecin candidat à l'internat, Antoine Bessis, fils d'un industriel rouennais : « Dans le coton, mon cher. » Un peu snob, mais très chaleureux, il se proposa de lui faire connaître les dessous du beau Paris.

— J'habite avenue Victor-Hugo, en face de Saint-Honoré d'Eylau, un appartement de famille transformé en confortables garçonnières. Elles ont servi à cacher les frasques de mes anciens, il est à votre disposition, François, en cas de besoin. Une bonne adresse, sérieuse ; pour les femmes mariées, c'est réconfortant. J'adore les femmes, surtout celles des autres, ajouta-t-il cyniquement, et en général elles me le rendent bien. Je les aime, comment dire, callipyges, avec des fesses superbes et une taille très fine. C'est là que réside la vraie beauté féminine, dans les fossettes bien creuses, au bas des reins. Tenez, je vais vous faire connaître Loulou, une fille de théâtre qui me rabat le bon gibier comme pas une ! Une excellente pourvoyeuse. Quelles ressources, ce Paris !

Ainsi, en un temps record, François connut, en passant par les loges de ces dames, tous les théâtres des Boulevards, les coulisses des grandes salles de revue : les Variétés, l'Eldorado, la Scala. Il s'initia au cake-walk déjà dépassé, à la nouvelle matchiche et même au boston anglais.

Antoine, danseur infatigable qui connaissait tous les coins à la mode, l'entraîna rue de Lappe déhancher la crakette et tourner la bourrée des Auvergnats, guincher même à Ménilmuche la valse musette en serrant très fort une « poule » bien roulée, offerte par l'apache de service, à rouflaquettes. Le clan des virées « en habit, mon cher » avait lieu non pas à la fête à Neu-Neu trop courue, mais en victoria attelée, cocher et postillon en livrée, à la foire du Trône. Antoine y débusquait des filles à son goût en suivant des yeux les envolées de lingerie de dentelle des faubourgs, sous les robes en éventail s'élevant des balançoires, parmi le flot montant ou descendant des filles haut juchées sur les cochons et les vaches des manèges.

— Là, je peux choisir en toute sécurité le plus prometteur des postérieurs, tu ne crois pas ?

Le bel attelage, les soupers fins au Pavillon bleu de Saint-Cloud, préparaient les triomphales montées de jolies femmes décorsetées, déjà conquises, avenue Victor-Hugo. Antoine fit connaître à son ami les principaux grands noms du music-hall, les inepties de Dranem, les clowneries de Paulus, les élégances pianistiques de Fracson. Tout y passa. Un soir même, à l'Alcazar d'été, ils dînèrent en compagnie du fourreau de satin vert, des longs gants noirs, du masque de clown et de la conversation de dessert de la grande Yvette Guilbert.

Antoine promit à François de venir à Nice célébrer son succès à l'internat.

— L'année prochaine, nous y ferons la fête. Le concours est très difficile, mais je suis très estimé de mon patron qui, tiens-toi bien, est de surcroît l'oncle de ma mère.

Venait en effet l'époque où l'on songeait à fêter les succès aux examens, et c'est diplôme en poche que François participa au monôme et au bal des Quatz' Arts, avenue des Ternes, en pleine rue : « Du jamais vu, au son des cuivres de Benarès, des filles nues dansèrent sur des tables, tenues à bout de bras par des hommes au corps de bronze, tout incrusté d'argent. » Le grand scandale[1].

La fête de clôture de l'école dentaire fut elle aussi des plus réussies : grand succès de la revue de « L'Ardente Ere, revue incisive et mordante par messieurs Lavedent et Max Illaire ». La première partie avait débuté par un concert — piano et harpe prêtés par la maison Erard — et participation de mademoiselle Flahaut de l'Opéra et de Lucien de Gerlon, le chanteur humoristique de l'Alhambra. Ensuite on écouta la *Valse du Pardon,* de Meyerbeer; *le Chant d'automne,* de Tchaïkowski et le *Scherzo,* de Van Goens. Yvonne Astruc, au violon, lauréate du Conservatoire, interpréta *le Cygne,* de Saint-Saëns. La troisième partie comporta bal et cotillons.

La fête se termina au petit matin, en douce, dans un lieu très bien choisi, rue des Moulins. Le major de la promotion y faisait les honneurs, en chapeau noir, botté, habit de velours à la Bruant, entouré des femmes du choix, nues sous leur cape de satin rouge.

Gédéon, dit le Sifflard — à cause de son amour pour le saucisson et le vin rouge toujours présents dans son armoire de carabin — déclama lentement, avec beaucoup d'emphase, sur le ton épique, la harangue de circonstance. Le thème en fut le Devenir et le texte distribué à chacun :

Remonter le passé, messieurs, à entendre certains, n'est pas difficile. Pour moi c'est inutile, l'important serait plutôt de déplier mon futur. Devenir ce que j'ai été ne m'intéresse pas, autant du reste qu'être demain ce que j'aurais voulu être hier. Dilemme, perpétuelle incertitude que je désire oublier. [...]

Croyez-moi, mes frères, présentement, le préférable est d'aller nous dissoudre au bordel, ici même[2]*, le divin lieu, toujours différent, jamais identique et si riche d'imprévus... Nous y sommes. Perdons-nous dans l'instant. Quant à moi, je viens y chercher la grasse et épaisse jouissance, l'odeur musquée des aisselles et des vulves, recherchant la caresse*

1. Commentaire de la presse bien-pensante de l'époque.
2. Maison de tolérance, au 6, rue des Moulins, à Paris, assidûment fréquentée par Toulouse-Lautrec.

mouillée des salives sur mon vit. Ici, mes frères, sanctifions-nous dans la moiteur des cuisses. C'est ainsi que je descends aux profondeurs glauques de l'oubli. Les putes m'excitent et me consolent. J'aime y perdre ma réflexion sur le vivre. Le bordel, voyez-vous, c'est ce qui reste de notre mémoire millénaire, notre instinct délivré de nos ancestrales frayeurs. Nous avons besoin de nous confondre, de revenir à la source. C'est le trait d'union temporel qui efface toute individualité et nous fait oublier les petitesses que nous sommes. Les femmes, c'est mon alcool, ma drogue à moi. Au bordel, je redeviens animalité.

[...] *Oui, c'est vrai, comme disait Verlaine, j'ai la fureur d'aimer, n'importe quand, n'importe quelle et n'importe qui et plus encore.*

Je vous laisse, messieurs, si vous le voulez, à vos discussions arides. Les femmes ne savent pas attendre[1].

On réclama l'affichage, comme à la Chambre.

A son départ, François emportait dans ses malles bien plus qu'un diplôme.

1. Authentique, ce texte provient des archives de l'école.

8

François retrouva avec tendresse sa famille, si heureuse d'être enfin au complet. Dès l'arrivée du train de Paris en gare, il les avait aperçus, tache élégante d'organdi et de dentelles au milieu de la foule animée se pressant sur le quai.

Tous les trois le cherchaient avidement des yeux, suivant au passage l'arrivée de chaque wagon.

Le premier regard de François fut pour Catherine, très « smart » dans sa robe d'organdi blanc à la dernière mode, grand décolleté échancré et petite traîne, largement ceinturée de soie bleue, assortie aux gros nœuds chiffonnés de son énorme chapeau de paille beige. Rien dans son allure, son port, même sa démarche, bien que plus lente, ne trahissait son infirmité.

Jean l'aperçut le premier et agita sa canne au pommeau d'ivoire incrusté d'argent, celle des grandes occasions. Pas assez de bras, de mains, de joues, même les lèvres semblaient manquer pour tant d'embrassades. Agnès sanglotait d'émotion, Jean ne pouvait plus articuler un mot, seule Catherine ne cessait de répéter :

— Maintenant, c'est promis, on ne se quittera plus jamais. Trois ans, François, ç'a été trop long !

Le break du Riviera Palace attendait dans la cour de la gare. La rentrée rue Masséna, passa, bien évidemment, par l'Avenue. François, aux anges, retrouvait les parfums de sa ville et l'ordonnancement familier des terrasses de cafés.

— Rien n'a donc changé !

— Ici, c'est peut-être vrai en regardant vite, lui répondit Catherine, mais tu vas voir beaucoup de changement. Maintenant la Promenade s'allonge jusqu'à l'hippodrome, et au port, tout est chamboulé, des travaux énormes, ils découpent le rocher du château comme on le fait d'un fromage ! Des blocs, dit le journal, de quarante-cinq tonnes, pour faire une nouvelle digue. Le boucin de Samson[1] va y passer. Tu verras, dans le quartier des Musiciens, il faut chercher maintenant pour y trouver un vrai jardin. Les immeubles y grimpent de partout. Fini, en mai, le parfum des orangers en fleur !

Mais déjà le break tournait place Masséna, à peine le temps d'apercevoir la rue Paradis et on arriva au bas de l'immeuble du 37. Là, les difficultés commencèrent pour Catherine qui s'aida du bras solide de son frère pour gravir les durs escaliers.

Quelle joie enfin pour lui, en ouvrant la porte, d'embrasser Olympia et de respirer l'odeur merveilleuse du coulis de tomates qui allait accompagner les raviolis des jours de fête, amoureusement préparés par Catherine, de grand matin.

Au dessert, on parla des projets. François annonça qu'il avait déjà effectué les démarches pour son incorporation concernant ses dix mois de service militaire en tant que diplômé.

— Je pense que mon incorporation se fera aux chasseurs alpins de Nice ou d'Antibes, le capitaine Martini m'attend pour régler tout cela au bureau militaire.

Avec l'arrivée de la tourte de bléa[2] sur la table, Catherine annonça à son frère que Patchou désirait lui acheter le magasin de la modiste du 11, rue Paradis.

— Je suis en train de faire un stage très sérieux à la boutique et à l'atelier, cela me plaît bien, mais toute la clientèle serait à refaire. Madame Pietri parle de se retirer après la saison, et je m'efforcerai de conserver les deux ouvrières actuelles qui sont excellentes. Le tout est de bien les diriger, le travail de la plume est très difficile et demande des doigts de fée.

1. Célèbre rocher à l'entrée de Roba Capeu, maintenant détruit.
2. Tourte aux blettes.

Jean lui révéla seulement au café qu'il abandonnait la direction de la Maloja dès la prochaine saison, pour se consacrer entièrement au Riviera Palace.

— Je vais m'occuper de l'installation de ton cabinet, François. Il faudra trouver un appartement suffisamment grand et bien placé pour y loger toute la maisonnée. J'envisage de vendre ma participation dans la société hôtelière afin d'acheter à votre maman, qui en a tant envie, une vraie maison de campagne. Nous y passerions l'été ensemble, pas trop loin de Nice, sur les collines, et toi tu pourrais y monter et y descendre chaque jour. J'ai déjà mon idée là-dessus.

François renouait avec sa ville. Son premier soin fut de monter au château pour retrouver ses racines, ses rêves d'adolescent. Assis au soleil, il venait y aimer le silence, le glissement du vent sur l'herbe à travers les cyprès nains, interrompu de-ci de-là par le sifflement des merles et le pépiement des oiseaux. Un peu caché au bas des encorbellements dans la verdure, il aimait entendre les voix passer au-dessus de lui, sur le sentier. « Moi aussi, Toinette, je t'aime », une dispute d'amoureux, suivie de sanglots étouffés dans un mouchoir... Il devinait une jupe rouge à côté d'un chapeau noir. Il attendait le coup de canon de midi, puis le branle des cloches et la rumeur de la ville qui s'ensuivait. Les magasins devaient tirer leur volet de bois. Il était temps de redescendre.

Catherine avait raison, dans la ville elle-même, beaucoup de magasins avaient changé, de nouveaux hôtels, de nouveaux immeubles souvent construits au détriment des villas et de leurs immenses jardins.

Dans le quartier des Musiciens et au-delà de l'avenue, vers la gare du sud, un quartier s'étendait maintenant, remontant vers Saint-Maurice, Saint-Philippe. Des constructions neuves bordaient les rues, le plus souvent des petits immeubles de quatre étages. Même les jardins à barrière de bois du quartier Riquier disparaissaient. Sur la Promenade, un nouvel hôtel, le Royal, d'une blancheur immaculée, remplaçait le vieil hôtel d'Italie de son enfance. Il était grand temps d'ouvrir le cabinet.

Fils de veuve et considéré comme soutien de famille, François ne devait effectuer que dix mois de service militaire, au lieu des deux ans réglementaires. Le capitaine Martini avait bien fait les choses. Classé service armé, François fut incorporé au 27e bataillon de chasseurs alpins en garnison à Antibes, à la caserne de l'entrée de la ville en venant de Nice, en face du Fort Carré.

Agnès soupira d'aise. Avec le train, Antibes était si proche que François serait souvent à la maison, il y passerait même ses dimanches.

Dès son arrivée au corps, François déclina la possibilité de suivre le peloton d'élèves officiers auquel son diplôme lui donnait droit. Il comptait faire son devoir, strictement, sans aucun zèle. Ses convictions intimes le poussaient à refuser de commander des actes dirigés contre le libre arbitre et que sa conscience refusait. Son capitaine, compréhensif et déjà averti, l'affecta temporairement à l'infirmerie. Il continuerait cependant de faire ses classes à la deuxième compagnie. Comme dentiste, il rendit immédiatement d'excellents et reconnus services, qui lui valurent quelques accommodements dans ses horaires et son temps de présence.

Dans sa chambrée, il retrouva un ami de son club de gymnastique qu'il avait complètement perdu de vue, Paul Flinck, dit Pavlovitch, maintenant ingénieur frais émoulu des Arts et Métiers, inscrit au peloton d'élèves officiers, qui faisait ses classes à la deuxième compagnie du 27e. Un garçon cultivé, un peu snob, curieux de nouveautés, féru de mode anglaise, et qui avait beaucoup bourlingué. Il était né en Russie où son père avait été médecin de la cour. Lorraine d'origine, sa famille était venue s'installer à Nice. Fervent de mécanique, amateur de cycles et de motos, il s'intéressait aux moteurs automobiles et à ce que, déjà, on appelait les aéroplanes. Il connaissait très bien F. Ferber, capitaine d'artillerie alpine qu'il avait aidé comme étudiant enthousiaste à reconstruire son échafaudage géant mis à bas par le cyclone de mai 1902, qui avait si durement frappé Nice.

— Cet échafaudage lui a permis de construire ce qu'il appelle son aérodrome. Je te le montrerai, il est encore debout juste après Sainte-Hélène, à la Californie. Ça se voit de loin, tu sais. Ferber a été appelé par le colonel Renard au centre d'aérostation de Chalais ! Il veut maintenant se servir d'un plan incliné pour lancer ses machines. Tu verras, son aérodrome, c'est un pylône de dix-huit mètres de haut qui supportait en son milieu un fléau de trente mètres au bout duquel il attachait son aéroplane d'un côté et un contrepoids de l'autre. Tu imagines le travail ? L'appareil pesait deux cent trente-cinq kilos avec un moteur de six chevaux !

Il lui expliqua aussi comment à Beuil, en 1902, après de multiples échecs, Ferber réussit à voir glisser son premier aéroplane sur la couche d'air comme une flèche de papier. Le rêve d'Icare accompli : se détacher de la terre et voler comme un oiseau.

— C'est là, mon vieux, où il a eu l'idée de génie : ajouter un moteur à ses machines et construire son aéroplane pour vaincre le problème du poids. Son moteur faisait tourner deux grandes hélices de même pas et en sens inverse, grâce à une espèce de différentiel, je t'expliquerai. Les essais ont débuté le 6 juin 1903. L'année dernière, avec son appareil n° 6, ça a bien tourné, mais la force centrifuge était trop grande. Ferber, c'est un génie, je t'assure ! Bientôt nous volerons comme des oiseaux, grâce à lui. De grandes choses se préparent. Le colonel Renard l'a appelé, c'est tout dire ! Nous allons assister à la réalisation du plus grand rêve de l'humanité. Tu vois, l'artillerie alpine, ça peut mener loin ! Ferber est français, mon vieux. Ce sera la gloire de Nice !

Noël arriva vite, apportant un froid intense, du jamais vu sur la Côte. Une permission prolongée permit à François, pour la première fois depuis trois ans, de passer toutes les fêtes en famille.

Un lundi après-midi, Catherine l'entraîna à la Régence pour lui montrer, en grand secret, l'élu de son cœur, le beau et merveilleux violoncelliste à qui elle n'avait encore jamais adressé la parole.

François pensait que le mieux était de provoquer une rencontre, de savoir vraiment ce qu'il en était.

— Il faut te décider, Catherine, revenir un peu sur terre. Je vais t'aider, moi, tu vas voir…

Quand ils arrivèrent, l'orchestre venait de s'arrêter et une animation inaccoutumée régnait sur l'estrade. François reconnut alors un de ses anciens camarades de l'école de la rue Saint-François-de-Paule, Tonin, chef de rang dans l'établissement. C'était justement lui qui discutait avec les musiciens et surtout avec le violoniste qui paraissait inquiet et confus.

Tonin reconnut François et s'empressa de les placer à une table proche de l'orchestre.

— Que se passe-t-il, Tonin ? demanda François en niçois.

— Ah, une chose bien ennuyeuse. Figurez-vous que cette dame que vous voyez là-bas, avec les plumes d'autruche, une Anglaise très fortunée, aussi maniaque que distraite, vient depuis huit jours demander que l'orchestre lui joue un morceau, toujours le même. Mais jamais elle ne se souvient du titre. Hier, excédé, le violoniste, en bon Italien, a voulu lui faire une blague : il lui a écrit sur un morceau de papier le premier titre stupide qui lui est passé par la tête : « *Tre salami in barca*[1] », et cette dame vient de me remettre un louis pour que l'orchestre lui joue ce morceau, mais le violoniste ne se souvient plus du tout du vrai titre ! Vous imaginez ! Si jamais le patron l'apprenait, ça pourrait mal tourner pour nous tous ! Cette dame est une excellente cliente, et elle loge à la Maison dorée, une lady, paraît-il... Que faire ? Ils ont déjà joué trois morceaux et l'Anglaise s'impatiente. Elle m'a déjà appelé deux fois pour réclamer ses « *Tre salami in barca* ».

Le frère et la sœur s'esclaffèrent, et soudain François eut un éclair de génie.

— *Barca,* c'est bizarre. Le violoniste n'a-t-il pas, en blaguant, fait le rapprochement avec barcarolle, c'est peut-être celle des *Contes d'Hoffmann...*

Tonin courut vers l'orchestre pour faire part de la suggestion.

C'était bien cela ! L'Anglaise, aux anges, ne cessait plus d'applaudir. L'orchestre redevenait tout sourire.

1. Trois saucissons dans une barque.

Pendant la pause, Catherine vit avec émotion le beau violoncelliste s'approcher de leur table pour remercier François de son superbe à-propos.

— Federico Gagliardini, monsieur.

— François Mogliano, et ma sœur Catherine, qui vous admire beaucoup. Vous avez une sonorité exceptionnelle. Quel jeu d'archet...

Catherine se sentait rougir d'émotion et de plaisir. Enfin, il était là, devant elle, à sa table, parlant musique en italien avec François. Elle ne pouvait détacher son regard de ses beaux yeux noirs, de sa longue main qu'il ne cessait de passer voluptueusement dans ses cheveux ondulés, pour les ramener en arrière. Elle souriait d'extase. Peut-être s'en aperçut-il. Il la complimenta sur le merveilleux camée qu'elle portait en broche.

Sur l'estrade, les musiciens accordaient leurs instruments, Federico devait les quitter. Catherine lui tendit sa main dégantée. Un instant, elle sentit le regard intense du bel Italien la dévisager. Puis il se reprit, avec grande douceur, comme pour se faire pardonner son audace. Toute à son rêve, Catherine imagina que ses yeux à elle avaient répondu « je vous aime ». Federico baissa son regard de velours gris et ferma les paupières, comme pour lui dire qu'il avait compris. De cela, Catherine était sûre. Les paroles étaient inutiles. Un fluide ressenti par eux seuls les unit, et elle s'entendit dire un « *Arrivederla* » qui prenait tout son sens.

En effet, le lendemain après-midi, à la tombée du soir, devant la grotte du jardin public qu'elle s'apprêtait à traverser pour rejoindre la rue Saint-François-de-Paule, Catherine rencontra Federico. Elle n'en fut pas surprise. Quelques instants auparavant, elle avait eu la prémonition claire, limpide, qu'elle le rencontrerait.

Et il était là. Sa haute silhouette emmitouflée serrait sous son bras, avec aisance, son violoncelle couché dans sa housse brune. Elle lui tendit la main tout naturellement, pour l'arrêter et, interloqué, il la reconnut.

— Mademoiselle... Quelle merveilleuse surprise ! Et par ce temps glacial... Je courais à la jetée-promenade pour une répétition du concerto de Lalo que je dois « sonner[1] » ce soir…

Le mot fit rire Catherine qui glissa son bras sous celui de Federico.

— Allons, dit-elle, je vous accompagne jusqu'au kiosque météorologique. L'air vif de la mer me fera du bien.

Des nuages rouges incendiaient encore le ciel vers l'embouchure du Var, mais déjà la mer tournait à l'encre. Sur la Promenade déserte, seul un fiacre trottinait.

— Mon Dieu, comme je suis en retard, Gervasio doit m'attendre, sursauta-t-il. Mais demain, à quatre heures, seriez-vous libre ? Nous pourrions prendre le thé ensemble.

Catherine, d'abord interdite, s'entendit répondre :

— D'accord, nous pourrions nous voir où nous nous sommes rencontrés ce soir, mais surtout arrivez avant moi, je n'y serai qu'à quatre heures et quart. Je demeure à deux pas, rue Paradis.

Federico avait-il entendu ? Le vent emportait les paroles… Déjà, il franchissait la passerelle.

Catherine exultait au point d'en abandonner sa course. Elle héla un fiacre et se fit promener le long de la mer, regardant derrière les vitres monter la lune, écoutant palpiter son cœur.

Le lendemain, un coupé les conduisit tous deux au thé de la Reine, avenue de la Lanterne. Catherine fit raconter sa vie de musicien à un Federico en verve.

— Je suis né à Gênes, mademoiselle, il y aura trente-quatre ans dans huit jours. Mon père étant violoniste et mes trois frères, violon, alto et contrebassiste, à choisir, il ne me restait que la *viola di gamba,* le violoncelle. J'ai passé ma jeunesse au Conservatoire et dans les ruelles du port où nous regardions partir les grandes voiles carrées vers toutes les mers du monde.

Catherine sourit.

— Toute votre jeunesse ? Ça doit être passionnant !

— On n'y badinait pas, mademoiselle ! C'était très sérieux.

1. Sonner : italianisme pour « jouer ». Federico parle de temps en temps ainsi.

Le travail de la main gauche pour la justesse et le velouté, et celui de la main droite, avec l'archet, qui donne l'intelligence au phrasé, tout son sentiment. Que de journées passées à l'étude du staccato, du sautillé, du legato, des pizzicati, du vibrato qui doit exprimer toute la sonorité de l'instrument.

— Mais quel merveilleux résultat !

— Le résultat de milliers d'heures d'étude pour triompher, par exemple, du double concerto pour violon et violoncelle de Brahms ou du concerto de Schumann en *la* mineur ! Croyez-moi, toutes les larmes au milieu du rire et de la joie… Et puis, sorti premier du Conservatoire, j'ai eu une veine immense, j'ai rencontré Toscanini ! Notre grand Arturo ! J'avais dix-huit ans, il en avait vingt-trois. C'était en 88.

— En 88 ! l'interrompit Catherine en se servant du chocolat. Je n'avais que six ans.

— Toscanini a été nommé directeur d'orchestre à Gênes, au Carlo Felice. Je me souviens, à son arrivée, il a fait un véritable scandale en se mêlant des chœurs : il a demandé que l'on porte les effectifs de vingt-quatre à quarante-huit ! On ne lui en a accordé que trente-deux. Il a refusé, a fait une nouvelle colère et on lui a finalement accordé les quarante-huit. Ensuite, ç'a été le tour des musiciens. Il les a tous renvoyés. Puis, comme directeur des chœurs et de l'orchestre, il a imposé une audition, une sorte de concours, et nous nous sommes présentés à quinze pour les violoncelles. J'ai été admis immédiatement, comme second violoncelle. C'est un chef extraordinaire : il entend un à un chaque instrument, et dans le même temps, tous à la fois. Avec lui, pas moyen de tricher.

Il lui raconta ensuite ce qui était arrivé, justement à Gênes, à Ruggero Leoncavallo, magnifique compositeur mais piètre instrumentiste. Il était flûtiste à l'orchestre. Un jour, il a raté son entrée et Toscanini s'en est aperçu. Il a alors piqué une de ses violentes colères et lui a demandé son nom. Leoncavallo s'est levé et avec emphase a décliné nom, prénom, persuadé d'en imposer à l'esprit du maître ! Il était déjà célèbre à l'époque… Alors, Toscanini, blême de colère, s'est écrié :

Leoncavallo, per me non siete un leone, ne un cavallo, ma un asino[1] *!*

Catherine éclata de rire.

— Le maître était terrible mais juste. Nos répétitions duraient parfois onze heures de suite, mais l'exécution était parfaite... En 95, il a été appelé au *Reggio* à Turin. Il m'a demandé de le suivre. Là, à nouveau, au grand scandale des Turinois, il a refusé de bisser la marche de Siegfried... C'est là qu'il a connu sa femme, Clara, la sœur d'Ira de Martini, la célèbre wagnérienne du *Crépuscule des dieux*. Il l'a épousée en 97 et ça dure toujours.

Comme Catherine aurait aimé l'embrasser, son fougueux Federico qui lui prenait la main dans sa passion de la musique.

— Permettez-moi de vous appeler Nina, Catherine c'est un peu long, et appelez-moi Fred.

Nina ne pouvait détacher ses yeux de ses mains, de longues mains fines, élégantes, qu'elle imaginait maniant l'archet...

— C'est tout cela, Nina, la vie d'un violoncelliste dans l'orchestre de Toscanini, au milieu des baguettes brisées sur le pupitre, des « *cretini !* » hurlés et des explosions de colère du maître, mais quel génie ! Et Verdi... ! J'ai eu le bonheur, en 1901, le 20 janvier, deux jours avant sa mort, de jouer la *Pavona* de Mascagni en sa présence... Le 22 il était frappé d'une hémorragie cérébrale ! Pour la première fois, on a fermé la Scala, en signe de deuil.

Catherine écoutait, subjuguée.

— Mais alors, comment êtes-vous venu à Nice ?

— Le maître Massenet m'a demandé de prendre part à la suite des concerts de la jetée-promenade qu'il a dirigés en 1902. Un succès considérable[2], avec notre Gervasio à la baguette. Et puis je suis resté ici pour des raisons de famille. On m'a offert le professorat du lycée, solfège et violoncelle. Maintenant, j'y ai de nombreux élèves qui prennent des cours particuliers. L'été, j'ai mes saisons à Genève, dans les villes

1. Leoncavallo, pour moi vous n'êtes ni un lion ni un cheval, mais un âne !
2. Il existe une lettre de Massenet, datée de décembre 1902, félicitant le violoncelliste.

d'eaux allemandes, autrichiennes. Je suis même allé me perdre à Saint-Pétersbourg. Je vous raconterai... Mais vous ? C'est de vous qu'il faut parler. J'aimerais tant vous connaître. Il y a un an, je vous avais remarquée quand vous veniez, je suppose avec madame votre mère, aux concerts de la Régence. Vous êtes si élégantes, toujours des chapeaux nouveaux, vous et votre maman, vous ne pouviez pas passer inaperçues. Puis vous avez disparu... De l'orchestre, on voit tout le monde. La salle, c'est notre spectacle à nous, surtout à la Régence. Tenez, un jour, vous avez demandé les *Rêveries* de Schumann, c'est moi qui les ai transposées pour vous au violoncelle, je les ai jouées pour vous avec tout mon cœur. Vous m'aviez remercié d'un sourire. Vous rappelez-vous ? Jamais je n'ai eu l'occasion de vous parler.

Catherine était émue : ainsi, lui aussi l'avait remarquée.

— Oui, je me souviens. Jamais je n'avais entendu un morceau si divin, j'étais à l'unisson avec la douceur du phrasé... Mais c'est grâce aux *Tre salami in barca* que nous nous sommes retrouvés. Je suis si heureuse de vous connaître enfin, lui dit-elle en le regardant dans les yeux.

L'heure passant, Fred devait penser à la représentation. Dehors, le cocher s'impatientait, ne cessait de tourner autour de son cheval, réajustant sa couverture. La lune déjà se levait, deux heures étaient passées comme des secondes.

— Moi aussi, j'ai beaucoup de choses à vous dire, se hasarda Catherine, mais il faut se sauver...

Elle n'en avait pourtant pas le courage, mais le cocher les pressa en frappant à la vitre.

En quittant le salon, Nina pensait à la vie si ardente de Fred, à sa passion, à ce monde nouveau qu'il lui avait laissé entrevoir. Il la charmait avec son italien merveilleux, savait la faire rire. Il était beau comme un dieu, sensible et doux à la fois.

Dans le fiacre, elle lui abandonna ses mains qu'il dévora de baisers. Elle se laissa faire. Son cœur battait la chamade. Elle se sentit au bord de l'abandon, toute frissonnante. S'il l'avait osé, elle lui aurait donné ses lèvres.

Elle demanda au cocher de l'arrêter au coin de la rue Croix-de-Marbre. Alors qu'il l'aidait à descendre, elle lui caressa furtivement les cheveux. Il ne lui avait rien dit de sa jambe. Ils se promirent de se revoir au moins deux fois la semaine. En refermant doucement la porte, comme sur un trésor, Catherine, la nouvelle Nina, se voyait déjà la jeune fille la plus heureuse de Nice. Enfin, elle accédait à l'amour fou. Elle ne put attendre davantage et, le cœur débordant de tendresse, alla tout confier à sa mère.

Comme la vie allait désormais être belle.

9

François avait lu que l'on patinait à Paris, au bois de Boulogne et au Luxembourg. A Cannes, les orangers gelaient. Mais l'hiver, si glacial cette année, sibérien même sur la Côte, brûlait au cœur de Catherine. Son soleil s'appelait Fred. Avec impatience, elle attendait chacune de leurs promenades, chacun de leurs rendez-vous. Elle voulait lui faire connaître son beau pays niçois, lui apprendre la vieille ville dans ses moindres détails, sans oublier la petite maison où elle était née, ruelle de la République, et celle de la rue du Pont-vieux où son père les avait quittés. Elle regrettait de ne pouvoir monter au château à cause de sa jambe, lui avait tout raconté de sa maladie, de ses angoisses, de son lever si terrible. Il n'avait rien répondu, seulement serré plus fort sa main, mais désormais lui évitait de prendre les escaliers, de descendre par la Porte fausse, ou le boulevard conduisant à la vieille ville par les calades[1] glissantes.

Catherine aurait aimé « le porter à Laghet », pour lui montrer l'ex-voto déposé par son père à la Madone pour la remercier de sa venue au monde, mais la basilique était fermée sur ordre du gouvernement, comme beaucoup d'autres lieux religieux de la ville, Saint-Pons par exemple, ou la chapelle de la rue de la Poissonnerie. Elle aimait aussi l'emmener au marché aux fleurs, respirer le parfum des lis, « les jeunes filles en chemise », comme on les appelait au

1. Calada : descente en niçois.

Piémont, lui racontait-elle, lorsqu'ils étaient châtrés de leur lourd pollen. L'amour brûlait dans leur cœur.

Ces promenades enchantaient Fred qui faisait des progrès surprenants en niçois, y glissait souvent des mots gênois qui amusaient Nina. Leurs goûts étaient identiques, ils adoraient chercher les mêmes senteurs dans la vieille ville, dans les jardins, le parfum des genêts, la douceur ambrée des acacias, le musqué des feuilles de figuier et, déjà en mai, l'odeur pénétrante des orangers en fleur qui traînaillait le soir vers la vasque des dauphins du jardin des Phocéens.

Ils se donnaient souvent rendez-vous à « Tusey-Où [1] » au pied de la lionne de bronze qui dominait la grotte, leurs baisers y fleurissaient. Catherine y avait découvert un coin creux, sous le socle, où elle glissait des mots d'amour que Fred venait chercher à la nuit en sortant des concerts de la jetée-promenade.

A Nice comme à Paris, c'en était fini des robes à taille longue pour les élégantes, des bustes jetés en appât à la tête des hommes, des croupes ramenées en arrière. Sous l'influence de Paquin, on raccourcissait les tailles avec plus d'ampleur, les chemisiers en dentelle d'Alençon se portaient plus loin du corps, avec des petits boléros brodés d'argent aux coloris mauve, vert ancien et, pour le soir, on revenait même à la robe Empire. Les chapeaux suivaient, on les voulait plus petits, surtout ceux de théâtre, et la grande mode apportait les capelines de paille grise, ornées de plumes grises ou mordorées. On créait, on transformait les anciens chapeaux avec fureur, les modistes ne savaient plus où donner de la plume. Au 11, rue Paradis, l'odeur si particulière de la colle à monter les garnitures sur la tarlatane envahissait la boutique, s'engouffrait dans la rue et poursuivait Catherine longtemps encore sur le trottoir.

Nina et Fred se tutoyaient. Il l'avait emmenée dans son petit appartement de la rue Gioffredo, trottoir soleil, presque au coin de la rue Alberti. Heureusement, ce n'était qu'au

1. Rendez-vous des amoureux ; de « Tusey et Meuse », nom du sculpteur et de l'atelier de fonderie, inscrits sur le socle de la statue, aujourd'hui située près du monument du Centenaire.

troisième, avec des marches faciles, en s'aidant de la rampe. La première fois, Fred avait laissé la porte palière ouverte, par déférence, comme on le fait en Sicile, lui avait-il dit, pour ne pas compromettre les jeunes filles visitant les messieurs seuls.

Dans la première pièce, elle découvrit le salon de musique où Fred travaillait plusieurs heures par jour et donnait ses leçons. Un piano noir, des tabourets, quelques chaises, des pupitres encombrés de partitions et, sur une étagère, des métronomes donnaient une atmosphère de travail. Au milieu de la pièce trônait le fauteuil Voltaire rouge du professeur. Des violoncelles alignés contre le mur faisaient des pointes sur leurs piques et ô merveille ! un immense caisson-malle, écrin de bois noir en forme de violoncelle, portait une plaque de cuivre gravée au nom du maître : Federico Gagliardini.

— Ici, repose mon vieux Guarnieri [1]. Partout où je vais, il m'accompagne. Il est de tous mes voyages.

Pour elle, il en ouvrit les serrures d'argent et, lentement, avec douceur, fit glisser la porte, comme on le fait d'un tabernacle. Le merveilleux instrument dormait, dans son écrin de velours pourpre, comme un joyau, maintenu par des taquets de cuir.

— C'est une merveille, n'est-ce pas ? Je ne m'en sers en ville que pour les jours de récital, mais ici, chaque lundi, je le joue pendant deux heures pour le maintenir en forme, pour lui garder sa belle âme. Il en a autant besoin que moi ! Nous nous entendons à merveille tous les deux. Il n'aime pas être brusqué, c'est un seigneur.

La seconde pièce, salle à vivre, salle à manger, d'aspect suranné, mobilier noir Napoléon III, était garnie de longues tentures jaunes qui lui donnaient un air compassé. « Du meublé de la salle Provana [2], pensa Nina ; bien laid, tout cela... » La troisième pièce, sans aucun doute la chambre, conserva porte close.

1. Guarnieri : célèbre luthier italien, contemporain de Stradivarius.
2. Salle des ventes où les propriétaires venaient, à peu de frais, garnir leurs meublés.

— Et où est donc la cuisine ? Tu sais, c'est une pièce qui m'intéresse.

Elle y découvrit un fourneau à gaz, deux ou trois mauvaises casseroles, presque pas de vaisselle, pas même un poêlon.

— C'est bien triste, murmura-t-elle.

— Je ne mange jamais chez moi, je prends tous mes repas en ville, dans une pension italienne, rue Vernier, j'y retrouve mes camarades. C'est très pratique pour les répétitions. Quelquefois, pour changer, je réchauffe des plats tout préparés de chez Caressa, sous les portiques.

Nina, nourricière dans l'âme, eût tôt fait de modifier l'atmosphère. Elle avait enfin un homme à choyer, à gâter. Déjà possessive, elle voulut être la seule à « s'occuper de son Fred ». Bien vite, il lui confia les clefs de la maison. Un matin, seule, elle découvrit enfin « la chambre ». L'ordre y était parfait. Un grand lit de cuivre à courtepointe rouge trônait, flanqué d'une armoire de noyer et de deux fauteuils. Dans l'armoire, elle découvrit de nombreux habits de soirée, des chemises de cérémonie à plastron empesé, dont beaucoup avaient besoin d'être révisées. Olympia, en femme de chambre accomplie, aida à tout régler, emporta même du linge fin qu'elle lava et repassa à la maison. Fred, ravi, riait et se laissait faire.

Il se laissait entraîner dans les délices d'un amour romantique où les corps perdaient peu à peu de leur consistance au profit des âmes unies par la passion.

Fred respectait les frontières qu'il s'était imposées, s'interdisant toujours avec Nina des gestes qu'il trouvait trop osés. La jeune fille semblait du reste n'y accorder aucun intérêt. Seul le contact des âmes lui importait.

Jean, de son côté, progressait dans ses recherches : ce qu'Agnès désirait, c'était une maison d'été assez près de Nice afin que François puisse y monter le soir et en redescendre le matin, et y passer également les fins de semaine où la petite famille l'attendrait. Il fallait la trouver dans un rayon ne dépassant pas les six ou sept kilomètres, plutôt moins que plus. Agnès ne désirait pas trop s'éloigner de la ville, mais vivre vraiment à la campagne, dans un vrai paysage agreste et une maison simple, rustique, ne nécessitant pas de personnel.

Jean enquêta méticuleusement et se décida pour la région des collines située à l'ouest de Nice, entre la ville et la vallée du Var. Systématiquement, avec Agnès, ils parcoururent tous les vallons, leur goût les attirant vers Ventabrun, Saint-Roman-de-Bellet, Crémat, Saint-Antoine-de-Ginestière, Fabron supérieur, etc. Mais leur site préféré restait celui de Saint-Antoine-de-Ginestière, avec son aspect de village groupé autour de l'église. L'eau y était abondante, le gaz installé, la route accessible, et même de nombreux raccourcis permettaient d'y grimper facilement à pied. Cinq kilomètres séparaient la place Masséna de l'église du village.

Agnès se souvenait de la promenade qu'elle y avait faite avec Eligio, alors qu'elle attendait Catherine. Ils avaient visité le moulin à huile de l'Archet d'où la vue s'étendait très au loin sur la mer, avec la ville en contrebas. Le paysage avec ses oliviers, ses figuiers, ses genêts, l'avait enthousiasmée. C'est là qu'il ferait bon vivre, au contact d'un jardin entrant dans la maison, dans la senteur des pins montant du vallon. Jean, lui, plus citadin, parlait de massifs de fleurs odorantes, de romarins taillés en buisson, de cyprès aussi. Catherine pensait surtout au potager, rêvait de tomates doucement mûries à l'ombre, de courgettes délicates et fines, de bouquets de basilic et aussi de pampres de muscat et de vignes-framboises envahissant la tonnelle.

Mais toute la maisonnée tomba d'accord : il fallait une grande tonnelle près de la cuisine, et une longue table de pierre pour les repas de famille. Un immense abri de feuillage relierait ainsi la maison au jardin. Où cette merveille se cachait-elle ? Jean s'efforçait de la découvrir.

Dans les Alpes, le froid avait fait annuler les manœuvres d'hiver. Deux mois durant, François était cependant monté avec sa compagnie à Peira-Cava et plus haut encore, près des cimes à chamois bordant la frontière italienne. En ce moment, à Sospel avec Paul Flinck, il n'avait rien fait pour coudre sur sa manche le plus petit galon de laine. Paul, lui, était déjà aspirant. Il n'attendait que sa libération pour rejoindre, à Paris, à Chalais, à Meudon, à Issy-les-Moulineaux, ces mordus de l'aviation. En correspondance constante avec son ami, le capitaine Ferber, il était au courant de toutes les avancées de la technique, en particulier du dernier vol de l'aéroplane d'Arch Déacon, expérimenté le 10 avril par Voisin et qui avait tenu l'air pendant cinq secondes et quart, à Berck-sur-Mer. Tout s'annonçait possible.

François projetait de se faire accompagner par Paul, à Paris, pour choisir l'équipement de son futur cabinet. Du dernier cri, avec fauteuil américain ! Il l'aiderait avec ses connaissances en mécanique. Cependant, l'appartement n'était pas encore en vue. Seule la belle plaque de cuivre gravée : FRANÇOIS MOGLIANO — CHIRURGIEN-DENTISTE — DPLG DE LA FACULTÉ DE MÉDECINE DE PARIS, attendait.

L'idéal, bien sûr, serait de s'installer dans le quartier Masséna, autour de la place Maccarani, au contact de la clientèle de passage des hôtels, et surtout, bien placé pour la clientèle niçoise, la seule, aux yeux de François, vraiment valable, fidèle, toujours présente.

La saison de Nice terminée, Fred préparait celle d'été, à Genève. Auparavant, il se devait de passer une huitaine de jours à Gênes pour y régler, disait-il, une grave affaire de famille.

La veille de son départ, Catherine organisa, rue Gioffredo, un dîner en tête à tête, entièrement préparé de ses mains. Elle voulait une atmosphère de fête, avec des fleurs et des bougies dans le moindre recoin. Olympia était venue faire le ménage à fond.

Le soir venu, après le dessert, Fred décida de faire admirer à Nina sa superbe collection de montres anciennes, héritées en grande partie de son père et qu'il avait lui-même, habile horloger, remises en état. Dans le tiroir aux merveilles, Catherine dénicha une photo de Fred entouré de trois enfants, deux garçons de sept à huit ans et une petite fille de trois ou quatre ans qu'il portait dans ses bras d'un air heureux. Il n'avait rien fait pour cacher la photo. Mieux, il la posa ostensiblement sur la table. Une date y figurait : *Imperia, avril 1900.*

A la grande surprise de Nina, avant même qu'elle pût poser une question, il dit d'une voix trop calme :

— Je devais te l'avouer. A Gênes, j'ai trois enfants et une femme qui ne m'attend plus. C'est cela ma grave affaire de famille.

Le visage de la jeune fille se tourna vers lui, tendu, angoissé.

Il ferma les yeux et poursuivit :

— Tu dois tout savoir, je ne veux rien te cacher. Je t'aime trop pour ça. Je me suis marié il y a douze ans en Italie, où le divorce n'existe pas encore. J'espère qu'il existera un jour.

Mais Nina n'écoutait plus, les mots tournaient dans sa tête : Fred marié, trois enfants. Tout se dérobait autour d'elle.

— Nous sommes séparés de fait depuis quatre ans. Mon ex-femme est très attachée à sa famille, à sa mère surtout, elle n'a jamais accepté de me suivre dans mon travail. Elle vit à Gênes avec les siens, les Ruffini, et exclusivement pour ses enfants. Son clan est aussi une famille de musiciens. Je dois aller à Gênes pour régulariser l'abandon de ma maison d'Imperia que je laisse aux enfants. Le prix de ma liberté.

Il s'approcha de Nina, muette, en larmes, et lui embrassa les mains, lui essuya les joues avec une infinie tendresse. Elle se laissa faire. Il s'agenouilla à ses pieds.

— Je suis honnête, Nina. Je te devais cette vérité. Dès notre première rencontre au Thé de la Reine, je voulais te le dire, mais nous étions si heureux que je n'ai pas pu. Je t'aime de toute mon âme. Le passé ne peut pas détruire le présent, notre avenir ne doit dépendre que de nous seuls. Notre vie nous attend.

Nina s'effondra dans ses bras, sanglota longuement, l'embrassa très fort, le mouillant de ses larmes. Pour la première fois de sa vie, elle se sentait vaincue. Elle si fière, si exclusive, devait composer avec le destin... Elle aimait Fred, elle ne le laisserait jamais, c'était trop tard, leur chemin était déjà tracé... Mariée ou simplement compagne, elle n'avait qu'un désir, une volonté : être sa femme jusqu'à leur dernier jour.

Elle resta bien tard, essuya ses yeux de pleurs mouillés, retrouva son sourire, ouvrit elle-même le lit, souffla les bougies et, librement, en toute conscience, tout amour, s'abandonna.

10

Tenace, Jean n'abandonnait pas le rêve d'Agnès : sa maison d'été sur les collines. L'été, lui, était là, mais la maison manquait toujours. Las, il décida de consacrer ses dimanches, en compagnie d'Agnès, à parcourir les collines en calèche tirée à deux[1]. Ils s'informeraient sur place, interrogeraient les aubergistes et, au hasard, peut-être, les habitants du coin.

Un dimanche de juin, ils franchirent ainsi le pont sur le Magnan, se glissèrent jusqu'au chemin du vallon de la Bornala et grimpèrent vers l'Archet. Après la rude montée et trois forts tournants, ils arrivèrent parmi les figuiers et les oliviers au bord d'un grand balcon de terre qui dominait la mer et la ville. La route longeait le dos de la colline et s'enfonçait en pente douce dans les terres jusqu'au pied d'une église au haut clocher. Et ici, au milieu d'une orangeraie, ils découvrirent, en contrebas, le restaurant de Ginestière. Un lieu tranquille, doré de soleil, empanaché d'une haute tonnelle de vignes. En bas, vers le vallon, des cris, des rires ponctuaient sous les platanes le choc des boules de bois... « Elles sont cloutées de fer », pensa Jean.

A la cuisine, l'imposant et jovial monsieur Massa fricotait un odorant lapin aux tomates dont le fumet les incita à rester déjeuner. La conversation, commencée en français, continua en niçois. Du coup, les visages s'éclairèrent, ces nouveaux

1. Expression niçoise : deux chevaux étant nécessaires pour monter aux collines.

venus n'étaient donc pas des étrangers... Agnès retrouvait l'ambiance d'antan, son auberge de Mondovi. C'est tout juste si elle n'alla pas aider à la cuisine. L'endroit lui plaisait. Le bonheur ne devait pas être très loin... C'est Massa qui l'apporta avec les raviolis. Agnès en profita pour lui exposer le but de leur promenade : acheter une maison... Oui, il en connaissait une bonne, carrée, ocre, à l'italienne, couverte à quatre pans, avec des volets verts et une gênoise ourlant le toit.

— Et elle est à vendre, madame, à cause d'une histoire d'héritage. Elle est là, à trois cents mètres en face en retournant vers Nice. Vous êtes passés devant, sans aucun doute. Elle domine les deux versants de la colline. Devant, c'est le plein soleil, et derrière, un chemin noir de marronniers, c'est rare, ici ! et un grand cèdre. Y a pas à se tromper. Allez, prenez votre temps, Boún Diou ! elle vous attendra ! Faut goûter la grappa de Bellet, vous m'en direz des nouvelles ! Après la sieste, ma fille Elisa vous conduira à la maison. Le gardien pourra vous faire visiter.

Plus tard, Elisa les accompagna. La maison était bien à vendre. Jean lut la pancarte qui indiquait de s'adresser directement chez le notaire à Nice, place Charles-Albert. Pour visiter il fallait sonner. Agnès tira la clochette et un gardien apparut.

Située presque au sommet de la colline, la villa prenait appui sur une butte et dominait au loin la mer. A droite, la vue donnait sur le vallon au fond tourmenté d'acacias, avec des pins, des oliviers sur les pentes.

— Et des amandiers, madame, ajouta le gardien en désignant les troncs noirs. En face il n'y a pas d'eau, c'est pas comme ici, vous voyez les deux grands bassins qui servent à arroser...

De la route, on accédait à la villa par une longue allée en montée très douce couverte d'arceaux de rosiers et de vignes. Après une trentaine de mètres, on débouchait sur un perron de pierres blanches menant à une terrasse qui, devant la maison, s'ouvrait sur les pièces du rez-de-chaussée : un petit salon, une large pièce à vivre et une grande cuisine dotée d'un office.

— La grupia[1], dit le gardien, très fraîche, bien utile l'été pour tout garder au frais.

Un escalier montait au premier et seul étage, menant aux quatre vastes chambres carrées, desservies par un couloir.

— Juste ce qu'il nous faut, ni trop petit, ni trop grand, et facile à entretenir, confia Agnès à Jean qui approuvait.

La cuisine donnait à l'arrière, sous une large tonnelle tenant toute la largeur de la maison et couverte de cannisses, laissant passer l'air et filtrant la trop grande luminosité. Murée de vignes et de jasmins en fleur, elle abritait avec bonheur une longue table en plaques d'ardoise, montées sur des tréteaux. Une atmosphère pailletée de soleil appelait à la nonchalance et la douceur de vivre, loin des bruits de la ville.

Devant la maison, le jardin se découpait en massifs bordés de santoline où s'épanouissaient orangers, citronniers, mandariniers, néfliers, figuiers et oliviers. Sous des bosquets de rosiers bruissait le chant des cigales. A droite, derrière un portillon de fer et un mur de pierres sèches, un potager en friche attendait la sape et le magaillon d'un jardinier : une série de petites déclivités en planches, descendant doucement vers le vallon, avec un système de tuyaux de grès et de boîtes d'arrosage permettant une facile irrigation. « De quoi satisfaire Catherine », pensa Jean, frappé par l'ingéniosité du système. Il voulut l'examiner de près et dérangea une famille de très gros crapauds aux yeux mordorés qui s'abritaient au fond des boîtes de dérivation, sous les couvercles de bois.

La visite se terminait.

— La toiture est en très bon état, mais la plomberie et le sanitaire complètement à revoir, conclut le gardien.

Jean avait remarqué des fissures ouvertes dans la terrasse.

Dès le lundi matin, Agnès et Jean se rendirent chez le notaire, maître Moriez, un gros homme sympathique au visage poupin, qui lissait sans cesse sa superbe moustache.

— La maison en état, dit-il, l'écurie et les dépendances, le tout sur environ un hectare de terrain, avec le jardin planté et

1. Pièce fraîche, servant d'office et de resserre.

la descente au vallon, l'eau, le gaz en cours d'installation sur la colline, prochainement l'électricité, et trois cents jours de soleil garantis par an, jamais de brouillard, aucune humidité, cinquante mille francs en l'état.

— Quarante-deux mille, répondit Jean calmement.

Et il enleva l'affaire.

Le nom du restaurant suggéra celui de la villa :

— Et si nous l'appelions la Ginestière ?

La Ginestière était née. Il restait à la faire sourire, à redonner sève au jardin.

Dès le lendemain, Jean y envoyait les jardiniers du Riviera Palace.

Fred revint de Gênes beaucoup plus rapidement qu'il ne l'avait prévu. Enfin, il se sentait libre, tout était en ordre, la maison cédée à ses enfants et sa femme déclarée curatrice de la donation. De son voyage, il avait rapporté deux lourdes alliances gravées à la date du 2 avril 1905, portant leurs initiales entrelacées. L'union de Fred et de Nina devenait indéfectible.

Catherine s'était déjà confiée à sa mère : la situation matrimoniale de Fred, sa séparation, l'impossibilité légale de leur mariage et leur volonté de vivre ensemble.

— Oh, je sais, avec les cancans, ici ça ne serait pas possible ! Il vaut mieux qu'on s'éloigne. Ça tombe bien, Fred doit donner des récitals tout l'été en Suisse, à Genève.

— C'est une bonne idée, finit par convenir Agnès. A votre retour on vous croira mariés. Les apparences seront sauves. Françoise se chargera bien de propager la nouvelle !

Jean, consulté, approuva, en bon papa soucieux du bonheur de sa fille et du qu'en-dira-t-on niçois.

— Oui, dit-il à Agnès, tout un trimestre ensemble les unira ou les séparera définitivement. La mise à l'épreuve de leur amour. Et puis, si tel est leur désir, pourquoi s'y opposer ? Tu connais Catherine ? Ce qu'elle veut, elle l'obtient. Ce sont les lois qui sont en retard et toujours dans les pays très catholiques. Ne soyons pas hypocrites. Je pense que Fred est sérieux et qu'il saura faire face à ses responsabilités. Il m'a fait une bonne impression. C'est un excellent artiste, travailleur et courageux, je me suis renseigné.

Agnès, bien qu'un peu déçue, se rangea aux raisons de Jean. Certes, l'amour commandait, mais quelle destinée pour les femmes de la famille ! Tous ses espoirs se reportaient maintenant sur son François à qui importait peu les pseudo convenances et les commérages. La morale laïque, la seule valable à ses yeux, n'était nullement en cause. De plus, le bonheur de sa sœur en dépendait. Elle ne devait donc écouter que son cœur.

Ainsi fut approuvée, en famille, la nouvelle vie de Nina et de Fred. Les malles furent bientôt faites.

Le 14 juillet, François se rendit à Marseille avec sa compagnie du 27e bataillon de chasseurs, pour défiler. Après le désastre naval infligé aux Russes par les Japonais, les rodomontades de Guillaume, des bruits de guerre circulaient. La loi de deux ans était votée. Une commission, dite de la Marseillaise, formée entre autres par Ambroise Thomas, Massenet, Léo Delibes, devait choisir la partition à officialiser parmi les cent quatre-vingt-neuf déposées. Un éclat particulier serait donné à la revue pour servir le rapprochement avec l'Angleterre et la Russie. Sur la Canebière, tout un corps d'armée défilait : fantassins en pantalons rouges et gants de filoselle, guêtres blanches et godillots, pompon au képi sur les crânes rasés ; dragons à col blanc en basane, aux sabres démesurés ; cuirassiers étincelants au soleil, casque à minerve et à crinière noire, rouge pour les trompettes. La cavalerie légère suivait, en bleu de ciel... et aussi les zouaves, les turcos aux culottes bouffantes.

François, chasseur alpin, portait les épaulettes vertes, et au menton le bouc réglementaire. En tête caracolait un général de division en grande tenue — tunique noire à deux rangs de boutons, culotte blanche, bottes à l'écuyère, bicorne orné de plumes blanches, son cheval en harnais de parade, selle de velours cramoisi, étriers d'or, fontes en peau de panthère ! Toute la splendeur des armées de la République !

François soupçonnait que cet hommage solennel à l'armée,

dans toute la France, voulait faire oublier la promulgation de la loi sur la séparation de l'Eglise et de l'Etat, qui indisposait tant une grande partie de l'opinion publique. « Le sabre regagne ce qu'a perdu le goupillon... Déroulède doit jubiler... Moi, j'attends la quille ! Et le 1er septembre, vive mon cabinet ! »

Le troisième Tour de France couronnait la victoire d'Aucouturier, après une lutte épique contre Dartigny.

Le shah de Perse surprenait Paris avec ses allures de potentat oriental et ses manières de maître de harem.

Le 15 août, l'ami de la famille, Menica Rondelly, leste comme un chamois, grimpa quatre à quatre l'escalier du 37, nœud papillon de travers, son déjà célèbre chapeau noir à la main[1]. Il faisait si chaud !

— Agnès, ça y est ! Je viens d'apprendre qu'un appartement va être libre pour la San Miqueu, au 13 de la rue Masséna, au coin de la rue Paradis, au premier étage, tout à fait ce que François recherche. Tu vois, là où habitait le Nistou[2]. Sept fenêtres en façade, autant sur la cour, tu imagines ! Peut-être un peu grand, mais si bien placé... Je connais bien les propriétaires. Puis-je les avertir ? Ce ne sont pas les candidats qui vont manquer !

Ainsi fut fait.

Tout d'abord, Agnès s'affola de la dimension de l'appartement : deux fois celui de la rue Saint-François-de-Paule, un rectangle de près de quatre cent cinquante mètres carrés, trente mètres de façade sur quinze de profondeur, réparti en dix pièces situées de part et d'autre d'un long couloir suivant un mur de refend de plus d'un mètre d'épaisseur. Elle trouva sa future chambre grande comme une salle de bal. Les plafonds des pièces principales s'ornaient de fresques, représentant des bouquets de fleurs, des cieux traversés d'oiseaux.

1. Chansonnier niçois, auteur de *Nissa la bella.*
2. Surnom d'Honoré Sauvan, maire de Nice.

Elle frémit à la pensée du métrage de rideau nécessaire pour habiller les fenêtres hautes de plus de quatre mètres, et les tentures, les tapis...

Le lendemain de la visite, le bail était signé.

Heureusement, Jean veillerait à tout.

11

Le voyage de Nice vers Genève semblait interminable à Nina. Elle croyait avoir très peu dormi, se réveillait en sursaut, sans cesse, aux arrêts brusques, aux longs sifflements, aux annonces, aux cris, à ce qu'elle supposait être de longues attentes dans les gares.

Soudain, les yeux ouverts dans les ténèbres, elle fut envahie par un grand silence. Elle n'entendait plus le roulement du train, le bruit régulier des bogies sur le rail, le léger balancement sur la voie... Rêvait-elle ou son wagon était-il détaché, immobilisé en pleine campagne ?

Que faisait-elle seule, étendue sur cette couchette ? Ah oui ! Fred devait dormir calmement au-dessus d'elle. Des pensées de toutes sortes l'assaillirent. Comme la vie est étrange, si lente et si rapide à la fois. Il avait suffi d'un rien pour tout faire basculer. « Si je n'étais pas sortie ce lendemain de Noël avec François, s'il n'y avait pas eu cet incident des *Tre salami in barca,* peut-être serais-je encore dans ma chambre rue Masséna. Cette chambre où j'ai tant souffert », pensait-elle. La destinée, était-ce écrit ?... Son enfance, son adolescence, tant de volonté, de lutte, pour se laisser finalement mener par la fatalité ! Fred, désormais, serait le seul lien avec son passé.

Au matin, le rapide, dans sa course, semblait s'essouffler. Après le petit déjeuner, servi dans le compartiment par le conducteur, Catherine avait encore faim.

Déjà plus de dix heures, le train traversait maintenant un paysage tourmenté. Des fonds de vallées escarpées, des pentes abruptes, qui semblaient étouffer la voie. Des éboulis de roches, des tunnels, des aperçus sur un fleuve, se succédaient. Toujours des ralentis poussifs et des sifflements dans les courbes.

Enfin, le conducteur remit son curieux képi marron où était inscrit « Wagon-lit Cook » en lettres d'or. Il vint annoncer :

— Bellegarde, les pertes du Rhône, madame et monsieur, visite des bagages obligatoire pour Genève. Contrôle des passeports. Il faudra descendre.

Le train ralentissait, tressautait dans un dédale d'aiguillages. Un convoi meuglait. De grandes manches de toile déversaient des trombes d'eau dans le ventre des locomotives soufflantes.

En gare, la grande salle de visite de la douane s'emplissait. Simple formalité qui dura une demi-heure dans un tintamarre de chariots bien ordonnés. Gare frontière oblige ! Le convoi allégé repartit.

Un long tunnel et la vue s'ouvrit enfin sur le fleuve. On approchait d'une grande plaine. Peut-être le lac, pensa Nina.

Le conducteur essuyait déjà ostensiblement la rampe de descente du wagon pour éviter à ces dames de salir leurs gants. Lentement, ce fut l'arrivée toute chuintante en gare de Cornavin, saluée par le drapeau à croix blanche de la Confédération. Le rapide Vintimille-Genève avait fini sa course.

Fred dut subir l'assaut des cormorans[1] se disputant les bagages. L'air vif surprit Nina déjà descendue sur le quai. Elle respira profondément une odeur de chlorophyle. Les amoureux étaient en Suisse.

La pension Minerva, rue du Mont-Blanc, toujours aussi nette et aussi propre, les accueillit.

— Madame et monsieur Gagliardini, ce sera la chambre 16.

La première fois de sa vie que Nina s'entendait appeler ainsi. Ici c'était donc vrai. On voyait bien que Fred avait l'habitude d'y descendre, le portier le connaissait. La situation était fort commode, l'emplacement de la pension de famille excellent, entre la gare et le lac, non loin des grands hôtels.

1. Cormorans : nom donné, à l'époque, aux porteurs en gare de Genève.

— Et tu sais, Nina, le cuisinier est italien, de Vérone, comme Stradivarius. Il sait accommoder le riz, et les pâtes *al dente,* comme tu les aimes.

Puis il la laissa au bas de l'escalier et repartit en gare pour dédouaner la malle qui abritait son violoncelle de concert.

Catherine, tout émue, se retrouva seule pour la première fois de sa vie. Loin des siens, de sa ville, dans une chambre inconnue, en pays étranger, au milieu des bagages que le garçon d'hôtel empilait soigneusement.

Un sentiment bizarre l'envahit, la sensation d'être amputée de son passé, d'être livrée entièrement à Fred, devenu le centre de sa vie. De ne dépendre que de lui. La sensation aussi d'être plus adulte, mais privée d'une partie d'elle-même, sortie du giron de sa famille, mais chargée de nouvelles responsabilités. Heureusement, ici on parlait français et italien.

A ce moment, Fred, son nouvel univers, ouvrit la porte de la chambre, souriant. Elle reprit confiance.

L'après-midi, au salon, Achille Lombroso, l'imprésario de Fred, vénitien avalant agréablement les L, lui communiqua le programme de la saison : une liste ahurissante de concerts de musique de chambre, de partitions d'orchestres, de concerts en ville, en hôtels, et même dans des villas privées : Genève, Lausanne, Ouchy, Montreux, tout y passait... Sonates de Boccherini, dernières suites pour viola pomposa et violoncelle piccolo, transcrites, concertos de Haydn en *ré, ut* majeur. Les six suites pour violoncelle solo de Bach précédaient les concertos de Lalo, de Dvorak, les cinq sonates de Beethoven, les variations sur un thème de *la Flûte enchantée* en *mi,* en *fa* majeur opus 66...

— Ça suffit, Lombroso ! Comme vous y allez ! Je ne suis pas un gondolier ! C'est moi qui mouille les chemises ! Un tel programme pour la saison ! c'est insoutenable ! J'ai quand même besoin de dormir ! N'oubliez pas qu'en dehors des pièces d'orchestre, je joue sans partition ! Débrouillez-vous pour répartir ou annuler !

Malgré les aménagements et l'allongement des contrats sur le prochain trimestre, Fred fut rapidement très occupé, et Nina souvent bien seule, surtout à midi où elle descendait, solitaire, à la table d'hôte. A part les pâtes beurre et fromage cuites *al dente,* la cuisine du Minerva se révéla insipide pour la Niçoise : « cuisine internationale », disait-on. Et toujours des gens autour d'elle qui ne parlaient que musique. Mais la ville haute et surtout le lac la fascinaient, avec ses bateaux blancs à aubes, l'activité du quai du Mont-Blanc, les parcs fleuris tout autour.

Le soir, elle dînait quelquefois seule, mais heureusement, même tard, même au bord du sommeil, venait la récompense. A la rentrée tardive de Fred, elle découvrait au lit son grand corps d'homme qui la réchauffait tout entière et émerveillait sa nuit.

Le lundi soir, le jour où le concert de Fred se terminait plus tôt, Nina venait le chercher et se laissait entraîner jusqu'au quai de Rives, où ils aimaient voir accoster les grandes barques alourdies de pierres venues de Meillerie. Ils les voyaient arriver de loin, lentes, chargées à plein bord, leurs grandes antennes croisées portant au vent leurs deux voiles blanches écartées comme de gigantesques oreilles, pour mieux écouter la brise. Fred aimait assister à la manœuvre, à l'affalage précis des toiles, au coup de barre habile qui, d'un coup, les amenait parallèles au rivage, pour jeter au bord des lourds madriers servant au roulage des brouettes. Il parlait aux « bacounis » responsables de la manœuvre et ne manquait jamais de saluer les maçons italiens, originaires pour la plupart des Abruzzes ou de la Romagne, accourus pour décharger les lourdes pierres.

— Tu sais, Nina, lorsque je venais ici, il y a deux ans, je rencontrai un maçon qui se disait instituteur, un dénommé Benito[1], plus bavard que les autres et aussi rapide pour remplir les brouettes. Il me tenait des discours sur les bienfaits de l'union des travailleurs... Un orateur extraordinaire, il pérorait beau et fort au milieu de ses camarades. Tous des illettrés ! il les catéchisait au moment de la pause, en buvant à la régalade des fiaschi de chianti. Il m'a présenté un jour son jeune frère, c'est lui qui menait les fardiers, chargés très bas et

1. Il s'agit de Benito Mussolini, alors maçon à Genève et à Lausanne.

attelés d'énormes percherons qui enlevaient la charge jusqu'au Molard.

Nina utilisait ses journées à découvrir cette ville que les Niçois lui avaient dit si austère. La ville de Jean Calvin. Elle était allée au cimetière des rois, voir la tombe du courageux réformateur, très simple : seulement un J. C., comme Jésus-Christ, gravé sur la pierre plate, et une balustrade de fer rouillé, avec de l'herbe tout autour.

Le matin, vers dix heures, elle franchissait vite le pont du Mont-Blanc où les voitures et les trams électriques étaient interdits, évitant les quémandeurs qui couraient sus aux étrangers.

Elle parcourait les rues basses, les rues hautes, les rues grimpantes avec leurs maisons à pignon, les escaliers curieusement extérieurs. Elle allait jusqu'à monter à Saint-Pierre y entendre « la Clémence » qui, lui avait dit sa logeuse, avait été trouvée un matin, fendue, oui madame, en 1902, de l'avoir sonnée trop fort... « Vous verrez, une cloche superbe, il a fallu huit chevaux pour la hisser depuis le fleuve. »

Genève, une ville si différente de Nice. Elle parcourait la rue de la Corraterie, où elle dénichait les magasins les plus élégants de la ville, s'amusant à regarder les grands chapeaux de toile cirée noire des balayeurs, curieusement appelés « Curafifi » par les gamins. Elle connaissait bien le 40, Grande-Rue, où était réellement né Jean-Jacques Rousseau, là où sa mère était morte en le mettant au monde, disaient les uns, et non au 69 de la rue Rousseau comme le prétendaient les autres, là où il passa sa jeunesse et où habitait son père. Elle se promettait de visiter Clarens et Meillerie, où s'effilochait le souvenir de la nouvelle Héloïse, au bout du lac.

Chez Jullien, le libraire, elle achetait des livres, Toepffer et ses *Voyages en zigzag* qu'elle découvrait. Elle redescendait à la crémerie Victoria de la rue du Rhône, boire une tasse de thé et manger un petit pain viennois dont elle gardait la moitié pour donner aux canards du lac. Elle musait alors à la Fusterie, place Bel-Air, choisissant un mouchoir de Saint-Gall à la chemiserie des Trois-Rois, ou admirait les portraits si célèbres, chez Fred Boissonas, le magicien-photographe de l'oligarchie genevoise.

Déjà, elle connaissait tous les marchés, la brocante des chiffonniers du Pré Lévêque, le marché aux fleurs du Molard et surtout le marché Grenus où elle avait tant envie d'acheter un arrière de cabri, une féra du lac, ou un lavaret, peut-être encore enrubannés d'herbes. Mais où le faire cuire ? Sa cuisine lui manquait, et pourtant il y avait de tout au marché pour la faire. Pas les mêmes herbes, certes, mais d'autres senteurs, sans doute aussi délicieuses. C'est ainsi qu'elle désertait quelquefois la table d'hôte et se surprenait à pousser des pièces de monnaie dans les fentes des distributeurs du restaurant « électron-automatique » rue du Mont-Blanc, dont les gâteaux, excellents, la régalaient.

Ses après-midi s'étiraient au bord du lac, surtout rive droite. Elle les prolongeait souvent en prenant le bateau des mouettes, en face des flonflons du Kursaal, pour visiter les biches du parc de l'Ariana, le château Revilliod, ou s'attardait devant les vitrines (trois cent cinquante !) du gigantesque herbier du grand Delessert. Puis elle revenait en général à pied, passant par le parc de la villa « Mon Repos » où elle donnait à goûter aux écureuils peu farouches.

Que de choses à raconter à Fred ! A chaque matin sa moisson, à chaque après-midi ses découvertes ! Hier, c'était un facteur qu'elle avait surpris dans une cour, rue Chausse-Coq, en train d'appeler les ménagères pour qu'elles descendent par leur fenêtre un petit panier suspendu au bout d'une ficelle, pour y déposer les lettres. Aujourd'hui, ce serait sa conversation avec une femme de chambre du Minerva, qu'elle avait rencontrée sur le quai des Bergues et qui lui révéla où se levait et se couchait le soleil, selon les saisons.

— Vous voyez, madame, en face, notre Salève, c'est là où nous le voyons surgir le matin, en hiver, et se cacher là-bas derrière le Crêt d'Eau, le soir. En été, il sort dessus les Dents d'Oche et va se coucher dans le creux du col de la Faucille.

Mais ce que Nina adorait par-dessus tout, c'était « les grands jours de son grand homme », quand Fred allait « jouer à la sonate » au Grand Hôtel de Montreux pour les concerts de musique de chambre.

Les préparatifs du voyage débutaient deux ou trois jours auparavant. Rien ne pouvait être oublié. Fred établissait à l'avance la liste minutieuse des choses à emporter, en relation avec le nombre de jours de représentation. L'hôtel, il est vrai, était des plus confortables, mais un accident pouvait toujours arriver : deux habits, quatre pantalons et surtout six gilets se révélaient pour le moins nécessaires. L'élégance professionnelle faisait partie intégrante du talent, et la femme du maître ne pouvait paraître deux fois au concert avec la même robe.

La traversée du lac Léman, aller et retour, se faisait en tenue sportive. Fred en pantalons et gilet blancs, redingote claire et canotier. Nina, elle, affectionnait ce qu'elle pensait le plus pratique, chemisier de taffetas avec l'inévitable col Claudine cravaté de velours noir, porté sur une jupe de mousseline beige, vaporeuse mais ajustée à la taille, gants, voilette, ombrelle assortis et joli réticule au fermoir d'écaille. Le temps était très beau, mais sur le Léman, un grain est vite arrivé. Houppelande et petit manteau pouvaient être utiles. Et les chapeaux ? Oh, à peine trois cartons, une paille d'Italie, petite et grande capelines, un flafla avec un ruban rappelant la couleur du chemisier, et deux ou trois petits chapeaux de théâtre pour les concerts, de ceux lancés à Paris et qui faisaient fureur.

La calèche menant au débarcadère était tôt remplie avec, bien en vue, à côté du cocher, la malle-écrin du violoncelle et la petite mallette à partitions sur les genoux de Fred, à ne pas quitter des yeux, surtout sur le bateau. On ne savait jamais, le lac pouvait brusquement s'agiter.

Et la longue promenade, le délice commençait. Nina se plaisait à entendre les signes annonciateurs du départ, le long sifflet de la machine, le battement des roues dans l'écume blanche, suivis bientôt du doux frémissement régulier, sur l'onde, comme le froufrou de jupons de soie.

Fred, lui, s'isolait dans la cabine, révisant au calme ses partitions. « Ce sacripant de Lombroso m'a encore modifié le programme au dernier moment ! pensait-il avec colère. Plus question de quatuor de Mozart, il l'a remplacé par un trio de Beethoven ! »

Nina était flattée et heureuse de la réception à l'hôtel, des hommages rendus, de la chambre fleurie, de la petite table ornée d'argenterie.

Elle y retrouvait le confort si cher à son Patchou. Oubliée la triste table d'hôte du Minerva. Ici, à Montreux, Nina gravissait les sommets. La considération, les salutations respectueuses entouraient le maître, son aimé. Et le succès, les applaudissements, la vénération de certaines femmes, les éclairs de jalousie... Mais dès que Fred prenait l'archet, venaient pour Nina les minutes exquises. Elle avait l'impression d'assister à une transfiguration qui la transportait dans l'au-delà sensible, là où seules les âmes et la musique se confondent. A ces instants, le visage de Fred la bouleversait, ce visage tant aimé qui s'éclairait alors de lueurs sublimes. Cela débutait à fleur de peau, puis la prenait tout entière, la montée du phrasé, la lenteur s'amplifiant du largo, de l'andante. L'adagio superbe la prenait au cœur, elle en oubliait son corps, flottait dans le divin.

En rentrant de Montreux, un soir, ils descendirent à l'escale de Territet pour prendre le funiculaire et monter aux rochers de Naye afin de passer la nuit à l'auberge, et voir au matin, de leur lit, le soleil rouge surgir comme un simple cachet de cire derrière la splendeur des Alpes, se dégageant lentement de l'espace ennuité.

Lors d'un autre voyage, ils se firent arrêter à Chillon, afin que Nina y retrouve le souvenir de la beauté et du tragique de Byron. A ces bords de lac, son cœur s'emplissait de douceur, d'amour et de tendresse. La petite croix blanche sur fond rouge devenait le drapeau fidèle de son bonheur.

De retour au Minerva, elle trouvait toujours les lettres d'Agnès, de Jean et de François. Le courrier ne mettait pas plus de trois jours si l'on prenait le soin de le confier directement en gare, au service des ambulants. La grande nouvelle du bail signé pour le cabinet de François l'emplit de joie. Tout l'hiver, à Nice, allait donc se passer en travaux ? Pourquoi ne pas rester à Genève ?

Déjà Lombroso parlait d'extension des contrats, Bâle, Zurich et l'hôtel Bauer, Lausanne et toujours Genève, et encore Montreux.

Mais Nina ne supportait plus la pension Minerva. Il fallut

absolument, et vite, trouver un appartement meublé. Elle pourrait enfin y faire la cuisine, avoir sa chambre, garder Fred plus près d'elle, avec un salon réservé à ses répétitions, et sans sourdine. Et Fred pensait déjà à donner quelques leçons. Les élèves sérieux ne manqueraient pas.

A Nice, François, libéré de son service militaire, décida avec Jean, après avoir pris connaissance du calendrier des travaux et du montant des devis d'aménagement et d'installation du nouvel appartement, que l'ouverture du cabinet aurait lieu le 1er avril 1906. Encore un hiver à attendre, indispensable pour achever tous les travaux. L'installation se ferait pièce par pièce, en donnant priorité à la partie professionnelle : le cabinet, le secrétariat médical et l'atelier de prothèse avec, évidemment, le grand salon d'attente. Le déménagement définitif s'effectuerait, exceptionnellement pour Nice, début janvier.

Jean, en bon hôtelier habitué aux travaux, avait estimé à mille deux cents mètres carrés environ les murs à peindre, à chauler ou à recouvrir de boiseries ou de papier peint. Plus deux cents mètres carrés de tapis, pour les seules pièces principales. Dix pièces au total à aménager confortablement. Le mobilier du 37 serait transféré en grande partie à la Ginestière. Il s'occupa lui-même de l'achat du mobilier et de la décoration de l'appartement. François se réservait l'installation du cabinet qui nécessitait un voyage à Paris début novembre. Paul Flinck, lui aussi libéré du service, s'était offert pour l'accompagner, sa présence d'ingénieur serait très utile pour apprécier l'efficacité du nouveau matériel américain, des nouveaux fours de vulcanisation et de traitement du métal et de la porcelaine.

— Ça tombe bien, François, je dois justement accompagner ma sœur Marceline en Angleterre où elle va perfectionner son anglais. Je vais te la présenter. Tu vas voir, c'est une fille formidable, elle adore tous les sports, le lawn-tennis, la bicyclette, et même les automobiles !

C'est ainsi que François fit la connaissance de Marceline, le jour de ses dix-neuf ans. Brune aux yeux noirs et pétillants, de taille moyenne, bien prise, très sportive, elle se dérangea à peine du court de son club, place Mozart, pour le saluer. En robe de mousseline blanche à volants festonnés, elle gambadait après les balles, avec des allures garçonnes, en laissant voir ses jambes jusqu'aux mollets. François remarqua qu'en guise de chapeau, malgré le soleil, elle avait entrelacé une guirlande de fleurs blanches dans ses cheveux, qu'elle portait courts, avec une frange bouffante. « Du jamais vu, mais une fille moderne que j'aimerais bien revoir », pensa-t-il.

12

Dès leur retour de Montreux, Nina et Fred découvrirent une Genève nouvelle, une ville de drapeaux et d'oriflammes, se préparant à la fête, toute décorée, sur les ponts et les façades des maisons, aux couleurs jaune et rouge du canton. Une atmosphère de saine gaieté y régnait, encore rehaussée par les costumes, les robes chamarrées des villageoises endimanchées venant aux concours de chorales et sociétés de musique, battant tambour, sonnant trompette. Peut-être le dernier grand rassemblement de l'été.

Nina remarquait en effet que la luminosité changeait sur le lac, et plus encore dans le haut des grands arbres où les écureuils roux sautaient dans les branches, s'affairant à préparer leurs provisions d'hiver. Dans les sentiers, les chemins plus humides, s'exhalaient des parfums de champignons et de feuilles mortes qui tournoyaient déjà sous les sautes de vent. L'automne approchait, il était temps de trouver un appartement chaud et confortable pour y passer le temps des frimas.

Fred était d'accord. La pension Minerva ne suffisait plus. Nina avait hâte de tenir un foyer, une chambre où elle seulement aurait à remuer ses tiroirs, un salon de musique où Fred pourrait, en toute tranquillité, « gratter » son violoncelle, et une pièce où recevoir ses amis musiciens. Et enfin, non plus se nourrir, mais se régaler des riches plaisirs d'une vraie cuisine. Il fallait vite trouver un appartement à aimer la vie, choisir le quartier et l'ensoleillement. Nina l'aurait aimé, pour éviter l'humidité du lac, du côté de la promenade Saint-Antoine, au-dessus des bastions, éloigné des brouillards stagnants sur la basse ville, ou encore dans le coin le plus élégant, le quartier des Tranchées, véritable faubourg Saint-Germain de la ville de Calvin. Mais impossible !

Elle découvrit cependant un appartement bien meublé, même exceptionnellement coquet, doté enfin d'une grande cuisine, gai de balcons et de soleil, et donnant sur un parc où trônait un superbe cèdre bleu... Tout le confort, eau, gaz, électricité, ce qui était du plus normal à Genève, mais aussi un escalier très doux à monter jusqu'au troisième étage.

— Mais où se trouve cette splendeur, Nina ?

— Rue des Rois, mon Fred.

— Comment, rue des Rois ! Un roi à Genève ! Je n'y connaissais que la mère Royaume et sa marmite d'huile chaude sur la tête des Savoyards, le 12 décembre !

— Mais tu sais ça comment, toi ? s'étonna Nina.

— Parce que je me suis trouvé ici en 1902, et que l'on commémorait le tricentenaire de l'Escalade. Un peu comme votre Catherine Ségurane, à Nice, contre les Turcs et les Français, et ici contre la Casa Savoia.

Pour ne pas être en reste, Nina lui apprit ce que racontait monsieur Levet, leur futur propriétaire.

— Rue des Rois, jolie madame — évidemment, il ne peut pas s'agir de monarchie, nous aimons trop notre liberté. Et c'est justement pour la défendre que nous avons eu nos rois du tir, nos rois à nous issus de nos meilleurs concitoyens. Le tir, chez nous, a toujours été une grande vertu honorée par nos cantons. Voyez Guillaume Tell. Nos archers, nos soldats, ont toujours été célèbres. Les arbalètes, les arquebuses, les couleuvrines, ça nous connaît. La plus ancienne de nos sociétés de citoyens de Genève s'appelle « La Compagnie de l'Arquebuse » ! C'est elle qui décernait le titre de roi à son meilleur tireur — celui qui faisait *le coup du roi* —, titre couronnant la suprême habileté. Le premier roi fut Claude Levet, mon ancêtre dont je suis si fier, chère madame. Si vous le voulez, je vous apprendrai notre ville. Savez-vous, par exemple, que si nous fêtons particulièrement la Saint-Sylvestre, c'est essentiellement pour célébrer le départ des Français en 1813 ? Genève enfin libérée ! Si vous saviez dans quel état ils ont laissé notre belle ville... Je vous raconterai... On a détruit aussi, nous autres Genevois, beaucoup de vieilles maisons, trop peut-être. En tout cas, c'est ce que disait Victor Hugo à son passage dans notre ville[1].

Enfin chez eux, porte close, Nina et Fred eurent l'impression que leur amour leur appartenait davantage. La jeune femme consigna dans son journal : « L'amour n'est pas seulement le contact et le plaisir partagé de nos deux corps. C'est surtout la joie de nous sentir bien ensemble, dans un chez-nous, en ayant l'un pour l'autre ce regard de tendresse, cette nécessité intérieure d'aider au partage de toutes les heures de la vie... »

En effet, quelle joie pour elle de pouvoir « nourrir » son homme, faire le marché, et enfin d'embaumer la si jolie cuisine du parfum du coulis aux herbes de Nice qu'Agnès avait envoyées par exprès.

Fred travaillait aussi chez lui mieux et davantage. De bon matin, il pouvait maintenant faire ses gammes pour délier ses doigts, s'essayer à la double corde, affiner le rebondissement de l'archet dans le sautillé et, sans relâche, améliorer le vibrato, le legato, besogner sur la variété des effets, amplifier la tessiture, embellir encore et assouplir l'intelligence du phrasé, arrondir et renforcer toujours sa sonorité. En un mot, libérer l'âme de l'instrument, lui donner toute la chaleur de la voix humaine, tenter de réaliser ce qui, hier, lui paraissait encore impossible.

Nina, de son côté, prenait le temps de penser à leur avenir. Tenir une boutique de mode à Nice pendant que Fred parcourerait le monde... impensable ! Elle venait justement de recevoir une lettre de sa mère. Toute la famille les attendait : *Pour tout le monde, ici, vous vous êtes mariés à Genève. Seules Françoise et Hélène sont dans la confidence. Dans le nouvel appartement, votre chambre sera magnifique. Ton Patchou lui-même a choisi les meubles, les tentures, toute*

1. « Genève a beaucoup perdu et hélas ! croit avoir beaucoup gagné. Qui démolit sa maison, démolit sa famille, qui démolit sa ville, démolit sa patrie... Toutes ces masures dédaignées sont des masures illustres, elles parlent, elles ont une voix, elles attestent ce que nos pères ont fait. »
Victor Hugo, *En voyage, sur la ville de Genève* (cité par Guillaume Fatio).

la décoration. Parles-en à ton Fred. Si vous êtes d'accord, nous pourrions tous vivre ici, ensemble, ma grande. Comme ton absence nous pèse, avec François nous en parlons sans cesse. Revenez-nous au plus vite...

Fred volait de succès en succès.

Pendant ce temps, Nina se perfectionnait en parler genevois grâce à sa femme de journée, Fernande, la mère Batuche qui lui apprenait tant de choses en coulant la lessive... Elle notait tout dans son calepin, pour le répéter à Patchou, son papa suisse.

— A Genève, madame Nina, on appelle une petite louche un pochon, un crouton de pain un crochon, des savates des grolles, un marmouset un glin-glin, un mouchoir un tire-jus, un café au lait un renversé, un horloger un cabinatier, un chapardeur de mûres un pique-meuron, les seins de la voisine des nénés, ou des boilles [1] à lait. Un endroit en désordre, chez nous, c'est un beau chenis ; un orgueilleux, présomptueux, c'est un « qui s'en croit comme une puce sur les nénés d'une reine... »

Le plus amusant, pour Nina, était d'entendre par la fenêtre les gamins fouetter leurs toupies ou jouer aux gendarmes et aux voleurs. La petite fille d'en dessous chantait toujours une comptine que, maintenant, elle savait aussi par cœur :

Ampro, giro — Carin, careau — Dupris, Simon — Carcaille, brifon — Piron, Bordon — Tan té. Feuille Meuille — Tan Té Clu...

Un jour que Fernande « faisait les carreaux », l'oreille exercée de Fred remarqua combien elle chantait juste, combien elle avait une belle voix. Elle lui confia qu'elle faisait partie d'une chorale célèbre à Genève et qui avait remporté un prix d'honneur au grand concours international de 1902. Nina la curieuse en profita pour noter les noms amusants des chorales et fanfares du canton, inscrits sur le programme célébrant le grand événement que la brave Fernande avait

1. Bidon servant à porter le lait à la fruitière.

apporté toute rougissante. De quoi faire sourire son Patchou : La Hurlante du faubourg — La Solide de Plain Palais — L'enragée d'Aire la Ville — La Contrariante du Petit Lancy — L'Harmonie à tour de bras de Pregny — La Pouilleuse du Léman — La Beuglante de Chêne-Bourg — Les Bras cassés de Versoix — La Ronflante des Iles d'Aire, et encore L'Effeuilleuse vaudoise, la plus romantique.

Les soirs de pluie, Nina allait chercher Fred pour lui apporter son parapluie, et tous deux se plaisaient à entrer à la Brasserie centrale du Molard. Ils commandaient une boule de Bâle [1] arrosée de deux décis de fendant ou de dôle, suivant les arrivages, au milieu de la chaude odeur des pipes et des cigares. Fred, lui, aimait aller admirer à la Taverne du Crocodile, les « Fresques » de Hadler qui, peintes sur toile, représentaient la mémorable Escalade. Souvent aussi, quittant le Grand Théâtre après la représentation du soir, ils allaient s'attabler chez Fritz Landolft, voir les anarchistes russes se partager des suissesses [2] avec ou sans sucre : la brasserie des noctambules.

Ainsi passaient les jours, les semaines entrecoupées par leurs voyages à Zurich, Berne, Montreux. Nina retrouvait toujours, avec joie, en rentrant à Genève, la clef du bonheur qui ornait les armoiries de la ville.

⁂

Arrivés à Paris à la mi-novembre, François et Paul s'occupèrent immédiatement d'inventorier le matériel et les équipements nécessaires à l'installation du cabinet de la rue Masséna. Charles Godon leur recommanda en effet une excellente maison d'importation sur le boulevard Richard-Lenoir, capable de leur offrir un matériel américain : fauteuil, fraise électrique, équipement complet et de tout premier ordre, livrable fin décembre. La maison se chargerait elle-même de

1. Délicieuse saucisse réputée à Genève, servie avec une excellente salade de pommes de terre.
2. A l'époque, verre d'absinthe, à Genève.

l'installation à Nice. Eau, gaz, électricité, rien n'y manquait, pas même les meubles de rangement pour les instruments. La recherche et l'acquisition de l'équipement du laboratoire de prothèse et de l'atelier dit de fonderie et de travail des métaux furent également facilitées par l'ancien professeur de prothèse de François à l'école dentaire.

En deux semaines, la mission était remplie, et François s'apprêtait à regagner Nice, mais seul.

Paul en effet n'avait pu réussir, malgré de nombreuses visites, à joindre son dieu, le capitaine Ferber, le pionnier de Beuil et de la Californie à Nice, affecté au centre d'aérostation de Chalais-Meudon.

L'avant-veille de son départ, le 29 novembre au soir, François vit arriver Paul, fou de joie. Le rude gaillard ne pouvait contenir la sensationnelle nouvelle, la révélation que venait de lui faire Ferber avec qui il avait enfin réussi à déjeuner.

— Mon vieux François, écoute bien ! Ferber m'a dit qu'il a reçu, datée du 9 octobre, une lettre écrite par Willeur et Orville Wright lui annonçant que leur machine volante, le Flyer III, venait de réaliser trois vols. Le 3 octobre, sur une distance de 24535 mètres en 25 minutes 25 secondes ; le 4 octobre, 33456 mètres en 33 minutes 17 secondes ; le 5 octobre, 39 kilomètres en 38 minutes et 3 secondes ! Tiens, regarde, j'ai noté moi-même les chiffres sur la lettre qu'il m'a montrée. Ils ont dû atterrir parce qu'ils manquaient de pétrole, exactement en anglais : *Landing was caused by exhaustion of the supply of fuel.* La première fois au monde qu'un aéroplane vole vraiment ! Et si longtemps ! Figure-toi encore que Ferber m'a dit qu'il vient de recevoir une nouvelle lettre, datée celle-là du 4 novembre, où les frères Wright lui proposent de vendre à la France leur aéroplane avec le brevet, pour un million de francs, quarante mille dollars payables seulement après qu'un parcours de cinquante kilomètres aura été effectué. Ferber a prévenu ses supérieurs, mais ils ne le croient pas ! J'ai vécu aujourd'hui le plus grand instant de ma vie. Je dois rester à Paris, ma décision est prise. Tu devras rentrer tout seul.

François en resta abasourdi. Le lendemain, 30 novembre, il

pouvait lire, dans *l'Auto* de Desgranges, un article signé Besançon, directeur de l'aéro, annonçant que lui aussi avait reçu la proposition du million de francs des frères Wright. Dans la presse, personne d'autre n'en parlait.

« Les gens, en général, écrivit François dans son calepin, ont plus de facilités pour nier que pour croire. » Ferber est tenace. Réussira-t-il ?

De retour à Nice, il trouva les travaux de la rue Masséna déjà très avancés. Le déménagement du nº 37 au nº 13 fut confirmé pour le 3 janvier.

Agnès, comme toujours, versa une larme en emballant les affaires de Catherine. Comme sa fille allait lui manquer, dans cet immense et nouvel appartement. Heureusement, elle espérait son retour pour la fin du printemps, Fred avait accepté la proposition : « Nous vivrons donc tous ensemble ! Quelle joie d'être à nouveau réunis tous les cinq ! — De temps en temps, nous nous sauverons en saison, avait répondu Catherine. Fred gardera son appartement de la rue Gioffredo pour sa musique, ses leçons particulières et les répétitions d'un quatuor qu'il compte monter pour les concerts classiques de Monte-Carlo. »

Les installateurs parisiens du cabinet de François furent de parole. Le 18 janvier, jour de l'élection de Fallières à la présidence de la République, ils étaient là, efficaces.

En huit jours, tout fonctionna à merveille, dans une blancheur immaculée. Un petit miroir permettait même aux clientes de réparer, si nécessaire, le désordre de leur coiffure, et un endroit était prévu pour déposer leur chapeau. Galante attention.

QUATRIÈME PARTIE
La Ginestière

1

Le cabinet du Dr Mogliano, annoncé comme le plus moderne de Nice dans les échos et mondanités de *l'Eclaireur* et du *Petit Niçois,* ouvrirait le 1er avril.

L'appartement lui aussi était fin prêt. Seules traînaient encore les odeurs de peinture de l'atelier de prothèse, prévu pour quatre places dont deux pour les apprentis.

Agnès se sentait perdue dans ce vaste espace dont le tiers, il est vrai, était réservé à la vie professionnelle de son fils. Jean avait décidé que l'on y vivrait un peu comme dans un palais romain : quatre appartements en un seul, où chaque couple mènerait sa vie bien à part, la joie des retrouvailles en plus dans les pièces communes : la salle à manger et surtout l'immense cuisine. En fait, celle-ci devint le cœur de la maison. On y reçut les amis, les privilégiés.

L'appartement s'ouvrait sur un vestibule carré servant de vestiaire avec, en face, la porte du salon, celle du cabinet dentaire et un long couloir distribuant les portes des chambres-salons, de nombreuses doubles portes Empire, aux boiseries vert pâle, rehaussées de dorures. A droite, l'appartement-chambre d'Agnès, puis, successivement, celui de François, le domaine de Nina et de Fred, une chambre laissée libre (peut-être celle des enfants ; une idée de Jean toujours prévoyant). Du même côté, la salle à manger ouvrant sur la terrasse. A gauche, l'immense cuisine, face à la salle à manger, puis l'atelier de prothèse, une autre chambre transformée en lingerie, et la suite des locaux professionnels : grand salon, bureau et cabinet, plus une autre pièce en bout, à usage de rangement.

Bien entendu, Olympia ne suffisait plus pour l'entretien. Il faudrait la faire aider par une femme de journée, « Lou mi pihi » si elle était libre. Mais pour François, qui s'occuperait de l'accueil, de la porte, des clients, du téléphone ? Il était temps d'y penser.

Au matin du 1er avril, à huit heures sept précises, la première patiente prenait place dans le fauteuil. Son nom fut à jamais consigné dans les archives de la famille : madame Bonifassi, 7, rue Paradis. Et sur la fiche de soins, une petite croix noire fut portée sur la première molaire inférieure droite, mentionnant : Extraction. 1er avril 1906. A prévoir bridge-or, une dent, deux piliers.

Agnès et Françoise, anxieuses, attendaient sa sortie, cachées dans le couloir, prêtes à courir embrasser François pour lui porter bonheur.

Déjà madame Bonifassi remerciait :

— Docteur, vous êtes un as, je n'ai rien senti !

Agnès essuya une larme... Enfin ça y était, son petit François était un fameux dentiste !

— Ah, Françoise, si Eligio le voyait, comme il serait fier de lui ! C'est grâce à mon Jean, tout ça !

Les jours s'allongeaient. Dans les boutiques à demi closes de l'avenue de la Gare, on ne parlait plus des rescapés [1] et du millier de morts de la catastrophe de Courrières, tandis que dans le salon d'attente — vert Empire et or — de François, qui ne désemplissait pas, le tremblement de terre de San Francisco prenait le relais dans toutes les conversations.

— Vous imaginez, docteur, une ville entière détruite en quelques minutes ! Mon mari dit que cela se terminera très mal, même ici, avec toutes ces constructions, ces égouts, cet asphaltage, la terre ne respire plus ! Alors elle explose !

Oui, les jours s'allongeaient. Déjà on tournait le Mai dans

1. Rescapés : mot nouveau, d'origine picarde, employé pour la première fois dans la presse par un journaliste local, lors de la catastrophe de Courrières et qui, du jour au lendemain, remplaça « réchappés » tombé en désuétude.

la vieille ville. Le marché, remonté sur le boulevard, trouvait sous les platanes sa parure d'ombre tachetée de soleil. Les tomates déjà y rougissaient. Venait le temps des beignets de fleur de courges et, dans les cuisines du Chat noir du cours Saleya, le safran embaumait. On y préparait les soupes de poissons de la belle saison, avec le début de la pêche au rateau qui faisait remonter des profondeurs marines rouquiers, girèles, chapons, rascasses, favouilles[1], toute la poissonnaille de roche.

La canicule approchait. Agnès ne pensait plus déjà qu'à sa chère Ginestière... Qu'on y serait bien, sous la tonnelle, assise en robe de cotonnade à attendre la remontée des hommes descendus à Nice de grand matin.

— Mais encore faudrait-il, disait-elle à François, que les réparations soient faites pour rendre la maison habitable ! Jean ne m'en parle jamais et je n'ose pas lui demander, il y a eu tant à faire ici, un vrai gouffre ! Le jardin a été remis en état, mais il manque encore tant de choses ! La tonnelle est pleine de rouille ! Elle est entièrement à refaire !

De son côté, François ne poussait pas à la roue, très conscient de la dépense énorme qu'avait occasionné son installation rue Masséna. Il comprenait fort bien la nécessité de souffler un peu.

— Mais oui, un devis a été demandé à un entrepreneur de la Bornala, mais il a été très occupé par l'aménagement du nouvel hôtel Royal. Il faut attendre, maman, ça va venir...

Brusquement, un dimanche matin, fin mai, Jean demanda à François, ébahi, de l'accompagner à la Ginestière.

— Tiens, François, j'ai reçu la proposition concernant les travaux. Elle me paraît sérieuse, le temps presse. Nous allons commencer. Regarde, qu'en penses-tu ? Ta maman est impatiente de monter s'installer.

François trouva le devis un peu salé.

— Tu ne crois pas que beaucoup de choses pourraient être renvoyées à l'année prochaine ? Patchou, j'aimerais

1. En Provence, petits crabes dont on fait des soupes.

bien t'aider, mais mon cabinet ne fait que démarrer. Ça marche, mais...

Jean l'interrompit aussitôt, ému de le voir si sérieux, déjà prêt à prendre ses responsabilités.

— Mais non, François, mon petit ! Je te remercie bien de vouloir m'aider, mais tant que je le pourrai, c'est moi qui financerai. Garde encore tes sous. Nous en aurons peut-être besoin un jour. Mais je vais te dire, je viens de réaliser un formidable coup de bourse.

Et il lui raconta l'affaire des actions Fiat. Un joli paquet de cinq cents actions nominales de vingt-cinq lires, que personne ne voulait acheter à trente-huit lires pièces, et qu'il venait de revendre deux mille quatre cent cinquante lires chacune, à la bourse de Milan.

— C'est Gastaldi qui m'a proposé l'affaire. La Fiat, c'est une bonne société qui débute dans la fabrication des automobiles à Turin, avec un petit capital de huit cent mille lires. Je venais juste de vendre ma participation à la Maloja et de réinvestir en fonds russes, ça rapporte plus que la rente. C'était peu de chose à risquer. Un an après, en février, l'action Fiat est montée à huit cent dix lires. Tu imagines ? Je voulais vendre, mais Gastaldi m'a conseillé de garder, et cette année, exactement le 20 février, je me souviens bien de la date, j'ai revendu à la bourse de Milan quatre cents actions à deux mille quatre cent cinquante lires l'une ! Tu vois d'ici le pactole ! J'en ai conservé cent que je réserve pour acheter le magasin de la rue Paradis à Catherine... si elle le veut encore ! Ne dis rien à ta maman, c'est un secret entre nous.

— Evidemment... répondit François, stupéfait.

Un mois après, la Ginestière était en état : la toiture restaurée, le gros œuvre révisé, la façade repeinte en ocre clair, et vert jardin pour les volets, la plomberie refaite, une baignoire installée, avec son puits mort, et la grande tonnelle, joie suprême d'Agnès, repeinte, recouverte de canisses sentant bon la paille chaude sous l'ardeur du soleil. Les chambres du premier furent simplement chaulées, toutes les moustiquaires en grillage installées aux fenêtres. Le rez-de-chaussée, plus humide, laqué, les boiseries remises en état. Les meubles du 37 étaient en place. Tout était prêt : la famille pouvait s'y installer jusqu'au 15 septembre.

Nina revint de Genève le 15 juin pour fêter l'événement. Agnès l'avait rarement vue aussi élégante, en toilette d'été, dans une robe de dentelle blanche posée sur fond de soie cramoisie du plus bel effet. Une trouvaille genevoise ! Partie jeune fille, elle revenait très jolie femme au bras de Fred, avec une allure nouvelle, assurée, qui lui donnait un port de reine. Fred, lui aussi plus beau que jamais, mais très inquiet, occupé à retrouver son Guarnieri égaré dans un fourgon à la gare de Riquier.

Agnès, radieuse, possédait enfin sa maison, ses murs à elle, sa terre, son grand jardin, son fils installé, sa fille amoureuse et son Jean, si fidèle, si attentionné à ses côtés. Elle ne pouvait pas être plus heureuse. Quelles vacances !

Installée à la Ginestière, rustiquement, comme elle le désirait, son premier soin fut d'acheter une carriole vernie aux roues solidement ferrées, et un fort mulet de trait « habitué à être attelé, madame », qu'elle avait fait venir tout spécialement de Sospel... Un certain Joseph, au pelage roux, grand amateur de caroubes, que Jean, François et surtout Fred enlevaient superbement pour parcourir les collines environnantes, et repérer surtout les marchands de raisin de Saint-Roman-de-Bellet, afin de retenir une part de leurs prochaines vendanges pour faire le vin à la Ginestière. Le pressoir était déjà acheté, les tonneaux commandés au port.

Nina, elle, avec son amour excessif des bêtes, eut tôt fait d'ajouter des chats à la maisonnée : une chatte noire tachetée de blanc appelée Amélie, avec sa curieuse tache au menton très Napoléon III, et le tigré Zézé. Rex, le chien-loup, gardait la propriété, non sans faire quelques dégâts. « Il est si jeune, ça lui passera... », disait Nina.

La vie de la maison s'organisa bien vite. Les travaux avaient respecté l'ordonnance première sans y apporter aucun bouleversement. Jean voulait d'abord y vivre tout un été, au calme, afin de réfléchir, de noter, avant de modifier quoi que ce soit.

— C'est à la maison, disait-il, de nous dicter sa manière... Il faut l'écouter vivre, bien étudier le comportement du vent, de la pluie, du soleil, des éléments naturels, et bien connaître les alentours avant de décider un changement. Nous sommes destinés à vivre ensemble, elle et nous. Il s'agit là d'une adaptation réciproque. Il faut retrouver l'âme de la Ginestière. Son cœur doit battre avec le nôtre, à l'unisson. Ici, nous avons le temps de respecter la lente vie des choses. La maison doit vivre au milieu du jardin. C'est nous qui devons nous mettre à l'écoute des arbres, des plantes, de la colline, de la nature tout entière.

Le premier étage ne devait être occupé essentiellement que par des chambres à coucher, avec simplement les commodités nécessaires, sans recherche de luxe ni d'inutilité. La vie en commun, celle de la cellule familiale, se déroulerait principalement au rez-de-chaussée, au contact du jardin. La salle à se tenir, le salon, ne serviraient qu'à s'abriter des très rares orages de l'été, ou de l'écrasante chaleur des journées d'août.

La tonnelle devenait le centre de la vie de la famille, le trait d'union entre le jardin et la cuisine, redevenue le domaine exclusif de Nina. Quelle revanche après l'intervalle genevois ! Agnès se contentait simplement d'aider très prosaïquement à la préparation des légumes.

Jean n'osait plus parler de simplicité virgilienne devant l'avalanche des succulences de la cuisine niçoise, sans cesse renouvelées.

Entre autres, la vraie salade niçoise aux filets d'anchois si difficiles à doser, les poivrons au four, la salade de seiches, les légumes farcis : courgettes rondes, tomates, aubergines, poivrons, oignons blancs, la divine pissaladière, la ratatouille aux quatre fruits, cuits chacun séparément dans son poêlon de terre et subtilement assaisonnés, la daube à la niçoise ; les caillettes, la poche de veau farcie, bouillie ou dorée au four à feu vif, le lapin sauté aux tomates, à la sariette, les grives rôties, gavées aux olives noires, les anchois farcis, les tians de toutes sortes, les omelettes de poutina[1], les trouchas de blettes bien sèches si savoureuses, la soupe de poissons niçoise safranée, celle au pistou, les fleurs de courges farcies au saousson, la bagna caouda, les beignets d'aubergines, les

1. Alevins pêchés dans la baie des Anges, avec le célèbre lumparo.

artichauts à la farigoule, toutes les pâtes fraîches, les vertes mêlées de blette, les cannellonis, les gnocchis roulés à la fourchette, les divins raviolis, la sublime stocaficada, jamais la même, la tourte de blettes, toutes les tartes et les beignets aux fruits de la colline, les pêches farcies de la Madone de Vicoforte aux macarons amers... Chaque jour, à chaque repas, un nouveau quelque chose, une idée de génie, un petit rien transformait le plus rustique des plats en régal. Tout cela arrosé de Bellet de Saint-Roman, tiré au tonneau, bien au frais dans la cave et, seulement après les pâtes, l'eau fraîche de la Vésubie, recueillie au robinet, et filtrée à travers la bougie de porcelaine.

Merveilleux premier été...

En revanche, la famille n'était pas très experte en horticulture. Les jardiniers du Riviera Palace avaient seulement donné des consignes d'arrosage et de binage des massifs de fleurs.

— A Nice, un binage rompt la capillarité de la terre et remplace un arrosage. Ça permet de préserver l'humidité nécessaire aux racines, chère madame, et ça vous permettra d'utiliser rationnellement l'eau des bassins. Solidarité oblige ! avait recommandé le fontainier chargé de distribuer l'eau.

Au grand désespoir de Nina, pas encore la moindre trace de potager, seulement d'immenses buissons de romarin, fleuris de bleu, abritant tout un peuple de gros crapauds aux yeux mordorés, même des lézards gris et rouges à la queue si fragile, qui s'égaraient parfois jusque sous la tonnelle.

François, malheureusement, ne pouvait monter à la Ginestière que le vendredi soir jusqu'au lundi matin, absorbé qu'il était par son cabinet, attendant avec impatience le 15 août pour mettre la clef sous la porte jusqu'au 1er septembre.

Petit à petit, tout prenait sa place. Jean découvrait les imperfections à modifier pour l'année prochaine :

« Améliorer sans détruire, sans bouleverser, et la Ginestière nous sourira », avait-il écrit sur la première page du livre d'or.

Le 15 septembre, il fallut songer au retour, bien difficile surtout pour Agnès, définitivement conquise par la vraie vie à la campagne. De trop bonnes habitudes de liberté avaient été prises : sans corset sous les robes de cotonnade. A nouveau, il fallait composer et tenir compte de la vie conventionnelle, bourgeoise, régnant dans l'immeuble et dans cette partie de la rue Masséna, le carrefour Magenta, où la vie lui paraissait plus austère, moins faubourienne que celle du carrefour Croix-de-Marbre où elle avait vécu pendant plus de dix ans. Là, à moins de deux cents mètres, la vie était tout autre. Au n° 37, on vivait au contact de la rue, mêlé à la vie de chacun, sans tenir compte d'aucune appartenance sociale.

Au carrefour Magenta, les différences sociales se faisaient déjà sentir, imposant des usages, des manières, des ronds de jambe un peu talon rouge, dont Agnès n'avait pas le goût.

Bien vite cependant, elle s'aperçut que la vie populaire y existait, à l'arrière des façades cossues, des boutiques de luxe, réfugiée à quelques mètres, dans les cours immenses, derrière les portes cochères où s'abritait le petit peuple qui y vivait à la napolitaine, linge bariolé aux fenêtres, au milieu des jeux et des cris des gamins.

Rue Masséna, au 3, au 5, dominaient encore restaurants et jardins, mais c'était surtout dans les cours du 7, du 9 et du 11, immense caravansérail, que se perpétuaient les coutumes niçoises, où même on tournait le Mai [1], réservé aux amitiés de la cour. Au 13 également, derrière la plus élégante, la plus aristocratique façade de la rue, dont les Mogliano occupaient l'étage noble, existait une vaste cour ouvrant sur une porte cochère sur la rue Paradis. Là vivait, avec leurs familles, tout un peuple de carrossiers, d'artisans en voitures de tout genre, déjà d'automobiles, animé par les vociférations du chef de la brigade des marmitons de la célèbre charcuterie Alpa, réputée pour son activité de traiteur à domicile.

L'immeuble lui-même, quoique très bourgeois avec son immense cage d'escalier garnie de douces marches de marbre blanc, voyait beaucoup de va-et-vient dû à la présence de

1. Tourner le Mai : fête populaire de quartier, où l'on dansait le soir pour fêter le mois de mai, la belle saison, autour d'un mat de cocagne garni de banderilles et d'oriflammes.

nombreuses professions libérales : l'étude de l'avoué Durandy, la banque Lacroix-Roissard, le cabinet d'architecte Scoffier, monsieur le Consul des Pays-Bas, et même un « Robes et Manteaux » des plus élégants, en étage, chez madame Trinchieri.

Sur la rue s'échelonnaient des boutiques qui se voulaient prestigieuses, très courues par la clientèle étrangère : la si profonde graineterie Bonnet, où s'accumulait toute « la richesse grainetière du monde » : semences potagères, fourragères, forestières, graines, oignons et boutures de toutes sortes, de quoi combler d'aise les amateurs les plus éclairés, et les si riches propriétaires des splendides jardins tropicaux de la Riviera. Jouxtant la graineterie, la boutique des plus belles perruques de « cheveux naturels » de France, le maître coiffeur Ferrand, proche du somptueux « Au bonheur des dames », dont le timbre à clochettes ne cessait de retentir sous l'affluence des belles et raffinées toilettes étrangères, que Catherine ne pouvait s'empêcher de contempler du balcon, toujours avide de saisir l'idée d'un nouveau chapeau.

Le 1er novembre, sous la bourrasque, Nice entra en émoi. Chez François, les bruits les plus contradictoires circulaient.

— Oui, docteur, un vrai raz de marée ! Une vague gigantesque d'une violence inouïe ! Elle a déferlé sur la Promenade et le quai du Midi, emportant tout sur son passage !

Agnès courut aux nouvelles, accompagnée de monsieur Calviera, le boucher du 10, inquiet de ne pas voir revenir sa femme du cours Saleya.

C'était presque vrai... La mer avait franchi la digue et déferlé dans les rues transversales à la Promenade, déversant des monceaux de galets, inondant rues et caves. Le point le plus touché avait été les terrasses des Ponchettes et du cours Saleya, où tous les logements, les boutiques, avaient été, en quelques secondes, entièrement dévastés. « Dans la poissonnerie inondée, l'immense cuisinière du restaurant Massa flottait comme un fétu de paille[1]. » La maison Auer avait vu

1. *L'Eclaireur* dixit.

toute sa réserve de fruits confits détruite par les flots engouffrés par les soupiraux. Hélène elle-même contemplait sa boutique, bouleversée. Sur le marché, fleurs et légumes flottaient au milieu des étals renversés par la panique.

— C'était terrible, madame, pleurnichait la porteuse d'Agnès, atterrée. J'ai vu des galets voler par-dessus les deux rangées de terrasses et aboutir ici ! Comme je vous le dis ! à mes pieds, devant le Chat noir !

Beaucoup d'exagération, certes, il n'y avait eu aucun tremblement de terre, mais l'alerte avait été chaude. Monsieur Pistone parlait de mini-tornade.

— Un phénomène inhabituel à Nice, mais très courant sous les tropiques ! Une masse d'air chaud venue d'Afrique a dû rencontrer un courant froid, rien de surnaturel à ça. Vous pouvez rentrer tranquille, madame Mogliano. La mer s'est un peu fâchée, on lui en a tellement fait voir ces derniers temps, avec tous ces travaux du port, même le boucin de Samson ! Ils l'ont fait sauter, ces bandits ! D'accord, on va plus facilement au port par Roba Capeu, mais de temps en temps la nature se venge ! Et bonjour à François, hé ! paraît que c'est un fameux dentiste ! J'aurais bien besoin d'aller le voir, mais je préfère encore aller au cinéma Lumière, rue de la Paix. Pour vingt-cinq centimes, on en voit des choses !

2

Paul Flink, dit Pavlovitch, était à Nice ! Quelle surprise pour François de l'entendre au téléphone en ce matin de mai 1907.

— Je suis arrivé hier soir de Marseille. Je compte m'installer en partie à Nice. Je t'expliquerai ça. Rendez-vous ce soir, disons sept heures ? D'accord. Restaurant des Gourmets, place Masséna.

— Au 5, je connais, chez Reynaud.

Et c'est ainsi qu'après un an et demi de silence, François rencontra Paul accompagné de sa sœur, la si alerte Marceline, qu'il n'avait jamais revue depuis le jour où, au lawn-tennis de la place Mozart, il avait aperçu ses mollets. Il la revoyait encore, courant après les balles dans sa robe écourtée, avec cette curieuse fleur de lis plantée dans sa chevelure noire à frange bouffante. Elle devait partir à Londres juste avant leur voyage à Paris.

Aux Gourmets, François apprit que son ami venait installer au port une succursale de son atelier de l'Estaque de Marseille, spécialisé dans les moteurs de marine et la réparation des machines de navires à vapeur, les steamers. Paul en avait, des choses à lui dire ! Il parla sans cesse, racontant ses aventures passionnantes avec le capitaine Ferber, un certain Blériot, Voisin, se lançant dans une théorie sur les problèmes, essentiels à ses dires, de la démultiplication des hélices et l'allègement du poids des moteurs de Levavasseur.

— Oui, le créateur du moteur Antoinette, du nom de sa fille. C'est ce moteur extraordinaire, qu'il a créé pour les canots automobiles, un fameux succès, qui s'adapte parfaitement pour les aéroplanes. L'obstacle, François, c'est toujours le poids. Si tu savais le travail qu'il a fallu pour arriver à descendre au-dessous des deux kilos par cheval...

Il raconta le vol miraculeux de Santos-Dumont, le 23 octobre 1906, avec un moteur de cinquante chevaux, et deux roues comme train d'atterrissage.

— Et il s'est envolé ! Oui, j'ai lu sur ma montre, à 4 h 45 du soir, l'aéroplane a fait soixante-dix mètres et en novembre, c'était déjà deux cent vingt mètres...

Marceline et François, éberlués, écoutaient avidement, passionnés par ces nouvelles extraordinaires : la naissance de l'aviation en France.

La jeune fille, d'excellente humeur, souriait, fière de son frère, la gloire de la famille.

Après le rôti, les deux jeunes gens purent enfin échanger quelques mots, Paul s'intéressait enfin à son assiette. Il en était encore au poisson.

— De la mostelle, j'adore. Je ne mange jamais de viande, par principe. Je suis végétarien.

Marceline, ce soir, se sentait très en beauté, toute pimpante de jeunesse. La joie de mordre à belles dents la vie flambait dans ses yeux noirs, placée qu'elle était juste vis-à-vis de François qui, tout de suite, remarqua le délié des manières, l'élégance sèche de la robe de soie beige, les cheveux courts et l'allure très « british », très sportive, de la brune jeune fille.

Elle expliqua qu'elle revenait d'Angleterre, parla de sa vie à Londres, de son inséparable amie Betty, de la Tamise, le canotage, le lawn-tennis surtout, Hyde Park, les suffragettes, la Serpentine...

— La vie à l'anglaise, il n'y a que ça de vrai. Même l'hypocrisie de là-bas, seulement en surface, devient sympathique. Peut-être encore plus que les hommes, les femmes y sont merveilleuses !

Marceline était lancée.

François avait fort à faire pour écouter le frère et la sœur, aussi intarissables l'un que l'autre. Il lui fut difficile de placer un mot. Paul repartait de plus belle.

— J'ai un contrat d'entretien avec la Hambourg American Lines, une compagnie allemande, pour leurs navires en

Méditerranée. Une bonne base de départ pour travailler au port de Nice, où ils ont une escale importante. Leurs bateaux de croisière font le service de la Riviera italienne, entre Gênes et Nice. Il y a de quoi faire avec la mise au point des moteurs des canots automobiles et des yachts de Cannes à Monaco. La navigation à moteur prend de plus en plus d'importance. En matière de mécanique, chez Levavasseur, j'ai été à bonne école ! Que ce soit avec les automobiles, les bateaux, les aéroplanes, il y a toujours le problème de relation entre la puissance du moteur et la force d'inertie à arracher au départ. Ce qui me plaît surtout, c'est la mise au point des moteurs, la performance. Si tu as le temps de le lire, je te prêterai le bouquin de Ferber : *Pas à pas, saut à saut, vol à vol.* Il en prépare un autre, extraordinaire. Ici, j'ai fait aujourd'hui mon enquête, les spécialistes en moteurs, c'est plutôt rare. Ça devrait marcher à fond.

On en était au dessert. A peine parla-t-on du cabinet de François. Paul avait présenté son ami à sa sœur comme un rationaliste enragé. Cela plut beaucoup à Marceline. La raison, la liberté, la libre pensée, la mort des dogmes, d'accord. Le qu'en-dira-t-on, aux orties.

— Oui, comme femme, je rêve d'un monde où chaque être humain pourrait être libre de choisir sa voie, la liberté du corps. L'aisance des mouvements mène à celle de l'âme.

François réussit tout de même à glisser qu'il aimait la gymnastique en salle, le canotage... Marceline vantait le sport à l'air libre.

— Vous devriez vous inscrire à notre club de lawn-tennis et au Nautique. Nous vous servirions de parrains. On y connaît tout le monde. Les amis, ça doit servir, je connais très bien la colonie anglaise et la russe. Pour un dentiste, c'est une excellente clientèle.

Le Nautique... Paul se souvint brusquement d'un rendez-vous. Il allait oublier. Il les quitta en hâte.

Marceline accepta d'aller vider une flûte de champagne à la Maison dorée. François la raccompagnerait à sa porte. Elle demeurait chez une amie, boulevard Carabacel.

A la Régence, ils trouvèrent une atmosphère de fête. On y dansait même, pour célébrer la première Daimler Mercedes d'un nabab russe, connu de Marceline à travers ses relations de Consulat.

— Je parle un peu russe. Je vous expliquerai.

François était béat d'admiration devant la jeune fille.

— On va danser?

— Pourquoi pas?

François valsa très bien avec une cavalière émérite, au corps très souple, svelte, et, divine surprise, sans corset. Il sentait la peau chaude sous ses doigts, à travers le mince tissu de soie, un parfum frais de lavande monter de ses jeunes seins. Troublé par les beaux yeux noirs, il crut deviner le regard franc de la jeune fille le scrutant tout au fond de lui-même. Peut-être le champagne, comme un accord secret... Et la valse tournait, tournait dans sa tête, dans leurs cœurs, le sien sûrement. Cette fille frémissante, entre ses bras, semblait l'attendre.

Cette nuit-là, il ne put s'empêcher de penser à elle avant de s'endormir. Marceline lui plaisait. Il avait senti le déclic physique, cela ne mentait pas. Et puis, elle avait beaucoup d'entregent, de relations, elle lui apportait une bouffée d'air frais. L'épouser? Pourquoi pas? Elle apprendrait vite le niçois. Mais qu'en dirait la famille?

Les choses évoluèrent naturellement. François se laissa conduire et, par un très beau matin, se réveilla en mer, sur le *Cobra,* au large de Savona, dans une cabine de grand luxe, Marceline nue et comblée entre ses bras. Les fiançailles n'étaient pas loin.

Tout s'était passé simplement.

La croisière d'amoureux avait débuté à Nice, deux jours auparavant, sur le *Cobra,* un des derniers paquebots à aubes de la compagnie Hambourg American Lines, encore présents en Méditerranée, et dont l'ingénieur Paul venait de moderniser les tubulures et d'améliorer considérablement le rendement des chaudières à vapeur.

— Tu verras, François, c'est un fameux navire, très luxueux, un peu lent, mais très sûr. Ç'a été l'un des premiers à franchir l'Atlantique sans aucune voile ! Ses grandes roues ont labouré l'océan. Evidemment, c'était du temps, comme dit notre ami Tonin en bon Niçois, du temps où Berthe filait[1]. Tu vas voir, les cabines en acajou ou en palissandre sont très luxueuses. Elles viennent d'être refaites, une vraie splendeur pour longer la Riviera italienne, San Remo, Porto Maurizio, Savone, Gênes. Ah, un voyage de rêve... Si tu viens, j'invite ma sœur, elle sera folle de joie ! En entendant le souffle des machines et en fermant les yeux, vous aurez tous les deux l'impression de descendre le Mississippi. Je te montrerai le travail d'adaptation que j'ai fait, le capitaine Herr Storm n'en revient pas. Je suis sûr que ça t'intéressera, toi qui aimes la mécanique. Denis Papin était quand même un type très chouette ! On part samedi à sept heures, rendez-vous quai Lunel.

— Oui, j'y serai.

Et malgré les prothèses à terminer, les prémonitions et les yeux rougis d'Agnès, très inquiète pour ce voyage en mer sur ce vieux clou, Marceline, François et Paul, ce matin-là, regardèrent le navire se détacher du quai, tiré d'abord par un remorqueur. Ils assistèrent avec émotion à l' « en avant toute ! » lancé joyeusement de la dunette, suivi du grand bruit des roues frappant l'eau, remuant des cascades d'écume blanche, tout entourée de vapeur, de coups de sifflet dans l'air empli d'une odeur de marée.

La passe du port franchie, le bruit du moteur se fit plus régulier, l'avance plus rapide. On naviguait agréablement. La machine avait tenu.

— Au moins trois, quatre nœuds de plus ! s'écria Paul avec un sourire de contentement aux lèvres. Nous avons gagné !

Le navire doubla le cap de Nice, la pointe de Saint-Hospice, et au large se dirigea vers les côtes italiennes. Pour la première fois de sa vie, François voyait s'éloigner sa baie des Anges, le cap Ferrat, le village d'Eze, même la tour blanche du Triomphe d'Auguste, toutes ces collines, ces montagnes familières, la Tête-de-Chien, le mont Agel s'évanouirent peu

1. Expression niçoise traduite par Paul en français, signifiant « en des temps très anciens » par allusion à la femme de Charlemagne : Berthe aux grands pieds.

à peu dans la blancheur de la brume de chaleur qui envahissait la côte. L'eau, d'un bleu marine profond, froufroutait sous les pales.

Marceline était heureuse, visage dans la brise, rêvant au Mississippi.

— J'ai l'impression de partir pour un très long voyage, confia-t-elle à François, une nouvelle Austrasie, où les femmes seraient libres et pourraient, si elles le voulaient, enfanter ou danser au milieu des Papous.

François avait compris combien ce voyage était important pour eux. Depuis le printemps, Marceline s'était faite plus insistante, se considérait déjà comme sa fiancée.

Le cordial accueil du capitaine allemand, l'ambiance de la vie à bord, le sourire complice du commissaire, le liebfrauenmilch arrosant les fragiles strudels, les valses viennoises rapprochant les corps, la mourance du disque rouge descendant sur la mer, les deux amoureux accoudés au bastingage, la dernière flûte de champagne bue dans le même verre, la chemise de nuit légère vite envolée, l'impudique ingénue, la main cherchant la main et bientôt, sans aucune défense, le très important arriva. Vierge, Marceline s'était donnée. En arrivant à Gênes, François promit le mariage.

Restait à convaincre les familles.

Du côté Flink, aucune difficulté. François était un bon et sérieux parti. Papa Flink, un peu fatigué de sa fille si difficile à tenir, eut vite fait de se renseigner et de se laisser convaincre. Ayant quitté Metz devenue allemande, il avait connu Nice alors qu'il était jeune médecin, du temps où l'impératrice douairière et sa suite y pleurait la mort du tsarévitch. Paul et Marceline étaient nés à Saint-Pétersbourg où il exerçait, spécialiste des maladies dites pulmonaires.

Il était ensuite revenu à Nice où Paul avait fait de solides études au lycée, et Marceline élevée comme une fille de famille à l'Institut Desmaret, rue de l'Escarène où elle avait eu un excellent professeur d'anglais. Intellectuellement douée, elle avait continué ses études en Angleterre. A Nice, elle fréquentait assidûment les sociétés anglaises et russes où, assez mondaine malgré son jeune âge, elle s'était fait des relations, particulièrement au Lawn-Tennis Club dont elle était devenue l'une des meilleures joueuses. Très attachée aux idées nouvelles, elle applaudissait à la réforme anticléricale du petit père Combes.

— Je mange du curé, disait-elle à François, surpris de son penchant pour la laïcité.

A vingt et un an déjà, sans dot, il lui fallait absolument dénicher un mari, et un bon. De François, libre penseur comme elle, elle aimait la franchise, l'honnêteté foncière. Physiquement, il l'attirait.

Du côté Mogliano, Agnès n'était pas très emballée par la personnalité de Marceline, qu'elle jugeait trop moderne, trop éloignée des mœurs niçoises et du goût italien où sa famille évoluait. Son instruction lui en imposait, sans toutefois la convaincre. Sa connaissance des langues étrangères, l'anglais, le russe, l'allemand même, lui faisait regretter qu'elle n'ait pas attaché plus d'intérêt à l'italien, au piémontais, au niçois... Certes, elle était belle fille, avec ses hanches un peu larges, propices à la maternité. Avec son fils, elle ferait un beau couple. Une chose cependant la gênait, elle n'était pas gourmande, elle chipotait devant son assiette.

— Tu te rends compte, confia-t-elle à Nina, elle nous a parlé de raviolis au chou ! A la russe ! Et je ne l'ai jamais vue caresser un chat ! Amélie donne l'impression d'avoir peur d'elle, et Zézé aussi. En revanche, son entregent, son bagout, oui, ça peut être utile pour le cabinet de François. Et toi, Jean, qu'est-ce que tu en penses ?

Prudent, le brave homme tenait avant tout à respecter le sentiment et le choix de François.

— S'ils s'aiment, tout n'est-il pas pour le mieux ?

Lui, cependant, était conquis par l'intelligence, le cosmopolitisme, l'esprit d'à-propos et la curiosité intellectuelle de la jeune fille. Elle repoussait les idées toutes faites, c'était un bon point.

— Elle tiendra bien son rang, pourra utilement soutenir François. Dommage qu'il n'y ait pas grand-chose dans sa corbeille de noces, mais François n'est pas dans les affaires, et il a une bonne situation... Marions-les, j'aimerais bien avoir des petits à la maison, tout est prêt pour les recevoir.

Hélène, interrogée par principe, était violemment hostile.

— Quelle idée d'être allé chercher une Lorraine à moitié russe et élevée à la verygoudboumbaï ! Avec toutes les belles gosses qu'on a ici, et avec du bien au soleil ! Elle a su se l'attraper, ce brave François ! Tu vois comment ! Rien qu'à sa démarche balancée, j'ai compris tout de suite ! Les hommes sont si bêtes... Il y a des femmes pour ça, pas besoin de se marier. Mais maintenant c'est trop tard. Il y a même peut-être un petit François dans le tiroir. Bah, il faut faire avec. Croise les doigts, Agnès, et sois conciliante. D'une Lorraine, tu ne feras jamais une Niçoise. Le bonheur de ton fils, c'est ça l'essentiel.

Françoise, elle, plus prudente, n'osa pas s'avancer. François paraissait très amoureux et Marceline conquise, n'était-ce pas le principal ?

— Bien sûr, Agnès, j'aurais préféré une Niçoise avec tout plein de sous. *Un béu tros de fiha cargata de söu maï qu'un can de niéra*[1]. Mais le bonheur, ça ne s'achète pas, ma belle, et entre nous, c'est surtout eux que ça regarde. Vous continuerez, toi et Nina, à couver votre François. Faut dire qu'il est brave, c'est un homme de grande valeur, il mérite d'être heureux.

Le temps passait. Marceline se révélait ardente...

Les fiançailles furent annoncées dans *l'Eclaireur*. Jean se fit une joie de choisir et d'offrir lui-même un très beau solitaire.

Nina, malheureusement, était repartie pour la saison à Genève, et Paul, hélas ! à Paris. Il télégraphia ses regrets, et téléphona le jour du repas de li proumessa[2], d'Issy-les-Moulineaux, où il assistait au triomphe de Ferber qui, enfin, s'envolait le 25 juillet, traversant le polygone.

François était loin de tout ça, il préparait son mariage.

Le 10 octobre, trois mois après les fiançailles, le mariage civil fut célébré.

Nina et Fred vinrent spécialement de Genève pour la cérémonie. Sa sœur lui servit de témoin.

La réception se déroula à la Réserve de Beaulieu. Agnès

1. « Un beau brin de fille, plus chargée de sous qu'un chien de puces. »
2. Repas d'accordailles.

mariait son fils, mais le gardait auprès d'elle. Une porte à ouvrir et il serait dans ses bras. François lui avait promis de ne jamais la quitter, condition essentielle qu'il avait imposée à Marceline, en toute franchise.

— Maintenant, je vais avoir trois femmes dans ma vie : toi, ma sœur et ma mère... Tu fais partie intégrante de la famille. Tu sais, elle passera avant tout. C'est sacré.

Il ferma le cabinet pendant quinze jours « pour cause de mariage ».

— La femme de mon fils aurait aimé voyager dans les brumes du Nord, disait Agnès, à Londres, à Paris, pour voir ses tantes, mais François a préféré Turin, Venise, Rome et Florence...

3

Décidément, la fin de l'année 1908 s'annonçait bien triste. Fin décembre, on racontait, à Nice, qu'une catastrophe épouvantable avait secoué l'Italie et la Sicile. La ville de Messine était entièrement détruite, un tremblement de terre, plus de cent mille morts.

En cette veillée de Saint-Sylvestre, à Cimiez, dans la grande salle du restaurant du Riviera Palace transformée en salle des fêtes, toutes les lumières s'éteignirent, et l'orchestre frappa aux cymbales les douze coups qui célébraient l'année nouvelle. Tout le monde s'embrassait, applaudissait. Marceline se serra tendrement contre François.

— Mon chéri, le premier baiser de l'année. Ferme les yeux, je vais te faire le plus beau cadeau de ta vie. Donne-moi ta main, touche là.

Elle posa la paume de François bien à plat sur son ventre.

— Je suis enceinte. Tu vas être papa.

Fou de joie, François la serra contre lui, une bouffée de bonheur lui montait aux joues. Un enfant ! Et brusquement, il se sentit autre, transformé...

— Viens, cria-t-il à Marceline qu'il tirait par la main, je téléphone à maman et à Patchou ! Je vais les sortir du lit ! Pas une seconde à perdre !

A l'autre bout du fil, la joie éclata dans la nuit. Agnès et Jean ouvrirent une bouteille de champagne et s'installèrent pour parler, faire des projets, sans pouvoir se recoucher.

Quand Marceline et François rentrèrent, Agnès les étreignit, puis Jean, la voix enrouée d'émotion.

— Comment avez-vous pu nous cacher une pareille nouvelle, ma fille ! s'exclama-t-il.

Agnès ne put s'empêcher de se signer, comme à Mondovi, dans sa jeunesse, quand on remerciait la Madone pour la *Gracia ricevuta.*

— C'est pour juillet-août, confirma Marceline.

En un instant, pour elle, la vie à la maison changea du tout au tout. Ainsi honorée, elle devint plus exigeante. Sa chambre, pourtant très vaste, fut à son goût trop petite pour abriter un berceau. Ne vaudrait-il pas mieux l'échanger contre celle de Nina, souvent absente et qui aimait surtout vivre à la Ginestière ? On posa la question à Nina qui, de Genève, donna son accord. Ainsi fut fait...

Les nombreuses amies de Marceline défilèrent bientôt, papotant au salon dans toutes les langues, et Olympia ne savait plus où donner du samovar à la russe, des nuages de lait froid à l'anglaise. Elle apprit même à servir des petits fours et à briser les cônes de sucre de fruits, à la moscovite, avec un petit marteau d'argent.

La grossesse semblait difficile. La jeune femme se plaignait toujours d'écœurements, craignait les odeurs d'herbes, et surtout cette maudite huile d'olive. Il lui fallait des plats bouillis, du beurre cru des Charentes, exclusivement, des potages de queue de bœuf, des cakes aux cerises, et même utiliser des casseroles spéciales, réservées à sa seule cuisine... Pour le petit en préparation, pour François surtout, Agnès n'osait rien dire, mais rongeait son frein.

— Bah, disait Françoise, les envies ça existe !

Mais la future *nonna* [1] pensait à la petite maison de la ruelle de la République, quand elle attendait sa Catherine, à son manque d'argent, aux vieux draps que l'on déchirait pour faire des langes, au poids des corbeilles de linge, la bugada qu'elle remontait avec Françoise du Paillon. Son Eligio était aussi heureux alors que son fils aujourd'hui à la pensée d'être père, mais il manquait toujours un sou et pourtant, quel bonheur en elle ! La femme de son fils, elle, semblait n'être heureuse de rien, jamais...

— L'héritier une fois né, conseillait Françoise, il ne faudra

1. Grand-mère, en italien.

pas te laisser faire, Agnès ! Il faudra remettre les choses à leur place, délicatement, comme toi et Nina savez le faire, sinon…

Sur ces entrefaites, une très chère amie de Marceline, une Jane Smith, conseillère en maternité, débarqua à la maison, dictant ses recommandations en allongeant ses dents d'Anglaise et en laissant, ô horreur ! traîner des odeurs de cigare jusque dans le temple de la cuisine.

— Mais où va-t-on ? pensa Agnès. Il est grand temps que Nina vienne remettre de l'ordre. Je ne suis plus maîtresse chez moi !

Il n'en fallait pas davantage pour que Nina, alertée, promît d'être là fin avril. Elle n'accompagnerait pas Fred à la saison de Bayreuth.

Pendant ce temps, Marceline devenait impossible. Elle ne digérait plus, disait-elle, le vin de Bellet, et blasphémait même contre « cette espèce de piquette que vous buvez, vous autres les Niçois, et qui me démolit l'estomac ! » Elle se fit constituer par Jean, toujours très prévenant, une cave de bordeaux, « le vin le plus recommandé pour avoir un fils ». château-la rose, mouton-rothschild, château-lafite, assorti de blancs, quelques château-yquem, et quelques sauternes têtes de cuvée, meilleurs avec les crustacés, et si nécessaires pour avoir un garçon.

En effet, Marceline voulait absolument un fils, alors que François, lui, désirait une fille. Comme prénom, Marceline proposait Paul, comme son frère, son père, son grand-père.

— Pourquoi pas Eligio ? disait Agnès.

— Trop italien ! Et en français, Eligio c'est Eloi, ça fait Dagobert, la culotte à l'envers !

— Et si c'est une fille, pourquoi pas Agnès ? suggéra timidement Jean.

Le médecin, impressionné par l'agitation de Marceline, conseilla plus que jamais le repos, la chaise longue, les promenades sur la terrasse. Mais elle voulait se garder au courant de la vie culturelle de la ville.

Le 9 mai, au grand scandale muet de sa belle-mère, elle alla applaudir Colette qui montrait généreusement son sein gauche, pour la première fois à Nice, et sans maillot. *La Chair* fut applaudie, sifflée. Marceline faillit s'évanouir en rentrant à la maison, tout échauffée de cette nouvelle bataille d'*Hernani*. Agnès craignit qu'elle fît une fausse couche. Le préfet Joly allait-il interdire la pièce ? Mais le mal était fait.

J'ai vu la chair. Ma foi j'ignore
Si c'est du lard cru... Mais crénom
Colette a de bien beaux nichons
Et dame, quand on connaît ses seins,
On les adore.

Sous la pression de Nina, revenue au bercail, François dut interdire les sorties à sa femme.

Le 25 juillet 1909, devant toute la maisonnée réunie, lui naquit une fille.

Agnès devenait grand-mère.

Selon le désir de Jean, l'enfant fut prénommé Giotta [1], un prénom piémontais dérivé d'Agnese, que l'officier d'état civil, devant le sourire enjôleur de Nina, finit par accepter.

Brune comme sa mère, Giotta possédait déjà le nez droit des Mogliano.

Marceline était déçue, elle aurait tellement voulu accoucher d'un garçon...

Le jour même, Blériot traversait la Manche.

1. Giotta vient de Agnesota, « petite Agnès », et du diminutif Zota, très employé à Moncucco Torinese, le pays d'Eligio, le premier mari d'Agnès (voir *la Porte fausse*).

4

— C'est mon ami Ferber, François. Il s'est tué hier, à quatre heures de l'après-midi, en atterrissant à Issy-les-Moulineaux. Ça s'est passé très vite. Il a eu le thorax enfoncé par le moteur et il est entré dans le coma. A onze heures moins le quart, je lui fermais les yeux. Je vais porter son deuil[1].

Ce fut la terrible nouvelle que Paul téléphona en ce 24 septembre, rue Masséna, en présence de la famille au grand complet. La France perdait là un de ses pionniers les plus audacieux et les plus intelligents !

En ce début de saison 1910, de nombreux changements étaient intervenus à la maison Mogliano. Jean, qui désirait prendre définitivement sa retraite, quittait la direction du Riviera Palace.

Fred, de son côté, renonçait à ses tournées. Et fort de l'admiration montrée par le maître Massenet[2] en 1902, avait accepté l'offre du chef Gervasio de participer en tant que soliste aux grands concerts prévus à la jetée-promenade. Il prendrait part également aux concerts classiques du Cercle des Etrangers de Monte-Carlo, dirigés par Léon Jehirs.

Le premier Noël de la petite Giotta approchait.

1. Le 13 septembre, les essais avaient commencé en présence d'officiers. Le jeune officier d'infanterie Charles de Gaulle était présent sur le terrain comme observateur. Ferber s'est tué le 23 septembre, heurtant à l'atterrissage une bosse du terrain.
2. Lettre de Massenet à Gervasio publiée dans *l'Hiver au soleil* (saison 1902).

Déjà, son berceau était envahi de poupées de son en tout genre, de nounours en peluche et de polichinelles en carton bouilli. Jean avait lui-même dressé près du berceau un petit sapin de Noël garni à l'autrichienne de rubans et d'angelots venus spécialement de Salzbourg.

Fred, lui, était monté tout exprès à la Ginestière, fermée l'hiver, pour y cueillir les premières mandarines du jardin, dont le parfum pénétrant donnait un air de fête au placard de la salle à manger. Désormais, pour toute la famille, l'odeur des mandarines symbolisait Noël. Un Noël au bord du berceau, c'est bien ce que vivait la maisonnée. Agnès, promue nonna du jour au lendemain, ne laissa à Marceline que le droit de nourrir son enfant dont elle surveillait étroitement les heures de tétées.

En effet, Marceline avait tenu à nourrir elle-même sa fille, refusant un peu abruptement la nourrice piémontaise traditionnelle envoyée en grande hâte par la famille de Moncucco.

— Je n'accepterai jamais de lait italien pour ma fille, avait-elle signifié. Du reste, nous attendons une nurse anglaise qu'une amie de Londres m'a recommandée. François est bien d'accord avec moi, il n'y a qu'elles qui savent s'occuper des enfants.

Mais malgré les nombreux télégrammes annonçant son départ et sa prochaine venue, on n'aperçut jamais la dénommée Elisabeth. On eut beau la rechercher en gare de Nice, elle n'arriva jamais rue Masséna.

Dépitée, Marceline dut laisser agir Nina qui prit ainsi la direction des opérations, s'occupant si bien du bébé qu'elle alla jusqu'à installer un second berceau dans sa chambre.

Fred prétendait en riant que la nurse fantôme avait dû descendre à Arles, ou bien qu'elle s'était fait enlever à son arrivée à Nice par un obligeant fournisseur de Sa Majesté Pellegrini[1] : tout cela susurré en niçois pour ne pas trop ajouter à la déconvenue de Marceline.

Petite Giotta profitait bien, potelée à souhait, des fossettes

1. La place Pellegrini, à Nice, était célèbre pour ses maisons de plaisir, abondamment fournies par des recruteurs officiant aux abords de la gare.

à embrasser un peu partout. Et son père ne s'en privait pas, en adoration qu'il était devant les grands yeux sombres ourlés déjà de cils démesurés.

— A six mois, vous vous rendez compte, jubilait-il. A vingt ans, elle aura les plus beaux yeux du monde !

Le temps devenait détestable : pluies, vents, tempêtes, empêchaient toute sortie du landau, haut sur roues, un Bonnichon[1] de Paris que Nina adorait pousser au jardin public. La pluie n'arrêtait pas, le Paillon grondait, menaçant d'emporter le Pont vieux et le pont des Anges sous la Promenade des Anglais.

Entre deux clients, François lisait dans *le Temps* que les inondations à Paris s'aggravaient : *La Seine monte de plus de huit mètres, le zouave du pont de l'Alma a de l'eau jusqu'au cou.* Il imaginait les barques dans la cour du Havre de la gare Saint-Lazare, le rez-de-chaussée du Printemps baignant dans plus d'un mètre d'eau. L'école dentaire de la rue de La Tour-d'Auvergne, elle, située à mi-butte, devait encore avoir les pieds au sec. Et toute sa vie d'étudiant en profitait pour revenir le visiter... Pas si loin, quatre ans seulement, mais que de chemin parcouru ! Son cabinet marchait merveilleusement... Marié et père de famille, il gravissait lentement mais sûrement les degrés de la Fraternité...

Justement, il rédigeait une causerie pour la prochaine tenue d'initiation des frères apprentis au temple de la rue d'Alsace-Lorraine : « Buts et objectifs de la franc-maçonnerie ». Il y reprenait à son compte, en la mentionnant, la merveilleuse définition de Jouault dans son *Histoire du Grand Orient de France,* recopiée entièrement de sa main et ornée de rubriques comme on le faisait pour un livre d'heures : « Quoi de plus beau, de plus humain que la franc-maçonnerie qui a pour but l'amélioration morale et matérielle de l'homme, avec pour principe la loi du progrès de l'humanité, les idées philosophiques de tolérance, de fraternité, d'égalité, de liberté, abstraction faite de la foi religieuse ou politique, des nationalités et des distinctions sociales. »

1. Célèbre fabricant de voitures d'enfant, avenue Victor-Hugo, à Paris.

François avait ajouté : « Son objet est la recherche de la vérité, l'étude de la morale universelle, des sciences et des arts, ainsi que l'exercice de la bienfaisance. »

Jean, déiste convaincu, s'était permis de commenter : « La franc-maçonnerie reconnaît l'existence du Grand Architecte, l'immortalité de l'âme et la solidarité humaine. La liberté de conscience est un droit imprescriptible pour chaque homme. Cela n'exclut personne pour ses croyances, comme le recommande le rite écossais. »

Dans sa causerie, François allait maintenant bien au-delà du positivisme d'Auguste Comte et acceptait pleinement l'axiome de causalité de Taine : « Tout a une cause et c'est pourquoi tout doit pouvoir se prouver avec de nouvelles méthodes d'investigation mises au service de l'administration de la preuve. » Le texte de la causerie se terminait en s'inspirant de l'esprit de critique de Stuart Mill : « La philosophie positiviste de Comte doit se compléter par l'introduction de l'économie politique qui doit remplacer la métaphysique. Il faut élaborer une morale laïque nouvelle mise au service de l'humanité tout entière, principalement des couches les plus pauvres et les plus déshéritées. »

Enfin, la grande phrase était lâchée. Elle ouvrait la discussion.

A l'approche du printemps, le beau temps permit la reprise des meetings d'aviation à Cannes, à Monaco, où Rougier, le fou volant, réussit à doubler le sommet de la Tête-de-Chien à plus de huit cents mètres, au cours d'un vol de vingt-huit minutes et trente-quatre secondes.

Paul était fou de joie. C'est lui qui entraîna toute la famille, petite Giotta comprise, jusqu'au terrain de la Californie pour voir se croiser dans le ciel d'avril, au-dessus de la baie des Anges, les « aréoplanes [1] » de Lathan, Chavez, Efimoff, et

1. Il est de tradition, à Nice, de dire « aréoplane », « aréoport », et non aéroplane, aéroport, comme il se doit, tradition encore suivie par les familles niçoises les plus instruites et respectueuses du langage de leurs pères.

encore et toujours celui de l'ami Rougier qui, soudain, à la grande stupéfaction de la foule, s'abîma dans la baie des Anges. Heureusement, peu de temps après, le merveilleux casse-cou parvint à rejoindre le rivage sain et sauf et tomba dans les bras de Paul accouru à sa rencontre.

Marceline sevra sa fille trop tôt, aux dires de Nina, qui en profita pour prendre en main la confection des biberons et s'occuper entièrement de Giotta. Un vrai transfert de maternité.

Marceline, elle, retrouvait sa sveltesse de sportive, parlait déjà de se faire faire une robe « cousue dessus » comme une seconde peau, avec une jupe entravée « à tout petit pas » qui montait bien au-dessus de la cheville, un gros nœud de taffetas enserrant les mollets, et un corsage bien échancré.

— Eh oui, Nina, fini vos bas en dentelle, votre boa et vos jupes longues qui rapportent les microbes de la rue à la maison ! Maintenant, à Paris, on porte des bas violets ! Il faut apprendre à vous habiller au goût du jour, ça va vite, vous savez !

En réalité, elle avait elle-même quelques mois de retard dans l'évolution de la mode, très influencée par les ballets russes de Diaghilev, que Nijinski et la Karsavina créaient au Châtelet : *l'Oiseau de feu.*

Déjà, à Nice, la manche kimono de Poiret faisait son chemin, accompagnant les robes à l'orientale aux couleurs éclatantes.

Alors que le gouvernement Briand luttait contre la grève des cheminots, ici on préparait la grande fête du cinquantenaire du rattachement de Nice à la France. Le 29 juin, donc, immense joie dans la ville, feu d'artifice aux Ponchettes avec embrasement du château, « pour célébrer la première dent de Giotta », assurait Fred sans rire. On déploya même le premier drapeau français, pieusement conservé à la préfecture, et qui avait remplacé le drapeau sarde roulé par les derniers soldats piémontais quittant la caserne Rusca, en 1860.

Les Mogliano avaient attendu la fête pour monter ensemble à la Ginestière et célébrer le premier anniversaire de Giotta. En son honneur, Jean fit planter, au milieu d'un massif d'ancolies, un olivier de Bohême, l'« *elaegnus Tefolia* » de la famille des elaegnacées.

— Mes enfants, je l'ai fait venir tout exprès du jardin botanique de Prague. C'est le plus bel arbre de la création. Voyez la spendeur de ce feuillage argenté, la légèreté des branches, la douceur des feuilles, duveteuses comme des oreilles de souris ! Au printemps prochain, en mai, vous le verrez se couvrir de milliers de pétales d'or dont l'odeur rappelle la senteur des tilleuls dans les allées du Prater. Quand Giotta aura vingt ans, moi je ne serai certainement plus là pour l'admirer, mais vous penserez à moi. Je veux que la Ginestière devienne votre paradis, je veux qu'elle reste et se transmette dans la famille.

Ce jour-là, exceptionnellement, Nina avait confié l'enfant à sa mère, afin de se surpasser à la cuisine. Sous la tonnelle, pour la première fois, ce fut l'émerveillement des raviolis condimentés aux herbes du jardin et aux tomates mûries à l'ombre des bellonières [1] du potager.

Comme un patriarche entouré de la ferveur des siens, Jean eut droit cependant à son five-o'clock, du Darjeeling accompagné d'un superbe et très fragile strudel. Nina avait eu la délicatesse d'apprendre à Genève la pâtisserie allemande, pour gâter son Patchou, et heidesand, springerle, spitzbuben, prasselkuchen, hutzelbrot, linzertorte, sachertorte, kugelhoff, n'avaient plus de secrets pour elle. Elle lui préparait même de succulentes boules de Berlin fourrées à la marmelade de pommes, ou à la confiture d'abricots.

François, et surtout Jean, s'attristèrent à la mort de Tolstoï à Iasnaïa Poliana. Il repensait à l'effort de son intelligence pour conjurer le néant, échapper au désespoir et apprendre à mourir dans la prière : *Qui suis-je ? Pourquoi suis-je ? Et la réponse est venue d'elle-même si clairement. Qui que je sois, quoi que je sois, j'ai été envoyé par quelqu'un pour faire quelque chose, alors allons-y, faisons-le. Et j'ai ressenti si bien, si joyeusement ma fusion avec la volonté de Dieu,*

1. Figuiers de la région de Nice.

c'est la seconde fois que je sens Dieu de façon vivante[1].

Certainement la réponse du vieux philosophe à sa recherche obstinée d'une raison de vivre en dépit de la mort.

Dès l'automne, Marceline reprit sa vie mondaine, fréquenta de manière suivie le milieu littéraire de la villa de Cessoles où des femmes de lettres se réunissaient, accueillant la poétesse Renée Vivien. Liane de Pougy y amenait même ses conquêtes féminines « aux rotondités charmantes, muses généreuses, vrais temples d'amour aux sombres entrées veloutées de mystère et de divines saveurs ». Elle commençait à écrire ses saphiques mémoires.

Jean Lorrain lui-même, un soir de particulière fraternité pour ses sœurs lesbiennes, et alors éloigné de son port de Nice et de ses virils débardeurs, n'avait-il pas écrit dans *Theatra,* cherchant à excuser ces groupes de jolies femmes attendries qui fuyaient l'usuel, le trop familier mari, et le toujours identique amant sûr de lui-même : « Elles viennent aimer et souffler sur le feu, n'excluant pas cependant la joie d'un coup de tison. » Monsieur Willy n'avait-il pas lancé la mode, avec Colette et Polaire ?

Au début, rien de bien grave. D'ailleurs les maris se gaussaient...

En tout cas, à la maison, Marceline supportait de moins en moins ce qu'elle appelait « la vie en tribu à la niçoise ». Son individualisme nordique s'étonnait de la manie de devoir discuter de tout en famille, des choses les plus anodines — les menus du lendemain — jusqu'aux projets importants, souvent remis en cause ou enterrés en un clin d'œil par une simple plaisanterie ou un éclat de rire bien placé. Cela la blessait profondément. Elle ne comprenait pas cette forme d'humour, ne pouvait accepter qu'une décision prise en accord avec François dans le silence de leur chambre, et de plus les concernant exclusivement, puisse à nouveau être évoquée et soumise à l'agrément de tous. C'était là surtout où elle, l'épouse légitime de François, s'opposait à la forte personna-

1. Journal de Léon Tolstoï : 21 octobre 1897.

lité de Nina. La diplomatie et le sourire la fuyaient chaque jour un peu plus. Elle ne savait pas jouer par la bande ni préparer habilement son terrain. Pourtant, elle s'entendait très bien avec les hommes de la maison. Patchou lui avait ouvert tout grand son cœur, comme à une nouvelle fille. Il faut dire que la plupart des accrochages avec Nina, et plus rarement avec Agnès, naissaient pour des balivernes, ce que Marceline s'entêtait à appeler des « questions de principe », notamment à propos de l'éducation de sa fille : fallait-il laisser un enfant vivre librement, comme le prétendait Nina, ou au contraire, l'éduquer à l'anglaise, comme Marceline le préconisait ?

Mais surtout, elle revendiquait son indépendance, un foyer à elle, avec son mari, même si pour cela elle devait abandonner sa fille au clan Mogliano !

L'occasion s'en présenta inopinément : Paul prit la décision de vendre son affaire en France et de partir aux Etats-Unis avec, dit-il, un contrat faramineux en poche, concernant l'exploitation d'un de ses brevets : un dispositif d'allumage sur moteur automobile. Il laissait donc son coquet appartement de la rue Garnier à la garde de sa sœur. Marceline sauta sur l'occasion, prête à toutes les concessions pour habiter enfin seule avec son mari. Ainsi fut fait, mais petite Giotta resterait rue Masséna, et les repas continueraient d'être pris en famille, surtout à midi. Rien ne serait donc changé dans les habitudes, la jeune femme y gagnait seulement un peu plus de liberté pour recevoir ses amies, faire de la musique. Et elle se fit roseau souriant, souple soudain devant l'espoir d'une totale liberté.

— Ce sera amusant, François, je pourrai enfin vivre nue comme tu aimes, susurra-t-elle à son mari. Plus de risque d'être surpris, et puis l'Amérique, ce n'est pas sûr ! Peut-être que Paul reviendra. Dans ce cas, nous aurons passé de bonnes vacances.

La chatte ronronnait, rentrant ses griffes, et le matou céda.

Agnès ne s'offusqua guère, elle gardait son fils et Nina sa Giotta. Tout allait donc pour le mieux, le baromètre familial revint au beau fixe, d'autant que pendant les fêtes de fin d'année, Jean annonça qu'il avait pris un abonnement, une loge à l'Opéra de Monte-Carlo, par l'intermédiaire de son ami Gunzbourg, son célèbre directeur. Les ballets russes du Châtelet venaient s'installer définitivement à Monte-Carlo. La saison promettait d'être extraordinaire. Marceline était aux anges.

Entourée de sa cour d'admirateurs, Giotta s'éveillait rapidement, comprenait tous les langages, et babillait déjà, en niçois avec Nina, en piémontais avec nonna, et en excellent français avec Jean. Fred allait bientôt lui apprendre un peu d'italien teinté d'accent gênois. Mais en attendant, éreintée par ses journées bien remplies, l'enfant s'endormait souvent entre les pattes de Rex qui la veillait jalousement, au fond du couloir, encore emberlificoté dans ses déguisements de chien savant.

La saison 1911 des ballets de l'Opéra de Monte-Carlo débuta le 9 avril avec la troupe de Diaghilev. Une véritable révolution pour l'établissement qui n'avait jamais accueilli une pareille nouveauté de musique, de décors, de costumes, de danseurs prestigieux dirigés par le maître chorégraphe Michel Fokine et le chef d'orchestre des concerts impériaux, le maître Tcherepnine.

La famille Mogliano assista à l'éblouissant spectacle dans une salle constellée d'or, de brocart et de pierreries.

A l'avancée de la loge, les trois femmes, dans leur plus belle parure, lorgnette de nacre en main, ne perdait rien de l'assistance, des attitudes, des divines expressions, de la grâce du visage de la merveilleuse Karsavina et de l'éblouissant Nijinski. Le spectacle débuta avec le ballet pantomime *Giselle,* d'Adam, entièrement rénové, avec l'apparition suffocante dans le deuxième acte, au milieu du cimetière des Wallies, de Nijinski, le prince amoureux, dont les pieds semblaient ne jamais toucher terre.

A l'atmosphère spectrale et envoûtante de la passion de la danse vint s'opposer, dans la deuxième partie, la magnificence des *Mille et Une Nuits,* emportée par l'éclat orgiaque du chef-d'œuvre de Rimski-Korsakof, illustré par le génie de Bakst, créateur des costumes et des décors, inouïs de richesse : *Schéhérazade.* Le Grand Eunuque ouvrit successivement la porte de Bronze, la porte d'Argent, d'où surgirent une multitude de danseurs vêtus de cuivre et d'argent, puis enfin la porte d'Or qui libéra un Nijinski bondissant, le nègre favori couvert d'or au milieu des almées et des odalisques.

Puis ce fut, au milieu de la débauche des corps mêlés, succédant à l'éclat des cuivres, à l'étincellement des ors, à la richesse épandue des soieries multicolores, le signal du massacre avec la vengeance du shah — curieusement, roi des Indes — et la mise à mort de la sultane infidèle, aux pieds de son souverain.

En un instant, la salle tout entière fut debout, emportée dans une tempête d'applaudissements. La famille resta interdite, bouleversée, incapable d'exprimer par des mots le choc des émotions soulevées par tant de génie. La notion même du temps s'était abolie. Il fallut de longues minutes pour retrouver le contact avec le monde réel. Nina avait le visage en feu. Personne ne voulait se retirer, quitter ce cadre féerique d'or et de pourpre de la salle Garnier, infligeant aux danseurs d'innombrables rappels.

Le 15 avril, se succédèrent la rêverie romantique des *Sylphides,* le ballet pantomime du *Pavillon d'Armide* et les danses polovtsiennes du *Prince Igor* dans le ballet du *Festin* de Borodine.

Un des très grands moments de la saison, très attendu par Marceline, fut la création du *Spectre de la rose,* le 21 avril. Par un coup du sort, pour mieux marquer la soirée, Fred, premier violoncelle, était à l'orchestre. Quand le chant de son Guarnieri s'éleva, Nina ne put retenir ses larmes, alors que la fleur tenue par la jeune fille endormie se transformait en génie amoureux, caressant, un Nijinski vêtu de pétales de rose dont le parfum emplit la salle.

La représentation s'acheva sur une pantomime à l'italienne, le *Carnaval,* musique de Robert Schumann, orchestrée à la russe par Rimski-Korsakof, Liadov, Tcherepnine et Glazounov. Une fête de masques, dans une gaieté un brin sentimentale, et toujours Nijinski en Arlequin aux gambades éblouissantes. Soirées magiques où l'Europe tout entière venait oublier, quelques heures durant, les lourds nuages noirs qui s'amoncelaient sur les Balkans.

Après la dernière représentation de la saison, Jean eut un pressentiment. Il rêva qu'une pluie diluvienne s'abattait soudainement sur la scène de l'opéra Garnier, détruisant costumes, décors, chassant musiciens, danseurs, comédiens, jolis messieurs et belles dames, éparpillant dans le fracas du tonnerre et la nuit noire parsemée d'éclairs les derniers fastes des ballets russes.

5

Le 17 mars 1911, l'Italie célébra le cinquantième anniversaire de son unité, et également la date la plus importante de son histoire, la proclamation du royaume, devant le Sénat à Turin, par Victor-Emmanuel II. De grandes expositions à Florence, Rome, Turin, viendraient magnifier l'événement.

A peine éteintes les splendeurs des ballets russes de Monte-Carlo, toute la famille s'en fut à Turin par le train pour assister à l'ouverture de la grande Exposition universelle du 29 avril.

Malgré sa lourde tâche au Riviera Palace, Jean se faisait une joie de visiter cette ville si chère à Agnès, et en sa compagnie. Il se promettait également de découvrir les installations de la Fiat, à qui la famille devait l'achat d'une grande partie de la Ginestière.

François, lui, avait projeté de faire un crochet par Moncucco, berceau de son père et de Barba Pino, maintenant octogénaire et qui désirait ardemment connaître sa femme et la petite Giotta, « la petite-fille d'Eligio », avant de fermer les yeux. A quatre-vingt-deux ans, ce serait sa suprême joie.

L'Exposition de Turin groupait plus de trente nations dans un cadre de verdure exceptionnel, le long du Pô surplombé par le mur verdoyant des collines, dans le parc du Valentino, et des deux côtés du corso Vittorio depuis le pont Isabelle. Pour les Mogliano, le clou en fut le pavillon de l'Argentine qui retraçait des scènes de la vie de la Pampa : des gauchos faisant rôtir *carne con cuero*[1] des quartiers de bœuf entiers sur d'immenses feux de bois.

Jean remarqua combien le pavillon de la France était pacifique avec ses poupées mannequins de Paquin présentant la mode de Paris, ses livres, ses parfums, ses vins, et surtout le stand Martell qui offrait un petit flacon de cognac à chaque visiteur. Combien il contrastait avec le pavillon belliqueux et arrogant de l'Allemagne, où était représentée toute la flotte : cuirassés, croiseurs, torpilleurs hérissés de tourelles blindées et de canons. Le tout dominé par un immense portrait du kaiser Guillaume, moustaches dressées sous le casque à pointe dorée. Ce fut la seule fausse note de cette exposition dédiée au progrès et à la paix des peuples. Il est vrai que l'on chuchotait déjà sur la possibilité d'une guerre entre l'Italie et la Turquie, au sujet de la Tripolitaine.

A Moncucco, Barba Pino, pleurant de joie, embrassa tout son monde et particulièrement petite Giotta qui ne voulait plus quitter ses genoux et s'amusait avec son bouc à l'impériale. Déjà trois ans que tante Elisa avait quitté le vieil homme pour toujours, mais deux de ses filles étaient revenues de Marseille et d'Argentine pour l'entourer de tendresse et de réconfort. Le vieillard parut encore bien solide à François. Il se tenait fort bien à table et blaguait, disait-il, à la française, entre la barbera et l'asti spumante. Il dansa même parfaitement la monferrina avec Agnès, stupéfaite, qui elle en avait oublié les figures et les pas.

Dès son retour à Nice, Marceline, ravie, obtint son feu vert pour aller à Paris rendre visite à sa famille maternelle, « la branche lorraine » installée au quartier Monceau, rue de Prony, où ses deux tantes vivaient très bourgeoisement. Elle en profiterait pour s'attarder à Londres chez son amie Betty, afin de prendre des contacts, de chiper des idées et de se documenter sérieusement sur la manière de monter un magasin de sport.

— Peut-être pourriez-vous y rencontrer le célèbre Sherlock

1. Façon de rôtir, sans ôter la peau de l'animal.

Holmes, plaisanta Fred. Il pourrait vous mettre sur la piste de votre nurse Elisabeth, toujours en gare de Nice…

Marceline riait, mais n'en gardait pas moins des idées bien arrêtées. Elle tenait absolument, dès son retour à Nice, à s'adonner à une activité commerciale qui lui permettrait de s'affranchir totalement de « cette sacrée famille ». « Je ne veux pas être mangée, dévorée à la sauce niçoise ! » rageait-elle. C'est d'ailleurs ce qu'elle avait écrit à Paul, maintenant marié à Detroit avec une riche héritière et qui préparait des choses « formidables » dans le domaine de l'automobile. Dans sa dernière lettre, il lui avait demandé de vendre l'appartement et son contenu de la rue Garnier, et de placer les fonds dans un investissement productif : « Surtout pas de la rente et des fonds russes ! Mais un magasin, pourquoi pas ? Quoi de mieux qu'une affaire de mode sportive ? Je t'enverrai même des idées d'ici, si tu les désires, sœurette ; avec la bécane, les automobiles, le goût des voyages et des croisières, demain l'aviation, vous allez pouvoir brûler vos faux-culs et vos falbalas ! En Amérique, la femme est libre de corps et d'esprit, l'un ne va pas sans l'autre ! Va de l'avant, Marceline, c'est l'argent qui mène le monde... »

Son amie Betty avait déjà ouvert, à Londres, dans le bourg de Kensington, un petit magasin qui commençait à bien marcher. Elle verrait cela bientôt de très près. Sa tête bouillonnait de projets, à Nice, avec toutes ses amies du Club, elle avait déjà sa clientèle : du sport et du british. Entre femmes, cela ne devrait poser aucun problème.

François, sans être hostile, n'était pas très convaincu. En réalité, seul son cabinet l'intéressait. Il ne pourrait pas l'accompagner, sa présence à Nice était indispensable.

Marceline jubilait. Au moins, sans François, elle serait libre et n'aurait aucune date de retour à respecter ! Elle allait prendre tout son temps ! De toute manière, elle ne se faisait pas d'illusions, le clan Mogliano se reformerait à la Ginestière, très occupé à préparer leurs coulis de tomates, leurs confitures et leurs cornichons pour l'hiver !

En l'absence de Marceline, on confia l'accueil des clients à Rina, la nouvelle bonne. Accorte, c'est elle qui prenait les rendez-vous, répondait au téléphone et consolait les enfants apeurés dans le fauteuil. Les jours d'affluence, elle assurait la liaison à travers le long couloir avec le laboratoire de prothèse.

Et François, de nouveau garçon et oubliant la rue Garnier, reprit ses habitudes rue Masséna, à la grande joie de sa mère et de sa sœur.

Le 15 septembre, Marceline rentrait de son voyage, accueillie à la gare par un François tout surpris de la découvrir, élégante du reste, en jupe-culotte.

— C'est le dernier cri à Paris, lui dit-elle.

Elle était enchantée de son voyage, avait posé des jalons pour l'installation à Nice d'un magasin « Robes et Manteaux » (elle aurait aimé dire « Maison de couture »). Grâce à une amie de sa tante, elle avait connu Madeleine Vionet, une ancienne modéliste de Jacques Doucet qui l'avait encouragée, l'initiant à la coupe en biais, à la suppression définitive du corset et à la recherche d'une nouvelle ligne, très près du corps, donnant enfin à la femme l'aisance du mouvement.

— Et tu sais qui j'ai rencontré ? Isadora Duncan ! Entourée de femmes formidables ! Elles comptent sur moi pour propager nos nouvelles idées !

Après le repas, au café, François et toute la maisonnée furent abasourdis : Marceline, d'une boîte dorée, tira une longue cigarette qu'elle alluma d'un geste lent.

— Tu fumes, maintenant ? risqua François.

— Des russes, expliqua-t-elle. Elles sont très légères.

De son voyage en Angleterre, elle parla peu :

— Oui, Betty compte s'installer elle aussi à Cannes plus tard. On verra.

En revanche, elle s'étendit sur une petite révolution, qu'elle tenait absolument à montrer à Nina :

— La saison prochaine, lui disait-elle, toutes les femmes comme nous porteront des porte-jarretelles pour tenir leurs bas, c'est une petite ceinture que l'on met à même la peau, puisqu'on n'a plus de corset ! Je te montrerai, rien de moins gênant, ni de plus pratique ! C'est comme ces nouveaux soutiens-gorge. Comme on dit à Paris, une merveille pour nos seins : « Ils contiennent les forts, soutiennent les faibles et ramènent les égarés. » Tu parles d'une réclame !

Elle trouva sa fille bien grandie en si peu de temps, l'été à la Ginestière lui avait profité, mais elle s'éleva contre « son charabia niçois » que Nina, fort obligeamment, se faisait un plaisir de lui traduire :

— C'est amusant chez une enfant, Marceline, non ? Faï an, c'est manger. Faï la nenet, c'est dormir. Tu ne trouves pas ça joli ?

1913. Le feu couve dans les Balkans. Face à l'armée allemande, le parlement français vote la loi des trois ans.

Nice a beaucoup changé : le Negresco et maintenant le Ruhl embellissent la Promenade. La mode est aux robes garnies de fourrure, aux manteaux trois-quarts, aux jupes à étages, aux talons plus hauts, aux petits chapeaux souples garnis d'aigrettes.

François, qui vient juste d'avoir trente ans, et sa femme vingt-quatre, pense avec un pincement au cœur que tout va trop vite, que sa mère vient de fêter ses cinquante-sept ans, et Jean, déjà soixante-sept. Mais il se rassure : Tout son monde est solide, le bonheur brille à la maison, ils ont encore de longues années à passer ensemble.

6

Paul Déroulède est mort. On a enterré le tribun à l'église du Port, là où, quelques jours auparavant, il avait assisté à la présentation de la statue de saint Paul à laquelle il avait prêté son visage.

En ce début de février 1914, sabre et goupillon s'agitaient à Nice où la saison avait bien démarré. Le président de la République et Madame se reposent à Eze. L'aristocratie européenne et la fleur de la bourgeoisie française rivalisent de luxe et d'insouciance. Le roi de Wurtemberg s'est annoncé au Cap-Martin pour le 15. Jamais les trains de plaisir pour le Carnaval n'ont été aussi bondés. Deux convois de luxe circulent. Celui de nuit, ultrarapide, quitte Paris en soirée et permet de déjeuner sur la Promenade. On prévoit cent cinquante mille touristes en trois mois, trente mille de plus que l'année précédente.

En vingt ans, l'essor de la ville, de ses immeubles, de ces hôtels a été des plus considérables : le Ruhl, si luxueux, et la blancheur du Negresco aux toits roses, offrent leurs merveilleux salons fleuris à la gloire des parvenus de ce monde. On y horizontalise, fastueusement. Opéra, Théâtre municipal, jetée-promenade et même le théâtre Risso refusent les foules. Nice s'amuse, valse, tangote déjà un peu, sans apercevoir la misère du monde. Il y a bien des incidents, à Ancone, lors de l'annonce des résultats du XIIIe congrès socialiste, où l'on parle de grève générale après le succès du petit maître d'école, directeur déjà de *l'Avanti,* Benito Mussolini. Dans le fond, peu de chose, le commerce niçois, lui, se porte très bien.

Chez Hélène, on décore, on fleurit fiacres, landaus et

même attelages à la Daumont. Les jaunets y font régulièrement leurs petits. Le cabinet de François marche fort. Le jeune Jean Lucchesi, apprenti à l'atelier, espère bientôt pouvoir s'installer à son compte comme mécanicien-dentiste. Un projet audacieux.

Nina, elle, a obtenu de Fred, qu'il coupe définitivement les ponts avec sa famille. Le divorce italien n'existant pas, sa femme a accepté, moyennant une bonne compensation financière. Nina n'a voulu que l'amour de son bien-aimé, et son archet. Cela leur suffirait pour s'installer à la Ginestière, loin des commérages et des regards offensés. Une petite retraite, en quelque sorte, en attendant la saison d'été à Aix-les-Bains, Genève, et ensuite peut-être un contrat merveilleux pour les Etats-Unis.

Nina n'avait pas complètement abandonné l'idée de sa maison de couture. Marceline l'aurait aidée. Jean était d'accord pour avancer les fonds, un appartement s'annonçant libre au-dessus de l'ex-London-House, devenu le théâtre des Capucines.

A la casa Mogliano, le climat familial s'était considérablement amélioré. La petite Giotta, si rieuse, y était pour beaucoup. Mais surtout la situation délicate de Nina, « la vie en concubinage » comme disait Marceline, focalisait l'attention. De son côté, celle-ci avait jeté du lest, pas mécontente de voir sa belle-sœur regimber vis-à-vis de cette société niçoise tant vantée et qui maintenant la critiquait, et même la rejetait. Une sorte de pacte de non-intervention s'était établi entre les deux belles-sœurs, au grand soulagement d'Agnès qui ne pensait qu'à la tranquillité de son François. Quant à lui, il en ronronnait d'aise, comblé par tant d'attentions féminines. Ce répit lui permettait de se vouer à son cabinet, de s'adonner à ses études et à sa profession de foi rationaliste alors que le radical-socialisme, à Nice, s'implantait doucement. Son emploi du temps très chargé ne l'empêchait nullement de s'occuper, avec beaucoup de tendresse et de câlineries, de sa petite Giotta.

Marceline et Nina réussissaient à partager leurs goûts communs pour la littérature. Evidemment, Nina penchait plutôt pour les romantiques, les symbolistes, mais elles avaient toutes les deux le même engouement pour Anna de Noailles.

On parlait beaucoup à cette époque, à Nice, de la revue *les Fleurs d'or* de Maurice Rocher où se mêlaient curieusement la poésie bretonne et l'élégie niçoise. Nina s'y était abonnée. Y triomphait, énergique et, disait-on, déjà émule de Sapho, une jeune fille de vingt ans, talentueuse, qui maniait la rime avec beaucoup de rigueur : Théo Martin, La Colette niçoise, chuchotait-on avec raison. Déjà elle faisait des ravages dans le cœur de certaines dames. De surcroît, Théo avait été lancée au théâtre par monsieur Brunetière du Théâtre-Français, juste avant sa disparition. On la disait aussi très estimée de la divine Anna que Marceline appréciait tant. Cette dernière s'intégra vite au petit groupe de la rue Alphonse-Karr, sans toutefois outrepasser les convenances, quoique le goût de l'époque y portât. On venait de publier les *Mémoires* de Liane de Pougy. Imbus de leur virilité, ces messieurs n'y croyaient pas. Comment une femme aurait-elle pu les remplacer ! Tout cela n'était qu'un simple divertissement entre dames, que l'on accueillait avec des haussements d'épaules, ou un sourire intéressé à la Willy.

Marceline s'essaya elle aussi au théâtre et interpréta la timide Pierrette, aux côtés d'une Colombine et d'un viril Arlequin, ce dernier travesti, campé par Théo Martin. C'était aux Variétés, le 17 avril 1914. Une affirmation d'elle-même, son petit triomphe sur les blasés. Elle fréquentait assidûment le Lawn-Tennis Club, où mademoiselle Suzanne Lenglen faisait des ravages et venait de battre madame Gondoin, la très dynamique épouse de monsieur le Président de l'Automobile-Club de Nice. Après chaque partie, Marceline se sentait plus légère, plus accomplie. Le sport lui permettait de jeter le corset aux orties !

François l'encourageait, une femme sportive ne lui déplaisait pas. Il avait toujours aimé la femme au naturel, sans fards, et sans tra-la-la. Barba Pino lui avait dit qu'il tenait de son père le goût des femme élevées comme les truites, à l'eau du torrent.

La mode, du reste, évoluait très fort. Paul Poiret, son orientalisme et toutes ses nouvelles couleurs, y aidait beaucoup, ainsi que Worth, le champion du dimanche anglais sportif mais élégant, adulé des jeunes femmes. De fourreaux de parapluie, celles-ci se transformaient en abat-jour à étages. La jupe moulante, entravée, mettant l'amphore des hanches en valeur, disparaissait au profit des formes souples, plus loin du corps, et des tissus plus légers, les crêpes. Les manches s'aplatissaient, les corsages ne pigeonnaient plus, la finesse des chevilles osait se montrer, quelquefois jusqu'à dix centimètres du sol, grâce aux talons rehaussés. Les « costumes-tailleurs » du matin fleurissaient, accompagnés de bottines jaunes. Du côté des chapeaux, les emprunts russes mettaient en vogue la toque garnie d'aigrette. On flirtait avec les « caucaseries ». Les grands jardins fleuris et même les capelines de velours, les fla-flas devenaient très grand-mère. En fourrure, outre les zibelines réservées aux protégées des grands-ducs, on osait plus simplement le singe, déjà le rat d'Amérique, même le gaspardin et le chacal russe. On se démocratisait, on jouait des garnitures. Le réticule remplaçait aventageusement le manchon.

Le 1er mai, toute la famille monta à la Ginestière que Fred et Nina avaient bien préparée pour l'été, vraie maison de famille où tout le monde se retrouvait à l'aise, chacun avec son hobby. Priorité à ces dames. Nina : cuisine et, dans les moments de grande tendresse de la nature, poésie, et toujours son Fred. Marceline : lecture, quelques arrangements de couture et plongeons dans le bassin quand on s'y attendait le moins. Agnès, heureuse, se contentait, elle, de contempler la famille, comme une mère poule au milieu de ses poussins. Du côté des hommes. François : sa fille, le dessin à la plume et le jeu de boule. Fred : Nina, son violoncelle et les travaux de menuiserie, les courses aussi. Flavio, le jardinier : son arrosage, binage, repiquage et sa Marie à surveiller. Jean : *le Temps, le Journal de Genève,* les comptes, et *la Suisse contemporaine* de Hepworth Dixon dans le texte anglais, à la gloire des cantons où réside la véritable souveraineté. Quant à Giotta, son père l'éveillait à tous les étonnements du monde, l'eau par exemple, et la musique, quand Fred faisait pleurer ou rire son violoncelle.

François et Marceline recommencèrent leur va-et-vient journalier : descente à sept heures trente, remontée à cinq heures, grâce aux cars Santa qui, chaque saison, s'amélioraient, allongeaient leur itinéraire, de la Bornala à Saint-Antoine, puis de Fabron à la Lanterne, via la Promenade, mais toujours à l'aller en passant à la Bornala.

Certains soirs, Marceline restait seule à Nice pour, de temps en temps, aller aux bains Georges, en face du Royal, faire trempette le matin de bonne heure et prendre des leçons de natation avec un maître nageur. En effet, une petite saison d'été s'amorçait tout doucement à Nice, comme au cap d'Antibes, à Juan-les-Pins, et surtout à Cannes, grâce à sa plage de sable, quelques palaces restaient ouverts.

Les maillots de bain raccourcissaient, démodant les jupettes. On était cependant loin de l'atmosphère des plages de la Manche, plus familiale. La Côte restait cosmopolite et aristocratique.

François, lui, ne pouvait se passer de ses soirées à la Ginestière où sa mère, sa sœur, sa fille l'attendaient et où, en fin de semaine, tous se retrouvaient au grand complet dans l'harmonie. Moments sacrés où l'on se devait de garder les soucis à la porte, pour ne plus penser qu'au bonheur des autres.

Cette année, Nina et Fred ne voyageraient pour la saison d'été qu'à partir de la fin juillet. Jean, lui, projetait d'entraîner François dans un grand tour de Suisse pour lui faire découvrir Lucerne et l'Oberland, surtout Interlaken où il avait encore quelques intérêts dans un hôtel.

Agnès, pour une fois, était d'accord avec sa bru : l'été devenait trop chaud pour voyager, mieux vaudrait envisager septembre. Mais à cette époque le cabinet de François devait rouvrir. Alors, que faire ?

De son côté, Flavio, le jardinier toscan, avait mis fin à son célibat désordonné, raccourci ses moustaches et abandonné ses cigares puants, les Toscani. En effet, il avait rapporté de son dernier voyage au pays une superbe négresse, Marie, découverte à Gênes et laissée pour compte par un caporal italien qui l'avait ramenée d'Erythrée après de nombreuses prises en main à travers les B.A.[1] de l'armée italienne. Une fille au corps superbe, qui parlait un italien cocasse avec l'accent florentin. Elle avalait les « c », accumulait les phrases sans verbes, ponctuant le tout de gestes très expressifs. C'était un plaisir surprenant pour les amis, à Saint-Antoine, de découvrir « la négresse » aidant Nina en cuisine à préparer les légumes de la soupe au pistou, ses dents si blanches éclatantes dans son visage très noir, et roulant de grosses lèvres gourmandes. Elle vivait facilement à demi-nue, ignorant toute pudeur, au grand dam de Jean : « Mais couvrez-vous, ma fille ! » lui disait-il. Agnès trouvait cela très exotique : « Elle ne le fait pas exprès, et puis elle est très belle, avec sa peau noire cela ne me choque pas. » François, avec beaucoup de maîtrise, avait dessiné ses cuisses et ses fesses rebondies, ses seins parfaits. Ses poses étaient naturelles, à croquer sans retouche.

La petite Giotta, elle, était toujours très intriguée par les cheveux de Marie qu'il fallait tresser sur du fil noir.

Malheureusement, la belle négresse affectionnait l'alcool sous toutes ses formes, ce qui lui faisait biberonner allègrement le dentifrice Botto à pleine fiole. Catholique, elle n'était pas excisée et en était très fière. Flavio et elle s'étaient installés dans la remise aux outils, transformée la nuit en case africaine. « Une négresse à la Ginestière ! Et qui concubinait avec un jardinier florentin ! » Cela avait fait le tour du pays. Quelques prudes commères, et surtout la bonne du curé, la « Franasa », s'en étaient vivement émues. Flavio, pour couper court à tout commérage, avait décidé de la marier, mais il l'était déjà, avec un amour de jeunesse oublié du côté d'Albenga au milieu des champs d'asperges. On ne ferait donc les choses qu'officieusement puisque la bigamie était interdite. On décida d'organiser un bon repas de noces avec des spécialités niçoises et « bamboulesques », au grand désespoir de Nina qui craignait les relents de l'huile de palme pour ses poêlons.

Le couple se rendit à l'église en grand tra-la-la : cravate,

1. B.A. : bordels ambulants des militaires en campagne.

robe blanche, et tous les deux en chapeaux. La « couturière à la maison », madame Maiffret, monta spécialement de Nice pour préparer la robe, étonnée de vêtir un corps aussi parfait, une peau aussi belle et riche que celle d'un beau livre. Flavio lui-même fut surpris de se trouver ainsi au bras d'un aussi joli « morceau ». D'ailleurs, les soirs de soûlerie, il enfermait sa femme à clef dans la remise de peur qu'elle ne se sauve, depuis qu'un ami jardinier de Sardaigne lui avait dit que ce genre de femme était très recherché du côté de la place Pellegrini.

Le soir, sous l'immense tonnelle, après les après-midi écrasés de chaleur et réservés à la sieste, la vie reprenait lentement, d'abord à la cuisine où l'on ouvrait les volets vers cinq heures. Chacun descendait alors des chambres, abandonnait les chaises longues, et le mouvement renaissait du semblant de fraîcheur, de l'approche des bonnes odeurs d'herbes dans la luminosité du soir. On dressait la table, en respectant les goûts et les manies de chacun. Près de Fred, le flacon spécial à l'huile d'olive plus fruitée, le ravier de ventresca[1] pour accompagner sa salade, la petite planche à découper le pain, à côté de Jean, et près de François, le pot de pissala. La salière, placée près de Marceline, faisait dire à Nina qu'elle avait des goûts de chèvre. Et aussi le vinaigre à l'estragon (une idée de Lorraine). Près de Giotta, grimpée sur ses coussins, sa timbale préférée.

Nina elle-même s'évertuait à accommoder les plats selon la préférence de chacun. François et Agnès aimaient les tagliatelli avec la sauce en daube. Fred préférait les spaghetti au simple coulis de tomate rehaussé de basilic avec un soupçon d'ail, à la gênoise. Marceline, les gnocchis tout frais au beurre et fromage. Jean, de plus en plus gourmet, voulait goûter de tous les plats. Nina, elle, semblait ne se nourrir que du plaisir des autres.

Le déjeuner avait lieu rituellement à midi précis, et gare à la minute de retard ! Le repas du soir débutait à huit heures, même si pour cela il fallait interrompre la partie de boule ou le

1. Partie du ventre du thon au goût plus fort et cher aux Gênois.

jeu de palet. Le vin de Bellet faisait naître les bonnes histoires à rire, l'italien, le piémontais, le gênois, le niçois s'y mêlaient. Marceline, pourtant habituée, faisait l'ignorante, demandait à ce qu'on lui répétât en français des plaisanteries intraduisibles, cela à la grande satisfaction de Jean qui, lui, réellement n'avait pas compris. Fred racontait toujours des histoires nouvelles, colportées par ses amis musiciens qui raillaient sans cesse les Gênois. Des histoires de débardeurs et des célèbres « cambelotti [1] » du port, fleuries de petits détails comiques qui retardaient sans cesse le dénouement. Aux rires succédaient alors, dans le silence de la campagne, les fous rires impossibles à calmer... Tout, alentour, semblait revivre. Les voisins, les journaliers eux-mêmes, l'oreille ravie, en retardaient l'heure de la montée vers les chambres brûlantes, aux lits protégés de moustiquaires.

Fred et Nina, toujours les derniers à tirer les volets, s'attardaient encore au petit pavillon couvert de jasmin qui dominait la route, pour y prendre le frais, humer la brise qui, enfin, venait des montagnes. Aucun bruit alors, hors le coassement des grenouilles montant des bassins, le froissement des papillons de nuit attirés par la lampe qui éclairait la montée de l'escalier. Parfois, sur la route, résonnait le pas alerte du cordonnier qui rentrait de sa tournée de livraisons dans les collines, du côté du gros Pin ou de Canta Galet [2].

Nina le faisait entrer, et descendre jusqu'à la tonnelle pour le traditionnel verre de Bellet. Lui aussi racontait des histoires dans son niçois gouailleur et un peu grivois, les cancans des alentours, sans méchanceté, simplement pour en rire. Il savait les quelques filles qui descendaient au ravin de la Bornala, la nuit, pour y voir le loup.

— Eh oui, madame Nina, *van a veer lou loupe sabes quien es este tape de barrieu* [3]... Le bon Dieu on leur donnerait, à ces petites ! Je les vois, dès que mon pas résonne, elles se cachent en tremblant derrière les gros oliviers. Elles remontent du

1. Camelots, vendeurs ambulants.
2. Quartier de Saint-Antoine, jouxtant Cremat.
3. « Elles vont voir le loup ! Vous savez qui c'est, hein, ce bouchon de tonneau... »

raccourci. *Fan Pasca avan Rampau*[1]. Un jour ça finira mal, y aura des coups de fusil ! Au fait, la fleur des oliviers a été très bonne, la récolte sera bien belle si la mouche s'y met pas avec ces chaleurs. Quel vin nous allons avoir ! Les filles sont chaudes, c'est bon signe. A Saint-Roman, ils commencent à soufrer les tonneaux. La pluie ! Oh, pas avant septembre, à moins qu'un coup du sort...

On attendait ainsi joyeusement le 1er juillet, la fermeture du cabinet, la montée générale et définitive de François et de Marceline jusqu'au 15 août.

Cette année, la famille était au complet, les femmes en cotonnade et les hommes en manches de chemise et chapeaux de paille.

Fred descendait tous les jours, sauf le dimanche, pour chercher les courses avec l'aide de la fidèle porteuse du marché qui aidait à monter paniers et cageots sur la galerie du car. Nina, le soir, établissait les menus du lendemain, en précisant le nom du fournisseur. Par exemple : parmesan, rue Païrolière, chez le Brigasque.

A la Ginestière, on reprenait contact avec la vie au naturel. La saison des lucioles passée, suivait celle des catarinas, les bêtes à bon Dieu, si utiles, qui dévorent les pucerons et portent bonheur. Les zinnias mettaient leur première fleur, et les belles de nuit embaumaient sous les orangers à la tombée du soir. Le problème de l'eau approchait. Il fallait veiller de très près au remplissage des bassins, celui du jardin ; l'autre, plus grand, du potager, la réserve sur le toit, le filtre à changer dans la cuisine. Surtout ne rien perdre de cette eau précieuse, rare malgré le petit coup de pouce donné à la pastille de la vanne, avec la complicité du fontainier.

Le 25 juin au soir, François remonta un télégramme venant de Chur, en Suisse, et qui était adressé à Jean. Marceline, curieuse, l'avait déjà lu mais refermé sans rien dire. Jean l'ouvrit d'un geste lent : « Judith décédée et enterrée. »

Jean ne put réprimer son émotion. Agnès embrassa ses

1. « Elles font la Pâques avant les Rameaux. »

yeux rougis. On l'entoura en silence. Toute la famille respecta le deuil.

Agnès pensa qu'elle avait dû attendre vingt-quatre ans, presque jour pour jour, depuis la nuit du bal. Le mariage, désormais possible, n'avait plus beaucoup de signification pour elle. Partout connue, aimée, respectée comme madame Mogliano, la mère du dentiste, elle ne fréquentait plus le monde, en tout cas presque jamais les réceptions. Pour Jean, passer un anneau au doigt de sa compagne avait certainement un sens : une promesse à accomplir, mais il avait soixante-neuf ans, et elle, mon Dieu, déjà cinquante-sept !

Cette nuit-là, avant de s'endormir, Agnès resta longtemps accoudée à sa fenêtre, à contempler la mer dans le lointain, sous l'argent de la lune. Tout lui revenait en mémoire : l'appel de Jean, sa montée à la Maloja, le bal du Kursaal, l'appel de Pippa, venu de l'au-delà, le message transmis par Mietta. Elle avait dû mal entendre : « Pourra être mais ne sera pas », ce n'était pas 19-12, mais 19-14, l'année de ce si bel été.

Elle pensa intensément à Judith. A ce grand malheur, à cette détresse qui avait fait le bonheur de sa vie. Hans était devenu son Jean. Elle songeait à cette destinée de femme qui avait conditionné la sienne. Puis elle se tourna vers la chambre, embrassa du regard tout ce qui faisait sa vie, son décor, son Jean qui se glissait dans le lit, et une bouffée de joie l'étreignit : quelle belle année, et quel bel été ils allaient vivre, tous ensemble !

CINQUIÈME PARTIE

La guerre

1

« Jamais ciel plus bleu, ni le bonheur plus mûr, la vie plus désirable. » Paul Valéry avait raison, c'est ainsi que vivait la Ginestière en ce matin du 29 juin.

Le car de Nice, comme de coutume, avait apporté à l'épicerie les journaux que Rina était allée chercher. *Le Temps, l'Eclaireur, le Petit Niçois* traînèrent de fauteuil en chaise longue avant d'être ouverts par Jean qui, comme toujours, cherchait ses besicles.

— Nonna, as-tu vu mes lunettes ?

— Le cordon, crois-moi, Jean. Ça fait un peu notaire, mais c'est très efficace. De l'eau dans la mer, tu n'en trouverais pas...

— Tiens, s'étonna Jean en ouvrant *le Temps,* un attentat à Sarajevo. L'archiduc François-Ferdinand et sa femme — le neveu de l'empereur d'Autriche — ont été assassinés par un étudiant serbe ! Un certain Gavrilo Princip ! Sarajevo, tu connais cette ville, François ?

Pour ne pas changer, François dessinait. Il croquait précisément la main de Dieu donnant la vie à Adam, une reproduction de la fresque de la chapelle Sixtine.

— Sarajevo ? Non, je ne connais pas. Peut-être en Bosnie ?

Ce soir-là, comme tous les soirs, le repas fut excellent avec entre autres délices de succulents anchois ramenés du Gros de Cagnes et farcis à la blette, disposés au four sur un fond de pommes de terre, assaisonnés d'un coulis de tomate. De celui qu'Agnès et Nina avaient préparé dans l'après-midi, et mis en bouteilles scellées pour les stocaficadas du prochain hiver.

Le 14 juillet, François s'arracha à sa torpeur pour descendre en ville et assister, dans la tribune officielle, à la traditionnelle revue de la fête nationale.

A deux rangs derrière lui, le général Goiran, maire de Nice, avait revêtu pour la circonstance son habit chamarré d'or et le bicorne à plumes des grandes journées. On y parla beaucoup du prochain départ du président de la République pour Cronstadt, en Russie, une visite promise de longue date à Nicolas II, le petit père des emprunts si généreusement placés en France.

Le soir, François revint par la Promenade des Anglais pour remonter à Saint-Antoine. Il remarqua le morne de la ville, assoupie dans la torpeur de l'été.

Le 24 juillet, si l'on devait en croire les nouvelles de *l'Eclaireur* et du *Petit Niçois,* les choses s'envenimaient. On apprenait simultanément l'ultimatum de l'Autriche à la Serbie, et le retour, plus rapide que prévu semblait-il, de Poincaré qui, déjà, débarquait à Dunkerque.

Le 27, les résultats du procès de madame Caillaux, acquittée, attirèrent l'attention des femmes de la maison.

Le 28, les événements s'aggravaient encore. L'Autriche déclarait la guerre à la Serbie par un simple télégramme ordinaire, qu'un facteur avait remis à Nicolas Pose, Premier ministre serbe, dans son hôtel de vacances, à Nis, en Serbie. Une confirmation en avait été envoyée au ministre de la Guerre, à Belgrade.

Le 29 juillet, François reprenait espoir : les socialistes de la IIe Internationale se réunissaient à Bruxelles pour empêcher que ce conflit ne dégénérât. Jaurès adressa un télégramme aux socialistes allemands : « Il faut arrêter tout cela dans l'œuf. »

Le 30, la publication de l'ukase du tsar provoqua la mobilisation générale en Russie.

Le 31, deux terribles nouvelles furent divulguées à la même heure : l'assassinat à Paris de Jean Jaurès, au café du Croissant, et la déclaration de guerre de l'Allemagne à la Russie.

Jean, dès lors, comprit que la folie des gouvernements ne s'arrêterait plus.

Le lendemain, dimanche 2 août, un ami de la maison, le

Dr Ghis, monta à la Ginestière pour y déjeuner. Il déplia *l'Eclaireur* avec gravité sous la tonnelle, en présence de toute la famille réunie, et lut :

« La mobilisation générale a commencé cette nuit. Malgré cela, les Français s'accrochent à l'idée que la guerre peut encore être évitée. »

— Ce n'est pas possible que les gouvernements soient aussi irresponsables ! s'écria François. Quelle ruine sortira de tout cela ? Et que font donc les socialistes, les syndicats ouvriers...

Ghis révéla alors que le télégramme avait été reçu la veille à quatre heures par la mairie, et son annonce officielle à cinq heures, saluée par les hourras et les cris de joie de la foule.

— Devant les bureaux de *l'Eclaireur,* dit-il, j'ai vu des cortèges de patriotes envahir l'avenue de la Gare pour écouter le brillant discours du maire, le général Goiran :

« La Patrie appelle ses enfants. Ils partent ! Ils sont déjà partis ! Oui, Français, le tocsin a sonné à Sainte-Réparate, bientôt repris par tous les clochers de la ville ! »

Un doute visita François, son livret militaire devait indiquer l'obligation de rejoindre son corps à Marseille. Etait-ce le sixième jour ? le 8 août ? Il monta le chercher, le trouva. Il n'avait jamais voulu suivre un quelconque peloton d'élèves officiers. A trente-deux ans, il se pensait bien loin de tout cela et se retrouvait simple soldat.

La famille décida de descendre en ville dès le lendemain matin pour attendre les événements. Fini les vacances. La raison aurait-elle, au dernier moment, gain de cause contre la folie ? Le miracle interviendrait-il ?

Petite Giotta fit la leçon à Rex-Chien, obligé lui aussi d'interrompre ses vacances somptueuses à la campagne.

— Tu dois faire comme nous, tu dois descendre et dormir de nouveau dans ta caisse dans la cuisine. Si tu es sage, je t'emmènerai tous les jours au jardin public.

A Nice, la fièvre régnait, rue Masséna, sur l'avenue, Marceline observait des allées et venues en tous sens. Fini la belle harmonie, la sacro-sainte habitude des Niçois de monter l'avenue à droite, de la redescendre à gauche. Les bruits les plus invraisemblables couraient : Nice deviendrait un camp retranché avec, comme gouverneur, le général Galopin...

l'état de siège proclamé... l'armée italienne déjà menaçante à la frontière... un bateau espion allemand arraisonné dans le port...

Les magasins de chaussures pour hommes étaient pris d'assaut, les chemiseries, les comestibles également. Et bientôt, ce ne fut plus qu'un long cri : « Sus aux Prussiens ! » Les avertis commencèrent à les débusquer, les confondant pêle-mêle avec des Suisses, des Alsaciens-Lorrains.

Le 3 août 1914, tout était joué : l'Allemagne déclarait la guerre à la France.

François lut à haute voix, dans la cuisine, devant la famille rassemblée, le récit de l'entrevue de la veille entre le baron von Schön, ambassadeur d'Allemagne, et Viviani, ainsi que l'accusation mensongère des bombardements français, alors que nos troupes s'étaient éloignées de dix kilomètres en geste d'apaisement.

Stupeur, rage, joie, confondaient les Niçois.

— Seulement l'offensive ! Y a que ça de vrai ! claironna monsieur Pistone, accouru dès qu'il avait aperçu les volets ouverts avec Nina au balcon. Madame Agnès, le coq gaulois va faire la peau au Guillaume, et sans tarder !

— Et les Italiens ? On dit que beaucoup ont déjà fait leurs valises. Il y a eu de gros départs cette nuit. Vous avez vu le recensement des étrangers de Nice publié ce matin dans *l'Eclaireur ?* Regardez, c'est écrit là, trente et un mille Italiens sur cent trente mille que nous sommes. Mille trois cent soixante-dix-neuf Allemands, six cent quarante-huit Austro-Hongrois et mille cinq cent trente-cinq Suisses !

Fred arrivait en courant. Il venait de croiser un cortège d'Italiens, drapeaux tricolores confondus. Plus de cinq cents manifestants scandant : « Vive la France et l'Italie ! A bas l'Autriche ! » Tout le monde applaudissait la sœur latine...

Les deux premiers jours de la mobilisation, déjà les soldats se pressaient à la gare pour rejoindre leur lieu de convocation. Les casernes de Riquier, des chasseurs, le bureau de la place, les casernes Rusca, à Saint-Augustin, les préaux des écoles, regorgeaient d'appelés. De nombreux jeunes gens parlaient de s'engager pour la durée de la guerre. « Mais oui, ce sera vite fait, je vous parie qu'on sera là pour faire le vin nouveau ! »

On supprima les trains civils. De toute façon, il était déjà interdit de dépasser Lyon. On ne pouvait plus téléphoner au-delà du Var, le courrier était suspendu. « Heureusement qu'il y a les journaux, on serait propres ! »

Priorité absolue à l'armée. Les murs se couvraient d'affiches à drapeau tricolore.

— J'ai vu monsieur Asso, le fils du chapelier de la rue de la Préfecture, déclara Françoise. Il paraît qu'il doit apporter sa bicyclette. On doit constituer des brigades cyclistes. Ce sera mieux que les trains !

Sur les quais de la gare de Riquier, à la tristesse, aux larmes des femmes, aux embrassades des petits, se mêlait pour certains célibataires la joie de courir l'aventure.

— On va voir du pays, d'ici à Berlin ! On vous enverra des cartes postales ! Avec nos 75, on va leur rentrer dedans comme dans du beurre !

François remplaça la pancarte : « Fermé pour cause de vacances » par « Fermé pour cause de mobilisation. »

— Tu vois, maman, je ne mets pas de date de réouverture, elle n'aura pas le temps de jaunir. Je mets de l'ordre dans le cabinet pour la forme. Heureusement que les travaux étaient finis depuis le 1er juillet. Il y a bien encore un peu de prothèse, mais Lucchesi arrangera tout cela, il est de la classe 15, trop jeune encore pour partir. Ne pleure pas, grosse bête, je serai bientôt là.

Carlina, accompagnée de son petit-fils, vint aux nouvelles, effrayée de rester chez elle toute seule.

— Justement, Quaglia est à Limone avec l'autre gosse. Ma belle-fille aussi a peur. On a déjà cassé une vitre au magasin. « Les Italiens », qu'ils disent ! Peut-être pourrait-on monter à la Ginestière en attendant, on serait plus tranquilles ! Je lui avais bien dit, à Quaglia, de se faire naturaliser ! Il a voulu que les petits fassent leur temps de soldat en Italie. Ah, son Piémont, ça va nous mettre dans de beaux draps !

Puis le drame éclata soudain. La vraie guerre, la Belgique violée, envahie ! Balayé le traité, ce chiffon de papier ! Une violente colère éclata. On se déchaîna contre les Allemands, les Autrichiens... une véritable chasse à l'homme : magasins pillés, mouvements de foule... On dut les protéger, la jetée-promenade accueillit les premiers internés, on y renforça la garde militaire.

— J'ai même vu des chevaux de frise, signala Pistone, y a des espions partout !

Le 4 août, le transparent de *l'Eclaireur* annonça vers dix-huit heures : *Etat de guerre entre l'Angleterre et l'Allemagne si, à minuit, les troupes allemandes n'ont pas évacué la Belgique.* On n'était plus seuls. L'Union Jack fleurit au Ruhl, au Negresco. Au consulat anglais, on déboucha le champagne.

Les Anglais étaient avec nous... La mobilisation se poursuivait dans la liesse populaire. On se forçait à blaguer. L'incertitude, l'angoisse, faisaient néanmoins leur nid.

Rue Masséna, Agnès sanglotait : son François allait la quitter ! Certainement pas pour longtemps, mais comment allait-il se nourrir ! Lui, si difficile, habitué à sa cuisine et à celle de Nina ! On décida que Fred et Nina s'installeraient définitivement rue Masséna au mépris du qu'en-dira-t-on, on n'en était plus là. On leur prépara la chambre près de la salle à manger, et Giotta dormit dans la « chambre d'Umberto[1] », près du bureau de François. Au grand dépit de Marceline, la famille prenait ses quartiers. On s'installait pour attendre le retour de François.

Très vite, les journaux rivalisèrent de communiqués, mais sans apporter de vraies nouvelles du front.

Dès le 5 août au matin, la neutralité de l'Italie était confirmée : le roi Victor-Emmanuel se disait offensé de n'avoir pas été consulté au sujet de la Serbie. En réalité, disait-on, c'était un prétexte ; la France et l'Angleterre ensemble, cela devait le faire réfléchir. Mais pour les Niçois et les Italiens, le soulagement était grand. Nice restait cependant sous le gouvernement militaire du général Galopin, avec la haute main sur la police, la surveillance des routes, des trains, du port. On voyait des gendarmes partout, des hommes à brassards de toutes les couleurs, et les boys-scouts portaient

1. Ainsi nommée à cause du portrait du roi Umberto qui y était accroché.

les dépêches. Le jardin du roi de Wurtemberg fut baptisé Jardin d'Alsace-Lorraine.

Rina racontait le quotidien, les queues qui déjà se formaient aux portes des magasins, les denrées qui manquaient : le sucre, le sel, la farine. Nina elle-même se préoccupait de constituer des provisions. On mangerait bien toujours des pâtes. Flavio, quant à lui, planterait des légumes.

— Et puis quoi, disait Jean, c'est l'affolement, mais ça ne durera pas ! Restons calmes !

Le matin fatidique arriva, l'heure où il fallut conduire François à la gare. Peut-être à la mort. Dans le fiacre qui les emportait, Agnès contenait difficilement ses sanglots de révolte. Elle aurait voulu lui interdire de partir, le ramener sous son bras, comme lorsqu'il était petit et qu'il s'apprêtait à faire une bêtise. Elle contemplait ardemment son profil et, de temps à autre, il tournait vers elle un regard calme, un sourire à peine déchiré de fatalisme.

Marceline, elle, avait l'impression étrange de tourner une page de sa vie.

Sur le quai de la gare, elle l'embrassa longuement, mais l'œil sec. François saisit sa fille dans ses bras et la tint serrée contre lui, respirant l'odeur de ses cheveux, sans un mot, jusqu'à l'ultime seconde. Il était monté dans le train avec elle puis, alors que la rame s'ébranlait déjà, l'avait déposée dans les bras de sa mère, par la fenêtre.

Sur le quai, serrés les uns contre les autres comme pour se protéger du froid de l'angoisse, les êtres chers regardaient s'éloigner la machine crachante, éructante.

— Mon petit... souffla Agnès. Et cette plainte douloureuse, à peine murmurée, tous l'entendirent, comme si elle avait été un cri porté par le jet de vapeur qui maintenant les enveloppait.

Marceline pensa longuement qu'elle avait oublié de mettre son alliance. Etait-ce un signe ? Quoi qu'il en soit, elle allait désormais devoir vivre avec sa belle-famille.

Pour ses dépenses, François lui avait constitué un pécule à la banque. « Jean est là, lui avait-il assuré, tu n'auras qu'à lui demander. » Mais elle s'y refusait, bien décidée à travailler, à remplacer, elle et ses semblables, les hommes partis au front.

Le 9 août, à six heures trente du matin, des roulements de voitures réveillèrent la place Masséna. C'était le 6e bataillon de chasseurs alpins qui quittait l'école Risso pour gagner, sans fanfare, à travers la ville endormie, la gare P.L.M, emportant le fanion tricolore offert par la ville de Nice : « Mille sept cents hommes et deux cent dix-sept officiers sous les ordres du chef de bataillon Lançon », lira-t-on le lendemain dans *l'Eclaireur*.

Le gouvernement décréta un moratoire général : les mobilisés ne paieraient plus leur loyer ni la plupart de leurs dettes. Les mauvais payeurs exultèrent, mais les propriétaires et les industriels se lamentèrent. Les banques limitèrent les retraits à deux cent cinquante francs et la Caisse d'épargne à cinquante francs seulement. Déjà on refusait le papier-monnaie, on exigeait des pièces.

La mairie fixa le prix du pain à cinquante centimes le kilo.

De François, aucune nouvelle.

Le vendredi 14 août, les applaudissements de la foule saluèrent le départ du 63e régiment de ligne qui défilait, drapeau en tête, au son de *la Marseillaise*.

Les premiers communiqués de *l'Eclaireur* parlaient de victoire en Alsace. Pistone exultait.

— On a pris Colmar, Mulhouse ! Vous allez voir ça, le Rhin va être vite franchi ! Avec le père Joffre et le rouleau compresseur des Russes, y en aura pas pour longtemps !

Mais du côté de la Belgique, les événements se compliquaient sans que l'on sût vraiment ce qui se préparait. Les librairies écoulaient leur stock de cartes de la Belgique, bientôt on n'en trouva plus aucune, même chez Barma.

L'éclairage des rues se raréfia, les cafés supprimèrent les terrasses, les bazars leurs étals sur le trottoir. Rue Masséna, Agnès avait vu réapparaître les charrettes à bras de son adolescence, les mêmes qu'à Mondovi. On réquisitionna les chevaux, et bientôt ne restèrent que les vieilles rosses aussi rompues que les hommes.

Louis Gassin, l'avocat, organisa « la Soupe aux familles », et Jean rejoignit le comité de la colonie suisse, pour la création d'une soupe populaire réservée aux femmes et aux enfants des mobilisés..

Fin août, les nouvelles du front virèrent au sombre, des noms apparurent sur toutes les lèvres : la Meuse, la prise de Bruxelles, bientôt Lille, l'Oise. *L'Eclaireur* parlait de « retraite organisée ».

Mais de François, toujours rien. le 30 au matin, une lettre arriva enfin, apportée par un « chemin de ferriste ».

— Maman ! cria Nina. Une lettre de François !

Et elle la décacheta à la hâte... Tout allait bien à Marseille. Il était logé chez un confrère mobilisé sur place. Infirmier au fort Saint-Nicolas, il s'occupait des vaccinations, des centaines par jour. Il assurait manger correctement et embrassait tout le monde. Un second pli portait en rouge la mention « Pour Marceline ».

— Tiens, c'est pour toi, murmura Agnès en tendant la lettre à la jeune femme. Dieu soit loué, il va bien, cette fois encore.

Marceline s'éloigna avec sa lettre, l'air songeur.

Pistone, lui, tentait de suivre la guerre, se perdait dans ses cartes, dans ses ficelles rouges. Il ne comprenait plus, on quittait les frontières, les lieux de bataille se rapprochaient de Paris, l'heure devenait grave.

Partout les foules se pressaient dans les églises, les enfants brûlaient des cierges à la Madone, au Sacré-Cœur. La censure dut se résoudre à ne plus occulter les nouvelles sanglantes, les atrocités commises par les Prussiens : maisons pillées, femmes violées, enfants aux poignets sectionnés, villes incendiées. Les uhlans, les casques à pointe, revenaient visiter la mémoire des anciens, ceux qui avaient connu les horreurs de 1870...

Le matin du 26 août, Pistone, très ému, annonça à Jean :

— Il paraît que les Allemands marchent sur Paris. J'ai lu hier un article terrible dans *le Matin,* c'était signé d'un certain Gervais, sénateur de la Seine. Même la presse de Marseille l'a repris. Il s'attaquait au 15e corps ! Il accusait de couardise un bataillon du 112e d'infanterie, et du 27e chasseurs alpins, parce que le 20 août, paraît-il, il aurait lâché devant l'ennemi à Dieuze, en Lorraine...

— Propos de journaliste, grogna Jean.

Pistone secoua la tête.

— Vous voyez, monsieur Jean, même si tout ça était

démenti demain, c'est quand même très mauvais signe. Quand l'avoine manque, les chevaux se battent à l'écurie. Et c'est pas le moment, que diable ! C'est aux Prussiens qu'y faut botter le train !

Marceline, elle, trouva rapidement de quoi se rendre utile. Elle s'engagea crânement comme infirmière dans la Croix-Rouge, avec la protection de mesdames Malga et Aglioni, chargées de transformer la plupart des hôtels — fermés au tourisme — en hôpitaux militaires. Elle y retrouva son amie de pension, Elva, si dévouée, si directe, affectée à un hôpital en cours d'installation, l'hôtel d'Angleterre, dirigé par la supérieure des sœurs de Saint-Vincent-de-Paul de la rue Fodéré. Un étudiant, Georges Tordo, fils de l'armateur du port, en assurait le secrétariat.

Le 1er septembre 1914, le deuil entra brusquement dans la ville, pour ne plus en sortir. *L'Eclaireur* publia le nom des trois premiers Niçois « morts au champ d'honneur », trois chasseurs alpins : le fils Naudet, du bazar ; Cavagnoti, le fils d'Ardouin de *l'Eclaireur,* et Henri Do, le fils du colonel Do Hu Chang. Chaque famille se sentit concernée et solidaire, attendant son tour.

Le 3 septembre, les journaux annonçaient le départ du gouvernement pour Bordeaux : Paris serait défendu par Gallieni, revenu au commandement. La consternation fut générale, comme lorsqu'on apprend que sa mère est en danger de mort.

Chez les Mogliano, l'argent commençait à manquer. Lorsque Jean voulu voir Gastaldi, sa secrétaire lui apprit qu'elle était sans nouvelles de lui depuis son départ pour Paris, le 10 août.

Le 4 septembre, les premiers trains de blessés firent brusquement irruption en gare de Nice, en provenance du front de Lorraine. Trois le même jour, à six heures trente, midi et minuit. Nice se transformait en immense hôpital militaire, comptant des milliers de lits et des centaines d'infirmières, bénévoles pour la plupart : des bourgeoises, des jeunes filles, dévouées mais sans expérience.

Elva, elle, travaillait à l'hôtel d'Angleterre, devenu l'hôpital nº 28 qui accueillit le premier convoi du matin : des hommes souillés de boue, de sang, de pus, exténués ou fous de douleur. Quelques ambulances hippomobiles, très insuffisantes, s'arrêtèrent devant l'hôtel pour décharger les grands blessés. On en transporta d'autres en civière depuis la gare P.L.M. Tout était bon : tramways, charrettes, remorques, un défilé incessant de gisants ensanglantés, râlants ou gémissants, et à mesure qu'ils avançaient, tout le quartier se mettait aux fenêtres, en silence, en une immense révérence qui saluait à la fois la souffrance que ces hommes avaient connue et la mort qui, peut-être, les attendait.

Le lendemain, au Grand Hôtel, Elva, encore bouleversée, racontait tout à Marceline.

— Le plus difficile a été de faire passer les brancards par l'escalier, l'ascenseur était trop étroit. Dans le hall, c'était insoutenable (elle s'essuya les yeux). Si tu avais vu ces garçons, Marceline, beaucoup de jeunes avec dans les yeux une espèce d'interrogation tragique : *Pourquoi?* Ils étaient les uns sur les autres, on n'en pouvait plus de chaleur. Une odeur terrible, putride, montait des plaies. Les pansements étaient enverdis, vieux de plusieurs jours, partout le sang dégoulinait.

Elle gémit en se cachant le visage dans les mains.

— C'était affreux. Dans l'escalier, on s'y reprenait à plusieurs fois pour faire tourner les brancards, on essayait de les maintenir bien droits, de ne pas les heurter. Après, il a fallu déshabiller les blessés, les laver, les coucher, changer les pansements. Certains souffraient tellement qu'ils s'évanouissaient. Mon Dieu, pourquoi tout cela? Je ne pourrai jamais oublier leurs visages, l'odeur qui montait de leurs chairs, de leurs affreuses blessures. Heureusement que les bonnes sœurs nous houspillaient, parce qu'on n'aurait jamais tenu le coup. On était tellement sonnées qu'elles nous dictaient nos gestes : « Attention aux pansements, évitez de les arracher, décollez-les à l'eau tiède, les plaies vont se rouvrir, allez chercher des linges pour tamponner... » On ne pensait plus à rien. Certaines sont allées vomir. Quand elles revenaient, elles étaient blanches comme de la craie ! Tout ça au milieu de l'odeur du chloroforme et de l'eau phéniquée ! Tu ne peux t'imaginer la journée que nous avons passée. Il fallait voir la panique des jeunes aides soignantes, leur visage affolé devant les vers blancs qui grouillaient dans les plaies. Ce sont des gosses de dix-huit ans, certaines n'ont même encore jamais vu un homme ! Alors quand elles se retrouvent devant un sexe à laver, dressé sous la caresse de l'eau tiède, tu parles d'un baptême !

— C'est horrible, murmura Marceline. Quelle saloperie, cette guerre ! On n'a pas fini d'en voir !

— Justement. Tu sais ce qui est arrivé à Palmyre ?

— Palmyre ? Qui c'est, je la connais ?

— Mais oui, c'est la fille du pharmacien de la rue Pertinax. Une fille formidable, mais terriblement prude. Elle a reçu dans son service un jeune saint-cyrien, fauché comme les autres, en casoar et gants blancs, alors qu'il commandait la charge réglementaire. Il était dans un état pitoyable, dévoré par la gangrène gazeuse. Si tu l'avais vu, un mort vivant torturé par la fièvre ! Un garçon superbe, avec tout le bas du corps intact, les jambes, les cuisses, le sexe, comme si toute sa jeunesse s'était réfugiée là. Quand Palmyre s'est mise à le laver, il a murmuré un prénom de femme, il l'a suppliée de continuer...

— Pauvre garçon, soupira Marceline. Et elle ? Qu'est-ce qu'elle a fait ?

— Que veux-tu qu'elle fasse... soupira Elva, elle a continué, elle l'a laissé rêver. Et même, elle s'est promis de revenir le soir après la fermeture, à l'heure où elle venait voiler de bleu les veilleuses. Quand elle s'est approchée du lit, le garçon l'attendait avec quelque chose dans le regard qui a fait croire à Palmyre qu'il remontait la pente. De sa main valide, il a appelé la main de Palmyre, il mendiait et elle l'a caressé. Elle m'a dit qu'elle pleurait en le caressant, qu'elle ne pourrait jamais oublier la tendresse qu'elle a éprouvée pour lui à cet instant, quand il a fermé les yeux en parlant à une autre.

— Et l'autre n'en saura jamais rien... glissa Marceline.

— Au petit matin, Palmyre l'a trouvé mort, le visage paisible. Il avait un peu plus de vingt ans. C'est elle qui lui a offert son dernier bonheur d'homme. Elle y pense sans cesse.

Dès que l'héroïsme de la petite armée belge, le blocage des Allemands sur la ligne de l'Yser, furent connus, le conseil municipal vota le changement de nom du jardin public qui devint Albert Ier, du nom du roi-soldat.

Agnès et Jean s'imposèrent de participer à la fête de bienfaisance donnée à l'Eldorado en présence du poète Maeterlinck et d'une brochette de prestigieux artistes, dont la Litvina.

Mais la guerre s'amplifiait. En quelques jours, plus de vingt-cinq hôtels furent transformés en hôpitaux auxiliaires. Les trois services de chirurgie du Grand Hôtel étaient débordés. On livrait la souffrance humaine à pleine charretées, en long train de civières ensanglantées. Les cris mêlés aux râles d'agonie fouettaient la fièvre et la fatigue des soignants aux yeux rougis, aux gestes nerveux.

Un après-midi, à l'hôpital du Riviera Palace, Marceline crut reconnaître une silhouette familière penchée sur un blessé. Elle s'approcha et, avec une immense joie, découvrit le visage de Betty. Son amie Betty qui lui avait tellement magnifié son séjour à Londres, huit ans auparavant.

— Betty, s'écria-t-elle. C'est extraordinaire !

Elles se jetèrent dans les bras l'une de l'autre.

— Oh, quel bonheur de te retrouver ici ! Et tu n'as pas changé, Marceline !

Betty raconta qu'elle était l'assistante du chirurgien en chef et qu'elle préparait l'installation d'un hôpital anglais à Cimiez : le Queen's Mary convalescent Home, réservé aux troupes britanniques et plus particulièrement aux officiers de Sa Majesté.

— De grands blessés en convalescence.

— Ah ! avec toi, je me sens déjà mieux, sourit Marceline.

— Je ne serai jamais loin, j'habite Cimiez, dit Betty, une « fillionière »[1] confortable au Grand-Palais.

Le 11 septembre, Nice vit entrer les premiers réfugiés venant des fronts de l'Est et du Nord, des régions de Reims et d'Amiens.

1. Fillionière : à l'époque, par analogie, garçonnière pour femme.

Nina, elle, répondit de suite à l'appel lancé en faveur des réfugiés par Henri Maris, l'archiviste de la préfecture et ami de François. Immédiatement, l'appel souleva assez d'énergie pour créer une organisation bénévole chargée de l'abri et de l'intégration des familles, et de l'obtention de secours en tous genres aux femmes des mobilisés. De son bureau à la préfecture, Nina aida ainsi, et avec elle des dizaines de jeunes femmes volontaires, à alléger la détresse des réfugiés.

Jean, lui, s'employait, avec des amis suisses, à recueillir des fonds pour le fonctionnement d'une soupe populaire, mais il réservait une grande part de son temps à la petite Giotta, le joli petit personnage de cinq ans, aussi brune que sa mère, potelée, dotée des beaux traits de son père et de cils immenses. Lorsqu'ils sortaient tous les deux, main dans la main, Rex-Chien les accompagnait au jardin public. L'ardeur et la beauté du berger allemand faisait la joie des soldats convalescents venus se chauffer au soleil.

Au square des Phocéens, une baraque nouvelle s'installait, un jeu de massacre où les enfants s'exerçaient en hurlant à démolir les portraits sanguinaires de Guillaume, François-Joseph, et toute une cohorte de généraux hérissés de casques à pointe.

Déjà, la luminosité de l'automne s'étirait sur les collines. Jean regrettait de ne pouvoir profiter des douces soirées de la Ginestière. Souvent, il pensait à son Engadine, au Kursaal, à toute cette Europe qui jadis s'y pressait, s'y frôlait en un même désir de bien vivre et qui maintenant s'affrontait à mort.

Le 14 septembre, une nouvelle explosa, qui souleva la ville d'une joie sauvage : on avait vaincu les Prussiens sur la Marne ! La France était sauvée !

Vers le 25 septembre, Gastaldi réapparut, émergeant d'un train militaire où il était monté à Laroche-Migennes grâce à la protection d'un ami colonel rencontré sur le quai. Il raconta comment, arrivé à Paris le 11 août, il avait été pris dans la tourmente.

— Mon Dieu, souffla-t-il, j'en ai vu des horreurs…

Agnès le fit asseoir devant un Turin [1], dans la cuisine, près de la table enfarinée où Nina étendait la pâte des tagliarini destinés au déjeuner.

— J'ai connu toutes les mésaventures possibles, mes amis. Je suis resté bloqué à Paris, heureusement, après les premiers jours chez ma fille. Le moratoire, la fermeture des charges et des établissements financiers, tout cela a créé une belle pagaille ! Plus de cotations ! Il fallait vendre ou réaliser de gré à gré ! Vous pensez, les autorités ont d'autres chats à fouetter ! Pourtant l'argent reste bien le nerf de la guerre, n'est-ce pas ? Notre franc devient un fameux boulet !

Tous l'écoutaient avec une grande attention.

— Nous allions vers l'irrémédiable, c'était la panique, on imaginait la prise de Paris par les Prussiens, Guillaume II à l'Elysée, peut-être même à nouveau dans la galerie des Glaces à Versailles ! Je suis parti pour Rouen où je devais régler une succession. A mon retour, le soir du 29 août, la nuit tombait sur Paris, une sensation affreuse m'a saisi dès que je suis sorti de la gare Saint-Lazare. Il y avait des réfugiés partout, couchés, assis sur des ballots, des territoriaux leur distribuaient du café chaud. La roulante stationnait dans la cour de Rome, au bas des escaliers. Tout un monde de misère attendait là, patiemment. Paris était obscur, désert, vide de toute vie, surtout les quartiers de Monceau, le boulevard Malesherbes, tous les beaux quartiers, seulement gardés aux carrefours par la maréchaussée à cheval. Seuls des véhicules militaires circulaient. On m'a demandé trois fois mes papiers, rien que sur le boulevard des Capucines. Pour comble de malchance, ma fille était absente, j'ai dû me rabattre sur le quartier de l'Opéra. Tous les cafés fermaient, j'ai eu un mal du diable à trouver un restaurant ouvert, à peine décent…

Le verre de Gastaldi était déjà vide. Agnès lui servit du carpano…

— Laissez-vous faire, monsieur Gastaldi.

— C'est pas de refus, juste une petite goutte pour trinquer à la victoire, à la santé de nos valeureux soldats qui tombent

1. Vermouth Turin, très prisé à Nice.

tous les jours. Oui, je disais... dans *le Matin,* j'ai lu le communiqué, une situation désastreuse s'installait. Je me souviens du texte, c'est gravé là à jamais : « Les forces allemandes paraissent avoir ralenti leur marche... » *Paraissent !* Vous imaginez ! On ne savait pas seulement où ils se trouvaient, ces Prussiens ! Ça sentait la débâcle de tous les côtés. A l'hôtel, le garçon d'étage racontait qu'ils étaient à Lagny, à soixante kilomètres de Paris. D'autres qu'on avait vu des ulhans à Soissons. Monsieur Wagner, vous qui connaissez Paris, si remuant avec ses quartiers populaires, eh bien figurez-vous que c'était le calme plat, une atmosphère de détresse, comme une résignation ! Plus de gosses à jouer sur les trottoirs, on avait dû les évacuer. Ça sentait déjà le siège. Vous voyez, à la Bastille, la rue de la Roquette, j'ai vu des queues sans fin aux portes des épiceries, des boulangeries. Tous attendaient dans le silence, une foule muette. C'était une impression affreuse. A part les magasins d'alimentation, toutes les boutiques étaient fermées. Sur une grille, j'ai lu : « Fermé pour cause d'invasion », oui, madame Catherine ! Des rumeurs couraient. On parlait déjà de défendre la capitale, d'édifier des barricades pour résister quartier par quartier. Le génie remettait les forts en état. Certains disaient avoir vu des canons à Montmartre. Moi qui vous parle, j'ai vu, de mes yeux vu, un régiment de territoriaux former les faisceaux aux Champs-Elysées. La rue était aux militaires. Des troupes traversaient les faubourgs à la hâte, vers l'est de la ville.

Gastaldi dut reprendre son souffle, entraîné par ses souvenirs.

— Le 3 septembre, au *Matin,* on afficha le départ du gouvernement pour Bordeaux et la nomination de l'énergique Gallieni à la défense du camp retranché de Paris. Vous imaginez la stupéfaction à l'accrochage du panneau ! Dans le haut du faubourg Saint-Martin, près de la gare de l'Est, un régiment d'artillerie faisait la pause. Il encombrait tout le boulevard. C'était pitié, madame Agnès, de voir tous ces hommes épuisés, tous ces pantalons rouges écroulés sur les prolonges, en plein midi. On avait détaché les chevaux que des gamins faisaient boire. Des femmes questionnaient les hommes, leur distribuaient du café, de quoi manger. Dès le 8 septembre, on a fermé les portes de Paris. Impossible de circuler aux barrières après sept heures et demie. Le plus dur a été le lendemain. Dans l'air, on sentait une attente comme quand la bataille se rapproche, avant que l'orage éclate. Plus de taxis ni d'autobus, une ville morte. On débarrassait les caves chez ma fille. La concierge parlait de s'abriter dans le métro. On avait vu les aéroplanes tournoyer. En plein midi, monsieur Wagner, j'ai entendu le pas d'un cheval résonner avenue de l'Opéra...

Depuis quelque temps, Nina et Agnès contenaient leurs larmes.

— ... Puis ce fut la proclamation de Joffre : « Plutôt mourir sur place que reculer. » On faisait enfin volte-face. Là, j'ai vu l'amour de la Patrie. Ça existe ! Dans les yeux de tous luisait un nouvel éclat, l'espoir et la détermination. Le portier de l'hôtel m'a dit : « Nos petits gars, y vont les avoir avec le père Joffre ! C'est un roc, celui-là, il sait ce qu'il fait ! »

Nina sanglotait, les mains pleines de farine, en s'essuyant les yeux du revers de sa manche.

— ... Puis d'un coup, on a appris la retraite allemande et la ville s'est littéralement mise à frémir, pas sûre encore, mais prête à forcer la brêche de l'espoir... Ç'a été un printemps en plein automne. Sur les Grands Boulevards, les drapeaux claquaient aux fenêtres, les gens s'abordaient, discutaient. Bientôt, on y a vraiment cru : la France, Paris, étaient sauvés ! Ça n'a pas fait long feu, les magasins ont rouvert ! Tout s'est remis en branle avec une immense rumeur, comme un train qui entre en gare, d'un coup les femmes élégantes ont réapparu rue Royale ; même les trottins montraient à nouveau leurs chevilles. Les taxis, les gros Renault rouge et noir, pétaradaient. On avait remis en marche les vieux omnibus de notre jeunesse, avec l'impériale, le Madeleine-Bastille, vous vous souvenez, Jean ?

Pour un peu, il l'aurait tutoyé. Et là il se tut, pâle, le menton tremblant, en proie au bouleversement du souvenir.

— ... Je n'oublierai jamais... jamais. Je n'oublierai jamais l'image de Paris, le jour de la victoire de la Marne.

Le silence était encore de lui. On attendit que la houle de l'émotion reflue, que les gestes quotidiens retrouvent signification. Nina se remit à malaxer la pâte, Agnès regarda Jean en souriant, comme pour lui signaler que, désormais, tout irait bien.

— Allons, mon cher banquier, conclut-elle. Il ne nous reste plus qu'à fêter ça ! Nina, il va falloir te surpasser, nous gardons le héros à déjeuner !

Gastaldi ne lutta pas farouchement.

— Comment peut-on déjeuner ailleurs que chez vous, Agnès ? susurra-t-il en lui baisant la main.

Après le repas, quand les deux hommes se retrouvèrent seuls au salon, le banquier précisa :

— La guerre est loin d'être finie. Un cousin, rédacteur au ministère de la Guerre, me l'a affirmé. Ça va être dur de déloger les Prussiens, ils vont essayer d'occuper la Côte. La rente a remonté mais il vaudrait mieux s'en défaire. Il va y avoir de gros besoins d'armement. J'ai pris des contacts intéressants à Paris. Je n'ai pas perdu mon temps. Je vous tiendrai au courant.

Nice maintenant s'installait dans la guerre. Dans toute la ville et spécialement au jardin public, sur la Promenade, se mêlaient les uniformes les plus divers que les enfants se faisaient expliquer : cavalerie, infanterie, artillerie, services spéciaux et même soldats étrangers : Anglais, Russes, Serbes, dont on disait que le Parlement devrait bientôt siéger dans la ville.

Les hôpitaux militaires, pleins à craquer, avaient dû recourir à l'asile évangélique des dames américaines, et même à l'hôpital russe, ouvert à la villa Valrose. Le tri des blessés, l'estimation quasi immédiate de la gravité de leurs blessures, restaient le plus délicat. De cela dépendait leur acheminement vers les différents services et donc l'efficacité des soins. On luttait contre le temps.

Au Riviera Palace, Marceline, depuis déjà bien longtemps, ne prenait plus ses jours de repos. Les convois arrivant sans crier gare, un service de nuit avec garde s'était établi. Très souvent elle devait se lever en pleine nuit pour accompagner les ambulances au service de chirurgie du Grand Hôtel. Son caractère mûrissait devant tous ces massacres, cette souffrance sans borne.

Elle avait remarqué le nouvel aspect des blessures : moins de balles, beaucoup plus de chairs déchiquetées. L'âge des blessés aussi avait évolué : des soldats moins jeunes, vers la trentaine. Un major le lui avait d'ailleurs confirmé.

— Les mitrailleuses allemandes fauchent moins nos jeunes classes, madame. De part et d'autre, nous nous sommes enterrés. On attaque moins, on résiste. La guerre de mouvement est terminée. Et puis l'hiver est là. C'est une guerre de tranchées. La mitraille éclate au-dessus de nous et retombe. On distribue des cervelières pour protéger la tête.

— C'est cette pièce d'acier que vous mettez dans le képi, n'est-ce pas ?

— C'est ça, mais bientôt tous nos soldats porteront des casques.

Pourtant, peu à peu, à travers ces chairs souffrantes, torturées, à travers ces corps d'hommes qui lui parlaient sans cesse de répugnance, à travers cette odeur insistante, si caractéristique, du soldat en campagne, Marceline apprenait également le dégoût du mâle, du corps de l'homme associé à tant de souffrance. Au point qu'une saine gaieté s'emparait d'elle dès qu'elle se retrouvait avec ses compagnes au vestiaire, plongée au sein de la féminité. Sa joie la plus grande consistait à croiser son amie Betty au hasard des couloirs du Grand Hôtel. Elle aimait surprendre la beauté calme de son visage, la délicatesse de son teint d'Anglaise, le bleu de son regard, sa blondeur, la perfection de son corps nerveux qu'elle devinait sous la blouse. Un soir où, exceptionnellement, elles s'étaient toutes les deux attablées au réfectoire, Marceline s'était surprise à lui avouer son extrême bonheur de la retrouver.

— C'est curieux comme je me sens bien auprès de toi. Quand je veux oublier toute cette misère, je pense à tes yeux comme à un ciel qui m'apporte la promesse que le bonheur existe quand même, malgré tout ça...

Betty sourit et l'embrassa légèrement, à la commissure des lèvres. Une vraie déclaration d'amour.

— Si ton mari entendait ça... Oui, comme c'est dommage

que nous ne puissions vivre ensemble, soupira-t-elle. J'aimerais moi aussi, je me sens bien avec toi. Et puis, je suis si seule en France. Penses-y, les jours s'envolent vite, tu sais...

— Pourquoi pas ! s'apprêtait à répondre Marceline, mais Betty déjà s'était sauvée.

Françoise avait organisé un ouvroir de tricotage et un service de colis destinés aux soldats du front. L'hiver approchant, il fallait des chandails, des pèlerines et de curieux protège-poitrines en tissu doublé de papier. Elle pensait déjà, en accord avec Hélène, à mettre sur pied tout un système de marrainage pour assister les soldats célibataires. Les filleuls ne manqueraient pas !

Pendant ce temps, François restait cantonné à Marseille. Il avait fait passer quelques lettres qui avaient échappé au service de la censure. En ce début septembre, l'armée commençait à savoir utiliser les compétences, et il était maintenant considéré comme médecin-dentiste auxiliaire, en attente de ses galons d'adjudant : « Je n'arrache pas les dents, je répare les mâchoires et ce qu'il y a autour, au service des gueules cassées. J'attends toujours mon affectation définitive. »

En novembre, grande joie, il réussit enfin à passer deux heures chez lui, rue Masséna, accompagnant un convoi de blessés entre deux trains. Deux heures seulement pour embrasser ceux qu'il aimait, mais ni sa femme ni sa sœur, toutes les deux retenues dans leurs services respectifs.

Le matin, Nina s'occupait du ravitaillement, facilité par l'accord passé avec les Italiens pour la viande, la charcuterie, la volaille, la polenta et les fruits. Plus rien, ou presque, n'arrivait de France. Marseille interceptait tout, même la farine grise. De temps à autre, le sel, le sucre manquaient. Quant au charbon, devenu introuvable, on le remplaçait. La pression du gaz baissait, l'électricité même s'économisait. Par patriotisme, mieux valait recourir aux bougies, même aux anciennes chandelles qui déjà refleurissaient aux vitrines de la vieille ville.

Fred, soucieux de coopérer au maintien de la maisonnée,

avait fondé avec deux camarades musiciens un petit orchestre pour jouer dans les cinémas. Et les spectateurs étonnés, lors de l'introduction musicale qui accompagnait toujours les films, écoutaient avec ravissement le chant sublime de son violoncelle. Déjà, on donnait des Charlots et *les Mystères de New York* en trois épisodes, *Le portrait qui tue, le Baiser mortel* et *Sang pour sang*... Où était, pour le concertiste, l'époque des grandes tournées triomphales ? Même les leçons se faisaient rares. Tout le monde tentait de survivre, et la musique, un luxe, se voyait sacrifiée.

Le cinéma, en revanche, devenait le divertissement le plus facile, le plus couru par les soldats convalescents. Près de la caserne Rusca, au coin de la rue de la Terrasse, après cinq heures, ils s'engouffraient au Delta, l'ancien café-concert du père Chazel, pour y boire soi-disant une tasse de chocolat à vingt centimes, mais servie par de peu farouches filles de salle au sourire complice. Le samedi soir, on y chahutait la gommeuse, le comique idiot, au son des refrains repris en chœur par Mathieu, le garçon-comique-troupier qui venait ramasser les sous jetés sur la scène pour payer les artistes. On fermait les yeux : ne fallait-il pas distraire aussi amoureusement que possible nos héros... Les aimoirs clandestins ne manquaient pas de visiteurs. Déjà, chose encore jamais vue, des femmes racolaient quai Masséna, au jardin public, et même sur la Promenade à la tombée du jour.

En ville, on parlait de rouvrir complètement les terrasses des cafés et même de permettre aux commerçants de reprendre leurs vitrines extérieures. Le moral avait besoin de compensations visuelles.

Quant aux femmes mariées, loin de leurs hommes, elles s'ennuyaient. Hélène, toujours curieuse et plus gazette que jamais, racontait à Agnès les exploits des épouses cherchant à joindre leurs maris dans la zone des armées pour éviter les contrôles.

— Oui, Agnès, certaines vont jusqu'à se faire prêter des cartes de fille publique pour atteindre les lignes dites de repos, où ces dames sont accueillies avec beaucoup de complaisance par les autorités militaires.

— Que de quiproquos et d'aventures à raconter ! riait Hélène.

Françoise, elle, toujours grand cœur, s'évertuait à créer tout un réseau de marrainage pour aider aussi à maintenir le moral des troupes, surtout pour les soldats célibataires séparés de leur famille vivant en zone occupée.

La guerre piétinait. Monsieur Pistone, docteur ès cartes d'état-major et fils de laine rouge, ne songeait plus à tenir à jour la grande carte qu'il avait montée avec tant de soins dans le couloir, rue Masséna. Parfois, une information lui parvenait :

— Joffre grignote, annonçait-il, mais bien doucement.

— Et à un prix bien élevé en vies humaines, s'était-il entendu répondre par un défaitiste, ce qui l'avait plongé dans une grande colère…

En Champagne, déjà l'hiver s'annonçait, les premières gelées apparaissaient. Le froid allait s'ajouter aux souffrances, à la mort de ceux que déjà les journaux de tranchées commençaient à appeler « les poilus ».

Dans les foyers niçois, on attendait et redoutait à la fois le coup de sonnette du matin qui apportait le courrier, ou bien le représentant de monsieur le maire chargé d'annoncer la tragédie : « Tombé au champ d'honneur… » Les listes s'allongeaient. Les journaux ne les publiaient plus, le bouche à oreille suffisait à répandre les horribles nouvelles. Les cortèges se succédaient à Caucade, au carré militaire.

Rapidement, les femmes niçoises avaient assuré la relève des hommes, prenant conscience de leur capacité à travailler, à gagner un vrai salaire qui leur assurait la dignité. Elles apprenaient l'indépendance et la satisfaction de ne plus dépendre essentiellement du maître du foyer, ou des allocations d'épouse de soldat.

En cinq semaines, trois millions d'hommes étaient partis, et chaque jour le chiffre grossissait. Il fallait assurer la relève dans les transports, les bureaux publics, les usines, bien que celles-ci soient assez rares à Nice. Ici, pas de munitionnettes, d'obusettes, si chères aux chansonniers, mais des cartouchistes et, dans le quartier de Riquier, des tailleuses en pèlerines et en pièces de vêtements bleu horizon, nouvelle couleur de la troupe qui remplaçait peu à peu les uniformes trop voyants de l'août sanglant. Travailler, pour les femmes, devenait à la fois un devoir et une nécessité. Joffre n'avait-il pas dit que si les femmes qui travaillaient dans les usines ne s'arêtaient que vingt minutes, la guerre serait perdue pour les alliés ?

De son balcon, Agnès voyait maintenant s'activer de plus en plus de femmes. D'abord avec des brassards, puis avec des uniformes, des « cantonières », des « factrices », des contrôleuses conductrices de tramways, des cochères et même une allumeuse de réverbères. A quand la *ciappacan*[1] ? disait-on en riant. Un matin, elle avait même été très fière de voir une contrôleuse de tramway régler elle-même la tension d'un trolley sur la ligne électrique. Agnès racontait que, dans la vieille ville, la plupart des commerçantes avaient quitté la caisse pour se mettre résolument, et souvent avec plus de soins que leur mari, à la fabrication. Rue du Collet, la boulangère pétrissait la pâte de grand matin. Les bouchères débitaient la viande ; partout on voyait des femmes laver les tripes, remuer des sacs de farine, confectionner des pâtes, conduire les charrettes, atteler les ânes et les mulets, évacuer les ordures et balayer les rues, mais sans prendre, comme ces messieurs, le temps d'un petit verre ou d'une partie de boules. Il fallait tenir le ménage, soigner les gosses et maintenir le moral du front en écrivant, la nuit, la « lettre au soldat ». L'arrière tenait.

Tout cela, évidemment, s'accompagnait d'un certain goût de la liberté, du rejet du corset et des jupes entravées. Tout raccourcissait. Les jarretières se jetaient au feu, le porte-jarretelles se généralisait pour les plus jeunes. Le bas de soie chassait le gros bas de coton, la jambe osait se montrer sans indécence, centimètre après centimètre.

Marceline, elle, avait dépassé de très loin ces prémices. Totalement indépendante, elle vivait maintenant complètement avec Betty qui devenait de jour en jour sa véritable et adorée consolatrice.

1. L'attrape-chien : personnage de la rue de Nice, très pittoresque.

Les plus surpris, face à ces grands changements survenus dans les foyers, et notamment la nouvelle façon de vivre des femmes, furent les premiers permissionnaires.

Ils arrivèrent, à tour de rôle, pour huit jours, en bleu horizon sans pantalon rouge, barbus enfin rasés, moustaches à nouveau taillées, en bonnet de police et bandes molletières, ou, suprême élégance, en bottes d'aviateur lacées. Tous un peu ahuris de reprendre contact avec la vie civile pour un bref moment, d'oublier la boue des tranchées, l'horreur de la tuerie, le froid, l'humidité, les rats, la boîte de singe. Aujourd'hui, c'était jour de perm'. C'est-à-dire le soleil, la main douce d'une femme, les retrouvailles avec le corps de satin, l'odeur de la féminité entre les draps, et tout ça par la grâce d'un bout de papier signé d'un juteux qu'ils n'avaient jamais vu. Ça s'appelle la permission de vivre, avec, au fond de l'âme, la rumeur de la mort qui là-bas continue de décimer les copains restés dans l'horrible. Pour leur permettre, à eux, de reprendre vie.

Les 22 et 28 décembre, Nina aida à organiser, à l'Eldorado, des soirées de bienfaisance destinées à préparer le Noël des soldats. Le premier Noël de guerre était arrivé, ainsi que le cent quarante cinquième jour sans hommes. Dans les foyers, aucune fête, rien à célébrer, sinon le malheur. En revanche, l'église est comble pour la messe de minuit. Pour une nuit, l'amour tente d'atténuer haines et rancœurs. On rompt l'hostie et on partage l'espoir.

Petite Giotta reçut une panoplie d'infirmière, un voile bleu pour sortir et un voile blanc à croix rouge pour la maison, comme sa maman à l'hôpital. C'est Rex-Chien qui se transforme en grand blessé et qu'il faut recouvrir de pansements.

Au repas de midi, comme d'habitude, Agnès dispose la photo de François à sa place habituelle. Sur la table, son couvert est mis. On l'attend à chaque instant.

Début janvier, Nice apprit avec consternation la mort au front des deux frères Garibaldi, Bruno et Constantin, les petits-fils du grand Niçois. On ne voulut se souvenir que de sa défense de Dijon, contre les Prussiens.

Avec eux disparaissait aussi l'année 1914. 1915 verrait, tous en étaient persuadés, la sortie des tranchées, la victoire enfin.

2

Début avril 1915. On chuchote beaucoup, à la Direction du service de santé de la place de Marseille, de l'organisation imminente d'une nouvelle division destinée à renforcer le corps expéditionnaire envoyé aux Dardanelles, pour le contrôle des détroits et la prise, si possible, de Constantinople.

De ce front, point de nouvelles. On parlait de torpillage des transports de troupes, de désastres navals, de tête de pont en péril... Une deuxième division se révélerait nécessaire. Les bruits les plus extraordinaires circulaient.

François, rattaché provisoirement au service de vaccination, s'était immédiatement rendu compte de l'afflux considérable des hommes de troupes coloniales pour les vaccinations, et de la recrudescence des demandes de vaccins destinés aux places de Toulon et Marseille.

Il rencontra son ami Bardat, médecin de 2e classe détaché auprès du service de santé du corps expéditionnaire d'Orient, qui lui annonça la nomination incessante d'une cinquantaine de médecins et d'une centaine d'infirmiers, à un échelon divisionnaire colonial pour des expéditions extérieures.

— C'est pour compléter la structure régimentaire qui doit s'intégrer dans une nouvelle division coloniale destinée aux opérations d'outre-mer, dit-il. Il faudra aller très vite, nous devons recruter ce personnel dans les dépôts du 15e corps, en prélevant sur les affectations provisoires. C'est ton cas, je crois, mon vieux. C'est urgent, prépare ta cantine. Les besoins du front en France sont déjà énormes. On râcle vraiment les fonds de tiroirs.

Ce fut donc sans surprise que François reçut son affectation le 4 mai : « médecin auxiliaire-dentiste » à la disposition du corps de santé divisionnaire, état-major du général Baillaud. Baillaud, c'était la légion — les zouaves, la coloniale. Aucun doute possible. On l'avertit en effet d'un embarquement pour le 15 mai sur la *Savoie* puis, après contrordre, sur la *France,* le 8 mai. Un transport de troupes sans destination précise. Probablement Alexandrie.

Nous étions déjà le 6 mai, deux jours seulement avant le départ. Aucune permission envisageable. D'ailleurs, François préférait ne pas se rendre à Nice. L'annonce de son départ précipité aurait été insoutenable, tant il circulait de rumeurs de torpillages concernant le corps expéditionnaire des Dardannelles.

« J'enverrai une lettre très décontractée, décida-t-il, en donnant des détails sur une mission à accomplir à Alexandrie pour l'organisation d'un hôpital offert par le khédive Mansour Pacha, des dames françaises du Caire, des religieuses de Sainte-Claire, etc. »

L'embarquement sur la *France* prit plusieurs jours.

Le 8, tout était paré à bord du beau paquebot peint en gris fer et transformé à la hâte en transports de troupes, mais qui avait gardé sur ses ponts supérieurs sa structure et ses cabines de première et seconde classes réservées aux officiers, très nombreux avec la présence de l'état-major et de tous les services divisionnaires. On y enfourna également un bataillon du 176e régiment d'infanterie, avec armement et paquetage, sans oublier les chevaux descendus à fond de cale, à l'aide de palans et de sous-ventrières, ce qui avait déclenché, sur le quai, l'enthousiasme des gamins marseillais.

Le navire quitta Marseille vers cinq heures du soir. François, accoudé au bastingage, regardait s'éloigner, la gorge serrée, la silhouette du pont transbordeur et Notre-Dame-de-la-Garde qui reculait, devenait toute petite. Bientôt, les rochers blancs de l'Estaque s'évanouirent. La corne de brume salua au passage le château d'If, les derniers îlots. Tangage et roulis augmentèrent, la mer referma son immensité irisée autour de la coque qui traçait son blanc sillage. La *France* n'était pas seule. Elle naviguait de conserve avec deux cargos et un torpilleur qui zigzaguait de temps à autre comme un chien de chasse. A la nuit, ils croisèrent un navire-hôpital tout illuminé, *le Duguay-Trouin* qui ralliait Alexandrie, porteur d'immenses croix rouges.

Trois fois, le jour succéda à la nuit. Au quatrième matin, le commandant avisa messieurs les officiers que l'on se rendait à Lemnos pour renforcer la première division opérationnelle du cap Hellès. Une certaine insouciance régnait à bord. Les hommes profitaient de l'air marin, souvent pour la première fois. La mer était calme et belle. Un temps de croisière. Ils essuyèrent seulement un petit grain en vue des îles. Aucune escale n'étant prévue, il fut nécessaire d'occuper les hommes, de maintenir la discipline et l'esprit de corps. Sur le pont, les conférences succédaient aux maniements d'armes, aux exercices de sauvetage.

François, lui, révisait un important dossier concernant l'état sanitaire d'un corps expéditionnaire en opération, les instructions précises au sujet de l'hygiène des troupes, et la prophylaxie des maladies contagieuses à l'armée d'Orient : épidémies de thyphus, état endémique de la typhoïde, établissement, surveillance et désinfection des feuillées réglementaires, incinération des déchets et détritus organiques, prescriptions relatives à l'eau de boisson, à la conduite à tenir en cas de maladie contagieuse.

Puisque le navire se rendait à Lemnos, il se dirigeait sans aucun doute vers la presqu'île de Gallipoli et la côte d'Asie Mineure. Souvenir de Troie... François revivait ses lectures mythologiques. Lemnos, le séjour d'Héphaïstos, le dieu du Feu qui soufflait, difforme, sur sa forge, son mariage avec Aphrodite, la révolte des femmes lémniennes, le massacre de leurs hommes, l'arrivée des Argonautes. Une île volcanique, pleine de souvenirs de feu, de sang et de mises à mort. Sinistre présage...

La nuit, on naviguait tous feux éteints à cause des sous-marins boches en maraude. Au matin, le lieutenant de vaisseau signala à babord l'île de Cythère. Le navire traversa l'archipel des Cyclades et se faufila entre les îles pour entrer en mer Egée.

Le 13 au soir, on atteignit la rade de Moudros, sévèrement gardée par des torpilleurs anglais. Il faisait déjà presque nuit, mais on devinait toute une flotte de guerre au mouillage et, circulant sans cesse, tout un essaim de remorqueurs, de barcasses, de pinasses, de vedettes. Au passage, les marins nommaient les vaisseaux, les croiseurs cuirassés surtout, le *Queen Elizabeth,* le *Triomph,* le *Majestic,* puis un français, le *Latouche-Tréville,* et au loin la silhouette à cinq cheminées du vieux cuirassé russe l'*Askold,* rescapé des Japonais à Port-Arthur. Tous semblaient en alerte, sous pression. Loin des bouées, les plus petits chassaient sur leurs ancres.

Il fallut attendre plusieurs heures et la merveilleuse aube violette. Enfin, on débarqua les hommes à l'aide de barcasses à moteur, puis le matériel.

A peine à terre, François apprit que la veille, le 13, un cuirassé, le *Goliath,* avait été torpillé dans la rade par un sous-marin allemand, avec cinq cents hommes à bord, ce qui expliquait l'émoi et le mouvement du guet dans la nuit.

François s'adressa à un sergent fourrier qui lui indiqua l'hôpital de toile « Evacuation n° 1 ».

— Là, vous recevrez vos instructions, dit-il, on a certainement grand besoin de vous.

Il traversa un immense village de toile qui devait abriter vingt mille hommes. Un village nègre, fait de bois, de toile, de pierre, avec des toits bizarres constellés de tôles de boîtes de conserve. Dans un enchevêtrement extrême, tous allaient, venaient, les uniformes bleu horizon récemment débarqués emplissaient peu à peu les vides laissés au milieu des pantalons rouges.

De suite, on lui affecta un marabout qu'il partagea avec un médecin sous-lieutenant régimentaire affecté au 4e R.I.C.

— J'ai un cousin dans votre régiment, il s'appelle Jean Lucchesi, simple soldat, peut-être aujourd'hui caporal, le connaissez-vous ?

— Jean Lucchesi ? Oui, je le connais bien, fusilier à la 2e compagnie. Un brave, ils sont redescendus ce matin de la ferme Zimmerman[1]. Je l'ai encore vu au débarcadère de Morto. Il va bien... enfin il allait bien... avec ces tirs de la côte d'Asie, on ne sait jamais. Mais on s'y fait, vous verrez ! Et puis la baraka, ça existe aussi, non ?

Et il lui raconta l'épouvantable tragédie du débarquement du 26 avril, à l'ombre du *River Clyde,* un ancien charbonnier échoué exprès par les fusiliers de Dublin la veille, bourré d'artillerie.

— Sans lui, rien n'aurait été possible ! C'était le cheval de Troie, à quelques encâblures du vrai, vous vous rendez compte ! Ç'a été mon baptême du feu, sous la canonnade fantastique des Turcs et le fracas de nos tirs de marine. Des centaines de morts, anglais, turcs, français. Et des milliers de blessés sans aucun secours avant des heures. La marine anglaise, tout engagée, a été extraordinaire, les navires-hôpitaux se sont approchés de nuit, au plus près, c'était dantesque. Je ne pourrais jamais vous décrire... En trois jours, nous avions perdu la moitié de nos officiers et les deux tiers de nos hommes débarqués. Mais nous sommes restés agrippés sur trois kilomètres de plage et deux kilomètres de profondeur. Nous avons aidé les Anglais à conserver le vieux village de Sedd Ul Bahr et le château de l'Europe en ruines. Vous verrez bientôt nos Sénégalais, nos zouaves et ceux des 4e et 6e R.I.C., des braves, fantastiques au feu. La mitraille les a fauchés. Je ne savais pas que les nègres avaient des cervelles si blanches ; sous la lune, ça faisait tache sur leurs crânes fracassés.

Le jeune médecin offrit une tasse de thé à François.

— ... Les 28, 29 et 30 avril, ça a continué. Le 175e R.I., les zouaves, la légion, les bataillons coloniaux, nous y étions tous, avec le colonel Noguès pour consolider nos positions, face au ravin de la mort. Le ravin des Ecrevisses, comme les Turcs l'appellent, le Kereves Deves... Mais on n'avait encore rien vu. On était à peine enterrés dans nos étroits boyaux, avec enfin du pinard et un peu de pitance, la puanteur du charnier

1. Ferme Zimmerman : nom donné en mémoire du commandant du détachement français qui la conquit et mourut lors de l'attaque.

sous nos brodequins (faut vous dire qu'on avait arrosé les morts de chaux vive), que les Turcs ont contre-attaqué dans la nuit du 1er au 2 mai, avec une violence inouïe, complètement fanatisés par leurs ulémas, la guerre du Prophète, l'étendard vert. J'ai encore leurs cris dans les oreilles : Allah ! Allah ! ça jaillissait de partout à l'arme blanche, nous étions écrasés sous la mitraille, sous l'effroyable canonnade de la forteresse d'Achi-Baba, et de Krytia ! Ça vous arrivait dessus avec un chuitement de locomotive, des pièces de 360 tirant de la rive d'Asie. Nous avons tenu et rejetté les fauves. On a même réussi à progresser, mais au prix de deux navires-hôpitaux de blessés graves et le double de blessés moyens... Vous verrez, notre médecin chef est extraordinaire, le docteur Vassal vous dira tout cela. Demain vous verrez le rapport que j'ai transmis ce matin au Q.G. Jusqu'à hier soir, sur 22463 hommes exactement, débarqués depuis le 25 avril, en vingt jours, nous en avons eu 12610, tués ou disparus. Heureusement que votre 2e division est arrivée, nous restons moins de dix mille hommes pour faire face à toute l'armée turque, cent mille hommes à ce qu'on dit ! Mais il faut bien déduire leurs pertes à eux aussi, environ quarante mille hommes !

François s'étendit sur son lit de camp, il voulait dormir, chasser toutes ces horreurs... Il se débattait avec ses convictions, son amour du prochain, il revoyait certaines tenues de loge, où le respect de l'homme prenait tant d'importance... Tout cela lui parut enseveli à jamais.

Le lendemain matin, il était déjà de service à l'hôpital d'évacuation, au tri des blessés que l'on descendait sans cesse des barcasses, parmi les caisses et les tonneaux, les prolonges, les charrettes d'infanterie. Les mains ensanglantées, il allait de blessure en blessure ; jamais il n'avait vu autant de sang, du sang partout... des blessures ouvertes comme persillées d'os... certainement des balles explosives. Les grands blessés, à la tête, au ventre, aux poumons, aux membres arrachés restés sur les brancards, étaient acheminés vers le *Canada* qui attendait en rade.

Les autres blessés, moins graves, restaient sur place. Pour François, des journées de pansements à faire, à renouveler. En changeant les linges, les charpies, en observant les garrots, habilement posés, il découvrait l'ingéniosité des brancardiers, des infirmiers d'ambulance des premières lignes. Il imaginait les mains des hommes : celles qui tuent aveuglément, et celles qui sauvent, en toute conscience.

Beaucoup de malades se présentaient aussi, dysenterie, selles sanglantes, évanouissements, épuisement. Il fallait surtout renvoyer les brancards au cap Hellès. Là-bas, un brancard, c'était une vie. Beaucoup de blessés avaient été ramenés à bras d'hommes. Chemin de croix nouvelle version.

Un collègue, le lieutenant Carcopino, niçois comme lui et médecin au 2e zouave, lui raconta que le 10 mai, il y avait eu la trêve des morts.

— La guerre s'est arrêtée toute la journée. Les Turcs rendaient les blessés en les exposant aux parapets de leurs tranchées. On avait dû enterrer des milliers de morts dans le ravin des Ecrevisses. Presque à fleur de terre, les rats grouillaient et des mouches énormes collaient à la peau par vols entiers, des bestioles toutes gonflées de charogne... (il eut un rire désespéré). C'est ça mon vieux, le beau bruit des bottes, la guerre fraîche et joyeuse ! La revanche ! la conquête ! Et y'a même pas de responsable ! Tu en vois, toi, des responsables ?

François avait les yeux secs. L'inimaginable, l'atroce étaient là. Pour l'heure, l'odeur de l'éther, le douceâtre du laudanum, la fraîcheur immaculée des gazes engourdissaient l'angoisse des lendemains.

François dut se rendre ensuite auprès de l'administration sanitaire pour recevoir ses trousses et le matériel personnel d'intervention. Il était affecté à l'hôpital d'évacuation du cap Hellès à Sedd Ul Bahr, qu'il rejoindrait le lendemain avec la barge des arrivées. Il se retrouverait ainsi, lui avait-on dit, en 2e ligne, à l'abri d'une toile ornée d'une croix rouge, bien éloignée de la protection de la convention de Genève. A vrai dire, comme les autres, sous le feu des canons turcs.

Le soir, il prit son repas au mess des officiers. Ici, on ne pensait qu'à la mort des autres. Demain, ce serait différent.

On parlait beaucoup du changement de commandement. Le général Gouraud, remplaçant Amade, était arrivé avec l'artillerie tant attendue, des pièces de 65 et des mortiers à tir courbe. Les combats allaient certainement reprendre. les fortins, le Haricot, le Rognon, tous avaient l'air de les connaître.

En se promenant, François aperçut à la limite du camp, derrière les barbelés, une femme grecque enveloppée dans son voile blanc, le fadaki qui lui couvrait même la bouche. Cette image le ramena chez lui, dans la chaleur de sa famille, entre ses femmes. Son compagnon avait dû rejoindre son unité. Peut-être réussirait-il à parler à Lucchesi mais était-il encore vivant ?

Il se coucha et s'endormit en pensant à la baraka... étrangement, elle avait un sourire de femme.

Le lendemain matin, 17 mai, départ en remorqueur pour la plage Hellès, au milieu d'un grand mouvement de navires surchargés d'hommes. On se dirigea vers Morto.

François débarqua sur la plage Hellès. Là, il s'intégra vite dans les effectifs de l'hôpital d'évacuation. Avant de quitter Moudros, il avait écrit rue Masséna pour donner de bonnes nouvelles, parlant de la traversée, de la beauté de la mer, cachant soigneusement tout ce qui pourrait laisser supposer la tragédie. Le vaguemestre avait promis que le courrier partirait aujourd'hui même par un navire-hôpital, le *Canada,* qui se rendait à Toulon.

A l'hôpital, outre son travail régulier de tri des blessés pour les évacuations, il reçut la charge des problèmes sanitaires, appuyé par une petite équipe de médecins et d'infirmiers. Chaque jour la situation s'aggravait un peu plus : dysenteries sanglantes, amibiennes, et de nombreux cas de typhoïde. Quand François prit son service auprès du médecin chef, celui-ci l'avertit :

— Nous avons ici, mon cher, deux ennemis implacables, le Turc et la merde. Si ce n'est pas l'un, c'est l'autre qui nous aura, le problème de l'eau est vital. La moitié des hommes sont évacués pour cause de maladie. Impossible de les garder ici à demi morts de fièvre et de douleur sous le feu de l'artillerie d'Achi-Baba et des gros calibres de la côte d'Asie. Vous verrez, l'Orient-Express, un canon de 360, il ne cesse de pilonner notre camp situé en bordure de la plage. Nous n'avons aucun abri pour nos installations sanitaires et nos ambulances. Les Anglais parlent bien d'installer à demeure des canons de 240 pour établir des contrefeux, et le nouveau commandant, le général Gouraud, envisage une offensive limitée pour améliorer l'installation des batteries de 65. Il veut grignoter les collines face au piton d'Achi-Baba, à deux cents mètres au-dessus du camp français. Mais ça ne résout pas le problème de l'eau. Avec tant de cadavres enterrés, il est hors de question d'utiliser les puits. Même notre javellisation ne sert à rien.

Des solutions furent donc arrêtées. Pour la plage Morto qui servait de camp de repos à la 2e ligne, le ravitaillement en eau potable serait assuré par le navire GHARB. De jour, il distillait l'eau de mer au large, de nuit, il s'approchait de la plage et la marine veillait à effectuer la précieuse distribution. Mais elle ne pouvait atteindre les hommes de première ligne. A flanc de colline jaillissaient bien trois sources en contrebas des tranchées qui, en apparence, donnaient une eau limpide, mais l'analyse révéla très vite qu'elle traversait un monceau de cadavres, immondices et détritus, abandonnés par les Turcs lors de l'attaque du 2 mai.

— L'analyse, précisa le médecin chef, a découvert plus de cent colibacilles au litre, et un nombre considérable de bactéries putrides. C'est l'origine de la contamination.

François reçut donc pour mission de mettre en place de nombreux postes d'épuration chimique, à base de javellisation, dans des demi-muids superposés, préparés à cet effet.

Il se rendit au poste de la Ferme Zimmerman pour vérifier les installations en première ligne... Poste très exposé, séparé des tranchées turques par le ravin de la mort. Là, il retrouva Jean Lucchesi, le fils d'Arturo. Les deux hommes s'étreignirent en silence, et dans leurs yeux passa l'image fugitive du bonheur passé, le petit atelier près de la cuisine, rue Masséna, l'apéritif de onze heures et demie, le sourire d'Agnès, les gâteries de Nina, la douceur d'exister... Luchesi avait beaucoup maigri. Hirsute, les yeux creusés par les cernes, il se plaignait de douleurs abdominales avec une fixité et une détermination dans le regard que François ne lui connaissait pas. Il refusa de descendre à l'infirmerie, de quitter ses camarades de combat.

Autour d'eux, de temps à autre, claquait le tir de quelques tireurs turcs isolés. Mais dans l'ensemble, le front paraissait tranquille.

— C'est très calme, dit François, en regardant autour de lui.

Un capitaine, des soldats, parmi lesquels beaucoup de Sénégalais, accourus pour voir un major en première ligne, le détrompèrent :

— Ça prend d'un coup, major ! Un feu nourri se propage immédiatement, et la canonnade suit. Nous connaissons maintenant la disposition des pièces et des tireurs d'élite ! Des acharnés ! Trois figues et une galette de maïs leur suffisent ! Toujours prêts à tirer... Ils sont abrités avec la Turquie derrière eux. Nous, on a la terre brûlée... Et vous avez vu nos boyaux qui conduisent à la deuxième ligne de tranchées ? Pas moyen d'y faire passer un brancard ! Ah ! si seulement on pouvait tenir le petit fortin en face, là, sur la droite, le Haricot qu'on l'appelle, ça renforcerait nos angles morts.

On parla des poux, de l'obligation d'utiliser le tonneau à sulfurisation pour les vêtements. Il fallait détruire la paille des cagnas, obtenir du crin végétal ou, mieux, du varech pour les paillasses. Ici, tout fut consigné.

De retour à Hellès, François, heureux d'être redescendu vivant, retrouva l'angoisse : une barcasse avait été touchée de plein fouet par l' « Orient-Express ». Une vingtaine de morts, des dizaines de blessés. Pour François, des garrots à poser, et pour la première fois, une amputation...

Le lendemain après-midi, sa visite d'inspection s'étendit au camp de Morto pour surveiller l'enfouissement profond des anciennes feuillées de la plage. On y construisait maintenant des édicules avec parois fixes et tinettes mobiles dont les caisses devaient être vidées chaque jour et arrosées à longueur de journée avec du chlorure de chaux, du crésyl et de l'huile lourde de houille. Sous la chaleur insoutenable, sept à huit mille bonshommes venaient y baisser culottes. Si la contamination s'installait, elle tuerait plus d'hommes que les Turcs.

— La merde... A quatre cents grammes par soldat, lui avait dit un infirmier, avec vingt mille hommes, ça fait huit tonnes par jour à évacuer, major ! On n'en sort pas !

L'inspection de François s'étendit au système de vidange des tinettes, apportées à l'extrémité de la jetée de pierre construite à cet effet, et vidées dans le courant assez fort des Dardanelles. Il remarqua qu'on y joignait le fumier des chevaux. Quant à leurs cadavres, ajoutés à ceux des mulets, ils étaient remorqués à la nuit et là, une équipe leur ouvrait le ventre afin de leur permettre de couler plus facilement et de ne pas être rejetés sur la plage. C'est là qu'un soir, il rencontra un légionnaire serbe qui jouait merveilleusement du violon, un air de *l'Offrande musicale* de Bach transposé qui lui faisait oublier la détresse et l'immense putréfaction du monde.

— Toute ma famille a quitté Belgrade pour gagner les montagnes de la verte Serbie, à pied, violons en tête, dit-il. Ils fuyaient l'invasion autrichienne. Moi, je me suis engagé à Marseille, on m'a mis sur un rafiot et me voilà...

Il veillait sur son violon comme sur un enfant. Les pleurs du bel instrument étaient devenus l'espoir, la lumière du 1er régiment étranger.

Pendant ce temps, le mal prenait de l'ampleur : cinq cents cas de thyphoïde. François aida à l'installation d'une annexe, à vrai dire une tente, dans un coin des anciens remparts de l'Old Castle, « château de l'Europe » en ruine, presque à l'abri des tirs, pour y isoler les contagieux. La mer, forte, ralentissait les transports sur Moudros et limitait les évacuations. L'annexe, occupant un secteur « angle mort », restait malheureusement exposée au feu de quelques fortins turcs.

Le général Gouraud interdit la présence d'hommes non vaccinés à l'intérieur du camp qui s'étendait sur environ trois kilomètres tant en longueur qu'en profondeur, face aux Turcs. Les Anglais, eux, comptaient soixante mille hommes, tenant les autres quatre kilomètres de front qui coupaient la presqu'île.

François se rendait compte que le moral des hommes dépendait essentiellement du bon acheminement de l'eau, du ravitaillement, et surtout de la présence de la flotte.

Le 20 mai, les combats reprirent. Les Alliés devaient absolument améliorer leurs positions pour mieux contrôler les possibilités de l'artillerie lourde et de montagne, maintenant arrivée à pied d'œuvre, des pièces de marine de 240 pour contrebattre la rive d'Asie, des pièces de 65 et des mortiers de tranchées à tir courbe, des obusiers pour accompagner le tir tendu du 75, excellent, mais peu utilisable au cours des combats si rapprochés et si enterrés.

Puis la mer se calma. Les approvisionnements et le ravitaillement bien en place, l'offensive alliée débuta par un fort tir d'artillerie.

Le Haricot fut enlevé, mais malheureusement, repris par les Turcs. De nombreuses pertes s'ajoutèrent et, pour François, le long tri des blessés recommença, avec le va-et-vient vers les navires-hôpitaux. La chair française payait son lourd tribut.

Les 25 et 27 mai, nouveaux désastres : deux cuirassés anglais, le *Triumph* et le *Majestic,* qui avaient si bien appuyé l'offensive « limitée », furent torpillés[1]. La perte en hommes fut terrible. L'escadre se réfugia sur Moudros où la défense de la rade était plus facile.

Les 28 et 29 mai, de nouveaux combats très durs améliorèrent les positions françaises par la prise du fortin de Gomez, dans la nuit.

Lucchesi se présenta à l'ambulance pour se faire panser, rien de grave, un éclat d'obus lui avait égratigné la cuisse, déviant sur les pièces de son porte-monnaie qui, contre toute attente, lui avaient été fort utiles.

François ne s'occupait principalement que des blessés à la tête, des machoires fracassées, mais surtout des pansements. La « grosse » chirurgie était pratiquée sur les navires-hôpitaux.

Le début du mois de juin fut encore plus sanglant. Le *Latouche-Tréville,* embossé, tira plus de mille deux cents coups, projecteurs fixés sur Achi-Baba.

Le 7 juin mourait le général Ganeval. Le 21, on reprenait le Haricot.

Le 30 juin après-midi, François opérait à l'hôpital lors-

1. Par le célèbre U-Boot, sous-marin allemand, commandé par le capitaine de corvette Otto Hersing.

qu'une déflagration énorme le renversa. Un 360 venait d'arriver. C'était vrai... le vacarme de locomotive emballée. De nombreux morts. François se releva indemne. Au même moment, en sortant du quartier général, à deux pas de là, le général Gouraud était soufflé, un bras en bouilli. On l'évacua vers le navire-hôpital, et le général Baillaud prit le commandement.

Dans la nuit, le transport de troupes et de munitions *Carthage* fut torpillé, et la mer ne cessait plus de rejeter ses cadavres que les hommes gaffaient du bord des barques.

D'heure en heure, la situation médicale et sanitaire s'aggravait. D'extrême urgence, il fallut ouvrir un nouvel hôpital de campagne et un lazaret à Moudros, mais les médecins faisaient défaut, dix-huit à vingt heures de présence ne suffisaient plus. Les brancards, les cacolets manquaient terriblement. Dès que la mort frappait, on récupérait le brancard pour servir de lit aux longues files de blessés étendus par terre. Sur cinquante-six infirmiers, trente-sept étaient des ecclésiastiques. C'est à eux qu'incombait la tâche de fermer les yeux des mourants avec le sourire de Dieu.

Sur le réduit de la presqu'île, à sa pointe, quatre-vingt mille hommes s'entassaient, avec tout ce que nécessite au feu une pareille armée : six mille chevaux et mulets, les voitures, les munitions, l'artillerie, l'approvisionnement... Le point culminant de l'encombrement était atteint. L'ordre était maintenu dans la pagaille apparente, grâce au dévouement de tous. Exemplaire. Le courage, la souffrance, l'abnégation, portés au-delà du possible.

Les 12 et 13 juillet, enfin, les Français emportèrent le Rognon qui canardait un grand angle de Morto. Le front se stabilisa sur le ravin des Ecrevisses. On avait avancé de soixante-quinze à trois cents mètres, au prix exorbitant de centaines de morts, de milliers de blessés.

A l'aube du 14 juillet, une immense surprise attendait François : son ordre de transfert au nouvel hôpital de Moudros. Il quitta donc la terre ferme pour Lemnos le 14 au soir, sans avoir pu revoir Jean. Il lui laissa un mot au vaguemestre de son unité.

Sur l'île, on distribuait double ration de pinard, de viande fraîche et des brioches. Il fallait bien célébrer la fête nationale. Les navires anglais eux-mêmes avaient hissé les couleurs françaises. A l'hôpital, le major découvrit deux bouteilles de champagne dont il alla mouiller les lèvres des grands blessés, de quoi leur offrir quelques secondes de ravissement avant que le *Lutetia* les embarque.

« Le petit médecin du 4e R.I.C. avait raison, pensa François. Là-bas, sur la presqu'île, on ne pense plus à sa mort, tellement elle semble inévitable. Ici, on peut essayer d'éviter celle des autres. Plus besoin de surveiller le panache blanc du tir sur la rive d'Asie, à compter les vingt secondes de l'arrivée de la mort. »

***

A Saint-Antoine, où l'on était monté depuis le 1er mai, la lettre envoyée de Marseille avait été reçue sans beaucoup d'appréhension. Une mission au Caire pour mettre en place un hôpital. Jean connaissait bien Le Caire. Il avait fait un remplacement dans un des palaces de la ville, le confort anglais. Même avec la guerre, tout devait y être parfait. Pour François, la menace d'une montée au front dans une unité combattante était donc écartée.

Agnès attendait toujours la sonnette de neuf heures, le facteur, une lettre de son François, petite Giotta s'amusait de tout au jardin, jouait à l'infirmière, découvrait des insectes avec Flavio qui, de jardinier, devenait agriculteur, « les légumes sont plus utiles que les fleurs ! » et Nina s'y intéressait de plus en plus. Elle recueillait des graines, des semences. Pour l'heure, poussaient surtout des plants de tomates, des haricots verts, des aubergines, des poivrons, des courgettes. Le gros cerisier fournissait déjà des corbeilles de « cœur de pigeon » dont Giotta aimait garnir ses oreilles. Les figuiers, les abricotiers offraient leurs fruits.

Nina s'occupait de plus en plus du ravitaillement devenu difficile. La farine surtout, le sucre, le beurre, heureusement le moulin de Sainte-Thècle apportait régulièrement la fameuse bonbonne d'huile d'olive. En outre, elle avait caché du cristallisé pour ne pas rater les confitures, mais les fruits étaient si sucrés que l'on pourrait diminuer la dose.

Fred était devenu l'homme fort de la maison. Il ne reprendrait sa place à l'orchestre du cinéma qu'au retour à Nice, fixé au 1er septembre. En attendant, il s'occupait de tous les problèmes matériels, la moindre réparation passait par lui, l'entretien des meubles du jardin, des fermetures. Il repeignit même les volets et la porte de la grande remise. On ne descendait plus à Nice que deux fois par semaine, en attelant Joseph, le mulet poilu du Poitou qui, au marché, semblait mépriser ses congénères alpins. Il était plus grand qu'eux, plus fort, plus gourmand aussi.

Marceline, elle, se vouait de plus en plus à l'hôpital nº 11, celui du Regina. Elle n'avait plus le temps ni le goût de monter à la Ginestière.

Fred lui amenait Giotta le jeudi matin, afin qu'elle passe la journée avec elle. C'était, en principe, son jour de repos. Betty, en revanche, était très occupée ce jour-là à l'hôpital anglais par la visite du médecin chef. Leur couple marchait au mieux, leur tendresse, leur grand attachement mutuel les consolaient du terrible spectacle dont la guerre les abreuvait chaque jour. Quelle joie de se retrouver le soir venu, toutes les deux belles, intactes, leurs peaux si douces livrées au plaisir des draps parfumés.

A Cimiez, les somptueuses villas se remettaient à vivre, de nouveaux visages apparaissaient, de riches réfugiés, belges ou nordiques, souvent des familles nombreuses avec leurs beaux enfants rieurs aux boucles blondes.

Du front, les nouvelles parvenaient, angoissantes : en cette mi-mai, l'échec de l'offensive d'Artois, suivie de la prise, puis de la perte de la crête de Vimy.

Monsieur Pistone montait une fois par semaine à la Ginestière, mettre à jour sa carte du front, et prendre part à l'encore excellent déjeuner de la famille. Les noms nouveaux de Notre-Dame-de-Lorette, Neuve-la-Chapelle, le complexe du Labyrinthe, revenaient sans cesse, chassant, du moins pour l'instant, les Eparges, la Woevre et le Hartman-Willerkopf du printemps.

Il s'installait, le verre de digestif à la main, et hochait la tête :

— Les pertes de part et d'autre doivent être très lourdes, à en juger par la cadence des trains sanitaires à la gare de Nice. Ils retournent sur l'heure. Et dire que François se dore au Caire parmi les moukères qui lui font la danse du ventre... C'est déjà ça de pris, allez...

Il avait complètement abandonné la carte du front russe, la dernière épingle posée était sur Przemysl prise aux Autrichiens.

— Vous vous rendez compte, cent vingt-cinq mille prisonniers !...

Il ne voulait rien savoir de l'offensive de la Courlande, des lacs mazures, ni du recul de trois cents kilomètres infligé depuis les Carpathes par MacKensen.

Mais la grande affaire restait l'Italie. A Nice, les choses avaient beaucoup changé. A la peur du mois d'août de voir l'Italie rejoindre la Triplice — l'Autriche et l'Allemagne — avait succédé le boom de la reprise des affaires. Tout le ravitaillement venait comme jadis du Piémont.

Les Italiens, lentement revenus, remplissaient les paniers et redevenaient des frères. Mais l'Italie ne pouvait longtemps rester neutre, les vieilles rancunes contre l'Autriche s'attisaient. Pistone rayonnait.

— Tous ces Italiens encore sous la botte autrichienne, le Tyrol, la frontière du lac de Garde passe par Riva. Pourquoi pas au Brenner ? Et Trieste, l'Istrie, ne sont-elles pas italiennes ?

Il avait raison et de nombreux hommes politiques italiens poussaient à la roue. A Milan, le maître d'école devenu journaliste, Benito Mussolini, appelait à l'intervention dans le *Popolo d'Italia*. D'Annunzio célébrait l'anniversaire de l'expédition de Garibaldi en Sicile et réclamait la guerre.

Le 4 mai, l'Italie dénonce le traité de la Triple Alliance et tout se précipite. Le vieux sorcier, Giolliti, intervient contre les Alliés et son ennemie, la France. Le Premier ministre Salancha offre sa démission. Le roi la refuse et le rappelle aux affaires.

En ville, le 23 mai, Fred eut la grande joie de lire sur les transparents de *l'Eclaireur,* avenue de la Gare : « L'Italie déclare la guerre à l'Autriche ». En un instant, la joie explosa dans toutes les rues, drapeaux français et italiens en tête. Des cortèges se formaient, en route pour le consulat italien rue de la Buffa. Les fenêtres fleurirent comme aux anciens 14 juillet. Une farandole populaire envahit la chaussée. En vieille ville, tout le monde s'embrassait. Le parler piémontais jaillissait à nouveau, mêlé au niçois.

Fred courut attraper le tram pour Magnan, la Bornala, et remonta à pied jusqu'à Saint-Antoine, à travers les raccourcis. A chaque visage rencontré, il annonçait la bonne nouvelle.

A la Ginestière, Agnès tomba dans ses bras en pleurant à chaudes larmes.

— Ah ! si seulement mon François était là ! sanglotait-elle.

Nina, de son côté, pensa aussitôt à son père.

— Papa serait si content !

Flavio, lui, chanta *la Marseillaise* en toscan, debout, talons joints, saluant « à la militaire » l'affiche d'*Umberto, Re d'Italia.* Il tenait la menotte de Giotta qui, troublée par tant d'émotion familiale, sanglotait nerveusement.

Début octobre, François quitta Moudros pour le camp de Salonique. Il eut le temps de se reprendre à l'hôtel de Vienne, d'y admirer la célèbre Nina au sein bruni, et surtout Zizi la Lyonnaise, en passe de se faire enlever par un général d'artillerie. Il savourait longuement ce qu'il voyait, ce qu'il sentait, un sourire de femme, une aube, le regard d'un animal. Il était vivant. Intact. Un vrai miracle. Et il le savait.

En arrivant le 15 novembre à Marseille, il apprit par la famille que Jean Lucchesi, dysentérique, évacué par Alexandrie, avait rejoint une unité sur le front de la Marne. Il venait d'être grièvement blessé, le 25 octobre, à Massiges, dans l'affaire de la ferme Navarin. Un obus de 155 pris de plein fouet. Il gisait maintenant dans un lit, au Val-de-Grâce, fracassé.

3

François retrouva Toulon avec une certaine tendresse. On l'affecta au dépôt de l'hôpital militaire, à la réception des blessés du front d'Orient que l'on acheminait vers l'intérieur et, le plus souvent, vers les hôpitaux de la région niçoise. Ses connaissances, à la fois des habitudes des unités sanitaires des fronts de Salonique et de Moudros, du personnel médical et des hôpitaux militaires de Nice, rendaient sa tâche plus efficace. Curieusement mêlés, s'inscrivaient dans ses listes d'arrivée et de départ, les noms des navires qu'il avait si souvent aidé à décharger dans la rade de Morto : les *Canada, Duguay-Trouin, Caravellas, Tchad, Ceylan,* et les noms si familiers des grands hôtels de Nice : le Grand Hôtel de l'avenue Félix-Faure, s'étirant jusqu'au jardin où les grands ficus abritaient la statue de Masséna, l'hôtel d'Angleterre, donnant sur les palmiers du nouveau jardin public, l'hôtel Impérial du boulevard du Tsarévitch dominant les coupoles dorées de la cathédrale russe, et même le Cercle de la Méditerranée, si cher à Agnès.

Le registre noir portait encore les noms barrés, rayés de rouge, des si luxueux Negresco, Ruhl et le Riviera Palace dirigé si longtemps par son Patchou. Seraient-ils donc tous les trois rendus à la vie civile pour recevoir à nouveau les touristes ? Mais de nouveaux hôtels venaient s'ajouter sur le cahier, tous aussi familiers, le Gallia de la rue de la Paix, le Palace Hôtel de la rue Alphonse-Karr, à deux pas de son cabinet de la rue Masséna. Et le fil des souvenirs le tenait attentif à l'autre vie, au passé, aux siens qui vivaient si près de lui et qu'il ne pouvait rejoindre.

Après les horreurs des Dardanelles, il se coulait à nouveau avec volupté dans le sourire du boulevard de Strasbourg, si encombré le soir à l'heure de la promenade. A nouveau, il fréquentait le café de la Rade où, médecin, il était admis exceptionnellement comme ami de la Royale par ces messieurs les officiers de pont qui suivaient distraitement les manœuvres d'accostage des unités devant un mandarin-citron ou un picon-grenadine.

Le soir, souvent, il retournait dîner à la Taverne alsacienne ou au Coq hardi. Ensuite, ses derniers pas avant le sommeil le conduisaient au café du Commerce où s'alanguissaient, sur les banquettes de moleskine rouge, les attentives petites alliées, chères à Claude Farrère, en rupture de cœur ou en passe d'une espérée et enfin définitive liaison. Les jours de marché, cours Lafayette, il se prenait à humer le parfum délicat des bocaux d'olives et à rechercher, au milieu des étals de légumes, l'odeur de la sariette et du basilic sous les platanes ombreux, qui lui rappelaient l'ambiance, la chaleur humaine de son cours Saleya. Le dimanche soir, sa promenade, le long du chemin des douaniers, le conduisait, rêveur, au-delà du Mourillon vers la Tour royale, et plus encore à la pointe de Pipady d'où il contemplait longuement, à la nuit tombante, le va-et-vient incessant des remorqueurs sous la garde accroupie et feuillue des forts de Saint-Mandrier. Si seulement il avait pu sauter comme un dauphin pour gagner le rivage de sa baie des Anges ! Sa fille lui manquait. Que de fois il s'était surpris, aux Sablettes, à suivre une silhouette qui lui rappelait sa Giotta, parmi les fillettes qui jouaient sur le sable.

Noël approchait. Dans sa poche, enfin, la permission extraordinaire : dix jours d'affilée en famille. Que de choses à raconter, à écouter, de fils à renouer ou à défaire. La vie, pendant cette longue absence, avait dû tellement changer.

Rue Masséna, toute la maisonnée l'attendait... Petite Giotta, étonnante de beauté, avec ses grands yeux noirs réfléchis et ses longs cils superbes. Agnès et Jean d'une part, Fred et Nina de l'autre, toujours tendrement unis.

Dès son arrivée, il fut surpris de l'absence de Marceline. Nina expliqua que, très prise à Cimiez, elle ne venait presque jamais rue Masséna.

— Au moins trois semaines qu'on ne l'a pas vue. Elle a emporté presque toutes ses affaires. Elle téléphone quelquefois à sa fille, et Jean la lui amène au Grand-Palais deux fois par semaine, très régulièrement, le jeudi et le dimanche après-midi. Regarde ses armoires et ses tiroirs, c'est presque vide. Je crois qu'elle est en Italie actuellement. Tu sais, François, ajouta ironiquement Nina, ta femme habite au Grand-Palais, dans un petit appartement avec sa chère Betty. Elles y ont une chambre très coquette, et vivent ensemble dans un grand lit tout rose comme deux sœurs... C'est ce qu'elles disent ! C'est plus pratique pour Marceline, avec les gardes qu'elle doit assumer la nuit et le couvre-feu... Tu comprends, venir ici, c'est difficile...

François, tout à sa joie de se retrouver en famille, ne comprenait pas vraiment, mais il admettait, n'était-ce pas l'essentiel...

Enfin, Marceline se montra deux jours après la fête de famille, le 27 décembre.

— Je reviens de San Remo. Betty et moi sommes allées accompagner en grande pompe un convoi d'ambulances offertes par la Croix-Rouge française aux armées italiennes. C'était formidable comme réception !

S'adressant à François, elle joua très bien la grande surprise.

Pourquoi ne lui avait-il pas téléphoné ? Ah, oui, elle était certainement déjà partie ! Elle feignit l'étonnant plaisir de retrouver son mari, même dans son lit. Mais l'amour n'y était plus. François le ressentit très bien, même dans ses bras sa femme était ailleurs. Les liens étaient usés, la tendresse existait-elle encore ? Certes, ils aimaient Giotta, mais ne partageaient plus rien. Cimiez la réclama très vite, et le 30, Marceline découcha. Betty lui manquait trop. A la maison, devant une telle audace, les langues se délièrent. Certainement pas Agnès qui avait trop de respect pour son fils et ne voulait rien admettre qui pût le blesser, mais son silence parlait pour elle. Jean, avec élégance, savait rester neutre. Mais Nina, en tête à tête avec son frère, se jeta à l'eau. Elle lui révéla la tendre idylle, sans méchanceté, et même avec une certaine compréhension, le désir d'aider François à supporter le choc. Elle y réussit.

— Je dois tout te dire. Ta femme et Betty ont été surprises ici même, dans ton lit, un après-midi de septembre. La maison était vide, mais je suis revenue à l'improviste de la préfecture...

François commençait à écarquiller les yeux.

— Elles étaient nues toutes les deux. Par la porte de ta chambre entrouverte, je les ai vues, jambes mêlées, en train de s'embrasser. Crois-moi, aucun doute n'était possible. Elles faisaient ce qu'elles appellent l'amour, vraiment, apparemment en grandes délices. Enfin, tu imagines, un très joli tableau. J'ai simplement refermé la porte. Au début, j'ai bien cru qu'elles se cherchaient des points noirs, mais ça j'ai tout de suite compris.

François ne disait mot, l'air assez étonné. Le savait-il ? Marceline le lui avait-elle dit ? Un peu surprise, Nina continua :

— Aucun doute possible, c'est le grand amour, François. Tout y est, crois-moi. L'autre jour, en allant lire le communiqué à *l'Eclaireur* avec Fred, nous les avons croisées sur l'avenue, elles se tenaient par la main, sans pudeur, le plus naturellement du monde. L'amour, c'est comme ça, ça vient d'un coup. Tu sais, Betty est superbe, une femme splendide, un peu garçonnière, tu vois. Dommage pour les hommes, mais heureusement pour ta femme. Un port de reine, une crinière de lionne, un teint d'enfant, des reins racés. Tu sais bien que ta femme a toujours aimé les belles filles, souviens-toi au tennis... Elle ne se cache en rien, tu sais, elle est très franche et ne se sent nullement coupable. Elle m'a avoué adorer, *adorer* tu entends, les yeux de Betty, ça la repose, m'a-t-elle dit, de toutes les horreurs qu'elles voient toutes les deux, toute la journée, ces chairs d'hommes déchiquetées, amputées, ces sacs à viande pleins de bras et de jambes que l'on enterre tous les jours. Tu dois en savoir quelque chose avec tout ce que tu nous as dit ! Bah, si son bonheur est là, pourquoi pas ! Voilà, tu sais tout, tu redeviens un homme libre. Garde-toi bien et trouve-nous une jolie femme, prends-là surtout de chez nous, qu'elle aime au moins notre cuisine !

Je lui apprendrai le niçois et j'élèverai ta fille, je t'assure que Marceline nous la laissera. Le divorce, je m'en occuperai moi-même !

Nina faisait les demandes et les réponses. Elle connaissait son frère. Marceline n'avait jamais été de leur monde, jamais elle n'avait voulu s'intégrer. Heureusement, Giotta était née, et François la garderait. Pour le reste, chacun reprendrait sa route.

Nina avait vu juste. François était bien décidé, le jour venu, à la laisser faire. Que la guerre se termine d'abord, il serait ensuite temps d'aviser. Et, comme pour oublier, il essaya de profiter au mieux de son temps, de retrouver sa ville, si différente de celle qu'il avait laissée. Il remarqua partout les femmes au travail. Il fut frappé par les cinémas regorgeant de monde, par la saison d'hiver qui déjà semblait reprendre : le Ruhl, le Negresco, et d'autres hôtels, déjà rouverts. Les pouvoirs de police avaient été rendus à la ville. On annonçait trente mille touristes. François pensa que si on y ajoutait les blessés, les réfugiés et les convalescents, cela ferait beaucoup de monde à nourrir ! Encore une fois, ce serait la population civile qui en souffrirait.

D'ailleurs, dans tout le pays, les prix avaient fortement grimpé, impôts et contributions de guerre augmentant sans cesse avec la ponction des emprunts de guerre. On échangeait l'or contre du papier-monnaie, même les pièces d'argent, de billon, disparaissaient. Agnès retrouvait les pièces à l'effigie d'Umberto, de Victor-Emmanuel qui chassaient les Napoléon III à barbiche et la IIIe République. Tout un réseau de profiteurs, de trafiquants, d'embusqués, s'organisait. François était horrifié par ces marchandages, comme à Marseille, lui disait-on. Les cinémas faisaient fortune, c'était le grand attrait de la ville, plus de vingt salles, des dizaines de films par semaine. Ne fallait-il pas que le moral de l'arrière tienne ?... Par hasard, par un ancien collègue de Cannes, François apprit que Marceline avait son service d'infirmière au Cercle de la Méditerranée, et non à Cimiez, là était le nouvel hôpital 29 qui remplaçait le Riviera Palace. Peu lui importait, ce mensonge de plus rendait, en fait, la séparation plus facile et définitive. Désormais, seul lui importait de garder sa fille au sein de sa famille, qu'il voulait plus niçoise et unie que jamais. D'ailleurs, son souci, pour l'heure, était de se maintenir en vie.

L'essentiel était de tenir, de conserver espoir et santé. Quand François reviendrait, tout reprendrait vite.

Fred, lui, s'efforçait de multiplier les leçons de violoncelle et surtout les programmes d'orchestre au cinéma. Il demandait d'abord à visionner les films puis élaborait des accompagnements merveilleux devant lesquels Nina, plus amoureuse que jamais, s'extasiait.

Les dix jours s'écoulèrent trop rapidement. De retour à Toulon, François fut changé d'affectation et se retrouva aide-chirurgien à l'hôpital militaire.

Vers la fin mars, alors qu'il aidait à l'amputation d'une jambe gangrenée d'un tirailleur sénégalais, le pus gicla et lui atteignit l'œil gauche. Après de nombreux examens, on s'aperçut de l'absence totale de vision à cet œil, à la grande surprise du médecin chef :

— Mais enfin, Mogliano, vous êtes borgne, et totalement ! Nous ne pouvons vous garder ! Je suis obligé de vous verser au service auxiliaire. Pourquoi diable ne pas l'avoir dit avant ? Cela vous aurait évité la petite villégiature aux Dardanelles !

François n'était pas surpris. Cette infirmité, il la connaissait, mais n'avait jamais voulu en faire état, de crainte qu'elle ne lui porte préjudice dans sa profession, alors que cela ne le gênait en rien, si ce n'est un manque d'appréciation du relief, à moyenne et grande distance. Il s'en était aperçu, en fait, vers l'âge de dix ans, en voulant se servir d'une paire de jumelles, puis l'avait tout simplement oublié. Le plus drôle, c'est que le médecin n'avait rien décelé lors du conseil de révision. Il l'avait déclaré « bon pour le service armé » et versé dans les chasseurs alpins avec la mention : *acuité visuelle normale.*

C'est ainsi qu'au service auxiliaire, François se retrouva au contrôle des maladies vénériennes, et plus particulièrement au « dépistage des sources d'infections auprès des établissements spécialisés ». Ce qui sous-entendait le contrôle systématique des maisons de tolérance et des bouges clandestins.

La situation devenait en effet très préoccupante, les cas de blennoragie se multipliaient anormalement dans les unités coloniales ; un homme sur cinq était atteint, disait-on.

Le capitaine Andrioli, chargé du secteur, relevant de la préfecture maritime, avait dressé à François, son adjoint, un tableau aussi noir que détaillé des problèmes à résoudre.

— Le problème des maladies vénériennes, Mogliano, a toujours été très suivi et dominé à Toulon en temps de paix. Avant la guerre, pour une population d'une centaine de milliers d'habitants, dont six mille militaires et vingt-neuf mille ouvriers d'arsenaux, Toulon possédait une soixantaine de maisons de tolérance regroupées dans le quartier réservé, rue Lirette, rue des Remparts, rue de la Visitation, rue Garageau. C'était facile à surveiller. Dans ces soixante maisons : le Grand 13, le Panier fleuri, le Perroquet, le Pigalle, l'As de trêfle, et tant d'autres, les tenancières aidaient les autorités à maintenir un sérieux contrôle des filles, aussi bien à la chambre qu'à l'hôpital, grâce à la tenue des carnets de visite. 250 à 300 femmes à surveiller, au rythme de 4 ou 5000 montées par jour, c'était facile. Pour les filles sur le trottoir, une centaine tout au plus, le service des mœurs aidait. Mais, maintenant, avec les Sénégalais, les « Pacifiques », les Kabyles, Arabes, Tonkinois, Annamites, Serbes, et j'en passe, ça fait 30 à 40000 troupiers en mal de baise, d'ici à Fréjus ! Vous voyez le tableau ! Alors, les contrôles, on ne sait même plus ce que c'est ! Quant aux filles, elles arrivent de partout ! Les effectifs recensés sont de 6 à 7 par maison, quelquefois 10. Devant les ambulants de Fréjus, des centaines de tirailleurs font la queue, et sans jeu de mots, mon cher. Faut faire quelque chose, et vite ! Le tréponème n'est pas toujours en cause, le gonocoque, voilà l'ennemi en plus des Boches, et notamment sur le trottoir, ça foisonne de clandés ! Ce qui nous manque, ce sont des indicateurs sanitaires. On ne peut pas, à la visite, contrôler chaque braguette ! Nous avons déjà des cas graves d'orchite. Le front n'arrête pas de réclamer des divisions et nos hôpitaux et ambulances sont engorgés. A croire qu'ils le font exprès ! La guerre de la braguette ! un vrai sujet de chansonnier !

François était resté rêveur. A peine avait-il commencé à étudier sérieusement le problème, élaborer un plan de dépistage des gonocoques : distribution et utilisation obligatoire des préservatifs, etc., qu'il reçut une nouvelle affectation. Oui, transféré à nouveau à Marseille, brusquement, accompagné du trop fougueux Andrioli, et avec la charge du même secteur vénérien, mais cette fois au niveau du corps d'armée, et de la place même de la ville.

— Ah, ah ! jubilait Andrioli, les putes de la rue Radeau, de la rue Vévaux, de la Tour et même du quartier plus rupin de l'Opéra, peuvent préparer leurs bassines !

Adieu donc au boulevard de Strasbourg, une fois de plus, et vivent la Canebière et le vieux port.

Nous étions en juin 1916.

François retrouva un Marseille changé, bien différent depuis son départ aux Dardanelles. Le grand soleil y jouait assurément son rôle, dorant les terrasses si tapageuses des cafés de la Canebière, contrastant avec la lenteur et l'accent chantant des bistrots du vieux port. En jupes plus courtes, des femmes trottinaient en bas de soie et bottines à talons hauts. Il remarqua bien vite la disparition complète des gibus et des melons chez les hommes, au profit du chapeau mou et des guêtres élégantes, à petits carreaux noirs et blancs, des chéris de ces dames, les embusqués. Les rues Saint-Ferréol, de Paradis, de Rome, avaient recouvré l'animation connue dans son adolescence : le crépitement des fiacres remplaçait la pétarade des moteurs montés dans le Nord pour l'armée. L'été rendait ici la vie plus allègre. Il n'avait plus, il est vrai, lui collant aux tripes, la menace de recevoir du jour au lendemain, sa feuille de départ pour l'horrible. Les affaires, ici, semblaient très prospères à en juger par les cafés, les restaurants, les hôtels, les nombreux cinémas regorgeant de foule. La guerre paraissait plus lointaine, diluée dans l'activité du grand port.

Au service sanitaire, on ne semblait pas accorder trop d'importance, comme à Toulon, à la santé des braguettes des troupiers. Ces dames, ici aussi de plus en plus nombreuses, échappées du Nord et de l'Est, réfugiées dans les rues chaudes, savaient-elles mieux s'y prendre ? François disposait de plus de temps libre. Il s'était confortablement installé à l'hôtel du Petit-Louvre, sur la Canebière, près du cours

Belzunce, à deux pas des joueurs de boules. Il allait reprendre avec plaisir ses montées à la cascade du palais de Longchamp, voir les eaux écumeuses de la Durance s'écraser sur la croupe des quatre célèbres taureaux de Provence, et contempler, le soir, le bleuissement des montagnes ourlant la ville depuis l'Estaque jusqu'à Montredon. Il se promettait aussi, les jours de canicule, de descendre en fiacre le Prado du château des Fleurs jusqu'au parc Borelly, à la découverte de l'ombre touffue des platanes et de la merveilleuse bouillabaisse safranée, aux divines senteurs de rouille.

Le jour de l'application, révolutionnaire, de la loi Honorat, le 15 juin, l'avancement de toutes les pendules de soixante minutes sur l'heure solaire, provoqua un monceau de pastrouilles dans la ville. François fut appelé au fort Saint-Nicolas pour communication urgente. Il y apprit sa nomination à Draguignan, auprès de la formation militaire sanitaire de l'arrondissement.

— Vous y remplirez les fonctions de médecin, dentiste, chirurgien à l'occasion, lui dit un fonctionnaire compassé, afin de répondre aux besoins de la population civile, actuellement à court de personnel médical. Votre cabinet sera installé à l'école normale de jeunes filles et vous logerez boulevard de la Liberté, à l'hôtel Bertin.

4

Centième semaine de guerre. Quatre mois que les assauts des Boches se brisent sur Verdun.

Ce 1er juillet 1915, François débarqua à la gare des Arcs par le train du matin venant de Toulon. Dans la cour, une carriole bâchée, attelée à une jument grise, attendait. Un homme à cheveux blancs, dans la cinquantaine, en veste et chapeau noirs, s'approcha. En reconnaissant le caducée sur le collet de l'uniforme, il se découvrit.

— Docteur Mogliano, peut-être ? Je suis Olivier Faraut, le cocher du couvent Sainte-Marthe. Je suis venu vous chercher de Draguignan pour vous éviter d'attendre l'omnibus de cinq heures. Une attention de madame la Supérieure. On a tellement besoin de vous, docteur ! Vous voyez, tout se sait vite ici. Nous n'avons que quinze kilomètres à parcourir, ce sera tôt fait, juste un petit détour au moulin à huile du père Sicard pour charger une bonbonne, avec peut-être un petit saut au mas des Magnans...

C'est ainsi que François prit contact avec cette terre rouge de Provence, qui sentait bon les pins à la traverse des petits bois parsemés de chênes verts, sur les hauteurs séparant les champs peignés de vignes. Avant l'arrivée à Trans apparut le moutonnement incessant des oliviers argentés, crissant du chant des cigales. François s'épongeait le front.

— Le plein été, n'est-ce pas, docteur ? et sans mistral. Bientôt nous passerons le pont vers la vallée de notre Nartuby, auprès de la rivière, il fait plus frais. On y met les melons à rafraîchir. Tiens, si vous le permettez, je vais relever la nasse que j'ai mise ce matin. A cette heure, elle doit être bourrée d'écrevisses ! Avec la tête de mouton bien véreuse que j'y ai fourrée... Je vous montrerai le trou où je prends les truites avé la main. Je leur caresse le ventre et ça les rend toutes sages, mais fan de chichourle, il faut savoir y faire et être bien délicat, hé... elles sont si craintives, nos belles demoiselles !

Et c'est ainsi que pendant trois heures, le temps de grignoter doucement la route sous le grand soleil, rallongée il est vrai par un petit détour pour prendre le quinquina au mas des Magnans, le nouveau médecin militaire de l'arrondissement et le cocher-braconnier devinrent une belle paire d'amis. A midi, ils stoppèrent devant l'hôtel Bertin de moussu Marsan, boulevard de la Liberté, à deux pas des merveilleux jardins ombragés de la préfecture. Olivier n'avait pas arrêté de parler et François d'écouter, il avait beaucoup appris de la ville. En passant devant les nombreuses terrasses de cafés, endormies à cette heure sous les ombreux platanes, il lui avait même désigné le grand café du Commerce où le lendemain, au grand cercle, le maire monsieur Fourment l'accueillerait chaleureusement au nom de ses administrés.

— Ah ça, docteur, notre maire ! Un vrai monsieur ! Si vous l'aviez vu l'année dernière, comme il a défendu la ville quand les Parisiens nous ont attaqués avec leur *Echo de Paris* et leur *Gaulois,* en nous accusant de générosité « equecessive » et de manque de dignité devant les officiers allemands, ceusses qui logeaient à leurs frais à l'hôtel Bertin ! Té, personne n'en voulait de leurs Boches ! Pour nous c'est toujours des Prussiens ! Ç'a été une histoire terrible, un tissu de mensonges, toutes des calomnies, vite dénoncées par notre conseil municipal ! Des choses qu'on peut pas oublier, vé [1] !

Il révéla aussi que beaucoup de soldats prisonniers travaillaient dans les fermes.

— Y'en a qui s'évadent. La préfecture donne vingt-cinq

1. En 1915, une très grave dénonciation avait été faite dans les journaux parisiens contre la ville de Draguignan, dont Clemenceau avait été sénateur, accusant la population et le conseil municipal de générosité vis-à-vis des Allemands. L'affaire avait lourdement blessé la conscience populaire.

francs à ceusses qui les rattrapent. Vous verrez, docteur, chez nous on parle peu, c'est tranquille, mais y'a de l'ordre et de la mémoire. C'est pas pour rien que la préfecture elle est ici, et pas à Toulon. Là-bas, ils ont la marine, à Dragnan, on peut pas y échapper, tout le monde se connaît !

François se mit très vite au travail, tant dans les hôpitaux militaires qu'auprès de la population civile. D'accord avec le médecin chef de la place, un Niçois, le major de Gubernatis, on lui confia la direction du service dentaire. Assisté d'un infirmier, il avait également à charge l'hospice mixte, ou annexe Sainte-Marthe, l'école normale des jeunes filles où l'on avait ouvert près de deux cents lits, et l'hôpital auxiliaire de Bargemon créé par la comtesse de Boisgelin. Le préfet, de son côté, lui demanda d'ouvrir un cabinet dentaire à l'usage exclusif de la population civile, deux jours par semaine, boulevard de l'Esplanade. On utiliserait un cabinet bien équipé dont le dentiste était aux armées.

— Nous manquons de médecins de campagne, justement vers Bargemon, Clavier, Figanières. Si le temps vous en dit, lui avait dit monsieur le préfet, peut-être pourriez-vous soulager nos pauvres paysans ? Je ne voudrais pas abuser, mais nous vous demandons de faire l'impossible. Il faut faire face, comme à Verdun !

Cent quatrième semaine de guerre. Avec la fin des moissons, la mise en sac des gros blés rouges[1] et de l'épeautre[1] si attendus, vint le jour anniversaire de la déclaration de guerre. Cent quatre semaines déjà. Joffre et Pétain réussissaient à contenir la marée boche à Verdun et on arrivait enfin à les grignoter avec l'offensive sur la Somme. Vaux, Douaumont, avaient été perdus, mais le saillant de Verdun tenait très fort. Sur mer, la bataille du Jutland n'avait rien donné. La flotte de haute mer de l'amiral Scheer s'était enfermée dans la Baltique, mais les sous-marins torpillaient d'aise.

A Draguignan, beaucoup de denrées manquaient. François imaginait ce que cela devait être à Nice, sans ressources propres et située tout au bout de la table de France !

1. Variétés de froment spécifiques cultivées dans le haut Var.

Il quitta assez vite l'hôtel Bertin, trop officiel, visité sans cesse par des délégations, et loua un petit appartement blanchi à la chaux, meublé à la provençale, place du Marché, au-dessus de la librairie, avec « cabanette »[1] à l'étage.

Il prit soin d'organiser chez lui une infirmerie d'urgence pour le quartier, partageant son temps entre les hôpitaux militaires et le cabinet civil du boulevard de l'Esplanade. La nouvelle se répandit comme une traînée de poudre, et dès huit heures du matin on y faisait la queue. Il habitait ainsi au cœur de la cité au point de contact entre la ville et la campagne, idéalement placé pour s'intégrer. Son uniforme et sa jeune calvitie le rendirent bientôt populaire. Son parler niçois lui permit rapidement de comprendre et de parler le provençal, le rapprochant des malades. Seule la terminaison féminine en « o » le gênait, différente du niçois. François avait vite délaissé les restaurants et les brasseries de la ville pour prendre pension, au repas du soir, et à un prix modique malgré l'attention et les soins apportés au repas, chez des voisins, les Barbaroux, où la grand-mère, Mama Marie, tenait merveilleusement la queue des poêlons.

Bien vite, il put rassurer Agnès et Catherine, toujours inquiètes pour sa nourriture. Il avait trouvé, chez les Barbaroux, une excellente table provençale, très proche de la niçoise, avec cependant peu de pâtes, jamais de légumes farcis, mais des courgettes et des poivrons, autant de tomates, et plus encore de tians, que l'on faisait gratiner pour un sou dans le four du boulanger. Peu de poissons aussi, sauf quand Olivier rapportait des Arcs, grâce à un cheminot particulièrement bien introduit auprès d'une « cacane[2] » toulonnaise, des supions et des calamars, les célèbres « tanteno » que sa femme préparait avec des oignons, des tomates, un verre de vin blanc et du poivre d'âne de la garrigue, si parfumé.

L'atmosphère des soirées passées en famille chez ces braves gens le réconfortait, lui rendant sa solitude plus soutenable, totalement coupé qu'il était de ses collègues. Il reprenait des

1. Toilettes extérieures.
2. Dame de la Halle à Toulon ayant le privilège de la vente du poisson.

habitudes d'étudiant. Chez les Barbaroux, tous les soirs, sauf quelquefois le dimanche qu'il se réservait pour dîner en ville, il retrouvait à la table le grand-père Simon, Jeanne, la bru, une jeune femme d'une trentaine d'années qui travaillait à la préfecture, et ses deux jumeaux de dix ans, cependant que Mama Marie servait son petit monde.

Toute sa vie, le père Simon avait exploité une magnanerie sur la route de la « Pierre de la Fée », à la sortie de la ville. Il aimait raconter à François, moitié en provençal, moitié en français, les occupations de sa famille depuis des décennies.

— Du mois de mai à fin septembre, les magnans[1] nous tiennent occupés, cinq mois seulement, mais un travail incessant, de jour comme de nuit. Docteur Mogliano, comme on dit chez nous :

Se li Pasco, le vendemi, e li magnan
Duravon tout l'an
Noun i auriè leu ni femo, ni aï, ni capelan[2].

Je vous y emmènerai un jour, vous verrez l'installation. Dès le mois de mai, on s'y met tous, avec mes cousins et cousines. Il y a à peu près cinq périodes entre la naissance des magnans et le moment où ils vont filer leur cocon. Ils dévorent des tonnes de feuilles d'amourié avec une voracité extraordinaire. A peine déposées, il reste plus que les nervures ! On appelle ça le breso. Les chenilles font un tel bruit en dévorant qu'on a l'impression que la pluie crépite. Il nous faut changer la litière plusieurs fois par jour, et la nuit, *mudar la jasso dei magnan* est une véritable obsession. Dès que commence la montée du ver, pour qu'elle se fasse bien, nous disposons des rameaux de bruyère, de bruc ou de genêt, la ginestre, sur lesquels les vers disposent leurs fils comme dans la chanson, a dit le félibre :

E clarinéa sus li genesto
Quand li magnan mounton en fésto
per fiela si presoun blondinello e que leü

1. Vers à soie.
2. Si Pâques, les vendanges et les magnans duraient toute l'année, nous n'aurions ni femme, ni âne, ni curé.

A queli toro mai qu'abilo
s'envelisson a cha milo
Dins si bressolo tant sutilo
Que vous sémblon teissudo em'un rai de souleü[1].

C'est curieux, je vous assure, de voir toutes ces petites bêtes tisser ainsi leur cocon en forme d'œufs, en remuant sans cesse de gauche à droite leur petite tête !

Ensuite vient le descoucounnage où nous détachons les cocons en étouffant les chrysalides à l'étuve — oui, monsieur, nous sommes modernes — pour en tirer le fil de soie *intact.* Nous travaillons pour ainsi dire jour et nuit jusqu'à fin juillet. Il faut sans cesse éviter la clarté trop vive, maintenir une propreté méticuleuse dans une chaleur égale. Chaque jour il faut lutter contre la maladie, éliminer les passés, les rouges, les gros, les muscardins. Ça vous prend si vite du mal, et ça se propage d'un coup ! Les femmes restent toujours là à observer, et vlan, le ver malade dans le tablier, ça nourrit le poulailler ! Mais le gros travail des femmes, vous savez les magnarello, c'est la cueillette des feuilles du mûrier à pleines poignées. Vous savez bien, la chanson de Mireille de notre bon Mistral...

— Oui, Barbaroux ! Vous parlez si je la connais, on la chante nous aussi...

— Mais ce n'est pas fini, mon bon monsieur, parce que les Barbaroux, nous faisons notre graine. Il faut placer avec délicatesse les plus beaux cocons dans la couveuse pour faire naître les papillons qui pondent les graines avant de mourir. Nous avons enfin deux mois de tranquillité avant les vendanges. Après, le vin, c'est du travail d'homme. Nos femmes sont contentes quand la récolte est bonne, nous vendons la soie à la filature du Muy. La meilleure soie de Provence. Il faudra y aller voir, c'est très instructif.

1. Et diaphane sur les genêts, quand les vers à soie montent en fête pour filer leurs blondes prisons, et que rapidement les chenilles s'ensevelissent par milliers dans leur berceau, si subtils qu'ils semblent tissés d'un rayon de soleil.

Durant ce temps, Mama Marie remuait ses marmites. François avait remarqué que sa cuisine, malgré les mêmes ingrédients, n'avait pas le même goût qu'à Nice. Cela provenait certainement du mode de cuisson. Elle n'avait ni gaz ni cuisinière, et cuisait au potager ou dans l'âtre. Son potager, comme jadis à Turin chez Agnès, se composait de gros moellons de terre rouge vernissée, percés de deux foyers carrés et munis d'une grille où tombait la cendre du charbon de bois. Le feu de l'âtre, lui, dans la grande cheminée de la salle commune, servait à rôtir à la broche, avec remontoir à ressort, les rares pièces de mouton et surtout les grives d'automne bien grasses, gavées d'olives, dont Marie recueillait le jus brun qui gouttait sur des croutons frottés d'ail. A la crémaillère, on accrochait aussi, un peu loin des flammes, la daubière, avec son couvercle renversé, rempli d'eau. La daube succulente y mijotait doucement, des heures entières. Mama Marie la servait avec une simple macaronnade arrosée d'un « raï » d'huile d'olive. Chez les Barbaroux, pas de pieds paquets à la marseillaise, mais du gras-double, *lou double de biau,* et surtout des tripes de mouton à la vinaigrette, les célèbres reboulito, inconnues sous cette forme à Nice. Un autre régal pour François, la suçarello : des escargots, les cacalous cuits dans une sauce parfumée de fenouil, de vin blanc, dans un concassage d'oignons mêlés de chair à saucisse, le tout bien arrosé d'huile d'olive, avec une gousse d'ail écrasée. Il s'était fait donner la recette pour Nina, la spécialiste des non moins célèbres cantareus niçois préparés sans vin blanc et sans fenouil.

François était maintenant très pris : le matin à l'hôpital militaire et l'après-midi au cabinet civil. Il s'était cependant réservé le lundi toute la journée pour sa visite à Bargemon. Olivier Faraut, devenu le chauffeur officiel de François, guidait Pomponnette, la jument grise du couvent Sainte-Marthe, et lui servait aussi d'infirmier.

Bien vite, les grelots de l'attelage furent connus sur la route menant à Bargemon, et les arrêts à Figanières, Callas, et au retour, Claviers, se firent de plus en plus fréquents. François était obligé d'apporter avec lui un tour à pédale dont Olivier prenait le plus grand soin et qui servait, dans la salle de la mairie ou le préau de l'école, à fraiser les dents. Il s'occupait à l'occasion de petite chirurgie, aidait parfois à des accouchements, et même, exceptionnellement, pratiqua une césarienne, sauvant ainsi une femme et son enfant.

François était heureux de communiquer avec les âmes simples de cette Provence profonde, petits paysans, tâcherons, bûcherons, charbonniers, qu'il n'avait jamais eu la joie d'approcher de si près, sur le lieu même où ils vivaient. Il apprécia les femmes qui avaient repris avec courage et énergie la place du mari ou du père, aux champs, sur l'aire à battre, à l'écurie. Lui, le citadin, retrouvait la simplicité première où la moindre parole prononcée, le moindre geste esquissé, la plus petite offrande, prenaient signification. L'avarice de la nature mettait d'autant en valeur la générosité des cœurs. Il parvenait à oublier le tragique et l'inhumain de la guerre, l'effroyable boucherie, au sein de ce monde agreste où chantait la saine beauté des paysages varois. Son amour pour les humbles l'accaparait tout entier. Par sa bonté, il essayait de racheter la cruauté des autres.

A Draguignan, on le connaissait, et bien souvent, en rentrant le soir de ses harassantes journées, il trouvait sous sa porte des petits mots qui demandaient une visite, un peu de temps à passer auprès d'un être cher ayant besoin de soins et de réconfort. Docteur, chirurgien, dentiste, on confondait, mais n'était-il pas là au service des hommes ?

C'est dans ce cadre familier de la place du Marché qu'un lundi matin, à l'intérieur du magasin de la droguerie Buisson, François fit la connaissance de madame Marguerite Gilly, assise sur une chaise et terrassée par un mal de dents. C'était une jolie veuve, très brune, à la lourde chevelure ondulée, qu'il avait déjà aperçue, vendant de la papeterie et des cartes postales, dans un magasin de la place Claude-Gay, où elle tenait également le bureau des omnibus, à cheval ou à moteur, vers les gorges du Verdon. Craintive à l'extrême, elle se laissa cependant convaincre de se rendre au cabinet du boulevard de l'Esplanade. François la rassura :

— Ce n'est qu'une bonne fluxion. Je vais déboucher la dent et soigner votre abcès. Une bonne couronne par là-dessus et il n'y paraîtra plus.

Le lendemain, à l'heure dite, tremblante et blanche comme un linge, elle se présenta accompagnée de sa fille Julia, une bien belle fille d'environ dix-neuf ans. La beauté à l'état pur, telle que François la rêvait, une apparition de l'Arlésienne telle qu'il se l'imaginait, il ne lui manquait que la coiffe... Un sourire éclatant, une bouche fraîche et pulpeuse, un teint de lis contrastant avec les cheveux, noir-bleu, relevés par deux gros peignes encadrant le visage. François ressentit un véritable coup au cœur, davantage encore de la gentillesse de la jeune fille, sa prévenance à l'égard de sa mère. Au débouché de la dent libérant la pression des gaz, Marguerite — c'était le nom de la mère — retrouva son sourire et s'excusa de tant de dérangement. François, pour lui faciliter les choses, promit de passer au magasin, lui donna quelques consignes, mais déjà son cœur se serrait à l'idée que Julia s'en allait.

Julia, elle, avait été conquise par la douceur de ce bel officier.

Après avoir déposé sa mère au magasin, elle était revenue à la maison du boulevard de la Liberté, heureuse, légère, sans raison apparente, le visage de François trottant dans sa tête. Elle revoyait la précision de ses gestes, ses mains élégantes... C'est un mari comme ça dont elle rêvait... mais il était probablement marié ou amoureux. Et en soupirant, elle s'assit derrière sa machine à écrire, à la préfecture, les yeux rivés sur l'image qui flottait en elle.

Derrière la fenêtre ouverte, sur les jardins privés de monsieur le préfet, jaillirent d'un cèdre les trilles d'un merle en état de grâce. Et Julia se mit à rire de bonheur.

5

Sombre décembre. Bucarest est tombée. Joffre, abandonné par Briand, cède sa place à Nivelle. Douaumont et Vaux ont été repris. François-Joseph est mort, mais l'usure s'affirme dans tous les domaines. La guerre sur mer fait rage. Chaque jour, de Toulon, de Marseille, on apprend le nom des navires coulés en Méditerranée, des transports de troupes bourrés d'effectifs vers Salonique.

François fit un saut, durant trois jours, à Nice. Son principal but était de voir sa femme, renouer ou mettre un terme à leur union. En tout cas, il garderait Giotta.

L'entrevue eut lieu dans un petit salon du Ruhl ouvert maintenant toute l'année et où logeaient beaucoup de femmes d'officiers supérieurs en convalescence ou en traitement à Nice. Avec sa jupe à godets à la cantinière et ses talons hauts, Marceline lui apparut totalement transformée. Elle fut intraitable.

— Pour moi tu n'es plus mon mari. Notre mariage, tu peux mettre un gros pavé dessus ! Nous deux, c'est bien fini. D'accord pour le divorce. Jamais je ne reviendrai vivre avec ta famille. Quant à ma fille, vous en avez fait une Niçoise, tu peux la garder, mais j'exigerai des compensations. J'ai perdu les plus belles années de ma vie avec toi... Je te demanderai de quoi ouvrir une maison de couture. Tu me dois bien ça. J'ai des projets, moi aussi, la guerre finie. Plus d'hommes, jamais. Oui, c'est vrai, je suis pleinement heureuse avec Betty... Nous avons droit à notre bonheur autant que vous. Le monde va changer. Monte à Paris et tu verras. Moi, j'en reviens, c'est autre chose que ton sale pays ! Désormais, toi et moi nous sommes libres. Libres, tu comprends ?

François était heureux de se l'entendre confirmer. En somme cette rupture ne valait pas une larme. Ils se séparèrent donc, François vaguement écœuré.

A la maison, les problèmes étaient d'un autre ordre. Jean revenait de Genève où les nouvelles étaient pour lui catastrophiques. Ses placements en Roumanie et en Russie s'étaient effondrés après le soubresaut de l'offensive Broussilov.

— Vendez, monsieur Wagner, lui avait conseillé Gastaldi. Ce sera quand même mieux que rien. D'après mes renseignements, la révolution couve en Russie et qui sait ce qui va en sortir !

Jean projetait donc de vendre le Rubens, l'autoportrait qui lui venait de sa famille. Le peintre Garino en avait fait une copie qui, dès maintenant, remplaçait le vrai au salon. Une proposition devait venir de Bâle. L'essentiel n'était-il pas de survivre et de conserver François vivant ?

Fred assurait courageusement deux matinées et une soirée dans deux cinémas, en plus de quelques leçons le matin. Nina avait abandonné la préfecture et s'occupait à plein temps de Giotta à qui Françoise donnait des leçons de français en niçois. On montait plus souvent à la Ginestière où Flavio avait organisé un splendide jardin potager à grand renfort de vidange de latrines.

François trouva un Nice éteint le soir et envahi de soldats convalescents, permissionnaires, blessés, au bras de jolies personnes qui encombraient les jardins. Les magasins fermaient à six heures. Sur l'avenue, les trottoirs s'illuminaient chaque jour, côté droit ou côté gauche à tour de rôle. La place Masséna, elle, restait presque obscure la nuit. On éclairait seulement les carrefours.

Le charbon devenait très rare. Nina s'essayait à utiliser une marmite norvégienne[1] pour cuire la soupe au pistou. On faisait la queue pour le sucre à l'ancien bazar, au coin du casino municipal et de l'avenue Félix-Faure, carte de rationnement en main. Plus de beurre ni de fromage à la taxe.

1. Système de cuisson permettant une économie de combustible.

Malgré la réserve d'huile, Agnès avait dû supprimer les salades. Nina avait entendu dire que la soupe de pelures de pommes de terre était recommandée pour clarifier le teint. Le pain lui-même allait manquer. Et dire qu'il fallait encore nourrir des touristes ! La vieille ville grondait contre son maire...

François regagna Draguignan en passant par Toulon envahi de cinémas, et la nuit, de filles légères qui racolaient même sur la place de l'Amirauté. Son repas de Noël aurait lieu chez les Barbaroux avec un civet de lièvre braconné par le fidèle Olivier.

Il avait revu Marguerite et Julia plusieurs fois à leur magasin.

La veille de Noël, dans l'après-midi, il leur apporta une caissette d'œillets rouges que Nina lui avait envoyée de Nice. Le commissionnaire avait attelé son âne pour la lui apporter. Marguerite les disposa immédiatement dans un gros toupin de terre sur le comptoir, illuminant ainsi le magasin.

— Voyez docteur, comme c'est superbe ! Vous au moins, vous savez faire plaisir. Il va y en avoir, de la jalousie !

En effet, l'événement fit le tour du quartier. Les voisines accouraient aux nouvelles, peut-être Julia se fiançait-elle, ou Marguerite, allez savoir... Certaines, ayant aperçu un képi, affirmaient avoir vu des autorités militaires dans le magasin, au moins un général et toute une kyrielle d'officiers...

Le soir, en rentrant chez lui, François trouva un petit mot signé de Julia et de Marguerite, le remerciant pour les fleurs et l'invitant à dîner pour le 28 au soir. On l'attendait vers sept heures, au 16, boulevard de la Liberté, au premier étage.

Marguerite avait dû expliquer à son amie Séraphine — alertée par le conseil des voisines et accourue immédiatement — que les fleurs n'étaient rien d'autre qu'une gentillesse du docteur-dentiste militaire.

— Tu le connais bien. Les œillets viennent de Nice, de sa propriété. Là-bas, c'est la coutume... un homme charmant, si délicat, et un dentiste extraordinaire...

La chose fut immédiatement répétée. Germaine, Mireille, Louise, ne tarissaient plus d'éloges. Tout le quartier défila. Les commentaires allaient bon train.

— Boudiou, Marguerite, ce bouquet, quelle merveille ! Des œillets rouges, mais tu sais que c'est une déclaration d'amour...

— Dites, Marguerite, ce bouquet, c'est pour vous ou pour la petite ? Il faut dire que Julia est bien brave et jolie. Depuis qu'elle est à la préfecture, avec l'instruction qu'elle a, peuchère !

Le lendemain de Noël, François croisa Julia qui revenait de la préfecture. Il lui confirma son accord pour le dîner.

— Je viendrai à sept heures et j'apporterai le vin.

— D'accord, cela nous fera plaisir.

Elle lui tendit la main et, instinctivement, sans vraiment le vouloir, François s'aperçut qu'il la conservait dans la sienne et Julia, le plus naturellement du monde, la lui abandonna avec un joli sourire, avant de l'embrasser spontanément sur la joue. La douceur de sa joue l'émut et il réprima l'envie de la serrer dans ses bras, en pleine rue, devant toutes les commères qui devaient guetter derrière leurs fenêtres dans leur système de miroirs.

François commençait à rêver. Le possible aurait-il le visage de Julia ?

Le dîner, boulevard de la Liberté, fut succulent bien que simple, et Julia ingénue et désirable dans sa robe au corsage ajusté, en mousseline de soie couleur sable qui mettait en valeur ses seins et sa chute de reins.

Marguerite, elle, était vêtue strictement de noir, comme sa mère Marie-Jeanne, en tablier, qui s'affairait autour des grives rôties à la flamme des sarments. Le repas conquit totalement François. On débuta par une soupe crémeuse de fèves fraîches, puis les grives accompagnées d'une purée de marrons venant de la Garde-Freinet, du fromage de brebis frais de Bargemon et une spécialité de Marie-Jeanne, la tarte aux abricots confits dans du miel. François avait apporté du vin rosé du Muy qu'il dut se contenter de boire seul, ces dames ne buvant que de l'eau. Sauf pour le dessert où elles se partagèrent avec force grimaces, un verre de vin cuit vanillé, préparé par Marie-Jeanne.

Tous les quatre s'étaient promis de ne pas parler de la guerre. Marguerite, très à l'aise, profita de l'absence momentanée de Julia qui préparait la tisane à la cuisine, pour parler du bouquet.

— Vous savez, monsieur François, toutes mes amies ont admiré le bouquet. Une vraie révolution dans le quartier ! Une telle abondance de fleurs, nous ne sommes pas habituées. Et vous savez ce que la Louise m'a dit ? Que pour elle, un pareil bouquet, c'était comme une déclaration d'amour...

François l'interrompit :

— C'est vrai, madame, cette femme a raison. J'aime votre fille et je crois ne pas lui être indifférent. Je ne veux encore rien lui dire. Tant de choses restent à régler... Mais il vaut mieux que je vous explique. J'ai besoin de vos conseils avant d'agir, nous devons totalement être sûrs de nous avant toute chose. Il y a tant de problèmes à résoudre, ma situation de famille et cette guerre qui n'en finit pas...

Marguerite en resta interloquée. Marie-Jeanne, qui paraissait ne rien avoir entendu, échangea pourtant un regard approbateur avec sa fille. Mais Julia revenait, portant un plateau et les plus jolies tasses de la maison, un vieux service de Moutiers.

— Voilà, la tisane est faite, le sucre devient rare mais nous avons du bon miel de lavande qui le remplacera.

Il fallut rajouter deux grosses bûches dans la cheminée. Julia paraissait heureuse, plus à l'aise, détendue. Avait-elle entendu de la cuisine, avait-elle écouté ? François remarqua sur une étagère, près du très vieux pétrin suspendu au-dessus d'un bahut, une rangée de livres. Toujours curieux de littérature, il s'approcha et lut dans la pénombre de la pièce un titre, *Vie de Jésus,* d'Ernest Renan. Quelle coïncidence !

— Oui, dit Marguerite, voyant l'ouvrage dans la main de François, ce sont les livres de mon pauvre mari, nous y tenons beaucoup. Georges était libre penseur. Julia adore ce livre, elle dit que c'est son cinquième évangile. Elle lit beaucoup, moi je n'ai pas le temps. Vous savez, nous ne sommes pas pratiquants. Mon mari disait toujours qu'il est ridicule d'aller chercher Dieu dans les églises puisqu'il est partout, et le plus souvent dans les champs. C'était un fidèle de Clemenceau, notre sénateur. Quelle lutte, pour son élection en 1902 ! Notre Julia avait quatre ans...

François, soudain songeur, pensa que décidément tout s'emboîtait à merveille — la famille d'un libre penseur, quelle heureuse simplification pour le mariage si jamais...

Minuit sonna, il fallut rentrer. Toute la famille l'embrassa.

Marguerite le raccompagna à la porte cochère et ils prirent rendez-vous pour le lendemain, à trois heures.

— Julia sera à la préfecture, ici nous serons tranquilles.

Lorsque François quitta les Gilly, il était heureux, un besoin de marcher fourmillait dans ses jambes... Un vent froid et sec courait dans la ville, qui l'incita à faire un long détour par les allées Azémar avant de rentrer chez lui, place du Marché. Il sentait intensément qu'il vivait là un des moments importants de sa vie. Son pas résonnait clair, ponctuant la détermination de son cœur. Oui, demain il informerait la mère de Julia de sa situation de famille, ne lui cacherait rien des difficultés à vaincre, de son désir ardent d'épouser sa fille, si celle-ci répondait à son amour.

Combien il avait goûté cette soirée, au cours de laquelle la simplicité tranquille de Julia s'était révélée au sein de sa famille. La pénombre, l'harmonie précise des gestes, la douceur à travers les mots, et cet empressement comme respectueux, un peu biblique, autour de lui, l'homme, l'avaient profondément touché. Comme il souhaitait maintenant consolider ce qui devrait rester de son passé, oublier totalement Marceline et se consacrer tout à Julia, à ce qu'il entrevoyait déjà de leur vie à deux.

Ce soir-là, il s'endormit dans son lit étroit, comme jadis, quand il était étudiant, rêvant à des lendemains pleins de promesses. Mais, entre-temps, il avait touché de près la détresse, il savait le prix de cette nouvelle vie, il savait combien il en prendrait soin.

6

L'année 1916 avait retourné son sablier dans l'affliction et la détresse, avec une froidure et des frimas des plus inhabituels. Même à Draguignan, l'hiver, très rude, se faisait particulièrement sentir. A Paris, la Seine charriait des glaçons et dans les ouvroirs combles, les femmes, privées de caresses, tricotaient, tricotaient, à perte d'aiguilles. Ils avaient si froid, nos poilus.

Les nouvelles du front parlaient d'activités restreintes. Au moins les tourmentes de neige ralentissaient-elles le travail de la grande faucheuse. Les femmes, épouses et mères, se reprenaient à espérer. Une halte jusqu'au printemps, jusqu'à la grande offensive libératrice que Nivelle devait préparer. De part et d'autre, on s'enterrait plus profondément encore. Heureusement, l'Amérique se rangeait à nos côtés. Le 6 avril, elle déclarait la guerre à l'Allemagne.

En revanche, les communiqués russes devenaient angoissants. Devant l'avance allemande, le pouvoir s'effondrait, Raspoutine abattu, le tsar avait abdiqué au profit du grand-duc Michel qui, lui, refusait, au profit de la douma qui, elle, élisait Kerensky. Un grand ami des Alliés, disait-on au cercle du café du Commerce.

François, lui, se rapprochait de plus en plus d'une Julia que la différence d'âge, son savoir et son expérience attiraient très fort. Ils se voyaient aussi souvent que possible, rarement maintenant au jardin public où la bise glaciale transformait le jet d'eau en bougie de cristal, mais bien au chaud, boulevard de la Liberté, chez elle, où Marguerite s'efforçait, au moins deux fois par semaine, de retenir

François à dîner avec des « succulences » de plus en plus difficiles à obtenir.

Les restrictions de combustible et de denrées alimentaires de « première nécessité » se faisaient cruellement sentir : les pommes de terre, le sucre, la viande, les denrées coloniales, tout manquait, le jour le jour devenait performance.

En mer, la guerre sous-marine faisait rage, neuf cent mille tonnes de navires de charge avaient déjà été expédiées par le fond.

Chez Marguerite, le comptoir du magasin abritait encore quelques richesses : huile d'olive, fromage de brebis, gibiers à poil et à plume, que des paysans compatissants lui apportaient pour la remercier de sa gentillesse proverbiale. « Marguerite, je vous ai apporté une petite gâterie, pour vous et votre fille qui m'a écrit cette jolie lettre pour mon Fernand aux armées, vous verrez c'est un beau lièvre, un capucin. Encore un que ces cochons de Prussiens n'auront pas ! »

Julia raconta à François sa jeunesse, la mort de son père, journaliste tué en Afrique. Elle avait alors tout juste cinq ans. Puis son entrée, après le certificat d'études, comme boursière au collège de jeunes filles du Cannet-du-Luc où elle avait passé son brevet supérieur ; son espoir de devenir sévrienne, peut-être agrégée de lettres… La guerre avait tout ruiné, elle était entrée à la préfecture comme rédactrice à la première division, dite des affaires générales et de la guerre. Taper à la machine occupait tout son temps.

— La guerre a tout saccagé, François, dit-elle, même les souvenirs, parce qu'ils font mal. Je me revois quand nous allions avec Grand-Mère et Maman dans les magnaneries cueillir les feuilles d'amourié, mes courses folles après les agneaux, sous les oliviers. Je lisais beaucoup…

Elle avait retrouvé, dans la bibliothèque de son père, la tradition varoise de la famille Gilly, antigoupillon et libre penseur : Zola, Renan, entre autres, étaient devenus ses maîtres à penser. N'avait-elle pas montré à François, souligné de rouge dans son cahier : « La foi que l'on a eue ne doit jamais être une chaîne[1]... », le même passage cité par son Patchou.

François découvrait l'âme de Julia. Avec surprise et joie, il retrouvait chez la jeune fille, la même semence qui avait enthousiasmé sa conception du monde, la *Prière sur l'Acropole,* ses conversations avec Jean, qui l'avaient tant bouleversé. Il les retrouvait miraculeusement mêlées à la beauté de la jeune fille.

Un soir, il récita les premiers mots de la *Prière sur l'Acropole,* et Julia enchaîna. Elle connaissait le texte par cœur : « O Noblesse, O beauté simple et vraie, déesse dont le culte signifie raison et sagesse, toi dont le temple est une leçon éternelle de conscience et de sincérité[1]... »

Elle lui parla un jour de Tolstoï et de cette peur de la mort qu'elle ressentait dans la plupart de ses romans.

— Justement, je suis en train de lire *Anna Karenine.* Kitty me plaît beaucoup, bientôt je vous dirai pourquoi ! Essayez de deviner. Oui, je vous amènerai sous un cerisier, une surprise.

Ils se découvraient, lui à trente-quatre ans avec déjà un passé, elle à dix-neuf, tous deux rationalistes, antidogmatiques, mais tolérants, prêts à s'aimer. Et puis, tous deux adoraient la simple nature, le vieux bois ciré, les murs simplement chaulés.

Déjà, ils savaient qu'ils partageraient leurs lendemains, c'était inévitable... un amour pur, la douceur de leurs lèvres à leur plaisir attaché. Maintenant, ils se tutoyaient.

François avait voulu lui raconter la nécessité d'attendre que sa situation de famille se réglât.

Elle l'avait tout de suite arrêté, lui posant son doigt sur les lèvres.

— Maman m'a tout expliqué. Je te sais droit et juste. J'ai une confiance infinie en toi. Cela ne retardera rien entre nous, peut-être seulement devant les hommes, mais je sais que tu

1. Extrait de *Prière sur l'Acropole,* dans *Souvenirs d'enfance et de jeunesse,* d'Ernest Renan.

mettras tout en œuvre pour que nous puissions nous marier. J'attendrai le temps qu'il faudra. Après tout, peut-être que la guerre sera encore longue. Sans le savoir, je t'attendais. Avec toi, j'ai enfin ouvert les yeux et je t'ai reconnu tout de suite. Tu seras mon mari.

15 mai déjà. Avec le printemps, la folie meurtrière reprenait ses droits, parmi les arbres en fleurs. Les grandes offensives françaises se brisaient contre les inexpugnables tranchées allemandes. A nouveau, les hôpitaux recevaient leurs charretées de torturés, la terre se gorgeait de cadavres. Partout les hommes, et maintenant les femmes, venaient à manquer. Mangin devait épargner ses divisions coloniales devant l'hécatombe grandissante. Nivelle cédait la place à Pétain pour calmer, disait-on, la lassitude des troupes.

Mardi 29 mai 1916, millième jour de guerre. Julia, tout à sa joie, disposait un bouquet de pivoines rouges, très odorantes, sur le bureau de François appelé d'urgence à l'hôpital militaire. Si les voisines la voyaient ici, c'en serait fini de sa réputation !

Elle se sentait, ce matin-là, belle, si légère qu'elle valsait autour de la table dans sa robe de mousseline beige garnie de guipure. Une forme nouvelle, plus courte, qui laissait voir le haut de ses chevilles. Le corsage ajusté mettait en valeur ses jeunes seins, et elle portait, comme les magnanarelles, sa capeline rejetée sur le dos.

François la surprit ainsi, rougissante d'être découverte dansant au milieu de la salle. Son parfum de fille brune l'enivra. A peine son képi posé, il lui tendit les bras et l'entraîna dans un bal imaginaire en fermant les yeux. Leurs lèvres se joignirent. La première fois que Julia embrassait des lèvres d'homme… François la serra très fort contre lui et osa un baiser dans le cou. Julia frémit, il se domina et n'entendit plus les violons…

Pour la traditionnelle cueillette des cerises chez les Pons, route de Rebouillon, après la Pierre de la Fée, Julia avait revêtu une robe terminée la veille. Elle voulait montrer ce dolmen à François, lui raconter la légende amoureuse et lui faire la surprise de renouveler le geste de Kitty, avouant son amour à Levine[1].

A cinq heures, le couple prit le chemin de la Pierre de la Fée, le seul dolmen de toute la Provence, à peine à un kilomètre après la dernière maison du faubourg, sur la route de Castellane.

— Laisse-moi te raconter, dit Julia. « Il était une fois une fée qui aimait se déguiser en bergère. On la voyait souvent garder ses moutons sous trois grands arbres, un chêne, un micocoulier et un genévrier immense. Elle jouait d'un instrument extraordinaire, une sorte de viole qui charmait tous ceux qui s'en approchaient et les endormait aux alentours dans les bois d'orangers et de grenadiers. Un jeune génie du voisinage, attiré par la magique mélodie et conquis par la merveilleuse beauté de la bergère, vint lui demander sa main. D'accord, lui dit-elle, mais je veux, pour me marier, que vous me construisiez une table formée de trois pierres pour que, les jours d'orage, nous puissions nous y abriter et y faire notre couche de fleurs d'amandier. Le génie se mit immédiatement au travail, une, deux pierres furent plantées, mais la grande dalle était trop lourde. Epuisé de fatigue, il s'endormit.

Julia marqua une pause, et, fermant les yeux, mima joliment le bel assoupi.

« Durant son sommeil, la fée, voyant le travail inachevé, voulut l'aider et traça de sa baguette magique un grand cercle.

Julia s'interrompit, se baissa et, du bout du doigt, traça un grand ovale dans la poussière. Puis elle reprit :

— Alors, une grande flamme se leva et transporta l'immense pierre à sa place. A son réveil, le jeune génie comprit que la bergère était une fée, et plus habile que lui. Il crut qu'elle s'était moquée de lui, et en mourut.

La fée le retrouva sans vie, le déposa sous la table et le changea en pierre. Tu vois, c'est la troisième pierre sous la table. Puis elle s'évanouit en fumée. Mais on dit qu'elle revient les nuits de clair de lune, l'hiver, pour contempler ses bijoux de mariage qu'elle aurait cachés sous le dolmen. Alors,

1. *Anna Karenine,* 4e partie.

elle se saisit de sa baguette dissimulée à l'intérieur de la table, et d'un coup frappé elle entrouvre la terre où sont entassés les coffres chargés d'or et de pierreries. La légende dit que seule une jeune fille qui aurait le courage de passer une nuit tout éveillée sous le dolmen pourrait deviner le secret de la peiro de la fado. Aucune n'y est encore parvenue. Notre archiviste, François Mireur, dit que la pierre pèse au moins vingt-six tonnes.

Le dolmen apparut devant eux. Ils en firent le tour, à l'ombre des trois grands arbres, toujours vivants, le genévrier dominant les deux autres.

— Viens, François, tu vas avoir une surprise et là, ce ne sera pas une légende mais la pure vérité.

La maison des Pons était à cinq minutes, une petite maison de vigne à toit rouge, entourée de grands murs de pierres sèches et, à l'intérieur, miracle, un merveilleux verger où figuiers, grenadiers, abricotiers, pêchers, cerisiers, se poussaient des branches.

La brune et frêle Lilly Pons, l'amie de pension de Julia, sa sœur de lait, les attendait avec des melons et du sirop d'orgeat bien frais. Julia entraîna François au milieu du verger où régnait un cerisier-roi croulant sous les fruits, ses branches soutenues par des piquets de bois, tant elles étaient alourdies.

— C'est moi qui l'ai planté. Il y a douze ans. Maintenant c'est notre cerisier. Lilly me l'a donné.

— Oui, certes, c'est un bel arbre, convint François un peu décontenancé.

— Regarde le tronc de plus près...

Il sourit. Trois lettres se détachaient de l'arbre, encore blanches sur l'écorce irisée, une inscription toute fraîche, six lettres : J.A.F.-P.L.V., François se souvint de Kitty et de Levine[1]. Il se souvenait du message. A son tour, il grava au canif : F.A.J.-P.L.V., François aime Julia pour la vie. Comme au matin, ils s'étreignirent. Le cerisier devenait le gardien de leur amour...

Juin, juillet, août passèrent. Après l'épouvantable carnage

1. *Anna Karénine,* 4e partie, 13e paragraphe.

du Chemin des Dames (ce joli chemin que Louis XV avait fait paver pour que ses filles puissent se rendre plus facilement au château de Boves), c'était la cote 304. Les Français reprenaient pied sur la rive gauche de la Meuse. En haute Provence, sur l'aire des villages on battait le blé, et le han ! des fléaux succédait au ronflement des chaudières distillant la lavande.

Julia se préparait au mariage de son amie Odile Martin, de Moustiers-Sainte-Marie, qui épousait enfin son fiancé de Riez, revenu blessé du front. La noce était prévue pour le 2 septembre, une semaine avant le grand pèlerinage qui venait « bouléguer » le clocher de Notre-Dame-de-Beau-Voir[1] et illuminer la célèbre étoile de Blacas, sur sa chaîne votive. Tout était combiné. On s'arrêterait à la bastide de Saturnin pour y passer la nuit, quelques kilomètres après Aups, juste avant d'attaquer la route sauvage longeant le plan de Canjuers. Olivier Faraut mènerait une bonne carriole solidement bâchée avec deux chevaux de force, tant la route serait dure et longue. Malheureusement, la veille, Marie-Jeanne eut un accès de bronchite, et Marguerite se dut de rester pour la soigner. François s'arrangea pour accompagner Julia. Marguerite était tranquille, avec Olivier et son fusil, et le képi d'officier de François, les bandits et les évadés prussiens courant les bois n'auraient qu'à bien se tenir.

A huit heures du matin, nantis des paniers, des cadeaux de noce et des recommandations de Marguerite, Julia et François, fous de joie, partirent seuls avec le cocher.

La première halte fut pour Flayosc, la capitale varoise de la cordonnerie, où l'on se dut de visiter la chapelle souterraine. Le repas eut lieu sous les oliviers. Marguerite avait bien fait les choses, le panier débordait d'attentions succulentes. Olivier n'avait cure que d'inspecter la petite rivière, certainement riche d'écrevisses. Seulement au coucher du soleil, on arriva à Aups, où la voiture heurta un nid de poule, rompant un rayon de la roue gauche. Il fallait réparer, décercler la jante chez le charron. Le mieux serait de dormir à l'auberge.

1. Qui ressuscite les enfants mort-nés.

La bastide de Saturnin serait pour le lendemain. D'ailleurs, un orage sérieux se préparait.

Mais l'auberge était complète, envahie par des marchands potiers, qui montaient au pèlerinage. Par chance, on trouva deux chambres chez un apiculteur. Coïncidence heureuse, l'hôte, monsieur Tistet, était bien apprécié à Draguignan où, les jours de foire, il vendait son merveilleux nougat noir, place Claude-Gay, juste en face du magasin de Marguerite. Olivier, de son côté, s'occupa de la réparation de la roue.

— Même si je dois y passer la nuit, tout sera prêt demain matin à l'aube, juré, promis !

Après le dîner, vers dix heures, l'orage éclata, violent.

Julia avait si peur dans son lit étroit aux draps rugueux... la première fois qu'elle dormait ainsi toute seule, dans un lieu inconnu, une grande chambre aux trois quarts vide. A la flamme de la chandelle, des ombres semblaient voleter sur le haut de la grande armoire d'où émanait une forte odeur de lavande. Les volets claquaient sous la gifle du vent.

Prise de panique, elle n'eut soudain qu'une idée, se réfugier auprès de François qui dormait dans une chambre au bout du couloir.

Transie, en chemise de nuit, elle s'enveloppa dans son manteau et courut frapper à sa porte, ses longs cheveux noirs défaits.

François lisait à sa table. La surprise fut grande. Il lui ouvrit son lit, souffla la bougie pour lui souhaiter bonne nuit.

— J'ai eu si peur, j'ai froid. Reste près de moi, François, gémit-elle en tremblant.

Ils s'embrassèrent... Julia se réveilla femme, heureuse d'être celle de François.

Le 25 octobre, à la gare des Arcs, François dut s'arracher des bras de Julia. Il partait pour Nice en permission. Marguerite les avait accompagnés depuis la veille à l'hôtel du Parc où Julia et sa mère, d'une part, et François, de l'autre, occupaient chacun une chambre. Marguerite était venue pour permettre aux deux amants de passer la nuit ensemble, mettant toutefois François en garde : « J'ai confiance en vous, François, le petit ce sera pour plus tard… ! »

Lorsqu'il sauta dans le train, sur le quai Julia était en larmes.

Dans le compartiment, on ne parlait que de la mort de Mata-Hari, fusillée à quarante et un ans. François se souvint avoir vu son nom à l'affiche, à Paris, comme « danseuse sacrée ».

A son arrivée rue Masséna, joie et branle-bas de combat tout à la fois. On racontait que le front italien avait cédé. Les troupes allemandes allaient-elles déferler en Lombardie et au Piémont ? Caporetto, le désastre de la Piave, étaient sur toutes les lèvres. Les trains de voyageurs furent supprimés, la voie ferrée était réservée aux convois militaires. Des régiments, disait-on, prélevés sur les dépôts, iraient aider la sœur latine. A Nice, plus aucun ravitaillement ne parvenait. Pour le coup, la reprise de la Malmaison et le retrait des Allemands du Chemin des Dames passèrent inaperçus.

Jean avait vendu le Rubens à un intermédiaire de Zurich. Petite Giotta ne voulait plus quitter son père : « Moi aussi, je peux t'aider à soigner des blessés, emmène-moi ! » Durant l'été à la Ginestière, avec Flavio, elle avait sérieusement appris l'italien, à la mode de San Geminiano.

François raconta alors son nouveau bonheur à Agnès et à Nina. Elles l'embrassèrent, toutes deux ravies, émues de le voir heureux, de sentir que pour lui la page de la Lorraine avait été définitivement tournée.

Marceline continuait à voir sa fille que Jean lui amenait fidèlement, mais n'avait plus jamais remis les pieds rue Masséna.

— Je la croise souvent en ville, raconta Nina. Elle est avec sa Betty, elles sont très élégantes, à la dernière mode de Paris. L'accord parfait, semble-t-il. Je ferai tout pour activer ton divorce, François. Surtout, introduis l'instance pendant que tu es là. Je sais qu'elle aussi a un avocat, il faut battre le fer pendant qu'il est chaud. Le mieux serait que tu puisses la voir pour signer un protocole d'accord. Il faut surtout qu'elle nous laisse Giotta. Pour le reste, plaie d'argent n'est pas mortelle.

La guerre finie, tu remonteras vite ton cabinet, et avec une femme si jeune, l'avenir est à toi. Et puis, si elle aime notre cuisine, s'esclaffa-t-elle, tout s'arrangera.

Fred continuait ses matinées et ses soirées au cinéma avec, de temps en temps, des galas et quelques maigres leçons. Reprendrait-il un jour ses concertos ? Il les travaillait toujours pour ne pas perdre le doigté, les sautillés, les doubles cordes. En Giotta, il avait une nouvelle élève pour qui Bianchi, le luthier, avait préparé un petit violoncelle d'enfant. Elle n'arrêtait pas de faire des gammes, travaillant sa main droite. Bientôt, elle pourrait jouer sur un violoncelle normal.

Du côté de la famille de Fred, tout semblait apaisé.

La montée des prix devenait affolante. A peu près trois fois ceux de 1914. La situation des rentiers et des retraités devenait intenable, ainsi que celle des petits propriétaires qui devait subir le moratoire des loyers des mobilisés. En revanche, chez ceux qui travaillaient et produisaient, l'argent affluait. Les campagnes s'enrichissaient. La moindre culture rapportait gros. Beaucoup de paysans, jusqu'ici métayers, rachetaient des terres, alors que les ouvriers agricoles s'employaient à l'usine pour y gagner trois fois plus et y jouir d'un meilleur confort. Un changement social profond se faisait jour au profit des actifs.

Malgré le manque de sucre, de charbon, et la crise des transports, une petite saison se déroulait à Nice. Mais le port restait vide et les chevaux mouraient de faim. Quant aux hôtels, se posait toujours le problème de l'eau chaude et le ravitaillement des restaurants. Le vin aussi se fit rare, atteignant des prix vertigineux.

L'Espagne attirait de plus en plus les touristes : là-bas, pas de restrictions.

François avait réussi à joindre Marceline par l'intermédiaire de son avoué. Il devrait accepter de prendre tous les torts à sa charge et garderait Giotta, moyennant une bonne pension alimentaire et un certain partage de la communauté difficile à évaluer. En effet, Agnès était locataire principale rue Masséna et propriétaire exclusive de la Ginestière. De toute façon, avec la guerre, la procédure serait longue. Déjà, une demande de séparation de corps et de biens pouvait être introduite.

— Votre femme tient à sa liberté avant tout, lui dit l'avoué. Vous obtiendrez gain de cause, soyez patient, elle veut regagner Paris le plus tôt possible.

Deux jours avant le départ de François, *l'Eclaireur* annonçait qu'en Italie, des chasseurs alpins avaient été envoyés et que le général Diaz remplaçait le trop blasé Cadorna. Le front était toujours en mouvement vers la Vénétie.

Cette fois, la séparation fut moins déchirante. Draguignan était si proche, loin de tout danger. Mais, à la gare, Petite Giotta refusa de quitter son père.

— Mon papa ! Mon papa ! hurlait-elle, et François dut s'arracher aux petits bras raidis par le désespoir.

Dans le train, il se laissa aller à son chagrin.

A son arrivée à Draguignan, Julia aussi était en larmes, mais de joie. Elle passa la première nuit avec lui, place du Marché, avec la complicité de Marguerite. Le lendemain, François apprenait son transfert à Paris, pour le Val-de-Grâce. On y manquait très sérieusement de chirurgiens-dentistes et de chirurgiens tout court. La feuille de route devait l'atteindre à la mi-novembre, juste le temps de terminer les travaux de prothèse en cours.

Julia, très raisonnable, l'aida moralement à préparer son départ.

— N'aie aucune crainte, François, nous saurons nous attendre. Je t'écrirai et tu le feras aussi. Nous serons aussi forts l'un que l'autre. Te savoir à Paris est un moindre mal. Tu aurais pu repartir pour Salonique.

Le 8 novembre, *le Petit Var* annonçait la révolution à Petrograd, la révolte de la marine, l'assaut contre le palais d'Hiver, la défaite des mencheviks.

Le 14, sur le quai de la gare des Arcs, en attrapant son train pour Paris, François apprenait le départ de Ribot, de Painlevé ; la venue au pouvoir de Clemenceau, avec Georges Mandel comme chef de cabinet. Le Tigre prenait les commandes. Il promettait de faire la guerre et rien que la guerre. Pour en finir.

7

Le 16 novembre, François retira sa cantine en gare de Lyon, au service des bagages. Au premier abord, rien ne lui parut changé. Il retrouvait bien là, sous la cathédrale de fer, le même brouhaha, la même agitation, la bousculade incessante des chariots au milieu des voyageurs, le tout noyé dans la vapeur des locomotives. En traversant la salle des fresques, il remarqua même avec plaisir le grand panneau représentant la ville de Nice. Le même qu'il contempla si souvent entre 1902 et 1906, au temps de ses études. Il nota que le quatrième étage de leur maison de la rue Saint-François-de-Paule y était toujours aussi absent qu'au premier jour où il l'avait remarqué, quinze ans auparavant, son temps d'étudiant. Quinze ans pendant lesquels le monde des hommes s'était écroulé. Seules les pierres étaient intactes.

Ce ne fut qu'à sa sortie dans la grande cour de la gare, devant le beffroi familier, qu'il remarqua combien l'aspect de la rue avait changé depuis son adolescence. Quelques fiacres flânaient encore, mais un nombre considérable de voitures automobiles allaient et venaient en tous sens, au milieu du vacarme des trompes. Où étaient donc le calme et la douceur provinciale, la lenteur de vie sur la Promenade et la tranquillité des boulevards vides de Draguignan...

Il héla un gros taxi Renault rouge et noir. Le chauffeur s'empressa de fixer sa malle [1] bien droite, verticalement, à son côté.

1. A cette époque, les taxis ne possédaient pas de malle arrière.

— Au Val-de-Grâce, en passant si possible par les quais et le boulevard Saint-Michel.

Ici, rien n'avait changé. Dans la mémoire de François, tout reprenait place. Dans l'aspect du boulevard, la monotonie des coiffures le frappa : plus de gibus à quatre reflets, la spécialité de Paris, plus aucun chapeau melon, seulement des chapeaux mous parsemés de quelques casquettes prolétaires et d'une foule de képis. Les femmes, elles, apparaissaient plus remuantes, plus actives, moins « en promenade », plus en jambes et en mollets même, comme affairées. Tout un monde nouveau qu'il lui faudrait découvrir.

Au Val-de-Grâce, François apprit d'un colonel-médecin qu'il était affecté au service de chirurgie de la face et plus spécifiquement à la réparation des mâchoires.

— Votre prise de service ne commencera qu'après-demain, le 18, cher confrère. Voyez le bureau 203, celui des effectifs, il assurera votre logement en ville. Le travail ne manque pas, je vous attends avec impatience. Il vous faudra de l'imagination. Les blessés de la face, c'est certainement le service le plus difficile. Il faut toujours innover !

Une chambre confortable, retenue à l'hôtel du Pas-de-Calais, 59, rue des Saints-Pères, l'attendait, à deux pas du boulevard Saint-Germain, la rue où avait habité la poule [1] de son camarade La Parlure le Canadien. Toute sa vie d'étudiant lui revint en mémoire.

Son premier souci, l'après-midi, après avoir écrit à la maison et à Julia, fut de reconnaître le trajet qu'il se promettait d'effectuer quotidiennement, à pied, entre le Val-de-Grâce et la rue des Saints-Pères. Il retrouverait ainsi son cher « jardin aux souvenirs », le Luxembourg, et sa place favorite, près de Marguerite de Valois, en face du Palais, à deux pas du Guignol. Son plan fut vite arrêté : carrefour de la Croix-Rouge, rue du Vieux-Colombier, place Saint-Sulpice, avec le souvenir d'Ernest Renan, rue Garancière (l'école dentaire concurrente), et la merveilleuse traversée de tout le Luxembourg, le grand bassin, les reines de France si chères à

1. A l'époque, petite amie, terme non péjoratif.

son cœur, la rue Auguste-Comte, la rue de l'Abbé-de-l'Epée pour enjamber la rue Saint-Jacques, et enfin le Val-de-Grâce. Au maximum vingt minutes de son bon pas de chasseur alpin. Tout était en place.

Dès le 18 au matin, il reprenait contact avec l'horreur et la souffrance. Le service de la face : les gueules cassées, ceux qui n'avaient plus d'humain que le regard, l'appel désespéré qui nichait dans leur voix, quand la gorge n'avait pas été arrachée.

Pour François, le plus important était de réussir à les appareiller, en redonnant une utilité fonctionnelle aux mâchoires, imaginer des prothèses, et surtout consoler, nourrir l'espoir et la confiance. Mais quel genre d'espoir ? Il lui fallait nier que leur vie était brisée. Tous les moyens manquaient pour leur venir en aide. Réparer leur visage tenait du miracle.

Dès son arrivée, François se mit à la recherche de Jean Lucchesi. Par Nina, il le savait encore très mal en point, mais sur le chemin de la guérison. Quoique grand invalide après plus de deux ans d'hôpital, soucieux d'être utile, il avait obtenu, en attendant sa réforme définitive, d'être classé infirmier affecté à la pharmacie.

C'est là que François le retrouva en bonne voie de « consolidation ». Ses blessures avaient été très graves. Il lui raconta comment, à son retour des Dardanelles, il avait été affecté au front de Lorraine. Là, sa cagna avait été atteinte de plein fouet lors d'un matraquage d'artillerie lourde. Il avait été laissé pour mort près de Massiges et sauvé par un brancardier qui l'avait entendu gémir. Atteint au poumon, à l'intestin, de plusieurs éclats d'obus, il avait subi des opérations sans nombre, plus de deux ans d'hôpital.

— Tout abîmé, mais rien de démoli, dit-il. J'ai eu la chance de rencontrer un as de chirurgien-major qui a fait l'impossible pour tout rabibocher. Tu vois, on y est arrivé, tout fonctionne. Je vais même me marier avec une de tes cousines installée à Paris, rue des Acacias, son père est cocher et tu connais bien la famille, les Damart.

François arriva à obtenir que, quoique en instance de réforme, Lucchesi puisse être affecté au service des prothèses où, grâce à ses excellentes connaissances de mécanicien-dentiste et à son ingéniosité, il pourrait rendre de très grands services.

A Paris, très vite le froid devint intense : moins onze degrés le 5 décembre 1917. Plus rude encore que l'hiver 1916. Meurtrier pour nos poilus.

Après l'annonce de l'armistice signé avec l'Allemagne sur le front de Russie, les nouvelles se firent rares. A l'Est, rien de nouveau...

1er janvier 1918, quatrième janvier de guerre. Dans ce monde ensanglanté, François pensait intensément aux siens, à Julia qui, confiante, lui écrivait régulièrement.

Elle relisait maintenant la *Vie de Jésus* de Renan, dans sa treizième édition, « celle que tu m'as donnée, mon François, je m'y console du manque d'amour des hommes pour l'humanité ».

Paris s'engourdissait. On patinait au Bois. La Seine charriait à nouveau des blocs de glace. Le 1er février, coup de tonnerre dans le ciel de la capitale : raid allemand sur Paris. Les gothas, ces affreux avions, font trente-six morts et plus de deux cents blessés.

Le 3 mars, Brest-Litovsk, la paix honteuse est signée entre l'Allemagne et la Russie. « Les mains libres à l'Est, les divisions allemandes vont refluer chez nous, ça va chauffer ! » commente-t-on au Val-de-Grâce.

Le 12, alors que François traverse le Luxembourg enseveli sous la neige, à nouveau les Gothas se déchaînent sur Paris. Cette fois, cent six morts et soixante-dix-neuf blessés. Dans tous les quartiers de la capitale, on recense les caves les plus sûres... François aide, en passant à la station Châtelet, à organiser dans le métro le coucher des femmes et des enfants. Dès que l'alerte survient, on s'y réfugie, si possible avec bonne humeur, la nuit en robe de chambre. On y plaisante, on joue aux cartes, en attendant la fin de la « berloque ».

Au Val-de-Grâce, les infirmiers s'amusent à coller des bandes de papier aux carreaux des fenêtres. Les commerçants font de même. Toutes les vitrines de Paris se couvrent, en quelques jours, de décorations du plus curieux effet. La nuit, on aveugle les lumières, des tulipes bleues surgissent autour des lampes. Paris s'assombrit et se cloître. La semaine sainte approche.

Pour saluer le jour du printemps, le 21 mars, Ludendorff lance son offensive de Picardie à la jonction des troupes franco-anglaises : six mille deux cents canons massés sur soixante kilomètres. Mille avions de combat. Un déluge de feu. Le front anglais craque. Une brèche de vingt kilomètres est ouverte.

Le samedi 23, François est surpris, dans la rue de Médicis, par des explosions. Il est huit heures ; tous les quarts d'heure, les explosions se succèdent. Un canon lourd, la Bertha, tire sur Paris. Au lu des communiqués, François se souvient du livre d'or feuilleté au Maloja Palace, et que Bertha von Krupp, accompagnée de son père, avait signé en félicitant l'orchestre de ses valses viennoises.

Sur les Grands Boulevards, on s'arrache les journaux à la sortie du communiqué de quatre heures.

Le mardi saint, le 26 mars, les quotidiens annoncent la prise de Péronne par les Allemands. Le front est percé, la brèche s'agrandit, les Prussiens sont à Ham, à cent huit kilomètres de Paris. Déjà, dans les gares, les trains vers la province sont pris d'assaut : les Boches sont à Noyon !

Ce même jour, Foch devient commandant en chef.

Le 29, vendredi saint, la Bertha continue son tir. L'alerte est donnée. A trois heures précises, Saint-Gervais est atteinte. La voûte s'effondre au moment du chemin de croix : soixante-quinze morts, quatre-vingt-dix blessés. Semaine sanglante.

Le jour de Pâques, les Berthas tonnent à nouveau. Elles sont repérées à cent vingt kilomètres de Paris, sur la voie ferrée Laon-La Fère. Des pièces de trente mètres de long. Les Titis s'en amusent.

Le 1er avril, le gouvernement annonce qu'il ne paiera plus les coupons de l'emprunt russe. François pense à Jean qui en possédait une pleine mallette.

Le 3 avril, Foch commence à colmater la brèche allemande. Paris respire. Amiens est sauvée.

Le même jour arrive une lettre de Nina qui donne des nouvelles de Nice et annonce à François que la séparation de corps et de biens lui a été accordée en un temps record, à la suite d'un accord intervenu entre les deux avoués. Rien encore sur le droit à la garde de Giotta qui, heureusement, reste à la maison. *Rassure-toi, je ne la donnerai jamais, quoi qu'il arrive ! La saison d'hiver se prolonge à Nice, beaucoup de riches réfugiés y affluent pour prendre des vacances. Figures-toi que les hôtels sont encore pleins sur la Promenade. Le Riviera Palace, le Winter, le Ruhl, le Negresco, le Majestic, vont rester ouverts, mais l'on a institué une carte individuelle d'alimentation avec photo. En échange d'un coupon, on reçoit des tickets d'alimentation, cela va remplacer l'inscription chez le boulanger. J'ai fait la queue une heure pour les recevoir, devine où ? un endroit que tu connais bien, à la loge maçonnique de Nice, réquisitionnée à cet effet...*

Maman et Patchou sont en excellente santé, les restrictions leur vont bien. Nous mangions trop, paraît-il. Ta fille est superbe et Fred très content du travail de sa main droite au violoncelle, maintenant, c'est au tour de la tenue de l'archet. Pour son âge, Fred dixit, elle a un pouce très vigoureux et aura certainement une forte sonorité. Elle a beaucoup d'oreille. Elle veut également apprendre le piano. A la Ginestière, Flavio n'arrête pas de planter des légumes. Ta greffe de citronnier sur le gros oranger de la tonnelle a déjà donné un citron. Bravo.

Nous essayons de nous mettre à la saccharine, dix grammes équivalent à quatre kilos de sucre. C'est ce que l'on distribue au thé de la jetée-promenade, déjà envahie par les soldats américains en permission.

Toute la famille embrasse Jean Lucchesi, notre héros. Bravo pour ses fiançailles.

P.S. J'ai oublié de te dire que l'avenue Masséna a perdu son nom, c'est maintenant l'avenue de Verdun. Notre rue, elle, n'a pas encore changé.

Au Val-de-Grâce, les salles de chirurgie ne suffisaient plus. On dut augmenter les rotations sur les hôpitaux auxiliaires et intensifier la chasse aux planqués.

Je suis obligé d'assurer une garde de nuit par semaine et souvent deux tours sur trois dans la journée. La salle de garde me rappelle mon temps d'étudiant à l'hôpital Saint-Antoine, les chansons en moins. Sais-tu bien que nous avons auprès de nous de jolies infirmières ? Mais rien de comparable à toi. Tu es si belle ! écrivait-il à Julia.

Drame le 11 avril. Un obus allemand explose à la maternité Baudeloque, boulevard du Port-Royal, à quelques dizaines de mètres du Val-de-Grâce. Une effroyable boucherie dans une salle de travail : de nombreuses femmes massacrées avec leurs bébés, des infirmières tuées et blessées. Aucun objectif militaire, de la barbarie pure, dirigée contre les civils.

Le 12 avril, la nuit, à dix heures, François doit se rendre à l'hôpital Saint-Antoine pour visiter un blessé. L'alerte le coince dans le métro à la station Bastille : « Un obus de trois cents kilos vient de tomber sur un immeuble de la rue de Rivoli, oui, monsieur, au 12, commente un voyageur, même que le quartier Saint-Paul est sérieusement endommagé ! On parle déjà d'une vingtaine de morts. Le Gros Numéro [1] de la rue de Fourcy a peut-être été touché... Mais nous tiendrons. Mon père en a vu d'autre au siège de 70 ! »

Sur le front, le répit fut de courte durée. Le 9 avril, Ludendorff attaque brusquement dans les Flandres, sur la Lys, bouscule les divisions portugaises. Armentières, le mont Kemmel tombent.

Malgré l'hiver tardif, les jardins de Paris se réveillaient en fête. Après le Luxembourg, François aimait s'attarder au Jardin des Plantes, pour y admirer les plates-bandes de légumes.

Aux Champs-Elysées, au cours la Reine, aux Tuileries, les marronniers fleurissaient en blanc et rouge. Déjà les peupliers poudraient les quais de leur bourre de neige.

Une lettre de Patchou racontait la venue de la Comédie-Française à Nice : *Trois jours d'oubli, de replongée dans le passé avec Cécile Sorel, la Dussanne, Léon Bernard, Jacques Tenaux, et j'en passe. Nous avons bien pensé à toi. Au programme :* le Gendre de monsieur Poirier, le Demi-Monde *d'Alexandre Dumas fils et* le Malade imaginaire *en matinée, où nous avons emmené Giottina qui a applaudi très fort les costumes qui l'ont enthousiasmée. Notre Rex est mort, nous*

1. Gros Numéro : un des bordels les plus populaires de Paris.

avons dû avoir recours au vétérinaire, une faiblesse de la colonne vertébrale. Ses yeux pleins d'amour ne voulaient pas nous quitter. Ta fille est très triste, nous lui avons dit qu'on avait dû le voler, elle ne cesse de le chercher au jardin Albert Ier.

François, je dois te dire que je suis pratiquement ruiné. Mais j'ai une merveilleuse famille, et toi, si fort, tu sauras reprendre le flambeau. Cela ne vaut-il pas tout l'or du monde ? Quant à ta maman, c'est le diamant de ma vie. Mon bon François, garde-toi bien. J'ai confiance en la victoire finale, la démocratie ne peut que triompher, nos amis américains arrivent. Nous allons assister aux dernières convulsions du monstre...

Le 27 mai, nouvelle offensive du Ludendorff : vingt-huit divisions, mille deux cents batteries, entre Reims et Soissons. Le pilonnage, l'assaut, font rage.

Le 28, on annonce la chute de Craonne, l'évacuation de Soissons. La poussée paraît irrésistible.

François lit sur les transparents du *Matin,* que :

Le 29, les Allemands sont à cinq kilomètres de la Marne.

Le 30, la Marne est franchie, Château-Thierry, Dorman, emportées.

Déjà Paris frémissait, pas encore la panique, mais à nouveau les départs, attention aux fausses nouvelles.

Le 3 juin, prise de la Ferté-Milon. Ludendorff attaque sur le Matz. Le 9, contre-attaque de Mangin qui sauve Compiègne. Les Allemands sont à soixante-dix kilomètres de Paris.

Le 22, Mangin les arrête définitivement. Cependant, François lisait que, dans les ports, les Américains ne cessaient d'arriver. Le point d'équilibre était-il atteint ? Le sablier se renverserait-il ?

Sombre heure pour tous. La France ne vivait qu'au rythme des communiqués. Chacun à son poste, travaille, lutte, prie, espère, dans les usines, sur les mers, dans les carmels, à l'hôpital, à la maison. Clemenceau est à la barre. Foch, confirmé généralissime, va-t-il réussir à contenir la marée allemande ? Mangin, Gouraud, Pétain galvanisent les troupes.

Le 16 juillet, le soleil se lève sur les Allemands en retraite.

Le 18, c'est la percée française en Champagne. La contre-attaque de Foch a réussi, une percée de quarante-cinq kilomètres, enlevé Château-Thierry, Soissons est libérée ! La guerre peut et va être gagnée. Les Allemands refluent, laissant entre nos mains un matériel considérable.

Au Val-de-Grâce, les blessés ne cessent d'affluer. Au soir du 24 juillet, un aumônier appelle François.

— Un capitaine italien se meurt, je viens de lui donner l'extrême-onction, Mogliano, vous seul parlez italien. C'est un officier de liaison auprès de la IVe armée. Il a été gravement blessé le 17 juillet, sur la montagne de Reims. Il a un message à transmettre, ses dernières volontés à ce que j'ai pu comprendre.

François se précipita à son chevet, le blessé tendit son livret militaire et François put lire : capitaine Eligio Martinelli, fils de Dorina[1] et de Camillo, né à Rivaralo le 4 septembre 1876. Son regard de mourant accroché à celui de François, il lui remit une lettre :

— C'est pour ma mère et mes deux filles, vous leur donnerez n'est-ce pas ? en main propre ? L'adresse est sur l'enveloppe... Vous me le promettez, major ?

— Vous avez ma parole, mon vieux, murmura François en l'embrassant sur le front.

Au petit matin, Eligio Martinelli mourait dans ses bras. Il lui ferma les yeux. « Eligio, le même prénom que papa », pensa-t-il. Et, sans savoir pourquoi, il réprima l'envie d'éclater en sanglots.

L'épopée commençait. Ce même jour, Foch passait à l'offensive. Les journaux n'annonçaient plus que des victoires. Le temps de la moisson était venu.

Au Val-de-Grâce, on décollait les papiers des fenêtres, le sourire revenait aux infirmiers.

— Courage, tenez bon, les blessés ! Bientôt vous défilerez sur les Champs-Elysées.

Le 8 août, Haig attaque en Picardie. Ludendorff constate la faillite de son plan.

1. Fils naturel d'Eligio et de Dorina (voir *la Porte fausse*).

Le 12 septembre, le saillant de Saint-Mihiel tombe sous la poussée des Américains.

Le 15, *le Matin* annonçait l'effondrement des Bulgares sur le front de Macédoine. La rue riait à nouveau.

Le 27, les Alliés se lancent à l'assaut de la ligne Hindenburg, entre Laon et La Fère... La guerre semblait gagnée mais que de morts encore, les ambulances ne désemplissaient pas, derniers convois peut-être.

Brutalement, un nouveau fléau frappe Paris. Avec la chaleur, l'état sanitaire se dégrade, militaires et civils meurent de fièvre, sans raison apparente, en quelques jours. Une épidémie, mais laquelle ?

Les médecins tiennent conseil au Val-de-Grâce. Afin d'apaiser les esprits, on nomme le mal « grippe espagnole ». Et réalité, c'est la peste pulmonaire.

Le 30 septembre au soir, la presse annonce la demande d'armistice de la Bulgarie sur le front d'Orient effondré sous la pression alliée.

Le 3 octobre, Guillaume II appelle le prince de Bade à la chancellerie.

La Chambre des députés décide de siéger sans discontinuer.

Le 12 octobre, Clemenceau y annonce la libération de Douai, de Bapaume, d'Ostende. Le 17, le Roi-Soldat rentre à Bruges. Le lendemain, Lille est libérée.

Ce même soir, une lettre de Nina apporte à son frère de bonnes et de mauvaises nouvelles.

Oui, nous respirons, nous pensons que la fin de la guerre approche. Pistone est revenu avec ses épingles et ses fils rouges. Il a tant de peine à suivre l'avance des Alliés qu'il va bientôt rajouter une carte d'Allemagne. Et dire qu'il y a quelques semaines, les Allemands étaient à soixante kilomètres de Paris ! La saison, ici, n'a pas cessé.

Du côté santé, tout va bien à la maison, mais en ville les choses sont différentes, depuis qu'un soldat permissionnaire est mort à Nice au mois de mai. C'est une épidémie, dit-on. Il y a déjà des dizaines de morts surtout en vieille ville et à Riquier. Nous allons peut-être remonter à la Ginestière. On parle de fermer les théâtres et les cinémas qui doivent être désinfectés avec du lait de chaux. L'Eclaireur recommande d'enterrer les morts dans des cercueils hermétiques. Il est défendu de secouer les tapis par les fenêtres et à la mairie, de tourner les pages des registres de l'état civil en se mouillant le doigt. Beaucoup de gens disent que la maladie vient de la manipulation de la monnaie en carton, si crasseuse, émise par la chambre de commerce... Nous gardons Giotta à la maison et lui interdisons de sortir. Rien de Marceline, mais ton avoué pense que la séparation de biens se transformera facilement en divorce le moment venu. Nous t'attendons pour cela...

Deux jours plus tard, la presse annonce la grande victoire de Vittorio Veneto et l'effondrement de l'armée autrichienne devant l'offensive italienne.

Le même jour, ce 1er novembre, Lucchesi invita François à un merveilleux déjeuner piémontais chez sa fiancée, rue des Acacias, pour fêter l'armistice signé avec la Turquie en rade de Moudros, avec, enfin, l'occupation des Dardanelles et du Bosphore par les Alliés.

— Moudros, tu te souviens, François ? Achi-Baba, la mort, les mouches, la merde, les Turcs, et les Anglais qui sirotaient leur thé comme si de rien n'était. Je me souviendrai toujours de notre débarquement à Sedd Ul Bahr, notre 22e colonial a été décimé, j'y ai perdu tous mes copains. Des anciens de la 1re division, il ne doit pas en rester lourd ! Moi, je vais me soûler pour fêter ça.

Le 3 novembre, l'Autriche demande l'armistice à l'Italie.

Le 10 novembre, dans la soirée, on affiche sur les Grands Boulevards l'abdication de Guillaume II et la proclamation de la République allemande.

Place de l'Opéra, le dimanche, François entend un crieur de journaux gueuler : « Herr Guillaume demande un clou pour suspendre les hostilités, s'adresser Foutuestrasse à Berlin ! » Ce n'était vrai que le lendemain. A Paris, les amis d'Apollinaire s'apprêtent à l'enterrer au Père-Lachaise. Il a été victime de la grippe espagnole.

Dès dix heures du matin, le bruit circule : les Allemands demandent l'armistice ! A cinq heures du soir, c'est vrai, vraiment vrai. *La Marseillaise, Tipperarry, la Madelon,* envahissent les rues... Paris est en liesse. Aux Invalides, le peuple s'empare des canons boches et les tire à bras jusqu'à la Concorde.

La deux cent vingt-quatrième semaine de guerre, première semaine de l'armistice, naît de l'écroulement d'un monde dans les vagissements d'un nouveau. Celui de la Fraternité ?

A Nice, rue Masséna, toute la famille se met au balcon, le canon du château tonne deux coups, les cloches carillonnent. Aquistapace chante *la Marseillaise* dans la rue. Les confetti, les pétards, les déguisements de Carnaval, retrouvent les chemins de la vieille ville.

La guerre est morte. On débaptise les rues. L'avenue de la Gare devient l'avenue de la Victoire ; l'avenue Beaulieu, la rue du Maréchal-Foch ; la place de la Liberté, la place Wilson : la rue de la Paix, la rue Georges-Clemenceau. Le Tigre a bien mérité de la patrie. Mais Nice compte aussi ses morts et disparus : trois mille six cent soixante-cinq ; deux mille sept cent vingt-cinq orphelins, pupilles de la nation.

A Draguignan, Chocolat, le bedeau, carillonne lui aussi à tout va.

Le 13 au matin, au Val-de-Grâce, François est appelé dans le bureau du médecin chef.

— Une communication pour vous, Mogliano, ce doit être important, semble-t-il, de la préfecture du Var, cabinet du préfet !

C'était Julia. Elle avait enfin réussi à le joindre. Le chef de cabinet lui-même avait demandé la communication.

— Allô, capitaine Mogliano ? Je vous passe Julia Gilly, elle désire vous parler.

Désormais, Julia aurait le temps de le faire, toute la vie.

La Ginestière les attendait.

La Maloja. Monte-Carlo. Nice.
Montreux. Paris. La Brusatière.
Décembre 1985 — 30 août 1987

1890-1918. *Fin du deuxième volume.*

*Cet ouvrage a été achevé d'imprimer
dans les ateliers de la S.E.P.C.
à Saint-Amand-Montrond (Cher),
le 20 octobre 1987.*

Illustration de couverture
« La femme au boa » de Jules Cheret
Photo Michel de Lorenzo
Musée des Beaux-Arts
de la ville de Nice

Dépôt légal : novembre 1987.
ISBN : 2-87604-012-3
N° d'édition : 010. — N° d'impression : 2303-1736.

Imprimé en France